BASTEI
LÜBBE

Von Cynthia Wright erschienen bei BASTEI-LÜBBE:

10123 Wo bist du Glück?
10145 Flammende Herzen
11368 Du und keine andere
11963 Caroline
11999 Das Schwert der Liebe
12026 Schenk mir die Sterne
12046 Leuchtender als Gold

Cynthia Wright

Stark wie dein Herz ist die Liebe

Aus dem Englischen von
Kerstin Winter

BASTEI LÜBBE

BASTEI-LÜBBE-TASCHENBUCH
Band 12296

1. Auflage März 1995
2. Auflage Mai 1995

Deutsche Erstveröffentlichung
Titel der amerikanischen Originalausgabe:
Fireblossom

Einbandgestaltung: K.K.K.
Titelfoto: PINO DAENI, Agentur Schlück
Satz: Kremerdruck GmbH, Lindlar
ISBN 3-404-12296-8

Dieses Buch ist zwei Männern in meinem Leben gewidmet: Gene Challed, meinem lebhaften Vater, der mich als Kind zum Little Bighorn mitnahm, und Jim Hunt, meinem Mann, der Ausflüge für Recherchen (und den Alltag!) immer wieder in romantische Abenteuer verwandelt. Ihr beide seid wunderbare Menschen, und ich kann mich sehr glücklich schätzen!

PROLOG

24. und 25. Juni 1876

Little Bighorn River Country, Montana Territory

»Unsere Nation schmilzt davon wie der Schnee an den Flanken der Berge, auf die die warme Sonne scheint, und unser Volk ist wie die Grashalme im Frühling, die auf den Sommer warten.«

Red Cloud von den Oglala Sioux

»Dies ist ein guter Tag zum Kämpfen! Starke Herzen, tapfere Herzen an die Front!«

Crazy Horse, 25. Juni 1876

Der Traum war immer derselbe. Dan Matthews wachte kurz vor elf Uhr nachts schlagartig auf. Neben ihm im Biwak schnarchte Captain Myles Keogh genüßlich. Um ihn herum schliefen mehr als sechshundert Soldaten auf provisorischen Lagern. Angeworbene Männer – Offiziere und Scouts in Lt. Col. George Custers Siebter Kavallerie. Die meisten von ihnen schämten sich nicht, nach zwei Dreißig-Meilen-Tagesmärschen den erstickend staubigen Rosebud Creek hinauf, vollkommen erschöpft und ausgelaugt zu sein. Sie waren auf »Indianerhatz«, jagten sie, als wären sie Büffel oder Antilopen.

Dan war so müde, daß er sich wie betäubt fühlte. Dennoch wollte der Traum, eine beunruhigende Mischung aus den farbenfrohen Geschichten seines Vaters und seinen eigenen Erfahrungen, ihn nicht in Frieden lassen.

In diesem Traum befand er sich in einem geräumigen Lakota Sioux Tipi, wo er Kirschen essend auf Büffelfellen lag. Die Luft war geschwängert von den Gerüchen des Lebens und einem tiefen, überwältigenden Frieden. Die Männer der Lakota, die ihr Tagewerk beendet hatten, lagen in ihren Tipis um die Feuer herum, erzählten sich Geschichten und spielten mit den Kindern. Die Frauen werkelten müßig im Dorf herum, schauten nach ihren Männern und Kindern, bearbeiteten Dörrfleisch oder kümmerten sich um andere Dinge, während sie fröhlich miteinander plauderten. Dan überkam eine herrliche Lethargie, die sich wie eine Decke des Friedens über ihn legte. Seine indianischen Brüder lächelten ihn an und nannten ihn Fox-With-Blue-Eyes. Die Unterschiede zwischen ihnen waren groß, aber darin lag die Lehre. Hatte Gott, der alle Rassen erschaffen hatte, der einen die Macht zugestanden, über andere zu herrschen?

Dans Vater hatte ihm sehr viel über das Volk der Plains beigebracht, das er als wunderbar menschlich und faszinierend stolz ansah, stolz gerade, weil es so anders als das weiße Volk war. Zachary Matthews hatte als Fellhändler für die American Fur Company monatelang bei den Sioux und bei anderen Stämmen gelebt. Nachdem er im Jahr 1843 in den Osten nach Washington D.C. gereist war, hatte er dort eine Lehrerin namens Annie Sunday geheiratet, und ein Jahr später war Dan geboren worden. In den folgenden Jahren kehrte Zach immer seltener in den Westen und in sein altes Leben der Freiheit zurück. Doch er erlebte das Schönste dieser Zeit mit seinem kräftigen, blauäugigen Sohn immer wieder neu. Verzaubert hatte Dan stundenlang den Erzählungen aus den Dörfern gelauscht, die sich meilenweit über die Ebene und in Tälern ausdehnten, von den Büffelherden, die die Great Plains schwarz färbten, von aufregenden Jagden, die Tage dauerten und den Mut der indianischen Krieger bewiesen, und von einer Philosophie des Lebens und der Natur, die sich wie ein ferner Ruf von der weißen Welt abhob. In der Zeit, die er mit diesem glücklichen, zufriedenen Volk gelebt hatte, dem jegliche Gier abging, hatte Zachary gelernt, das Jetzt der Gegenwart zu genießen.

Und die Lektion über Demut, Ehre und Respekt, die er Dan beigebracht hatte, war seinem Sohn über all die Jahre von großem Nutzen gewesen. Im Bürgerkrieg, in dem er in der Union Army gedient hatte, war er für seine furchtlose, intelligente Führung seiner Truppe Freiwilliger mit einem Offizierspatent belohnt worden; doch da war der Sinn klar und gerecht gewesen: Dan hatte getötet, um die Sklaverei zu beenden und die Nation wieder zu einen.

Nach dem Krieg hatte er die Army verlassen, in Europa studiert und war dann auf den Spuren seines Vaters durch das Dakota-Territorium gereist. Er hatte bei den Oglala und Miniconjou-Stämmen der Lakota Sioux gelebt, die ihn Fox oder Fox-With-Blue-Eyes nannten. Die Erfahrung dieses Lebens hatte ihn sowohl begeistert als auch verstört. Als er sich qualvoll gewahr werden mußte, daß eine Reihe von Ereignissen die Lebensart der Indianer langsam vernichtete, geriet sein Glaube an die Regierung, die er ein paar Jahre zuvor noch so vehement verteidigt hatte, ins Wanken. Nach Zacharays Tod im Jahre 1874 kehrte Dan nach Washington zurück, um bei Annie Sunday Matthews zu bleiben. Alte Freunde, deren Aufstieg im Zuge des Bürgerkrieges rasch vorangetrieben worden war, drängten ihn nun, sich wieder der Army anzuschließen, da im Grenzland dringend gute Offiziere gebraucht wurden.

Dan hatte rundweg jegliche Verwicklung in die Indianerkriege abgelehnt, bis Präsident Grant ihn im vergangenen April auf einen Drink ins Weiße Haus einlud. Grant war wütend auf Lt. Col. George Custer, der kürzlich in Washington gewesen war, um vor dem Kongreß als Zeuge für die Grenzübertretungen aufzutreten, und dabei viel Staub aufgewirbelt hatte. Obwohl der Präsident überhaupt kein Verlangen verspürt hatte, Custer zurückzuschicken, um an dem Feldzug teilzunehmen, der die Sioux aus dem Gebiet zwischen dem Great Sioux Reservation und den Bighorn-Bergen von Wyoming vertrieben sollte, waren andere Offiziere der Meinung, daß Custer ein wichtiger Aktivposten war.

»Ich möchte, daß Sie ein Auge auf den Hitzkopf halten«, sagte Präsident Grant. »Wenn Sie wieder einsteigen, mache ich Sie zum Captain, was sagen Sie dazu? Ich weiß, wie gerne Sie in den Great Plains sind, und Sie kennen das Gebiet da draußen. Außerdem sind Sie doch mit Custer bekannt, nicht wahr?«

»Wir haben uns kennengelernt, als ich kurz unter ihm gedient habe, nachdem er zum Brigadegeneral ernannt wurde«, antwortete Dan, wobei er jedes Wort vorsichtig abwägte, als er den scharfen Augen Grants begegnete. »Sie wissen besser als ich, Sir, daß der Krieg viele sehr junge Männer mit Ruhm überschüttet hat. Meiner Meinung nach war Custer durchaus stets geschickt und mutig, niemals aber vorsichtig. Als er bedroht wurde, kannte er nur einen einzigen Plan: den Feind um jeden Preis fertigzumachen. Wir sind nicht gerade gut miteinander ausgekommen – er war nicht der Typ, der die möglichen Verluste von Menschenleben in sein Handeln miteinbezog, und ich war nicht in der Lage, guten Gewissens seinen Befehlen zu folgen.«

Der Präsident machte eine abfällige Geste mit der Hand, trank sein Glas aus und sagte: »Oh, ich weiß über Custer Bescheid, und obwohl meine Art, diesen verfluchten Krieg zu gewinnen, nicht unbedingt sehr verschieden von der war, die Sie gerade beschrieben haben, sind Custer und ich uns doch nicht sehr ähnlich. Ich tat, was getan werden mußte, um das blutige Geschäft zu beenden, Custer aber hatte sich vom romantischen Abenteuer des Angriffs einhüllen lassen.«

Grant zündete sich eine Zigarre an und schloß einen Augenblick die Augen, als wäre er von der Vergangenheit überwältigt. »Nun, es war nicht schön, aber wir mußten siegen, und ich weiß, daß Sie mir in dieser Hinsicht zustimmen werden, Matthews. Nun denn, zurück zu unserem Thema. Worum ich Sie bitte, ist keine Aufgabe, die Ihnen

Vergnügen, Ansehen oder Ruhm einbringt. Alles, was ich Ihnen sagen kann, ist, daß ich ernsthafte Bedenken habe, Custer wieder in den Indianerkrieg zu schicken – es ist nur ein Gefühl in meinen Eingeweiden. Ich würde besser schlafen, wenn ich wüßte, daß jemand, dem ich vertraue, dabei ist …«

»Mr. President, bei allem Respekt, ich kann Ihre Bedenken bezüglich Lieutenant-Colonel Custer nachempfinden, aber ich muß Ihnen sagen, daß ich moralisch gegen diesen Krieg eingestellt bin. Wenn es eine andere Möglichkeit gäbe, wie ich helfen könnte –«

»Aber ja! Und einfach genug, Matthews. Sie brauchen Ihr Offizierspatent nicht wieder aufzunehmen, wenn es das ist, was Sie bedrückt. Ich schicke sie als einen ›Sonderberater‹ in den Westen zur Siebten Kavallerie. Sie würden doch gerne in den Westen gehen, nicht wahr? Bleiben Sie doch dort, wenn Sie den Auftrag erledigt haben. Um die Jahreszeit ist es dort herrlich!« Zufrieden mit seinem neuen Plan, rieb Grant sich die Hände, ohne die Zigarre aus seinen wettergegerbten Händen zu nehmen. »Da Sie lange Zeit bei den Indianern verbracht haben, sind Sie höchst qualifiziert als Berater; aber ich möchte vor allem, daß Sie diesem eitlen Lieutenant-Colonel an den Fersen kleben. Gott sei's gedankt, daß er seit dem Bürgerkrieg kein General mehr ist! Nun, wenn Sie jedenfalls ein Auge auf ihn haben und aufpassen könnten, daß er nichts Verrücktes anstellt, dann wäre ich Ihnen dankbar. Wissen Sie, er hat die ganze Woche auf eine Unterredung mit mir gedrängt, damit er seine Angelegenheiten in Washington zu Ende bringen und wieder zu seinem Regiment zurückkehren kann. Ich habe ihn mit der Entschuldigung, ich sei erkältet, abgewimmelt, während ich versuchte, mir einen Plan auszudenken. Drei Tage lang habe ich nach Ihnen gesucht und mußte derweil Custer untersagen, die Stadt zu verlassen.« Der Präsident lachte leise, dann fixierte er den jungen Mann mit seinem wachen Blick. »Ich will, daß Sie mit ihm den Zug nach Chicago nehmen, vermutlich wird er es schaffen, bis zum ersten Mai zu entkommen. Sie bekommen Papiere von mir … wie ein Dorn, den ich in seine Flanke gestoßen habe und den er nicht mehr entfernen kann. Sind wir uns einig?«

Das Pflichtgefühl und die Verheißung des Abenteuers stimmten Dan schließlich um, obwohl er starke Bedenken hatte. Alles, was er über die Woge der Veränderungen wußte, die über Amerikas Indianer schwappte, stieß ihn ab. Er wollte nicht zu der Vernichtung ihrer Kultur beitragen. Aber konnte er behaupten, sein Schweigen und sein fehlender Einsatz wären nicht ebenso zerstörerisch? Also hatte Dan in den Plan eingewilligt, als Berater zu dienen, und befand sich nun inmitten eines Alptraums, an die Company C der Siebten Kavallerie gebunden.

Keoghs Schnarchlaute vermischten sich mit den Schlafgeräuschen der anderen Männer und dem nächtlichen Rascheln der Tiere im Unterholz. Aber während Dan lauschend dalag, hörte er noch etwas anderes Unmißverständliches: da waren andere wach. Er setzte sich auf und zog sich seine Stiefel über, dann trat er aus dem Biwak ins helle Mondlicht.

Maj. Marcus A. Reno, der geschickt worden war, um Dan und andere ausgewählte Offiziere zu einem vormitternächtlichen Treffen mit Custer zu holen, hielt kurz inne, als er um das Zelt herumkam und den jüngeren Mann entdeckte. Den dunklen, unattraktiven Reno durchfuhr ein neidvoller Stich beim Anblick von Dan, wie er groß und selbstbewußt im Mondlicht dastand und sein Hemd mit seinen schlanken Fingern zuknöpfte. Er sah gut aus, schien damit aber mit an Gleichgültigkeit grenzender Lässigkeit umzugehen. Fast ein Meter neunzig groß, besaß er das gebräunte, muskulöse Äußere eines kampferprobten Soldaten; sein feingeschnittenes Gesicht war glattrasiert, sein kastanienbraunes Haar gerade so kurz geschnitten, daß es sich nicht locken konnte. Dans Augen, von einem klaren, durchdringenden Blau, das sie unvergeßlich machte, waren ehrlich. Er sagte nicht oft laut seine Meinung, aber seine Augen verrieten ihn immer. Custer spürte seine Mißbilligung, und es war kein Geheimnis, daß der ungestüme Befehlshaber sich nur deswegen mit Matthews abgab, weil Präsident Grant es so wünschte. Und jetzt, da sich Custer bitter bewußt war, daß er in Grants Ungnade gefallen war, hätte er einiges hingenommen, nur um die Gunst seines obersten Vorgesetzten wiederzuerlangen.

»Lieutenant-Colonel Custer möchte die Offiziere in seinem Zelt sprechen«, sagte Reno jetzt, als er auf Matthews zuging. »Ich nehme an, auch Sie sind eingeladen.«

Dan zündete sich mit einem Streichholz eine Zigarre an und nickte nur. Konnte es ihn überraschen, daß Custer die Männer aus dem dringend nötigen Schlaf riß? Nein, im Gegenteil. Inzwischen hatte er gelernt, das zu erwarten, was am wenigsten Sinn machte. Seiner Meinung nach war das Wahnwitzigste überhaupt, daß sie in dieser Gegend lagerten.

Zwei Tage, nachdem sie sich von General Terrys Truppen getrennt hatten, war die Siebte Kavallerie den Rosebud Creek mit der Instruktion hinaufmarschiert, die Sioux und die Cheyenne aufzuspüren. Laut Plan sollte Custer wieder zu Colonel Gibbon und den anderen Kompanien stoßen, die bei Terry geblieben waren, um dann gemeinsam die aufsässigen Indianer in die Zange zu nehmen. Doch am Morgen waren Custers Männer an eine Stelle gelangt, wo kurz zuvor ein Sonnentanz abgehalten worden war. Im Sand waren noch die seltsamen Zeichen zu sehen gewesen, die die Indianerscouts im höchsten Maße beunruhigt hatten. Denn sie lasen aus diesen Zeichen, daß Sitting Bull, ein hochverehrter Hunkpapa Sioux-Medizinmann, der vermutlich die abtrünnigen Indianer anführte, durch den Tanz eine Vision gehabt hatte – eine Vision, die voraussagte, daß ihr Dorf von weißen Soldaten angegriffen werden würde. Und sie lasen auch, daß all diese Weißen von den Sioux- und Cheyenne-Kriegern getötet werden würden.

Obwohl Custer und seine Offiziere sich über diesen Unsinn lustig gemacht hatten, blieben die Scouts besorgt. Dies waren Beweise eines mächtigen Zaubers, und sie bewiesen zudem, daß die Spur frischer war, als irgend jemand geglaubt hatte. Das Tal war mit den Kratzern und Furchen der hinterhergeschleiften Tipistangen zernarbt, und das Gras war kurzgerupft, was auf eine kürzlich hier grasende große Ponyherde verwies. Schließlich hatte Custer seine Scouts vorausgeschickt, um herauszufinden, was diese frischen Zeichen bedeuten sollten.

Während Dan Reno nun zu Custers Biwak folgte, rief er sich eine Unterhaltung in Erinnerung, die er am vorangegangenen Nachmittag in der drückenden Sonne von Montana geführt hatte. »Stellen Sie eigentlich je in Frage, was Sie hier tun?« hatte er einen Soldaten namens Jeb Campbell gefragt, während er lustlos in einer unappetitlichen, salzigen Mahlzeit herumstocherte.

»Was ich hier tue?« hatte Campbell geantwortet, wobei er sich aus einer zerbeulten Blechflasche mit Whisky bediente. Seine verfärbte obere Zahnreihe war abgeschlagen, und er saugte stets seine Oberlippe ein, als wollte er sie unbedingt verbergen. »Nun, Sir, ich bin hier, um die Indies zu töten. Jeder weiß, daß sie wegrennen, wenn sie uns kommen seh'n, also müssen wir aufpassen, daß sie uns nich' entwischen.«

»Und warum müssen wir sie töten?« hatte Dan vorsichtig nachgefragt.

Campbell hatte ihm einen unsicheren Blick zugeworfen. Obwohl dieser Mann vor ihm gerade sechs Wochen bei der Siebten war und auch keine Uniform trug, benahm er sich wie ein Offizier und wurde auch so behandelt. Aber welcher Offizier redete schon so? »Na ja, äh, wir müssen die doch töten, weil sie keinen Platz machen, wenn wir Weißen vorwärtskommen. Sie bringen unsere Siedler um und wollen die Eisenbahn aufhalten. Mann, jeder weiß doch, daß die Indies 'n unwissender Haufen sind. Heiden sind's, die man fertigmachen muß! Sir – wie heißen Sie?«

»Matthews.« Dan überlegte einen Moment. Grant und er waren sich darüber einig gewesen, daß selbst ein Berater einen Titel haben mußte. Und so fügte er hinzu: »Ich bin Captain Matthews, Private Campbell.«

Der dürre Soldat blinzelte, dann zuckte er die Schultern. »Hä? Na ja, Käpt'n, jedenfalls sieht's für mich so aus, als müßten wir jeden von diesen verdammten Rothäuten erledigen.«

»Aber ... ist es Ihnen mal in den Sinn gekommen, daß sie zuerst hier waren? Was gibt uns das Recht, sie aus einem Land zu vertreiben, in dem sie Hunderte, vielleicht Tausende von Jahren gelebt haben?«

»Auf welcher Seite sind Se eigentlich?« fragte Jeb mit verengten Augen und sog erregt an seinen abgebrochenen Zähnen. »Es is' doch klar, daß die keine Menschen wie wir sind. Wir sind Christen, Gott ist mit *uns*!«

Im Bürgerkrieg hatte Dan gelernt, daß es sinnlos war, über Gottes Meinung in solcher Hinsicht zu diskutieren. »Aber was ist mit dem Abkommen von Laramie? Wir haben den Indianern versprochen, daß sie hier unbehelligt leben und jagen können. Und das ist erst acht Jahre her! Kann unsere Regierung Versprechungen machen und dann einfach die Gesetze ändern?« Dans blaue Augen waren, während er sprach, dunkler geworden, obwohl seine Stimme weiterhin ruhig klang.

»Hörn Se auf!« zischte Jeb Campbell. »Wozu Ausreden? Jeder weiß doch, daß es hier bloß um die Black Hills geht ... und die Berge von Gold, die dort warten. Warum konnten die nich' einfach dieses dämliche Abkommen vergessen, uns die verdammten Berge geben und uns all den Ärger und das Blutvergießen ersparen? Mann, seit vor zwei Jahren Gold da gefunden wurde, wußten wir doch, daß wir die Black Hills zurückhaben mußten. Diese Heiden sind doch zu dumm, das Gold selbst auszubuddeln. Vielleicht wissen Se's ja nicht, weil Se aus dem Osten sind, aber die Indies glauben, daß die Berge heilig sind, und sie gehen bloß im Herbst rauf, um *Zeltstangen* zu schneiden. Da oben liegt überall Gold, und die *kümmern* sich nich' mal drum. Na, ich kann Ihnen sagen, Käpt'n, die Weißen kümmern sich ums Gold!« Er lachte rauh. »Wir sind ja nicht so dumm wie diese roten Wilden!«

»Sie haben recht, Campbell«, antwortete Dan mit einem ironischen Lächeln. »Sie und die Sioux haben wahrhaftig nichts gemein.«

Dann war die ausgedehnte Rast zu Ende, und sie waren weiter marschiert und geritten, bis sie schließlich ihr Lager aufgeschlagen hatten. Die Crow Scouts waren auch nach Einbruch der Dämmerung noch nicht zurückgekehrt. Erst Stunden später, als Dan versucht hatte, etwas Schlaf zu bekommen, waren Goes Ahead, Curly, Hairy Moccasin und White-Man-Runs-Him endlich müde ins Lager geritten und hatten Custer Bericht erstattet.

Nun krochen auch andere Offiziere aus ihren Zelten in die mondhelle Nacht, rieben sich die Augen, knöpften sich ihre Hosen zu und machten allesamt einen verlorenen Eindruck.

Lt. Col. Armstrong Custer saß an einem Falttisch in seinem weißen Zelt. Das Licht einer Kerze spielte auf seinen gebräunten, adlerartigen Zügen, seinem großen Schnurrbart und den blassen Brauen. Obwohl er für seine langen, lockigen »gelben Haare« berühmt war, trug Custer es nun kurzgeschnitten. Und mit Zimtöl gezähmt, sahen Haare und Bart nun unromantisch braun aus. Als Dan in das Biwak des Befehlshabers trat, streiften ihn nur höchst beiläufige Blicke. Es ärgerte Custer offensichtlich, zu seinem »Berater« höflich sein zu müssen, um mit Grant wieder auf gutem Fuß zu stehen.

Die Offiziere, Custers Bruder Tom und sein Schwager James Calhoun eingeschlossen, drängten sich nun ebenfalls ins Zelt. Niemals hatte Daniel Matthews so viele interne Streitigkeiten innerhalb eines Regimentes erlebt wie in diesen letzten Wochen mit der Siebten Kavallerie. Obwohl einige Offiziere hinter ihrem Kommandanten standen, verbargen andere kaum ihre Verachtung für ihn. Custers zwei Senioruntergebene, Reno und Benteen, waren gerade dafür die schillerndsten Beispiele.

»Ich habe eine Entscheidung treffen müssen«, verkündete Custer. Die Kerzenflamme tanzte im passenden Augenblick über sein Gesicht und seinen scharlachroten Binder. »Die Scouts sagen, daß General Terrys Informationen falsch waren. Die Indianer sind nicht am Rosebud. Ihre Spur führt direkt vor uns nach Westen und steigt dann an der Gabelung von Rosebud und Little Bighorn-Fluß an. Die Spuren sind frisch, das heißt die Indianer müssen am unteren Little Bighorn sein.«

Ein angespanntes Raunen ging durch die Männer, während Custer einen Schluck aus einem Becher trank. »Wir warten auf Ihre Entscheidung, Sir«, sagte Lt.William Cooke.

»Nun, wir werden natürlich weitermarschieren«, sagte

ihr Kommandant beiläufig. »Jetzt. Heute nacht. Wir ändern den Kurs, marschieren in der Nacht durch den Fluß, rasten morgen und stellen die Lage des feindlichen Lagers fest. Dann überraschen wir sie mit einem Angriff in der Dämmerung des Sechsundzwanzigsten.« Er zog finster seine Brauen zusammen. »Sie werden mir sicherlich alle zustimmen, daß wir keine Zeit verlieren können. Wenn die Indianer bemerken, daß wir kommen, werden sie sich eher über die ganze Prärie versprengen, statt zu kämpfen.«

Dan wurde schwindlig. Er wußte, daß die Theorie, die Sioux wären nichts als feige, ziemlicher Unsinn war. Er erkannte plötzlich, daß er sich in den letzten Wochen geweigert hatte, wirklich an die Möglichkeit zu glauben, Custer könnte gewitzt genug sein, die Indianer aufzuspüren und sie tatsächlich zu einem Kampf zu zwingen. Aber es gab noch andere, drängendere Punkte.

»Sir, die Männer sind nach den letzten beiden Tagen extrem erschöpft«, bemerkte Dan ruhig. »Vielleicht wäre es günstiger, sie heute nacht schlafen zu lassen –«

Custers Augen schleuderten Blitze. »Nein! Dies sind Erfahrungen, die aus Jungen Männer und aus Männern Helden machen! Wir ziehen *sofort* ab!« Er sprang auf die Füße und verströmte plötzlich eine manische Energie, die Dan kalte Schauder über den Rücken jagte. Während er heftig atmete, um sich zu beruhigen, streifte sein Blick die verdatterten Offiziere, dann setzte er hinzu: »Gestatten Sie mir, Sie daran zu erinnern, daß das Überraschungselement entscheidend ist. Kein Soldat wird sich aus seiner Kolonne bewegen oder laut sprechen. Trompeten sind untersagt.« Er machte eine unbeschwerte Geste. »Also dann, ich zähle auf Sie alle. Wecken Sie die Soldaten und teilen Sie Ihnen mit, daß nun das Abenteuer wirklich beginnt!«

Die Siebte Kavallerie schien sich ihren Weg durch die Nacht zu ertasten und marschierte schwerfällig das felsige, unwegsame Tal eines kleinen Stroms entlang. Es ging nur langsam voran, aber Custer schaffte es, seinen Männern noch sechs weitere Meilen abzuringen, bevor er sie, dem Zusammenbruch nah, endlich wieder rasten ließ. Während Kaffee gemacht wurde, ritten die Indianerscouts und ihr Anführer, Lt. Charles Varnum, voran, um den Feind auszumachen.

Einige Männer dösten sofort auf Rupfensäcken ein, aber Dans wachsendes Unbehagen ließ ihn keinen Frieden finden. Nachdem er sich einen Kaffee eingeschenkt hatte, der sich durch das alkalische Wasser als buchstäblich untrinkbar herausstellte, stand er auf, um sich zu Custer zu gesellen.

»Matthews«, murmelte der Kommandant als Gruß, während er auf den rotgelben Horizont starrte, wo die Sonne aufging.

Dan versuchte, aus seiner Miene zu lesen, die zum Teil von einem breitkrempigen, weißen Hut beschattet wurde. »General«, sagte Dan leise, indem er durch Custers ehemaligen Rang Höflichkeit ausdrücken wollte, »warum lassen wir es nicht einfach sein?«

Custers Kopf schien zurückzuzucken. »Wovon reden Sie?« fragte er kalt.

»Von der Schlacht, die Sie auszutragen hoffen. Diese Indianer haben nichts getan, das eine solche Behandlung rechtfertigt –«

»Präsident Grant hat ihnen befohlen, dieses Gebiet zu verlassen und wieder in ihr Reservat zurückzukehren. Das wissen Sie. Sie hatten ein Ultimatum bis zum einunddreißigsten Januar, und als der Tag kam und ohne Reaktion verstrich, wurden sie zum Feind erklärt. Wollen Sie behaupten, daß der Präsident seine Meinung geändert hat? Wenn dem so ist, hätte er es mir besser gesagt, als ich noch in Washington war.« Custer sprach mit eisiger Entschlossenheit.

»Sir, ich bin mir darüber bewußt, daß Sitting Bull und Crazy Horse das Ultimatum ignoriert haben, aber wir könnten hier stundenlang darüber diskutieren, wer welches Abkommen gebrochen und wer woran schuld hat. Tatsache ist doch, daß es den Indianern überlassen bleiben sollte, für diese vielen Stämme einen Weg zu finden, wie sie friedlich nebeneinander leben können. Sie wollen doch bloß ihre Traditionen weiterführen, die schon Jahrhunderte, bevor die Weißen überhaupt von diesem Land wußten, entstanden sind.« Er machte eine effektvolle Pause, dann fuhr er fort: »Unsere Regierung hat eine beschämende Anzahl an Abkommen mit verschiedenen Stämmen gemacht und wieder gebrochen. Kann der Vertrag von Laramie denn nun genauso leicht verworfen werden?«

»Hat der Präsident Sie hierher geschickt, um mir zu *raten*, meine Armee aus den Kampfhandlungen gegen die Indianer zurückzuziehen?« fragte Custer in beißendem Tonfall. »Nein? Das dachte ich mir. Ich weiß, was meine Aufgabe ist – Sie auch? Ich bin hier, weil ich Befehle befolge, und die sind bisher nicht zurückgenommen worden. Im übrigen haben die Indianer ebenfalls eine Menge Versprechungen gebrochen.« Zufrieden mit seiner Art, dieses ärgerliche Problem gelöst zu haben, lächelte Custer ihn an und wandte sich ab.

Dan hatte gewußt, daß es sinnlos war, aber er hatte es zumindest versuchen müssen. Gerade kamen die Scouts wieder in das Lager, und er trat ein paar Schritte zurück, um die Szene unbeteiligt beobachten zu können.

Die Scouts waren bis zu Crow's Nest hochgeritten, der in fünfzehn Meilen Entfernung den Little Bighorn-Fluß überragte. Was sie sehen konnten, war ein Tal, das vom

Rauch der Lagerfeuer dunstig war, und am Westufer des Flusses einen dunklen Fleck, der sich bewegte und auf eine gewaltige Ponyherde hinwies. All das ließ darauf schließen, daß die Indianer riesige Kräfte mobilisiert hatten, weit größer als man sich vorgestellt hatte. Es wurde daraufhin verkündet, daß ein Indianerdorf nicht mehr als ein paar hundert Bewohner haben konnte, weil ansonsten die Nahrung für die Menschen und das Gras für die Ponys zu knapp werden würde. Darüber hinaus hieß es, die Sioux wären ohnehin zu unzivilisiert und zu unbeugsam, um die Ordnung in einer großen Gemeinschaft aufrecht zu halten. Custer beharrte auf dieser Theorie und wischte die Ängste und Warnungen der Scouts mit einem Schulterzucken beiseite.

In seinem blaugrauen Flanellhemd, den Hirschlederhosen, die er in die Stiefel gesteckt hatte, und seinem regulären Armeehut stieg Custer nun auf sein Pferd und ritt wie in einem Fieber um das Lager herum, während er seinen zweiunddreißig Offizieren Befehle zubrüllte. Am Kochfeuer der Arikara Scouts hörte er sich ungeduldig die Ermahnungen von Bloody Knife an, einem Halbsioux, den er schon seit Jahren kannte.

»Vor uns sind mehr Sioux, als Sie sich vorstellen können, mehr Sioux, als wir Kugeln haben«, warnte Bloody Knife. »Wenn Sie angreifen, ohne auf andere Truppen zu warten, werden wir zwei oder drei Tage kämpfen müssen.«

Custer grinste. »Ich denke, wir erledigen sie in einem Tag. Im übrigen können wir es uns nicht leisten, auf Verstärkung zu warten. Wir sind zu nah, und wir riskieren Entdeckung, was bedeuten würde, daß das gesamte Dorf verschwunden sein wird, bevor wir noch einen Angriff starten können.«

Als er das hörte, empfand Dan Matthews das übelkeiterregende Gefühl von drohendem Verhängnis. Custer hatte eine Ausrede, um den Angriff nicht hinauszuschieben, und noch immer bestand er darauf, da ihm die Leben seiner eigenen Männer offenbar so wenig bedeuteten wie die der Sioux. Dan wünschte sich, er könnte sich abwenden, wäre nie hergekommen. Dieser Wahnsinn und die Ungerechtigkeit der Situation drehten ihm den Magen um und drohten, ihn zu ersticken.

Als die Kolonnen sich in Bewegung setzten, ritt Custer selbst zu Crow's Nest hinauf, und Varnum, Matthews und einige andere Offiziere begleiteten ihn. Doch als sie am Aussichtspunkt ankamen, war der Little Bighorn inzwischen in einen Nebel eingehüllt, der alles verschluckte, was darunter liegen mochte.

Dan folgte Custer zurück zur Hauptkolonne. »Wir brauchen uns nicht zu beeilen, Sir«, sagte er, nachdem er sein Pferd neben Custers weißbestrumpften Fuchs, Vic, gelenkt hatte, »anzugreifen, meine ich. Mein Gefühl sagt mir, wir sollten auf die Scouts hören und Vorsicht walten lassen.«

»Ist Bloody Knife hier Befehlshaber?« fuhr Custer ihn an. »Der Mann redet, als wären *Tausende* von Indianern vor uns in diesem Tal. In dieser Rasse gibt es keine derartige Übereinstimmung und Zusammenarbeit, die so etwas möglich machen würde, Matthews.« Er zügelte Vic und starrte Dan einen Augenblick in die Augen. »Ich denke, daß dieses Märchen vom ›größten Indianerdorf der Welt‹ gelinde gesagt übertrieben ist. Es basiert eher auf der abergläubischen, ängstlichen Deutung dieser albernen Zeichen im Sand als auf dem tatsächlichen Sichten des Dorfes. Jedenfalls können Sie Ihren Aufpasserstatus einen Moment vergessen. Wie ich Ihnen schon gesagt habe, werden wir heute Rast machen und unsere Lage überdenken.«

Lieutenant-Colonel Custer trieb sein Pferd an und galoppierte den grasbewachsenen, staubigen Hügel hinunter auf die Kolonnen der Soldaten zu. Einige hatten in Erwartung der Hitze bereits ihre blauen Röcke ausgezogen, ihre Ärmel hochgerollt und Strohhüte aufgesetzt. Als auch Dan näher kam, konnte er die Angst und die Unsicherheit in ihren Mienen erkennen. Custer redete angeregt auf Reno und Benteen ein, und plötzlich schien es, als ob die Sonne innerhalb weniger Sekunden heißer geworden war. Captain Myles Keogh lenkte sein Pferd, einen Wallach namens Comanche, neben Dan. Keogh seufzte.

»Was ist los?« Dan zog seinen grauen Hut vom Kopf und fuhr sich durchs Haar.

»Als wir noch beim Einpacken waren, hat einer der Männer ein paar Sioux-Krieger nicht weit vom Camp entfernt entdeckt. Und eben haben wir noch einen Trupp gesehen. Jetzt ist natürlich zu befürchten, daß sie sich bereits in diesem Moment in alle Winde zerstreuen.« Keogh strich sich über seinen dichten Schnurrbart. »Das wäre eine verdammte Schande, nicht wahr? Da sind wir den ganzen weiten Weg bis hierher gekommen, um das größte Dorf aller Zeiten aufzuspüren, und nun entkommen sie vielleicht, bevor wir noch angreifen können …«

Dans Kopf begann zu hämmern. Wie konnten diese Soldaten, von denen viele ihr Leben riskiert hatten, damit schwarze Sklaven ihre Freiheit wie echte Amerikaner genießen durften, sich so wenig um das Leben und die Rechte der Indianer kümmern? Waren Gold und Land denn wichtiger als Gerechtigkeit?

Custer brüllte mit glühendem Gesicht: »Wir können nicht mehr warten, sonst verlieren wir sie! Wir haben keine Wahl, als sofort zuzuschlagen. Mein Adjutant, Lieutenant Cooke, wird das Regiment in drei Bataillone teilen, so daß wir den Feind einkreisen können und niemand entkommt. Major Reno befehligt das erste, Captain Benteen das zweite Bataillon, und ich führe das dritte und größte.«

George Amstrong Custer schwenkte seinen Hut in der Luft und verkündete: »Wir werden siegen, Jungs! Mit der Siebten Kavallerie könnte ich alle Indianer von diesem Kontinent fegen!«

Jeb Campbell, der ein paar Meter von Dan entfernt stand, konnte seine Freude nicht unterdrücken. Mit einem Grinsen, das seine abgebrochenen Vorderzähne entblößte, gellte er: »Is' 'n höllisch guter Tag, 'n paar Indies zu killen!«

In der wachsenden Erregung des bevorstehenden Kampfes begann Cooke, die Männer einzuteilen. Dan wendete sein Pferd und kehrte zu Custer zurück. Er fand den Befehlshaber mit gerötetem Gesicht vor, mit funkelnden Augen und Händen, die sich reflexartig um Vics Zügel öffneten und schlossen.

»Wenn Sie mir unbedingt weitere Ratschläge geben wollen, verschwenden Sie nur Ihren Atem«, sagte Custer.

Dans Verstand riet ihm, ruhig und vernünftig zu reden, aber plötzlich wurde ein anderer Teil in ihm mächtiger. »Das können Sie nicht tun! Das ist Irrsinn, sehen Sie das denn nicht? Ich kenne die Sioux, und ich weiß, daß das, was die Scouts heute morgen gesehen haben, Tatsache war, keine Vision, über die man sich lustig machen kann.«

»Ich habe für so was jetzt wirklich keine Zeit. Ich hatte bisher ziemlich viel Geduld mit Ihnen, Matthews, aber nun reicht es. In Anbetracht Ihrer Erfolge in der Union Army hätte ich Sie eigentlich nicht als Feigling eingestuft, aber möglich, daß ich mich geirrt habe –«

Mit eiskalten blauen Augen schnitt Dan ihm das Wort ab. »Sie irren sich tatsächlich! Obwohl ich alles verabscheue, wofür diese militärische Handlung steht, bin ich bereit, mit der Siebten Kavallerie in die Schlacht zu ziehen, wenn ich Sie schon nicht überzeugen kann, Vernunft anzunehmen. Doch bis dahin werde ich alles tun, was nötig ist, um Sie aufzuhalten! Sehen Sie denn nicht, wie wahnwitzig die ganze Sache ist? Die Indianer sind *nicht* feige, sie werden nicht weglaufen, wenn Sie auf Verstärkung warten wollen. Aber wenn Sie blind angreifen wollen, dann werden Sie unter Garantie keinen Ruhm ernten!«

Auf Custers Stirn trat eine Ader hervor, als er sich nun zu Dan beugte. »Ich könnte Sie vor ein Kriegsgericht stellen, weil Sie mich beleidigt haben, aber Sie haben sich ja mit der Rolle des *Beraters* abgesichert. Nun, Matthews, behalten Sie Ihren Rat und Ihre Beleidigungen für sich. Was Ihr Angebot angeht, mit uns in die Schlacht zu reiten – ich *lehne ab*! Ich will heute keinen Mann neben mir haben, der der Sache nicht treu ergeben ist. Ich will, daß Sie hier verschwinden ... nicht nur ins Lager, sondern *ganz verschwinden*! Gehen Sie nach Washington zurück und sagen Sie Präsident Grant, daß er schon selbst kommen muß, wenn er einen Aufpasser für mich haben will!« Custer bebte vor Zorn, als er hinzufügte: »Ich bin hier der Befehlshaber, ich bin der General!«

Dans Schädel pochte heftig, und Schweiß lief ihm in den Nacken, als er sein Pferd wendete und davonritt. Das war der allerübelste Tag seines Lebens, schlimmer noch als die blutigste Schlacht im Bürgerkrieg, denn er war hin- und hergerissen, ohne in der Lage zu sein, die richtige Lösung zu erkennen. Wenn Custer nur sein eigenes Schicksal aufs Spiel setzen würde, dann wäre es nicht weiter schlimm, aber –

»Hey, Matthews. Wo gehen Sie hin?«

Er blickte zurück und entdeckte Captain Keogh, der seine Augen mit der Hand vor der blendenden Sonne abschirmte. Wut brannte wie ein Gift in Dans Eingeweiden. »Ich haue verdammt noch mal ab!« brüllte er zurück.

Oben auf dem Berg hielt er kurz inne, um einen letzten Blick zurückzuwerfen. Die Soldaten waren inzwischen in drei Bataillone eingeteilt und fieberten dem Kampf entgegen. Einige sahen zu ihm hinauf und fragten sich ohne Zweifel, warum er ausgerechnet in solch einem Moment das Regiment verließ. *Wie unwirklich wirkt alles,* dachte Dan. Die jungen Soldaten erinnerten ihn an kleine Jungen, die Krieg spielten und ganz sicher waren, daß sie siegreich und unverwundet nach Hause zurückkehren würden.

Dan wußte, daß er keine Wahl gehabt hatte, daß der wirkliche Zweck dieser Schlacht nur Gier und Korruption war, daß Custer ihm befohlen hatte, zu verschwinden. Und dennoch fühlte er sich seltsam schuldig ... irgendwie befleckt, als wäre er ein Deserteur. Sein ganzes Leben lang hatte er problemlos richtig von falsch unterscheiden können, doch nun war er in eine Art Sackgasse geraten. Sein Herz war in zwei Teile gespalten.

Während er sich den Schweiß mit einem Tuch abwischte, beobachtete Dan, wie die berittenen Truppen sich in Bewegung setzten und in Richtung Little Bighorn abzogen. Er schloß die Augen und flüsterte ein Gebet für die Männer. Dann wendete er sein Pferd und ritt allein einer Zukunft entgegen, die plötzlich und unerwartet trübe war.

ERSTER TEIL

»Ein Eden in den Wolken – wie soll ich es beschreiben? Ebensogut könnte man den Geschmack eines Pfirsichs oder den Duft einer Rose malen wollen.«

Samuel Borrows,
Reporter und Mitglied der
Black Hills-Expedition 1874

Kapitel 1

26. Juni 1876 – Deadwood, Dakota-Territorium

Die lange Reise von Philadelphia nach Deadwood hatte Madeleine Averys Sinn für Etikette und Anstand auf eine harte Probe gestellt, aber nun waren sie, ihr Bruder und ihre Großmutter fast an ihrem neuen Zuhause angelangt. Ihr Wagen zuckelte durch den Schlamm und eine abschüssige Strecke hinauf, die man aus den Bergen gehauen hatte, und jeder im Treck bestätigte, daß *Deadwood* auf der anderen Seite liegen sollte. Hier im Westen sprachen die Leute das Wort *Deadwood* in einem Tonfall aus, der sonst nur dem *Paradies* vorbehalten war. Und jeder einzelne, den Maddie und ihre Familie während der Zeit an Bord von Zügen, Dampfern und schließlich in Planwagen getroffen hatte, war neidisch gewesen, als die Averys ihr Ziel verrieten.

»Weißt du noch, Maddie, der Mann in Sioux City?« Benjamin Avery, neun Jahre alt, kletterte mit aufgerissenen Augen und ordentlich verdreckt zurück in ihren Wagen, wo er erst seine Schwester, dann seine Großmutter anstarrte. »Er hat gesagt, daß es in Deadwood so viel Gold gibt, daß die Straßen voll damit sind! Ich wette, wenn wir oben auf dem Berg ankommen und runtergucken können, dann funkelt uns die Stadt durch die Bäume entgegen.«

»Nun, der Gedanke ist sehr reizvoll, Benjamin, aber ich bezweifle doch, daß das der Fall sein wird«, antwortete Maddie mit einem müden Lächeln.

Die Black Hills selbst waren unfaßbar schön, obwohl sie nur ein paar Meilen von der Nordseite her hineingefahren waren. Doch was sie bisher gesehen hatte, war ein baumbestandenes Wunderland, voll herrlicher Wildblumen und durchzogen von kühlen Bächen. Die sonnendurchflutete Luft war geschwängert mit dem Duft der Pinien, und es war nicht schwer, sich die berühmteste Stadt der Black Hills mit den Straßen voller Gold vorzustellen. So raffte sich Maddie zu einem fröhlichen Tonfall auf und setzte hinzu: »Ich gebe zu, daß ich auch gespannt auf die Ankunft bin. Ich kann es kaum erwarten, das Haus zu sehen, das Vater für uns gebaut hat. Die letzten Monate waren so schwierig …«, sie hielt inne, um die Tränen zurückzuhalten, die in ihre Augen quollen, als sie zu ihrer Großmutter aufsah. »Ich sehne mich schrecklich danach, ein neues Zuhause einzurichten, einen Garten zu pflanzen und die Familie zu umsorgen.«

Susan Hampshire O'Hara schenkte ihrer Enkelin ein zärtliches Lächeln. Auch sie hatte den kürzlichen Tod ihrer Tochter Colleen, Maddies Mutter, noch nicht überwunden. »Liebling, hast du es noch nicht bemerkt? Dies ist nicht Philadelphia. Wenn ich mich nicht ganz täusche, wird Deadwood noch unzivilisierter sein als die Orte, durch die wir in den Ebenen gekommen sind. Goldgräberstädte schaffen meist eine Atmosphäre, in denen nette Beschäftigungen wie Blumenzüchten oder Waffelnbacken recht fehl am Platz sind.«

Mit leicht gerunzelter Stirn fing Maddie den Stoß ab, als der Wagen plötzlich durch eine tiefe Rinne rumpelte. Ihr Blick glitt zu einer von den Reisetaschen, die sie gekauft hatte, trotz der brieflichen Ratschläge ihres Vaters, mit nur leichtem Gepäck zu reisen. Es war einfach nicht möglich gewesen, ihre Lieblingsbücher zurückzulassen, won denen einige noch die verblaßte Inschrift »Colleen

O'Hara Avery« trugen. Sie würden sie in der befremdlichen Umgebung trösten – sie und die verschiedenen Andenken, die sie aus ihrer Heimat mitgebracht hatte. Die Möbel jedoch waren zurückgelassen und in Gramma Susans Haus eingelagert worden, für den Fall, daß Stephen Avery oder seine Kinder eines Tages vielleicht ein Stück des Mobiliars haben wollten, das Colleen mit untrüglichem Geschmack und größter Sorgfalt ausgesucht hatte.

Die erstaunlichste Beigabe zur Avery-Reiseausstattung war allerdings im allerletzten Moment hinzugefügt worden: Susan O'Hara persönlich. Die dreiundachtzig Jahre alte Dame hatte niemals geglaubt, daß sie Philadelphia, wo sie geboren worden war und die meiste Zeit ihres Lebens verbracht hatte, zugunsten eines gottverlassenen Ortes wie Deadwood aufgeben könnte. Nun, sie war schon immer sehr impulsiv gewesen, und als es an der Zeit gewesen war, Maddie und Benjamin Lebwohl zu sagen, hatte sie sich außerstande gesehen, zurückzubleiben. Es war, als hätte sie die Stimme ihrer Tochter aus dem Himmel zu ihr sprechen gehört. Colleen hatte Stephen Avery schon fast krankhaft geliebt, obwohl sie die meiste Zeit beide Elternrollen übernehmen mußte, während er sich durch das Land herumtrieb, immer auf der Suche nach Reichtum und Abenteuer. Gewöhnlich fand er das auch in Form von Spekulationen, wenn irgendwo wieder ein Gold- oder Silberrausch ausgebrochen war. Obwohl Colleens angegriffene Gesundheit Stephen die letzten Jahre zu Hause gehalten hatte, war Madeleine immer mehr in die Rolle ihrer Mutter geschlüpft und hatte sowohl für ihren Bruder als auch für ihren Vater gesorgt. Es war unmöglich zu sagen, welche Art von Zuhause die Avery-Kinder in Deadwood erwartete. Und in letzter Minute hatte Susan begriffen, daß sie sie nicht allein gehen lassen konnte.

Wie sonderbar das Leben doch war, entschied Susan,

während sie ihre schöne Enkelin betrachtete. Wie Colleen, die sich praktisch seit ihrer Kindheit wie eine Lady verhalten hatte, schien die guterzogene Madeleine entschlossen, die schönen Dinge zu genießen und das Zartgefühl einer Dame zu kultivieren, das gewöhnlich auf Kosten jeglichen Spaßes ging, den das Leben zu bieten hatte.

Susan O'Hara hatte allerdings Zweifel, wie tiefgreifend Madeleine wirklich derart ›veredelt‹ war. Schließlich war das Kind das Ebenbild Patricks, ihrem geliebten, dahingeschiedenen, genußfreudigen Schuft von Ehemann. Mit ihren zwanzig Jahren entwickelte Madeleine eine ausgereifte Schönheit: ihr langes, dichtes Haar besaß eine goldrote Farbe, ihre großen Augen waren smaragdgrün und funkelten, der Mund war voll, sinnlich und rosig, und ihre milchige Haut war mit zarten Sommersprossen über dem Nasenrücken, über den Brüsten und auf den Gliedern gesprenkelt. Maddie versuchte, ihr Aussehen herunterzuspielen, indem sie ihre Haarmassen in einen festen Dutt zerrte und ihren bemerkenswerten Körper mit hochgeschlossenen, langärmeligen Kleidern und einzwängenden Korsetts verhüllte. Sie bot das Bild einer jungen Lady, das Colleen bestärkt hatte, doch Susan ahnte, daß tief in ihrer Enkelin eine Glut schwelte, die eines Tages aufflammen und ihre Schönheit voll unterstreichen würde. Sie hoffte vor allem, daß sie es noch erleben würde.

»Seht mal!« rief Benjamin nun und riß Susan damit aus ihren Tagträumen. Der Wagen hatte sich bis zur Bergspitze hinaufgeackert. »Da ist Deadwood!«

Madeleine half ihrer Großmutter vor, damit sie beide gemeinsam den ersten Blick auf ihr neues Zuhause werfen konnten. Das, was sie sahen, entrang beiden ein unwillkürliches Aufkeuchen. »Vielleicht«, murmelte Susan, »liegt da irgendwie ein Irrtum vor. Das kann doch unmöglich –«

»Das ist Deadwood«, unterbrach ihr Kutscher, Hugo,

sie. Er spuckte einen Strahl Tabaksaft aus. »Nun ist es zu spät zum Umkehren.«

Unter ihnen lag, in eine gewundene Schlucht gezwängt, über der sich weiß schroffe Felsen erhoben und die mit abgebrannten Baumstümpfen besetzt war, eine schlammige, behelfsmäßige Stadt. Deadwood schien praktisch ausschließlich aus halbfertigen Häuschen, Holzhütten und Tausenden von Zelten zu bestehen. Maddie konnte die Rufe und das Gelächter, die an den Bergwänden widerhallten, hören, und die von Männern kamen, die sich auf jedem freien Fleckchen der Stadt und in den nackten Felswänden zu bewegen schienen. Goldgräber.

»Himmel«, flüsterte Madeleine.

»Sieht es nicht ganz ungeheuer aus?« fragte Benjamin, der von seiner Schwester zu seiner Großmutter und zurück sah.

»Ziemlich«, antwortete Susan trocken. Sie strich mit ihrer weichen, faltigen Hand über seine widerspenstigen Locken. »Genau die Art von Stadt, wovon ein kleiner Junge träumt.«

»Glaubst du, es gibt dort überhaupt noch andere Frauen?« fragte Madeleine.

»Oh, klar«, mischte sich Hugo zwinkernd ein. »Wo Gold ist, sind jede Menge Frauen ..., wenn Sie wissen, was ich meine.«

»Wie reizend«, bemerkte Susan, als sie sich nun an den holprigen Abstieg machten. Ihre Enkelin setzte sich wieder und lächelte sie unsicher an. »Das verspricht wirklich, ein Abenteuer zu werden.«

Stephen Avery stand groß und aufrecht in seiner gestärkten Hemdbrust, der karierten Jacke und den schmalen, taubengrauen Hosen neben dem neuen Haus, in dem Peter Gushursts Gemüseladen untergebracht war. Die Sonne schien jede Minute wärmer, und der Gestank, der aus dem Morast, der sich Hauptstraße nannte, aufstieg, wurde immer intensiver.

Während er die Handvoll klappriger Planwagen beobachtete, die in die Schlucht hinunterholperten, versuchte Stephen sich nicht darüber zu beunruhigen, was Madeleine wohl denken würde, daß er sie und Benjamin hierhergeholt hatte. Sie war ihrer Mutter so ähnlich. Er hätte nicht im Traum daran gedacht, Colleen aus ihrem geliebten Philadelphia und dem beschaulichen, manierlichen Leben, das sie dort führte, zu reißen. Was war nur in ihn gefahren, Madeleine das nun anzutun?

Ein dünner Bach aus Schweiß tröpfelte unter dem Band seines Bowlers hervor. Er nahm den Hut ab, glättete sein welliges, schwarzes Haar und lehnte sich vor, um die Wagen zu beobachten, die sich nun Deadwoods Chinatown näherten. Das Nordende der Schlucht war gerade breit genug für Hauptstraße und Whitewood Creek, und die exotisch wirkenden Ladenfronten überraschten stets die Leute, die noch nie zuvor ein chinesisches Viertel gesehen hatten. Der starke Duft von Räucherstäbchen lag in der Luft. Ängstlich beobachtete Stephen, wie erst Benjamin, dann Maddie unter der dreckigen Plane des Wagens hervorkrochen, um sich neben den Fahrer zu setzen. Ihre unschuldigen Gesichter drehten sich nach hier und dort, blickten auf das baufällige, chinesische Gemüsegeschäft, die Wäschereien, Restaurants und den kleinen Tempel. Doch noch erstaunlicher war der Teil des Ortes, durch den sie als nächstes kamen – die »Badlands«, ein Schmelztiegel aus Laster und Korruption, der sprichwörtliche Sündenpfuhl. Dreckige Goldgräber, bemalte Huren und schlagkräftige Glücksspieler lungerten vor den Türen und auf den vereinzelten Balkonen herum, lachten, ballerten mit ihren Pistolen in die Luft und tranken, während sie beobachteten, wie die neueste Saat von Siedlern in Deadwood einrollte.

Wieder sprach Stephen ein stummes Dankgebet, daß Colleen nichts zu seiner Entscheidung sagen konnte, seine Kinder in diese stinkende, ruppige, unzivilisierte Stadt zu holen. Natürlich war er alles andere als froh, daß sie tot war, aber er konnte sich des Gefühls nicht erwehren, daß sie sein Verhalten und seine Person niemals richtig gebilligt hatte, nachdem vor über zwanzig Jahren der rosafarbene Glanz der ersten Liebe verblaßt war. Selbst jetzt noch hatte er manchmal den Eindruck, als könne er sie seiner neuesten ›kindischen‹ Ideen wegen tadeln hören. Colleen pflegte zu murmeln: »Wann wirst du jemals erwachsen, Stephen? Ich verliere langsam die Hoffnung …, aber solange du nicht versuchst, uns in die Wildnis zu verschleppen, will ich geduldig mit dir sein. Ich kann nur hoffen, daß du eines Tages deiner merkwürdigen Reisen müde bist und dich nach der Geborgenheit deiner Familie sehnen wirst, nach deinem schönen Zuhause und nach einer kultivierten Stadt wie unser wunderbares Philadelphia.«

Colleen hätte gewollt, daß ihre Kinder dort bleiben, selbst wenn es bedeutete, daß ihr Sohn Benjamin von weiblichen Verwandten statt von seinem Vater erzogen werden würde. Nun, da die Planwagen, in denen seine Sprößlinge saßen, näherkamen, betete er ernsthaft – und völlig untypisch für ihn –, daß sie hier glücklich werden würden. Waren sie nicht schließlich auch seine Kinder? Vielleicht konnten sie sogar durch die heftigen Unterschiede zwischen ihrem neuen und vergangenen Leben reifen …

Gezogen von zwei erschöpften Mulis, die Räder dreckverklumpt, kam der Wagen der Averys ächzend zum Stehen.

»Hallo, Vater!«

Stephens Herz zog sich, wie immer, wenn er nach einer längeren Trennung Madeleine wiedersah, zusammen. Mit jedem Jahr, das verstrich, schien sie schöner zu werden, obwohl sie äußerlich keinem ihrer Elternteile ähnelte. Selbst nach wochenlanger Reise wirkte Maddie vom Scheitel ihrer leuchtenden Haare bis zu den kleinen, lederbeschuhten Füßen frisch, blühend und damenhaft. »Meine liebe Tochter! Ich bin so froh und erleichtert, euch beide unversehrt bei mir zu haben.«

Der Fahrer hatte keine Bedenken, in die stinkende Pampe auszusteigen, die bis zur Hälfte seines Stiefelschafts hochquoll. »Ma'am, wenn Sie nicht gerade durch diesen Matsch waten wollen, dann lassen Sie mich Sie zu der Veranda tragen »

Mit einem aufgesetzten Lächeln, das ihre Erschöpfung und ihren Abscheu verbergen sollte, blickte Madeleine an sich herunter, ob ihr Batistbrusttuch auch richtig saß, dann hob sie ihre Röcke und ließ sich von Hugo auf die Arme nehmen. Aus der Distanz mochte sie ihren Fahrer durchaus, doch aus dieser Nähe roch er wie etwas, das seit Wochen weder Seife noch Wasser gesehen hatte. Irgendwie konnte sie ihr Lächeln beibehalten, bis sie sicher neben ihrem Vater auf den nagelneuen Holzstufen abgesetzt wurde. Sie war überaus erleichtert, daß die Reise endlich zu Ende war, aber sie hatte die dumpfe Vorahnung, daß sich Deadwood als noch schlimmer erweisen würde als all das, was sie auf ihrer langen Fahrt bisher gesehen hatte.

»Vater, woher wußtest du, daß wir heute ankommen würden?« fragte sie, als sie ihn umarmte.

»Praktisch jeder in der Stadt wußte, daß ihr kommt, mein Schatz«, antwortete Stephen und streckte die Hand aus, um Benjamin zu sich herüberzuziehen. »Einer der Männer, die gerade zu Pferd angekommen sind, erzählte einem Saloonbesitzer von dem Treck, den er von den Bergen aus Richtung Pierre herunterkommen sah. Tippie schickte jemanden nach mir, und ich habe den Typ befragt. Sobald ich dein außergewöhnliches Haar erwähnte, konnte er sich an dich erinnern – und an Benjamin natürlich. Nun, was eure Sachen angeht …«

»Hat der Mann sich auch an *mich* erinnert?« rief eine weibliche Stimme aus dem Inneren des Wagens.

Stephens Kopf zuckte leicht zurück, während seine Miene sich von Schock bis zu Unglauben wandelte. »Lacht nicht, Kinder, aber einen Augenblick habe ich glatt gedacht, die Stimme hört sich an wie –«

»Sie ist es, Vater«, bestätigte Madeleine ihm, als Susan O'Haras verhutzeltes Gesicht aus dem Wagen lugte. »Gramma Susan ist mit uns gekommen.«

»Unmöglich!« entfuhr es ihm.

»Aber wahr«, bemerkte seine Schwiegermutter trocken, die ihre blauen Kalikoröcke ordnete, bevor sie sich tapfer in Hugos wartende Arme begab. Als sie vor Stephen abgesetzt wurde, schenkte sie ihm ein gewinnendes Lächeln. »Rege dich nicht auf, daß ich dir den Spaß verderbe. Ich glaube im Gegenteil, daß ich dir ganz nützlich sein kann. Meine Weltreisen mit Patrick haben mich an alle möglichen Bedingungen gewöhnt, und ich bin vielleicht in der Lage, unsere liebe Maddie ein wenig aufzubauen.« Nach einer kurzen nachdenklichen Musterung strich sie ihm über die Koteletten. »Du wirst langsam grau, mein Junge. Das ist mir bisher gar nicht aufgefallen.«

Er schluckte hörbar. »Colleen hat die grauen Haare zu zählen begonnen, bevor sie –«

»Stephen«, unterbrach Susan ihn, während ihre Enkel höflich in eine andere Richtung sahen, »es ist auch für mich hart gewesen. Colleen war meine einzige Tochter … und ich konnte die Kinder einfach nicht allein so weit reisen lassen. Ich werde versuchen, alles zu tun, um euch in eurem neuen Leben zu helfen und nicht zu behindern.«

Er kannte sie zu gut, um sich nicht im klaren darüber zu sein, daß weitaus mehr Gründe dahintersteckten. Fünfundzwanzig Jahre lang hatte Susan Colleen und dann Madeleine und Benjamin davor bewahrt, daß sie sich durch seine Reiselust vernachlässigt fühlten. »Ich weiß gar nicht, warum ich dich nicht direkt erwartet habe, Susan«, sagte er schließlich.

»Gramma war einfach wundervoll auf der langen Reise«, sagte Maddie eifrig. »Ich weiß gar nicht, was wir ohne sie hätten tun sollen. Ich hätte zum Beispiel nie Benjamins Fragen beantworten können ... oder mich selbst beruhigen. Gramma Susan hat beides geschafft!«

»Dann bin ich dir sehr dankbar«, sagte Stephen und verbeugte sich tief vor der winzigen alten Frau. Selbst mit ihrer Haube und der Feder darauf, war sie nicht einmal so groß wie ihre Enkelin. »Also, wenn ihr nicht irgend etwas sofort benötigt, schlage ich vor, wir fahren jetzt erst mal zu unserem neuen Haus.« Er schnippte mit den Fingern, und aus dem Gemüseladen kam ein Chinese, der einen Beutel trug. »Dies ist Wang Chee, mein Koch und Helfer. Ihn bei mir zu haben, ist ein wahres Geschenk Gottes. Er achtet darauf, daß ich wenigstens einmal am Tag eine warme Mahlzeit bekomme und eine ganze Reihe sauberer Kleidungsstücke und Laken besitze. Ich nehme an, ihr müßt alle förmlich verhungert sein. Chee wird sich gleich darum kümmern.«

Obwohl Madeleine Wang Chee ihr reizendstes Lächeln schenkte, sank ihr Herz. Sie war niemals auf die Idee gekommen, sich zu fragen, wie ihr Vater bisher zurechtgekommen war, ob er kochen oder waschen oder sein Haus in Ordnung halten konnte. Solche Fragen schienen irrelevant, zumal sie in Philadelphia einen ganzen Stab von Dienern gehabt hatten. Colleen und später ihre Tochter hatten genug damit zu tun, solch einen Haushalt zu organisieren, Mahlzeiten und Festvorbereitungen zu überwachen und einen ganzen Berg persönlicher Aufgaben zu erledigen. Madeleine wußte natürlich, daß es in Deadwood nicht so sein würde. Aber auf ihrer langen Reise in den Westen hatte sich in ihr irgendwie eine romantische Vorstellung von einem einfachen Leben in einem einfachen, kleinen Haus gefestigt. Diese Tagträume hatten die langen Stunden erfüllt und sie glücklicher gemacht, als sie seit dem Tod ihrer Mutter gewesen war.

Nun schien ihr, als dürfte sie nicht mehr als ein geschätzter »Gast« in Wang Chees sauberem, kleinem Häuschen sein. Tränen brannten in ihren Augen.

Ein offener Karren wurde mit Taschen und Truhen aus Hugos Wagen beladen. Madeleine versuchte, ihren Vater anzustrahlen, als sie sich von ihm auf den Platz neben ihm helfen ließ. Susan setzte sich an die andere Seite und Benjamin fand mit Wang Chee hinten Platz.

»Ich weiß, ich weiß«, sagte Stephen Avery in einem entschuldigenden Unterton, als die Mulis sich mühsam im Schlamm vorwärts bewegten. »Ihr fragt euch, warum ich euch an so einen gottverlassenen Ort geholt habe, aber ich hoffe, daß ihr etwas Geduld habt und euer Urteil noch zurückhaltet. Susan, ich erwarte nicht, daß du dich in Deadwood verliebst, aber ich vermute doch, daß meine Kinder ein wenig mehr von meinem Blut in den Adern fließen haben, als wir es bisher geglaubt haben.«

»Mama hat mir erzählt, solche Städte gibt's nur in Büchern«, rief Benjamin nun aus, der seine Begeisterung keine Minute länger im Zaum halten konnte. »Ich wette, wenn sie gewußt hätte, daß es so was Tolles wie Deadwood gibt, dann wär' sie auch gekommen! Nicht wahr, Papa?«

»Nun, Benjamin«, begann sein Vater, dem Susans warnender Blick nicht entging, »zufällig *gab* es Deadwood bis zum letzten Frühling noch gar nicht, also hatte deine Mutter durchaus recht. Im übrigen habe ich eine dumpfe Ahnung, daß sie die Stadt nicht so gerne gemocht hätte wie wir Männer. Ich bete dafür, daß Madeleine ein wenig toleranter ist.«

Maddie konnte sich zwar nicht vorstellen, daß ihr Vater plötzlich religiös geworden war, mochte aber seine Hoffnung nicht einfach zerstören. Sie setzte ihr tapferstes Lächeln auf: »Ich muß zugeben, daß diese Stadt auf den zweiten Blick schon einen Hauch respektabler wirkt«, murmelte sie, während ihr Blick über die nächste Ansammlung von Zelten und Hütten glitt, die von relativ normal aussehenden Leuten bevölkert zu sein schienen. Zumindest gab es hier keine halbnackten Frauen mehr, die aus den Fenstern sahen oder Spieler und Randalierer, die laut zwischen Whiskyrunden fluchten.

Mit einem nervösen Kichern sagte Stephen: »Wie nachlässig von mir …, ich hätte euch erklären müssen, daß der Teil des Ortes, den ihr zuerst gesehen habt, als die ›Badlands‹ bekannt sind. Der Westen ist ganz anders als Philadelphia, aber ich glaube, daß jeder Mensch sich hier draußen eine eigene Welt schaffen kann. Deadwood ist wie ein Baby, es braucht Einflüsse von allen Seiten, um gesund wachsen zu können. Ein Grund, warum ich das Land gekauft habe, zu dem wir gerade fahren, war der, daß ihr nicht in der Nähe der Badlands leben müßt.« Sie überquerten eine zerfurchte Straße, die mit groben Buchstaben als *Wall Street* gekennzeichnet war. Stephen wies nach rechts zu einem Hügel oberhalb der Main Street. »Man versucht, die Badlands auf der Nordseite der Hauptstraße zu halten, während die anständigen Häuser dort auf dem Hang gebaut werden. Es wird bald Treppen geben, die dort hinaufführen, und man riet mir, dort wäre der ideale Platz für unser Haus. Aber ich fand, daß meine Kinder die beste Aussicht verdienten. Ich wollte euch so gut wie möglich von Deadwoods schmuddeliger Seite beschützen.«

»O Stephen, du warst immer schon der rücksichtsvollste Vater der Welt«, bemerkte Susan mit gerade genug Ironie, daß sie sich seiner Aufmerksamkeit sicher sein konnte.

Madeleine wurde inzwischen von Wogen der Verzweiflung überspült. Sie hatte bisher noch nicht eine Frau in ihrem Alter gesehen, zumindest keine, die richtig bekleidet war, und es gab keinerlei Anzeichen für jüngere Männer, die zumindest ansatzweise ihres Interesses würdig waren. Stand ihr Haus weit außerhalb der Stadt, eine klapprige Hütte, umgeben von einem See aus Schlamm? Wo sollte sie einkaufen, und was konnte sie kaufen? Die Hälfte der sogenannten Geschäfte waren Zelte, die vor den Öffnungen ihre Waren in Fässern ausstellten. Wenn sie nicht für ihren kleinen Bruder eine Verantwortung zu tragen hätte, dann würde sie schon jetzt ihre Ankunft in Deadwood bitter bereuen.

»Da ist es!« Sie waren auf die Deadwood Street eingebogen, die in die Sherman Street mündete, die andere Hauptader, die der Schlucht folgte. Stephan zeigte auf die sanftgewellte Bergflanke oberhalb der Sherman Street, aber alles, was seine Familie sehen konnte, waren noch mehr Goldgräber, geschwärzte Balken, Schlamm und Zelte.

Selbst Benjamins Begeisterung über den Westen dehnte sich nicht auf das Schlafen in Zelten aus. »Papa …?«

»Mir gehören fünf Claims auf diesem Hang, jeder dreihundert Fuß groß. Die Männer da arbeiten für mich. An guten Tagen machen sich die Claims mit tausend Dollar bezahlt.« Er konnte nicht widerstehen, Susan einen Blick zuzuwerfen, um festzustellen, ob sie beeindruckt war.

»Stephen«, sagte sie behutsam, als wäre er etwas langsam von Begriff. »Ich kann dir kaum sagen, wie müde ich bin. Haben deine Claims genug erbracht, um ein Haus mit ein oder zwei Betten darin zu erwerben?«

Der Karren hatte sich bereits weiter in Richtung Süden bewegt und bog nun in einen Weg ein, der sich an der Hangseite aufwärts wand. Schließlich konnte Madeleine die Umrisse eines Hauses hinter einer Gruppe Pinien ausmachen. Sie setzte sich etwas aufrechter hin, und Stephen fing lächelnd ihren Blick ein. Als sie oben am Weg angekommen waren, lenkte er die Zugtiere hinter die Bäume und brachte sie vor ihrem neuen Haus zum Stehen.

»Mann!« schrie Benjamin. »Das ist ja das tollste Haus in Deadwood!«

»Welch einzigartige Ehrbezeichnung«, murmelte Susan trocken, als sie ohne Hilfe vom Wagen herunterkletterte.

Madeleine ließ sich von ihrem Vater auf die Erde heben. Das Haus hatte einen müde wirkenden, schmutzigen Vorhof, aber wenigstens war er nicht so matschig wie die Straßen unten. Pinienbretter waren bis zur Tür gelegt worden, damit man trockenen Fußes dorthin kommen konnte.

Das Haus war tatsächlich großartig – für Deadwood! »Ich hätte es aus Ziegelsteinen gebaut«, erklärte Stephen, »aber wir haben noch keine Brennerei hier. Hartholz gibt es hier auch nicht, deshalb mußte es Pinie sein. Unter den Umständen habe ich mein Bestes erreicht.«

Eine kleine Veranda erstreckte sich vor der weißgetünchten, zweistöckigen Behausung. Stephen sagte, daß Madeleine sich eine vernünftige Farbe aussuchen könnte, sobald die Farbe, die er bestellte hatte, geliefert wurde. Sie traten ins Innere des Hauses und zunächst in den kleinen Wohnraum, in dem ein einfacher Klapptisch, ein paar ramponierte Stühle und an einer Wand ein Sofa standen. Stephen ging über den unbehandelten Pinienboden und klopfte stolz die Lehne des Sofas, welches im Rokokostil aus zernarbtem Mahagoni gearbeitet war. Die ursprünglich dunkelbraune Polsterung lugte unter einer Decke aus geblümter chinesischer Seide hervor.

»Ihr könnt euch nicht vorstellen, wie schwer es immer noch ist, hier vernünftige Möbel zu bekommen«, sagte er voller Stolz. »Die Armee und die Indianer erschweren jeder Transportgesellschaft die Fahrt herauf in die Berge, aber das wird sich bald ändern. Doch bis dahin habe ich gebettelt und einige bestochen, um das Haus für dich und Benjamin auszustatten, Madeleine. Bald haben wir auch einen kleinen Ofen hier, um die Wohnstube zu heizen. Ich weiß, du bist ganz andere Dinge gewöhnt, aber ich rechne damit, daß du diese Hütte in ein hübsches Heim umwandeln wirst.«

Susan ging wackelig zu dem häßlichen Sofa hinüber und setzte sich, wobei eine Staubwolke aufwallte. »Du hast dich wirklich selbst übertroffen, Stephen«, sagte sie und nieste.

Maddie berührte den Arm ihres Vaters, da er ihr wirklich leid tat. »Du hast hart gearbeitet, Vater, und nichts würde mir mehr Freude machen, als dieses Haus für uns schön und gemütlich zu gestalten. Das heißt, wenn Wang Chee nichts gegen meine Einmischung hat ...«

»Grundgütiger, nein! Er hat täglich darauf gehofft, daß ihr endlich kommt, damit er auf dem Claim arbeiten kann, den ich ihm zum Graben gegeben habe. Die chinesischen Goldgräber bekommen meistens einen Claim, den ein anderer nicht mehr haben will, und sie sind unglaublich geduldig und erfolgreich.« Stephen schob sich ungeschickt Madeleines Hand unter seinen Arm und führte sie in die Küche. »Chee wird dir trotzdem gerne so gut helfen, wie er kann. Er hat vorgeschlagen, daß wir unsere Wäsche zu seiner Frau schicken. Sie haben eine kleine Wäscherei in Chinatown.«

Madeleine war froh, daß das Haus ihrer Obhut unterlag. Es war also ihr kleines Nest, genau wie sie es sich gewünscht hatte. Doch als sie auf den riesigen, fast einschüchternd aussehenden Holzofen blickte und das karge Sortiment grober Kochutensilien und eiserner Töpfe entdeckte, fühlte sie sich hoffnungslos überfordert. Nichts in ihrer Erziehung hatte sie auf derartige Bedingungen vorbereitet. Drei Vorratsregale standen prahlerisch an den Wänden, wovon eines mit schwerem weißen Steingut und Blechtassen gefüllt war. Drei hölzerne Planken waren über zwei Zimmermannsböcke gelegt, um einen Tisch darzustellen, den eine Reihe Hocker und Klappstühle als Sitzgelegenheiten umgaben.

Stephen seufzte, als er ihren unglücklichen Blick bemerkte. »Wenn ich etwas Besseres hätte bekommen können, dann hätte ich es besorgt, Liebes. Und ich gebe dir mein Wort, daß du alles kaufen kannst, was dir Spaß macht, sobald die neuen Lieferungen ankommen.«

»Wenigstens ... sind wir alle zusammen«, flüsterte Maddie. »Das ist alles, was zählt.«

Benjamin tollte durch das Haus, während Maddie sich nun etwas ruhiger umsah. Unten gab es ein Schlafzimmer, dessen Tür sich auf der anderen Seite der Treppe befand. Darin stand eine Kommode mit Wasserflecken und ein hohes, großes Bett, dessen eines Bein fehlte und nun durch einen Stapel vergilbter Ausgaben von *Harper's Weekly* gestützt wurde.

Im oberen Stock unter dem Dach hing eine dicke, grobe Wolldecke, um den Raum in zwei Schlafbereiche zu unterteilen. Die zwei schmalen Betten waren fast identisch, und jeder Bereich besaß eine kleine Kommode, sprich eine große Versandkiste, die auf der Seite lag und angenagelte Bretter als Fächer in ihrem Inneren hatte. Eine Kerosinlampe, eine Blechschüssel und ein gesprungener Spiegel komplettierten die Ausstattung. Maddie erkannte sofort, welches Bett für sie und welches für Benjamin gedacht war: Ein kleiner Blechsoldat mit abgesprungener Unionsuniform lag auf dem Musselinkissen des einen Bettes, auf dem anderen ruhte eine kleine chinesische Puppe mit goldenen Locken aus echtem Haar. Zögernd hob Madeleine das langvergessene Spielzeug auf, das sie ihrem Vater geschenkt hatte, als er aus Nevada zurückkehrte, um im Bürgerkrieg zu kämpfen. Obwohl sie erst sechs Jahre alt gewesen war, konnte sie sich noch gut erinnern, was sie in ihrer kleinen ernsthaften Ansprache zu ihm gesagt hatte.

»Papa, du mußt die Puppe mitnehmen, sie ist nämlich die schönste, die ich hab'. Sie hat Haare wie Mama ..., obwohl nicht ganz so schön wie sie. Aber ich denke, die Puppe erinnert dich ein bißchen an Mama, wenn du weg bist, und dann kommst du vielleicht früher nach Hause.«

Es war Madeleine niemals in den Sinn gekommen, ihrem Vater eine Puppe zu geben, die wie *sie* aussah.

»Ich habe deinen Vater überredet, daß ich hier oben bei dir schlafen kann, Liebling«, sagte Susan, die in der Tür stand. Obwohl sie sich langsam und vorsichtig bewegte, war sie noch recht behende die Stufen heraufgestiegen. Nun ging sie zu ihrer großen Enkeltochter und legte ihr einen Arm um die Taille. »Ah, da ist ja deine Puppe. Weißt du noch, wie ich sie dir zu deinem sechsten Geburtstag geschenkt habe? Ich wollte dir eigentlich eine mit roten Haaren und Sommersprossen kaufen, aber von der wolltest du nichts wissen.«

»Ich fand, sie sah aus wie Mama«, flüsterte Madeleine.

»Ich weiß, Liebes. Deine Mutter war wunderschön, aber gewiß nicht mehr als du.«

Maddie lachte. »O Gramma, hör auf! Erzähl' mir nicht solche Märchen. Jeder weiß doch, daß Mutter perfekt war.«

»Unsinn!« Als Susan die Tränen sah, die in Madeleines Augen funkelten, umarmte sie sie fest. »Colleen hatte ebenfalls einen ganzen Haufen Probleme. Sie war auch nur ein Mensch, weißt du?«

»Sie fehlt mir so –« Maddies Stimme brach mit einem Schluchzen ab. Es war tröstend, ihre Wange an das weiße Haar ihrer Großmutter drücken zu können. Gramma Susan duftete immer schwach nach Veilchen, und der Geruch erinnerte Maddie heftig an ihre Kindheit.

»Ich weiß, daß sie dir fehlt, Liebling. Uns allen.«

Maddie hob den Kopf und blickte durch das kleine Fenster, das Licht in den Raum ließ. Die Hauptstraße war von hier oben schwach zu erkennen, und sie konnte die Flüche und das Gelächter der Goldgräber von der anderen Seite des Pinienhaines hören. Die Männer ihres Vaters. »Mutter wäre entsetzt von diesem Ort«, murmelte sie schließlich und war erleichtert, daß sie die Worte endlich laut aussprechen konnte. »Jede Kleinigkeit unseres neuen Lebens würde sie abstoßen ... selbst dieses Haus.«

»Madeleine, deine Mutter ist nicht mehr bei uns, und du kannst dir durchaus dein eigenes Urteil bilden.« Susans blaue Augen leuchteten hinter ihren Brillengläsern. »Ich denke, wirklich wichtig ist, daß alle, die wir Colleen geliebt haben und sie nun vermissen, hier zusammen sind, und uns bemühen, ein neues Leben zu beginnen. Vor uns liegen Herausforderungen, und ich denke, sie stellen einen besseren Zeitvertreib dar, als in einem verdunkelten Zimmer in Philadelphia zu sitzen und zu trauern.«

»Ich bin so *froh*, daß du mitgekommen bist, Gramma! Wenn du nicht wärst, fürchte ich, würde ich mich bloß aufs Bett fallen lassen und vor Selbstmitleid heulen.«

»Ich bezweifle zwar, daß dein Vater genauso dankbar ist, aber ich werde mein Bestes tun, euch dreien zu helfen.« Susan ließ sich auf das Bett ihrer Enkelin fallen, machte ihre Schuhe auf und streifte sie mit einem erleichterten Seufzen ab. »Ich gebe es ungern zu, aber ich werde tatsächlich alt. Ich bin wirklich froh, daß wir endlich angekommen sind.«

Obwohl sie immer noch melancholisch war, fühlte Maddie sich schon etwas besser. Sie trat ans Fenster und blickte mit einem reuigen Lächeln über die matschige, baufällige und lasterhafte Stadt unter ihnen. »In gewisser Weise sollte ich ohnehin hier glücklicher sein. In Philadelphia hat mich jeder gedrängt, gesellschaftlich aktiv zu werden ... und natürlich zu heiraten.«

Maddie warf einen Blick über die Schulter und lachte mit einer für sie ungewöhnlichen Verschmitztheit. »Na, hier werde ich bestimmt keine lästigen Verehrer abzuwehren haben. Mir scheint, hier gibt es genug ... Frauen, die sich um die Bedürfnisse der Art von Männern kümmern, von denen es in Deadwood nur so wimmelt. Ich hab' noch keinen außer Vater gesehen, der so aussah, als hätte er seit Ostern noch einmal gebadet! *Ich* bin garantiert nicht ihr Typ, und darüber könnte ich nicht glücklicher sein ...«

Kapitel 2

7. Juli 1876

Daniel Matthews ritt aus Richtung Süden in Deadwood ein, wo die Strecke abwärts in die verrückte Zickzacklinie der Schlucht führte. Es war heiß, und der Gestank, der ihm in die Nase drang, verriet ihm das Wesen der Stadt, bevor er sie noch sehen konnte.

Die Black Hills dagegen waren ihm fast immer noch genauso bezaubernd vorgekommen wie damals vor sechs Jahren, als er mit dem Volk der Lakota hier gewesen war.

Wie eine üppige, waldige, wildreiche Insel, die sich wie ein Wunder aus einem schier endlosen Meer von Gras erhob, waren die Black Hills von einer Schönheit, die kaum durch ein anderes, vielleicht größeres Gebirge übertroffen wurde, das er bisher gesehen hatte. Damals waren sie so gut wie unberührt gewesen, denn die Eingeborenen betrachteten die Berge als heilig. Und selbst jetzt, wo der weiße Mann sein Bestes gab, um eine gierige, zerstörerische Schneise durch die Black Hills zu schlagen, war das Gebiet immer noch atemberaubend schön ... bis sich einem der Anblick Deadwoods in den Augen schmerzend eröffnete.

Der größte Teil der Straße war von zwei frisch angekommenen Ochsentrecks blockiert. Die klagend muhenden Tiere steckten im tiefen Schlamm vor ihren Wagen, von denen soeben die Vorräte abgeladen wurden. Überall liefen Leute herum, huschten in Zelte rein und wieder heraus, riefen sich in den Straßen irgend etwas zu und beugten sich in mehr oder weniger unbekleidetem Zustand aus den Fenstern. Die Stadt war ein reines, ungezähmtes Chaos.

Matthews schob seinen braunen Schlapphut zurück und zügelte sein Pferd, das er an einem besonders langen Tag in Wyoming »Watson« getauft hatte. Es machte ihn traurig und frustriert zu sehen, was sein eigenes Volk aus einem unberührten Fleckchen wie diesem gemacht hatte. Auf der anderen Seite jedoch war Deadwood genau die Art von Stadt, die er brauchte. Alle Arten von Menschen mit üblem Ruf gingen in Goldgräberstädten aus und ein, ohne großartig bemerkt zu werden; Betrüger, Outlaws und andere anrüchige Personen waren also eher die Regel als die Ausnahme. Und gerade jetzt fand Dan die Aussicht, sich unbekannt und unbemerkt unter ein derartiges Volk zu mischen, sehr anziehend. Da er von Anfang an einen längeren Aufenthalt im Westen geplant hatte, war in seinen Taschen Gott sei Dank genug Geld.

Nach der letzten Szene mit Custer und seinem Weggang von der Siebten Kavallerie waren seine Gefühle zunächst sehr intensiv gewesen. Doch nun hatte es Dan vor allem satt. Er hatte zuerst überlegt, ob er sofort nach Washington zurückkehren sollte, aber schließlich hatte Grant ihn ja dazu ermutigt, seine Zeit im Westen zu genießen. Zudem hatte er keine große Lust, dem Präsidenten gegenüberzutreten. Custer hatte in einer Hinsicht recht gehabt: Grant war derjenige, der die Ereigniskette, die zu diesem Wahnsinn am Little Bighorn geführt hatte, erst in Gang gesetzt. Außerdem konnte Dan sich vorstellen, daß sein Empfang im Weißen Haus nicht gerade warmherzig sein würde. Vielleicht hatte Custer dem Präsidenten geschrieben, wie Dan sich verhalten hatte. Nun, in jedem Fall hatte er seine Aufgabe nicht gerade erfolgreich erfüllt. Das Wissen, daß er moralisch im Recht war, konnte ihm zwar etwas Frieden geben, aber welchen Nutzen hatte das schon?

In den letzten Nächten unter dem Sternenhimmel Wyomings war Dan immer wieder die Szene zwischen ihm und Custer durchgegangen. Er empfand eine schwache Übelkeit bei dieser ganzen verdammten Angelegenheit, denn er begriff durchaus, daß seine Argumente Custer bloß noch angestachelt hatten. Wenn er vielleicht einen anderen Kurs verfolgt hätte – einen, der seinem Glauben zwar genauso wenig entsprach, aber für Custer überzeugender gewesen wäre, dann hätte sich die ganze Sache vielleicht erfolgreicher entwickeln können.

Zum Teufel damit, dachte Dan nun, *ich habe die Grübelei satt.* Deadwood war nicht schlecht, und er freute sich darauf, sich einfach ruhig verhalten zu können, bis sich der Staub, den er mit Custer aufgewirbelt hatte, wieder legte.

Und in dieser lauten, schmutzigen Stadt würde es genug geben, das seine Gedanken von seinem Dilemma ablenken konnte.

Mit einem grimmigen Lächeln stellte er fest, daß er ohnehin momentan kaum zu erkennen sein würde. Er war bärtig und viel schmaler geworden, da er auf der Reise durch das umkämpfte Land, wo es keine Forts oder weiße Siedler gab, kaum etwas gegessen hatte. Er hatte ein paar seiner Kleidungsstücke freundlichen Cheyenne an der Grenze zu Wyoming abgekauft. Seine enganliegenden Hirschlederhosen steckten in abgetragenen Stiefeln, und er trug ein ausgebleichtes blaues Hemd mit einem ziegelroten Tuch, das locker um den Hals gebunden war, um den Schweiß aufzunehmen. Ein Halfter und ein Smith & Wesson Schofield '45-Revolver komplettierten seine Erscheinung. Und die war nicht unbedingt vorzeigbar, aber höchst effektiv.

Langsam wurde es praktisch unmöglich, Watson noch weiter durch die dichte Menschenmenge zu lenken, also band ihn Dan vor einem Gebäude fest, an deren Fassade ein Schild mit der Aufschrift *Pioneer Printing Office* stand. Als er abstieg, trat ein Mann in einem abgewetzten braunen Anzug auf ihn zu.

»Sind neu hier, was?« sagte er, während er Dan eine Zeitung in die Hand drückte. »Erlauben Sie mir, mich vorzustellen, Junge. Ich bin C. V. Gardner, vormals Captain der Union Army im Krieg zwischen den Staaten, aber derzeit Herausgeber des *Black Hills Pioneer*, der ersten Zeitung in diesem Landstrich. Wir drucken erst seit einem Monat. Ich suche immer nach neuen Lesern und dachte, Sie wollten vielleicht eine Ausgabe.«

Garder war dunkelhaarig und trug einen halblangen Bart. Seine tiefliegenden Augen erinnerten Dan an einen traurigen Hund, doch als der Mann nun lächelte, veränderte sich sein ganzes Gesicht. Dan gab das Lächeln zurück und schüttelte seine Hand. »Nett, Sie kennenzulernen, Gardner. Meine Name ist Fox, und ich komme gerade vom Süden her aus den Bergen, davor aus Cheyenne. Und ich hätte gerne eine Zeitung.« Er blickte auf die Titelseite und sah, daß sie Deadwoods Feierlichkeiten zum vierten Juli gewidmet war. »Wo kann man hier ein Bett und eine anständige Mahlzeit bekommen?«

Gardner zwinkerte fast unmerklich. »Kommt drauf an, was für eine Art Bett Sie im Sinn haben, Fox. Nördlich von der Wall Street kriegen Sie jede Menge Whiskey, ein warmes Essen und wahrscheinlich auch ein Bett. Versuchen Sie's zuerst im Gem Theatre, wenn Sie interessiert sind.«

Dan gab sich Mühe, nicht die Augenbrauen hochzuziehen, nickte statt dessen nüchtern und machte sich auf den Weg. Er hatte die letzten Jahre genug von harten Säufern und gefallenen Mädchen mitbekommen und mitgenommen, und eine solche Art Zeitvertreib wurde normalerweise in stiller Diskretion betrieben. Offenbar war Deadwood in dieser Hinsicht etwas anders.

Dennoch war die Aussicht auf ein Bett, das von einer willigen Frau angewärmt worden war, ziemlich verführerisch. Doch zunächst mußte er etwas essen. Die Rettung schien in Form des Grand Central Hotels vor seinen Augen aufzutauchen, das – da erst ein einziges Stockwerk fertig gebaut war – nur Mahlzeiten servierte. Als Dan die Lee Street überquerte und das Schild ausmachte, trat er ohne Umschweife ein und vertilgte in kurzer Zeit riesige Mengen von Hammel, Bohnen, zerdrückten Kartoffeln und Apfelküchlein mit Sahne, alles für nur fünfzig Cents. Während er aß, las er den größten Teil des *Black Hills Pioneer* und trank drei Becher Kaffee. Schließlich waren sein Hunger und seine Neugier über Deadwood gestillt, und er verspürte das Bedürfnis nach ein oder zwei Whisky, eine Plauderei an der Bar und anschließend die Gesellschaft einer hübschen, freundlichen Frau.

Dan schwang sich wieder in den Sattel und machte sich auf den Weg zum Verleihstall die Main Street hinunter. Es gefiel ihm gar nicht, Watson an so einem Ort zu lassen, aber Dan konnte seine Ungeduld nicht bezähmen. Fast zwei Wochen lang war er unterwegs gewesen, hatte kaum etwas anderes als Trockenfleisch gegessen, unter freiem Himmel geschlafen und sich permanent durch die Szene mit Custer und sein Verlassen der Siebten Kavallerie quälen lassen. Nun lockte das Vergessen durch lasterhafte Vergnügen nur wenige Meter von ihm entfernt, nördlich von der Wall Street …

Im *Pioneer* hatte er bereits gelesen, daß man das Viertel die Badlands nannte, und es war tatsächlich wilder als alles, was Dan in dieser Hinsicht bisher gesehen hatte. Die Frachtwagen waren nun fast alle entladen, und Bullenpeitschen sausten durch die Luft, als die protestierenden Ochsen die Main Street hinuntergetrieben wurden. Kisten voller Güter stapelten sich vor den Gebäuden und Zelten, während Händler versuchten, mit dem plötzlichen Überschuß an Waren zurechtzukommen. Nun, da die Aufregung sich gelegt hatte, kehrten die meisten Berufstrinker und Spieler wieder in die Saloons zurück.

Das Gem Theatre hatte einen Balkon, der in diesem Moment mit leichtgeschürzten und bemalten Ladies bevölkert war. Sie waren herausgekommen, um die neue Ladung zu begutachten und riefen nun ihre Fragen nach Seide, Spitzen, Perlen, Parfüm und anderen erhofften Spielereien laut heraus. Als Dan jedoch langsam auf sie zuritt, begannen sie ihre Hüften zu schwenken.

»Hey, Süßer!« rief eine. Klein und mit langen schwarzen Locken gesegnet, trug sie eine Art Morgenmantel aus geblümter Seide, der ein Stück von ihren runden

Schultern gerutscht war. Selbst von der Straße aus konnte Dan die vollen Kurven ihre Brüste sehen, die aus ihrem Mieder quollen. »Komm rein! Erzähl Al, du willst Victoria!«

»Nein!« hielt eine schlankere Blonde lachend dagegen. »Sag ihm Bessie! Wie heißt du denn, Süßer?«

»Fox.« Es war ein Vergnügen, sich in einer Stadt aufzuhalten, in der Namen und vergangene Geschichten nur lästige Einzelheiten waren, die man besser unausgesprochen ließ.

Nun begannen sie alle zu kichern und gleichzeitig nach ihm zu rufen, wobei sie sich über die Brüstung lehnten, um ihm möglichst viel von ihren Vorzügen zu zeigen. Dan schob den Hut zurück und grinste der lockeren Truppe zu, während sich ein angenehmes, warmes Ziehen in seinen Lenden breitmachte.

»Ich muß nur mein Pferd versorgen«, rief er den Mädchen zu. »Schenkt mir einen Whisky ein, und dann komme ich schnell.«

»He, darauf wette ich!« rief eine in einem zweideutigen Tonfall, dann huschten sie alle kichernd ins Innere des Hauses zurück.

Dan sah sich um und wurde sich plötzlich des starken Geruchs von Weihrauch gewahr, der von Chinatown herüberwehte. Auf der anderen Seite der Straße sah er den Mietstall und ein Badehaus. Er sehnte sich danach, sich ordentlich zu schrubben, aber zunächst waren andere Dinge wichtiger ... An den Zügeln ziehend führte er Watson durch die immer noch dichte Menge in der Durchfahrt auf den Mietstall zu.

Dann sah er den Jungen. Er konnte nicht älter als neun oder zehn Jahre sein und hatte riesige, braune Kulleraugen. Er schlich zuerst um die Ecke des Green Front, dann verweilte er in der engen Gasse neben dem Theater. Da noch nicht alle Zimmer im oberen Stockwerk des Hauses fertiggestellt waren und einige Mädchen erst noch auf Probe dort waren, gab es unten einige mit Vorhängen abgetrennte, enge Verschläge, die sich zu der Gasse hin öffneten. Es sollte eine Bequemlichkeit für eilige Kunden darstellen, die dadurch nicht erst nach oben gehen, geschweige denn ihre Hose ausziehen mußten, denn die Mädchen brauchten bloß aufzustehen.

Dan war ein erwachsener Mann, der eine ganze Menge im Leben gesehen hatte, aber dies schockierte ihn. Und der Anblick des Jungen, der gerade vorsichtig um einen Vorhang herumlugte, war mehr, als er tolerieren konnte. Im Nu stand er am Zugang zur Gasse. »Komm hier rüber«, rief Dan vom Pferderücken dem Jungen zu. »Ich tu' dir nichts.«

Die Kleider des Jungen waren dreckig, aber von guter Qualität. Er trug braune Hosen mit Hosenträgern, ein kariertes Hemd und dreckverklumpte Stiefel, die aussahen, als wären sie für seine kleinen Füße maßgefertigt worden. Sein sandfarbenes Haar steckte unter einer Kappe, die die Größe seiner Augen noch unterstrich. »Mein Pa sagt, ich darf nicht mit Fremden sprechen«, tönte er.

»Wie heißt du, Junge?«

»Benjamin.«

»Also gut, Benjamin«, sagte Dan mit einem freundlichen Grinsen. »Ich hab' den Verdacht, daß dein Pa es auch nicht besonders mögen würde, wenn du dich hier herumtreibst. In den Badlands gibt es einige weit üblere Kerle als mich, warum kommst du also nicht einfach her, und ich bring' dich nach Hause?« Er konnte kaum glauben, daß er in Anbetracht seiner dringenden Bedürfnisse wirklich so etwas zu dem Jungen sagte, aber irgendwie schien er keine Wahl zu haben.

Benjamin wich zurück und trat fast rückwärts in den

verhangenen Verschlag. Doch bevor es noch schlimmer kommen konnte, trieb Dan Watson voran, bis der Junge in Reichweite war. Er packte den strampelnden Burschen am Kragen und zog ihn aufs Pferd, dann ließ er Watson gemütlich in die Main Street zurücktraben.

»Nun denn«, sagte Dan mit entschlossener Stimme. »Ich wäre entzückt, wenn du mich zu deinem Haus oder Zelt oder wo immer du auch wohnen magst führen könntest.«

»Ich will aber nicht, daß Sie mich nach Hause bringen, Mister!«

»Ich versichere dir, ich liefere dich auch nicht in die Obhut deiner Eltern aus, das liegt nicht in meiner Absicht. Also tu mir den Gefallen und verschwende nicht meine Zeit, sondern sag mir den kürzesten Weg zu deinem Zuhause. Ich habe verdammt wichtigere Angelegenheiten zu erledigen, und das möglichst schnell.«

»Ja, kann mir schon denken, was! Ich hab' gehört, wie Sie mit den Mädchen auf dem Gem-Balkon geredet haben«, platzte Benjamin heraus, dann zeigte er nach Süden. »Da lang!«

»Kleiner Teufelsbraten!« murmelte Dan zwischen zusammengebissenen Zähnen. »Deine Eltern sollten dich an einer Kette halten.«

»Gramma Susan, wo wollte Benjamin hin? Ich kann ihn nicht mal oben vom Fenster aus sehen!« Madeleine kam in die Küche, wo ihre Großmutter gerade die blauen Kattunvorhänge anbrachte, die sie genäht hatte. Die Ballen Seide und Atlas, die Maddie aus Philadelphia mitgebracht hatte, würden für die Gardinen und Vorhänge im Wohnzimmer und für Kleider für sie und Großmutter verwendet werden. Nun blieb Madeleine stehen, um das Resultat des ersten geschmückten Küchenfensters zu begutachten und lächelte mit – wie sie hoffte – ehrlicher Bewunderung.

»Wie bezaubernd sie aussehen!« rief sie aus. Tatsächlich hätte sie den Stoff für die Vorhänge niemals gewählt, wenn sie eine Wahl *gehabt* hätte, aber das betraf leider auch das ganze Haus. Madeleine hatte den Eindruck, als würde sie sich jede wache Stunde dem Versuch hingeben, eine seidene Börse aus einem Schweineohr anzufertigen.

»Wenn du so lächelst, bist du das Ebenbild deiner Mutter«, bemerkte Susan mit einer Grimasse.

»Soll ich das als Kompliment auffassen?«

»Hm, ehrlich gesagt, nein. Die Welt hätte niemals Colleens Ansprüchen gerecht werden können, und diese Charaktereigenschaft wünsche ich mir für dich nicht, Liebes.« Susan kam an die Seite ihrer Enkelin, um die Vorhänge zu bewundern. »Du wirst niemals zufrieden sein, wenn du deine Ansprüche nicht etwas herunterschraubst, weißt du. Was Benjamin betrifft, ich glaube, er sagte, er wollte nach unten gehen, um mit dem Gordon-Jungen in der Pine Street zu spielen.«

»Ich habe ihm gesagt, er soll in Sichtweite bleiben.« Besorgt blickte Maddie aus dem Fenster, aus dem sie die Sherman Street übersehen konnte. »Es gibt für einen Jungen in seinem Alter zuviel Unsinn in einer solchen Stadt anzustellen. Und ich habe nicht die Absicht, meine Ansprüche um Benjamin herunterzuschrauben, Gramma!« Sie blickte an ihrem hübschen pfirsich- und beigegestreiften Taftkleid herunter und dachte stur, daß sie auch keinesfalls ihre persönlichen Ansprüche herunterschrauben wollte, egal was andere sagen mochten. Sie war als Lady erzogen worden, und sie würde eine bleiben, und das selbst in dieser lasterhaften, lauten Stadt.

»Diese vielen Fliegen sind unmöglich«, bemerkte Susan, während sie sich Luft zufächelte. »Und es ist heiß, nicht wahr? Ich würde ja ein Fenster aufmachen, aber ich fürchte, dann werden wir von den Insekten gefressen. Laß uns den Herd heute abend aus lassen. Wir können eine kalte Mahlzeit zubereiten.«

»Nicht sehr nahrhaft, nicht wahr?« Die Sorge um Benjamin mischte sich mit der drückenden Nachmittagshitze und entfachte Maddies Temperament. »Ich glaube, ich rufe draußen nach ihm. Wenn Vater mehr zu Hause wäre, dann würde sich Benjamin bestimmt nicht so ungezogen benehmen.«

Susan seufzte, als sie ihrer Enkelin nachsah, die mit gerafften Röcken, um ja kein Stäubchen abzubekommen, aus der Küche eilte. Immer sauber, immer jede Locke ordentlich an seinen Platz befestigt. Madeleine hatte allerdings recht, was Stephen anging. Seit sie angekommen waren, hatte er sich mehr und mehr ferngehalten. Vor zwei Tagen hatte er verkündet, er müsse Deadwood für ›eine kurze Reise‹ verlassen, wobei er etwas über Goldgräbervorräte murmelte. Wer konnte schon ahnen, wann er zurückkehrte. Diese Situation empörte Susan. Was wäre gewesen, wenn sie nicht mit den Kindern mitgekommen wäre? Dennoch, dies war nicht die Art von Stadt, in der eine alte Frau, ein schönes Mädchen und ein Satansbraten von einem Jungen auf sich allein gestellt sein sollten.

Draußen war es kühler, und ein schwacher Duft von Pinien wehte hier oberhalb der Stadt. Als sie über die knorrigen Holzbohlen getreten war, die einen Weg über ihren Besitz darstellten, dachte Madeleine, daß es vermutlich weniger Fliegen geben würde, wenn die Leute nicht überall ihren Abfall hinwerfen würden. Sie blickte den Pfad hinunter, konnte jedoch Benjamin nicht entdecken. Angstvoll rief sie seinen Namen, und ihre Stimme klang unnatürlich hoch und unpassend. Ihr Gesicht glühte.

Dann vernahm sie das Geräusch von Hufgetrappel auf in der Sonne festgebackenem Schlamm. Jemand kam den gewundenen Weg herauf, aber sie sah das Pferd erst, als es den Gipfel erreicht hatte und das Pinienwäldchen umrundet hatte, das ihre Residenz von den Goldgräbern trennte, die auf Stephens Claims arbeiteten. Bitte, betete sie inbrünstig, laß es jemanden mit einer Nachricht von Benjamin sein!

Dann erkannte Maddie das vertraute bleiche, sommersprossige Gesicht und das widerspenstige Haar ihres Bruders. Ein großer Mann hielt ihren Bruder auf dem Pferderücken fest. Maddie empfand plötzlich eine seltsame Enge in ihrer Brust.

Niemals zuvor hatte sie einen anziehenderen, maskulinieren Mann gesehen. Die Einzelheiten nahm sie nur verschwommen wahr: Er war groß, schlank, kräftig und gebräunt und besaß ein attraktives strahlendes Lächeln. Trotz des Bartes konnte man das feingeschnittene Gesicht erkennen. Seine Augen waren von einem durchdringenden Blau. Seine Hände waren groß, kräftig und die Finger lang.

»Was machen Sie da mit meinem Bruder?« fragte Maddie grob, als das Pferd sich näherte. Irgend etwas an diesem Kerl machte sie unruhig. »Ich bestehe darauf, daß Sie sich zu erkennen geben. Was wollen Sie hier?«

Dan lachte auf. »Um Himmels willen, Lady, ich tue Ihnen einen Gefallen.«

Benjamin wand sich nun in seinen Armen, um freizukommen, und Dan ließ ihn los, so daß er fast mit dem Gesicht zuerst auf der Erde gelandet wäre. »Maddie, der hat mich praktisch entführt. Hat mich einfach aufs Pferd gezerrt! Das ist doch nicht erlaubt, oder? Er hätte mich ja an Indies verkaufen können oder so was!«

Den letzten Satz fand der Mann ausgesprochen komisch. Als er endlich aufhörte zu lachen, begegnete sein

Blick den funkelnden grünen Augen der reizendsten Lady, die er westlich von Washington gesehen hatte. »Mein junger Freund hat einen Hang zum Dramatischen«, sagte er, »wahrscheinlich geschürt während seiner Besuche des Green Front ...«

»Green ... Front?« wiederholte Maddie und runzelte die Stirn. »Was ist das?«

»Nun, eigentlich nennt es sich selbst ein Theater, Ma'am.«

Gründlich verwirrt und höchst alarmiert sah Maddie zu ihrem Bruder hinunter, der sich hinter sie geschoben hatte. »Sie wollen mir damit aber doch nicht sagen, daß mein Bruder in ... in *diesem* Teil der Stadt war?«

»Jetzt sind wir bei dem Thema angelangt, über das ich mit dem Vater des Jungen sprechen wollte.« Dan schwang sich von Watsons Rücken und stellte sich vor Maddie. »Das ist wirklich nichts für Ihre zarten Gefühle.«

»Ich zweifle nicht daran, daß Sie recht haben, Sir –«

»Nennen Sie mich Fox ... Maddie.« Nun fühlte er sich wieder in seinem Spitznamen zu Hause.

»Sie können mich mit Miss Avery anreden«, sagte sie spitz und sah dann wieder zu dem sich versteckenden Benjamin. »Geh ins Haus und warte da auf mich, junger Mann.« Als die Vordertür hinter ihm zuknallte, hob Maddie ihr Kinn und begegnete Fox' klarem Blick. »Mein Vater ist nicht da, und ich bin in seiner Abwesenheit für Benjamin verantwortlich. Ich will ehrlich mit Ihnen sein ... Mr. Fox. Wir sind neu in Deadwood, erst kürzlich von Philadelphia angekommen, und ich fühle mich absolut nicht in meinem Element hier.«

Er zog eine Augenbraue hoch und bemerkte lakonisch: »Sie sind ein Stadtmädchen? Das hätte ich niemals vermutet, Ma'am.«

»Natürlich machen Sie sich über mich lustig, aber ich

finde solche Scherze momentan ziemlich unpassend. Ich weiß nicht, wer Sie sind, Sir, oder warum Sie die Mühe auf sich genommen haben, meinen Bruder hierher zu bringen, aber ich danke Ihnen. Und nun sagen Sie mir bitte, was genau er in diesem … diesem Teil der Stadt angestellt hat.«

»Ich kann darüber doch nicht mit einer Lady sprechen, Miss Avery.«

Fox hatte seinen Hut abgenommen und hielt ihn nun in seinen sonnenverbrannten Händen. Madeleine bemerkte, daß sich sein Haar üppig über dem Kragen lockte. Alles in allem war er so durch und durch männlich – und so selbstbewußt –, daß sie unwillkürlich einen Schritt zurückwich und einen Augenblick verwirrt und eingeschüchtert war. Die jungen Männer, die sie in Philadelphia gekannt hatte, gebildetete Herren mit wohlerzogenen Manieren und sauberen Fingernägeln, waren ganz und gar anders gewesen.

»Ich weiß Ihre Rücksichtnahme zu schätzen, Mr. Fox, aber –«

»Fox allein reicht, Ma'am.«

Nach einem Augenblick Überlegens seufzte Maddie und fuhr fort. »Ich weiß durchaus … Fox, daß es in Deadwood einige Aspekte des Lebens gibt, die mich zutiefst schockieren mögen, aber die Umstände zwingen mich nun einmal dazu, sie wahrzunehmen, wenn ich meinen Bruder beschützen will. Also muß ich darauf bestehen, daß Sie mich aufklären.« Formulierte sie ihre Sätze zu schwierig für einen Mann seiner Bildung? Höflich lächelnd setzte sie hinzu: »Verstehen Sie, was ich sage?«

»Nur weil ich keinen gestärkten Kragen und einen Prinz-Albert-Gehrock trage, heißt das nicht, daß ich schwer von Begriff bin«, antwortete Fox mit einem rauhen Lachen. Dann rieb er sich die Augen, als er sich plötzlich der Müdigkeit in seinen Knochen gewahr wurde. »Sehen

Sie, ich bin auch gerade erst nach einem sehr langen Ritt in Deadwood angekommen, und –«

»Ich würde Sie ja hereinbitten, Sir, wenn es nicht so wichtig wäre, daß wir unter vier Augen reden. Ich möchte meine Großmutter von dem hier so weit wie möglich fernhalten.«

»Sicher.« Nicht in seinen wildesten Träumen hätte er sich vorgestellt, eine solche Gestalt, die absolut nicht hierher zu passen schien, in den Black Hills zu entdecken. Ein Mundwinkel verzog sich leicht, als die Fragen in ihm hervordrängten, aber er schob sie beiseite. »Ich weiß Ihre hübsche Rede zu schätzen, Miss Avery, aber wir wissen doch beide, daß ich kaum die Art von Mensch bin, die Sie zum Tee einladen würden. Wo wir gerade dabei sind, ich denke, Sie werden auch eine ganze Weile nach einer solchen Person in diesem Teil der Welt suchen müssen. Aber das ist eine ganz andere Sache. Sie wollten etwas über das Green Front und Benjamin wissen ...«

»Bitte, ja.« Errötend blickte Maddie zu Boden und nestelte an den pfirsichfarbenen Rüschen an ihrem linken Handgelenk.

Fox holte Atem. Ein Teil von ihm genoß die Szene durchaus. »Sind Sie mit den Paarungsriten von Männern und Frauen vertraut, Miss Avery?«

»Aber ich bitte Sie!« flüsterte Maddie aufkeuchend.

»Sie haben darauf bestanden, daß ich mich direkt äußere. Soll ich die Frage wiederholen?«

»Nein!« Ihr Gesicht glühte. »Ich kann mir nicht vorstellen, wie dieses ... dieses ungehörige Thema im Zusammenhang stehen soll mit ... – Oh, um Himmels willen, als eine unverheiratete Frau bin ich natürlich nicht *persönlich* mit dem Akt, den Sie erwähnten, vertraut. Wie auch immer, ich habe eine Erziehung genossen ..., wenn Sie begreifen, was ich meine.«

»Ich bewundere Ihre Diskretion, Ma'am.« Seine blauen Augen tanzten. »Dann darf ich also vermuten, daß Sie durchaus wissen, daß nicht alle unverheirateten Frauen so keusch wie Sie sind. Und wie es der Zufall will, sind eine ganze Menge jener gefallenen Frauen direkt hier in Deadwood. Um es genauer auszudrücken: Diese Stadt trieft vor Sünden.«

Maddies Herz klopfte heftig. »Und was, um der Liebe Gottes willen, hat das alles mit Benjamin zu tun?«

»Er ist neugierig, was ja ganz natürlich ist, aber als ich ihn in den Badlands sah, dachte ich, er könnte ein bißchen mehr lernen, als er mit seinen ... wie alt ist er?«

»Neun«, sagte sie schwach.

Fox schüttelte den Kopf. »Nun, vielleicht ist es schon zu spät, aber hoffen wir, daß noch ein wenig Unschuld geblieben ist. Wissen Sie, das Green Front und praktisch jedes Etablissement in dieser Gegend hat ... ähm ... Damen für den Abend ...«

»Ich verstehe durchaus, was Sie meinen, aber ich kann mir kaum vorstellen, daß Benjamin weiß, was so eine Frau tut, wenn er sie zufällig auf der Straße trifft, oder was immer Sie mir eigentlich erklären wollen.«

»Ich fürchte, da steckt etwas mehr dahinter.« Dan verlor langsam die Geduld mit dieser behutsamen, einkreisenden Unterhaltung. »Von einer der Gassen neben dem Haus des Green Front kommt man an einige Verschläge, die nur mit Vorhängen abgetrennt sind. Sie sind gedacht für Männer, die ... die keine Lust haben, sich lange mit Formalitäten abzugeben. Ihr Bruder schlich in der Nähe dieser Vorhänge herum und hörte die Geräusche dahinter, während er versuchte, einen anständigen Blick hinter die –«

»Nein!« Das Blut wich Maddie aus dem Gesicht, selbst ihre Lippen wirkten blaß. »Sie lügen!«

»Den Teufel werd' ich tun. Hören Sie zu, Lady! Ich war so dezent bei diesem Thema, wie es mir möglich ist! Ich wollte Ihnen bloß helfen, aber wenn Sie mich beleidigen wollen, dann verschwinde ich nur allzu gerne. Es gibt eine ganze Menge Orte, wo ich jetzt weitaus lieber wäre.«

»Wahrscheinlich alle in den Badlands, wie ich anneh- me«, fauchte sie noch halb betäubt von dem Schock.

»Nicht, daß Sie das etwas angehen würde, aber ja! Ich bin zweiunddreißig, nicht *neun*, und wenn ich mich ein paar leiblichen Vergnügungen hingeben will, dann ist das meine Sache! Also, wenn sie mich jetzt genug beschimpft haben ...«

Irgendwie war die ganze Szene für Maddie so furchtbar irreal. Ihre Mutter ... lieber Himmel, was würde ihre Mutter sagen oder denken, wenn sie gewußt hätte, wie ihr geliebter kleiner Junge sich die Zeit vertrieb? Wie konnte Maddie hoffen, in dieser lasterhaften Stadt auf ihn aufzupassen, wenn sie ihn nicht direkt im Haus einsperrte? Plötzlich überspülte sie eine Welle der Machtlosigkeit, die ihre letzten Kraftreserven mit sich forttrug. Trotz der Julisonne fühlte sie sich schwach und wie benebelt.

Fox nahm das wundervolle goldene Licht auf ihren Haaren wahr, als sie den Kopf senkte, dann hörte er das Rascheln ihrer Taftröcke, als ihre Knie nachgaben. Verdutzt erkannte er, daß sie ohnmächtig wurde, und er konnte gerade noch einen Satz nach vorn machen, bevor sie in den Dreck stürzte.

Als er ihren schlanken, aber ausreichend gerundeten Körper an seine breite Brust preßte, konnte Fox ein schiefes Lächeln nicht unterdrücken. Es sah ganz danach aus, als würde er nun doch in ihr sauberes, anständiges Haus eingelassen werden ...

Kapitel 3

7. Juli 1876

»Gramma Susan, komm schnell!« rief Benjamin, als er die Treppen hinunterpolterte. »Der Mann, dieser schreckliche Mann da, hat Maddie auf dem Arm! Vielleicht ist sie tot! Vielleicht hat er sie umgebracht!«

Susan trat in das Wohnzimmer, während sie sich ruhig die Hände an ihrer langen, schneeweißen Schürze abtrocknete. »Benjamin Franklin Avery, hast du mal wieder durch das Fenster spioniert?«

»Na ja, *du* guckst ja nicht, und irgendwer muß ja aufpassen, daß Maddie nichts passiert.« Die Hände und das Gesicht des Jungen waren sauber geschrubbt, aber seine Haare steckten immer noch unter der Kappe. »Gramma, *beeil* dich!«

»Hast du nur zugesehen ... oder auch gelauscht?« fragte Susan ungerührt und öffnete die Tür, gerade als Fox sie erreichte. Auf seinen Armen lag immer noch die reglose Maddie. »Meine Güte! Was ist denn mit unserem Kind geschehen?«

»Ich denke, sie ist ohnmächtig geworden«, antwortete Fox. »Wo soll ich sie hinlegen?«

Susan führte ihn in das Schlafzimmer im unteren Stock und zeigte auf das große Bett, das Stephen jetzt mit seinem Sohn teilte. Behutsam legte Fox das Mädchen auf die blauweiße Überdecke, dann trat er zurück, um die Schönheit ihrer ruhenden Gesichtszüge zu bewundern.

»Was hat sie denn?« wollte Benjamin lautstark wissen.

Madeleine regte sich leicht, als ihre Großmutter ein feuchtes Tuch auf ihre Stirn drückte. Inzwischen warf Fox dem Jungen einen drohenden Blick zu. »Tatsächlich bist *du* der Grund für den Zustand deiner Schwester!«

»Wieso denn das? Ich war ja nicht mal draußen eben!

Sie haben ihr bestimmt etwas getan. Sie haben mich ja auch einfach aufs Pferd gezerrt, obwohl ich gesagt habe, Sie sollten mich in Ruhe lassen! Ich glaube, Sie –«

»Benjamin, halt den Mund!« befahl Susan scharf. Sie beugte sich zu ihm herunter und sah in sein weiches Gesicht. »Ich erlaube nicht, daß du so unhöflich bist, schon gar nicht zu Erwachsenen.«

»Gramma ...«, hauchte Maddie und bemühte sich, die Augen zu öffnen.

»Liebling, du bist vollkommen erschöpft.« Die alte Frau lächelte sie herzlich an und küßte ihre Wange. »Ruh dich ein paar Minuten aus, dann bringe ich dir etwas Suppe und wir können uns unterhalten.«

Als Madeleine gehorsam wieder ihre Augen schloß, gestikulierte Susan dem Jungen und dem Mann, den Raum zu verlassen. Sie schloß die Tür hinter sich und wandte sich dann zuerst an ihren Enkel.

»Junger Mann, ich will, daß du hinaufgehst und dich auf mein Bett legst. Halt deine Augen und Ohren geschlossen, bis ich dich rufe!«

Benjamin warf Fox einen biestigen Blick zu, gehorchte aber, indem er die Stufen langsam und geräuschvoll hinaufstieg, als ob er auf den Weg zum Galgen geschickt werden würde. Als er außer Sicht und es im obersten Stock still geworden war, seufzte Susan und drehte sich zu dem großen, attraktiven Fremden um.

»Ich glaube nicht, daß wir einander schon vorgestellt worden sind, Sir. Mein Name ist Susan Hampshire O'Hara.«

Er nahm ihre zerbrechliche Hand und lächelte. »Es ist mir eine Ehre, Mrs. O'Hara. Ich bin Fox, Fox Daniel genauer, aber ich kümmere mich hier draußen wenig um Nachnamen. Es ist einfacher so.«

»Tatsächlich?« Sie biß sich auf die Unterlippe und fixierte ihn mit einem nachdenklichen Blick. »Interessant.«

Er wechselte schnell das Thema. »Miss Avery erwähnte, daß Sie alle gerade erst aus Philadelphia gekommen sind. Sie sind nicht zufällig mit dem Senator Lion Hampshire aus Philadelphia verwandt?«

Nun war Susan *wirklich* neugierig. Es war bestimmt nicht normal, daß einer von Deadwoods Glücksrittern, von denen die meisten vor einer düsteren Vergangenheit davonliefen, von einem Senator aus Philadelphia wußte, dessen politische Karriere vor einem halben Jahrhundert den Zenit erreicht hatte. »Ich bin stolz darauf, sagen zu können, daß Lion Hampshire mein Vater und der anständigste Mann war, den ich je kannte, abgesehen natürlich von meinem lieben Mann Patrick. Wie kommt es, daß Sie etwas von Papa wissen?«

Fox verfluchte innerlich seine flinke Zunge. »Nun, da Sie es erwähnen, ich habe keine Ahnung! Hab' wahrscheinlich in der Schule von ihm gehört ... vielleicht auch von meiner Mutter! Sie war eine Lehrerin und hat mich immer gezwungen, lesen zu lernen, auch wenn ich es nicht wollte. Ich weiß, daß mir der Name immer gefiel. Lion ... Löwe!«

»So wie Sie den Namen Fox, der Fuchs, mögen?« fragte sie mit einem wohlwollenden Lächeln. »Machen Sie sich nichts draus, ich habe nur gescherzt, was ich nicht tun sollte; statt dessen muß ich mich für das Benehmen meiner Enkel entschuldigen. Ich hörte, wie Madeleine draußen ihre Stimme gegen Sie erhob, und das schockierte mich doch etwas. Normalerweise benimmt Sie sich gerade bei neuen Bekanntschaften höchst damenhaft. Und Benjamin – Himmel, er war absolut unverschämt! Seine Mutter ist vor kurzem gestorben, was ihm bestimmt mehr zu schaffen macht, als er zugeben will. Sie war außerdem meine Tochter, wir haben daher alle sehr getrauert. Wir sind in den Westen gekommen, um mit dem Vater der Kinder zusammenzuleben, aber

Stephen ist zu sehr beschäftigt und zu oft fort, um Benjamin die Disziplin anzuerziehen, die er braucht.«

Fox fand Susan O'Haras Offenheit bezaubernd. Ihr stolzes Gesicht wies auf einen Charakter hin, der durch Weisheit und Humor ausgebildet worden war, und das erinnerte ihn nicht wenig an seine eigene Mutter. »Nun, ich weiß die Entschuldigung zu schätzen, aber sie ist unnötig. Die Wahrheit ist, daß mir Miss Avery gefällt. Wenn es sich so angehört hat, als ob sie auf mich böse war, dann lag es daran, daß ich sie ebenfalls ein wenig geneckt habe.« Fox drehte sich um und ging auf die Vordertür zu, während Susan ihn begleitete und aufmerksam zuhörte. »Was Ihren Enkel angeht, da stimme ich Ihnen zu. Er braucht dringend eine feste Hand, vorzugsweise eine männliche. Es ist zwar offensichtlich, daß er Respekt vor Ihnen hat, Mrs. O'Hara, aber er weiß wahrscheinlich sehr genau, daß Sie nicht auf einem Pferd hinter ihm herreiten werden, ihn von der Straße auflesen und ihn zum Bestrafen nach Hause bringen werden.«

»Sie können mir ebensogut alles erzählen«, sagte Susan in ergebenem Tonfall, als sie draußen auf den Pinienplanken standen. »Ich bezweifle zwar, daß *ich* ohnmächtig werde, aber seien Sie besser darauf vorbereitet!«

Er warf den Kopf zurück und lachte laut auf. Als er sich etwas beruhigt hatte, erzählte er ihr soviel, wie nötig war, wobei er die Einzelheiten der Tätigkeiten in den Verschlägen lieber ausließ. Es reichte schließlich, wie er fand, um ihr klarzumachen, daß Benjamin in den Badlands herumschlich, statt unschuldig und brav mit anderen kleinen Jungen zu spielen. Sie wußte genug von der Welt, um sich den Rest denken zu können.

»Nun, das ist kaum ein Grund, in Ohnmacht zu fallen, aber Maddie gibt sich alle Mühe, ihrer Mutter nachzueifern.« Susan tappte ein paarmal nachdenklich mit dem

Fuß auf. »Dennoch müssen wir irgend etwas tun … Fox, wie würde es Ihnen gefallen, wenn Sie uns übermorgen zum Abendessen besuchen? Sie gefallen mir, und ich denke, es täte Benjamin gut. Vielleicht könntet ihr zwei euch über ein hausgemachtes Essen ein wenig anfreunden.« Sie hielt inne und studierte seine blauen Augen, in denen die Gedankengänge fast zu erkennen waren. »Das heißt … natürlich nur, wenn Sie nicht nur auf der Durchreise sind. Es hat ja keinen Sinn, eine nähere Bekanntschaft zu schließen, wenn Sie nächste Woche nicht mehr hier sein werden.«

Er strich sich über seinen kurzen, sonnengebleichten Bart und schenkte ihr ein anziehendes Lächeln. »Nein, Ma'am, ich hatte vor, zunächst einmal hierzubleiben. Und ich würde gerne zum Essen kommen. Vielen Dank für die Einladung.« Er schwang sich auf Watsons Rücken. »Sind Sie sicher, daß Sie sich nicht mit Ihren Verwandten absprechen sollten? Ich fürchte, keiner der beiden wird sehr glücklich sein, mich wiederzusehen.«

»Scht!« Susan machte eine Geste, die bedeutete, er sei entlassen. »Kommen Sie um sechs, und überlassen Sie den Rest mir!«

Als Fox endlich wieder in den Badlands anlangte und Watson in dem Mietstall untergebracht hatte, schien die Vorstellung an einen saftig lasterhaften Abend einen Großteil der Verlockung verloren zu haben. Nichtsdestoweniger hievte er Satteltaschen und Schlafrolle auf seine breite Schulter und marschierte durch den Dreck auf das Gem Theatre zu.

Es gab bereits eine Menge Bars und Spielhallen in Deadwood, doch die »Theater übler Reputation« waren die berüchtigtsten: Gem, Bella Union, Melodeon und Green Front.

Die meisten der Saloons sahen aus, als wären sie über Nacht hochgezogen worden, einige waren kaum mehr als Zelte. Ihre Dächer waren löchrig und ihre Wände stürzten häufig bei einer handfesten Schlägerei oder bei Stürmen ein. Fox zog die solideren Wände des Gem vor, und natürlich die Tatsache, daß es oben bereits echte Zimmer hatte, die Privatsphäre erlaubten. Die Badlands waren inzwischen derart überfüllt, daß er sich fragte, ob er ein Zimmer bekommen konnte, ohne für ein Mädchen mitbezahlen zu müssen.

Im Inneren des Gem lungerten erschöpfte und dreckige Männer an der Bar und an den Tischen herum und tranken, während die Kartentische sich mit suspekt aussehenden Typen füllten, die sich auf eine Nacht voller Spiele freuten. Fox näherte sich der Bar und stellte sich neben einen Mann, der ausgesprochen übel roch. Er fragte sich, ob er ebenso stank, entschied dann aber, daß Madeleine Avery ihn schon darauf hingewiesen hätte, indem sie ihr zartes Näschen anmutig und in Abscheu hochgezogen hätte. Annie Sunday hatte ihrem Sohn beigebracht, solche Signale zu bemerken.

Nachdem er eine lange Zeit gewartet hatte, daß der Barkeeper auf ihn aufmerksam wurde, bestellte Fox zwei doppelte Whiskys und kippte sie hintereinander weg. Vielleicht konnten sie die Erinnerungen an die vergangenen Wochen und die widerstreitenden Gefühle in ihm, die seit seiner Konfrontation mit Custer in ihm kämpften, ein wenig dämpfen.

»Noch einen, Kumpel?« fragte der Barkeeper, ein kahler, schwächlicher Typ mit einem schwarzen Schnurrbart.

Fox nickte. Er trank den nächsten ein wenig langsamer, aber statt daß der Alkohol seine Gedanken auslöschte, schien er sie zu verstärken. Er hatte immer versucht, sein Leben ehrbar zu gestalten, obwohl er sich durchaus kleine

Ausflüge in übliche, männliche Laster erlaubte. Er war kein Heiliger, aber er glaubte an die Rechte und die Freiheiten, auf denen Amerika gegründet worden war.

Und warum hatten die Ereignisse in Montana dann in ihm den bitteren Geschmack von Feigheit hinterlassen? Er hatte angeboten, in die Schlacht zu reiten, und er hätte darauf bestanden, wenn er den Zweck für gerecht gehalten hätte. Immer noch fühlte er sich emotional zwischen dem Pflichtgefühl als Amerikaner und seiner Freundschaft zu den Indianern hin- und hergerissen. Welche Seite war nur die richtige?

Ach, zum Teufel, dachte Fox. Das Problem war größer, als es ein einzelner Mensch bewältigen konnte, also was zählte es, was er dachte oder tat?

»Ich habe schon befürchtet, du hättest mich vergessen«, schnurrte eine sanfte Stimme an seiner Schulter.

Fox schaute sich um und sah in die feurigen Augen der kleinen Schwarzhaarigen, die mit ihm vom Balkon aus geflirtet hatte.

Sie trug nun ein Kleid aus abgewetztem pinkfarbenem, glänzenden Stoff, das extra abgeändert war, um das meiste ihrer Brüste zu zeigen. Der Stoff bauschte sich über einer hoch am Rücken angesetzten Tournüre und floß abwärts über den staubigen Fußboden. Sie roch nach Eau de Toilette und hatte sich ein schmales blaues Band um den Hals gebunden. Fox mochte das.

»Nein, ich hab' dich nicht vergessen.« Er strich ihr mit einem Finger über die Wange. »Wie heißt du, Süße?«

»Victoria.« Sie konnte kaum glauben, daß er aus der Nähe immer noch so attraktiv aussah wie vorhin aus der Entfernung, aber so war es! Seine Augen waren unfaßbar blau, er hatte schöne Zähne und volles kastanienbraunes Haar, und der gestutzte Bart umrahmte kraftvolle Gesichtszüge. Er wirkte, als könnte er sie mit einer Hand hochheben und über seinen Kopf halten. »Meine Mama hat mich nach der Königin von England benannt!«

Fox zog die Brauen hoch. »Das war aber eine nette Geste der Treue.«

»Die Leute sagen, ich bin hübscher als Königin Victoria«, bemerkte sie.

»Nun, da muß ich allerdings zustimmen.«

Victoria bat den Barkeeper um einen Gin, und Fox bezahlte, während er sein eigenes Glas zum Auffüllen nach vorne schob. Langsam fühlte er sich so, wie er es sich eben erhofft hatte, ein bißchen dumpf und sehr weit von der wirklichen Welt entfernt. Nun war es ihm fast möglich, so zu tun, als gäbe es keine Probleme, kein Schuldgefühl, keine Vergangenheit, keine Zukunft. Alles, was der Augenblick von ihm forderte, war zu lächeln und sich zu amüsieren.

»Du siehst aus, als ob dich der Weg nach Deadwood viel Kraft gekostet hat«, fand Victoria und lehnte sich an seine breite Brust, so daß sich ihr Busen an ihn drückte. »War es das wert?«

Bevor er antworten konnte, brüllte jemand um Ruhe, und ein seltsam aussehendes Trio erschien auf der kleinen Bühne am anderen Ende des großen Saloons. Das Trio bestand aus einer Frau in einem karmesinroten Samtkleid, das viel zu warm für die Jahreszeit wirkte, einem Mann mit einer Fiedel und einem Burschen, der etwas hielt, das wie eine Trompete aussah. Der Mann, der gerufen hatte, stand vor der Bühne und wedelte mit den Händen in der Luft.

»Also, Leute«, schrie er, »ich bitte um eure Aufmerksamkeit! Ihr alle habt jetzt die *seltene* Gelegenheit, ein Fest der Sinne mitzuerleben, die einzigartige Darbietung der großartigen Königin der Lieder zu sehen und zu hören! Ja, Freunde, ich meine tatsächlich die weltberühmte Miss Viola de Montmorency, die heute abend noch hier bei uns in Deadwood weilt, bevor sie zu den Hauptstädten Europas abreist, um vor Königen, Königinnen, Kaisern und dergleichen zu singen!«

Als Miss de Montmorency mit ihrer ersten Ballade begann, die von ihren zwei Musikern begleitet wurde, kam es Fox vor, als würde sie ein bißchen zu verlebt für diese Singvogelrolle aussehen. Victoria schien seine Gedanken zu lesen.

»Mir scheint, du brauchst ein wenig Ruhe. Magst du mit hinaufkommen, wo es etwas stiller ist? Ich kann dir deine Stiefel ausziehen und deinen Rücken massieren ...«

Es war schon eine komische Sache, wie ein Mann instinktiv auf eine Frau reagierte. Fox machte sich nichts aus ihrem Duft, dennoch hatte er seine Wirkung auf ihn; zudem fand er das Mädchen nicht sonderlich attraktiv, doch sein Körper mochte sowohl ihre warmen Kurven, die sich an ihn preßten, als auch ihre Stimme und die Worte voller Andeutungen. Annie Sunday hatte immer gesagt, daß ein echter Mann sich über seine primitiven Impulse hinweggeben mußte und niemals mit einer Frau schlafen sollte, die er nicht liebte, geschweige denn kaum kannte. Zu schade, daß die Welt niemals Annie Sundays Ansprüchen gerecht werden konnte. Die Versuchung ließ auch Fox nicht in Ruhe, und gelegentlich reagierte er wahrhaft unbekümmert. Eigentlich war es Schwäche, aber »unbekümmert« hörte sich einfach besser – männlicher – an.

»Das klingt wie eine Einladung, und ich müßte ein Vollidiot sein, sie abzulehnen, Victoria. Ich nehme eine Flasche mit, nur für den Fall, daß wir Durst bekommen.«

Er sammelte seine Sachen zusammen und folgte Victoria die Treppe hinauf. Es roch nach billigem Parfüm, frischem Holz und Männern, die dringend ein Bad nötig hatten. Fox beobachtete, wie Victorias Tournüre wippte, als sie die Stufen vor ihm hinaufging. Er mußte über sich selbst grinsen.

Oben sah er mit Vorhängen versehene Türrahmen, an denen die Mädchen mit Kreide ihren Namen geschrieben hatten, und er war erleichtert, als sich herausstellte, daß Victorias Zimmer eine echte Tür besaß. Das war doch schon mal etwas. Als sie den Türknauf drehte und zur Seite trat, um ihn einzulassen, blickte sie ihn durch gesenkte Wimpern mit neckischer Schüchternheit an, und er hätte fast geglaubt, daß es echt war. Im Inneren der kleinen Kammer, in dem ein Fenster auf die Hauptstraße ging, legte Fox seine Sachen ab, warf den Hut aufs Bett und stieß einen gewaltigen Seufzer aus.

»Setz dich hier aufs Bett und mach es dir bequem«, wies sie ihn an, während sie eine Öllampe auf der Kommode anzündete. »Leg dich ruhig zurück. Ich zieh dir die Stiefel aus.«

Die Erschöpfung in Verbindung mit der Wirkung des Alkohols streckte ihn mit erstaunlicher Kraft nieder, sobald er seinen Kopf auf die nach Parfüm duftende Überdecke legte. Er sah Victoria nur noch verschwommen, als sie an seinen Stiefeln zerrte.

»Ich weiß nicht«, brachte er murmelnd hervor, »ob das eine gute Idee ist. Ich sollte erst baden ...«

Victoria schenkte ihm einen weiteren Whisky ein, hielt ihn ihm an die Lippen und säuselte: »Na, na, mach dir keine Gedanken. Glaubst du, in dieser Stadt sind saubere Männer normal?« Sie lachte bei dem Gedanken an diesen Unsinn. »Ich weiß, daß du müde bist, und ich weiß, was du brauchst, um tief und gut zu schlafen. Bleib einfach liegen. Ich zieh dich aus.«

Gott, müde war ein schwacher Ausdruck für den Zustand, in dem er sich befand. Das Bett mit seinen Lumpen und hervorspringenden Federn schien ihm als Geschenk des Himmels, und Fox hatte das Gefühl, darin zu versinken. Er erlaubte seinen Gedanken, abzudriften. Er sah Custer mit seinen gekürzten Locken in der Dämmerung auf seiner Vic sitzen. Er träumte von einer Klapperschlange, die ihn gestört hatte, als er unter dem Sternenzelt Wyomings schlief. Und dann machte Madeleine Avery Tee und servierte ihn in ihrem besten Chinaporzellan, aber sie sagte, Fox dürfte erst hereinkommen, wenn er gebadet und sich saubere ordentliche Kleider angezogen hatte. »Sie müssen schon einen gestärkten Kragen anziehen«, sagte sie, während sie zurückwich, als fände sie ihn widerlich. »Dazu einen Prinz-Albert-Gehrock, und wehe, Sie fluchen …«

Victoria stellte inzwischen fest, daß es reichlich anstrengend war, solch einen großen Mann auszuziehen, besonders wenn er, wie dieser da jetzt, vollkommen bewußtlos war. Dennoch genoß sie jeden Moment, jeden Blick auf die kräftigen, gebräunten Muskeln. Je mehr sie sehen konnte, desto heftiger betete sie dafür, daß er sich so weit wiederbeleben ließ, um das zu tun, wofür sie hier heraufgekommen waren. Fox war der bestaussehende Mann, den sie kennengelernt hatte, seit sie nach Deadwood gekommen war. Sein kastanienbraunes Haar lockte sich so nett über Kragen und Schläfen. Er hatte feine Lachfältchen um die Augenwinkel, seine Lider waren mit dicken Wimpern gerahmt. Sein Gesicht war kraftvoll, wettergegerbt und bärtig, aber da lag etwas in der Form von Mund, Nase und Kiefer, das sie an einen Mann von Stand erinnerte … eine Art von Mann, von der sie Bilder, aber niemals einen in persona gesehen hatte.

Mit konzentriert eingezogener Unterlippe öffnete sie seine Lederhosen und zog sie langsam über seine Hüften und die langen, muskulösen Beine. Ihr Herz schlug heftig, während sie zurücktrat und den Anblick genoß, denn Fox trug keine Unterhosen. Ja, er war wirklich ein stattlicher Mann: groß, mit schmalen Hüften und wie eine Statue gebaut. Selbst seine intimeren Körperteile waren gut ausgebildet und erschienen ihrem erfahrenen Auge äußerst vielversprechend. Als sie versuchte, sein blaues Hemd auszuziehen, wachte Fox ein klein wenig auf. Er lächelte sie an, als wäre sie eine Krankenschwester, und hob gehorsam die Arme.

»Gnade«, hauchte Victoria und legte den Kopf auf die Seite, während sie seinen nackten Oberkörper musterte. Fox hatte den Kopf auf eine Seite gelegt und war, einen Arm über den Kopf, bereits wieder fest eingeschlafen. Victoria kam zu dem Schluß, daß dies der ideale männliche Körper sein mußte. Seine sonnengebräunte, breite Brust war hart und mit der richtigen Menge krauser Haare bedeckt, ebenso seine Arme und seine Beine. Obwohl Männer mit glatter Brust sie nicht interessierten, war ein zu kräftiger Haarwuchs fast noch schlimmer, ganz besonders dann, wenn er sich auch auf Rücken und Schultern ausdehnte. Manche Typen hatten zudem noch fette, weiße Bäuche, und denen hätte sie am liebsten die doppelte Menge Dollars abgenommen.

Da die Musterung ihres Kunden nun vorbei war, blieb für Victoria nicht viel zu tun. Sie konnte sich nur noch einen Drink einschenken, sich ausziehen und zu ihm ins Bett krabbeln. Es war zwar verflucht früh, um sich schlafen zu legen, aber es würde wahrscheinlich ihrem Teint guttun.

Außerdem, dachte sie, als sie an ihrem Whisky nippte und an den Bändern ihres Kleides nestelte, würde sie sich nackt an ihn kuscheln und ihn vielleicht ein wenig, ganz harmlos, anfassen. Und wer konnte dann schon sagen, was mitten in der Nacht noch alles geschehen würde?

Kapitel 4

9. Juli 1876

»Sie haben wirklich ein Bett gekriegt?« fragte Old Frenchy Cachlin und riß die Augen unter dem ausgefransten Rand seines Zylinders weit auf. »Da haben Sie aber Glück gehabt.«

»Ich weiß, und ich weiß es auch zu schätzen.« Fox, der zehn Cents extra bezahlt hatte, damit Frenchy ihm sauberes Wasser aus dem Whitewood Creek holte, erkannte augenblicklich, daß der Besitzer des Badehauses ein wenig beschränkt war. Aber er mochte den Typ. Nachdem er seine Haare eingeschäumt und den Kopf unter Wasser getaucht hatte, grinste er den Mann breit an. »Gestern bin ich noch mal ins Grand Central Hotel zurückgegangen, weil sie dort so leckeres Essen servieren. Als ich aß, sagte mir Wagner, der Besitzer des Hauses, daß nun ein Zimmer oben frei geworden ist. Ich war ziemlich froh, gerade weil das Essen dort so gut ist.«

Frenchy nickte begeistert. »Ich weiß! Tante Lou Marchbanks ist die Köchin. Sie ist farbig, wissen Sie. Sehr schwarz.«

»Eine Frau mit seltenem Talent.« Fox spülte sein Haar noch einmal aus, dann rubbelte er die Wassertropfen aus seinem Bart, stand auf und schauderte. Frenchy, der wegen seiner riesigen und ungewöhnlichen Sammlung von Glasbehältern auch »Flaschengeist« genannt wurde, eilte sofort los, um Fox ein dickes großes Handtuch zu reichen.

»Ich mag Sie, Fox.«

»Ich Sie auch.« Er grinste Frenchy an und begann dann, sich seinen Kopf kräftig trockenzureiben.

Ein Grund, warum Old Frenchy sich so freute, ihn zu sehen, war bestimmt, daß selten einer von Deadwoods ständigen Bewohnern in die Nähe des Badehauses kam.

Sie schienen Seife und Wasser genauso zu verabscheuen wie Läuse.

Das Badehaus gehörte eigentlich Dr. O. E. Sick, weswegen Fox Frenchy gestern nach seinem ersten Bad einen Extra-Dime zugesteckt hatte. Heute morgen wollte er daraus fünfzehn Cents machen. Als er schließlich seine Sachen, die er aus der chinesischen Wäscherei geholt hatte, angezogen und seine Toilettenutensilien eingepackt hatte, wandte er sich an Old Frenchy.

»Also, hier sind fünfzehn Cents für das saubere Wasser, zehn für das heiße, und die letzten fünfzehn sind für *Sie*, also wagen Sie es ja nicht, sie Dr.Sick zu geben.«

»Ich danke Ihnen!« Sein Gesicht erhellte sich in unschuldiger Freude. »Wissen Sie, was ich möchte? Ich würd' Sie gern in meine Hütte einladen, um Ihnen meine Flaschensammlung zu zeigen. Ich habe bestimmt *Tausende*, ehrlich.«

»Das wär' mir eine Ehre.« Fox schüttelte seine Hand und trat anschließend hinaus in die warme Julisonne.

Auf einer Kiste, die zur Hälfte im Matsch eingesunken war, wo die Wall Street in die Main Street einmündete, stand ein dünner, schwarzhaariger bärtiger Mann, dessen Augen fanatisch glühten. »Bereut!« brüllte er in Richtung Badlands. »Kehrt zu den Geboten Gottes zurück, und ihr werdet Erlösung finden!«

Fox warf eine Münze in den Hut, den der Geistliche vor sich hingestellt hatte. Viel war noch nicht darin zusammengekommen. Dieser Ort hatte das Wort Gottes bitter nötig, und Fox wußte, Annie Sunday hätte gewünscht, daß er dem Priester ein paar ermutigende Worte sagte.

»Gesegnet seist du.« Der Priester hielt einen Moment inne und bückte sich, um Fox die Hand zu geben. »Henry Smith, mein Name, aber die Leute hier nennen mich bloß Prediger Smith. Ich sehe jeden Tag alle möglichen Leute kommen und gehen, aber Sie sind anders. Braver Mann, denke ich. Ich habe gelernt, gewisse Dinge in den Augen zu erkennen.«

»Nun ja …«, Fox biß sich auf die Lippe und dachte an das scheue, wissende Lächeln, das Victoria ihm schenkte, immer wenn er sie traf. Er hätte liebend gern gewußt, was das bedeuten sollte. »Ich nehm' an, ich bin auch nur ein Sünder wie alle anderen, die in eine Stadt wie diese kommen, aber ich stelle mir gerne vor, daß Gott trotz meiner Fehler auf mich aufpaßt … und vielleicht glaubt er, ich hätte«, Fox strahlte den Geistlichen an, »Reserven.«

Prediger Smith lächelte nicht oft, aber es fiel ihm schwer, diesem kräftigen, gebräunten Kerl, der aussah wie ein Abtrünniger, zu widerstehen. »Gott wird Sie nicht aufgeben, mein Sohn, und ich auch nicht.« Dann blickte er zum Himmel und schrie: »Herr, sieh freundlich auf diese Stadt hinunter! Die Leute hier brauchen deine Liebe und deine Vergebung …«

Als Fox seinen Weg fortsetzte, spürte er das prickelnde vertraute Gefühl der widersprüchlichen Gefühle in seinem Inneren. Die Erinnerung daran, daß Gott alles von den Geheimnissen wußte, die er vor den Leuten in Deadwood fernzuhalten versuchte, machte es nicht besser. Zum Glück hatte er eine Einladung zum Abendessen, und er genoß die Zerstreuung durch die Vorbereitungen. Madeleine und Benjamin Avery würden ihn garantiert von seinen Sorgen ablenken.

»Ich finde ja auch, daß wir ein besonderes Essen zubereiten sollten, weil Vater nach Hause kommt«, bemerkte Maddie zu ihrer Großmutter, »aber meinst du denn wirklich, er erwartet gleich so etwas Aufwendiges?« Sie sah sich in der Küche um, in der fast überall die Einkäufe verstreut waren. »Ich wußte gar nicht, daß du das alles besorgt hast. Warum hast du mich nicht mitgenommen?«

Susan O'Hara drehte sich zu ihrer Enkelin um. Ihre hübsche Schürze aus violetter Seide war mit Mehl bestäubt. »Ich wollte einfach ein bißchen auf eigene Faust die Stadt erforschen, um die Wahrheit zu sagen. Wang Chee war so freundlich, mich hinunterzubringen, während du in deinem neuen Garten warst. Dann habe ich die Bekanntschaft des jungen Peter Gunhurst gemacht, dem der Laden gehört, in dem Chee bisher unsere Vorräte eingekauft hat. Mr. Gunhurst hatte eine Menge Schätze, die er noch nicht in die Regale eingeräumt hat, und er nannte mir ein paar Läden in der Stadt, die solche Dinge wie Marmelade, Backwaren und so weiter verkaufen.« Während sie sprach, machte sie eine umfassende Geste über die Einkäufe in der Küche.

Maddie folgte ihrer Hand mit einem verwirrten Stirnrunzeln. Da stand eine Schüssel mit saftigen, duftenden Erdbeeren, die, wie Gramma Susan verkündet hatte, mit Buttermilchbiskuits serviert werden sollten, die sie frisch gebacken hatte, um daraus Erdbeerteekuchen zu machen, die wiederum mit reichlich Sahne gereicht wurden. Sie hatte es geschafft, ein paar Jagdvögel zu erstehen, die nun gerupft und gesäubert schwer zu identifizieren waren. Sie warteten in einer Pfanne darauf, über dem offenen Holzfeuer gebraten zu werden. Ein Korb voll Bohnen und Karotten und einige junge Gurken vervollständigten das Bild.

»Ich habe Reis besorgt. Ich dachte, mit dem Fleischsaft würde er gut schmecken«, sagte Susan, während sie begann, die Enden der Bohnen abzuschneiden. »Man ißt hier draußen anders, aber das war ja zu erwarten. Natürlich bekommen wir nicht die gleiche Auswahl an Waren wie in Philadelphia, aber ich war doch überrascht, Dosen mit Tomaten oder frische Kräuter und Soda-Cracker zu finden. Ich habe wunderbar aussehende eingelegte Pfirsiche gekauft und noch eine Flasche schäumenden Catawba-Weins, der gut zum Essen paßt.«

»Gramma, hast du einfach Lust zu kochen, oder steckt mehr dahinter?« Madeleine hatte die letzten zwei Stunden in ihrem zukünftigen Blumengarten verbracht, den sie um jeden Preis entzückend und anmutig gestalten wollte. Die Pläne für diesen Garten hatten den ganzen Morgen ihre Gedanken ausgefüllt, aber nun vergaß sie die Saat erst einmal. Ihre unermüdliche Großmutter hatte irgend etwas ausgeheckt.

»Vielleicht habe ich eine Überraschung für euch«, antwortete Susan mit einem geheimnisvollen Lächeln, als sie langsam den Kopf drehte, um aus dem Fenster zu sehen. »Warte es ab, Liebling.«

»Welche *Art* von Überraschung kannst du uns bloß in dieser gottverlassenen Stadt bereiten? Zucker für den Kaffee? Hast du einen Goldklumpen gefunden, den du uns während des heutigen Festmahls präsentieren willst?« Madeleines Stimme wurde lauter und verriet ihre Ungeduld. »O Gramma, wie kannst du nur so …so *überschwenglich* sein? Das einzige, was es schafft, mich in aufgeregte Erwartung zu versetzen, ist die Aussicht auf die Samen, die in vierzehn Tagen hoffentlich sprießen werden! Ich gebe zu, daß ich mir langsam wünsche, wir wären nie hierher gekommen. Benjamin treibt sich dauernd irgendwo mit diesem anderen kleinen Jungen herum, und ich habe keine Ahnung, wie ich das unterbinden soll –«

»Maddie, Liebes, er ist doch selbst noch ein kleiner Junge. Es ist Sommer! Was soll er denn tun, außer in der Sonne zu spielen? Drinnen sitzen und ›Gullivers Reisen‹ lesen?«

Madeleines Augen begannen Blitze zu schleudern. »Jetzt, wo du es erwähnst, das ist eine exzellente Idee! Und was ist mit Vater? Wir sind hergekommen, um bei ihm zu sein, und nun taucht er in seinem Haus nur zu gelegentlichen Höflichkeitsbesuchen auf. Ich dachte, er *bräuchte* mich …« Sie starrte auf die Erdbeeren und stopfte sich dann trotzig eine in den Mund. Ihre gute Erziehung verlangte, daß sie erst schluckte, bevor sie fortfuhr, und das bot Susan die Chance, die sie brauchte.

»Madeleine Hampshire Avery, auf was für eine Einstellung hast du dich bloß versteift? Wirklich, ich dachte, du wärest stärker, stärker und einfallsreicher. Du bist nun fast eine erwachsene Frau und ganz sicher doch klug genug, um zu erkennen, daß du nicht an einer Person oder einer Stadt festmachen kannst, ob du glücklich bist!«

Maddie griff nach dem letzten Satz und ignorierte den Rest. »Du hast recht, und ich wäre ja auch bereit, dieser *Stadt* eine faire Chance zu geben, wenn sie mit zivilisierten Menschen bevölkert wäre statt mit – mit Barbaren! Ehrlich, Gramma, immer wenn ich in die Stadt hinuntergehe, werde ich angeglotzt und Schlimmeres, und das von den abscheulichsten Männern, die ich je gesehen habe. Selbst die Goldgräber, die Vater angestellt hat, starren mich an und rufen mir Dinge zu und …«, sie drehte sich weg, als sie merkte, daß sie ihre Beherrschung verlor.

Susan O'Hara kam um den Tisch herum und strich über Madeleines glänzendes Haar. Mit ruhiger Stimme tröstete sie: »Nicht verzweifeln, meine Kleine. Warte ein wenig, gib Deadwood wirklich eine Chance. Es ist nicht wie Philadelphia, das gebe ich zu, aber ich glaube an das Abenteuer.« Sie küßte Madeleine auf die geröteten Wangen. »Also, ich gebe dir einen Tip, was meine Überraschung betrifft, um dich ein bißchen aufzumuntern. Nicht jeder in Deadwood ist unmoralisch, verlaust oder lüstern. Ich habe jemanden zum Essen eingeladen, von dem ich glaube, daß dein Vater ihn mag, und mit dem wir uns alle gewiß blendend unterhalten.«

»Unterhalten?« wiederholte Maddie schwach. »*Hier*? Aber hier gibt es doch noch soviel zu tun, bevor das Haus für Gäste geeignet ist! Ich glaube nicht, daß wir vernünftig –«

»Scht!« unterbrach Susan mit einer Geste. »Das Essen, das ich geplant habe, und unsere Gesellschaft sollte mehr als genug für den anspruchsvollsten Besuch sein. Wie auch immer, wenn du dir Sorgen um das Aussehen unserer Bleibe machst, dann könntest du doch die Reisetasche weiter auspacken, in der Colleens Sachen sind. Du hast jede Menge Zeit, ein oder zwei Bilder aufzuhängen, die Spitzendecke über den Tisch zu legen, die gestickten Kissen auf dem Sofa zu arrangieren, und vergiß nicht das Silber und Colleens Chinaporzellan.« Susan nickte kurz. »Du bist viel geschickter mit solchen Verschönerungen als ich, Darling, und du brauchst wohl kaum meine Anweisungen dazu. Ich überlasse das alles dir.«

»Aber ich brauche ein Bad – und mein Haar ... und was soll ich anziehen?« rief Maddie aus und blickte verzweifelt an ihrem staubigen Kalikokleid herunter.

»Nun gerate nicht in Panik, Liebes. Wir haben noch Stunden Zeit für Vorbereitungen.« Susan war ein Bild der Heiterkeit und wandte sich wieder ihren grünen Bohnen zu. »Alles wird ganz wunderbar werden.«

Es war tatsächlich unglaublich aufregend, eine echte Dinnerparty mit einem echten Gast in dieser abstoßenden, vulgären Stadt zu veranstalten. Vielleicht gab es hier tatsächlich so etwas wie eine gehobene Gesellschaft, und ihre liebe Gramma hatte ein Mitglied daraus kennengelernt. Maddie geriet wirklich fast in Panik, als sie im Kopf Listen aufstellte und sich fragte, wie sie in wenigen Stunden all das schaffen konnte, was getan werden mußte. Die Reisetasche! Das mußte zuerst erledigt werden! Ihr Herz klopfte in Vorfreude, als sie loseilte, um den Koffer zu finden. Sie war derart erwartungsvoll, daß sie zu fragen vergaß und nicht einmal darüber nachdachte, wer der geheimnisvolle Gast wohl sein könnte.

»Sie!« Madeleine hatte die Tür mit vor Aufregung geröteten Wangen aufgerissen; sie konnte den entrüsteten Ausruf nicht mehr unterdrücken, als sie Fox vor sich stehen sah. Seitdem sie sich kennengelernt hatten, versuchte Madeleine, die Gedanken an ihn auszusperren. Und nun war er ausgerechnet in dem Moment gekommen, als sie ihren ersten Dinnergast erwarteten; er würde ihr die Freude verderben und vermutlich alles kaputtmachen.

»Meine liebe Miss Avery«, begann Fox und zog seinen Hut, als er sich vor ihr verbeugte, »darf ich sagen, daß Ihre Schönheit dieser nichtswürdigen Stadt große Ehre antut?«

»Nein, dürfen Sie nicht!« fauchte sie und versperrte ihm den Eingang. »Mr. Fox oder wie auch immer Sie heißen mögen, ich muß Ihnen leider mitteilen, daß wir einen sehr wichtigen Gast erwarten, und wir –«

»Fox!« Susan kam aus der Küche, diesmal ohne Schürze, sie wirkte erregt und ohne Alter, als sie dem Mann herzlich die Hände entgegenstreckte. »Wie gut Sie aussehen! Himmel, Sie wirken absolut umwerfend!«

Ein schiefes Lächeln kroch über sein Gesicht, als er an seinem Prinz-Albert-Gehrock mit seinem gestärkten weißen Kragen und den grauen Hosen herunterblickte und an den fachmännisch geknoteten schwarzen Binder dachte, die er sich zu dieser Gelegenheit besorgt hatte. Er wußte, daß diese Kleider seine breiten Schultern und sein kräftiges Äußeres betonten. »Nett, daß Sie das sagen, Mrs. O'Hara, aber ich fürchte, meine Bemühungen waren vergeblich. Ich hatte damit bezweckt, Ihre Enkelin zu überzeugen, daß ich doch nicht der Trampel bin, für den Sie mich wohl hält. Tja ...«

»Ich bin intelligent genug, um zu wissen, Sir, daß die ganze schicke Dekoration wertlos ist, wenn sie etwas – oder *jemanden* – verhüllt, der grob oder ungebildet und –«

»Madeleine!« unterbrach sie Gramma Susan entsetzt. »Noch nie in meinem Leben habe ich dich mit einem so schockierenden Mangel an Benehmen sprechen hören! Was würde deine Mutter sagen, wenn sie dich hören würde?«

Wütend und verwirrt, spürte Madeleine, wie ihre Wangen zu glühen begannen. »Gramma, du verstehst nicht. Warum müssen wir uns mit diesem Mann abgeben? Besonders jetzt, wo wir doch einen Gast erwarten! Und ich bin so *hungrig* nach ein paar Stunden zivilisierter Unterhaltung, nach der Gesellschaft eines Menschen von gehobener Erziehung. Und nun dieser … dieser Bauer!«

Fox, der feststellte, daß er sich herrlich amüsierte, wandte sich an seine ältere Gastgeberin. »Ich glaube, ich habe versucht, Sie zu warnen …«

Susan schüttelte den Kopf. »Bitte, es ist mir wirklich sehr unangenehm. Ich muß mich wohl schon wieder für meine Enkelin entschuldigen. Sie war bis zu diesem Moment wirklich immer die wohlerzogenste, würdigste junge Dame, die ich je gekannt habe.« Sie drehte sich zu Maddie um. Am liebsten hätte sie sie heftig geschüttelt. »Meine Liebe, du leistet dir einen Fauxpas nach dem anderen. Begreifst du denn nicht? *Fox* ist mein Überraschungsgast, den ich zum Essen eingeladen habe!«

Einen Moment lang war Maddie derart entsetzt, daß sie befürchtete, wieder ohnmächtig zu werden. Doch da öffnete sich die Tür vom Schlafzimmer ihres Vaters, und Stephen und Benjamin erschienen. Der Junge wirkte grantig, war aber makellos in einen blauen Anzug und Schuhe gekleidet, die er immer zur Kirche in Philadelphia getragen hatte. Sie drückten ihn nun, und auch die Hosenbeine waren inzwischen zu kurz, aber sein Haar war ordentlich in der Mitte gescheitelt und glattgestrichen, und er trug sogar einen gestärkten Kragen um den Hals. In dem Augenblick, als der Junge Fox entdeckte, wurde sein Gesicht so bleich, daß die Sommersprossen besonders deutlich hervortraten.

»Was machen *Sie* denn hier?« schrie er auf.

»Mr. Daniels ist heute abend unser Gast, und ich bin mir sicher, daß du dich an deine Erziehung erinnerst.« Gramma Susan warf ihm einen kurzen, drohenden Blick zu. Dann wandte sie sich zu ihrem Schwiegersohn um. »Stephen, ich möchte dir Fox Daniel vorstellen. Fox, dies ist mein Schwiegersohn Stephen Avery.«

Während die beiden Männer sich die Hand gaben und Nettigkeiten austauschten, sagte Fox: »Bitte nennen Sie mich doch einfach Fox. Ich würde lieber vergessen, daß ich einen Nachnamen habe. Ich möchte mein Leben im Augenblick so einfach wie möglich gestalten.«

Susan und Maddie hatten eine Ecke der Wohnstube in einen Eßplatz verwandelt, indem sie es gewagt hatten, die Flügel des wackeligen Klapptisches aufzurichten. Auf der Platte lag nun Colleens Spitzendecke, welche durch eine schöne Porzellanvase voll mit wilden Gänseblümchen, orangenen Lilien und wundervollen blauen Hyazinthen geschmückt war. Ihre Mutter hatte schöne Dinge geliebt, und viele der Schätze, mit denen Maddie aufgewachsen war, hatte ihr Urgroßvater Lion von seinen Seefahrten im Chinahandel mitgebracht. So war der Tisch an diesem Abend gedeckt mit kantonesischem Porzellan, silbernen Platten und leinenen Servietten. Lange weiße Kerzen flackerten in silbernen Leuchtern. Das Resultat war so entzückend, daß Maddie durchaus für ein paar Stunden hätte vorgeben können, daß sie nicht in Deadwood waren – wenn ihr Gast ein anderer gewesen wäre.

»Ah«, murmelte Stephen vergnügt, als sie nun auf den Tisch zugingen. »Ich sehe, daß meine liebe Tochter heute nachmittag eifrig gearbeitet hat. Ich wußte gar nicht, daß du so viele von Colleens Schätzen mitgebracht hast, Madeleine. Mir scheint, meine Anweisungen, möglichst sparsam zu packen, sind glattweg ignoriert worden.«

Maddie wurde feuerrot. Ihr Vater hatte nicht einmal die Hälfte gesehen. Sie hatte eine Menge Bücher, Decken und anderen Schnickschnack noch gar nicht ausgepackt. Zum Glück schien ihr Vater in der letzten Zeit in Gedanken so fern zu sein, daß er die gerahmten Bilder von Blumen und Landschaften, die die Wände schmückten, die bestickten Kissen und anderen Kleinigkeiten, die die Stube verschönten, noch gar nicht bemerkt hatte.

»Verdirb Maddie nicht den Rest Freude, den sie noch hat, Stephen«, sagte Susan mit fester, ruhiger Stimme. »Sie ist durch und durch Colleens Tochter, und du kannst von ihr nicht erwarten, daß sie sich in eine Art weiblichen Ochsentreiber verwandelt, nur weil sie nach Westen gezogen ist.«

»Gott bewahre«, antwortete Stephen lachend. »Nein, das wollen wir alle gewiß nicht!«

Sie nahmen Platz. Fox wurde zwischen Stephen und Susan und den beiden Avery-Sprößlingen gegenübergesetzt. Als Wang Chee erschien und Wein und eine kalte Julienne servierte, warf Fox einen genüßlichen Blick auf Madeleine Avery. Trotz der Enttäuschung seiner Gegenwart war sie aufgewühlt – wegen der Chance, die sich ihr bot. Als sie über den Tisch blickte, den sie mit unbeirrbar gutem Geschmack gedeckt hatte, leuchteten ihre Augen voll Stolz und Freude.

Fox nippte an seinem Wein und fand, daß das zweifellos exzellente Essen und der hübsche Tisch sich nicht mit der strahlenden Schönheit Madeleines messen konnten. Es war fast widersprüchlich, eine solche Frau in Deadwood anzutreffen, das mit der schlimmsten Sorte von

Männern auf der Flucht gesättigt war, die ein rauhes Leben ohne einen sanften, weiblichen Einfluß gewählt hatten. Fox begriff, wieso Stephen Avery seine Kinder hergeholt hatte, aber es schien dennoch ein Wahnsinn. Madeleine war eine Frau, aber wie sollte sie an einem solchen ungezähmten Ort Freundschaften schließen? War sie dazu verdammt, als eine Art Gefangene in ihrem Haus zu bleiben, mit ihrem Porzellan und ihrem Silber herumzuklappern und Bücher über das zivilisiertere Leben zu lesen, zu dem sie erzogen worden war?

»Warum sehen Sie mich so an?« fragte Madeleine ihn plötzlich. Hatte sie einen Anflug von Mitleid in seinen Augen ausgemacht?

Fox schenkte ihr ein entwaffnendes Lächeln. »Ich kann nicht behaupten, daß ich ein Experte für echte Damen bin, Miss Avery, aber ich habe gerade gedacht, daß es mir ein seltenes Vergnügen ist, mit einer wirklichen Lady, wie Sie es sind, zu essen.« Er verstummte, wagte jedoch dann hinzuzusetzen: »Und auch wenn Sie wahrscheinlich nicht glauben, daß ich es ernst meine, möchte ich Ihnen doch sagen, daß Sie zudem die schönste, wirkliche Lady sind, die ich je in meinem Leben gesehen habe.«

Sie warf ihm einen mißtrauischen Blick zu, obwohl sie sich innerlich in seiner Schmeichelei sonnte. Was für Hoffnungen hatte sie in diesen Abend gesetzt! Die Wohnstube und der Tisch waren so perfekt, wie sie sie hatte gestalten können, bevor sie zum Baden und Anziehen gegangen war. Nur ein paar Minuten bevor Fox an die Tür geklopft hatte, hatte sie vor dem großen, gesprungenen Spiegel gestanden und gedacht, daß sie fast so gut aussah wie sonst in Philadelphia. Das Kleid hatte sie vergangenes Jahr zum Anlaß einer Hochzeit in ihrer Gesellschaft bekommen, und es saß makellos. Der Unterrock aus grünweiß gestreiftem Taft hatte grüne Rüschen am Saum, und der obere mit

Volants besetzte Rock war im gleichen Grasgrün gehalten. Der Schnitt des Kleides betonte ihre schmale Taille und die hochangesetzten Brüste, während ein hoher, gerüschter Kragen ihren Hals umschmeichelte und die Farbe ihrer Augen mit den dichten Wimpern und das flammende Haar besonders zur Geltung brachte.

Den ganzen Nachmittag hatte Maddie davon geträumt, einen guten Eindruck zu machen. Sie hatte so auf einen beifälligen Blick oder ein Wort gehofft, daß es ihr nun schwerfiel, sich nicht durch Fox' Komplimente geschmeichelt zu fühlen. Aber sie wollte ihn nicht nett finden.

Benjamin schmollte ebenfalls, aber als sie sich dem Wildgeflügel mit der Kirschsauce zuwandten, spürte Maddie, daß ihr kleiner Bruder etwas auftaute. Schließlich schien seine Großmutter von diesem unerträglichen Fremden überaus eingenommen zu sein, und selbst sein Vater plauderte mit Fox, als wären sie alte Freunde.

Nachdem die beiden Männern sich erzählt hatten, wie lange und warum sie in den Black Hills waren (Fox nannte Gold und Abenteuer – die Standardantwort), sagte Stephen plötzlich: »Junger Mann, ich weiß nicht, wieviel Zeit Sie im ganzen schon im Westen verbracht haben, aber Sie werden auch wissen, daß die Berge genau betrachtet Indianerland sind. Was sagen denn Sie zu dem Vertrag von Laramie von 1868 oder dazu, daß die Sioux einiges zu ertragen haben, damit unsere Gier nach Gold und mehr Land befriedigt wird?«

Fox ließ fast seine Gabel mit den Bohnen auf den Teller fallen. Er setzte sich gerade auf seinen Stuhl, griff nach seinem Weinglas, und antwortete dann mit sorgfältig gewählten Worten. »Sie müssen schon entschuldigen, daß ich so entsetzt wirke, Sir, aber das ist kein Thema, über das die meisten Menschen in Deadwood zu diskutieren wünschen.«

»Aber Sie sind nicht wie die meisten, nicht wahr, Fox?« fragte Stephen ruhig.

»Also, Stephen, du überraschst mich wirklich!« rief Gramma Susan aus. »Du scheinst scharfsinniger, als ich dich eingeschätzt habe.«

Fox ließ seinen Gastgeber nicht aus den Augen. »Ich habe eine ziemlich klare Meinung zu dem Abkommen von Laramie, Mr. Avery, und viele Ansichten zu der Art, wie unsere Rasse bisher mit den Indianern umgegangen ist. Es reicht wohl zu sagen, daß ich unser Handeln als kriminell einschätze. Nur *acht* Jahre zuvor haben wir Weißen den Sioux unser Wort darauf gegeben, daß die Black Hills für immer ihnen gehören werden, und bereits jetzt nehmen wir alles zurück. Meine Meinung über das Abkommen spiegelt im großen und ganzen meine Gefühle zu der gesamten Situation mit den Indianern wider.« Fox entspannte sich ein wenig, als er Stephens Zustimmung spürte, und lehnte sich in seinem Stuhl zurück, um für Wang Chee Platz zu machen, der die Teller abräumte. »Wahrscheinlich werden Sie wissen, Mr. Avery, daß solche Ansichten in Deadwood nicht ausgesprochen beliebt sind. Ich bin nicht bereit, wie Prediger Smith auf der Main Street Reden zu schwingen.«

»Sie sympathisieren mit den Sioux, sind aber dennoch hier, damit wären Sie wie wir alle ein Eindringling«, überlegte Stephen laut.

»Vielleicht hat die Gier nach Gold die höheren Prinzipien deines neuen Freundes überwunden«, schlug Maddie spitz vor, wobei sie selbst überrascht war, wie biestig sie wurde.

»Madeleine, das war sehr unhöflich«, tadelte ihr Vater. »Ich bin sicher, daß du das nicht so gemeint hast.«

»Wohl nicht.« Sie starrte auf ihren Teller hinunter, spürte jedoch Fox' scharfe Augen auf sich.

Stephen wandte sich an seinen Gast. »Hätten Sie Lust auf einen kleinen Spaziergang, bevor der Nachtisch kommt, Fox? Dabei könnten wir unsere kleine Diskussion fortsetzen ... und ich glaube, ich hätte Ihnen einen geschäftlichen Vorschlag zu machen.«

Als die beiden Männer draußen waren, biß sich Maddie frustriert auf die Lippen. »So ein schrecklicher Mann! Gramma, warum mußt du ihn bloß so mögen, und warum tut auch Vater so, als hätte er einen verlorenen Sohn wiedergefunden?« Sie warf wütend ihre Serviette auf den Tisch und zog ein Gesicht.

»Ich mag ihn auch langsam«, verkündete Benjamin grinsend. »Er nennt mich Ben!«

»Verräter«, murmelte Maddie. »Ihr seid alle Verräter!«

»Um Himmels willen, Liebes, hör auf zu schmollen.« Susan erhob sich, um Wang Chee beim Abräumen zu helfen. »Komm, kümmern wir uns um die Erdbeerkuchen. Weißt du, ich denke, du bist nur deshalb so übelgelaunt, weil Fox dir nicht während des Essens die ganze Aufmerksamkeit geschenkt hat. Du kannst zwar behaupten, daß du ihn unmöglich findest, aber als er dir dieses schöne Kompliment gemacht hat, hat dein Gesicht dich verraten. Du bist auf noch reizendere Weise rot geworden als jedes naive Schulmädchen –«

»Oh, sei still!« schrie Maddie, als sie ihrer Großmutter mit einem Stapel Teller folgte. »Wie kannst du so etwas Schreckliches behaupten! Wirklich, wenn du nicht so alt wärst und so zerbrechliche Knochen hättest, dann würde ich dich schütteln, bis du dich bei mir entschuldigst und mir hoch und heilig versprichst, dich niemals mehr so über mich lustig zu machen!«

Susan lächelte sie über eine Schulter wissend an. »Dann mußt du mich erst mal erwischen, Darling.«

Kapitel 5

12. Juli 1876

Es war ein Uhr mittags, und es schien ständig heißer zu werden, aber die Klarheit der Luft an den Hängen Deadwoods und in dem tiefen blauen Himmel über den Gipfeln machte die Temperatur erträglicher. Die Berglandschaft *wirkte* wenigstens kühler.

Die Goldgräber arbeiteten unermüdlich, obwohl sie wahrscheinlich eine Pause für einen Whisky oder ein Nickerchen machten, wenn die Hitze am Nachmittag unerträglich wurde. Zusätzlich zu dem gerodeten Land, wo das Gold gewaschen wurde, benutzten die Männer Schleusen, Rinnen und Kanäle, um die Streifen Boden auch zwischen den Häusern auszunutzen, die an den Bach grenzten. Manche hatten sogar angefangen, *unter* ihren Behausungen zu graben, um an das Gold heranzukommen, das im Felsboden verborgen war.

Fox stand auf dem Landstück, das er von Stephen Avery erworben hatte, wischte sich den Schweiß mit einem Tuch von der Stirn und lächelte beim Anblick der Häuseransammlung namens Deadwood, die sich im Norden der Sicht entwand. Die Stadt war wie ein langer schmaler Bienenstock, der permanent vor Aktivität brummte. Und nun sollte es sein Zuhause sein.

Stephen hatte ihm die fünfundzwanzig mal hundert Fuß große Parzelle, die zwischem dem Haus und den anderen Claims lag, an dem Abend angeboten, als er bei den Averys gegessen hatte. Stephen Avery war ziemlich sicher gewesen, daß das Gold auf diesem Landstrich bereits ausgeschöpft war, und es gefiel ihm, seinen Nachbar selbst wählen zu können. Er mochte den jungen Mann sehr und vertraute ihm. Wenn Fox nebenan wohnte, konnte Stephen beruhigt Deadwood öfter verlassen, ohne sich um die

Sicherheit seiner Familie große Sorgen machen zu müssen.

Fox selbst war von der Vereinbarung begeistert. Dieses ausgewählte Stückchen Land war wie ein Geschenk des Himmels verglichen mit der rohgezimmerten Koje, für die er Charles H. Wagner einen Dollar pro Nacht zahlte. Im Grand Central Hotel im oberen unfertigen Stockwerk zu schlafen, war schlimmer, als sich auf dem nackten Fußboden zur Ruhe zu legen. Der ständig betrunkene Kauz in der Koje über Fox schnarchte wie eine Dampfmaschine, und der unverschämte Junge, der in seiner Nähe auf dem Boden lag, hatte einen derart vermehrungsfreudigen Läusestamm am Körper, daß er die meiste Zeit der Nacht mit Kratzen und Fluchen verbrachte.

Weil seine eigene Nachtruhe dauernd durch die Aktivitäten seiner Schlafgenossen gestört wurde, konnte Fox sich nur zu gut an seine Träume erinnern. Der erste, in dem er glücklich unter den Lakota weilte, war zwar angenehm, aber auch aufreibend. Sie benahmen sich ihm gegenüber mit größter Freundlichkeit und Gastlichkeit, und er fühlte, wie die Geheimnisse, die zwischen ihnen standen, ihn bedrückten. Der nächste Traum handelte von Lt. Col. George Armstrong Custer. Er war nicht ganz derselbe wie sonst gewesen, enthielt aber ebenfalls Szenen, in denen er mit Custer stritt. Immer fühlte er sich hilflos und der Kontrolle beraubt: Fox wollte mit dem Mann reden, doch Zorn kam auf, und sofort brüllten sie einander an. Als Reaktion auf alles, was Fox sagte, wurde Custer nur noch wütender und unvernünftiger.

Wenn es nicht so schlammig gewesen wäre, hätte Fox auf seinem neuen Land gelagert. Zum Glück besaß er genug Geld, um einen Goldgräber aus Cornwall namens Titus Pym zu bezahlen, der ihm beim Bau von etwas, das er sein Heim nennen konnte, unter die Arme greifen konnte. Zuerst begannen die beiden Männern jeden Zentimeter

Land ein zweites Mal durchzukämmen, um am Ende Goldstaub im Wert von mehr als hundert Dollar zu finden, die Fox Titus als Vorschuß gab. Dann stießen sie auf ein Nuggetnest, für das Fox nach und nach mehr als tausend Dollar einheimste. Das Geld kam ihm sehr recht. Eine Hütte zu bauen konnte um die dreihundert Dollar kosten, die Kosten für Möbel oder andere Haushaltsartikel nicht miteingerechnet.

Er und Titus hatten bereits eine ganze Ladung Baumstämme mit Mulis den Hang hinaufgeschleppt. Im Augenblick hielt sich Titus in Richter E. G. Dudleys Sägemühle auf, die zwölftausend Fuß Bretter pro Tag schnitten. Deadwoods drei Sägemühlen machten ein Bombengeschäft, und Fox hatte bereits entschieden, daß das eine Art von Arbeit für ihn sein könnte, falls er sich zum Bleiben entschließen sollte. In der Zwischenzeit brauchte seine Hütte Bauholz für das Dach, den Boden und die Tür. Es war gut, den Mann aus Cornwall zu haben, der sich in der heißen, staubigen Sägemühle herumtrieb, während er selbst sich um andere Dinge kümmern konnte.

Fox machte sich daran, die Außenmaße der Hütte zu markieren und den Grund mit einem Eisenrechen zu glätten, damit der Boden eben gebaut werden konnte. Als die Sonne schließlich am schlimmsten brannte, hatte Fox das Bedürfnis, sein rotes Hemd und seine Stiefel auszuziehen, die seine Hosen doppelt so warm und ungemütlich zu machen schienen. Während er sein Hemd aufknöpfte und die Ärmel aufkrempelte, dachte er daran, daß man wahrscheinlich ein Vermögen machen konnte, wenn man den Goldgräbern Eiswasser verkaufte.

Auf seinen Rechen gestützt, blickte Fox zum Avery-Haus hinüber, das hinter einer dichten Reihe von Pinien verborgen war. Er wußte, daß die immergrünen Bäume dazu gedacht waren, die rauhen Goldgräber von der feinen

Ostküstenfamilie fernzuhalten, aber Fox wunderte sich dennoch, daß sie *ihn* noch nicht zur Kenntnis genommen hatten. Als Titus und er anfangs den aufgegebenen Claim nach Gold abgrast hatten, hatte Fox ständig darauf gewartet, Madeleine Avery in einem ihrer ordentlichen Kleider und mit ihrer perfekt festgesteckten Frisur auftauchen zu sehen. Und am meisten hatte er natürlich auf die wunderbare Szene gehofft, die sie ihm dann ganz sicher aus ihrer Empörung heraus über seine Nähe machen würde.

Aber nun waren zwei volle Tage verstrichen, ohne daß er etwas von den Averys gesehen hatte. War es denn möglich, daß Madeleine wirklich nicht wußte, daß er hier war ... und bald sogar ihr Nachbar sein würde? Oder noch schlimmer: Vielleicht wußte sie es, und es war ihr egal.

Das Beste war wohl, wenn er hinüberging, sich für sein Erscheinen entschuldigte und um ein Glas Wasser bat. Waren sie nicht schließlich Freunde? Fox fuhr sich mit den Fingern durchs Haar, klopfte seine Hose ab und ging auf die dichte Wand der Pinien zu. Im letzten Augenblick fiel ihm ein, daß seine Hosenträger herunterhingen, und er fing sie mit beiden Daumen und zog sie über die Schultern. Lächelnd ging er weiter. Madeleine Avery wäre bestimmt bei seinem Anblick entsetzt, aber die Aussicht, *sie* zu sehen, kam ihm plötzlich anziehender vor als das Wasser, nach dem er sich gesehnt hatte.

Maddie hatte wirklich Mühe, sich an einen übleren Tag zu erinnern. Zuerst hatte ihr Vater verkündet, er würde mal wieder Deadwood verlassen und war daraufhin in die Stadt gegangen, um Vorräte einzukaufen. Dann hatte Benjamin sich den Daumen aufgeschnitten, als er mit einem Küchenmesser spielte. Gramma Susan und Wang Chee hatten den kreischenden Jungen zu Dr. Sick gebracht, weil er vielleicht genäht werden mußte. Zudem hatte Gramma ihr aus irgendeinem Grund nahegelegt, inmitten dieser Hitzewelle Brot zu backen. Und so stand Madeleine allein in der Küche und knetete den Teig, während ihr der Schweiß durch das blaue, abgetragene Kleid drang, welches sie auch schon die meiste Zeit auf ihrer Reise getragen hatte. Als jemand an die Tür klopfte, versuchte sie das Geräusch zu ignorieren, aber es hatte keinen Zweck.

Die grellgeschminkte Kreatur, die die Vordertür öffnete und in die Küche tänzelte, stellte sich als »Garnet Loomis« vor. Sie hatte einige Gläser Elsbeermarmelade mitgebracht, die sie, wie sie stolz von sich gab, selbst gemacht hatte. Anscheinend hatte sie Gramma Susan in Mr. Gunhursts Laden kennengelernt, und nun waren sie und Garnet die »engsten« Freundinnen. Die Marmeladengläser waren ein Geschenk für »Susie«, verkündete sie lautstark und stellte die Gläser auf den provisorischen Küchentisch.

Da Madeleine nicht auf Gesellschaft vorbereitet und daher nicht präsentabel war, war es ihr geradezu peinlich, von dieser Garnet Loomis-Kreatur gesehen zu werden. So berichtete sie von Benjamins tragischem Unfall und versuchte, so schwach und beschäftigt wie möglich auszusehen, damit sich Mrs. Loomis hastig für ihr Eindringen entschuldigen und ebenso schnell wieder verschwinden würde.

»Sie armes kleines Ding!« Die grobknochige alte Frau sprang auf und entsetzte Maddie mit einer zerquetschenden Umarmung. »Sie brauchen Hilfe, und Garnet ist zum Glück ja da! Nun setzen Sie sich erst mal und ruhen sich aus. Ich knete den Brotteig für Sie, und das wird das beste Brot, das Sie je gekostet haben. Das versprech' ich Ihnen!«

Unglaublich erleichtert, aus Mrs. Loomis' Umarmung freizukommen, taumelte Maddie zurück und ließ sich auf einen Stuhl fallen. Ihre Schulter schmerzte, und ihr war schrecklich heiß, aber die Tatsache, daß Garnet Loomis im Handumdrehen ihre Küche übernahm, brachte irgendwie einen Teil ihrer Energie zurück.

»Sie sind wirklich zu nett«, sagte sie ein wenig gepreßt, als sie sich von ihrem Stuhl erhob. »Aber ich kann natürlich nicht zulassen, daß Sie meine Pflichten übernehmen, Mrs. Loomis.«

»Nein, nein, das macht mir ja Spaß!« Die alte Frau war deutlich entschlossen, ihren Protest abzuwürgen. Sie begann, den Teig derart vehement zu kneten, daß Maddie unwillkürlich zusammenzuckte – es sah fast aus, als würde Garnet der Masse wahrhaftig Schmerzen zufügen. »Se sind es nich' gewohnt, hier draußen zu leben, und wir wissen das doch alle. Man braucht 'ne Weile, um 'n bißchen abzuhärten. Tja, ich bin vor vierzig Jahren von St. Louis rübergekommen und hätt' nie gedacht, daß ich den ersten Winter überstehen würd'.« Garnet schlug auf den Teig ein und drehte ihn kraftvoll und regelmäßig, während sie laut fortfuhr: »Aber ich hab's geschafft, und es gefiel mir. Hab' 'nen französischen Pelzhändler geheiratet, und der brachte mich nach Fort Laramie. Dann ging er, um seine Falle aufzustellen und kam nich' wieder.« Sie schüttelte lachend bei der Erinnerung den Kopf. »Die Kerle hier draußen sind halt kein Ehematerial, wenn Se wissen, was ich meine, Missy. Na ja, jedenfalls brauchte ich Mäuse und mußte mir 'ne Art Arbeit suchen. Gab nicht viel Auswahl hier. Machte mir aber nix. Is' ziemlich lustig, wenn Se die Wahrheit hören wollen. 'türlich bin ich jetzt nich' mehr erste Wahl, aber ich guck' nach den jungen Dingern, lern' sie das Geschäft und verhätschel' sie, wenn sie's brauchen. Kein schlechtes Leben für 'ne alte Schachtel, die Abenteuer immer so gern gemocht hat, was? Al Swearingen, dem das Gem gehört, hat mich bekniet, im Mai ein paar neue Mädels von Cheyenne herzubringen, tja, und ich sagte mir, klar, zum Teufel, warum eigentlich nicht?«

Madeleine war reichlich sprachlos. Mit krampfhaft aufgesetztem Lächeln half sie Garnet Loomis, den Teig in eine Steingutschüssel zu hieven und deckte diese dann mit einem Tuch ab. »Wie nett von Ihnen, mir zu helfen. Ich glaube, ich bin wirklich ein wenig ausgelaugt von der Hitze, und da ist mir Ihr Beistand gerade zur rechten Zeit gekommen. Aber wenn Sie mich jetzt nicht für ausgesprochen unhöflich halten, möchte ich –«

»Oh, ich verschwinde in 'ner Minute, Süße, aber machen wir doch 'n kleines Päuschen. 'ne Erfrischung zur Abkühlung wär' fein. Habt ihr Whisky hier oben?«

Maddie versuchte, ihr Entsetzen zu verbergen. »Nun ... äh, also ... ich denke nicht, daß ...«

Garnet blickte sich in der Küche um und entdeckte eine Karaffe Brandy auf dem Regal. »Das tut's auch.« Sie schnappte sich ein ungespültes Glas vom Tisch und schenkte sich eine großzügige Portion der bernsteinfarbenen Flüssigkeit ein. Maddie lehnte ab, setzte sich aber steif ihrem Gast gegenüber und plauderte so höflich, wie es ihr gelang. Wie sich herausstellte, hatte sie ohnehin wenig zu tun, denn Garnet redete praktisch endlos, sie beantwortete sich sogar ihre eigenen Fragen.

»Ich hoffe, Se meinen nich', daß ich unhöflich bin, Liebchen, aber ich mach' mir langsam echt Sorgen, daß es härter für Se wird, sich hier einzugewöhnen, als ich gedacht hab'. Se sind nich' nur einfach schwächlich und schüchtern, Se glauben auch, daß Se besser als wie wir anderen sind, hab' ich recht?« Garnet kippte den Brandy hinunter und schenkte sich nach. »Tja, das klappt aber nich', wenn Se bleiben wollen. Wenigstens nich', wenn Se Freunde haben wollen. Ich glaub', Se denken, in Deadwood wär nur Sünde und Laster und 'nen Haufen mistiger

Goldgräber, die den ganzen Tag nur auf'n Boden spucken. Stimmt doch, oder nich'?« Madeleine öffnete den Mund, um zu antworten, aber Garnet ersparte ihr die Mühe. »Tja, aber dieses Kaff hier wird bald 'ne richtig tolle Stadt mit Klasse. Vielleicht wissen Se noch nich', daß 'ne echte Theatertruppe hergekommen ist. Ja, Jack Langrishe, der ist wahnsinnig berühmt; vielleicht habt ihr sogar im Osten schon von ihm gehört, und er hat seine Frau und zwei andere Schauspielerinnen mitgebracht. Sie nisten sich grad' unten auf der Main Street in 'nem Theater ein, und dann spielen se hier Stücke wie ›Hamplet‹ und so was, das würd' mich nicht wundern! Se sehen also, Liebchen, Se ham keinen Grund zu glauben, daß Se was Bess'res sind als wir andern. Hörn Se auf den Rat der guten alten Garnet, tun Se sich mit uns zusammen und vergessen Se Ihre Allüren. Wenn Se das nich' machen, dann haben Se alles, bloß keinen Spaß.«

Madeleine fühlte sich gefährlich und vollkommen widersinnig den Tränen nah, als Garnet Loomis sich über den Tisch beugte, ihr fest in die Wange kniff und daran zog. Als ein verhaltenes Klopfen an der Tür ertönte, blickte Maddie hoffnungsvoll auf. Fox bückte sich unter dem Türrahmen, als er eintrat.

»Entschuldigen Sie, daß ich störe …«, begann er zögernd und blickte mit schlecht verborgener Neugier von Maddie zu Mrs. Loomis und wieder zu Maddie.

»Aber das tun Sie doch nicht!« Maddie sprang auf die Füße und beeilte sich, ihn zu begrüßen, als wäre er ein heißgeliebter Verwandter, der gerade aus dem Krieg heimkehrte. »Was für eine wundervolle Überraschung, Fox! Gut sehen Sie aus!«

Tatsächlich war das eine Untertreibung. Für einen Augenblick schien die Zeit stillzustehen, als Maddie das Bild in sich aufnahm, das Fox in dem sonnendurchfluteten Türrahmen abgab. Er war kräftig gebräunt, was das Blau seiner Augen noch mehr hervorhob, und als er nun lächelte, blitzten seine Zähne erstaunlich weiß und anziehend. Maddie sah, daß er staubig und verschwitzt war, aber das ließ ihn nur noch kraftvoller, schlanker – und sogar noch männlicher als zuvor – erscheinen.

»Würden Sie einem durstigen Mann ein Glas Wasser verehren?« fragte er.

Maddie beeilte sich, es ihm zu reichen, und Stille senkte sich über die drei, während er trank. Schließlich sagte Garnet Loomis in verführerischem Tonfall: »Da schau her, endlich krieg' ich den Kerl zu sehen, hinter dem jedes Mädel von Deadwood her is' … besonders die kleine Victoria!« Sie zwinkerte, dann streckte sie ihm die Hand entgegen. »Fox, ich bin Garnet Loomis. Kommen Se und setzen Se sich zu uns. Ich hab' Miss Madeleine mit dem Brotteig geholfen. Wissen Se, die Mädchen aus dem Osten sind alle so schwach und blaß und werden jeden Augenblick ohnmächtig.«

Maddie, die bereits rot geworden war, spürte nun, wie ihr Gesicht in Flammen aufging. Mit einem genüßlichen Lächeln blickte Fox ihr in die Augen und sagte: »Ohnmächtig werden? Miss Avery? Niemals! Ich weiß, es ist verlockend, schöne Frauen zu unterschätzen, aber in diesem Fall muß man sagen, daß Miss Avery eine Dame von seltener Charakterstärke und Resolution ist.« Er drückte Garnets Hand kurz. Er hatte die Lage bereits begriffen. »Das Dumme ist nur, daß weder ich noch Miss Avery die Zeit für ein Plauderstündchen haben. Ich bin ein ziemlich beschäftigter Mann, und ich wollte ein paar Dinge besprechen, die mit Mr. Averys Claims zu tun haben. Wenn Sie uns also bitte entschuldigen wollen …«

Garnet stemmte praktisch die Fersen in den Boden, als Fox sie freundlich zur Tür schob. »He, haben Se schon gehört? Jacob Horn is' heut morgen mit 'nem Indiekopf in die Stadt geritten. Hat ihn überall in den Saloons rumgezeigt und hofft, das Ding zu verscherbeln.«

»Ich glaube kaum, daß Miss Avery Interesse hat«, bemerkte Fox trocken.

Kopfschüttelnd und mit gerunzelter Stirn dozierte Garnet: »Die Indies sind 'n Thema, über das wir alle nachdenken müssen, ob wa wollen oder nich'. Kennen Se den Spruch ›Nur 'n toter Indianer is' 'n guter Indianer‹? Also, das ist wahr, glauben Se mir. Es is' wirklich 'ne gute Sache, daß wir nich' aufgegeben ham, den schwachköpfigen Wilden die Black Hills wieder abzunehmen, denn die wissen doch gar nich', wie se das Land nutzen können. 'n paar Indiekunden erzählen, daß diesen blutrünstigen, rumschleichenden Sioux die Berge gehören, aber wahr is', daß die nie höher als ins Vorgebirge schleichen, weil se nämlich glauben, daß die bösen Geister oder was noch für'n Quatsch sie weiter oben mit Blitzen beschmeißen oder so. Die können das wertvolle Land doch nicht besser gebrauchen als 'n paar wilde Tiere. Und nich' nur das –«

»Mrs. Loomis, selbst auf die Gefahr, daß ich mich so anhöre wie die Indianerkunden, die sie so verachten, muß ich Ihnen leider bei allem, was Sie gesagt haben, widersprechen. Dummerweise habe ich keine Zeit, Sie über die Sioux aufzuklären, aber es war jedenfalls sehr nett, Sie kennenzulernen.« Fox öffnete die Tür und machte eine eindeutige Geste nach draußen. »Ich wünsche Ihnen einen schönen Tag.«

Das schlechte Gewissen durchfuhr Madeleine, und sie trat schnell zur Tür. »Vielen Dank für Ihre Hilfe, Mrs. Loomis. Und ich weiß, daß meine Großmutter sich sehr über Ihr Geschenk freuen wird. Es war sehr nett von Ihnen, an uns zu denken.«

Während sie von dem kleinen Holzhaus zurückwich,

sah Garnet Loomis ungewöhnlich verlegen aus. »Sagen Se Susie, daß ich die Beeren für die Marmelade selbst gepflückt hab'!«

»Das werde ich, bestimmt«, versicherte ihr Maddie ernsthaft. Dann war die Tür zu, Maddie blickte in Fox' funkelnde Augen, und beide brachen gleichzeitig in Gelächter aus. Maddie schlug sich schnell eine Hand vor den Mund und versuchte, ihre Heiterkeit zu unterdrücken. »Sie darf uns nicht hören«, brachte sie mühsam hervor, während sie sich in seinen Arm lehnte. »Die Arme. Sie hat es nur gutgemeint ...«

Er hörte auf zu lachen und zog die Augenbrauen hoch. »Den Teufel hat sie! Wenn man einer herrischen Person wie Garnet Loomis das Zepter übergibt, dann wird sie ihr Bestes geben, um einen schnellsten zu tyrannisieren.« Plötzlich wurde er sich Maddies Nähe überdeutlich bewußt, spürte den leichten Druck ihrer Hand auf seinem nackten Unterarm und sah das frische Grün ihrer Augen. »Vielleicht habe ich Vorurteile solchen Frauen gegenüber«, murmelte er. »Sie sieht die Welt nur mit ihren eigenen Augen und gibt sich keine Mühe, andere Ansichten zu verstehen.«

»Und ich dachte, ich hätte unglaubliche Toleranz bewiesen, weil ich versucht habe, sie nicht wegen ihres Äußeren und ihren Manieren zu verurteilen«, antwortete Maddie lachend. »Woher sollte ich auch wissen, daß ausgerechnet Sie Mrs. Loomis so ein philosophisches Lob aussprechen?« Dann plötzlich glitt ein Ausdruck reinen Entsetzens über ihr Gesicht, als ihr einfiel, wie sie selbst aussah. Fox, nur wenige Zentimeter von ihr entfernt, ließ seinen Blick über sie gleiten und lächelte dabei vor sich hin, als er ihr zerwühltes Haar, ihr mehlbeschmiertes Gesicht und das abgetragene Kleid in sich aufnahm.

Erschrocken wich sie bis zur Wand zurück. »Keine

Sorge«, sagte Fox amüsiert, als könnte er ihre Gedanken lesen. »Mir gefällt, wie Sie aussehen. Wirklich, ich finde es beruhigend festzustellen, daß Sie auch *so* herumlaufen können.«

»Wie eine schlampige Hexe?« Maddies Herz begann heftiger zu schlagen, als sie Fox trotzig in die Augen sah. Er ragte vor ihr auf und strahlte etwas unvorstellbar Aufregendes aus.

»Eine Hexe?« Er lachte. »Wohl kaum. Sie sind eine schöne Frau, Miss Avery, mehr als Sie es selbst erkennen. Aber jedesmal, wenn ich Sie bisher gesehen habe, sahen Sie aus wie eine dieser reichen Gesellschaftsmäuschen, wie sie immer in *Godey's Lady's Book* porträtiert werden: jedes Härchen an seinem Platz und die Haltung steif und vollkommen. Zu vollkommen für meinen Geschmack.« Plötzlich überkam ihn ein Anflug von Wagemut, und er legte einen Arm um ihre schmale Taille. »Sie sind ausgesprochen attraktiv, so wie Sie jetzt aussehen. Ihr Gesicht leuchtet frisch und die Haare ringeln sich so, wie sie es wollen. Das Kleid ist vielleicht nicht gerade der letzte Schrei, aber es zeigt ihre schönen Formen, anstatt mit Fischbein und Tournüren etwas anderes daraus zu machen. Und das Beste: Sie sehen nicht mehr so aus, als hätte Sie Angst, sich zu bewegen oder angefaßt zu werden, weil Sie sonst befürchten müßten, ihre makellose Haltung zu verlieren. Ich freue mich zu entdecken, daß Sie insgeheim vor allem Frau sind – und nicht nur eine Porzellanpuppe.«

»Mr. ... Fox, Ihre Vertraulichkeiten überschreiten die Grenzen, die zwischen einer guterzogenen Lady und einem ... einem Mann von Ihrem Schlag bestehen müssen.« Während sie noch sprach, stellte Maddie voller Grauen fest, daß ihre Worte wenig überzeugend klangen. Darüber hinaus hatte sie Mühe, vernünftig zu atmen. »Sie ... sollten sich darüber im klaren sein, Sir, daß der Anstand es nicht mal erlaubt, daß wir uns beide hier allein unterhalten, weil ...«

»Weil ich sonst Ihre Tugend kompromittieren könnte?« sagte Fox mit weicher, amüsierter Stimme. »Keine Angst, Miss Avery. Wenn ich Ihre Schönheit bewundere oder Ihre Taille berühre, ist das doch noch kein Verbrechen. Ihre Tugend ist bei mir sicher ... es sei denn, *Sie* wünschen etwas anderes!«

Errötend und verwirrt fühlte Maddie, wie sein Körper sich gegen ihren drückte. Und es *gefiel* ihr! Sie wußte, sie sollte empört protestieren, aber irgendwie, ganz tief im Inneren, war sie erregt und bezaubert.

Langsam legte Fox beide Arme um sie. Sie schwitzte, und ihr Kleid war ein wenig feucht, und er dachte sinnend, daß dies der Duft des Paradieses sein mußte: blumig, sauber, ein wenig nach Hefe und einen Hauch von Moschus. Das Gefühl ihrer warmen Rundungen, das Aroma, das sie ausströmte, und der Anblick ihres erstaunlichen, leuchtenden Haares erregte in ihm den Wunsch, all ihre Knöpfe aufzureißen und sie zum Leben zu erwecken. Wieviel Leidenschaft mochte wohl in ihrer eingeschränkten kleinen Seele verborgen sein?

»Möchten Sie, daß ich Sie küsse?« fragte Fox leise, während sein Atem und seine Härchen ihr Ohr kitzelten.

Das Gefühl seines Körpers, an ihren gedrückt, und sein Atem an ihrem Ohr sandten Schauder durch ihre Adern, wie Maddie es noch nie erlebt hatte. Sie spürte eine köstliche Wärme, und als die Schauder sich zwischen ihren Beinen zu konzentrieren schienen, errötete sie vor Verlegenheit und unschuldigem Sehnen nach mehr. »Ich ... ich weiß nicht. Ich meine, ich hab' noch nie ... und es wäre doch ganz ungehörig, wenn ich zustimmen würde und ...«

»Machen Sie Witze? Sie sind noch nie geküßt worden?«

»Ich bin eine *Lady*, wenn ich das sagen darf, ohne arrogant zu klingen. Meine Mutter hat sehr darauf geachtet, mich zu schützen …«

»Vor Männern wie mir?« Fox lachte leise. »Nun, ich möchte Sie oder Ihre Mutter ja nicht beleidigen, aber es wird höchste Zeit, daß Sie geküßt werden, *Miss Avery*! Wir tun einfach so, als wäre dies bloß ein Experiment, und niemand wird etwas davon erfahren. Was sagen Sie dazu?«

»Ich möchte wirklich lieber nicht über … so etwas reden.«

»Nicht?« Er grinste sie breit an. »Ich verstehe. Obwohl Sie sich äußerlich der hohen Etikette verschworen haben, wollen Sie sie heimlich loswerden oder mich das für Sie tun lassen. Sie *wollen* gar keine Wahl haben, richtig?«

Maddie konnte ihn nicht ansehen. Warum mußte er sie so quälen? Als sie ihren Blick senkte, hatte er endlich Mitleid mit ihr … und mit sich selbst! Es war erschreckend, wie sehr er sie plötzlich begehrte, und er war sich nur allzu bewußt, daß er höchstens einmal versuchen durfte. Und das mußte reichen.

Langsam zog Fox sie in seine Arme und hob ihr feines Gesicht zu sich. Ihre Augen waren geschlossen, ihre Lippen bleich und fast durchscheinend, was sie nur noch unschuldiger wirken ließ. Die Ironie der Szene entging Fox nicht. Hier lebten sie in einer Stadt voller wollüstiger Frauen, und er hatte ausgerechnet die eine Schönheit erwischt, die hartnäckig an Sitte und Anstand festhalten wollte. Und dann lag eben diese Schönheit in seinen Armen und schien ohnmächtig werden zu wollen, während sie mit geschlossenen Augen und Lippen angstvoll auf ihren ersten Kuß wartete …

»Madeleine …«

Wie sehr er sich wünschte, den Mund halten zu können und sie einfach zu *nehmen*! »Was ist?« flüsterte sie.

»Sieh mich an.«

Sie schluckte, gehorchte aber. Seine Augen, so leuchtend, so intensiv blau, waren nur wenige Zentimeter von ihren und lächelten sie an. Aber da war noch ein anderes Leuchten in seinem Blick, ein Leuchten, daß ihr erneut ein Schaudern durch den Körper jagte.

»Leg deine Arme um meinen Nacken«, murmelte Fox. »Komm, *faß mich an*!«

Mit glühendem Gesicht gehorchte sie. Die überwältigende Nähe dieses Mannes, die Kraft seiner Schultern, der Geruch des männlichen Schweißes verursachten ein plötzliches Pulsieren an Maddies intimster Stelle. Er mußte es auch gespürt oder in ihren Augen gelesen haben, denn er lächelte und senkte seinen Mund auf ihren. Sie öffnete spontan die Lippen, als ihr das unerwartete Wohlgefühl einen Seufzer entrang. Kein Wunder, daß die Leute gerne küßten! All die Jahre hatte Maddie sich unter einem Kuß ein trockenes Aufeinanderpressen zweier Münder vorgestellt. Statt dessen war es wie ein Zauber. Fox schien ihren Mund mit seinem zu streicheln, küßte und schmeckte ihn, als wäre sie eine saftige Süßigkeit. Überrascht stellte sie fest, daß sie seinen Geschmack höchst appetitlich fand ... und sie wollte mehr davon. Ihre Brüste hatten zu kribbeln begonnen; nie zuvor in ihrem Leben hatte sie etwas Derartiges empfunden, und sie bemerkte entsetzt, wie sehr sie sich wünschte, sich ganz der maskulinen Magie dieses Mannes hingeben zu können.

Als sie begann, mit ihren Fingern durch sein sonnengebleichtes Haar zu fahren und ihre Zunge seine berührte, war Fox wie vom Donner gerührt und sofort intensiv erregt. Madeleine war wie Nektar und überstieg seine wildesten Träume. Die obersten Knöpfe ihres Kleides standen wegen der Hitze offen, und er erhaschte einen Blick auf zarte Sommersprossen auf elfenbeinfarbener Haut. Ohne nachzudenken, drückte er seine Lippen auf ihre Kehle und kämpfte mit dem Wunsch, ihr Mieder zu öffnen, nur um ihre Brüste *sehen* zu können. Die unglaubliche Farbe ihres Haars hatte ihn vom ersten Moment, als sie sich kennengelernt hatten, angezogen, und nach und nach hatte er sich zugestanden, darüber nachzudenken, wie ihr Körper wohl aussah, der zu dieser Farbe von rosigem Gold paßte. Sommersprossen also. Der Gedanke an ihre Brüste, blaß und voll mit rosafarbenen Spitzen, steigerte seine Begierde nun so heftig, daß es fast wehtat.

Als Fox ihr Schlüsselbein küßte, kostete Maddie die Haut seines Halses und genoß das Gefühl seines muskulösen Körpers, der sie so mühelos festhielt. Und dann, ohne Vorwarnung, riß sie eine vertraute Stimme gewaltsam in die Wirklichkeit zurück. »Äh-häm!«

Sie trennten sich mit einem Ruck, und Maddie hatte das Gefühl, als würden ihre Knie nachgeben. Irgendwie gelang es ihr, sich aufrecht zu halten und Gramma Susans scharfem, wissendem Blick zu begegnen.

»Wunder gibt es doch immer wieder«, bemerkte die alte Frau mit einem Glucksen. »Fox, Sie haben wirklich meine Erwartungen in Ihre Person weit übertroffen. Ich gebe zu, daß ich gedacht habe, Maddie wäre der allerletzte Mensch in Deadwood, der Ihrem Charme verfällt.« Während sie sprach, ging sie in die Küche und zwang Maddie damit, ihr zu folgen. Fox ging inzwischen zu Benjamin, der mit dick verbundenem Finger im Türrahmen stehengeblieben war.

»Gramma, es ist nicht, wie du denkst«, begann Madeleine mit hochroten Wangen, wobei sie sich einmal mehr wünschte, sie hätte Fox niemals kennengelernt.

»Nicht? Wie schade!« Susan O'Hara linste unter die zugedeckte Schüssel, um zu sehen, ob der Teig auch anständig aufging, dann schaute sie mit einem Grinsen auf. »Es zählt nicht im mindesten, was ich denke, meine Liebe. Ich wäre die letzte, die dich verurteilt, und die erste, dich zu beglückwünschen, wenn du endlich das Vergnügen der –«

»Nein, nein, es war alles ganz anders!« schrie Maddie. »Ich glaube, ich habe einen Sonnenstich bekommen oder etwas ähnliches, und als –«

»Sag nicht, du bist schon wieder in Ohnmacht gefallen!« Gramma Susan schüttelte den Kopf. »Das ist ja schon lästig!«

In diesem Moment erschien Fox in der Tür zur Küche, Benjamin im Schlepptau. »Schönen Tag, Mrs. O'Hara.«

»Fox will mir zeigen, wo er sein neues Haus baut!« krähte Maddies kleiner Bruder.

»Ich denke nicht, daß das eine gute Idee ist, Benjamin –«

»Sag Ben zu mir. Fox sagt, das ist im Westen besser!«

Maddie war bisher zu verlegen gewesen, um Fox anzusehen, aber das war zuviel. »Ich bitte um Verzeihung, Sir, aber ich denke nicht, daß es Ihnen zusteht, den richtigen Namen für *meinen* Bruder zu wählen, der zum Gentleman erzogen wird ... nicht zu einem groben Draufgänger!« Steif wandte sie sich wieder Benjamin zu. »Du bist gerade erst vom Doktor zurückgekommen, und ich erlaube nicht, daß du jetzt weiß der Himmel wohin latschst, um dir ein Haus anzusehen, das noch nicht mal gebaut ist!«

Selbst Susan mußte grinsen, und Fox biß sich auf die Lippe, als Benjamin antwortete: »Fox' Haus ist nicht weiß der Himmel wo! Er baut es direkt neben unserem, auf der anderen Seite von den Pinien!«

Maddie erbleichte, sie mußte sich an der Stuhllehne festhalten, um nicht umzukippen. Fox' grinsendes, bärtiges Gesicht schien vor ihren Augen zu verschwimmen. »Was ... was sagst du da?«

»Vielleicht«, mischte Fox sich ein, »habe ich vergessen, Ihnen zu sagen, daß wir bald Nachbarn sind. Deswegen bin ich hergekommen, denn ich wollte um Wasser bitten. Ich habe nur ein paar Meter von hier entfernt gearbeitet und das Land für das Bauholz vorbereitet, das heute ankommen soll.«

»Sind das nicht schöne Neuigkeiten?« rief Susan begeistert aus. »Ich gebe zu, daß ich zum ersten Mal die Idee meines Schwiegersohns billige. Er hätte das Land niemandem verkaufen können, den ich lieber als Nachbar hätte. Maddie, freust du dich denn nicht?«

»Freuen?« wiederholte sie und versuchte, ein Lächeln hervorzubringen. »Freuen? Na ja, ich bin ziemlich … ziemlich überrumpelt!«

ZWEITER TEIL

»Ich denk' an dich – Gedanken
an dich knospen und ranken
Wie wilder Wein um einen Baum …«

Elizabeth Barrett Browning

Kapitel 6

17. Juli 1876

»Madeleine Avery, was tust du da?« Susan stand am Fuß der Treppe und trocknete sich ihre Hände an einem Geschirrtuch ab. »Du kannst dich nicht die ganze Zeit mit einem Buch verkriechen!«

Maddie tauchte oben auf und kam langsam mit ihrer Lektüre in der Hand die Treppe herunter. »Ich habe ›Der Graf von Monte Christo‹ ausgelesen, Gramma. So ein intelligentes, spannendes Buch, und dann spielt es in *Frankreich*!« Sie blieb auf der letzten Stufe stehen und seufzte strahlend. »Das war die ideale Flucht aus dieser schrecklichen Wildnis. Jetzt fange ich mit ›Der scharlachrote Buchstabe‹ an, wenn ich es unter den Büchern finden kann, die noch immer eingepackt sind. Ach, ich wünschte, wir hätten einen richtigen Bücherschrank.«

»›Der scharlachrote Buchstabe‹ wird dich bestimmt aufheitern«, bemerkte Susan betont sarkastisch. »Was hast du denn da in der Hand?«

Maddie hielt das Buch hoch, um Susan den Titel zu zeigen: ›Der Ratgeber für die Dame – für ein perfektes Auftreten‹. »Es gehörte Mutter. Sie hat es mir oft in den vergangenen Jahren gegeben … wahrscheinlich immer dann, wenn es ernsthafte Mängel an meinen Manieren gab.«

Kopfschüttelnd nahm Susan den Band und überflog das Inhaltsverzeichnis. »›Flüssige und schickliche Konversation‹«, las sie laut. »Wie entsetzlich langweilig. Komm, gehen wir in die Küche. Da gibt es interessantere Dinge zu tun.«

Maddie folgte ihrer Großmutter protestierend. »Es hat mir sehr geholfen, bestimmte Kapitel dieses Buches wieder zu lesen. Zum Beispiel wußte ich, daß ich nicht in die Gewohnheit verfallen darf, Mr. Daniels bei seinem Vornamen zu nennen; ich hatte mich nicht darum gekümmert, weil ihn ja jeder so anzusprechen scheint. Das Buch hat mich daran erinnert, daß so ein Verhalten den Weg zu unangenehmen Vertraulichkeiten bereitet ... und das viel mehr, als man sich vorstellen kann.«

»Unangenehm?« wiederholte Susan verdattert. »Wenn du meine Meinung ertragen kannst, Kind, würde ich sagen, daß dieses Buch unangenehm ist! Ehrlich, Maddie, warum läßt du dich bloß in diese erstickenden Konventionen einzwängen? Dumme Regeln wie diese darin sind bloß erfunden worden, damit die Menschen ihr Leben nicht genießen dürfen.«

In der Küche war es heiß, aber es duftete herrlich nach frischem Kartoffelbrot und Apfelpastete. Susan, die bereits wohlhabend geboren und durch ihre Heirat mit Patrick O'Hara noch wohlhabender geworden war, hatte immer geglaubt, daß Reichtum Freiheit bedeutete. In diesem Fall bestand die Freiheit darin, zu kaufen, was sie wollte, trotz der exorbitanten Preise in Deadwood. Heute hatte sie sechzig Cents für ein Pfund Butter, fünfundsiebzig Cents für ein Dutzend Eier, einen Dollar für ein Hähnchen und dreißig Cents für ein Pfund Käse bezahlen müssen.

»Ich dachte, wir packen einen Picknickkorb und bringen ihn Fox und Titus hinüber«, erklärte sie vergnügt und deutete auf die noch warmen Erbsen und das in Stücke geteilte Huhn, das sie mit zerlaufener Butter und Kräuter gebraten hatte. »Der Bau der Hütte geht gut voran, aber die Arbeit ist so schweißtreibend und erschöpfend.«

Maddie sah zur Seite. In den letzten Tagen hatte sie alles in ihrer Macht Stehende getan, um Fox aus ihren Gedanken zu vertreiben. Aber es hatte keinen Sinn. Tagsüber, wenn sie auf dem Bett lag und las, glaubte sie oft, ihn durchs Fenster starren zu spüren ... daß sie, wenn sie aufstehen und durch die sich bauschenden Vorhänge schauen würde, ihn sehen könnte, wie er drüben auf seinem Land stand, die Augen vor der Sonne mit einer Hand abschirmte und direkt durch die Wände ihres Hauses blickte. Nachts spukte er in ihren Träumen herum.

»Wer ist *Titus*?« murmelte sie und kam um den Tisch herum, um sich die Pastete anzusehen.

»Oh, er ist ein wunderbarer Kerl aus Cornwall, der Fox hilft. Ich hätte mir nie träumen lassen, daß es hier draußen im Dakota-Territorium so viele unterschiedliche Nationalitäten gibt. Aber das Gold lockt wohl Menschen aus der ganzen Welt hierher. Ich habe schon kornische Goldgräber kennengelernt, Chinesen natürlich, aber auch Italiener, Schweden, Deutsche, Juden, Iren und viele Neger. Ich finde eine solche Atmosphäre höchst anregend.« Während Susan sprach, packte sie das Essen auf Teller und in Schüsseln, um die Mahlzeit für ihre Nachbarn herzurichten. »Hier, Darling. Laß uns eben mal die Erbsen in den Krug mit dem Verschluß löffeln, dann können die Männer einfach auskippen, was sie davon essen möchten.«

»Gramma Susan«, begann Maddie zögernd, »was denkst du über die Indianer? Ich meine, sind wir nicht strenggenommen Eindringlinge auf ihrem Land? Laut deiner großartigen Freundin Garnet Loomis sind das alles nur Wilde, die keine Ahnung haben, was sie mit den Black Hills oder dem Rest Grenzland machen sollen. Aber man kann irgendwie nicht umhin, sich ein bißchen unbehaglich zu fühlen, wenn man bedenkt, daß wir sie einfach zur Seite gedrängt haben ...«

Susan blickte Madeleine mit zusammengezogenen Augenbrauen an. »Du brauchst Garnet nicht in so einem sarkastischen Ton als meine ›großartige Freundin‹ zu bezeichnen, Maddie. Ich mag sie, und ich respektiere jeden, der so unverstellt er selbst ist, was nicht heißt, daß ich jeder Ansicht solcher Personen zustimmen muß.« Sie strich eine weiße Strähne aus ihrem Gesicht zurück. »Ich muß zugeben, daß die Sache mit den Indianern mich ziemlich verwirrt, und ich gedenke, mehr darüber zu erfahren. Unwissenheit und Angst sind immer der Grund für Vorurteile, und ich glaube, daß das weiße Volk sehr schnell mit seinem Urteil zur Hand ist. Wir wollten dieses wundervolle Land für uns haben, also entschieden wir, daß die Indianer weniger wertvolle Menschen sind als wir. Auf diese Art können wir alles rechtfertigen, was wir tun, um ›die Entwicklung der Zivilisation‹ voranzutreiben.« Susan schürzte nachdenklich die Lippen. »Nun, ich bin entschlossen, einige Indianer kennenzulernen und mir meine eigene Meinung zu bilden.«

Ihrer Enkelin fiel keine Antwort auf diese Rede ein, die höchst ungewöhnlich für eine alte Lady aus Philadelphia war. Nicht zum ersten Mal fragte Maddie sich, wie eine Frau wie Susan eine so gediegene und gesetzte Tochter wie Colleen O'Hara Avery hatte hervorbringen können.

Inzwischen war alles fertig; zwei große Tragekörbe waren mit Essen und Flaschen mit Wasser und Ale gefüllt. Ohne den Blick von diesen Dingen zu lassen, wich Maddie einen Schritt zurück. »Also, dann mache ich mich jetzt wohl wieder auf die Suche nach dem Buch ...«

Susan lachte. »Sei nicht dumm. Fürchtest du dich so sehr vor Fox, daß du eine alte schwache Frau die schweren Körbe allein schleppen lassen willst? Nun, ich könnte fallen und mir den Kopf stoßen und –«

»Ich fürchte mich *nicht* vor Fox ... ich meine, vor Mr. Daniel«, unterbrach Maddie sie hitzig. »Und ich finde es ziemlich gemein von dir, anzudeuten, daß du fallen könntest, nur weil ich dir meine Hilfe nicht anbiete. Der Grund dafür ist nur –«

»Komm, tun wir einfach, was getan werden muß.« Susan zeigte auf den größeren Korb. »Du bist jung und kräftig. Geh vor!«

Maddie hob den Weidenkorb hoch und ging mit sinkendem Mut zur Tür. Was immer geschehen sollte, nie wieder durfte es zu einer solch entsetzlichen Szene kommen wie die mit Fox im Wohnzimmer vor ein paar Tagen. Rasch machte sie innerlich Inventur. Ihr gestreiftes Musselinkleid war hochgeschlossen, aber kühl und bedeckte sie ausreichend. Ihr Haar war schicklich im Nacken zu einem Knoten festgesteckt. Kein Schmuck oder anderer Firlefanz konnte Fox zu dem Irrglauben verleiten, sie wollte seine Aufmerksamkeit auf sich ziehen. Wenn Fox tatsächlich bald in einem Haus neben ihnen wohnen würde, dann mußte sie ihre Position kristallklar machen.

Sie setzte also eine fröhliche, sorglose Miene auf und ging mit ihrer Großmutter durch die Reihe Pinien zu Fox' Grundstück hinüber. Aus irgendeinem Grund hatte sie geglaubt, Fox an ein paar rohbehauenen Holzbalken werkeln zu sehen, um eine klapprige kleine Hütte hochzuziehen wie jene, die unten auf der Main Street zu sehen waren. Doch was sie tatsächlich sah, ließ sie erstaunt stehenbleiben.

Die Landparzelle, die noch vor kurzem von Stephens Goldgräbern umgegraben worden war, lag nun glatt und eben vor ihnen. Schön geschnittene, lange Stämme und gerade Bohlen waren neben dem Haus aufgestapelt, das zur Hälfte fertiggestellt zu sein schien. Es *war* in der Tat eine Blockhütte, aber so eine hatte Maddie noch nie gesehen.

Der Grundriß war mindestens fünfunddreißig Fuß breit und zwanzig Fuß tief, und die Balken waren eckig geschnitten und schienen perfekt aufeinander zu passen. Zwei Kamine und zwei Schornsteine aus Bruchstein und Kalkmörtel ragten vorne und hinten auf. Fox, Wang Chee und ein kleiner Mann, den Madeleine für Titus hielt, legten gerade einen Balken an seinen Platz, so daß die Wand nun Fox bis zur Brust reichte.

Als die Frauen näher kamen, blickte Wang Chee auf. Fox sah das Lächeln, das sich auf dem Gesicht seines Freundes breitmachte, wischte sich die Stirn ab und blickte über die Schulter direkt in Madeleines Smaragdaugen. Ihr Anblick fuhr wie ein Messer durch seine Seele, und er war entsetzt über seine Reaktion.

»Oh, oh«, flüsterte Titus Pym mit einem vergnügten Grinsen, »ich hab dich nie zuvor so sprachlos gesehen, Kumpel.«

Titus' Worte rissen Fox grob zurück in die Wirklichkeit. »Tut mir leid.« Er zeigte Titus ein verlegenes Grinsen. »Nur müde, denke ich. Hallo, Mrs. O'Hara, Miss Avery«, rief er und lächelte höflich. »Bevor ich neugierig nach den Körben frage, die Sie da bei sich haben, möchte ich Ihnen Titus vorstellen. Er hilft mir, die Hütte zu bauen.«

»Wir haben uns vorgestern schon kennengelernt«, antwortete Susan und betrat das halbfertige Haus.

»Ach ja. Wie konnte ich es vergessen?« Fox hatte das Gefühl, irgendwie seine Haltung zu verlieren. Er machte also Titus und Maddie miteinander bekannt, dann wandte er seine Aufmerksamkeit Maddies deutlicher Überraschung beim Anblick des Hauses zu. »Sie sehen richtig schockiert aus. Was haben Sie erwartet ... einen Unterstand?«

»Na ja, nein, natürlich nicht, aber ich muß zugeben, daß ich beeindruckt bin. Sie haben das Haus offensichtlich mit großer Sorgfalt gestaltet, das bewundere ich … Außerdem hätte ich nicht gedacht, daß es so groß ist und so wie ein … ein …«

»Zuhause?« half er freundlich aus.

»Es sieht wirklich sehr stabil aus.«

»Ich hab's gern komfortabel«, erklärte Fox mit einem Grinsen und einem Schulterzucken.

»Ich sage ›Bravo‹!« schrie Susan. »Was für ein Glück für uns, daß Sie Benjamin an jenem Tag, der nicht mal zwei Wochen her ist, getroffen haben. Jetzt kriegen wir den bestmöglichen Nachbarn, gerade wo mein Schwiegersohn so selten in Deadwood ist. Ich hasse es ja, Schwäche zuzugeben, aber es gibt Momente, in denen eine Frau den Beistand eines Mannes braucht.«

»Und ich stehe ganz zu Ihren Diensten, Mrs. O'Hara. Ob es sich um eine Schlange in der Küche handelt oder um ein Möbelstück, das verschoben werden soll, Sie müssen nicht weiter suchen als bei Ihrem direkten Nachbarn.« Fox grinste sie an, während er sprach und bezauberte sie mit den kleinen Vertraulichkeiten eines liebenden Enkels. Dann linste er neugierig unter die Leinentücher in die Körbe.

Susan klapste ihm lachend auf die Hand, und bald lagen Decken auf dem Boden aus frischen Pinienbohlen, die den Boden des Hauses bildeten. Über ihnen der lebhafte, blaue Himmel, um sie herum der Geruch von Sägemehl, der sich mit dem Duft von Hühnchen, frischem Brot und Apfelpastete mischte, dazu die entzückten übertriebenen Aufschreie der Männer, als die Köstlichkeiten auf der Decke ausgebreitet wurden – das Ganze wirkte wie ein Gartenfest. Maddie fühlte sich unbehaglich und fehl am Platz; sie wich zurück, während die anderen sich strahlend niederließen. Fox holte eine Holzkiste, auf die Susan sich hockte und dann erklärte, was es alles zu essen gab.

»Wollen Sie so frei sein und sich zu den Barbaren auf den Boden gesellen, oder soll ich für Sie auch eine Sitzgelegenheit suchen?« flüsterte Fox in Maddies Ohr.

»Ich sollte wirklich wieder gehen.« Sie konnte ihm nicht in die Augen sehen. »Ich meine, Benjamin wird nach Hause kommen und nach seinem Essen verlangen; und er weiß dann doch gar nicht, wo wir sind ...«

»Oh, Ben ist schon den ganzen Tag bei uns. Er hilft gerne. Bestimmt ist er gleich wieder hier.«

Jedesmal, wenn dieser Mann ihren Bruder »Ben« nannte, wand sich Maddie innerlich. »Und wo in Gottes Namen ist *Benjamin* jetzt?«

»Ich habe ihn losgeschickt, mir einen neuen Meißel zu besorgen. Er meinte, irgendeine Art Aufruhr auf der Sherman Street gesehen zu haben und wollte ziemlich offensichtlich nachforschen, also habe ich ihm das durch eine Aufgabe legitimiert.« Fox grinste wieder und wandte sich zu den anderen. »Ich bin halb verhungert«, warf er ihr als Erklärung über die Schulter zu, dann ließ er sie stehen.

Maddie wollte schon aus der Tür stürzen und auf direktem Wege nach Hause laufen, aber Gramma Susan hielt sie mit einem bedeutungsvollen Blick zurück.

Seufzend gesellte sie sich also zu den anderen. Die drei Männer hatten erst Wasser in sich hineingestürzt und griffen nun zum Ale. Titus Pym war über die frischen Bohnen vollkommen hin und weg. »So viele Tage muß ich mit gerösteten Erdnüssen, Dörrfleisch, vielleicht einem Becher dünner Suppe und einem Bissen Brot auskommen.«

Lange Minuten aßen sie alle glücklich und schweigend, wobei sie manchmal versuchten, mit vollem Mund begeisterte Ausrufe auszustoßen. Als sie endlich etwas langsamer zugriffen, schaufelte Susan Apfelpastete auf ihre Teller. Titus, der sich sowohl als reichlich lebhaft als auch gesprächig herausstellte, erklärte Susan schließlich ein Rezept für ein kornisches Gebäck, und Susan versprach, es auszuprobieren. Dann begann er, von seinem »Partner« Henry zu erzählen, mit dem er die Reise von Cornwall bis hierher gemacht hatte. Henry hatte die Angewohnheit gehabt, morgens früh seinen Speck in einer Pfanne zu braten und nach dem Frühstück dieselbe Pfanne zum Goldwaschen herzunehmen. Er hatte sie seine Glückspfanne genannt, mit der er stets genug Goldstaub fand, um seinen nächsten Frühstücksspeck zu kaufen. Dann fand er eines Nachmittags im Mai in seiner Pfanne ein Vermögen an Goldnuggets. Zu Titus' Kummer hatte sein Freund seinen neuen Reichtum genommen, um schnurstracks nach England zurückzukehren.

»Ich freute mich natürlich für ihn«, sagte Titus nachdenklich, »aber ich konnte auch nicht umhin, mich selbst ein bißchen zu bedauern, wenn Sie wissen, was ich meine. Nicht nur, daß ich nun in diesem fremden Land ganz alleine war, aber Henry hatte mir nicht einmal seine Pfanne hiergelassen.« Er kratzte sich an seiner spitzen, sonnenverbrannten Nase und grinste. »Komisch, nicht, wie Gott sich um uns sorgt, wenn wir an ihn glauben. Ich fühlte mich allmählich ziemlich verzweifelt, bis ein neuer Partner vorbeikam: Fox. Und jetzt habe ich wieder einen Grund, morgens aufzustehen. Ich kann mich nützlich machen, und ich lerne neue Freunde kennen. Amerikaner! Das Leben ist verdammt großartig, finden Sie nicht?«

Maddie fühlte, wie sich ihr Herz für den kornischen Goldgräber erwärmte. Die Atmosphäre der Kameradschaft in Fox' halbfertiger Hütte war ansteckend, und als sie sich laut lachen hörte, bremste sie sich instinktiv selbst und erhob sich, als ob sie gehen wollte.

Fox warf ihr einen schnellen durchdringenden Blick zu. »Warum haben Sie nur Angst, sich zu amüsieren«, flüsterte er.

Sie drehte sich zu ihm um, und ihre Blicke trafen sich auf eine Art, die ihre Nerven zum Zerreißen spannte. Madeleine konnte schwach den Geruch von Ale und frischem Essen in seinem Atem wahrnehmen. »Sie mißverstehen mich, Sir, und halten sich wirklich für zu wichtig. Meine Gründe, warum ich gehen will, haben überhaupt nichts mit Ihnen oder diesem geselligen Beisammensein zu tun.« Sie war stolz auf ihre kühlen, klaren Worte. »Es gibt andere Dinge, um die ich mich kümmern muß.«

»Ah.« In Fox' Augenwinkeln bildeten sich kleine Fältchen. »Haben Sie etwa Geheimnisse, Miss Avery?«

»Kaum. Ich will ein bißchen in meinem Garten arbeiten, bevor die Nachmittagssonne zu heiß wird.«

»Ihrem *Garten*?« Seine sonnengebleichten Brauen flogen nach oben. »Sind Sie nicht etwas spät in Deadwood angekommen, um Gemüse anzupflanzen?«

»Ich hoffe, daß ich *Gemüse* im nächsten Frühling aufziehen kann, aber im Moment muß ich mich mit Blumen begnügen. Ich habe Samen aus dem Garten meiner Mutter in Philadelphia mitgebracht und mein Bestes getan, um ihren nachzugestalten, natürlich soweit dies hier möglich ist!«

Fox schüttelte bewundernd, aber ungläubig den Kopf. Stephen Avery war zu oft fort, um sich mit der Aussaat von Gras oder mit Landschaftsgestaltung zu beschäftigen, so daß das Grundstück auf der anderen Seite der Pinien ein einziges schlammiges Chaos war. Daß Maddie versuchte, inmitten dieses Sumpfes einen Garten anzulegen, fand Fox ernsthaft rührend und irgendwie absurd. »Ah so«, murmelte er, »wir versuchen also beide, unsere Grenzen zu sprengen. Mögen andere für albern halten, weil wir angeblich unsere Zeit verschwenden, aber ich lache gewiß nicht über Sie oder Ihren Garten, Madeleine.«

Ihr Gesicht fühlte sich warm an, und sie konnte sich das

Lächeln nicht verkneifen. »Vielleicht haben wir Gemeinsamkeiten ... aus dieser Distanz, versteht sich.«

»Erzählen Sie mir von Ihrem Garten. Haben Sie genug Sonne? Was haben Sie denn gepflanzt? Wachsen die Samen in diesem Boden überhaupt?«

»Ja, sie wachsen, aber wahrscheinlich habe ich erst im August etwas Blühendes!« Maddie lachte. »Meine Mutter liebte englische Gärten, also habe ich Fingerhut, Stiefmütterchen, Bartnelken, Akeleien, Verbenen und ... ach, und noch so viel anderes gepflanzt. Wenn es Frühling gewesen wäre, hätte ich ein Primelbeet ausgesät, aber so mußte ich mich mit weißem Steinkraut zufriedengeben.«

Fox mußte einen bewundernden Ausruf unterdrücken. »Sie sind unglaublich, wissen Sie das?«

»Gramma Susan würde wahrscheinlich andere Bezeichnungen für mich finden. Sie meint, ich verbringe zuviel Zeit damit, eine Phantasiewelt zu schaffen, die hier einfach nicht existieren kann. Ich lese nun mal lieber von zivilisierten, romantischen Welten, als mich dieser hier zu ergeben. Die Aussicht, in der Küche zu schuften oder in der Main Street in all dem Dreck und bei den unappetitlichen Gestalten einzukaufen, gibt mir immer das Gefühl, ich sei absolut ungeeignet für meine neue Rolle.« Maddie seufzte. »Ich bin nur hergekommen, weil meine Mutter gestorben ist und Vater uns bei sich haben wollte. Um Benjamins willen fand ich, wir sollten eine Familie haben, und ich träumte davon, mich um Vater zu kümmern ... aber er ist ja selten anwesend.«

»Sie sind noch nicht lange hier, und es ist wirklich ein gewaltiger Kontrast zu Philadelphias Society Hill. Vielleicht lassen Sie sich eines Tages erweichen und sehen auch die guten Seiten, die in Deadwood liegen.« Fox lächelte sie an. »Hier ist es besser, als die meisten von uns es verdienen.«

»Wie kommen Sie denn auf die Idee, daß ich zum Society Hill gehört habe?« wollte sie wissen. »Woher kennen Sie das überhaupt?«

»Sie wären überrascht zu erfahren, was ich sonst noch alles weiß«, antwortete er geheimnisvoll und erhob sich. Während ihrer Unterhaltung hatten die anderen zu Ende gegessen und die Reste wieder eingepackt. Fox reichte Maddie eine Hand und sah zu, wie sie mit einer einzigen anmutigen Bewegung auf die Füße kam.

Sie hätte gerne mehr aus ihm herausgebracht, aber er wandte sich augenblicklich zu Gramma Susan um und dankte ihr für das wundervolle, nahrhafte Essen. Die alte Frau sonnte sich in Fox' warmherzigem Tonfall, dann sagte sie ohne einen Hauch von Boshaftigkeit: »Wissen Sie, Maddie hat durchaus recht. Am besten meidet sie die Männer hier draußen, denn sie wird keinem eine geeignete Ehefrau sein. Ich kann sie gerade mal dazu bringen, in der Küche ein paar Anweisungen auszuführen … sie ist wirklich hoffnungslos.« Als sie sich zu Maddie wandte, fügte sie hinzu: »Es ist nicht deine Schuld, Liebes, und Gott weiß, daß wir dich alle lieben, wie du bist. Dennoch kann ich nicht umhin zu denken, daß wir wahrscheinlich besser nicht hergekommen wären.«

»Nun, ich habe mich in Philadelphia auch nicht gerade nach einer Heirat gesehnt, also macht es mir nicht besonders viel aus, ob ich nun ein oder zwei Jahre hier draußen verbringe. Wahrscheinlich werde ich, wenn wir zurückkehren, ohnehin zu lange isoliert gewesen sein …«

Fox hatte allem aufmerksam zugehört, aber bevor er sich dazu äußern konnte, platzte Benjamin in die dachlose Hütte.

»Hier!« schrie er und drückte Fox einen brandneuen, glänzenden Meißel in die Hand. Schwitzend und mit wilden Augen, konnte er kaum seinen Aufregung unterdrücken. »Mann, es gibt ganz, ganz tolle Nachrichten! Ratet, wer in der Stadt ist! Ganz Deadwood ist in Aufruhr!«

Einen Augenblick krampfte sich Fox' Magen zusammen und er spürte, wie ihm das Blut aus dem Gesicht wich. Konnte es sein ...? »Wer?« fragte er mit tödlich ruhiger Stimme.

»Etwa ... Präsident Grant?« neckte Maddie.

Titus Pym lachte und machte mit. »Königin Victoria?«

Offensichtlich hatte Benjamin keine Lust, wirklich raten zu lassen, denn er schüttelte nur ungeduldig den Kopf, weil die anderen seine Zeit verschwendeten. »Nein, nein! Hört zu! Ich habe Wild Bill Hickok gesehen. Er fuhr mit seinem Wagentreck die Main Street hoch! Ich habe ihn mit eigenen Augen gesehen! Mann, wenn ich das Johnny Gordon erzähle!«

Von Fox' Herz fiel ein Stein der Erleichterung, und nun wurde er neugierig. »Hickok ist in Deadwood? Bist du sicher, daß es nicht nur jemand ist, der ihm ähnlich sieht?«

»Klar, ganz sicher!« Nach diesen Worten drehte Benjamin sich um und rannte schon wieder den Hang hinunter. Seine roten Haare standen in wilden Stacheln ab. »Ich geh zu Johnny!« schrie er zurück.

Susan schüttelte den Kopf. »Der Junge braucht wirklich eine feste Hand. Da sein Vater ja offenbar wenig Neigung zeigt, zu Hause zu bleiben, könnte vielleicht ein anderer einspringen.« Sie warf Fox einen kurzen Seitenblick zu, den er mit einem Lächeln zur Kenntnis nahm. Aber seinen Gedanken wanderten schon zur Main Street und James Butler Hickok.

Fox ging abends immer noch meistens in die Saloons, nicht weil er den Tumult lieber hatte, als sich in seiner neuen Hütte auf den Boden zu legen und die Sterne zu beobachten, sondern weil er immer noch nichts von Custer und seiner Siebten Kavallerie gehört hatte. Er war sich natürlich bewußt, wie lange es dauern konnte, bis Informationen Deadwood erreichten, denn die Stadt lag sehr weit von einem Fluß, einem Telegraphen, von Bahnstrecken oder Armeeforts entfernt. Dennoch schien es sehr merkwürdig, daß noch niemand durch Deadwood gereist war, der etwas von der Schlacht oder ihrem Ausgang wußte.

Und Fox war sich nicht sicher, was er hören wollte. Egal, wie das Ergebnis war, offenbar war er dazu verdammt, sich schuldig zu fühlen. Seit kurzem träumte er, daß ihn jemand als Deserteur anklagen würde, und das war nicht unwahrscheinlich. Hatte denn jemand gehört, daß Custer Dan Matthews befohlen hatte, zu verschwinden? Für die anderen hatte es bestimmt so ausgesehen, als würde er die Beine in die Hand nehmen, um sich vor der Schlacht zu drücken.

Fox stand auf der Main Street, die ausreichend durch Petroleumlampen beleuchtet war, welche grelles Licht auf die Fassaden der Saloons, Spielhallen und Theater warfen. Der Planwagentreck schien gut über hundert Neuankömmlinge nach Deadwood gebracht zu haben, denn um Fox herum drängelten sich Männer und Jungen, die er noch nie gesehen hatte. Aufgeregt wie Kinder in einem Süßigkeitenladen, betrachteten sie die wundersamen Vergnügungsstätten, während einige Frauen auf die Straße hinausgetreten waren und nun auf und ab schlenderten, um den Leuten die Entscheidung zu erleichtern.

»Fox!« rief eine vertraute Stimme irgendwo von oben.

Er hielt mitten auf der überfüllten, schlammigen Straße an und blickte über die Schulter zum Balkon des Gem-Theater hinauf. Der Umriß der rundlichen, kleinen Gestalt war gegen das erleuchtete Fenster leicht genug zu erkennen. Er hob lächelnd eine Hand zum Gruß, wobei er sich fragte, ob sie seine gutgemeinte Miene überhaupt sehen konnte.

»Wo bist du gewesen?« jammerte Victoria. »Komm rauf!«

Einige Männer hielten in ihrem Trinken und Spucken inne, um sich nach Fox umzudrehen, der sich plötzlich unangenehm beobachtet vorkam. »Ich wünschte, ich könnte es«, rief er zurück, »aber ich habe etwas anderes zu erledigen.« Bedauernd die Schultern zückend, wies er auf Nuttall & Mann's Number 10-Saloon, winkte kurz und setzte dann seinen Weg fort.

Körperlich sehnte er sich so stark nach einer Frau, daß er sich zwingen mußte, nicht ständig daran zu denken. Das Problem war nur, daß er von Madeleine Avery einen Vorgeschmack bekommen hatte, daher waren die Frauen auf dem Balkon dort oben nicht mehr besonders anziehend. Irgendwann würde er an dem Punkt anlangen, an dem es ihm nichts mehr ausmachte und wo er vielleicht mit ein paar Drinks gewisse störende Faktoren abtöten konnte, aber noch war er nicht soweit. Maddie war wie Champagner, Victoria und die Mädchen dagegen wie selbstgemachter Holunderwein, der ein paar heiße Sommer lang im Regal vergessen worden war. Er mußte schon verdammt durstig sein, um sich letzterem zuzuwenden.

Klimpernde, schlechtgestimmte Pianoklänge vermischten sich mit kratzigen Tönen von Fideln und gelegentlichen Hornstößen und erfüllten so die Luft mit einer grausigen Parodie von Musik. Sie konnten jedoch nicht die Rufe und das Gelächter der Feiernden übertönen. Als Fox über die Schwelle von Nuttall & Mann's trat, stürzte sich der Lärm wie in einer Attacke auf ihn. Je mehr Zeit er oben am Hang bei seiner Hütte verbrachte, desto weniger fühlte er sich in der Gesellschaft grölender Säufer, prahlerischer Spieler und greller Huren wohl.

Nun war er allerdings neugierig auf ein Wiedersehen mit Wild Bill. Ihre Wege hatten sich vor zwölf Jahren gekreuzt, als Hickok noch ein Union Scout war und seinen Spitznamen erst noch erhalten würde. In den vergangenen Jahren hatte er sich einen Ruf als professioneller Spieler, Armee-Scout und Sheriff in Kansas gemacht, wo er das Gesetz vertrat und jeden erschoß, der dumm genug war, ihn herauszufordern. Als er dann aber versehentlich einen Polizisten in Abilene umbrachte, obwohl er dies wahrscheinlich nur in der Absicht getan hatte, Frieden zu erhalten, verlor er seinen Job. Es hieß, die letzten fünf Jahre wären nicht besonders freundlich mit dem berühmten Wild Bill Hickok umgesprungen. Fox war gespannt darauf, selbst in Erfahrung zu bringen, ob die Gerüchte seines Abstiegs stimmten. Würde er diesen Mann überhaupt noch wiedererkennen? Während Fox sich seinen Weg durch die Menge zur Bar bahnte, musterten seine Augen die Männer an den Spieltischen. Da waren Dutzende von neuen Gesichtern, aber keines brachte eine Saite in ihm zum Klingen.

Dann hielt er inne, J. B. Hickok lehnte an der Theke und plauderte mit Pink Buford und Capt. Jack Crawford. Er trug Haar und Schnurrbart lang, aber beides konnte nicht verbergen, daß er seit dem Bürgerkrieg drastisch gealtert war. Fox fragte sich nicht zum ersten Mal, ob das die logische Folge des Lebens im Grenzland war.

Hickok blinzelte kurz in seine Richtung, neigte leicht den Kopf und blinzelte dann wieder in eine andere Richtung. »Wir kennen uns, nicht wahr, Kumpel?«

Fox streckte die Hand aus. »Vor Jahren, es war im Krieg. Schön, Sie wiederzusehen, Mr. Hickok.«

Wild Bill nickte langsam. »Welchen Namen tragen Sie im Moment, mein Junge?«

»Fox.« Er grinste plötzlich, und als der ältere Mann

wieder blinzelte, erkannte Fox, daß er nicht mehr gut sah. Das war eine traurige Tatsache für einen berüchtigten Schützen. Fox warf dem Barkeeper, Sam Young, einen Blick zu und murmelte: »Ich möchte Mr. Hickok gern einen Drink ausgeben«, und wartete, bis ein weiterer Gin und Magenbitter über die Theke geschoben wurden.

»Kein Grund, formell zu sein, Fox. Bill ist ausreichend.« Hickok hob sein Glas und trank in tiefen Zügen, wobei er die Augen einen Moment schloß. Als er sie wieder öffnete, lächelte er.

»Was bringt Sie nach Deadwood, Bill?« fragte Fox.

»Ich habe ein bißchen Geld zusammengespart, als ich einen Teil des Trecks geführt habe. Wir sind in Cheyenne losgezogen und haben uns in Fort Laramie mit ein paar anderen Wagen zusammengetan.« Hickok zuckte die Schultern und fuhr mit weicher Stimme fort: »Ich habe geheiratet, haben Sie davon gehört? Meine Frau ist Agnes Lake, die Zirkuskünstlerin. Sie ist weltberühmt. Ich wollte genug Geld verdienen, um ihr ein anständiges Heim zu bieten, und da jedermann weiß, daß Deadwood im Moment der reichste und wildeste Ort auf Erden ist, dachte ich, das wäre der geeignete Platz, um mein Glück zu versuchen ...«

»Unser Spiel beginnt gleich«, brummelte Pink Buford, der sich zwischen die beiden Männer drängte.

»Gut. Ich fühle mich zwar nicht in Hochform, aber ich glaube nicht, daß das mein Talent bei Karten beeinträchtigt.« Wild Bill schenkte Fox ein philosophisches Lächeln.

Da nun die Zeit knapp wurde, versuchte Fox so zu tun, als wollte er nur müßig plaudern. »Bill, waren Sie nicht vor ein paar Jahren Scout für Custer? Ich hab' gehört, es gäbe ein paar ernsthafte Auseinandersetzungen mit den Indianern oben in Montana.«

»Ja, das habe ich auch gehört. Custer ist in Ordnung,

aber zu ungestüm für meinen Geschmack. Es würde mir kaum das Herz brechen, zu hören, daß Crazy Horse den alten George erledigt hat.«

Fox hätte fast laut geseufzt. Also hatte nicht einmal der Treck Neuigkeiten über die Schlacht erfahren. Er mußte es einfach bald wissen, selbst wenn es bedeutete, daß Steckbriefe mit seinem Gesicht an jeder Haus- und Zeltwand in Deadwood auftauchen würden. Die Ungewißheit fraß ihn langsam auf, und seine Träume wurden immer schlimmer.

»Tja«, entfuhr es ihm so beiläufig, als ob er sich um nichts in der Welt zu kümmern hatte, »schön, Sie in der Stadt zu haben, Bill. Viel Spaß beim Spiel. Lassen Sie mich wissen, wenn ich irgendwas für Sie tun kann.«

Hickok grinste schief. »Ich wäre Ihnen sehr verbunden, wenn Sie meinen Rücken decken, falls wir uns im gleichen Raum aufhalten, Fox.«

»Es ist mir eine Ehre«, antwortete er, und beide lachten.

Kapitel 7

20. Juli 1876

Es wurde immer schwerer, im Haus zu bleiben. Fast hätte Maddie sich verraten und Gramma Susan ihr Leid geklagt, aber sie hatte sich im letzten Moment noch beherrschen können. Was würde es schon ihrer Großmutter nützen, wenn Madeleine ihr offen gestand, daß es ihr sterbenslangweilig war. Sie langweilte sich mit ›Der scharlachrote Buchstabe‹, beim Silberputzen schon lange, ja sogar bei dem Einkaufsbummel, den die beiden Frauen unternahmen, um sich die vielen Waren anzusehen, die mit dem

Planwagenzug neu eingetroffen waren. Selbst der kurze Blick auf Wild Bill Hickok, den ihr E. B. Farnum zeigte, begeisterte sie nicht im geringsten. Farnum, ein Händler, von dem man sagte, er sei der nächste Anwärter für das Bürgermeisteramt, verbrachte den meisten Teil des Tages damit, vor seinem Laden auf einem Faß mit Pökelfleisch zu sitzen und sich über eine Vielzahl von Themen auszulassen. Nichts davon interessierte Madeleine.

Sie gestand es sich nicht einmal selbst gerne ein, aber was sie in den letzten Tagen wirklich interessiert hatte, das war das Treiben auf dem Grundstück nebenan gewesen. Manchmal lugte sie oben zwischen den Vorhängen hindurch und blickte durchs Küchenfenster, wenn Gramma Susan nicht hinsah, um festzustellen, was dort drüben vor sich ging. Und jetzt war wieder so ein Moment.

Ihre Großmutter, die bereits in der Dämmerung aufgestanden war, um zu backen, solange es noch kühl war im Haus, machte gerade friedlich ein Nickerchen auf dem Bett ihres Schwiegersohnes, und Maggie hatte sich am Fenster neben der Hintertür plaziert, um einen guten Blick zu haben. Gestalten kamen in Fox' Haus und traten wieder hinaus, und wenn sie hinter den Pinien vorbeigingen, sah es aus, als würden ihre Silhouetten flackern. Benjamin war drüben und machte sich durch schrilles Kichern bemerkbar; und irgend jemand sang etwas, das sich wie ein Seemannslied anhörte. Hämmer klopften. Fox hatte sein Pferd aus dem Mietstall hinaufgeholt, und Maddie gab ihrem Bruder immer kleine Leckereien für den Hengst mit, der, wie sie bereits wußte, Watson hieß.

Fox schien sie jedesmal aufs neue verwirren zu wollen. Immer wenn sie überzeugt war, daß er ein grober Klotz war, überraschte er sie vollkommen. Ein Pferd namens Watson, also wirklich! Und dann war da das Abendessen mit ihrer Familie gewesen, zu dem er in den modischen

Kleidern erschienen war und wie ein Gentleman geplaudert hatte! Manchmal kam ihr jener Tag wie ein Traum vor.

In diesem Moment trat Fox aus seinem Blockhaus und überquerte das Grundstück zu der Pinienreihe, wo Watson angeleint war. Fox hatte etwas in der Hand, und Watson warf erwartungsvoll den Kopf hoch und runter. Maddie zerrte einen ihrer Kistenhocker unter das Fenster und stieg darauf, um besser sehen zu können.

»Warum gehst du nicht einfach hinüber und sagst hallo?«

Beim Klang der Stimme ihrer Großmutter wäre Maddie fast von der Kiste gefallen. Aber es kam noch schlimmer: Als sie noch einen kurzen Blick nach draußen warf, sah sie Fox, der durch die Pinien geschlüpft war, ihr zuwinken. Das Lächeln auf seinem Gesicht war unverschämt schelmisch.

Sie wünschte sich, im Boden zu versinken. »Gramma Susan, wie kannst du nur?« schrie sie, sprang auf den Boden und riß die Vorhänge zu.

»Vielleicht hast du eine Fliege gejagt, die dich geärgert hat«, schlug Susan freundlich vor.

Maddie verengte die Augen und versuchte, sich das Grinsen zu verbeißen. »Woher weißt du das? Nun, ich gehe ein wenig Luft schnappen draußen. Es kann ein paar Minuten dauern, weil ich den Garten noch nach Unkraut absuchen will.«

»Wegen mir brauchst du dich nicht zu beeilen.«

Nervös berührte Maddie den Wust von Löckchen, der über ihre linke Schulter purzelte, fand aber, daß sie sich nicht soviel Blöße geben konnte, um noch einen Blick in den Spiegel zu werfen. Ihr mintfarbener Musselinrock war sauber und gebügelt. Ihre Hände waren gewaschen, ihre Frisur schien präsentabel. Sie nahm ihre Gartenschürze von dem Haken neben dem Fenster, zog sie an und verknotete sie mit einer dicken Schleife im Rücken, dann streifte sie Handschuhe über und öffnete die Tür.

»Wirklich, du bist anspruchsvoller mit dir selbst, als ich es je zu werden hoffen könnte«, bemerkte Gramma Susan und grinste ihre Enkelin unschuldig an, während sie ihre Brille zurechtrückte. »Es muß an der unterschiedlichen Art liegen, wie wir erzogen worden sind. Meine Mutter war eine kleine Schlampe, weißt du.«

»Gramma, wie kannst du so was sagen? Urgroßmutter Meagan war die Frau eines Senators!«

Susan zuckte die Schultern. »Mama konnte die Rolle recht gut spielen, wenn sie mußte, aber im Herzen ist sie immer ziemlich unordentlich geblieben, und wir liebten sie alle dafür.« Sie reichte Maddie ihre schmale, fein gearbeitete Hacke und setzte hinzu: »Geh und kümmere dich um deinen Garten, Liebling.«

Maddie trat ins Sonnenlicht, als ihr plötzlich einfiel, warum sie wirklich hatte hinausgehen wollen. Zögernd drehte sie sich um, aber Susan hatte herzlos die Tür zugeschlagen.

Sie fühlte sich ein wenig albern, als sie sich auf den Garten zubewegte. Es hatte seit Tagen nicht geregnet, und der Schlamm in ihrem kleinen ›Vorgarten‹ war so gut wie ausgetrocknet. Dennoch, man konnte nie wissen, ob ein weicher Lederschuh nicht doch in ein hinterhältiges Schlammloch sank, das für das Auge vielleicht harmlos aussah. Vorsichtig bahnte sich Maddie also ihren Weg und versuchte, nicht daran zu denken, daß Fox nur ein paar Meter von ihr entfernt stand.

In Gedanken versunken fütterte Fox Watson abwesend mit dem Grün einer Karotte, während er lächelnd Madeleine beobachtete. Das Bild, das sie in ihrem sauberen

Kleid mit Schürze, Handschuh und der funkelnagelneuen Hacke abgab, war bezaubernd unpassend in dieser rüden Wildnis.

»Ich glaube, die Dame erwartet mich«, flüsterte er Watson zu. »Bleib hier, ich komme gleich zurück.« Das Pferd schnaubte sanft und zeigte die Zähne.

Als Fox sich Maddie näherte, überkam ihn eine willkommene Euphorie. Bei der nagenden Ungewißheit hatte er sich wie ein Mann gefühlt, der am Abgrund lebte, und diese Empfindung war mit jedem Tag, der ohne Nachricht über die Siebte Kavallerie verstrich, intensiver geworden. Es kam ihm langsam so vor, als wären sie einfach von der Erdoberfläche verschwunden. Der Bau der Hütte hatte ihn zwar für eine Weile abgelenkt, aber nun hatte er wieder Mühe, sich zu konzentrieren. Die abendlichen Whiskys halfen ihm, seine Sorgen zu betäuben, und er hatte inzwischen eine ganze Menge Leute kennengelernt. Doch er vermißte Maddie. Sie wahr einfach die beste Ablenkung, aber offenbar auch die riskanteste.

Maddie hatte begonnen, die warme Erde ihres Gartens mit anmutigen Bewegungen der Hacke zu lockern. Die Samen entwickelten sich dank ihrer unermüdlichen Wasserschlepperei gut. Es zog höchstens ein Gewitter pro Monat auf, und Susan hatte sie daran erinnert, daß die Saat feucht gehalten werden mußte. Da Maddie ahnte, daß Susan sie dadurch bloß in Fox' Reichweite schieben wollte, war sie bis heute darauf bedacht gewesen, die Pflanzen erst am Abend zu bewässern, wenn Fox unterwegs war, um jene Indiskretionen zu begehen, welche die Badlands Männern wie ihm boten.

»Unglaublich. Wie haben Sie das nur geschafft?«

Sie zuckte heftig zusammen und preßte eine Hand auf ihr Herz, obwohl sie genau gewußt hatte, daß er kommen würde. Dann wirbelte sie herum und fand ihn direkt hinter sich stehend.

»Habe ich Sie erschreckt?« Er legte ihr eine Hand auf den Arm, eine Geste, die beruhigend gemeint war, von der er jedoch wußte, daß es sie noch nervöser machen würde. »Ich bitte um Verzeihung.«

»Ist schon gut.« Einen langen Moment gestand Maddie sich den Luxus zu, ihn zu betrachten. Sein ausgebleichtes blauweiß gestreiftes Hemd betonte das Blau seiner Augen und hob gleichzeitig seine tiefe Bräune hervor. Fox trug kein Unterhemd, und Maddies Blick wurde magisch von dem Teil der Brust angezogen, der unter den oberen offenen Knöpfen sichtbar war. Sie hatte keine Ahnung von männlichen Körpern, aber diese Brust mit dem genau richtigen Anteil an dunkelbraunem Haar kam ihr absolut perfekt vor. Es war diese Art von Brust, von der Frauen träumen, um ihre Wangen daran ruhen zu lassen …

»Ich hoffe, Sie sind nicht böse, daß ich ohne Einladung eingedrungen bin, aber ich habe auf eine Führung durch Ihren Garten gehofft, seit Sie mir bei unserem Picknick neulich davon erzählt haben«, sagte Fox, dem ihr verträumter Blick nicht entgangen war. »Da sieh man sich einmal diese Pflänzchen an! Wirklich, Miss Avery, Sie haben offenbar wunderbare Arbeit geleistet. Komisch, daß man Sie nie draußen sieht! Gießen und zupfen Sie immer bei Mondschein Unkraut?«

»Natürlich nicht. Das ist doch albern.« Sie begann wieder den Boden aufzuhacken, damit sie ihr Gesicht abwenden konnte. »Wie geht es mit dem Hausbau voran?«

»Bestens, danke. Titus wird immer schwermütiger mit jedem Tag, an dem Sie nicht zu uns herüberkommen. Er ist der Meinung, Sie sind die schönste Frau, die er gesehen hat, seit er Cornwall verlassen hat.«

»Gramma Susan und ich werden uns Ihre Fortschritte ansehen. Vielleicht morgen.«

Fox schüttelte staunend den Kopf, als er nun die Größe und die Vielfalt von Maddies Garten bemerkte. Mindestens vierundzwanzig Fuß lang und fünf Fuß tief, ließen sich verschiedene Setzlinge in kleinen viereckigen, rechteckigen und halbmondförmigen Beeten ausmachen. Es sah jetzt schon interessant aus, weil jedes der Beete andere grüne Setzlinge hatte, aber man konnte sich leicht vorstellen, wie herrlich der Garten im Sommer aussehen würde, wenn die farbenfrohen Blumen blühen würden.

»Es wird vermutlich wie ein Flickenteppich aussehen«, sagte er, ohne seinen Blick von dem Grün zu lassen. Dann wandte er sich lächelnd Maddie zu. »War das Ihre Idee? Glauben Sie mir, wenn ich Ihnen versichere, daß ich jetzt schon höchst beeindruckt bin?«

Die Sonne kam hinter einem Baum hervor, und sie schirmte ihre Augen mit einer behandschuhten Hand ab. Ihre zarte Nase, die mit wenigen Sommersprossen getupft war, legte sich leicht in Falten, als sie antwortete: »Ja, ich würde Ihnen glauben. Ich bin selbst beeindruckt. Sehen Sie, ich habe Gärten immer bewundert, aber nie einen selbst gestaltet. Wir hatten Gärtner. Mutter ging manchmal mit Schürze, Handschuhen und einer Haube als Sonnenschutz hinaus, um ein bißchen zu schneiden und zu stutzen. Ich durfte den Korb tragen und ihr bei der Entscheidung helfen, welche Blumen für das Haus geschnitten werden sollten.« Maddie blickte über Fox' breite Schulter, als ob sie in die Vergangenheit sah. »Sie sehen also, ich habe die Schönheit und die Ordnung eines kunstvollen Gartens schon geliebt, als ich noch klein war; aber mir ist nie in den Sinn gekommen, selbst etwas aufzuziehen. Als wir hierherkamen, hoffte ich nun, alle möglichen Dinge und Arbeiten zum ersten Mal tun zu können Ich stellte mir vor, wie ich für meinen Vater kochen, putzen und nähen würde, aber inzwischen habe ich begriffen, daß man auch so etwas erst lernen muß. Man ist einfach nicht mit solchen Fähigkeiten geboren, nur weil man zufällig weiblich ist. Zudem ist wohl kaum eine Frau von Natur aus an solchen Arbeiten interessiert, nur weil sie eben weiblich ist.«

»Aber der Garten ist etwas anderes?«

Sie blickte in Fox' gebräuntes, schön geschnittenes Gesicht und erinnerte sich plötzlich daran, wie seine Haut sich anfühlte, wie er duftete, wie erschreckend schön sein Kuß gewesen war. »Der Garten ...?«, zwang sie sich zu wiederholen. »Ja, ich habe festgestellt, daß ich nicht nur Blumen mag, sondern auch noch in der Lage bin, sie aufzuziehen. Ich liebe es, die winzigen Veränderungen wahrzunehmen, die jeder Morgen bringt. Wenn die erste Knospe erscheint und sich dann öffnet, werde ich wissen, wie Gott sich fühlen muß, wenn er die zahllosen Wunder beobachtet, die das Leben ständig bietet. Etwas zu erschaffen, selbst wenn es nur ein paar Blumen sind, ist für mich einfach etwas Wunderbares!«

Fox hätte gerne ihre Wange berührt, aber er befürchtete, den Zauber des Augenblicks zu zerbrechen und sie von ihm zu entfernen. »Ich glaube, ich ahne, wie Sie fühlen. Ich habe festgestellt, daß es höchst befriedigend für mich war, mein Haus zu entwerfen und zu bauen. Ich habe mir bisher noch nie ein Heim errichtet, oder mir dies in Gedanken ausgemalt.«

»Ich dachte, Pioniere sind es gewohnt, sich etwas aufzubauen«, bemerkte sie. »Wie lange sind Sie denn schon hier im Westen ... und woher sind Sie gekommen?«

Fox zögerte, als ihn das neugierige Aufleuchten in Maddies Augen daran erinnerte, daß er es sich nicht leisten konnte, zuviel von seiner Vergangenheit preiszugeben. »Na, Miss Avery, Sie sind sehr höflich, aber Sie haben sicher nicht wirklich Lust darauf, sich eine Abhandlung über mein Leben anzuhören.« Er hielt inne und gähnte, um es ihr zu verdeutlichen. »Ich fände es viel interessanter, wenn Sie mir etwas über Blumen beibrächten. Wissen Sie noch welche welche ist?«

Sein Ablenkungsmanöver funktionierte bestens. Maddie glühte vor Begeisterung, als sie ihm die Hacke gab und in die Tasche ihrer Schürze griff. Daraus zog sie ein zusammengefaltetes Stück Papier. Fox beobachtete neugierig, wie sie es auseinanderfaltete und eine sauber gezeichnete, kleine Karte des Gartens enthüllte. Jedes Beet war mit Namen der Setzlinge festgehalten. »Hinten stehen Fingerhut und Stechpalme, dann Glockenblumen, Nelken, Rittersporn und Akeleien.« Maddie lief hin und her und zeigte mit einer Hand, während die andere die Zeichnung hielt. »Hier sind blaue Kornblumen, da drüben, auf dem runden Beet, wachsen Zinnien, umgeben von Gänseblümchen und Steinkraut, auf dem eckigen Stiefmütterchen mit Vergißmeinnicht und Bartnelken. Dahinter –«

»Hey!« Der laute, knappe Ruf kam von Fox' Grundstück.

Beide blickten auf und wandten sich um. Eine kleine, freundlich wirkende Gestalt kam winkend auf sie zu. »Wer ist das?« fragte Maddie.

»Wenn ich das wüßte«, brummelte Fox. Als sie näherkam, konnte Fox einen höchst merkwürdigen Körper erkennen, der aus einem quadratischen, fülligen Torso bestand; er bewegte sich auf langen, dürren Beinen. Die Gestalt trug graue Hosen, die halb aufgekrempelt waren und einen Teil der schwarzen Stiefel freigaben, ein dreckiges blaues Hemd, ein Tuch um den Hals und einen zerknautschten breitkrempigen Hut. Als sie bei ihnen angekommen war, streckte sie die Hand aus. »Sind Sie der Typ, den man Fox nennt?« sagte sie. »Vergessen Sie's, ich weiß, daß Sie's sind – da drüben haben Sie's mir gesagt. Nett, Sie kennenzulernen. Vielleicht haben Sie schon von mir gehört. Ich bin Jane Cannary.«

»Wie geht's denn so, Miss Cannary?« antwortete Fox, ohne mit der Wimper zu zucken. Natürlich hatte er schon von Calamity Jane gehört – wer nicht? Ochsentreiberin, Scout, Trinkerin, Aufschneiderin ..., sie war die Art von menschlicher Merkwürdigkeit, die nur im Westen gedeihen konnte. Da sie gerade unverhüllt Maddie anstarrte, sah sich Fox ihr Gesicht genauer an. Calamity Jane konnte noch keine dreißig sein, aber ihre Haut war gebräunt und ledrig wie die eines Mannes, ihre schmalen Augen waren blutunterlaufen und graugrün, die Ränder darunter zeugten von Müdigkeit. Sie besaß eine flache Nase, einen breiten Mund und die aufgedunsene Erscheinung eines standfesten Trinkers.

Plötzlich stieß Jane eine unbändige Lachsalve aus, blickte zu Fox und wies auf Maddie. »Die da ist doch ein Witz, oder? Das letzte Mal, daß ich eine *Lady* so aufgebrezelt wie die gesehen habe, war im Union Pacific-Zug nach Cheyenne. Diese *Lady* –« Sie hielt inne, um einen Strahl Tabaksaft auszuspucken, dessen Rest ihr das Kinn hinunter zu laufen drohte, »– kam aus *London!* Ist das nicht zum Brüllen? Tochter von 'nem Baron oder so ein Bockmist. Hielt die Nase in die Luft und trug 'n niedliches weißes Kleidchen und Handschühchen so wie die hier. Wette, die hat's keinen Monat in Cheyenne ausgehalten, nicht mal für ihren Mann!« Calamity Jane streifte Maddie mit einem Blick. »Wie lang biste denn in Deadwood, Süße?«

Fox ging dazwischen, obwohl das Aufblitzen in Maddies Augen ihm deutlich machte, daß sie durchaus für sich selbst sprechen konnte. »Miss Canary, darf ich Ihnen Miss Madeleine Avery vorstellen?«

»Ich würd' ja deine Hand schütteln, aber ich will deine

netten weißen Handschuhe nicht dreckig machen. Wo kommste her, Mad? Seid ihr zwei verheiratet oder so was?«

Maddie versuchte verzweifelt, ihre Bestürzung und ihre Verwirrung zu verbergen. Konnte diese … diese *Person* wirklich eine Frau sein? »Guten Tag, Miss Cannary«, murmelte sie. »Ich bin seit knapp einem Monat in Deadwood und bin mit meiner Familie aus Philadephia gekommen. Und nein, Mister … Fox und ich sind definitiv nicht verheiratet. Wir sind nur … Nachbarn.«

»Mann, bin froh, das zu hören!« Jane warf Fox einen lüsternen Blick zu und fuhr dann fröhlich fort: »Philadelphia, was? Fast so etepetete wie London, wie ich gehört habe. War nie selbst da, und es interessiert mich auch nicht, aber –«

»Miss Cannary«, unterbrach Fox sie, »sind Sie aus einem bestimmten Grund hergekommen oder nur zufällig?«

Sie rammte die Hände in ihre Hosentaschen und grinste breit, wodurch sie eine fleckige Zahnreihe enthüllte. »Oh, und wie ich einen Grund hab'. Hab' von Garnet Loomis von Ihnen gehört, Mister, und wollte mal selbst nachsehen. Ich fackel' nich' lange, das können Sie mir glauben!«

»Das tu' ich unbesehen. Im Augenblick allerdings habe ich noch ein paar Dinge mit Miss Avery zu besprechen. Ich würde es also zu schätzen wissen, wenn Sie –«

»Verschwinden?« Jane brüllte vor Lachen. »Okay, hab' den Wink begriffen, Mister. Macht ja nix, ich krieg schon noch meine Chance. Aber bevor ich mich verzieh', soll ich Ihnen noch was von Wild Bill ausrichten. Das war die Ausrede, die mich hier raufgeführt hat. Bill sagt, er hat 'n paar Neuigkeiten für Sie; es ginge um das, worüber ihr zwei neulich geredet habt, was immer das bedeuten soll. Bis dann!«

Calamity Jane drehte sich um und ging mit ausgreifenden, schlackernden Schritten davon. An der Reihe der Pinien drehte sie sich plötzlich um und brüllte: »He, Kumpel! Wenn Sie noch jemanden brauchen, der bei der Hütte hilft, ich bin verdammt gut mit 'nem Hammer. Außerdem bin ich billig!«

Fox winkte ihr nickend zu und wandte sich erst wieder zu Maddie, als ihr unverschämter Besucher aus der Sicht verschwunden war.

»Ich weiß ja, daß es im Westen, besonders hier, ziemlich seltsame Gestalten gibt, aber wer war denn *das*?« Maddie schüttelte ungläubig den Kopf.

»*Das* war Calamity Jane. Haben Sie noch nie von ihr gehört?« Fox' Gedanken wanderten bereits zu den Neuigkeiten, die Bill Hickok für ihn haben könnte, aber er wollte Maddie noch nicht verlassen – nicht, nachdem sie so gut miteinander zurechtgekommen waren. »Calamity Jane ist eine Legende, aber eine ganze Menge Geschichten, die sie über sich erzählt, vor allem wenn sie etwas getrunken hat, sind auch erfunden. Sie ist ein wenig seltsam, aber harmlos.«

»So wie Sie es sagen, sollte ich wohl Mitleid mit ihr empfinden, aber es ist nicht leicht, jemanden sympathisch zu finden, der einen gerade ausgelacht hat.« Sie lächelte ihn scheu an. »In ein paar Minuten kann ich sie bestimmt schon positiver sehen.«

Fox hätte sie am liebsten kräftig an sich gedrückt, und er wagte es sogar, ihr die Hand in einer Geste auf den Rücken zu legen, die irgendwo zwischen einem Klaps und einer Liebkosung einzuordnen war. »Ich denke, Miss Cannary ist einfach nie wie Sie in den Genuß einer höheren Erziehung gekommen. Sie weiß es nicht besser … und wenn doch, dann kann ich zumindest sagen, sie behandelt jeden auf diese Art. Sie benimmt sich rauhbeiniger und gröber als die meisten Männer.«

»Wie reizend.« Maddie spürte, wie ihr ein Schauder das

Rückgrat hinunterlief, als seine Hand sie berührte. »Sind Sie neugierig darauf, was Ihnen Mr. Hickok zu sagen hat? Benjamin wäre sicher ganz aus dem Häuschen, wenn er wüßte, daß Sie diesen Helden kennen. Er spricht kaum von etwas anderem, seit der Wagenzug in Deadwood angekommen ist.«

»Ich werde Benjamin Bill vorstellen, sobald es geht, wenn es ihm soviel bedeutet –«

»Bloß nicht!« rief sie entsetzt aus. »Ich tue alles, was in meiner Macht steht, um seine neue Faszination für Desperados zu dämpfen!«

Fox rieb sich seinen bärtigen Kiefer und lächelte langsam. »Ich fürchte, Sie leben in der falschen Stadt, aber schließlich wissen Sie das ja schon selbst, nicht wahr?« Seine andere Hand lag noch immer auf ihrem Rücken, und nun zog er sie langsam zu sich heran. Ein Sonnenstrahl brach durch die Bäume und ließ Maddies wundervolles Haar aufleuchten. Er sehnte sich danach, sein Gesicht darin zu vergraben, dann seine Lippen auf ihre Schläfen und ihre weiche Kehle zu drücken. Statt dessen traute er sich gerade einmal, sein Gesicht über ihr Haar streichen zu lassen. »Sie wünschen sich«, flüsterte er, »daß jemand anderes nebenan wohnt, nicht wahr? Einen Gentleman in jeder Hinsicht, einer, der Ihnen Gedichte vorliest und immer einen gestärkten Kragen trägt, einer, der sich immer makellos benimmt –«

»Seien Sie nicht albern«, unterbrach ihn Maddie mit bebender Stimme. »In Deadwood gibt es keine solchen Männer.«

»Und wenn es sie gäbe?«

Ihr Herz begann zu rasen, als Fox sie immer näher zu sich heranzog, bis ihr Busen seine breite Brust leicht berührte. Ihre Wange spürte den rauhen Stoff seines blauweißen Hemdes. Es roch frisch und neu … und doch nach

Fox. »Wir, wir sollten nicht von solchen Dingen reden, Mr. Daniel.« Maddie bekam die Worte kaum heraus.

So nah! Jedesmal wenn sie ihm so nah kam, dann war sie kurz davor, dem nachzugeben, was ihr Herz ihr sagte. Doch sie schaffte es immer im letzten Moment, sich zu besinnen. Dreist und um sie ein bißchen zu necken, wanderten Fox' Finger ihren Rücken hinauf. Als er sie erzittern spürte, hob er beide Hände und trat zurück. »Mir kann man offenbar nicht trauen, richtig?«

Maddie straffte die Schultern und blickte ihn herausfordernd an. »Ich denke doch, daß ich Sie im Griff habe, Sir. Und nun, wenn es Ihnen nichts ausmacht, würde ich mich wieder gern um meinen Garten kümmern.« Sie warf noch einen letzten nervösen Blick auf Fox' strahlendweißes Grinsen, dann drehte sie sich weg und wandte sich ihren stillen, kooperativen Setzlingen zu.

Es schien, als hätte das Klopfen der Hämmer in den vergangenen Tagen nicht einmal abgebrochen, ob Fox sich nun oberhalb der Sherman Street auf seinem Hang befand, oder sich mitten in Deadwoods Badlands herumtrieb. Dort fanden immer noch viele Geschäfte und Saloons in Zelten mit Kaliko-Innenwänden Platz, doch viele waren bereits durch hastig errichtete Hütten und Häuser ersetzt worden. Die Main Street war nach wie vor ein schmieriger, stinkender Morast, aber nun hatte die Straße zumindest ein stabileres, dauerhafteres Aussehen bekommen. Dutzende von Neuankömmlingen ergossen sich täglich in die Stadt und veranlaßten Charles H. Wagner, seine Zimmerpreise zu erhöhen.

Fox suchte in Nuttall & Mann's Number 10-Saloon, im Betwix-Stops-Saloon, im Senate und im Green Front, bis er schließlich Wild Bill im Gem an einem Spieltisch sitzend vorfand. Er war in Begleitung von Bessie und Victoria, wirkte aber desinteressiert. Zwei weitere Männer saßen am Tisch, der eine davon Capt. Jack Crawford, der sich selbst zum »Poeten-Scout« ausgerufen hatte. Fox fand den Mann aufdringlich und arrogant, entschied aber, daß er seine Gesellschaft im Austausch für Bill durchaus ertragen konnte. Fox setzte sich also und lächelte. »Hoffentlich störe ich nicht gerade bei einem Spiel?«

Hickok schüttelte den Kopf. »Nein, ich fühle mich heute grausam, Captain Jack schreibt ein neues Gedicht, und Charley hier wollte gerade ins Badehaus gehen.« Er nahm Fox' Hand und ließ sich dann wieder auf den Stuhl zurücksinken. Er war blasser als das letzte Mal, als Fox ihn gesehen hatte. »Kennen Sie schon meinen Partner, Colorado Charley Utter? Charley, das ist Fox. Hab ihn im Krieg kennengelernt. Guter Mann.«

Der dritte am Tisch, der abgetragene Lederhosen anhatte und sich einen langen Schnurrbart und lange Haare wie Hickok stehen ließ, grinste Fox an. »Nett, Sie kennenzulernen. Seymour und ich wollen hier in der Stadt einen Pony-Express aufziehen. Wenn Sie einen Job brauchen, wir brauchen gute Reiter!«

Fox lächelte zurück und spürte, daß er Colorado Charley auf Anhieb mochte. »Ich werde an Sie denken, ich weiß das Angebot zu schätzen.«

»Wo warst du denn so lange, Darling?« jammerte Victoria und beugte sich über seine Schulter. Der Geruch ihres billigen Parfüms war erschlagend.

»Laß Fox in Ruhe, Victoria«, sagte Wild Bill, während er sich mit der linken Hand einen weiteren Drink einschenkte. Fox erinnerte sich, daß es eine Vorsichtsmaßnahme war, die rechte Hand zum Ziehen freizubehalten. Außerdem bestand Bill immer darauf, beim Kartenspielen mit dem Rücken zur Wand und niemals zum Salooneingang zu sitzen. Es gab Leute, die ihn wegen seiner Wachsamkeit auslachten, aber seine Antwort war stets, daß dies ihn am Leben erhalten hatte, während viele seiner Zeitgenossen weniger Glück gehabt hatten. »Warum laßt ihr Mädchen uns nicht ein paar Minuten allein? Ich möchte mit Fox gerne ohne Publikum reden.«

Victoria und Bessie gingen kichernd mit schwingenden Hüften davon. Irgend etwas in Wild Bills Miene veranlaßte Fox, sein Angebot für einen Drink anzunehmen. »Gibt's was Ernstes?« fragte er. Und sobald die Worte ausgesprochen waren, wußte er, worum es sich handelte. Seltsam genug, ausgerechnet in den letzten Stunden hatte Fox nicht ein einziges Mal an Custer gedacht.

»Es geht um Custer und die Siebte Kavallerie«, sagte Hickok heiser. »Sie haben sich neulich danach erkundigt, und ich dachte mir, Sie würden vielleicht jemanden kennen, der mit Custer gezogen ist.«

»Ja«, flüsterte Fox, und instinktiv kippte er den Drink in einem Zug herunter.

»Es gibt schlimme Nachrichten!« platzte Capt. Jack Crawford heraus, der sich nicht mehr beherrschen konnte.

»Was soll das heißen?«

Bill warf Crawford einen warnenden Blick zu. »Nun, wir haben soeben erfahren, daß Custers Männer letzten Monat gegen eine riesige Horde Sioux losgezogen sind, in der Nähe vom Little Bighorn oben in Montana. Ich glaub', es war am fünfundzwanzigsten Juni ...«

»Und?« hörte Fox seine Stimme wie aus weiter Ferne.

»Tja, sieht aus, als hätte Custer sich ein wenig überschätzt. Er und die paar hundert Männer, die an diesem Tag mit ihm losgeritten sind, wurden massakriert.«

»Sie sind tot?« Fox war sicher, falsch verstanden zu haben. »Alle sind tot?«

Hickok nickte, strich sich über den Schnurrbart und nahm dann die Flasche, um Fox' Glas neu aufzufüllen.

»Man sagt, sie hatten keine Chance, müssen gut zweitausend Indianer gewesen sein. Entweder war Custer einer der größten Helden, die je gelebt haben, oder der größte Idiot!«

Als er die schreckliche Wahrheit erfaßte, glaubte Fox, explodieren zu müssen.

Kapitel 8

20.-24. Juli 1876

»Ich habe gehört, daß das einzige überlebende Wesen ein Pferd namens Comanche sein soll«, bemerkte Charley Utter. »Zu schade, daß es nicht sprechen kann.«

Fox' Gedanken wirbelten in seinem Kopf herum, als er an Capt. Myles Keogh dachte, Comanches Besitzer, und dann an all die anderen Männer, die er in den Tagen vor der Schlacht kennengelernt hatte. Ein pochendes Gefühl von Schuld trieb ihm den Schweiß auf die Stirn. Er versuchte, sich zu konzentrieren. Sicher stimmte es nicht, daß die gesamte Siebte Kavallerie an diesem Tag getötet worden war – es hatte sich schließlich um mehr als sechshundert Männer gehandelt! Außerdem hatte Custer, kurz bevor Fox ausgestiegen war, sein Regiment in drei Bataillone eingeteilt, die von Reno, Benteen und ihm selbst kommandiert werden sollten. Es hörte sich so an, als wären nur Custers Männer ausgelöscht worden. Vielleicht hatten die anderen, die die Indianer aus verschiedenen Richtungen einkreisen sollten, entkommen können.

Dennoch kehrten seine Gedanken immer wieder zu einer Tatsache zurück: Wenn Custer und Fox sich nicht so heftig gestritten hätten, wenn Custer sein Angebot angenommen hätte, mit in die Schlacht zu ziehen, dann wäre

Fox mit ihnen in den Tod gegangen. Richtig und falsch zählten nicht mehr. Der Punkt war, daß er fortgeritten war, während alle anderen getötet worden waren. Guter Gott, warum hatte er nicht noch vehementer versucht, Custers Absicht zu ändern? Waren seine Alpträume denn Realität? War es George Amstrong Custers *Geist*, der ihn des Nachts heimsuchte?

Während Fox in Gedanken versunken war, schien jedermann begonnen zu haben, über »General« Custer und die Tragödie am Little Bighorn zu reden. Colorado Charley Utter, der spürte, daß die Diskussion immer hitziger werden würde, stand auf, um das Badehaus aufzusuchen. Einen Augenblick später erhob sich Capt. Jack Crawford und wedelte mit einem Stück Papier, das mit seiner gezierten Handschrift bedeckt war.

»Wer möchte den ersten Vers meines neuen Gedichtes hören, den ich in der vergangenen Stunde über die schrecklichen Neuigkeiten von Custers Niederlage komponiert habe?« Ein Murmeln ging durch die Menge, was Captain Jack dazu veranlaßte, auf seinen Stuhl zu steigen und zu lesen:

Hörte ich von Custer reden?
Mein Freund, das kann man sagen,
es kam blitzgleich – wie ein Beben,
und es traf mich hart.
Und ist die See auch längst verdorrt,
hab nicht mehr Mut zu flennen,
doch wär ich ein Narr an diesem Ort,
vergieß ich nicht echte Tränen.

Man hörte gemurmelten, feierlichen Beifall, während ein paar von den Mädchen oben zu weinen begannen. Captain Jack erinnerte sie daran, daß es ja nur der erste Vers gewesen war und er nicht versprechen konnte, daß der Rest seines Werkes genauso tiefsinnig sein würde.

Wild Bill warf Jack einen Blick zu und kommentierte Crawfords Begabung mit einem Schulterzucken, aber Fox war nicht in der Stimmung, auf die versteckte Ironie einzugehen. »Ich, ich gehe hinauf. Ich brauche ein bißchen Ruhe«, murmelte er. »Ich hoffe, Sie fühlen sich bald besser, Bill.«

»Bin Ihnen nicht böse, Kumpel. Genießen Sie für mich mit!«

Da Fox nicht wußte, ob sich sein Freund auf Drinks oder Mädchen bezog, nickte er nur und erhob sich, um Victoria zu suchen; er nahm auf dem Weg eine Flasche mit. Victoria warf ihren Freundinnen einen triumphierenden Blick zu, als Fox sie am Ellenbogen nahm und zur Treppe führte.

Während sie die brüchige Treppe hinaufstiegen, wurde sich Fox klar, daß er die unwillkommenen Gedanken nicht aussperren konnte. Er hatte niemals zuvor eine solche Qual erfahren. Wie nannte man es noch – die Schuld des Überlebenden? Bilder von zweihundert Soldaten, die tot unter der Montana-Sonne lagen, brannten sich in seinen Geist. Er hatte seine Aufgabe bei Custer schlecht erledigt, indem er sein eigenes Temperament nicht hatte zügeln können. Er hätte niemals sagen dürfen, was er ihm gesagt hatte – er hätte niemals gehen dürfen, auch wenn Custer es ihm befohlen hatte – er hätte alles versuchen müssen …

Aber was war mit den Indianern? fragte dann eine andere Stimme in seinem Kopf. Wäre es denn besser gewesen, wenn Custer und die Siebte Kavallerie statt dessen die Lakota abgeschlachtet hätten? Wäre das etwa fair gewesen?

Auf der obersten Stufe der Treppe blieb Fox plötzlich stehen und starrte einen Augenblick auf die Flasche. Dann hob er sie an die Lippen und trank. *Bitte, lieber Gott*, betete er wortlos, *laß es aufhören …*

Titus Pym nagelte gerade eine der letzten Schindeln auf das Dach der Hütte, dann lehnte er sich herunter, um den kleinen Ben Avery zu mustern. »Fast fertig. Was glaubst du, wo Kumpel Fox hängengeblieben ist?«

Damit fragte er die gleiche Frage, die sich er, Benjamin und Wang Chee die letzten drei Tage schon mindestens ein dutzendmal gestellt hatten. Natürlich hatte keiner eine Antwort parat. Ben hob die Hände und zuckte die Schultern. »Weiß auch nicht, Mr. Pym. Er hätt's doch jemanden gesagt, wenn er die Stadt verlassen hätte, nicht wahr?« Als Titus zur Leiter hinüberkroch und herunterstieg, erhellte sich Bens Gesicht kurzfristig. »Vielleicht ist er in den Badlands! Soll ich runterlaufen und mal rumfragen?«

»Bestimmt nicht, mein Freund!« Titus gab vor, höchst schockiert zu sein. »Aber ich dachte, es wäre nicht falsch, bei euch zu Hause nachzuforschen. Vielleicht hat er deiner Großmutter oder deiner Schwester etwas gesagt und hatte einfach keine Möglichkeit mehr, mit uns zu reden.«

»Warum sollte er Gramma Susan irgendwas sagen? Oder Maddie? Gramma ist eine alte Frau, und Maddie *haßt* Fox!«

»Ja, tut sie das? Das ist ein starkes Wort, Freund. Laß uns trotzdem mal rübergehen und fragen. Wenn wir Glück haben, bietet mir deine reizende alte Lady ein Stück Kuchen an oder was auch immer an Süßigkeiten heute am Küchenfenster auskühlt.«

Pym legte dem Jungen eine Hand auf die Schulter, und so gingen sie über das Grundstück, durch die Pinien und zur Hintertür des Avery-Hauses. Titus wollte klopfen, aber Benjamin stieß die Tür auf und marschierte hinein. Susan O'Hara war dabei, Geschirr abzutrocknen und es auf die

Regale zu räumen. Ihr Gesicht erhellte sich, als sie den Goldgräber aus Cornwall sah.

»Mr. Pym, wie schön, Sie zu sehen! Ich kann Ihnen gar nicht sagen, wie wundervoll Fox' Haus geworden ist und wie dankbar ich bin, daß Sie ein Auge auf meinen Enkel haben. Ich hoffe, daß Sie ihn nach Hause scheuchen, wenn er Ihnen zur Last fällt.«

»Aber nein, Mrs. O'Hara, wir haben den jungen Ben gern bei uns. Besonders Fox hat einen Narren an ihm gefressen.«

»Fox ist ein guter Mann.« Susan legte ihr Geschirrtuch hin und bedeutete Titus, Platz zu nehmen. »Ich habe Rhabarberkuchen gebacken. Sie probieren ihn doch sicher für mich, nicht wahr?«

Der drahtige, grauhaarige Mann errötete vor Freude. »Es wäre mir eine Ehre, Mrs. O'Hara.«

Als Susan den Kuchen anschnitt, ein Stück auf einen Teller legte und ihn vor den Mann hinstellte, fragte sie: »Wo steckt Fox eigentlich in den letzten Tagen? Es kommt mir vor, als hätten wir ihn ewig nicht gesehen! Hoffentlich sind Sie nicht entsetzt, wenn ich gestehe, daß ich selbst in meinem hohen Alter den Anblick eines so gutaussehenden Mannes genießen kann. Manchmal blicke ich durch das Fenster zu ihm hinüber, nur um mir selbst zu versichern, daß ich noch am Leben bin.«

Vom Klang der Stimmen angelockt, legte Maddie ihren bewegenden Roman zur Seite und kam durch die Tür, die die Küche mit der Wohnstube verband. »Hallo, Mr. Pym. Nett, Sie zu sehen.«

Titus grinste sie an, sagte dann aber ernsthafter: »Dasselbe zurück, Miss Avery. Ich will ja nicht unhöflich sein, aber ich finde, Sie sehen ziemlich blaß aus. Sie sind doch nicht krank?«

»Nein, mir geht's gut«, antwortete sie mit einem matten

Lächeln. In Wahrheit fühlte sie sich abscheulich, aber es ging ihr nicht körperlich schlecht. Insgeheim fürchtete Maddie, daß sie Liebeskummer hatte.

»Ich wollte Ihre Großmutter eigentlich fragen, ob Sie eine Ahnung hat, wo Fox sich herumtreibt, aber Sie hat die Frage mir soeben selbst gestellt«, sagte Titus und machte sich mit Appetit über den Kuchen her. »Wir haben ihn seit drei ganzen Tagen nicht mehr gesehen, Miss Avery, und ich kann mir bei ihm einfach nicht vorstellen, daß er, ohne etwas zu sagen, abhaut. Zudem hat er Watson nicht mitgenommen. Ich hab' zwar keine Zweifel, daß es ihm bestens geht, wo immer er ist, aber ich muß doch zugeben, daß ich mir ein paar winzige Sorgen mache ...«

»Vielleicht haben ihn die Indies erwischt, so wie sie General Custer gekriegt haben«, tönte Benjamin düster. »Johnny Gordon sagt, daß die Black Hills den Indies gehören, und sie werden bald Deadwood angreifen und uns alle killen, weil wir ihnen die Berge wegnehmen wollen! Johnny sagt, sie schneiden dir den Skalp ab, bevor sie dich umbringen, und sie schießen ganz viel Pfeile in dich hinein, und –«

»Benjamin Franklin Avery, sei still!« befahl Susan. »Du weißt genau, daß man in Anwesenheit von Damen nicht von solchen Dingen spricht!«

»Ich glaube auch nicht, daß die Indianer unseren Fox geschnappt haben«, versicherte Titus dem Jungen. »Er hat schon bei ihnen gelebt und kennt ihre Sitten. Das hat er mir erzählt. Sie würden ihn zum Essen einladen, aber nicht umbringen.«

Madeleine setzte sich zu ihnen an den Tisch. »Ist Fox zur Hütte zurückgekommen, nachdem diese Calamity Jane vor drei Tagen hier aufgetaucht ist?« fragte sie. »Sie haben Sie doch gesehen, nicht wahr, Mr. Pym? Sie sagte, Sie hätten sie zu meinem Garten geschickt.«

Tim kratzte sich seine sonnenverbrannte Glatze und murmelte: »Jetzt, wo Sie's erwähnen, Miss – ja, ich hab', kann mich erinnern. Ich dachte, sie wär' ein Er, aber Wang Chee hat mich berichtigt. Und wenn ich jetzt zurückdenke, glaub' ich, daß das das letzte Mal war, daß ich Fox gesehen hab'. Kurz darauf ist er in die Stadt gegangen.«

»Also«, sagte Maddie, »vielleicht habe ich einen Hinweis, wo er sein könnte. Miss Cannary sagte Fox, daß Mr. Hickok ihn sprechen wollte. Wahrscheinlich ist er ihn suchen gegangen.«

»Sieht aus, als sollte ich diesen Hickok suchen und nachfragen, ob er etwas über Fox' Ausbleiben weiß«, verkündete Pym, verspeiste das letzte Stück Kuchen und wischte sich den Mund mit einer Serviette ab.

»Wild Bill Hickok?« schrie Benjamin. »Der redet bestimmt nicht mit Ihnen, Mr. Pym. Ich will Sie nicht beleidigen, aber Wild Bill ist *berühmt*! Er kann die tollsten Sachen mit seinem Colt machen. Ich hab' eine Geschichte über ihn in Philadelphia gelesen, und da stand drin, daß er über hundert Verbrecher umgebracht hat! Bestimmt wollen alle Leute dauernd mit ihm reden, und Sie kommen sicher nicht mal in seine Nähe!«

Titus tätschelte dem Jungen den Kopf und stand auf. »Wir sind in Deadwood, Kumpel. Ich zweifle zwar nicht daran, daß Mr. Hickok mit besonderem Respekt behandelt wird, aber er ist schließlich nicht der Präsident der Vereinigten Staaten. Ich bin sicher, daß er mit mir spricht, wenn ich ihn finden kann.«

»Meistens spielt er in den Badlands Karten, aber er schläft nicht im Hotel. Er und Colorado Charley Utter lagern in ihrem Planwagen am Whitewood Creek. Soll ich Ihnen zeigen, wo?«

»Benjamin, woher weißt du das alles? Haben wir dir nicht gesagt, du sollst diesen Teil der Stadt meiden?«

Gramma Susan schüttelte den Kopf. »Und du wirst ganz bestimmt nicht mit Mr. Pym hingehen. Wirklich, Junge, du bist unbelehrbar!«

»Hör mal, Kumpel, ich hab' eine wichtige Aufgabe für dich«, sagte Titus, als er die Tür für den schmollenden Jungen aufhielt. »Fox möchte bestimmt, daß wir gut auf Watson aufpassen. Einverstanden? Ich bin sicher, er muß gefüttert und gestriegelt werden. Kannst du dich darum kümmern?«

Benjamin nickte und schien schon ein wenig besserer Laune. Lächelnd wandte Titus sich zu Susan um, dankte ihr noch einmal für den Kuchen und versicherte ihr und Maddie, daß er sie auf dem laufenden halten würde. Dann verabschiedete er sich.

Als sie allein waren, wandte Susan sich um und musterte ihre Enkelin. Maddie versuchte, unbeteiligt aus dem Fenster zu sehen, aber sie wußte, vor Susans prüfendem Blick gab es kein Entkommen. »Du sieht furchtbar aus, Liebes. Komm, trinken wir ein klein wenig Sherry, damit du wieder Farbe bekommst. Dann können wir reden.«

Maddie zuckte bei diesem letzten Satz zusammen. Als Gramma Susan ein rotgoldenes böhmisches Glas vor sie hinstellte, nippte sie brav und anmutig daran.

»Also los«, begann die kleine alte Frau, »seit kurzem wandelst du durchs Haus und siehst mit jedem Tag immer mehr wie ein Gespenst aus. Ich habe bisher geduldig darauf gewartet, daß du zu mir kommst und dich bei mir aussprichst, mir von deinen Gefühlen erzählst, aber vermutlich sollte ich dich besser kennen. Statt dessen tust du nämlich gerade so, als hättest du *überhaupt keine* Gefühle.«

»Ich ... ich weiß nicht, wie ich sie verstehen soll«, sagte Maddie klagend.

»Aha!« brüllte Susan. »Also gibst du zu, daß du *etwas* fühlst. Das ist doch schon etwas. Nun, erzähl mir davon, und ich helfe dir, dein Herz ein bißchen zu begreifen.«

»Mein Herz?« Ihre Worte waren kaum hörbar. »Ich weiß nicht, ob ich nicht einfach krank bin. Wer weiß schon, was hier alles im Wasser schwimmt? Vielleicht habe ich mich vergiftet.« Als sie sah, daß ihre Großmutter keine Lust hatte, Zeit zu verschwenden, schüttelte sie plötzlich verzweifelt den Kopf. »Ach, Gramma, was *stimmt* denn mit mir nicht? Es tut weh, hier«, sie legte ihre Hand auf ihren Busen, »und ich kann nicht essen, und ich wache jede Nacht aus unmöglichen Träumen auf!«

Susan fixierte sie mit ihren scharfen blauen Augen. »Ich denke, die Antwort ist ganz klar, wenn du nur den Mut hast, dazu zu stehen.« Als Madeleine ihren Blick senkte, fuhr sie fort: »Sei ehrlich. Da ist nicht zufällig eine Person, um die sich deine Gedanken drehen und die in deinen sogenannten ›unmöglichen‹ Träumen auftaucht?« Susan griff über den Tisch und nahm Maddies Hand. »Solche Träume sind nur die Art der Natur, dir klarzumachen, daß du eine Frau wirst.«

»Aber Gramma … ich kann es nicht ertragen! Wie konnte das nur passieren? Wieso will mein Herz von allen Männern auf der Welt ausgerechnet …«, Maddie schluckte hörbar und stieß dann hervor: *»Fox?«*

Susan applaudierte. »Oh, welch ein Tag! Was für eine Erleichterung! Also hast du *doch* Hampshire- und O'Hara-Blut in deinen Adern fließen! Maddie, Darling, ich kann dir wirklich nur zu den Instinkten deines Herzens gratulieren. Fox ist genau der Typ Mann, den ich dir ausgesucht hätte, aber ich fürchtete, du würdest entsetzt den Gedanken von dir weisen. Für deine Mutter wäre er zuviel gewesen, aber nicht für mich oder deine Urgroßmutter. Dies ist einer der glücklichsten Augenblicke meines Lebens!« Sie eilte um den Tisch, zog eine Kiste neben Maddie und nahm sie fest in die Arme.

Maddie jedoch geriet derweil in Panik. »Gramma, was du da sagst, ist Wahnsinn. Ich habe Angst! Ich habe das Gefühl, als wäre mein Leben plötzlich ... ein Pferd, das durchgeht!«

Susan O'Hara lachte und drückte sie noch einmal. »Mein liebes Mädchen, laß uns feiern. Das Leben ist am schönsten, wenn es uns zu unerwarteten Abenteuern führt. Und mit einem Mann wie Fox kann es doch nur einzigartig ausgehen, richtig?«

»Aber wir passen doch überhaupt nicht zueinander, und selbst, wenn das kein Argument wäre, wie kommst du auf die Idee, daß er *mich* will und nicht einfach als Zeitvertreib mit mir spielt? Wenn Fox einen ... einen Partner wollte, hätte er sich dann nicht längst eine Frau gesucht?«

»Nicht unbedingt. Wenig wirklich interessante Männer lassen sich nieder, bevor sie dreißig sind. Und wenn sie so gutaussehend wie Fox sind, dann warten sie oft sogar noch länger.« Susan tätschelte Maddies glühende Wange. »So eine hektische Farbe habe ich an dir nicht mehr gesehen, seit du ein kleines Mädchen warst. Hab' keine Angst vor der Zukunft, Liebes. Greif zu, umarme sie und *genieße* ihre Ungewißheit. Ich kann dir nicht mit Sicherheit vorhersagen, was zwischen dir und Fox geschehen wird, aber ich werde dich ganz sicher drängen, daß du die Antwort selbst herausfindest.«

Tränen glitzerten in Maddies Augen. »O Gramma, wo mag er nur sein? Was, wenn ihm etwas passiert ist?«

Das schmutziggoldene Licht der Petroleumlampen durchdrang das Gem Theatre und betonte das geschmacklose, grobe Ambiente. Rauchschwaden hingen genauso in der Luft wie der wenig gefällige Geruch von Körperausdünstungen, und Colorado Charley Utter blinzelte, als er den Saloon betrat. Ein paar Kumpanen riefen ihm etwas zu, als sie ihn entdeckten, aber er winkte nur kurz zurück und brüllte: »Später, Jungs.«

Der gefallene Engel, der sich selbst Victoria nannte, stand mit einem Spieler an der Theke und trank etwas. Charley störte äußerst ungern, aber er hatte auch keine Lust, den ganzen Abend zu warten. Also trat er hinter sie, ignorierte den Parfümgeruch und räusperte sich.

Victoria blickte abwesend über die Schulter, erkannte ihn schließlich und lächelte. Sie war mit ihrer weichen, weißen Haut und den üppigen Kurven ein hübsches Mädchen, fand Charley. Ihre langen schwarzen Locken waren umwerfend. Schade, daß sie in Al Swearingens Falle getappt war.

»Kann ich dir helfen?« fragte Victoria und zeigte ihre Grübchen.

»Verzeihen Sie die Störung, Ma'am.« Charley berührte seine Hutkrempe und blickte den Mann, der ihr den Drink bezahlt hatte, entschuldigend an. »Ich suche im Auftrag von Wild Bill Hickok einen Mann. Hickok will mit Fox –«

Sie riß die Augen warnend auf, um ihn zum Schweigen zu bringen, dann wandte sie sich an den Kerl neben ihr. »Süßer, ich muß mit Mr. Utter unter vier Augen sprechen. Ich bin gleich wieder bei dir, ja? Es geht ganz schnell. Bleib schön hier stehen, hm?« Nach diesen Worten führte sie Colorado Charley zu der Treppe und flüsterte: »Fox ist oben in meinem Zimmer. Schon seit über drei Tagen.«

Charley zog nachdenklich die Brauen zusammen. »Wenn er oben ist, was tust du dann hier unten?«

»Leider ist *das* nicht, was er will – nicht, daß ich es mir anders wünschte.« Sie schüttelte verwirrt den Kopf. »Irgendwas nagt an ihm, weißt du, was ich meine? Seitdem wir raufgegangen sind, an dem Tag, als die Nachricht von

Custer gekommen ist, war er die meiste Zeit besoffen oder halb ohnmächtig.«

»Es geht mich ja nichts an, aber schadet das nicht deinem Geschäft, wenn du Fox die ganze Zeit oben bei dir hast?« fragte Charley höflich.

Ein Anflug von Bedauern huschte über Victorias hübsches Gesicht, dann lachte sie. »Fox bezahlt für jeden Tag, den er da ist. Er ist sehr großzügig. Außerdem – ich mag ihn. Ich würd' mir viel mehr Sorgen machen, wenn er woanders bewußtlos herumliegt. Und selbst noch so, wie er im Moment durchhängt, ist er immer noch zweimal männlicher als jeder andere hier in dieser verrückten Stadt.« Sie warf einen Blick die Treppe hinauf. »Geh ruhig rauf und red' mit ihm, wenn er mag. Vielleicht erzählt er dir ja, woher diese Alpträume kommen. Hab' noch nie jemanden gekannt, der sich im Schlaf so quält.«

Charley dankte ihr, ließ sich erklären, welches das Zimmer war und stieg dann langsam die Stufen hinauf. Als er an Victorias Tür klopfte, kam keine Antwort.

»Fox? Sind Sie da drin? Ich bin's, Charley Utter. Bill hat mich geschickt, um nach Ihnen zu sehen, weil er irgendwie 'n komisches Gefühl hatte. Kann ich reinkommen?«

Er glaubte, eine Art Grunzen zu hören und entschied, das als Aufforderung zu nehmen. Er öffnete die Tür und entdeckte einen tristen, kleinen Raum mit einem Eisenbett, auf dem geflickte Laken und eine Überdecke lagen, einer alten Kommode mit Spiegel, einem kleinen Tisch und einen Stuhl. Auf dem Tisch brannte eine Öllampe, die flackernde Schatten an die Wände der Kammer warf. Fox saß mit gesenktem Kopf auf dem Stuhl, hatte seine Arme auf die Oberschenkel gestützt und die Finger verschränkt.

Charley erkannte die Situation mit einem raschen Blick und überlegte, was er tun sollte. Es war ziemlich offensichtlich, daß der Bursche seine Störung kaum gutheißen würde, aber Charley war vor allem Bill Hickok ergeben, der für ihn der beste Freund war, den ein Mann haben konnte. Er wußte, daß Bill alles versuchen würde, um Fox zu helfen, wenn er selbst hier wäre. Also schloß er die Tür und ging zu Fox, wobei er den Hut nervös in seinen Händen drehte. Er hockte sich neben den Stuhl.

»Sieht aus, als hätten Sie ein Problem«, begann er so neutral wie möglich.

Langsam hob Fox den Kopf, und Charley zwang sich, sein Entsetzen für sich zu behalten. Dieser Mann, der vor drei Tagen noch das Bild von Gesundheit und Kraft gewesen war, wirkte nun, als hätte man ihm den Lebenssaft ausgesaugt. Seine Augen waren blutunterlaufen, Haar und Haut strömten einen schalen Geruch aus, und unter seiner Bräune wirkte er hohlwangig und fahl.

»Wild Bill hat mich geschickt, um herauszufinden, was aus Ihnen geworden ist, Freund. Ein Kumpel von Ihnen, ein Goldgräber aus Cornwall, hat heute Bill nach Ihnen ausgefragt. Er sagt, es gibt Leute, die sich Sorgen um Sie machen. Leute, die Sie mögen.«

Fox hob eine Hand und rieb sich die Augen, als hätte er Schmerzen. Ein langer Augenblick verstrich, während beide nur schweigend im flackernden Schein der Lampe saßen.

»Sind Sie krank?« hakte Charley nach und haßte es. »Ist jemand gestorben? Ich muß Bill irgendwas mitteilen.«

Als Fox seine Hand wieder sinken ließ, sah er seinen Besucher mit gequältem Blick an. »Ja, jemand ist gestorben«, sagte er heiser.

»Na, Sie können nicht den Rest Ihres Lebens hier oben hockenbleiben! Das ändert wohl kaum etwas daran, nicht wahr?«

Er schüttelte den Kopf. »Ich … ich kann nicht. Noch nicht.« Er wandte sich halb um und griff aus den Schatten hinter ihm nach einer fast leeren Whiskyflasche und nahm einen tiefen Zug. Als er sie Colorado Charley hinhielt, wich dieser wie entsetzt zurück.

»Was ist mit Ihren Freunden? Der Mann, der heute zu unserem Planwagen kam, erwähnte einen kleinen Jungen, der sich Sorgen um Sie macht und Sie vermißt. Soll ich Ihnen nicht wenigstens eine Nachricht von Ihnen zukommen –«

»Nein!« Plötzlich funkelte Wildheit durch seine Betrunkenheit. »Verschwinden Sie! Lassen Sie mich in Ruhe!«

»Das müssen Sie mir bestimmt nicht zweimal sagen.« Charley streckte seine schmerzenden Knie und ging zur Tür. Dort hielt er inne und blickte noch einmal zurück. Die Gestalt, die im düsteren Licht des Zimmers saß, wirkte gebrochen und erledigt. Wie ein alter Mann.

Kapitel 9

25. Juli 1876

»Ich trau meinen Augen nicht!« verkündete Annie Sunday Matthews, die Hände in die Hüften gestemmt, als sie auf ihren Sohn hinunterblickte. Die große, gutaussehende Frau mit dem dicken kastanienbraunen Haar trug ein geschmackvolles Kleid in einem satten Burgunderton, der ihre Augenfarbe besonders betonte. Haselnußbraun, aber sehr klar und direkt, verhüllten diese Augen niemals ihre Gefühle oder ihre Ansichten.

»Ma, was tust du denn hier?« Fox' Mund war so trocken, daß er die Worte kaum formulieren konnte. Er lag auf Victorias Bett und mußte feststellen, daß er sich nicht bewegen konnte, sich nicht einmal aufsetzen konnte, um seine Mutter zu begrüßen. Plötzlich schlug die Scham wie eine gewaltige Welle über ihm zusammen.

»Sieh dich nur an, Daniel Matthews! Wie konntest du dir erlauben, so tief zu sinken? Man könnte ja fast meinen, daß du krank bist, aber ich rieche den Whisky und deinen ungewaschenen Körper!« Es lag keine Verachtung in ihrer Stimme, nur Trauer. »Du bist aus einem stärkeren Holz geschnitzt! Was auch immer dich so weit getrieben hat, du mußt dagegen ankämpfen! Steh auf!«

»Ich kann nicht!« schrie er.

Eine Hand schüttelte ihn, zuerst sanft, dann heftiger. »Fox! Wach auf! Du hast wieder schlecht geträumt, Süßer!«

Er öffnete seine brennenden Augen und sah Victorias Gesicht über sich. »Wo ist sie?«

»Ich weiß nicht, wovon du sprichst.« Sie erhob sich, nur in ihre Spitzenhosen und ihr Hemdchen gekleidet, aus dem Bett. Ihre Kehrseite kreiste, als sie zum Spiegel ging; sie begann, ihr Haar hochzustecken. »Weißt du, Süßer, ich habe gewartet, daß du aus deinem Tief rauskommst, aber nun glaub' ich, wird es immer schlimmer. Ich mag dich zu sehr, um einfach zuzugucken, wie du dich in meinem Bett totsäufst!« Sie warf ihm über ihre füllige Schulter ein kokettes Lächeln zu. »Ehrlich gesagt, hatte ich ganz andere Pläne mit dir!«

Fox versuchte sich vorsichtig aufzurichten und stellte fest, daß er seine Beine über die Bettkante schwingen konnte. Sein Schädel hämmerte nicht ganz so heftig, wie er es normalerweise tat, wenn er getrunken hatte, und nun erinnerte er sich, daß Victoria am Abend zuvor keine neue Flasche mitgebracht hatte. Er hatte auf dem Bett liegend bis gegen neun Uhr darauf gewartet, daß sie mit dem Whisky hinaufkam, und mußte eingeschlafen sein oder mal wieder das Bewußtsein verloren haben. Die zwölf

Stunden Schlaf hatten ihn einigermaßen ernüchtert; anscheinend genug, um Annie Sunday zu gestatten, sich in sein Bewußtsein zu drängen.

»Ich weiß deine Freundlichkeit zu schätzen, Victoria«, krächzte er heiser.

Sie starrte ihn überrascht an und beeilte sich, ihm ein Glas Wasser zu bringen. »He, Süßer, du lebst ja tatsächlich noch!«

Nachdem er das Wasser getrunken hatte, sagte Fox: »Ich fürchte ja. Und jetzt werde ich ein Bad nehmen und danach ein gewaltiges, warmes Frühstück essen!«

»Das heißt, du verläßt mich wieder, stimmt's, Herzchen?« Victoria setzte sich keß direkt neben ihn auf die lumpigen Laken und lehnte sich vor, so daß sich ihre Brüste gegen seinen Arm drückten.

In seinem angedeuteten Lächeln lag ein neuer, verstärkter Zynismus, der seine Augen nicht erreichte. »Du überschätzt meine Kräfte. Nur weil ich mich bewege, bedeutet das noch lange nicht, daß ich darauf brenne, die Beine in die Hand zu nehmen.« Das Funkeln der Leidenschaft in ihren Augen brachte ihn zum Verstummen. Dann fügte er hinzu: »Jedenfalls noch nicht.«

»Ich weiß nicht, was mit dir los ist, aber egal was – es hat dich heftig erwischt!« Sie schnurrte nun förmlich. »Kommst du wieder? He, findest du nicht, daß du mir das irgendwie schuldest? Ich hab' mich doch gut um dich gekümmert!«

Fox lachte rauh. »Sollte es nicht normalerweise andersherum laufen? Ich meine, *du* verkaufst es, Victoria.«

»Das gilt nicht für dich, Süßer.«

Sie lehnte sich noch näher zu ihm, und ihre vollen Lippen berührten nun fast seine. Zur Hölle damit, dachte er und legte ihr einen Arm um die Taille. Als sie sich küßten, spürte er ein leichtes Ziehen in seinen tieferen Körperregionen, was ihm Hoffnung gab. Vielleicht sollte er doch überleben, genau wie Victoria gesagt hatte. Er würde nicht mehr derselbe Mann sein – wie könnte er? Aber Fox spürte, daß das Leben wahrscheinlich doch besser war als der Tod, selbst wenn er, seiner Meinung nach, alle Ehre verloren hatte.

»Ich muß jetzt gehen«, murmelte er und machte sich los.

»Ich weiß.« Victoria schnappte nach Luft. »Heute ist Montag, da gehen wir Mädels alle ins Badehaus. Willst du heut' abend zurückkommen und mich nehmen, wenn ich schön sauber und gepudert bin?«

Fox stand auf und streckte seine Glieder. »Ich danke dir für das Angebot, aber warte nicht auf mich. Ich brauche eine Menge frischer Luft. Ich weiß noch nicht, wann ich soweit bin, wieder ins Gem zu gehen.«

Er zog sich an, fuhr sich mit der Hand durch sein verfilztes Haar und entdeckte sich in dem erblindenden Spiegel auf der Kommode. Es war ein ernüchternder Anblick. Seine Augen waren blutunterlaufen, und sein Gesicht hatte eine entsetzliche Farbe. Er sah aus, als wäre er schon gestorben. Dann kam die Erinnerung an seinen Traum und Annie Sunday zurück. Fox war von sich selbst angewidert.

Victoria hielt ihm die Tür auf, und er flüchtete. Mit herunterhängenden Hosenträgern stieg er die Treppe nach unten. Sein Kopf hatte zu schmerzen begonnen, als wäre sein Gehirn aufgedunsen, seine Augen schienen in Flammen zu stehen. Als er um die Ecke kam, nickte er den wenigen Männern zu, die an einem Tisch Karten spielten. Der Saloon war so früh am Morgen fast ausgestorben, nur Bessie und ein paar andere Mädchen waren noch anwesend. Er sah nur flüchtig zu ihnen herüber, aber das reichte aus.

Er kannte nur eine Frau auf der Welt, die eine solche

Haarfarbe hatte. Fox sah sie nur von hinten, während sie auf Bessie einredete. Ihr flammendes Haar war in einem Büschel Ringellöckchen arrangiert, und sie trug ein auffälliges Kleid aus braunroter Seide.

Fox dachte nicht nach – er handelte. Sterne schienen vor seinen Augen zu explodieren, als er schnell zur Bar schritt, das Mädchen am Arm packte und zu sich herum zog. »Was zum Teufel tun Sie hier?« Seine Stimme war rauh vor Zorn.

Das Mädchen schrie ängstlich auf. Als sie versuchte, sich loszureißen, erkannte er, daß es sich keinesfalls um Maddie handelte. Fox hatte das Gefühl, schon wieder inmitten eines bösen Traumes zu stecken. Bessie trat zwischen die beiden und schimpfte: »Fox, was ist denn mit dir los?« Sie legte einen Arm um das neue Mädchen und murmelte: »Kümmer' dich nicht drum, Lorna. Er ist gerade erst aus … aus dem Krankenbett raus. So war's doch, hm, Fox?«

Er rieb sich sein Kinn und blickte auf die erschreckte Lorna. »Ich muß mich entschuldigen, Ma'am. Ihre Haarfarbe war es. Ich dachte, Sie wären jemand anderes. Mir ist nicht in den Sinn gekommen, daß zwei Frauen in derselben Stadt das gleiche wundervolle, seltene Haar haben könnten.«

Lorna, die sich langsam wieder beruhigte, brachte ein kleines Lächeln zustande. »Da haben Sie wohl recht. Ich wurde auch nicht mit dieser Haarfarbe geboren.«

Al Swearingen tauchte hinter Fox auf und klapste ihm auf die Schulter. Swearingen, in der Stadt gemeinhin als »Mann der Huren« bekannt, war jemand, den Fox möglichst zu meiden suchte. »Gut, Sie wieder auf den Füßen zu sehen, mein Freund. Sie werden verstehen, daß ich Ihnen die Unterkunft berechnen muß. Sagen wir drei Dollar pro Nacht?«

Wegen Swearingens einschmeichelnder Stimme hätte Fox am liebsten den Kerl umgelegt, um sie alle von ihm zu befreien. Ein angenehmer Gedanke jedenfalls. Statt dessen zahlte er schweigend, obwohl er Victoria bereits mehr als das gegeben hatte. Er verriet dies allerdings nicht ihrem Arbeitgeber, denn dieser Schuft würde von ihr sofort seinen Anteil verlangen. Fox war sich durchaus darüber im klaren, daß die Mädchen im Gem und ähnlichen Häusern nicht zur Prostitution gezwungen waren, da ihnen weder Swearingen noch ein anderer eine Pistole an den Kopf hielt, doch er hatte trotzdem ständig das Bedürfnis, ihn für sie zu beseitigen.

An diesem Morgen aber sagte sich Fox, daß er sich um seine eigenen Angelegenheiten kümmern müsse, so wie es alle anderen im Westen auch taten. Denn nun waren Ehre und Ethik sumpfiges Terrain für ihn. Wenn er versuchte, sein altes Gewissen aufrecht zu halten, würde er keine einzige Nacht mehr schlafen können.

Nachdem Swearingen Fox' Geld in den Beutel mit Goldstaub, den er in seiner Hose verstaute, gestopft hatte, wandte er sich erneut an Fox und patschte ihm auf die Schulter. »Wieso die Eile? Vor einer Minute noch sah es so aus, als wollten Sie unbedingt unserem Neuzugang vorgestellt werden.« Al warf ihr einen bedeutungsvollen Blick zu. »Lorna, sag Fox hallo. Er ist einer von Deadwoods Besten!«

Sie lächelte ihn pflichtbewußt an. »Hallo.«

Mit einem Nicken sagte Fox: »Noch mal, tut mir leid, daß ich so grob war.« Während sie Nettigkeiten austauschten, musterte er sie unauffällig. Es war erstaunlich, wie sehr sie Madeleine ähnelte. Es kam ihm wie Ironie vor ..., seltsamerweise beruhigte es ihn. Seine Gefühle, die er entwickelte, wann immer er in Maddies Nähe war, begannen ihn, gelinde gesagt, zu verunsichern. Und nun, da er für immer durch seine Schuld an den Ereignissen am Little Bighorn gebrandmarkt war, konnte er sie sich am wenigsten leisten. Vielleicht würde er zu Lorna gehen können, wenn er die Kontrolle über sein Verhältnis mit Maddie verlor. Ein vages, zynisches Lächeln umspielte seine Lippen, als er sagte: »Ich hoffe, wir sehen uns wieder, Ma'am.«

»O ja, Sie müssen mich singen hören!« rief sie aus. »Mr. Swearingen hat mich den ganzen Weg von Cheyenne hergeholt. Er bewundert meine Stimme sehr! Ich brauche nur Übung.«

Bessie blickte hinter Lornas Rücken Fox an und zog eine Augenbraue hoch. Al räusperte sich. »In diesem Fall«, erklärte Fox mit unbewegter Miene, »freue ich mich jetzt schon auf Ihre Darbietung.«

Damit verabschiedete er sich und ging ins Morgenlicht hinaus. Bisher hatte er den Anblick und die Gerüche der Badlands wenig anziehend gefunden. Aber nun hieß ihn das Leben, wenn auch befleckt, willkommen, und er war froh, draußen zu sein.

Sein erstes Ziel war Wang Chees Wäscherei, die die Main Street hinauf in Chinatown lag. Fox' Sinne wurden durch das exotische Panorama fast überstrapaziert. Winzige baufällige Läden quollen über vor chinesischen Stickereien, Seide, Teak, kostbares Porzellan und Elfenbeinschnitzereien. Händler riefen Fox zu sich und sprachen schmeichelnd auf ihn ein, um ihre Waren anzupreisen. Hier und da sah man Opiumhöhlen und Glücksspielhäuser. Viele Weiße wandelten durch Chinatown, wenn sie Spaß haben wollten, denn die Aura des Fremdländischen mischte sich mit der Erregung, sich gehenlassen zu können.

Fox war persönlich nicht so sehr daran interessiert, aber heute genoß er das Theater. In Chees Wäscherei, in der die Kleidung so gründlich gewaschen wurde wie der

Kies im Creek, zeigte Wang Chees Frau große Freude, ihn zu sehen, obwohl Fox in ihren Augen durchaus die Sorge bei seinem Anblick entdeckte. Doch die Tatsache, daß er wenigstens gekommen war, um seine sauberen Kleider abzuholen, schien sie zu beruhigen.

Mit seinem Paket unter dem Arm marschierte Fox auf direktem Weg zum Badehaus. Er ging über die gedrängt vollen, hölzernen Bürgersteige, die an der matschigen Straße stellenweise entlangführten. Beim Badehaus angelang,t ließ er Old Frenchy die doppelte Menge Frischwasser vom Creek holen, schrubbte sich zweimal gründlich ab, rasierte sich dann den Nacken und stutzte den Bart so, daß er seinem feingeschnittenen Kinn folgte. Als er endlich in Stiefel, grauen, leichten Hosen, ein lockeres, rotes Hemd und Hosenträger gekleidet war, gab Fox Frenchy das restliche Geld, das er bei sich hatte; fast gutgelaunt trat er auf die Main Street hinaus.

Prediger Smith stand auf seiner Kiste an der Ecke. Als er Calamity Jane unter den Zuhörern erkannte, senkte Fox seinen Kopf, um zum Grand Central Hotel zu eilen. Inzwischen gab es zwar bereits andere Restaurants in der Stadt, aber Fox sehnte sich nach Tante Lou Marshbanks Pfannkuchen.

Direkt vor dem Hotel verkaufte ein grauhaariger, alter Mann den *Black Hills Pioneer*. »Schon gehört, daß Custer und seine Männer alle hopsgegangen sind?« fragte er, als Fox stehenblieb, um eine Ausgabe zu kaufen. »Blutige Sache, aber man weiß ja, wie diese Rothäute sind. Jetzt treiben sie sich in den Bergen rum und sind wahrscheinlich schon ganz wild auf Deadwood. Können Sie alles hier drin nachlesen.« Der zerknitterte Alte sah Fox mit wäßrigen Augen an. »Würd' auch gern lesen können.«

Fox nahm eine Zeitung und zog die Augenbrauen hoch. »Ich wünschte mir manchmal, ich könnte es nicht.«

Im Grand Central wartete Fox auf den Nachschlag von Kaffee, Pfannkuchen und Rühreiern mit Würstchen, bis er endlich nach der Zeitung griff. Langsam aß er seine zweite Portion, um dann die gedruckten Worte in sich aufzusaugen.

Inmitten der übertriebenen Anzeigen für lokale Geschäfte standen die Spalten der Neuigkeiten. Es hatte den Anschein, als ob immer mehr Tatsachen und Gerüchte über das »Abschlachten« von Custer und zweihundertfünfundzwanzig seiner Männer gesammelt wurden. Genau wie Fox sich gedacht hatte, war die Kompanie C diejenige, die mit Custer gekämpft und gestorben war. Major Reno und Captain Benteen, die die beiden anderen Bataillone kommandierten, hatten laut Zeitungsbericht andere Routen genommen und waren zuerst auf Indianer gestoßen. Custer war offenbar weiter voranmarschiert und hatte entschieden, ohne auf Verstärkung zu warten, anzugreifen. Es lief das Gerücht um, daß das »Massaker« mit grausamen Verstümmelungen vonstatten gegangen war; die *Pioneer* schloß:

Daraus folgt nur eine einzige Lösung auf die Indianerfrage. Die feindlichen Sioux müssen ausgelöscht werden; Weiße, die ihnen Munition und Waffen verkaufen, müssen auf der Stelle gehängt werden. Die Regierung muß die Black Hills-Brigade ausrufen, um sie ins Feld ziehen zu lassen.

Fox legte seine Gabel nieder und schob den Teller von sich. Dann las er die Berichte über Überfälle, die kürzlich von »feindlichen« Banden in der Nähe Deadwoods verübt worden waren. Die Siedler wurden ermahnt, ihre Pistolen und Gewehre nicht mehr spaßeshalber abzufeuern. »Spart Eure Munition, Jungs«, riet die Zeitung, »bis die Dinge um die Indianerfrage ein wenig friedlicher geworden sind.«

Seufzend lehnte sich Fox in seinem Stuhl zurück und pickte noch etwas von seinem Frühstück auf. Bilder vom Morgen des 25. Juni, als er fortgeritten war, zuckten ihm durch den Kopf, Bilder der aufgeregten, angestachelten Männer, deren Körper nun auf den Hängen von Montanas Bergen vor sich hindörrten. Er hörte Custers Gegröle: »Mit der Siebten Kavallerie könnte ich alle Indianer von diesem Kontinent fegen!« Wie hatte Bloody Knife noch gewarnt? *Vor uns warten mehr Indianer, als wir Kugeln haben …*

Bei der Erinnerung lief Fox ein Schauder den Rücken hinunter. Auch Bloody Knife war tot, wie es im *Pioneer* stand. Er war mit Reno geritten, also in relativer Sicherheit, doch eine abgelenkte Sioux-Kugel hatte ihn an der Stirn getroffen. Fox wünschte sich plötzlich, wieder in Victorias Zimmer zu sein, wo er in seine Einsamkeit versinken konnte. Er wünschte, seine Gedanken wie eine Kerzenflamme auslöschen zu können. Fragen der Ethik und die Tatsache, daß Custer ihm zu gehen befohlen hatte, schienen nun nicht mehr relevant. Er konnte dieses Schuldgefühl einfach nicht loswerden.

Fox stand auf, zahlte und wandte sich zum Ausgang. In der Türe stieß er fast mit einem jungen Kerl zusammen, der in seinem braunen Gehrock, seiner zweireihigen Weste und dem makellosen weißen Hemd fast wie ein Ostküsten-Banker aussah. Als Fox eine Entschuldigung murmelte, erhellte sich sein Gesicht.

»Nein, nein, bitte verzeihen Sie *mir*! Ich hatte überhaupt nicht darauf geachtet, wo ich hingehe. Ich bin gerade erst angekommen, und Sie sind tatsächlich der erste Mensch, der ein zivilisiertes Wort an mich richtet.« Er zog seinen Bowler, wobei er sein blondgelocktes Haar enthüllte, dann streckte er Fox eine weiche Hand entgegen. »Darf ich mich vorstellen, Sir? Ich bin Graham Horatio Scofield der Dritte, von den Boston Scofields.«

»Ah!« Fox nickte, biß sich dabei auf die Lippe, um nicht zu grinsen. »Nett, Sie kennenzulernen, Kumpel. Ich bin Fox.« Als er feststellte, daß der Neuankömmling auf mehr Informationen wartete, fügte er hinzu: »Willkommen in Deadwood. Hier, meine Zeitung. Sie wird Ihnen einige Ihrer Fragen beantworten.«

»Das ist sehr freundlich von Ihnen. Sind die Zimmer in diesem Hotel anständig?«

Fox legte den Kopf auf die Seite. »Wenn Sie gekommen sind, um etwas Anständiges zu finden, fürchte ich, sind Sie in der falschen Stadt gelandet. Das Essen im Grand Central ist allerdings erstklassig, und wenn Sie ein bißchen herumfragen, wird man Ihnen sicher bessere Hotelzimmer nennen können. Es gibt inzwischen ein paar neue Häuser, in denen ich noch nicht war.«

»Vielen Dank!« Scofield schüttelte begeistert Fox' Hand. »Wie nett von Ihnen, mir zu helfen. Ich weiß es mehr zu schätzen, als Sie sich denken können.«

Fox spürte einen Hauch von Mitleid mit dem jungen Mann, als er ihm nachsah, wie er in den chaotischen Speisesaal des Hotels ging. Er hatte selten jemanden gesehen, der mehr fehl am Platz wirkte als dieser Kerl. Wie auch immer, Fox war schließlich nicht die Amme dieses Mannes, und er hatte genug eigene Probleme am Hals. Mit diesen Gedanken wandte sich Fox um und machte sich auf den Heimweg.

»Wann kommt Fox zurück?« fragte Benjamin Titus nun bestimmt schon zum hundersten Mal in fünf Tagen. Sie saßen auf der Türschwelle der Hütte und beobachteten die Wolkenformationen auf der anderen Seite der Schlucht. Titus schnitzte ohne bestimmten Zweck an einem Stück Holz herum, doch nun hörte er auf.

»Ich hab's dir schon gesagt, Kumpel, ich weiß es nicht

genau. Aber ich glaube, daß er ziemlich bald kommt. Sehr bald.«

»Und du bist sicher, daß er in Ordnung ist? Was, wenn die Indies ihn erwischt haben wie General Custer und seine ganzen Soldaten? Was, wenn –«

»Ben, weißt du nicht mehr? Wild Bills Freund, Charley Utter, hat doch Fox gesehen und mit ihm gesprochen. Er war in den letzten Tagen nur ... nur krank und wollte bei Freunden bleiben, bis es ihm besser geht.«

Benjamin seufzte tief. »Er fehlt mir richtig.«

»Mir auch.« Titus sah sich um und musterte das fast fertige Haus. Er hatte alles getan, was er ohne Fox' Anweisungen zu tun gewagt hatte. Das Dach war fertig, ebenso die Fenster und die Treppe, aber er hatte das unbestimmte Gefühl, daß Fox etwas Besonderes für die Vordertür haben wollte, also hatte er die Sache noch ausgelassen. Die letzten fünf Tage hatte er auf dem unbehandelten Boden geschlafen, allerdings den offenen Blick auf die Sterne vermißt, sich um Watson gekümmert und gewartet. Und nun knurrte sein Magen lautstark. »Ben, mein Freund, warum springen wir nicht eben zu euch nach Hause rüber und fragen deine Großmutter, ob sie uns ein paar Krümchen geben will ...«

»Okay!« Froh über die Ablenkung sprang der Junge auf. »Heut morgen hab' ich gesehen, wie sie irgendwas mit Birnen in Alkohol gebacken hat. Ich wette, das mögen Sie, Mr. Pym!«

»Daran würd' ich keine Sekunde zweifeln.« Titus taumelte stöhnend auf die Füße, und die beiden bewegten sich auf das Avery-Haus zu. Watson war wie üblich an eine der Pinien angebunden. Und als Titus und Benjamin näherkamen, sahen sie dort Madeleine das Pferd streicheln und es mit einer Handvoll Hafer füttern.

Das Gesicht, das sie nun zum Licht wandte, war bleich,

und Titus erkannte, daß ihre grünen Augen müde und stumpf vor Sorge wirkten. Dennoch war sie natürlich immer noch makellos gekleidet in ihre weiße Schürze und den Handschuhen, und ihr Haar hatte den Schimmer eines reifenden Pfirsichs. Zu ihren Füßen lagen Hacke und eine Schüssel mit Setzlingen, deren Wurzeln mit schwarzen Erdklumpen geschützt waren.

»Wir sind es leid, auf Fox zu warten, und da haben wir gedacht, wir könnten was essen«, verkündete Benjamin, der aufrecht neben Titus wie ein kleiner Mann herschritt.

Maddies Augen suchten schnell Titus' Blick. »Immer noch kein Lebenszeichen von ihm? Keine weiteren Nachrichten?«

»Tut mir leid, Miss Avery. Leider nein.« Der kornische Goldgräber mühte sich ein fröhliches Lächeln ab. »Aber der kommt schon. Was haben Sie denn so an diesem schönen Tag gemacht? Sagen Sie bloß nicht, Sie wollen diese netten Pflänzchen da an Watson verfüttern.«

Eine zarte Röte stieg ihr in die Wangen. »Also eigentlich dachte ich, ich könnte ein paar Blumen um ... um das Blockhaus pflanzen. Es sieht so hübsch aus, jetzt, da alles fast fertig ist, und ich finde, ein bißchen Farbe könnte nicht schaden.«

»Da wird Fox sich aber freuen!«

Ihre Röte vertiefte sich, und sie bückte sich hastig, um Hacke und Schüssel aufzuheben. »Na ja, ich hatte nur nach etwas gesucht, mit dem ich mich beschäftigen konnte ...«

»Kommen Sie doch, Mr. Pym!« quengelte Benjamin nun laut. »Ich bin halb verhungert!«

Maddie sah ihnen hinterher, streichelte Watson noch einmal und ging dann auf die Hütte zu. Ihr Herz tat ihr weh. Das Blockhaus sah so hübsch und neu aus. Es war ein seltenes Beispiel von Sorgfalt und handwerklichem Geschick in einer Stadt, wo die meisten Behausungen in wenigen Stunden hochgezogen wurden und ebenso plötzlich wieder zusammenbrachen, wenn der Wind nur kräftig blies oder gewisse Dinge wie fliegende Fäuste, Planwagen oder Kugeln dagegenflogen. Fox' Hütte stand für den Mann, der sie geschaffen hatte, wie Madeleine jetzt erkannte.

Maddie bückte sich neben der Öffnung, in die die Vordertür eingesetzt werden sollte, und begann, mit ihrem Spatel zu graben. Der Klang von Fox' Stimme, der unvermittelte Zauber seines Lachens, das kompromißlose Blau seiner Augen, alles an ihm spukte in ihren Träumen herum und machte die Tage zur Qual. Gramma Susan hatte recht. So sehr die Gefühle zu ihm auch wehtaten, nun wollte sie von hier nicht mehr fort. Sie fühlte sich überschwenglich und ausgesprochen lebendig, und das zum ersten Mal.

Wo war er nur? Rastlos begann sie, die Setzlinge in den Boden zu stopfen. Mr. Hickok hatte Titus Pym versichert, daß Fox in guten Händen war. Hatte er das Wort *unpäßlich* oder *krank* benutzt? Pyms Verhalten hatte ihr sehr wohl verraten, daß etwas ernsthaft nicht stimmte. Er war ein schlechter Lügner, der auf seine Füße starrte, sich dauernd räusperte und bei jeder ihrer Fragen immer röter wurde. Eine leise Stimme aus ihrem Unterbewußtsein mutmaßte, daß Fox vielleicht nur ein paar wollüstige Tage mit einer der Prostituierten hatte verbringen wollen. Und bevor ihr Titus diesen Verdacht bestätigte, hatte Maddie lieber aufgehört, ihn auszuquetschen. Deadwoods Halbwelt im Norden der Wall Street versorgte einen Mann mit jeder Art von Laster, die man sich wohl wünschen konnte, und niemand nahm Anstoß daran. Der Westen hatte seine eigenen Werte aufgestellt, er besaß seine eigene Moral, und Fox war ganz sicher auch nur ein Mensch. Weiter als bis zu diesem Punkt wagte Maddie nicht zu denken.

Sie klopfte die Erde um die letzte Pflanze fest und wischte sich einen Schweißtropfen von der Stirn. In der Ferne schnaubte Watson leise, und Maddies Herz machte einen Satz. Sie kam auf die Füße, drehte sich um, und da stand Fox.

»Miss Avery, was haben Sie denn wieder ausgeheckt?« fragte er mit einem Hauch Ironie in der Stimme.

Tränen verengten ihre Kehle. Sie ging zögernd und doch voller Freude auf ihn zu; sie war entsetzt, wie sehr er sich verändert hatte. Er war dünner und blasser als vor nur fünf Tagen, und er hatte dunkle Ringe unter den Augen. Und als sie noch näher herankam, erkannte sie, daß er eine Art von Prüfung durchlitten haben mußte. Er hatte sich auch in anderer Hinsicht verändert – er wirkte wie verflucht.

»Ich ... ich habe ein paar Blumen vor Ihrer Tür eingepflanzt. Macht es Ihnen etwas aus?«

»Sie werden wahrscheinlich eingehen«, gab er zurück.

Maddie spürte einen heftigen Schmerz in ihrer Brust. Wo war der attraktive, unwiderstehliche Mann geblieben, der sie mit Worten und Berührungen neckte? »Fox«, flüsterte sie, »ich bin so froh, daß Sie wieder zu Hause sind. Ich meine ... alle haben sich Sorgen um Sie gemacht!«

Maddie stand so nah bei ihm, daß ihre Brüste fast sein Hemd berührten. Alte Gefühle regten sich wie die Glut eines hartnäckigen Feuers. Als sie ihr Gesicht zu ihm hob, sah Fox die Wahrheit in ihren Augen. Er regte sich nicht, als sie sich einen Moment leicht gegen ihn lehnte und ihr Duft hypnotisierend zu ihm hinaufdrang.

Zu schade, dachte Fox. *Ich werde ihr das Herz brechen müssen.*

Kapitel 10

27.-30. Juli 1876

Wie alles in Deadwood waren die Phasen und die Farben des Tages voller Dramatik. Da die Stadt tief unten in der Schlucht lag, gab es keine sanften, langsamen Dämmerungen. Statt dessen tauchte die Sonne unvermittelt auf, erhob sich rund und golden wie ein Juwel über der weißen Felskrone des gewundenen Canyons, bis der Himmel gegen zehn Uhr morgens in ein klares, intensives Blau eintauchte.

An diesem besonderen Morgen war Fox schon Stunden, bevor die Sonne in Sicht gekommen war, aufgestanden. Er hatte seine wundervoll geschnitzte Tür eingehängt und Titus in die Stadt hinuntergeschickt, um einen anderen Riegel zu besorgen, da der erste sich als zu kurz herausgestellt hatte.

Die Sonne signalisierte den Beginn von steigenden Temperaturen und veranlaßte Fox, die Ärmel seines weißen Unterhemds aufzukrempeln und die obersten Knöpfe zu öffnen. Er hatte sich gerade zur Tür begeben, um drinnen nach Brot und frischem Obst zu suchen, als er Madeleine Avery entdeckte, die sich mit einem Korb am Arm seinem Haus näherte.

Fox wünschte, er könnte verschwinden. Ihm war in den letzten Tagen nicht nach Unterhaltung gewesen, und er besaß nicht die Geduld, höflich zu sein, am wenigstens Maddie gegenüber, die ihn nun immer mit ihrem Herzen im Blick ansah. Als wäre das noch nicht schlimm genug, brannte sein Verlangen nach ihr immer heißer, je öfter sie in seine Nähe kam. Es war alles so viel einfacher gewesen, als er noch ein unbefleckter, unbekümmerter Mann und sie eine kühle, anständige Prinzessin gewesen war. Doch diese Zeit schien schon schrecklich lange vergangen.

»Wie ich sehe, haben Sie Ihre Tür!« sagte sie fröhlich und blieb in einiger Entfernung stehen, als wollte sie zuerst seine Laune abschätzen.

Fox lehnte sich gegen den Rahmen, den er fast ausfüllte, und nickte. »Kann ich etwas für Sie tun?«

»Gramma ... Gramma bat mich, Ihnen Muffins zu bringen.« Sie trat einen Schritt vor und hielt ihren Korb ein Stück höher.

»Sie sollten sich beide keine Mühe machen!«

Zwei rosige Flecken erschienen auf Maddies Wangen. Sie konnte sich nicht vorstellen, was in Fox gefahren war, seit er wieder aufgetaucht war. »Sie brauchen wirklich nicht gleich so grob zu werden, Gramma Susan ist zufällig eine nette Frau, und sie ist Ihnen sehr dankbar, daß Sie Benjamin erlauben, soviel Zeit mit Ihnen zu verbringen. Ist es ein Verbrechen, wenn Sie nur freundlich zu Ihnen sein will?«

»Nein, es ist kein Verbrechen«, antwortete er rauh, »aber ich würde lieber in Ruhe gelassen werden!«

Sie starrte ihn empört an, als er sich umwandte und in die Hütte trat. Sie spürte Tränen, unterdrückte sie aber eisern. Statt dessen folgte sie Fox und klammerte sich an ihrem Korb fest. Als sie ins Innere trat, brauchten ihre Augen einen Moment, bis sie sich an die Dunkelheit gewöhnt hatten. Schließlich konnte sie den Tisch, der aus Kisten und Bohlen gefertigt war, Fässer und Hocker ausmachen und Fox' Schlafdecke, die in einer Ecke ausgebreitet lag. Fox selbst ordnete Werkzeuge, die sich auf der Treppe stapelten, also trat Maddie an den Tisch und stellte den Korb ab.

»Sie können es ebensogut trotzdem annehmen«, sagte sie.

Er blickte über die Schulter, als hätte er völlig vergessen, wer da sprach, dann nickte er wieder. »Wenn Sie meinen, Miss Avery.«

Maddie biß sich auf die Lippe und nahm ein Buch vom Tisch auf. Sie hatte diesen Besuch zu lange in Erwägung gezogen, um sich nun von seiner Unhöflichkeit verscheuchen zu lassen. Zudem hatte sie den Verdacht, daß er genau das bezweckte. Aus irgendeinem unerfindlichen Grund schien Fox ihre Nähe nicht länger ertragen zu können ... und das ausgerechnet zu einer Zeit, in der sie sich diese Nähe mehr ersehnte als je zuvor.

»*Grashalme* von Walt Whitman«, las sie den Titel laut vor. Gedichte! Wieder eine gewaltige Unstimmigkeit: ein rauher Mann des Westens, der Lyrik las? »Ich habe viel von Whitmans Werk gehört, aber meine Mutter hat mir nie erlaubt, das Buch zu kaufen. Sie meinte, es sei schockierend!« Maddie lächelte leicht bei der Erinnerung.

Fox nahm ihr das Buch aus den Händen. »Ihre Mutter hatte recht. Einiges daraus würde Ihnen wahrscheinlich schockierend vorkommen, und das ist genau der Grund, warum es mir gefällt.« Seine Augen begegneten ihren in einem kurzen Aufblitzen wie blaues Eis. »Hüten Sie sich davor, Miss Avery.«

»Hören Sie auf, mich so zu behandeln!« hörte Maddie sich rufen. Doch Fox ging einfach fort, wie um sie noch mehr zu beleidigen. »Moment! Warten Sie einen Augenblick!«

Sie war direkt hinter ihm und packte seinen Arm, der sich anfühlte wie Eisen. Maddie schoß durch den Kopf, daß er sie mühelos wegstoßen könnte, aber er tat es nicht. »Was ist denn los mit Ihnen? Warum sagen Sie es mir nicht? Wieso sind Sie so verändert? Wenn Sie Hilfe brauchen, dann müssen Sie nur etwas sagen. Sie haben Freunde, die –«

Mit hartem, wildem Gesicht drehte er sich um, ergriff ihre zarten Arme und hob sie einfach ein Stück von sich weg. »*Es gibt nichts zu tun*! Da, sind Sie nun zufrieden? Es gibt nichts zu helfen und nichts zu sagen, weder Ihnen noch jemand anderen. Gehen Sie einfach weg und lassen Sie mich in Ruhe!«

Ihre Augen schwammen in Tränen. »O Fox ...«

Der Anblick ihrer erwachten Gefühle tat so weh, daß er wütend wurde. »Was zur Hölle wollen Sie eigentlich von mir?« fragte er mit grausam harter Stimme. »Das?« Er zog sie hart an sich und drückte seine Lippen auf ihre. Er küßte sie, bis sie nicht anders konnte, als zu reagieren. »Ist es das, was Sie wollen?«

Wie viele Stunden hatte sie wachgelegen und von seinen Küssen, seinen zärtlichen Händen geträumt! Maddie war alles andere als erfahren, was das Liebesspiel betraf, aber sie mußte nicht erst lernen, was als nächstes kam. Zögernd legte sie die Hände auf seine Schultern und öffnete die Lippen, so wie er es ihr an jenem Tag in ihrer Wohnstube gezeigt hatte.

Doch diesmal war alles anders. Fox hob sie vom Boden, und einen Augenblick später knieten sie einander gegenüber auf der gefütterten Überdecke seines Schlaflagers. Jeder Zentimeter von Maddies Körper schien sich schmerzhaft nach etwas zu sehnen, was sie nicht definieren konnte, und das laute Hämmern ihres Herzens hallte in ihrem Kopf wider. Fox' Hände umspannten fast ihre ganze Taille, als er sie heftig an sich zog. Sie hatte sich nie zuvor so zerbrechlich gefühlt, war niemals so entzückt vom Unterschied männlicher und weiblicher Statur gewesen.

Sie wünschte sich sehnlichst, zärtliche Worte von ihm zu hören, aber es kamen keine. Sie hatte von langsamen Liebkosungen geträumt, so daß sie jede neue Empfindung genießen und auskosten konnte, aber er tat nichts dergleichen. Statt dessen war er grob. Sein Mund war so heiß, das Drängen seiner Lippen und seiner Hände ließ kein Entrinnen zu. Als er sie zurückdrückte und ihren Hals küßte, keuchte Maddie unwillkürlich auf, denn Wellen von unschuldiger Erregung durchströmten plötzlich ihre Adern. Er roch leicht nach Schweiß, selbst dieser Geruch war bei ihm hypnotisierend. Sie wünschte sich, daß er weniger hastig wäre, damit sie seine Brust berühren, sein Gesicht küssen und seine Züge ertasten, schmecken konnte. Maddie versuchte, sich in Fox' Umarmung zu bewegen, aber er hielt sie eisern fest. Und die ersten Funken von Verwirrung und Furcht flackerten inmitten ihres Verlangens auf.

»Fox –«, brachte sie gepreßt hervor.

Unbeirrt fingerte er an den Verschlüssen im Rücken ihres pfirsichfarbenen Mieders herum. Der hohe Kragen öffnete sich widerstandslos. Mit Bewegungen eines geschmeidigen, hungrigen Panthers zog Fox ihr das Kleid fort und rückte dann ein Stück ab, um auf ihre Brüste zu starren, die nur noch von dem dünnen Hemdchen bedeckt waren. Himmel, sie waren wunderschön: voll und fest, mit rosafarbenen Spitzen, die durch den Hauch von Stoff schimmerten. Schnell schob er die Träger über ihre Schultern und legte die Brüste frei. Maddie stieß einen Laut aus, als er sie mit seinen Händen bedeckte und dann ihre Hinterbacken umfaßte, um ihre Hüfte heftig an seine zu pressen. Seine Küße waren wild und unbeherrscht. Er wollte sie am liebsten verschlingen, als er die blasse, süße Haut ihrer Kehle, ihrer Schultern, der Rundung ihres Busens, die pulsierenden Nippel kostete.

Maddies Gesicht glühte, Tränen rannen ihr über die Wangen. Und als er seinen Kopf endlich hob, um sie zu küssen, und sie sein hartes Geschlecht spüren konnte, das sich gegen sie drückte, begann sie mit all ihrer Kraft gegen ihn anzukämpfen.

Fox schmeckte Salz auf seiner Zunge. Dumpf durchdrang ein Gedanke seine entfesselte, wütende Leidenschaft: der Gedanke, daß sie sich wehrte, weinte, aufschrie.

Er merkte, daß ihre kleinen Fäuste blind auf ihn einhämmerten, und er machte sich von ihr los.

»Was zum Teufel –?« Heiße Scham überflutete ihn wie eine dunkle Woge, aber er durfte sie es nicht wissen lassen.

Mit herabhängenden Haaren und tränenverschmierten Wangen taumelte sie auf die Füße, trat dabei auf den Saum ihres Hemdes und kam endlich hoch. »Sie ... Sie haben sich mir *aufgezwungen*!« schluchzte sie. »Wie konnten Sie das tun? Ich dachte, Sie seien ein Mann von Ehre!«

»Oh, geben Sie bloß nicht mir allein die Schuld an dem, was gerade passiert ist! Sie haben mir doch praktisch eine schriftliche Erlaubnis dafür gegeben.« Fox stand ebenfalls auf und konnte sich nur mühsam zurückhalten, ihr zu helfen, als er sie an ihrem Hemd nesteln sah, um sich zu bedecken. Als sie es halbwegs geschafft hatte, straffte Maddie ihre Schultern, hob trotzig das Kinn und präsentierte sich ihm wieder.

»Sie werden den Schaden, den Sie angerichtet haben, wieder ausbügeln müssen. Ich komme nicht an die Bänder auf dem Rücken heran.«

Schweigend band er ihr das Hemd im Rücken wieder zu, wobei seine Fingerspitzen ab und zu über ihre Haut strichen. Fox wünschte sich innig, daß es nicht so hätte geschehen müssen, aber er schien keine andere Wahl gehabt zu haben, um sie von sich zu stoßen. Es hatte eines solchen Bruches bedurft. Auf lange Sicht war es das Beste für sie beide.

Als Maddie endlich wieder richtig angezogen war, strich sie ihr Haar zurück und steckte es in einem lockeren Knoten zusammen. Ohne einen Blick zurückzuwerfen, ging sie zur Tür und öffnete sie.

»Ihr Korb –«, sagte Fox heiser.

Sie wandte sich langsam um, und ihre Umrisse schienen im Sonnenlicht, das von draußen hereindrang, überirdisch zu leuchten. »Die Muffins sind für Sie und Titus«, sagte sie ruhig. »Und trotz allem, was eben gewesen ist, weiß ich genau, was für ein Mensch Sie wirklich sind. Ich habe nicht die geringste Ahnung, was geschehen ist oder was Sie so tief verletzt hat, aber ich weiß, daß ich zu stark bin, um mich von Ihnen so einfach verschrecken zu lassen.«

Seine Augenbrauen flogen erstaunt hoch, aber Maddie war bereits durch die Tür verschwunden. Fox stand einen Augenblick wie gelähmt da, dann hastete er zur Tür. Im Türrahmen blieb er stehen und rief der zarten, schlanken Gestalt hinterher: »Miss Avery, Sie bedeuten mir gar nichts!«

Maddie ging einfach weiter, als hätte sie nichts gehört.

Am nächsten Tag kehrte Stephen Avery nach Hause zurück. Er erzählte kaum etwas darüber, wo er gewesen war und schien eigentlich nur schlafen zu wollen, aber seine Heimkehr hielt Maddie beschäftigt und lenkte sie ab – das hoffte zumindest Fox. Was ihn selbst betraf, so mied er das Haus nebenan. Als Titus das letzte Muffin vertilgt hatte, befahl er dem älteren Mann, den Korb zurückzubringen. Titus tat das nur allzu gern. Er genoß den Hühncheneintopf bei den Averys und kehrte mit einer großen, duftenden Pflaumenpastete zurück.

»Hör auf, Essen von den Averys mitzubringen!« fuhr Fox ihn an, als hätte Titus ein Kapitalverbrechen begangen.

Der kornische Goldgräber war entsetzt. »He! Was ist denn nun los?«

»Ich habe es satt, ihre Teller, Körbe und Schüsseln in *meinem* Haus herumstehen zu haben, das ist alles!« Er warf einen drohenden Blick auf die Pastetenform.

»Keine Sorge, ich kümmere mich schon darum.« Titus griff beschützend nach dem Backwerk, das auf dem provisorischen Tisch stand. »Du brauchst dich Miss Avery nicht zu nähern, wenn es das ist, was dir Sorgen macht!«

»Wie zum Teufel kommst du auf so einen Blödsinn?« Ein Muskel zuckte in Fox' Gesicht.

»Glaubst du denn, ich bin ein Vollidiot? Schließlich habe ich Augen im Kopf, mein Sohn!«

Es war entnervend, daß er, Fox, offenbar niemanden täuschen konnte, nicht einmal, wie es schien, Maddie selbst. Keiner glaubte ihm, wenn er versicherte, sie nicht haben zu wollen. Und da seine wahren Gefühle unmöglich auszuleben waren, beschloß er, andere Taktiken zu versuchen. Morgen früh würde er in die Main Street gehen und nach Graham Horatio Scofield III suchen.

Stephen Avery, der immer noch im Bett herumlungerte, blickte von seinem Frühstückstablett auf, als Madeleine in das Schlafzimmer linste. »Hallo, Liebling.« Er lächelte schwach und klopfte auf die Überdecke, die in mühsamer Kleinarbeit von seiner verstorbenen Frau genäht worden war. »Komm ein bißchen zu mir.«

Es war schon spät am Morgen, fast elf Uhr, und Maddie musterte sein Gesicht sorgenvoll, als sie näherkam. Seit ihr Vater nach Deadwood zurückgekehrt war, schlief er länger und länger. Irgend etwas stimmte nicht, und am schlimmsten war, daß er ihnen weder sagen wollte, wo er gewesen war, noch warum. Am Anfang hatte Maddie seine Geschichten über Geschäfte in Custer und Hill City geglaubt, aber inzwischen war sie voller Zweifel und Sorgen. Auch Gramma Susan gab dazu wenig Kommentare ab, aber die Augen hinter ihren Brillengläsern waren wachsam und scharfsichtig.

An diesem Morgen betrachtete Maddie das seltsam gerötete Gesicht ihres Vaters und erkannte plötzlich, daß es nicht zählte, was für Geheimnisse er hatte. Seine Privatsphäre war schließlich seine Sache, und Geheimnisse waren etwas ganz Normales. Sie selbst hatte ja auch einige …

»Du siehst jedesmal, wenn ich dich sehe, hübscher aus«, sagte Stephen und betrachtete sie stolz. Madeleines violett und cremefarben gestreiftes Taftkleid mit seinem herzförmigen Ausschnitt und perfekt sitzendem Mieder war dezent und gleichzeitig provozierend, und ihre leuchtenden Locken waren geschickt in einer Reihe spiraliger Haarsträhnen, die ihr über ihre Schultern purzelten, zusammengefaßt. Sie war wie eine frische Brise, und in seinen Augen leuchtete die Tiefe seiner Liebe zu ihr.

»Vielen Dank, Vater.« Lächelnd hockte sie sich auf das Bett und nahm seine Hand. »Du hast ja nicht viel von deinem Frühstück gegessen. Wie fühlst du dich?«

»Oh, ich nehme an, ich habe mir das Fieber eingefangen, als ich unterwegs war. Es nützt ja nichts, wenn ich vorgebe, nicht krank zu sein – du siehst es ja selbst.«

Sie seufzte erleichtert. »Nun, dann laß uns Dr. Sick holen und –«

»Wie kann man als Arzt nur so heißen«, unterbrach Stephen lachend, dann hustete er. »Wer weiß, welche uralten Mixturen sie einem hier als Arznei andrehen wollen. Dieser zweifelhafte Dr. Sick könnte mich mit seinen Heilmitteln glatt umbringen.«

»Aber, Vater –«

»Warte noch ein wenig, Liebes. Du kannst ihn holen, wenn es schlimmer mit mir wird.« Um ihre Angst um ihn etwas zu dämpfen, nahm er einen Happen von dem pochierten Ei. »Da, siehst du? Ich bin einfach noch etwas schwach, nichts Ernstes. Nun komm, erzähl' mir, was im Leben meiner Tochter geschehen ist. Wie kommen Fox und du miteinander aus? Seine Haus sieht von hier aus wirklich beeindruckend aus.«

»Wieso nennst du Fox in Verbindung mit mir?« fragte sie, augenblicklich errötend.

»Nur so, wirklich. Vielleicht war es ein Wunschdenken meinerseits. Ich weiß, daß es hier in Deadwood nicht viele Männer zur Auswahl gibt, und Fox ist irgendwie anders. In der Zeit, wo ich weg war, habe ich öfter vor dem Einschlafen an euch gedacht, und ich gestehe, daß ich mir euch beide in zärtlicher Umarmung vorgestellt habe.«

Maddie versteifte sich. »Ein Wunschdenken, in der Tat, Vater. Dieser Mann hat, soweit ich weiß, nicht einen Hauch von Zärtlichkeit in seinem Charakter. Wie auch immer, sein Haus allerdings ist wirklich schön, und er hat sich Benjamin gegenüber ganz wunderbar verhalten. Er erteilt ihm einfach Aufgaben, wodurch Benjamin sich sehr wichtig und ernstgenommen vorkommt.« Sie zögerte einen Augenblick, dann fuhr sie fort: »Wie ich dir schon ein paarmal gesagt habe, seit du wieder hier bist ... ich denke, ich komme inzwischen ganz gut zurecht. Mein Garten gedeiht und einige Blumen knospen bereits. Besonderes gibt es sonst nicht zu berichten, aber das ist nichts, was mich betrübt.«

Für Stephen war es ganz klar, daß seine Tochter verschwieg, was sie wirklich beschäftigte, aber er wußte, daß ihr Stolz sie davon abhalten würde, es ihm zu erzählen, und wenn er noch so in sie drang. Schweigen lastete zwischen ihnen, als Maddie sich plötzlich aufrichtete.

»Das hätte ich fast vergessen!« Sie zog einen cremefarbenen Umschlag aus der Tasche ihres Rocks. »Sieh dir das mal an. Ein kleiner Chinesenjunge hat mir das vor etwa einer Stunde gebracht. Nimm und lies ruhig. Vielleicht verstehst *du* das.«

Stephen sah sich den Umschlag an, auf dem mit schwungvoller Handschrift »Miss Madeleine Avery« geschrieben stand. Das Papier war teuer und in dieser Stadt ganz sicher nicht zu bekommen. Stirnrunzelnd zog er ein sauber gefaltetes Papier aus dem Umschlag und las laut: »Seien Sie gegrüßt, Miss Avery. Mein Name ist Graham Horatio Scofield der Dritte von den Boston Scofields, und ich bin neu in Deadwood. Man hat mir zu verstehen gegeben, daß Sie diese unangenehme Lage teilen, ebenso, daß wir aus einem ähnlichem familiären Hintergrund kommen und vergleichbare Charaktere besitzen dürften. Ich bitte Sie, meine direkte Anrede zu verzeihen, aber ich sehe keinen anderen Weg. So würde ich mich freuen, wenn Sie mir gewähren, heute bei Ihnen am Mittag zu erscheinen und mich vorzustellen. Ich erwarte nichts, ich hoffe nur auf Freundschaft. Hochachtungsvoll, Ihr Graham Horatio Scofield der Dritte.«

»Kennst du diesen Mann?« fragte Maddie, die genauso verwirrt war wie kurz zuvor, als sie den Brief das erste Mal gelesen hatte.

Er schüttelte den Kopf. »Nein, aber ich denke doch, daß ich mich an so eine Person in dieser Gegend erinnern würde.«

»Nun, ich werde wohl Mr. Scofield empfangen müssen«, antwortete sie mit einem Seufzen. »Ich kann ihn ja schlecht wegschicken. Es ist bald Mittag, also gehe ich jetzt Gramma Susan suchen, um sie zu warnen. Ich muß nachsehen, welche Erfrischungen wir unserem unseligen Gast anbieten können.«

Sie nahm Stephens kaum angerührtes Frühstück auf dem Tablett mit hinaus. Im Türrahmen blieb sie stehen und warf noch einmal einen Blick zurück. Ihr Vater war schon wieder eingeschlafen.

Susan experimentierte in der Küche nach einem Rezept für kleine, kornische Pasteten, die wie Taschen geformt waren. Der Duft von Gebäck mischte sich mit dem von gebratenem Fleisch, Kartoffeln und Zwiebeln.

Susan O'Hara nahm Maddies Neuigkeiten mit ihrer üblichen guten Laune auf. Natürlich war jeder Neuankömmling willkommen, was Susan betraf, aber sie stimmte ihrer Enkelin zu, daß in diesem Fall etwas mehr als nur Pastetchen serviert werden mußten. Glücklich herumwuselnd, bereitete sie dreieckige Sandwiches belegt mit kleingeschnittenem Hühnchen und Gurke zu und arrangierte sie auf einer Platte mit Orangenscheiben und Haferkeksen. Um die Plätzchen eleganter wirken zu lassen, schnitt sie sie vorsichtig in Viertel. Dann kochte sie Tee und schnitt die Zitronen in Scheibchen. Maddie war gerade dabei, die zarten Tassen und Untertassen zu holen, die zu der kostbaren Porzellankanne paßten, als ein verhaltenes Klopfen an der Tür ertönte.

»Tu einfach so, als sei ich dein Dienstmädchen, wenn ich ins Wohnzimmer komme«, zischte Susan ihrer Enkelin zu, als diese sich bereitmachte, ihren Gast zu begrüßen. »Später ist noch Zeit genug, die Dinge richtigzustellen, wenn du und dieser Mr. Scofield Freundschaft geschlossen habt.« Das verschmitzte Lächeln, das sie Maddie schenkte, war bezeichnend.

Madeleine sah ganz und gar wie die wohlerzogene Vorzeigetochter aus bester Familie aus, als sie die Tür öffnete. Vor ihr stand ein Mann, der unmittelbar aus einer der höchst eleganten Tanzveranstaltungen in Philadelphia herausgerissen worden zu sein schien. Er trug einen makellos sitzenden grauen Cut, helle Hosen, eine Brokatweste mit umgeknicktem Aufschlag und ein gestärktes weißes Hemd mit einem Zelluloidkragen, um den eine perfekt gebundene Krawatte, geschmückt mit einer Nadel, geschlungen war. Er hielt einen Veilchenstrauß in einer Hand und zog seinen Bowler mit der anderen, wobei er sein in der Mitte gescheiteltes, blondgelocktes Haar enthüllte.

»Sie müssen Miss Avery sein«, entfuhr es ihm in fassungsloser Bewunderung. »Der Ruf ihres wundervollen Haares ist Ihnen vorausgeeilt! Äh ... erlauben Sie mir, mich vorzustellen. Ich bin Graham Horatio Scofield von –«

»Den Boston Scofields?« Maddie konnte den Ausruf nicht unterdrücken.

»Oh, ich sehe, Sie sind mit meiner Linie vertraut«, sagte Graham. »Das überrascht mich nicht. Philadelphia und Boston sind schließlich nicht weit voneinander entfernt, und nach meiner Erfahrung sind alle besseren Familien an der ganzen Ostküste miteinander bekannt.«

Maddie war einen Augenblick etwas aus dem Konzept gebracht, doch dann reichte sie ihm die Hand. »Ich freue mich, Sie kennenzulernen, Mr. Scofield. Möchten Sie nicht hereinkommen? Ich wollte gerade Tee zu mir nehmen und habe gehofft, daß Sie mir dabei Gesellschaft leisten. Wie nett von Ihnen, mir einen Brief zuvor zukommen zu lassen.«

»Dies habe ich Ihnen mitgebracht.« Er hielt ihr die Veilchen hin und deutete eine Verbeugung an. »Ich hatte das Gefühl, Sie würden die Art von Dame sein, die Blumen liebt.«

Maddie sagte nichts darauf, weil sie die Nase in den Strauß steckte und den Duft tief einatmete. »Es ist höchst ungewöhnlich, einen Mann wie Sie in Deadwood anzutreffen, Mr. Scofield.«

»Und noch ungewöhnlicher, eine wahrhaftige Lady wie Sie hier zu entdecken, Miss Avery«, gab er treuherzig zurück. »Es kommt mir vor, als hätte ich einen Schatz entdeckt, der wertvoller ist als Gold.«

»Sie sind ... zu freundlich, Sir.« Obwohl sie sich über seine Art amüsierte, konnte sie gar nicht anders, als auf seine Komplimente und die Bewunderung zu reagieren. Nach der Behandlung, die Fox ihr vor kurzem angetan hatte, war Graham Horatio Scofields überströmende Nettigkeit geradezu tröstend, wenigstens für ein oder zwei Stunden. Echtes Vergnügen brodelte in Maddie, als sie Gramma Susan dabei beobachtete, wie sie von der Küche aus und ein huschte und sich ganz offensichtlich in ihrer gespielten Rolle gefiel. Obwohl Mr. Scofield von ausgesuchter Höflichkeit war, behandelte er Gramma Susan mit einer herablassenden Art, die Maddie fast zum Kichern verleitet hätte. Jedenfalls unterhielt sie sich prächtig. Sie tranken Tee und sprachen von den neuesten Entwicklungen und Gerüchten im Osten, tauschten Meinungen über Elizabeth und Robert Browning, Harriet Beecher Stowe, die Sufragettenbewegung, Napoleon III. und Dickens *Eine Geschichte aus zwei Städten* aus, welches Graham auf seiner Zugfahrt von Boston nach Chicago gelesen hatte. Maddie fing an, seine Gesellschaft richtig zu genießen, denn vielleicht hatte sie ja nun einen Freund gefunden, der ihr half, geistig aus Deadwoods harscher Realität zu entfliehen, wenn es nötig war.

»Nehmen Sie noch ein Sandwich, Mr. Scofield«, forderte sie ihn herzlich auf. »Sprechen wir doch über etwas anderes als unsere anstrengende Reise hier in den Westen oder Custers Massaker und den Tagespreis von Gold und Land in dieser abstoßenden Stadt. Ich möchte nicht einmal hören, warum Sie hierher gekommen sind.«

Er lachte, vielleicht ein bißchen zu laut. »Ich weiß, was Sie meinen, Miss Avery, aber ich gehorche nur zu gerne. Ich fürchte, ich habe mit meiner Reise in die Black Hills einen Fehler begangen, aber es ist keiner, der sich nur durch heftiges Wünschen berichtigen lassen könnte. Der Weg nach Boston ist so weit …«

Maddie wollte die Unterhaltung unbedingt von der Wirklichkeit fernhalten. »Welche Dichter mögen Sie? Longfellow?«

»Ja, ich mag Longfellow und Tennyson und Shelley ganz besonders. Von einigen unserer neueren Poeten wie Whitman zum Beispiel bin ich, wie ich sagen muß, wenig angetan. Sie werden mir zustimmen, daß er in seiner Vorgehensweise gelegentlich recht schockierend ist.«

Maddie starrte ihn an, während die letzten Worte in ihr Bewußtsein sanken. Ein Strom unerwünschter Fragen wallte in ihr auf. Wie hatte Graham Scofield von ihr gehört, und woher wußte er soviel über Sie? Wie konnte er wissen, daß Sie aus Philadelphia war? Nur eine Person konnte Scofield erzählt haben, daß sie den Ausdruck ›schockierend‹ im Zusammenhang mit Walt Whitmans Dichtung gebraucht hatte. Und alles paßte so gut zusammen, um nur ein Zufall zu sein.

»Verzeihen Sie mir, Mr. Scofield«, sagte sie mit ihrem sonnigsten Lächeln, »aber haben Sie schon einen gewissen Gentleman namens Fox kennengelernt? Er ist sehr liebenswürdig, ein großer, kräftiger Mann mit dunklem Haar und einem kurzen Bart. Er wohnt neben uns, und wenn Sie ihn noch nicht kennengelernt haben, dann sollten Sie es tun. Ich bin sicher, daß Sie beide gute Freunde werden könnten.«

Graham war bei ihren Worten ein wenig bleich geworden, dann aber wirkte er plötzlich erleichtert. »Ich habe Ihren Freund Fox in der Tat bereits kennengelernt! Er ist großartig! Er hat mir den unschätzbaren Rat erteilt, hier in dieser Stadt Land zu erwerben, und ich schulde ihm sehr viel.«

»So viel, daß Sie versuchen würden, mir den Hof zu machen, falls er Sie darum bittet?« fragte Maddie mit süßer Stimme.

Scofield brach der Schweiß aus. »Heiß heute, nicht wahr? Entsetzliches Wetter.«

»Würde es Ihnen etwas ausmachen, wenn ich Sie nicht

zur Tür bringe, Mr. Scofield? Mir ist gerade eingefallen, daß ich eine dringende Verabredung habe.«

Mit diesen Worten stand Maddie auf und ging in die Küche. Sie blieb nicht einmal stehen, um mit Gramma Susan zu sprechen, sondern stieß die Hintertür auf und trat ins Sonnenlicht. Durch die Pinien konnte sie Fox und Benjamin sehen, die ein Brett sägten, das auf zwei Böcken lag.

Ihre schmalen Hände waren zu Fäusten geballt, und sie spürte Feuer in ihren Augen blitzen, als sie mit energischen Schritten zu den beiden hinüberging. Fox schaute auf, wischte sich mit seinem aufgerollten Ärmel über die Stirn und sägte dann weiter, als würde Maddie gar nicht existieren. Benjamin blickte verwirrt von einem zum anderen.

»Benjamin, beeil dich und lauf sofort nach Hause. Gramma Susan braucht dich.« Sie war zu wütend, um etwas anderes als eine Lüge erfinden zu können. Während der kleine Junge auf das andere Haus zulief, musterte Maddie die Blumen, die sie gepflanzt hatte. »Gießen Sie sie nicht? Wenn Sie ihnen kein Wasser geben, gehen sie ein.«

Fox zuckte nur die Schultern und sägte geduldig weiter.

Maddie stürzte sich auf ihn, schlug ihm ihre Fäuste ins Gesicht und hörte das Reißen ihres Ärmels am Unterarm, als sie seine Schultern packte, als könnte sie ihn niederreißen und verprügeln. »Ich hasse Sie!« schluchzte sie. »Wie können Sie es wagen, meine Blumen sterben zu lassen? Machen Sie das, um mir wehzutun? Was für ein Mann sind Sie? Und dieser Kerl, den Sie bestochen haben, damit er zu mir kommt und mir hübsche Lügen erzählt! Glauben Sie denn, ich merke nicht, daß er ein Schwindler ist? Halten Sie mich für eine *Vollidiotin*?«

Fox fing ihre Handgelenke ein und hielt sie von sich weg. »Meine Güte, haben Sie den Verstand verloren?«

Tränen strömten über ihr Gesicht. »Warum? *Warum?*«

Fox' Kiefermuskeln spannten sich an, und seine blauen Augen verhärteten sich, als er sie anstarrte. »Weil ich Ihnen niemals geben kann, was Sie wollen, Maddie. Begreifen Sie? Ich will, daß Sie mich *vergessen*!«

Seine Stimme schnitt wie eine stählerne Klinge in ihr Herz. Sie glaubte, vor Schmerz sterben zu müssen, doch dann hörte sie eine andere Stimme, eine hohe, sich überschlagende, angstvolle Stimme, die auf der anderen Seite der Pinienreihe schrie.

»Fox! Fox! Kommen Sie schnell!« Es war Benjamin. »Irgendwas stimmt nicht mit Papa! Er sagt, er muß sofort mit *Ihnen* reden!«

Kapitel 11

30. Juli - 2. August 1876

Maddie raffte ihre Röcke und rannte über das Grundstück, ohne auf den Matsch zu achten, der über ihre hellen Lederschuhe spritzte. Fox rannte ihr nach, überholte sie und verschwand dann in ihrem Haus.

Als Maddie schließlich in die Küche stürmte, war ihr Gesicht dunkelrot vor Anstrengung, und ihr Haar fiel in wilden Locken unordentlich über ihren Rücken. Susan O'Hara empfing sie. »Gramma, was ist passiert?«

»Es gibt keinen Grund, beunruhigt zu sein«, antwortete die alte Frau besänftigend. Sie nahm Maddies zitternde Hand in ihre und sah ihr ruhig in die Augen. »Dein Vater hat eine Art Anfall gehabt. Er spürte einen Schmerz in der Brust, der bis in den linken Arm zog, und fing an zu schwitzen, aber es ist schon vorbei. Anscheinend hat es ihm aber genug Angst eingejagt, um ein paar Dinge loszuwerden, die er bisher für sich behalten hat.«

»Aber was ist mit einem Arzt …?«

»Benjamin ist unterwegs zu Doktor Sick, der vielleicht, vielleicht aber auch nicht, in der Stadt ist. Wenn er den Doktor nicht findet, wird er bei einem unserer Freunde auf der Main Street Hilfe suchen.«

»Ich gehe jetzt zu Vater!« Als Maddie sich zur Tür zum Wohnzimmer wandte, packte Susan sie an ihrem zerrissenen Ärmel.

»Liebes, er wollte Fox sprechen. Wir müssen ihm dieses Gespräch gewähren.«

Ihre Enkelin wirbelte herum, ihre Smaragdaugen funkelten: »Das ist doch *lächerlich*! Vater könnte ja sterben, ohne noch einen von uns zu sehen außer diesem widerlichen *Fox*. Ich glaube nicht, daß es irgend etwas gibt, das er Fox mitteilen will und ich nicht hören darf!«

Susan trat zurück. »Tu, was du willst.«

Maddie spürte einen Anflug von schlechtem Gewissen, weil sie ihre Großmutter so angebrüllt hatte. »Ich habe schreckliche Angst um Vater.«

»Das ist natürlich«, sagte Susan tonlos .

Kostbare Sekunden verrannen tickend. Maddie lächelte die alte Frau zitternd an, dann eilte sie durch den Flur zum Schlafzimmer ihres Vaters.

Die Tür war von innen verschlossen. »Vater!« rief sie, an die Tür hämmernd. »Ich bin's, Maddie! Kann ich reinkommen?«

Ein erstickter Laut war zu hören, danach wurde der Riegel fortgeschoben, und die Tür schwang auf. Fox stand vor ihr. »Sie müssen sehr ruhig sein, Maddie, und wenn er Sie zu gehen bittet, streiten Sie nicht.«

Sie schob ihn beiseite und zischte ihm im Vorbeilaufen zu: »Ich wäre Ihnen dankbar, wenn Sie sich Ihre Empfehlungen sparen würden, Sir!« Einen Augenblick später saß sie auf der Bettkante und griff nach Stephens Hand. Er sah beängstigend blaß und erschöpft aus, und zum ersten Mal entdeckte sie, daß sein welliges schwarzes Haar mit Grau durchzogen war. »Papa«, flüsterte sie. »Wie geht es dir?«

Er brachte ein tapferes Lächeln zustande, aber es lag Angst in seinen Augen, und er versuchte nicht, sich zu bewegen. »Ich erhole mich schon wieder. Was ist mit dir?«

»Mit mir?« wiederholte sie erstaunt.

»Du ... du siehst aus, als hättest du einen Unfall gehabt«, stellte er fest, immer noch schwach lächelnd.

Maddie spürte Fox' Blick im Rücken brennen, als ihre Hand zu ihren ungeordneten Locken flog und sie den Riß in ihrem Ärmel betrachtete. Dann lachte sie. »Ich hatte eine Art Unfall, aber es war nichts Ernstes. Ich bin in Zukunft *viel, viel* vorsichtiger!«

»Nun gut, Liebes, wenn du nun ein bißchen beruhigt bist, möchte ich dich bitten, mir ein wenig Zeit mit unserem Freund Fox allein zu geben.«

Widerspenstig packte Maddie seine Hand fester. »Vater, es kann doch nicht sein, daß du ihn zu deinem Vertrauten machst, deine eigene Tochter aber nicht? Bin ich es denn nicht wert? Bitte, siehst du denn nicht, daß ich eine Frau bin, nicht mehr ein Kind?«

»Miss Avery, Ihr Vater hat nicht viel Kraft.« Fox legte ihr eine Hand auf die Schulter. Sie zuckte zurück, als hätte man sie verbrannt.

»Schon gut, Fox«, flüsterte Stephen, »Madeleine hat recht. Sie ist erwachsen, und ich sollte nicht mehr versuchen, sie um jeden Preis vor den Geheimnissen meiner Vergangenheit abzuschirmen, wenn sie die qualvolle Wahrheit vorzieht. Außerdem muß hier vielleicht jemand begreifen, was ich in den nächsten Wochen delirieren könnte – für den Fall, daß ich mich nicht erhole.« Er bedeutete Fox, sich zu setzen. Fox zog einen Stuhl näher ans Bett und setzte sich.

»Du wirst wieder gesund werden, Vater«, murmelte Maddie. Allein bei dem Gedanken, ihn zu verlieren, brannten Tränen in ihren Augen.

Im Zimmer war es drückend heiß, und Fox stand auf, um ein Fenster zu öffnen, dann rollte er die Ärmel seines Hemdes weiter auf. Schließlich setzte er sich wieder und blickte Stephen erwartungsvoll an.

»Ich habe nicht die Kraft, alles so zu erklären, wie ich es am liebsten tun würde, Maddie«, sagte Stephen und bat mit seinem Blick um Verständnis. »Ich möchte, daß du weißt, wie sehr ich deine Mutter liebte, auch wenn ich nicht immer der Ehemann war, den sie verdiente.«

»Sie hat dich auch geliebt, Papa«, gab sie zurück.

»Ich war zu oft fort, aber der Drang nach Abenteuern und neuen Entdeckungen war zu stark, als daß ich ihm widerstehen konnte. Deine Mutter schien zu verstehen, daß ich nicht glücklich sein konnte, wenn ich in Philadelphia blieb und mich anpaßte. Irgendwann ist mir aufgegangen, daß gerade sie, die sich selbst niemals beugte, mir genau das zugestand.« Stephen wies auf die Brandyflasche auf dem Tisch neben dem Bett. Fox schenkte ihm ein kleines Glas ein und half ihm, es zu trinken.

»Vater, das kannst du mir doch alles ein anderes Mal erklären. Was immer du getan hast, wenn du nicht bei uns warst – ich werde es verstehen«, versicherte Maddie ihm. Sie befürchtete, daß er noch einen Anfall bekommen und nachher nicht mehr zu sprechen in der Lage sein würde.

Er seufzte tief. Dann erschien ein resoluter Ausdruck in seinem ausgemergelten Gesicht. »Ich ... ich lebte andere Leben, wenn ich weg war. Manchmal war ich sehr allein, aber ...«, er sah zur Seite und seufzte wieder. »Als ich aus dem Silberboom in Nevada zurückkehrte, überraschten mich unerwartete Schneestürme, die mich zwangen, bei einer Gruppe Teton Sioux-Indianer Schutz zu suchen. Ich handelte mit ihnen, begann mich bei ihnen heimisch zu fühlen und blieb so lange, daß ich schließlich auch den Winter abwarten mußte.«

Fox beugte sich vor, sagte aber nichts. Maddie war leicht verwirrt.

»Es ist mir nicht möglich, das Leben unter den Indianervölkern zu beschreiben. Wir Weißen haben die Tiefe und den Reichtum ihrer Kultur unverzeihlich unterschätzt. Ich war dort sehr glücklich.« Stephens Augen verschleierten sich einen Augenblick, dann kehrte er in die Wirklichkeit zurück. »Es liegt eine Reinheit und eine Harmonie in ihrer Art zu leben, die uns, die wir ständig nach Fortschritt gieren, längst abhanden gekommen ist. Aber du darfst mich nicht mißverstehen, Maddie. Ich vergaß nicht darüber meine Familie, und als im Frühling das Tauwetter einsetzte, war ich begierig darauf, zu euch und eurer Mutter zurückzukehren.«

»Ist das dein Geheimnis?« flüsterte sie und hoffte es, allen besseren Wissens zum Trotz.

»Was ich gerade erzählt habe, ist nur … nur die Schachtel, in der das Geheimnis steckt.«

Ihr Herz begann heftiger zu schlagen und sie drückte die Hand ihres Vaters. »Dr. Sick kann jeden Moment kommen, Papa. Laß das Geheimnis aus der Schachtel heraus.«

Als Fox die beiden betrachtete – der oft abwesende Vater und die Tochter, die sich nach Sicherheit und Ordnung sehnte –, spürte er eine unerwartete Welle von Mitgefühl. Eine Schachtel, *wie nett*, dachte er.

Stephen nickte. »Weißt du, ich schäme mich nicht, aber ich erwarte auch nicht, daß du mich verstehst, mein Kind. Die Wahrheit ist, daß ich zärtliche Gefühle für ein junges Mädchen im Dorf der Sioux oder Lakota, wie sie sich selbst nennen, entwickelte. Sie hieß Yellow Bird, und sie brachte mir in diesem Winter große Freundlichkeit entgegen. Ich glaube, sie liebte mich, aber sie verstand, daß ich nicht bleiben konnte.« Seine Atemzüge wurden rastloser. »Am Tag, an dem ich sie verließ, sagte Yellow Bird mir auf ganz liebe und süße Weise, daß sie mein Kind unter dem Herzen trug.«

»Vater!« keuchte Maddie auf, die ihr Entsetzen nicht verbergen konnte.

»Sie sind gewiß nicht der erste weiße Mann, der ein Kind mit einer Indianerfrau hat«, sagte Fox mit fester Stimme. »Die Indianer sagen, daß sogar Custer eine Cheyennefrau, vielleicht sogar ein Kind mit ihr hatte, doch er liebte seine Frau Elizabeth zutiefst. Sie sind auch nur ein Mensch, Sir, wie wir alle.« Er warf Maddie einen warnenden Blick zu. »Ich möchte sogar wagen, anzudeuten, daß selbst Ihre Tochter, deren wohlerzogenen Qualitäten wir alle schätzen, menschlich ist.«

»Natürlich bin ich das!« Ihre Augen glänzten, als sie von Fox zu ihrem Vater sah. »Was geschah dann? Hat Yellow Bird das Baby bekommen? Was ist aus ihnen geworden?« Die Möglichkeit, daß sie eine halbindianische Schwester oder einen Bruder hatte, war im Augenblick mehr, als sie aufnehmen konnte.

»Ja, Yellow Bird bekam eine Tochter, die sie Sun Smile nannte, aber ich erfuhr es erst, als ich letzten Herbst herkam. Wie du dich bestimmt erinnerst, Maddie, bin ich nach dem Krieg und Benjamins Geburts nie mehr in den Westen zurückgekehrt. Die Gesundheit deiner Mutter hatte nachgelassen, und sie brauchte mich, und wahrscheinlich hatte ich auch Gewissensbisse. Erst als Colleen vor knapp einem Jahr starb, hatte ich das Gefühl, ich könnte nun ins Dakota-Territorium zurückkehren und nachforschen, wie es Yellow Bird und dem Kind ging.« Es war offensichtlich, wie schwer es Stephen fiel, seiner Tochter die Wahrheit zu sagen. Ein Schweißtropfen – oder eine Träne – kullerte an seiner Wange herab. »Glaub mir, ich bin nicht sofort davongerannt, ohne deine Mutter zu betrauern, aber das weißt du ja, Madeleine. Doch dann hörte ich im August '75 von den Goldfunden am Whitewood Creek, und das alte Prickeln kehrte zurück ... und um ehrlich zu sein, war mir die Möglichkeit, meinem Schmerz und meiner Reue zu entkommen, mehr als willkommen ...«

»Wie haben Sie Yellow Bird wiedergefunden?« fragte Fox und brachte ihn damit sanft zum Thema zurück.

»Sie besuchte ihren Vater in der Red Cloud-Agentur etwas südlich von hier. Ich ging dorthin, um nach ihr zu fragen, und zufällig war sie gerade dort. Natürlich war sie inzwischen verheiratet und hatte weitere Kinder. Wir unterhielten uns wie alte Freunde, was mich seltsamerweise tröstete. Yellow Bird war eine gutherzige, liebe Frau.«

Maddie mußte erst schlucken, bevor sie die nächste Frage stellen konnte. »Und ... Sun Smile? Hast du auch sie gesehen?«

»Nein. Yellow Bird erklärte mir, daß ihr Mann das Kind niemals voll akzeptiert hatte. Als sie also alt genug zum Heiraten war, tat sie es. Sun Smile heiratete einen der Miniconjou Sioux, die die Bemühungen der Weißen, die Indianer im Great Sioux-Reservat zusammenzutreiben, zu vereiteln suchten. Sie gehörten zu den eigenständigen Gruppen, die sich mit Crazy Horse zusammengetan hatten, um weiterhin frei und ungebunden zu leben, zu jagen und zu lagern, wo immer sie wollten.« Stephen wurde langsam müde, aber er bemerkte dennoch das Funkeln in Fox' Augen. »Ich weiß, ich weiß ... Crazy Horses Krieger waren die, die von der Siebten Kavallerie angegriffen wurden.« Er hielt inne und nahm mit dankbarem Blick ein weiteres Glas mit Brandy, das Fox ihm anbot. »Zunächst reichte es mir, daß Sun Smile laut ihrer Mutter am Leben und glücklich war. Doch als sich die Dinge mit den Indianern immer mehr verschlechterten, begann ich mich zu fragen, ob ich ihr als Vater nicht etwas schuldig war. Bevor die Nachricht von Custers Niederlage eintraf, ritt ich also wieder zur Red Cloud-Agentur in der widersinnigen Hoffnung, daß sie und ihr Mann sicher dorthin zurückgekehrt waren. Als ich dann von der Schlacht zwischen Crazy Horse und Custer hörte, sank meine Zuversicht. Und ...« Stephen schloß für einen Moment die Augen, dann murmelte er: »Ich erfuhr von Yellow Birds Vater, daß seine Tochter, ihr Mann und einer ihrer Söhne in diesem Winter an der Cholera gestorben waren ... noch ein Geschenk des weißen Mannes an die unschuldigen Indianer!«

Maddie fühlte, wie sich ihr Herz öffnete, als sie die Trauer und den Gewissenskonflikt zu begreifen verstand, unter dem ihr Vater litt. Sie wärmte seine klammen Hände in ihren und lächelte ihn mit zitternden Lippen an.

»Was kann ich für Sie tun, Sir?« fragte Fox leise.

»Nun, vielleicht hört es sich für Sie ziemlich verrückt an ... wahrscheinlich ist es das auch, aber das macht nichts. Als ich in Richtung Norden zurückritt, traf ich ein paar Meilen östlich der Black Hills auf ein Dorf von Oglala Sioux. Sie gaben mir etwas zu essen, obwohl es nicht mehr viel gibt, nun, da die Büffel fast ausgestorben und die Rationen, die in den Agenturen verteilt werden, praktisch ungenießbar sind.« Er atmete schwerer, und Maddie drückte leicht seine Hand. »Jedenfalls ... was sie mir erzählten, traf mich wie ein Donnerschlag. Sie wollten das Dorf am nächsten Tag abbauen und nach Süden ziehen ... denn sie hatten erfahren, daß Crazy Horse und sein Volk im Dakota-Territorium sind!«

Fox stand auf und begann am Fuß des Bettes auf und ab zu laufen. »Es kann ein Gerücht sein«, sagte er und versuchte, seine eigene Erregung zu verbergen.

»Das glaube ich aber nicht. Diese Leute meinten es todernst. Einer der Krieger hatte Crazy Horse selbst gesehen, und nachdem er sein eigenes Dorf informiert hatte, verkündete er, er werde sich ihm anschließen. Diese Gruppe ist überzeugt davon, daß Crazy Horse die ›Blauröcke‹ in dieses Gebiet wie einen Bienenschwarm anziehen wird, und daß alle Indianer, die zufällig in der Nähe sind, abgeschlachtet werden. Deswegen beeilen sie sich, in die Sicherheit der Agenturen zu fliehen.«

Fox' gebräunte Hand ballte sich zur Faust, als er am Fuß des Bettes stehenblieb und den älteren Mann anstarrte. »Haben sie Ihnen gesagt, wo genau Crazy Horse und seine Leute sind?« fragte er vorsichtig.

Avery nickte und konnte das Lächeln nicht unterdrücken. »Ja – Bear Butte ... oder sehr nah. Kennen Sie das?«

»Ziemlich gut.« Er rieb nachdenklich sein bärtiges Kinn.

Maddie blickte von einem zum anderen. »Was habt ihr beiden vor?«

»Ich wollte selbst dorthin gehen«, sagte Stephen, »um es selbst in die Hand zu nehmen, aber nun sieht es so aus, als ob Crazy Horse schon weit fort sein wird, wenn ich mich erst einmal erholt habe, und dann habe ich die einzige Chance verloren, Sun Smile wiederzufinden.«

»Deutest du damit an, daß Fox mitten in einem Lager feindlicher Indianer, die gerade General Custer und über zweihundert Mann massakriert haben, nach deiner Tochter suchen soll? Das wäre ja Selbstmord!«

»Nanu, Miss Avery. Das hört sich ja an, als würden Sie sich Sorgen um mich machen!« Fox zog eine Augenbraue hoch und grinste sie an. »Nun, um es ernsthaft zu betrachten – nein, es wäre kein Selbstmord. Ich habe selbst einige Zeit bei verschiedenen Lakota-Stämmen gelebt, Oglala,

Miniconjou und Hunkpapa eingeschlossen. Auch Crazy Horses Volk wird mich sicher nicht umbringen.«

»Wunderbar!« Stephen lächelte mit unverhüllter Freude. »Dann werden Sie gehen?«

»Es wäre mir eine Ehre, Sir, Ihnen diesen Gefallen zu tun.«

Stephen wußte, daß er Fox nicht bezahlen konnte, und so murmelte er statt dessen: »Ich kann nicht sagen, wie sehr mich das erleichtert. Wenn Sie Sun Smile nur finden und ihr meine Sorge und meine besten Wünsche aussprechen könnten, wäre mir das schon genug. Und wenn sie einen sicheren Hafen braucht, dann wird sie sich hoffentlich überlegen, mit Ihnen nach Deadwood zu kommen. Ich bezweifle nicht, daß meine Familie – *ihre* Familie – sie mit offenen Armen aufnehmen wird. Wäre es denn so schlecht für Sun Smile, die andere Hälfte ihres Erbes kennenzulernen?«

Maddies Gedanken wirbelten in ihrem Kopf herum, während die beiden Männer fortfuhren, Fox' Reise nach Bear Butte zu planen. Als sie über ihre Halbschwester nachdachte, die sie niemals kennengelernt hatte, überkam sie eine völlig neue Empfindung. Plötzlich erkannte sie, daß sie Fox begleiten mußte. Doch als sie zu den beiden hinüberblickte, war ihr nur allzu klar, daß keiner der zwei es ihr erlauben würde, wenn sie direkt darum bat. Selbst wenn sie und Fox freundlicher miteinander umgehen würden, hätte er für ihren Vorschlag wahrscheinlich nur ein Lachen übrig.

Nichtsdestoweniger war sie entschlossen, mitzugehen. Sie hatte das unbestimmte Gefühl, daß dies ein Teil ihres Schicksals war, und nicht einmal Fox durfte sich dem in den Weg stellen.

Dr. O. E. Sick kam am Abend mit Benjamin und Titus an. Er verschrieb ein »Elixier«, das stark nach Gin roch, auf das Stephen in einen tiefen Schlaf fiel, der bis zum folgenden Nachmittag dauerte. Maddie, die gelegentlich nachschaute, ob er aufgewacht war, fand, daß sein Gesichtsausdruck friedlicher wirkte als je zuvor, seit sie in Deadwood angekommen waren. Sich die Last vom Herzen zu sprechen, war vermutlich wirksamer für die Heilung als jede Medizin, die Dr. Sick verschreiben konnte.

Und Stephen hatte keinen Grund mehr, sich um Sun Smile zu sorgen. Wenn sie wirklich irgendwo in der Nähe von Bear Butte war, dann würde Fox sie finden. Davon war ihr Vater überzeugt, und sie ebenso.

In den folgenden drei Tagen bereitete Fox penibel seine geplante Reise vor. Er ging im Avery-Haus ein und aus, da Stephen ihm viele Vorschläge zu unterbreiten hatte. Sie diskutierten darüber, ob Fox einen Planwagen mitnehmen sollte, für den Fall, daß Sun Smile beschloß, mit nach Deadwood zu kommen. Fox glaubte, daß sie wie alle Indianerfrauen, die er kannte, sich gewiß nicht zieren und gern ein Pony reiten würde. Aber was war, wenn sie keins besaß und Crazy Horses Volk keins entbehren konnten? Sun Smile, die wahrscheinlich ohnehin ihre Bedenken haben würde, könnte dann die Lust ganz verlieren. Stephen war wild entschlossen, es für sie so leicht wie möglich zu machen, wenn sie zu ihm kommen wollte.

Fox dagegen war wenig begeistert, auf den Bergpfaden durch einen Planwagen behindert zu werden. Zudem würde es seine Reise verlangsamen. Erst als Stephen seine Pläne weiter ausschmückte, um sie ihm schmackhafter zu machen, ließ Fox doch noch mit sich reden.

»Sie können den Indianern Vorräte bringen«, erklärte Avery, als er sich aufsetzte und eine von Gramma Susans köstlichen kornischen Pasteten aß. »Überlegen Sie doch nur, wie rasch sie gezwungen worden sind, ihre Lager am Little Bighorn abzubrechen! Und sie sind monatelang nicht in der Lage gewesen, in die Nähe der Agentur zu kommen, um sich mit Lebensmitteln zu versorgen. Wenn Sie den Wagen mitnehmen, könnten wir ihn mit Trockenfleisch, Eiern, Obst und ... und allem, was sie brauchen könnten, beladen. Und mit ein paar Pfund Zucker oder Kaffee werden sie Sie wie einen König bejubeln!«

»Sir, Sie wissen, daß ich nicht daran interessiert bin, von den Sioux verehrt zu werden«, antwortete Fox fest. Auf der anderen Seite gefiel ihm die Idee aber, den Indianern auf diese Art helfen zu können, wenn schon nicht anders.

»Natürlich wollen Sie das nicht«, gab Stephen ernsthaft zurück. »Aber ich denke, daß es für Sun Smile ermutigender wäre, mit Ihnen zu kommen, wenn Sie Dinge mitbringen, die sie dringend brauchen und für die sie Ihnen dankbar sein werden.«

Fox fuhr sich mit einer Hand durchs Haar und seufzte. »Ich werde darüber nachdenken, Mr. Avery.«

»Sie wissen, daß wir nicht viel Zeit haben. Heute ist der erste August. Ich denke, Sie sollten morgen nacht losziehen. Es wäre also gut, wenn Sie es sich schnell überlegen. Und lassen Sie mich Ihnen noch einen Vorschlag machen, der Sie vielleicht überzeugt. Warum nehmen Sie nicht ein oder zwei Kisten Gewehre und eine Munitionsauswahl mit? Wenn Crazy Horse und seine Gefolgsleute von einer Strafexpedition erwischt werden, brauchen sie garantiert jede Unterstützung, die für einen fairen Kampf sorgen würde ....«

»Schon gut, schon gut!« Fox hob lachend die Hände. »Ich gebe auf! Ich nehme einen Planwagen, ich werde Lebensmittel einladen, und ich schleppe Gewehre und Munition die Berge hinauf. *Und* ich ziehe morgen nacht los, wie mein oberster Befehlshaber es geplant hat –«

»Ich dachte ja bloß, daß es klüger wäre, wenn nicht gerade ganz Deadwood Sie gehen sieht«, beeilte sich Stephen zu erklären. »Ein paar Vorsichtsmaßnahmen können schließlich nicht schaden, denken Sie nicht auch?«

»Offensichtlich haben Sie über die ganze Situation weit gründlicher nachgedacht als ich, Sir. Ich bin gut bedient, wenn ich von nun an auf Sie höre. Aber wie ich gerade sagen wollte – wenn die Zeit drängt, habe ich noch viel zu tun. Ich schicke Titus los, einen Wagen zu mieten und sich nach ein paar Gewehren umzusehen.«

»Das ist gut, Junge«, sagte Stephen freudig und strahlte. »Es wird besser sein, daß man Sie nicht dabei sieht, wie Sie die Reise planen ... nur für den Fall. Kennen Sie nicht einen zuverlässigen Goldgräber, der die Waffen kaufen kann? Und vielleicht eine Frau, die die Lebensmittel besorgt ...?«

»Vielleicht.« Ein schiefes Lächeln umspielte Fox' Lippen. »Ich mache mich jetzt besser auf den Weg, Sir.«

»Lassen Sie mich wissen, was es Sie kostet, und ich erstatte Ihnen das Geld.«

Als Fox auf eine knarrende Bohle bei der angelehnten Tür zum Flur trat, huschte Maddie hastig zur Küche. Als sie hineineilte, rannte sie direkt mit Gramma Susan zusammen, die ihr Ohr an eine Wand preßte. Mit ihren dreiundachtzig Jahren hatte sie noch ein besseres Gehör als Benjamin.

»Oh!« rief Maddie überrascht, dann schlug sie sich schnell die Hand vor den Mund. Als sie hörte, wie die Vordertür zufiel und sie um die Ecke lugte und sah, daß die Luft rein war, wandte sie sich schließlich zu ihrer Großmutter um. »Was zum Himmel machst du da, Gramma?«

Susan O'Hara grinste ein bißchen verlegen. »Ich habe gelauscht, genau wie du.«

»Oh ...« Maddie fiel darauf keine Antwort ein.

»Ich weiß, daß du mit ihm gehen willst, und ich weiß auch den Grund, warum.« Mit geschürzten Lippen nickte sie auf eine Art, die jeden Protest von Maddies Seite erstickte. »*Alle* Gründe! Mach dir nichts draus und vergeude deine Energie nicht mit Ausflüchten. Ich denke nämlich, du *solltest* gehen, Maddie, Liebes, und ich werde dir helfen, einen Plan auszuarbeiten!«

Kapitel 12

2. August 1876

Fox faltete sein letztes, sauberes Hemd und stopfte es mit dem Rest seiner Sachen in den Beutel, den er nach Bear Butte mitnehmen wollte. Die Hütte wirkte immer noch nackt, fast ein wenig traurig, und er sagte sich, daß er es gemütlicher machen würde, sobald er von seinem Auftrag zurückkehrte. Mit einem Blick auf die Kisten, die in einer Ecke gestapelt und mit einer Wolldecke zugedeckt waren, dachte er, daß ein Grund, warum er so schnell bereit gewesen war, Deadwood zu verlassen, darin lag, daß es ihm eine Ausrede bot, sich nicht seinem eigenen Leben und seiner Zukunft stellen zu müssen. In manchen Nächten, als er mal wieder schlaflos auf seiner Matte gelegen und gegrübelt hatte, war er von seinem Schuldgefühl derart überwältigt worden, daß er befürchtete, er könnte das Leben nie wieder wirklich genießen. In solchen Augenblicken fand er die Möglichkeit, daß er von Bear Butte vielleicht nicht zurückkehren würde, fast schon attraktiv. Gewiß würde es eine Reihe von Problemen lösen, die anders möglicherweise niemals geklärt werden konnten.

Fox glaubte sicher nicht, daß ihn die Sioux töten würden. Er hatte nicht einmal Angst vor Crazy Horse, der für seine Freiheit kämpfte. Wie auch immer, der Westen war gespickt mit Gefahren, und es starben dauernd durch Zufall irgendwelche Menschen …

»Was zum Teufel stimmt mit dir nicht?« murmelte er. Seufzend zog er seine Stiefel an, knöpfte sein Hemd zu und wandte sich zur Tür. Titus war in der Stadt, um einen Wagen zu besorgen, den er in der Nacht hinaufbringen würde. Sobald dieser beladen war, würde er, Fox, Deadwood verlassen und nach Stephen Averys Tochter Sun Smile suchen. Dies war wirklich eine ausgesprochen merkwürdige Welt.

Fox öffnete seine neue Tür, trat in die warme Morgenluft hinaus und entdeckte fast augenblicklich Madeleine. Sie stand vor der Reihe von Blumen, die sie ohne seine Erlaubnis gepflanzt hatte. Wie erstarrt stand sie da, die Gießkanne in ihrer Hand hing mitten in der Luft, und nur der Hauch von Röte, der über ihr Gesicht huschte, verriet ihre Nervosität.

Unerklärlicherweise empfand Fox immer eine Woge heißen Zornes, wenn er sie sah. Sie gehörte zu den Fragen in seinem Leben, auf die er keine Antwort wußte. »Was tun Sie hier?«

Verletzt durch seine eiskalte Stimme, biß sich Maddie auf die Lippe und fuhr fort, die Blumen zu gießen. »Ich will nicht, daß sie eingehen.«

»Sie haben hier nichts zu suchen!« hörte er sich selbst sagen, und ein Teil von Fox fragte sich: *›Hab' ich eigentlich noch Konkurrenz unter Mistkerlen?‹*

»Und Sie benehmen sich lächerlich, um es milde auszudrücken«, gab Maddie zurück. »Ich habe nichts getan, was Ihr unmögliches Verhalten mir gegenüber rechtfertigt!«

Fox spürte einen Anflug von Bewunderung für ihren Esprit. Ihr kleines Kinn war stolz gereckt. Warum mußte sie nur so stur sein? Es tat ihm jedesmal weh, sie zu sehen, und nun hätte ihn der Schmerz fast dazu gebracht, ihre kostbaren Blumen auszurupfen.

Statt dessen riß er ihr die Gießkanne aus der Hand. »Gehen Sie nach Hause, Miss Avery. *Ich kann Ihre Nähe nicht ertragen!*«

Fox' Stimme bebte vor unterdrückten Emotionen, und Maddies Blick suchte rasch sein Gesicht. Sie spürte etwas von der Wahrheit, und es war der Teil der Wahrheit, der nun einzig für sie zählte. »Sie verraten sich, Fox«, flüsterte sie.

Als sie seine Hand berührte, um ihm die Kanne wieder abzunehmen, lief ein seltsamer Schauder seinen Arm hinauf und wanderte ihm das Rückgrat hinunter. Auf einmal fiel es ihm schwer zu atmen, und seine Augen brannten. Lieber Gott, wie herrlich ihr Haar in der Morgensonne schimmerte! Er dachte daran, wie es duftete … und dann überfielen ihn Dutzende von Erinnerungen: Die Sommersprossen, die ihre milchige Haut überzogen, die unaussprechliche Süße ihres Mundes, die überwältigende Schönheit ihre Brüste …

»Ich –«, seine Stimme war kaum zu hören. Er ließ endlich die Kanne los und wich zurück. »Ich muß gehen.«

Maddies Beine drohten zu versagen, als sie ihn durch die Pinien verschwinden sah. Einen Augenblick später war Fox auf Watson gestiegen, und der Klang der Hufe war auf dem gewundenen Pfad zu hören, der zur Sherman Street führte. Doch dann huschte ein geheimes Lächeln über Maddies hübschen Mund, bevor sie zu ihrem eigenen Haus zurückkehrte. Sie mußte mit ihrem Bruder sprechen.

Fox ging geradewegs zum Gem Theatre, ohne sich bewußt dazu entschieden zu haben. Ein Mulitreck blockierte einen großen Teil der Main Street, und Ochsentreiber luden Waren ab, während andere in den Saloons einen Drink zu sich nahmen.

Garnet Loomis stand ein paar Meter vom Eingang entfernt mitten im Gem und war offenbar gerade dabei, mit einem abstoßenden schmierigen Ochsentreiber zu verhandeln. Als sie Fox entdeckte, lächelte sie breit. »Hey, Süßer!«

Er blieb neben ihr stehen. »Dank dir noch mal, daß du die Sachen für mich gekauft hast, Garnet.«

»Du hast mich schon dafür bezahlt. Dabei war das bißchen Arbeit echt keine fünf Dollar wert. Willste mir nich' sagen, wofür du das ganze Futter brauchst?«

»Für die Armen«, antwortete Fox mit einem geheimnisvollen Lächeln. »Wo ist Lorna?«

Garnets scharf nachgezeichneten Brauen hoben sich. »Was? Arme Victoria!« Dann verengten sich ihre Augen, und sie patschte ihm gutmütig grinsend auf den Arm. »Schon kapiert! Lorna erinnert dich an diese gestärkte, niedliche kleene Lady, die neben dir wohnt, nich'?« Das plötzliche, drohende Aufblitzen in seinen Augen brachte sie jedoch schnell zum Verstummen. »Lorna ist echt beschäftigt, wenn du weißt, was ich mein'. Sie kommt immer nur ganz kurz wieder runter. Du hast ja geseh'n, sind viele neue Kerls in der Stadt.«

Fox empfand eine Art Degradierung – und genoß es. Er ging zur Theke, bestellte Kaffee und suchte dann die Menge nach Lornas Kupferlocken ab. Er dachte daran, wie sie Maddie an dem Morgen, als er sie kennengelernt hatte, ähnlich gewesen war. Das Haar war nahezu identisch. Fox spürte, wie es sich in seinen Lenden regte und fragte sich, ob er möglicherweise verflucht war.

Und da war sie, stand mitten in einer Gruppe an der Treppe und plauderte mit einem schlanken, unrasierten Goldgräber. Aus diesem Winkel betrachtet, sah Lorna wirklich wie Maddie aus. Würde sie sich ihm zuwenden, wäre die Illusion allerdings vorbei. Aber es würde reichen.

Lornas Gesicht erhellte sich, als sie Fox auf sich zukommen sah. Sie wirkte nicht mehr ganz so unschuldig wie an jenem Morgen, aber sie war immer noch eine verdammt attraktive Frau.

»Was kann ich für dich tun, Siedler?« fragte sie neckisch.

»Ich würde gern mit dir reden. Das ist alles ... im Moment!« Fox lächelte und sah ihre grünen Augen weich werden.

»Aber nur eine einzige winzige Minute!« brüllte der junge Goldgräber.

»Du kannst auf mich warten«, bestimmte Lorna. »Trink noch einen. Ich bin gleich wieder bei dir.«

Seine Vernunft gedanklich zur Seite schiebend, packte Fox Lornas Hand und zog sie aus der Tür auf den schmutzigen, hölzernen Bürgersteig hinaus. Dort drückte er sie gegen das große Fenster des Gem, schlang seine Arme um sie und küßte sie so heftig, daß sich ein keuchendes Geräusch ihrer Kehle entrang.

»Gnade!« Sie schnappte nach Luft, als Fox kurz von ihr abließ. Dann küßte er sie erneut, wild und ungestüm, und Lorna konnte durch ihr dünnes Kleid aus billiger Seide seine Erektion spüren, die sich fast beängstigend heftig gegen sie preßte. »Du hast es aber nötig!«

Sie duftete nicht wie Maddie, und im Tageslicht war es noch deutlicher zu sehen, daß ihre Haarfarbe künstlich war, aber Fox sagte sich, daß in diesem Augenblick eine billige Imitation allemal besser war als das Original. »Lorna, magst du mich? Gut, du hast bisher keine Chance gehabt, mich kennenzulernen, aber ich denke doch, ich kann ohne Prahlerei behaupten, daß ich eine gewisse Verbesserung zu der Mehrheit der Männer darstelle, die du hier … triffst.« Er lächelte. »Ich bade so gut wie jeden Tag, und wie man mir sagt, ist mein Anblick nicht gerade abstoßend, außerdem habe ich Geld.«

»Ist das … ist das ein *Antrag*?« quiekte Lorna.

»Kein Heiratsantrag, wenn du das meinst«, sagte er trocken. »Hättest du Lust, einen kleinen Ausflug mit mir zu unternehmen? Ich muß Deadwood für ein paar Tage verlassen, vielleicht sogar für ein paar Wochen, und ich habe soeben beschlossen, daß ein bißchen weibliche Gesellschaft nicht schaden kann. Ich bezahle dir mehr, als du hier verdienen kannst, und du wirst verdammt viel mehr Spaß haben.«

»Also … *klar*!« willigte Lorna glücklich ein. »Darf ich Wein mitnehmen?«

»Was immer dein Herz begehrt.« Er unterdrückte ein Lachen und setzte hinzu: »Allerdings mußt du mir versprechen, niemanden irgend etwas von der Sache zu erzählen. Wenn du dich abmeldest, darfst du nicht einmal meinen Namen erwähnen. Glaubst du, das geht?« Als sie nickte, fuhr er fort: »Pack ein, was du brauchst, und warte auf mich gegen Mitternacht in dieser Gasse.« Er wies auf eine Passage zwischen zwei Gebäuden. »Wenn sich irgend etwas in meinen Plänen ändert, schicke ich dir eine Nachricht. Alles verstanden?«

Lorna klatschte begeistert in die Hände, nickte und stellte sich auf die Zehenspitzen, um ihm schüchtern ein Küßchen auf die Lippen zu drücken. »Ich kann es kaum erwarten! Das hört sich ja nach einem echten Abenteuer an!«

»In mehr als einer Hinsicht«, antwortete Fox mit tiefer, amüsierter Stimme und gluckste, als sie rot wurde. »Ich verschwinde nun ins Badehaus, aber wir sehen uns ja später.«

Lorna huschte wieder nach drinnen, um sich um den

jungen Goldgräber zu kümmern, während Fox zum Badehaus an der Ecke der Wall Street schlenderte. Erst als er in der Hütte verschwunden war, lugte Benjamin Avery aus der Gasse neben dem Gem. Er sah nach links und rechts, ob die Luft rein war, bevor er hinausspurtete und den ganzen Weg nach Hause rannte. Sein weizenblondes Haar stand in verschwitzten Wirbeln widerspenstig vom Kopf ab.

James Butler Hickok ging gerade vom Büro des Pony-Express zu Nuttall & Mann's Number 10-Saloon, als er Fox aus dem Mietstall mit Watson am Zügel heraustreten sah. Er rief einen Gruß hinüber.

»Bill!« Fox kam ihm entgegen, und sie schüttelten sich auf der Straße die Hand. »Wie geht es Ihnen?«

Hickok zuckte ergeben die Schultern. »Nun, ich lebe, und das ist doch ein guter Ausgangspunkt. Und Sie? Hat Jane Cannary Sie verfolgt? Ich könnte mir vorstellen, daß sie Sie in dem Zimmer im Gem-Theater in die Enge getrieben und sie schließlich zur Flucht gezwungen hat!«

»Vielen Dank, daß Sie sich um mich sorgen, Partner«, sagte Fox warmherzig. »Charleys Besuch hat mir geholfen, mich wieder aufzuraffen, und das habe ich geschafft. Ich wollte eigentlich zu Ihnen ins Lager kommen und Ihnen beiden noch einmal danken.«

»Charley ist die meiste Zeit unterwegs. Er reitet für den Pony-Express«, sagte Bill.

»Und was ist mit Calamity Jane? Sie bot mir an, beim Bau meiner Blockhütte zu helfen, aber ich konnte es abbiegen und habe sie seitdem gemieden. Mein Verdacht war, daß sie *Ihnen* auf die Nerven gegangen oder durch Prediger Smith plötzlich religiös geworden ist. Einmal habe ich sie nämlich unter seiner Zuhörerschaft entdeckt. Sie stand da und starrte ihn förmlich an.«

Hickok lachte und schüttelte sein langes, welliges Haar.

»Das wär's, mein Sohn! Jane und Henry! Aber ich sollte mich nicht auf Smiths Kosten lustig machen. Er ist ein braver Mann. Wie ich gehört habe, hat er eine Familie zurückgelassen, um nach Westen zu kommen und im Vorgarten des Herrn zu arbeiten.« Ernüchtert starrte er einen Augenblick zu Boden, dann verzog er die Mundwinkel. »Wie auch immer – momentan sind wir jedenfalls vor Jane sicher. Sie ist nach Rapid City gegangen, wild entschlossen, einen Bullen zu finden, den sie auf der Main Street reiten kann. So geht zumindest das Gerücht.«

»Kein schlechtes Gerücht.« Fox, der immer noch Watson am Zügel führte, ging neben Bill her in Richtung Nuttall & Mann's Number 10-Saloon. Wild Bill war gut gelaunt und ungewöhnlich gesprächig. Er erzählte Fox, daß er soeben einen Brief an seine Frau, Agnes Lake, die »berühmte Zirkuskünstlerin«, abgeschickt hatte. Bill fügte stets diese nähere Bezeichnung hinzu, und Fox war sich nicht sicher, ob er dies aus Stolz oder aus einem Minderwertigkeitsgefühl heraus tat.

Auf dem Weg entdeckten Fox und Hickok ein neues Schild an einem der Häuser, und Fox warf einen neugierigen Blick darauf. Hickok las laut vor: *»Office of Star & Bullock, Auctioneers and Commission Merchants.«* Er fuhr fort: »Ich habe Sol Star und Seth Bullock heute früh getroffen. Sie sind frisch aus Helena, Montana, mit einer gewaltigen Ladung Waren eingetroffen – Nachttöpfe, holländische Öfen, Dynamit, Goldgräberutensilien. Sind keinen ganzen Tag hier und haben bereits eine Niederlassung in Deadwood! Sie planen den sofortigen Bau eines stattlichen Gebäudes für den Laden.«

»Unfaßbar, wie schnell diese Stadt sich ändert«, bemerkte Fox. »Ich war einmal hier, als es hier noch überhaupt keine Stadt gab, sondern nur die schönsten Berge und Täler, Flüsse und Blumen, die ich je gesehen habe.«

»Wie haben Sie das denn hinbekommen? Waren Sie bei Custers Expedition '74 dabei?«

»Kann man so nicht sagen.« Fox spürte ein dumpfes Hämmern an seinen Schläfen. Sie hatten die Tür des Saloons erreicht, und Fox streckte die Hand aus. »Ich muß mich jetzt verabschieden, Bill. Ich hoffe, Sie halten mich nicht für sentimental, aber ich bin Ihnen wirklich dankbar für Ihre Freundschaft. Gerade in einer Stadt wie dieser.«

»Das gleiche zurück, Partner.« Hickok grinste, was die Form seines hängenden Schnurrbarts heftig veränderte. Dann wandte er sich um und betrat das Number 10. Fox sah ihm einen Augenblick hinterher und sah noch, daß der einzige freie Stuhl am Kartentisch mit dem Rücken zur Tür stand.

»Ich hab' Ihren Glücksstuhl erwischt«, brüllte einer der Spieler und lachte grölend. »Zu schade, daß Sie so spät dran sind, Wild Bill!«

Hickok blickte zurück und über die Schwingtür zu Fox und lächelte ihn verlegen an.

»Soll ich Ihren Rücken decken?« fragte Fox halb scherzhaft.

»Schon gut. Wenn es soweit ist, bin ich bereit.«

Fox war froh, wegzukommen. Er wollte nach Hause und ein Nickerchen machen. Sein Kopf brauchte Ruhe.

»Ich fühl' mich wie ein Verräter«, flüsterte Benjamin laut. Er saß zwischen seiner Schwester und seiner Großmutter an dem neuen Pinientisch in der Küche. »Wenn Fox erfährt, daß ich ihm hinterherspioniert habe, steckt er mich in kochendes Öl.«

»Kaum«, antwortete Maddie abwesend, während sie verschiedene Handschriften auf einem Stück Papier ausprobierte. »Deine Loyalität zu deiner Familie muß ja wohl größer sein als die zu einem gewöhnlichen *Nachbarn*. Außerdem ist es ja nur zu Fox' Bestem. Warte ab, Benjamin, später wird er dir für deine Hilfe danken.«

Das Gesicht des Jungen erhellte sich, denn er liebte es, in den Badlands herumzuschleichen, sich in dunklen Ecken zu verbergen und die Unterhaltungen der Erwachsenen zu belauschen. »Ich versteh' zwar nicht, was ihr vorhabt, aber ich hoffe, du hast recht.« Benjamin legte den Kopf schief und musterte seine Schwester, die immer noch schrieb. Als er eben heimgekehrt war, um zu berichten, was er gesehen hatte – nämlich Fox, der eine Lady vor dem Gem Theatre geküßt hatte, die aussah wie Maddie –, hatte er gedacht, seine Schwester würde in Ohnmacht fallen oder so etwas. Statt dessen hatten sich Maddie und Großmutter bloß komisch angesehen, so als hätten sie ein Geheimnis. Dann hatte er ihnen erzählt, daß Fox die Lady gefragt hatte, ob sie mit ihm gehen und um Mitternacht in der Gasse auf ihn warten wollte, und seine Schwester hatte ihre Arme um Gramma Susan geschlungen, kichernd in die Hände geklatscht und ausgerufen: »Lieber Gott, ich danke dir!«

Auch Benjamins Großmutter benahm sich äußerst seltsam. Nun sagte sie zu Maddie: »Oh, wenn ich nur an deiner Stelle sein könnte! Ich würde zu gerne ein echtes Indianerdorf sehen und die Wahrheit über dieses Volk herausfinden.«

»Ein Indianerdorf?« wiederholte Benjamin staunend. »Wer will dahin? Ich will mit!«

»Ach, ich muß eine Art Anfall von Verwirrung gehabt haben«, sagte Gramma Susan schnell und streichelte ihm über den Kopf. »Das passiert schon mal, wenn man alt wird. Manchmal sagt man da Dinge, die überhaupt keinen Sinn haben.«

Kopfschüttelnd stand der Junge auf und ging zur Tür. »Ich geh' raus. Ihr seid langweilig.«

»Bleib in der Nähe, Benjamin«, mahnte Maddie. »Ich habe gleich noch eine Aufgabe für dich. Und vergiß nicht, wenn du Fox triffst, sag kein einziges Wort über das, was du heute gesehen, gehört oder getan hast, verstanden?«

Der Junge nickte. »Ich wünsche mir bloß, daß mir irgendwer erklärt, was hier eigentlich los ist!«

»Ich verspreche dir, ich sag's dir morgen früh«, sagte Susan. »Wie findest du das?«

»*Alles*?« Benjamins sommersprossiges Gesicht war mißtrauisch.

»Wenn dein Vater es erlaubt, ja. Ich rede mit ihm.«

Sichtbar aufgeheitert ging Benjamin hinaus, um auf die Bäume zu klettern. Als er außer Sicht war, reichte Madeleine ihrer Großmutter ein gerade beschriebenes Blatt Papier. »Wie hört sich das an?«

Susan las halb flüsternd vor:

Meine Liebe,
ich habe noch einmal über meine Einladung nachgedacht. Ich fürchte, es ist unmöglich, daß Du mit mir kommst. Bitte warte um Mitternacht nicht auf mich.
In Bedauern, Fox.

Bevor Susan etwas sagen konnte, erklärte Maddie schnell: »Es ist dumm, daß wir nicht genau wissen, wie sie heißt. Benjamin glaubt, Fox hätte sie Laura genannt, aber wer weiß schon, ob er das richtig verstanden hat. Ich hoffe nur, daß die anderen Punkte stimmen.« Sie biß sich auf die Lippen, und auf ihren Wangen zeigte sich eine aufgeregte Röte. Würde Großmutter ihr auch dann noch helfen, wenn sie wüßte, wie verwirrend Maddies Beziehung zu Fox mittlerweile geworden war?

»Ich finde, das klingt gut«, meinte Susan O'Hara und blickte über den Rand ihrer Brille hinweg. »Die Schrift sieht männlich aus und ist gut lesbar. Also, können wir es wagen, Benjamin zum Gem Theatre zu schicken?«

»Haben wir eine Wahl?«

»Warum kann ich nicht einfach gehen? – Na, na, nun schnapp nicht gleich nach Luft. Glaubst du denn, ich würde mich vom Gem Theatre schockieren lassen? Eigentlich bin ich für diese Aufgabe viel geeigneter als Benjamin. Ich setzte eine Haube auf, die mein Haar und viel von meinem Gesicht verbirgt, dann bringe ich Garnet diesen Brief. Sie wird wohl in der Lage sein, mir Laura oder wie sie heißen mag zu zeigen.« Susan O'Hara erhob sich und straffte ihre schmalen Schultern voller Stolz auf ihre Idee. »Garnet weiß, daß Fox unser Nachbar ist. Ich sage, daß ich auf dem Weg zum Einkaufen war und mich erboten habe, den Brief abzuliefern. Wer würde an den Worten eine dreiundachtzigjährigen alten Dame von Stand zweifeln?«

»*Gramma* ...!« begann Maddie mit erstickter Stimme.

»*Psssst!*« Susan machte eine abwehrende Geste. »Es hat keinen Zweck. Glaub mir, ich bin weit verläßlicher als Benjamin.« Mit diesen Worten nahm sie den Brief und machte sich auf die Suche nach der Haube, mit der sie in Deadwoods Halbwelt abtauchen konnte.

Der Abend verging rasch. Begleitet von Wang Chee im Wagen, stieg Susan O'Hara in der Bighorn Street zum Einkaufen aus und wanderte die Main Street einige entscheidende Minuten entlang.

Als sie nach Hause zurückkam, lächelte sie Maddie unter ihrer Haube zu. »Alles ist reibungslos verlaufen«, sagte sie mit konspirativer Miene. »Ich habe selbst gesehen, wie sie den Brief gelesen hat. Übrigens heißt sie Lorna. Sie wirkte ziemlich enttäuscht, aber dann hat ihr der nette, junge Mann mit den blonden Haaren, der zum Tee hier war, einen Drink angeboten, und sie war sofort wieder besser gelaunt. Als ich ging, kicherten die beiden schon zusammen.«

Maddie blinzelte. »Meinst du Mr. Scofield?«

»Von Boston Scofields«, bestätigte Gramma Susan mit einem nüchternen Nicken. »Er persönlich! – Also, da für Lorna nun gesorgt ist, bist du immer noch sicher, daß du dieses Abenteuer unternehmen willst? Irgendwelche Ängste, Zweifel?«

»Nein, Gramma.« In Wahrheit war Maddie voller Entsetzen. Aber über dem Schrecken hatte sie das untrügliche Gefühl, daß sie dazu bestimmt war, diese Reise zu machen, Fox zu begleiten und ihre Halbschwester zu finden. »Ich glaube, ich sollte nach oben gehen und mich ein wenig hinlegen«, sagte sie nun und stand auf. »Ich werde wohl diese Nacht nicht viel Schlaf bekommen.« Sie umarmte ihre Großmutter mit ungewöhnlicher Intensität und küßte ihre weiche, faltige Wange. »Du bist eine bemerkenswerte Frau, Gramma. Ich bin froh, daß ich das endlich so klar erkenne.«

Maddie stattete zuerst ihrem Vater einen Besuch ab, falls er zu diesem Zeitpunkt schlafen sollte, wenn sie wieder aufstand. Dann legte sie sich auf ihr Bett unter den Dachbalken und nahm die kleine Chinapuppe mit den echten goldenen Locken in die Hand. Wenn Fox sie nicht sofort zurückschickte und ihre Anwesenheit kalt ertrug, dann würden ihre Unschuld und ihre behütete Kindheit bald verloren sein …

Maddies Herz schlug bei diesem Gedanken schneller, und sie spürte die Spannung in einem Anflug von Panik. Es war, als würde sie auf einem reißenden Fluß auf einen aufregenden und schrecklichen Wasserfall zutreiben. Dann schlief sie endlich ein, ein Lächeln auf ihrem schönen, zarten Gesicht.

Fox hatte sich inzwischen von seinem Nickerchen erhoben. Die Nacht kam stets plötzlich und raubte das rosige Licht, das stets kurz zuvor die Schlucht verzauberte. Titus tauchte mit einem Wagen und zwei schlechtgelaunten Mulis auf. Der Wagen war ein klappriges Gerät, kaum mehr als ein Karren, mit kleinen Rädern und einer Segeltuchplane über dem Rahmen.

»Hast du nichts Besseres bekommen?« fragte er.

Titus sah ihn düster an. »Es war ein Riesenglück, daß ich in derart kurzer Zeit noch *diesen hier* bekommen habe.«

Mit vorgeschobener Geduld hörte sich Fox die Anweisungen seine Freundes die Mulis betreffend an, die anscheinend nur bei den zwei Worten »hü« und »hott!« mit einem Mindestmaß reagierten. »Ich hoffe inständig, ich bekomme es ohne dich hin«, sagte Fox, als Titus zum Atemholen verstummte.

»Dein Tonfall gefällt mir überhaupt nicht«, fauchte Titus, und seine Stimme schwoll an. »Vielleicht mache ich mir einfach Sorgen um dich? Vielleicht habe ich einfach das Beste getan, was ich konnte?«

Fox lächelte müde und legte seine Hand auf die Schulter seines Freundes. »Und vielleicht benehme ich mich mal wieder wie ein Bastard. Tut mir leid.«

Titus wünschte, Fox würde ihm sagen, was ihn so quälte, aber er fühlte, daß er sein Geheimnis für sich behalten wollte. Aber Geheimnisse waren wie Gift. Er wollte gerade eine Weisheit zu diesem Thema anbringen, als Gewehrschüsse zu ihnen heraufdrangen. Zuerst lauschten beide Männer nur desinteressiert, denn die Maulhelden, die in den Badlands herumlungerten, ballerten oft sinnlos herum, wenn sie betrunken waren.

Dann ging Fox jedoch um seine Hütte herum zu dem Winkel seines Grundstücks, von wo aus man die Sherman Street überblicken konnte, denn es waren immer noch

Schüsse zu hören. Die Main Street war zu weit nördlich, um irgend etwas Bestimmtes auszumachen, aber nun vernahmen sie auch Schreie und Rufe.

»Würde es dir etwas ausmachen, mal nachzusehen?« fragte Fox Titus geistesabwesend. Eine merkwürdige Vorahnung prickelte in seinen Eingeweiden, aber er schob sie beiseite. »Ich gehe nach nebenan und verabschiede mich von Mr. Avery, dann will ich den Wagen beladen.«

»Ich werde sehen, was los ist, und helfe dir dann«, stimmte Titus nickend zu.

Es wurde rasch immer dunkler. Fox beriet sich ein letztes Mal mit Stephen Avery, aß das Hühnchen, das ihm Susan O'Hara aufnötigte, scherzte mit Benjamin und fragte schließlich nach Madeleine, als er sich erhob und zum Gehen wandte. Er war fast erleichtert, daß sie schlief. Er würde sich an Lorna besser erfreuen, wenn die Erinnerung an Maddie nicht noch aufgefrischt wurde.

Den Wagen vernünftig zu beladen, kostete Zeit, aber für Fox war die Aktivität willkommen. Als er die letzte Kiste, die Wolldecken und seinen eigenen Beutel hineingeschoben hatte, zog er seine Uhr aus der Tasche und stellte entsetzt fest, daß es schon elf Uhr war. Wo war Titus geblieben?

Eine beunruhigende Vorahnung beschlich ihn. Er holte Watson, band ihn sorgfältig hinten an den Wagen und hielt ihm gerade eine Karotte hin, als Titus endlich auf seinem Pferd auftauchte. Fox rief ihn an, aber der kornische Goldgräber gab keine Antwort. Statt dessen stieg er schweigend ab. Mit leichenblassem Gesicht und entsetzt aufgerissenen Augen kam er auf Fox zu.

»Was ist passiert?« drängte Fox. »Sag schon!«

Titus holte einen Flachmann aus seiner Hemdtasche und nahm einen gewaltigen Schluck. »Es ist ... es ist Wild Bill. Ein dreckiger Feigling ist hinter ihm aufgetaucht, als er im Number 10 'ne Runde Poker spielte, und hat ihn einfach abgeknallt. Armer Kerl. Er war vollkommen ahnungslos.« Pym holte tief Atem, dann fuhr er fort: »In der Stadt ist natürlich der Teufel los. Ich bin kurz nach der Schießerei unten angelangt und bin erst wieder losgeritten, als ich hörte, daß man den Kerl erkannt hat.«

Fox war wie betäubt. »Wer hat Bill umgebracht?«

»E. B. Farnum sagt, er hätte sich Jack McCall genannt. Niemand scheint ihn zu kennen. Wahrscheinlich mal wieder einer von diesen Streunern, die in Städten wie diesen herumlungern und nichts zu tun haben, als das Gesetz zu brechen.« Titus legte ihm eine Hand auf den Arm. »Ich weiß, daß Hickok dein Freund war. Es tut mir leid.«

Fox war immer noch kaum in der Lage, zu reagieren. »Ich nehme an, seine Zeit war gekommen«, flüsterte er schließlich.

»Wem sagst du das? Wenn wir bis ins hohe Alter gesund bleiben und dann erst sterben wollten, dann wären wir dort geblieben, wo das Leben zivilisierter ist.«

Pym hatte recht. Der Westen war gefährlich. Wenn man morgens aufwachte, hatte man keine Garantie, am Abend die Sterne funkeln zu sehen. James Butler Hickok hatte das besser als jeder andere gewußt.

Fox verabschiedete sich traurig und wie betäubt von Titus, mit dem Versprechen, daß ihm die Hütte gehören würde, falls er nicht zurückkehren sollte. Dann schwang er sich auf den Kutschbock, nahm die Zügel und brüllte den Mulis »Hü!« zu. Langsam setzte sich der Wagen in Bewegung.

Es schien, als wäre die ganze Stadt auf den Beinen. Jeder redete über Wild Bills schrecklichen Tod, wie er mit dem Rücken zur Tür gesessen, daß er zweimal die Acht, zweimal das As in der Hand gehalten hatte, wie das Goldgräbergericht entscheiden würde und so weiter und so fort. Fox' Herz schmerzte, als er die Mulis und den schwankenden Wagen durch die aufgebrachte Menge lenkte.

Plötzlich hörte er eine Mädchenstimme seinen Namen rufen und blickte sich um, wobei er feststellte, daß er am Gem Theatre vorbeigefahren war. Er zügelte die Tiere und entdeckte die flammenden Haare einer Frau, die aus der Gasse gelaufen kam. Sie trug einen Schal um den Kopf, der sich löste, als sie ihm zuwinkte und dabei fast ihre Tasche und einen Beutel fallen ließ.

Guter Gott, Lorna! Er hatte sie vollkommen vergessen – und wünschte sich auf einmal, daß sie ihn ebenso vergessen hätte. Seufzend beschloß Fox innerlich, daß er sie mit dem ersten Trupp in Richtung Deadwood zurückschicken würde, dem sie begegneten. Aber bis dahin konnte die Ablenkung, die sie ihm bot, wichtiger sein denn je. »Kannst du selbst aufsteigen?« rief er ihr zu.

Das Mädchen nickte. Fox blickte über die Schulter unter die Segeltuchplane, und sah sie hinten ihr Habe hineinwerfen und dann selbst hineinklettern.

»Ich … ich bin drin!« sagte sie atemlos.

»Gut. Wie wär's, wenn du ein bißchen schläfst«, gab Fox zurück. »Ich wecke dich später, wenn wir aus der Stadt heraus sind.«

Maddie nickte und ließ sich dann dankbar auf den Rücken fallen. Die Kisten mit Munition und Vorräten bildeten eine wunderbare Sichtblende zwischen Fox und ihr, und anscheinend hatte er sie bis jetzt nicht erkannt. Sie preßte sich eine Hand auf den Mund, um ein Kichern zu unterdrücken. Der Wagen rollte weiter, schlängelte sich durch die Menschenmenge und fuhr endlich aus Deadwood hinaus die gewundene Straße Richtung Nordwesten hinauf.

DRITTER TEIL

*»Drücke dich fest an mich, bloßbusige Nacht –
drücke dich fest an mich, magnetisch nährende Nacht!
Südwindnacht – Nacht der wenigen großen Sterne!
Still nickende Nacht – wild nackte Sommernacht.«*

*Walt Whitman**

(*Nachdichtung von Hans Reisiger)

Kapitel 13

3. August 1876

Regentropfen klopften auf das Segeltuch, das den Wagen überspannte. Maddie, die soeben ihre Augen geöffnet hatte, war verwirrt und desorientiert, bis ihre Erinnerung langsam wieder zurückkehrte.

Wo mochten sie sein? Der Wagen stand, und Watson war vom Wagen losgebunden worden. Maddie stieß die Decken von sich und krabbelte vorsichtig nach hinten, um hinauszusehen. Sie hoffte, Fox würde nicht ausgerechnet jetzt um die Ecke kommen und sie überraschen.

Sie standen auf einer Lichtung, die von Pinien gesäumt wurde. Über ihnen schien der Mond, der ab und zu von den silbrigen Regenwolken gedämpft wurde, die an ihm vorbeizogen. Die Welt schien geschrumpft zu sein und nur noch aus der Lichtung und dem Wagen zu bestehen, der Kisten, Decken und Maddie beinhaltete. Sie fühlte sich aufregend lebendig, während sie sich zurücklegte, dem Klopfen des Regens lauschte und abwartete, was als nächstes geschehen würde.

Nach ein paar Minuten wurde das gelegentliche Rascheln draußen deutlicher. Maddie hörte Watson über die Lichtung trotten, begleitet von Fox' aufmunternden Worten. Allein seine Stimme hatte auf sie die Wirkung eines mächtigen Aphrodisiakums, und auf einmal kümmerte es sie nicht mehr, was das alles für Folgen haben mochte. Es kümmerte sie nicht, ob er sie nachher wegstoßen, sie zu

Fuß nach Hause schicken oder schwören würde, nie mehr ein Wort mit ihr zu reden. Solange sie ihn dieses eine Mal haben konnte, interessierte sie nichts anderes mehr. Für sie gab es keinen anderen Mann auf der Welt, und heute nacht wollte sie sich ihm hingeben.

Sogar die Suche nach Sun Smile war vorübergehend vergessen, als Maddie zu schlafen vorgab und lauschte, wie Fox Watson wieder an den Wagen band. Er hatte das Pferd wahrscheinlich zu einem nahen Bach geführt, denn sie konnte hören, wie etwas in eine flache Schüssel gegossen wurde, dann vernahm sie Platschen und unterdrückte Seufzer. Fox wusch sich. Sie öffnete die Augen ein winziges bißchen, gerade genug, um ihn im Licht des Mondes zu entdecken. Er hatte sein Hemd ausgezogen, fuhr sich mit den Händen durch das feuchte Haar. Kleine Wassertropfen fielen von seinem Bart auf seine herrliche Brust. Fox trank aus einem Kanister und kletterte dann hinten in den Wagen hinein.

Maddies Herz hämmerte wild, als sie seinen Blick auf sich spürte. Konnte er sehen, wie ihr das Blut in die Wangen stieg? Ein Augenblick verstrich, und sie öffnete erneut ein wenig die Augen, um zu sehen, wie er seine Hose auszog. Sie erhaschte einen Blick auf seine nackten, muskulösen Flanken, die harte Rundung seiner Hinterbacken. Und sie spürte, wie sie darauf mit einem bestürzenden Hunger gemischt mit Panik reagierte. Lieber Gott, was jetzt?

Fox teilte ihre Bedenken hinsichtlich dieser Situation natürlich nicht. Es war lange her, daß er eine Frau gehabt hatte, und er war es leid, sich zurückzuhalten. Little Bighorn, Maddie, Wild Bill – ein Sturm widerstreitender Gefühle tobte in ihm, und er sehnte sich nur noch nach Erleichterung. Nun, Lorna würde ihm diese gern bereiten, und das ohne Rückhalt, ohne dabei Bedingungen zu stellen. Sie würde seine Gefühle betäuben und nichts für sich selbst verlangen, was sein Glück war, denn er hatte nur wenig zu geben.

Nachdem er sich neben ihr auf den zerknautschten Decken ausgestreckt hatte, betrachtete Fox einmal mehr die unheimliche Ähnlichkeit Lornas mit Madeleine. Es würde so leicht sein, so zu tun, als ob … und allein der Gedanke daran trieb ihm heißblütiges Verlangen durch die Adern.

Er berührte mit dem Zeigefinger ihre Wange. Als ihre Lider aufflatterten, flüsterte er ein »Hallo«, während er gleichzeitig nach den kleinen Knöpfen im Rücken ihres Kleides tastete. Er lächelte still, als er fühlte, daß sie nur jeden zweiten geschlossen hatte. »Keine Sorge, Liebchen, es wird nicht lange dauern. Ich möchte nur ein bißchen mehr von dir sehen.«

Er wird mich erkennen, sobald er mir in die Augen sieht, dachte Maddie, *und dann wird alles anders sein. Dann wird er mit* mir *schlafen wollen …*

Aber Fox hatte keine Lust, seine Zeit mit innigen Blicken zu verschwenden. Er vergrub sein Gesicht in die vollen, leuchtenden Locken mit der Vorstellung, Maddies Duft einzuatmen. Wie warm die Nachtluft war! Sein Mund lag heiß auf ihrer Stirn, auf ihren Schläfen und auf den empfindlichen Stellen an ihrem Hals. Fast grob zog er ihr das abgetragene Kleid vom Körper. Als er feststellte, daß sie keine Unterwäsche trug, stieß er einen Laut der Anerkennung aus, der das Feuer von Maddies Ahnungen nur schürte.

Er entblößte ihre Brüste, berührte sie sanft und schwelgte in ihrer Schönheit. Als sein Mund eine aufgerichtete Brustwarze neckte, machte ihn dieses Gefühl an seiner Zunge vor Begierde plötzlich wie von Sinnen. Mit einer Dringlichkeit, die keine Zeit für irgendwelche Zärtlichkeiten zuließ, zog er sie ganz aus und drückte sie wieder auf die Decken zurück. Ihr warmer, vollkommen geformter Körper war genauso, wie er ihn sich vorgestellt hatte – und noch besser. Sie duftete sogar wie Madeleine. Draußen vor dem Gem Theatre hatte sie den Geruch desselben billigen Parfüms ausgeströmt, das offenbar alle Huren am liebsten benutzten. Nun aber war ihre Haut, hier in dem dunstigen, regenfrischen, versilberten Wald, rein und makellos und duftete schwach nach frischen Rosen.

Ihre Taille war schmaler als die Spanne seiner beiden Hände. Ihr Haar war wie flüssige Seide. Ihr Mund war so köstlich, selbst die Ohren, so zart wie Knospen, waren sauber und süß. Fox begann zu glauben, daß über dieser Lichtung der Zauber eines Märchens lag, das ihm seine heißersehntesten Wünsche erfüllen wollte.

In seiner immer heftiger ansteigender Erregung ergab er sich schließlich seinen Phantasien. Seine geschickten Finger fanden ihre geheimsten Stellen, und jede Berührung enthüllte ihm zarte, edle Schönheit. »Mein Gott«, flüsterte er, »du bist wunderschön …«

Er bekam keine Antwort, nur einen weichen Laut, der für ihn ein wenig traurig klang. Und als er sie dann küßte, schmeckte er das salzige Naß von Tränen. Er wollte sich von ihr losmachen, aber sie hielt ihn auf. Mit ihrer kleinen Hand reichte sie nach unten und berührte ihn, führte ihn zu der Essenz ihrer Weiblichkeit. Und als sie ihm die Hüften entgegenbog und ihre Schenkel öffnete, ließ Fox das Tier hinaus, das er in seinem Inneren so lange Zeit hatte bezähmen müssen.

Die Empfindung, in ihren Körper einzudringen, der warm, weich, feucht, eng und einladend war, bot ihm eine nie zuvor verspürte Wonne. Sie klammerte sich an ihm fest, keuchte, als er tiefer eindrang. Er legte seine rauhen Hände unter die Pobacken und preßte sie an sich, bis die Position stimmte; dann zog er sich zurück, stieß wieder hinein, und so wiederholten sie die Bewegungen, bis beide in einem primitiven, pulsierendem Rhythmus vereint waren, der jeden Gedanken ausschloß.

»Ah, Maddie …«, hauchte ihr Fox ins Ohr.

Ein unbeschreibliches Glücksgefühl überkam Maddie, als sie ihren eigenen Namen hörte. *Also doch!* dachte sie triumphierend. Und endlich konnte sie sich dem Liebesakt ganz hingeben, konnte seinen Stößen begegnen, strich ihre Finger über seine Schulter und über sein schönes Gesicht. Als er auf sie hinunterschaute, lächelte sie ihn strahlend an und flüsterte: »Ja, ja, ich bin's … Maddie!«

Fox glaubte, sein Herz einen Moment aussetzen zu spüren. Der Schock schien seinem Körper fast alles Blut entziehen zu wollen, aber seine Männlichkeit besaß ein Eigenleben. So nah – er war so nah –, und als sich sein Orgasmus zu ungekannten Höhen aufschwang, schloß er die Augen und ließ seine Gedanken ruhen. Die Erlösung kam in einer Explosion purer Ekstase, in einer so intensiven und neuen Wonne, daß er wußte, er würde die Erinnerung daran nie wieder löschen können.

Doch danach kam Verzweiflung, Scham und Unglaube, fast augenblicklich gefolgt durch eine Flut von Fragen. Er machte sich von ihr los, packte eine der Decken und warf sie hastig über Maddies Körper.

»Was *zum Teufel* machst du hier?« fragte er barsch. »Hast du den Verstand verloren?«

»Nein.« Sie begegnete seinem wütenden Blick mit funkelnden grünen Augen. »Ich habe mit Gramma Susans Hilfe ziemlich sorgsam geplant. Ich wußte, was ich tat.« Sie betete, daß er ihre glühenden Wangen oder die Tränen nicht sehen konnte, die ihr in den Augen brannten. »Ich … ich wollte das!«

Das Gefühl der Zärtlichkeit in seiner Brust machte ihn nur noch wütender. »Verdammt! Ist es dir schon mal in den

Sinn gekommen, daß *ich* dich vielleicht nicht will – am wenigsten unter diesen Umständen? Habe ich mich in Deadwood nicht klar genug ausgedrückt, daß ich dich nicht bei mir haben will?«

»Ich habe dir aber nicht geglaubt«, murmelte sie.

»Oh, hast du nicht?« Seine Augen schleuderten Blitze. »Du hast mich hintergangen! Ich will dich nicht in meiner Nähe, meine liebe Miss Avery, aber du setzt dich einfach über meine Wünsche hinweg und –«

»Aber, Fox«, unterbrach sie ihn, »das *war* doch dein Wunsch! Du hast eben mitten im Liebesspiel meinen Namen gesagt.«

Wütend sprang er aus dem Wagen und zog seine Hose an. »*Verdammt!* Ich dachte, du bist eine Lady! Wie kannst du dich an einen Mann verschenken, der dich abgewiesen hat? Der dich für jemand anderes gehalten hat? Um Himmels willen, zieh dir was an! Ich gehe spazieren!«

»Aber … aber was soll ich jetzt machen?«

»Meinetwegen kannst du zu Fuß nach Deadwood zurückgehen. Es kümmert mich nicht!« gab Fox mit eiskalter Stimme zurück.

Die Dämmerung kroch in sattem Gold und in Korallenrot über die pinienbewachsenen Bergkämme. Als Fox sich dem Wagen näherte, atmete er die Luft tief ein, die der kurze Regenschauer herrlich frisch gemacht hatte, und wünschte sich dabei, daß er seinen Kopf und sein Herz ebenso reinwaschen konnte. Je mehr er grübelte, desto verwirrter wurde er. Hin- und hergerissen zwischen Wut und Verlangen wurde sein ganzes Leben nur noch komplizierter. Natürlich wußte er, daß es dafür keine Lösung gab. Diesen Zwiespalt zu verbinden war unmöglich – er hatte zu viele Geheimnisse, zuviel Schuld und das nagende Gefühl, daß er kein Recht auf die Liebe und das Glück besaß, welches Madeleine mit sich brachte. Außerdem verdiente eine Frau wie sie etwas Besseres. Fox aber fühlte sich befleckt – und gebrochen.

Seine Augen brannten, als er sich an den Wagen lehnte und die schlafende Gestalt Maddies betrachtete. Wie im Namen Gottes hatte er nicht gemerkt, daß sie ihn täuschte? Er war doch kein Idiot! Trotz aller Bemühungen, stets das Richtige zu tun, was sie betraf, hatte er sie nun entjungfert und möglicherweise geschwängert, ohne auch nur zu ahnen, mit wem er in Wirklichkeit schlief!

Die Möglichkeit, daß er es tief in seinem Inneren doch geahnt hatte, war eine, die zu bedenken er sich weigerte.

Und was sollte er nun mit ihr anstellen? Sein Herz tat weh, als er sie ansah, wie sie in *seinem* Hemd schlief, ihre Beine um die abgewetzte Decke geschlungen, ihre Locken wie ein flammender Kranz um ihren Kopf ausgebreitet. Maddies Gesicht – zart, stark und verletzlich zugleich – hatte er mehr liebgewonnen, als er darüber nachzudenken wagte. Und das entsetzte ihn. Wenn sie sich nur in Lorna verwandeln würde! Lorna würde ihn in die Arme nehmen und dann seine Hand schütteln, wenn sie nach Deadwood zurückkehrten. Sie war zu erfahren, um von einem Mann wie ihm mehr zu erwarten.

Ein Mann wie er ... *Du weißt es besser*, schalt Annie Sundays Stimme ihn weich aus einem Winkel seines Kopfes. *Du bist nicht wie die anderen und Madeleine weiß das auch. Ist das nicht der Grund, warum du Angst vor ihr hast?*

Er rieb sich die Augen und schüttelte den Kopf. Nur Gott wußte, was er nun tun sollte, aber zunächst brauchte er ein wenig Schlaf, oder er würde für den Rest des Tages unbrauchbar sein. Reuevoll lächelnd kletterte er in den Wagen und streckte sich neben Maddie aus. Dieses Mal ließ er seine Hose allerdings an.

Der Schrei eines Eichelhähers weckte Maddie am hellen Morgen. Der Vogel hatte sich auf dem Wagen niedergelassen und starrte interessiert auf ein Stück Apfel, das Watson offenbar fallengelassen hatte. Doch das Pferd wieherte den Vogel leise an, so daß sich dieser sofort davonmachte.

Selbst unter dem Segeltuch des überdachten Wagens wurde es schon warm. Maddie fühlte sich wie betrunken, aber seltsam zufrieden. Sie streckte sich und rollte sich auf die Seite, und ihr Gesicht berührte Fox'. Ihre Brüste drückten sich an seine, und ihre Hand glitt unsicher über seine Brust. Er atmete tief.

Tränen füllten ihre Augen. Sie sehnte sich so danach, ihre Hand auf dem rauhen Haar seiner Brust liegen zu lassen und seinen Herzschlag zu spüren, sich an ihn zu kuscheln. Was in der Nacht zuvor geschehen war, kam ihr nun so unwirklich vor, obwohl sie zwischen den Beinen wund war. Natürlich hatte sie die Leidenschaft gewollt und war auch entschlossen gewesen, das Geheimnis des Aktes zu entdecken. Aber nun erkannte sie, daß sie am allermeisten wünschte, diesen Mann zu *berühren*, der ihr das so intensive, kribbelnde Gefühl gab, am Leben zu sein. Sie wollte seinen Körper und dessen Geheimnisse erkunden und ihm die ihren offenbaren.

Widerwillig setzte Maddie sich auf und seufzte, als die Ärmel von Fox' Hemd über ihre Hände rutschten. Träume waren ja schön und gut, aber im Moment mußten es Träume bleiben. Fox hielt die Tür zu seinem Herzen noch immer verriegelt und bewachte sie eifersüchtig, als wüßte er, daß sie sich spontan für Maddie öffnen würde, wenn er nur einen Augenblick nicht aufpaßte.

Es war schon fast Vergnügen genug, ihn einfach nur betrachten zu können, dachte sie mit einem kleinen Lächeln. Er sah so gut aus! Jede Einzelheit seines Gesichtes konnte sich mit ihren Träumen aus der Kindheit und ihrer Jugend messen. Diese herausfordernden Augen, nun friedlich geschlossen, zwangen sie meistens wegzublicken, also war diese Gelegenheit, ihn anzustarren, der reine Luxus.

Endlich zufrieden, krabbelte Madeleine vorsichtig und lautlos nach hinten, nahm ihren Beutel aus einer Ecke und sprang in das Morgenlicht hinaus. Watson sah ihr zu, wie sie hinter die Bäume trat, ihre Tasche durchwühlte und sich schnell ein einfaches Hemd und einen braunen Baumwollrock mit grünen Blumen anzog. Keine der Sachen, die sie mitgenommen hatte, waren ausgesprochen attraktiv, denn beim Einpacken hatte sie eher an Hitze und an Bequemlichkeit gedacht.

Maddie band den Rock zu, bürstete ihr Haar mit einer silbernen Bürste und faßte es dann mit einem Band zusammen. Schließlich schlüpfte sie in ihre Schuhe und blickte sich um.

Der Wagen stand inmitten einer saftigen Lichtung oberhalb der holprigen Straße, die ostwärts aus den Bergen herausführte. Auf einer Seite erhob sich steil eine Anhöhe, die dicht mit Ponderosa-Pinien, Espen und Rottannen bewachsen war. Zur Linken fiel der Hang in eine offene Wiese ab, die in helles Sonnenlicht gebadet dalag und durch die ein Bach hindurchplätscherte; die zwei Mulis tranken an ihm und wedelten in der warmen Brise mit ihren Schwänzen. Weiter hinten sprangen Kaninchen durch das tauglänzende Gras, und in den Bäumen zwitscherten Lerchen. Überall blühten Wildblumen: zarte blaue Glockenblumen, orangefarbene Lilien, Schafgarbe, Feigenkaktus und sogar wilde Rosen. Maddie starrte mit offenem Mund auf diese überquellende Naturschönheit, bis die Mulis ihre Köpfe hoben und im Wald verschwanden.

Der Bach, dessen Bett aus abgeschliffenen Kieseln bestand, lockte sie. Sie nahm einen Blechbecher, ein Stück Flanell, ein Leinentuch und ein Stück Rosenseife aus ihrem Beutel und ging zu ihm hinunter. Sie fand eine flache Stelle, wo sie niederknien und den Becher füllen konnte.

Das Wasser schmeckte unglaublich köstlich. Nachdem sie zwei Becher getrunken hatte, überkam Maddie eine Welle der Euphorie. Trotz Fox' Verhalten ihr gegenüber, wußte sie instinktiv, daß diese Reise für sie beide notwendig war, egal, wie sie ausgehen mochte.

Dann machte sie sich daran, sich zu waschen. Sie rieb sich mit dem eingeseiften Tuch Gesicht, Hals, Hände, Arme und – nachdem sie einen kurzen Blick auf ihre Umgebung geworfen hatte – die Stelle zwischen ihren Brüsten. Es war zwar kein richtiges Bad, aber es tat gut und erfrischte. Sie beugte sich mit hochgezogenem Rock über das Wasser und spülte die Seife ab.

»Das hätte ich mir denken können«, ertönte eine männliche Stimme aus einiger Entfernung hinter ihr. »Nur Miss Madeleine Avery würde in freier Natur so baden, als würde die High-Society Philadelphias zuschauen. Sehr anständig!«

Sie drückte sich das Leinentuch ins Gesicht, richtete sich auf und drehte sich ohne Eile um. »Nun, wenn das nicht der unfehlbar charmante Mister … Wie war noch der Nachname? Oder haben Sie keinen?«

Mit nackter Brust und den Schlaf noch in den Augen, kam Fox an ihre Seite. »Es ist weniger, daß ich keinen *habe*, meine Liebe, sondern vielmehr, daß ich keinen *brauche*. Das ist das Schöne am Leben im Westen. Man wird nicht durch eine Unzahl von unsinnigen steifen Regeln eingeschränkt.« Er deutete auf die Seife und das Leinenhandtuch, auf dem diskret die Initialen ihrer Mutter eingestickt waren. »Nennst du das ein Bad?«

»Für den Moment wird es reichen müssen«, antwortete sie ärgerlich.

Fox nickte. »Du meinst, bis wir das elegante Hotel erreichen, wo die handbemalte Badewanne und zwei Dienstmädchen warten, um dir dein Haar zu waschen? Ganz sicher finden wir zwischen hier und Bear Butte einige davon.«

»Du brauchst nicht sarkastisch zu werden«, gab sie zurück. »Ich kümmere mich schon darum, wenn es nötig sein sollte. Das geht dich sowieso nichts an.«

»Nun, wenn es dich nicht stört«, begann er und ging ein Stück flußabwärts, »dann nehme ich zumindest ein richtiges Bad. Es gibt nichts Herrlicheres als das Wasser der Berge, besonders wenn man mit Forellen um die Wette schwimmen kann.«

Maddie stand auf und beobachtete stumm, wie Fox begann, seine Hose auszuziehen. Zuerst glaubte sie, er wolle sie nur wieder necken, doch dann wurde ihr peinlich bewußt, daß er es ernst meinte. Im allerletzten Moment drehte sie sich weg und hörte Fox lachen. Lautes Platschen folgte. Sie lugte durch ihre Finger und sah, daß er bis zur Taille im Wasser stand. Daraufhin nahm sie die Hände weg. »Warum lachst du?«

»Weil, liebste Maddie, du offenbar eine gespaltene Persönlichkeit bist. Gestern nacht warst du noch die heiße Verführerin, die ohne Scham vorgab, von der Leidenschaft erfaßt zu werden; und heute morgen bist du vom Hals bis zu den Zehen bedeckt, badest wie eine Nonne und errötest voller Entsetzen, wenn ich meine Klamotten ausziehen und mich lieber vernünftig waschen will!« Seine blauen Augen funkelten vergnügt, als er sich mit beiden Händen das nasse Haar zurückstrich, wobei er ihr einen großzügigen Blick auf das Muskelspiel seiner Brust erlaubte. Das Sonnenlicht drang durch die Blätter der Bäume und besprenkelte ihn mit Goldtupfern.

Aufbrausend protestierte Maddie: »Das ist unfair, das weißt du. Du bist viel erfahrener, und das auch mit Worten, mit denen du dich offenbar im Handumdrehen aus amourösen Verstrickungen befreien kannst. Wenn du mich verunsichern willst, dann hast du es geschafft. Ich bin in diesem Spiel kein Gegner für dich.«

Fox grinste anerkennend. »Bescheidenheit steht dir, aber ich kenne dich besser, als dir auch nur ein Wort zu glauben. Immerhin hast du die erste Runde dieses *Spiels*, wie du es nennst, gestern abend ganz entschieden gewonnen, bevor ich überhaupt noch wußte, daß wir uns beide in einem Wettstreit miteinander befinden!«

»Ich lasse mich nicht auf solch eine –«

»*Du* hast doch wenigstens eine Wahl!« fuhr er dazwischen. Der belustigte Unterton war aus seiner Stimme verschwunden.

Maddies Augen schleuderten Blitze, aber sie erwiderte nichts darauf. Tatsächlich war mehr als nur ein bißchen Wahrheit in Fox' Worten, vor allem was ihre sogenannte Schicklichkeit betraf. Am liebsten wäre sie zum Wagen gerannt. Statt dessen aber raffte sie die ihr verbleibende Würde zusammen und ging ebenfalls ein Stück den Fluß hinunter, bis sie nur noch ein paar Zentimeter von ihm entfernt war.

»Ja?« fragte er kühl, während er sich Schultern und Brust mit einem weißen Stück Seife einschäumte.

»Ich sollte dir nur mitteilen, daß ich gestern nicht einfach in den Wagen gestiegen bin, um mich dir aufzuzwingen ... und da dir das Erlebnis ja offenbar absolut zuwider ist, werde ich in Zukunft auch nicht versuchen, dir diese Meinung auszureden.« Sie zögerte verunsichert und haßte Fox dafür. »Ich ... ich gebe zu, daß ich für dich etwas empfinde, aber ich akzeptiere deine Weigerung, meine Gefühle zu erwidern.«

»He, das ist aber wirklich anständig von dir«, sagte Fox mit genüßlichem Unterton. »Zu schade, daß du dich *vor* der letzten Nacht nicht daran gehalten hast. Ich habe dir gesagt, ich will dich nicht, weißt du noch? Die Tugend ist eine wertvolle Eigenschaft für eine Frau von deinem Stand, sogar in Deadwood. Glaubst du, ein *Gentleman* wird dich jetzt noch wollen, wenn er erfährt, daß du ... beschädigte Ware bist?«

Ihr Kinn bebte. »Das ist mein Problem, nicht deins. Was ich eigentlich sagen will, ist, daß du mich nicht zurückschicken mußt. Ich weiß, daß du es vorhast, daß du meine Anwesenheit nicht ertragen kannst, aber ich flehe dich an, mich mit dir nach Bear Butte zu nehmen.«

»Warum zur Hölle sollte ich?« fragte er, als er sein Haar rubbelte.

»Weil ich meine Halbschwester sehen will!« brüllte sie. »Ich wollte sie kennenlernen, seit Vater von Yellow Bird und Sun Smile erzählt hat. Ich wußte doch, daß du mich nicht mitgenommen hättest, wenn ich brav gefragt hätte, und ich wußte auch, daß mein Vater es mir verbieten würde. Also haben Gramma Susan und ich die Sache selbst in die Hand genommen.«

»Das hab' ich bemerkt.«

»Du kannst dir deine Arroganz sparen, Sir! Nur weil du männlich, stärker und in dieser Umgebung vielleicht besser zurecht kommst als ich, heißt das noch lange nicht, daß du ein höheres Menschenwesen bist! Im Gegenteil –«

Zu ihrem Entsetzen beugte sich Fox' nun vor, um das Haar auszuspülen und zeigte ihr dabei seine Hinterbacken. Als er sich wieder aufrichtete und seine nassen Haare schüttelte, nutzte er Maddies vorübergehende Sprachlosigkeit, um einzuwerfen: »Ich bewundere deine Überzeugung, Maddie, aber ich kann nicht im Wasser stehenbleiben, bis du deine Rede beendet hast. Warum gehst du nicht zum Wagen zurück und nimmst deine Stickerei oder was auch immer du vor dem Frühstück normalerweise tust, und ich komme dann gleich zu dir.« Der Anblick ihrer empörten Röte hätte ihn fast zum Lächeln gebracht, aber er hielt sich zurück.

Maddie wirbelte herum und schritt kräftig aus, wobei sie fast über den Saum ihres Rockes gestolpert wäre. »Also gut, ich … ich warte auf dich. Dann werden wir unsere Diskussion fortsetzen«, sagte sie bemüht, Haltung zu bewahren.

»Ich wußte gar nicht, daß du in der Position bist, die Regeln festzusetzen«, antwortete Fox gelassen. Als sie sich von ihm abwandte, erlaubte er sich ein Grinsen und tauchte dann unter Wasser. *Paradiesisch*, dachte er, als er wieder nach oben kam.

Maddie stand kaum weiter entfernt und wartete. »Ich habe eine Frage.«

»Hm?« Er blickte sich nach der Seife um.

Maddie war entschlossen, nicht *feuerrot* zu werden. »Ich würde es zu schätzen wissen, wenn du mir verrätst, wo du den Nachttopf hingepackt hast.«

Fox starrte sie an. Machte sie Witze? Doch dann begriff er und stieß ein lautes Gelächter aus. »Miss Avery, machen Sie sich auf eine schreckliche Nachricht gefaßt.« Er machte eine Pause, um die Situation richtig auszukosten. »Es *gibt* keinen Nachttopf. Wenn man in den Wäldern ist, dann erledigt man … solche Dinge hinter dem nächsten Baum!«

Maddie hätte vor Verlegenheit fast geweint. »Ich verstehe«, sagte sie mit erstickter Stimme und machte sich diesmal wirklich auf den Weg den Hang hinauf zum Wagen.

»Bist du immer noch sicher, daß du nicht nach Hause zurück willst?« rief er lachend hinter ihr her.

Maddie warf einen Blick über die Schulter zurück und sah ihn wütend an. »Allerdings«, antwortete sie, raffte ihren Rock und ging weiter.

Kapitel 14

3.-4. August 1876

Fox schickte Maddie nicht nach Deadwood zurück. Während sie zum Frühstück Brot, Trockenfleisch und Aprikosen aßen, teilte er ihr mit, daß er schlichtweg nicht die Zeit hatte, sie selbst zurückzubringen, obwohl er sich inständig wünschte, sie los zu sein. Als er ihr in die Augen sah, wurde Maddie allein von der Intensität seines Blickes unruhig. Ja, er war wütend auf sie – und mehr. Sie war überzeugt, daß dieses mehr Gefühle für sie waren, die er nicht ertragen konnte, aber sie begann zu begreifen, daß Fox weit komplizierter war. In den nächsten Tagen schürte diese Komplexität ihre Liebe zu ihm und stachelte ihren Haß auf ihn an – oft beides zugleich. Doch sie lernte auch, wie willensstark sie sein konnte, und sie setzte alles daran, diese Kraft zu üben, als wäre es ein Muskel, der unbedingt trainiert werden mußte.

Ihr erster gemeinsamer Tag war sehr anstrengend. Die Route führte durch die Black Hills Richtung Osten, wo sie sich dann nach Norden wenden und durch die Ebene nach Bear Butte ziehen würden. Fox konnte sich nicht erlauben, mit Maddie freundlicher umzugehen. Stunden verstrichen, ohne daß sie ein Wort miteinander wechselten. Immer noch wütend und aus Angst, daß ihnen jemand begegnen könnte, der nach Deadwood wollte, hielt sich Maddie im hinteren Teil des Wagen außer Sicht. Vielleicht würde Fox sie einfach vergessen, dachte sie voller Hoffnung. Dann würde er vielleicht nur winken, wenn andere Leute ihnen entgegenkamen, die durch die Goldfelder angelockt wurden.

Irgenwann döste Maddie ein, obwohl der Wagen schlingerte und ruckelte. Manchmal murmelte sie Watson etwas zu, der geduldig hinter ihr am Wagen hertrottete. Einmal wachte sie am Nachmittag schweißgebadet auf und war zuerst vollkommen desorientiert, doch dann erinnerte sie sich wieder, warum sie hier in dem stickigen Wagen lag. Sie begann darüber nachzudenken, welche Veränderungen mit ihr geschehen waren, seit sie Philadelphia verlassen hatte, und ganz besonders, seit sie Fox kennengelernt hatte. Die Madeleine Avery von früher hätte eigentlich entsetzt sein müssen, was die jetzige Maddie mit ihrem Leben anstellte. Hier war sie also in einem klapprigen Planwagen, verschwitzt und staubig und nicht einmal im Besitz eines Nachttopfes und reiste in ein Indianerdorf mit einem Mann, mit dem sie zwar geschlafen hatte, der aber behauptete, er würde sich absolut nichts aus ihr machen – und dennoch fühlte sie sich glücklicher und euphorischer als je zuvor in ihrem ganzen Leben. Sie fühlte sich frei, frei von allen Zwängen und Benimmregeln, die ihr ihre Mutter seit ihrer Kindheit immer wieder eingeimpft hatte.

Nicht nur das. Als sie sich auf die Decken kniete und über die Kisten nach Fox sah, hatte sie den Eindruck, als würde sie nun die Art von phantastischem Abenteuer erleben, auf die sie als Kind hatte verzichten müssen. Ihre Mutter war immer übermäßig vorsichtig gewesen, was sie betraf, und hatte ihr niemals erlaubt, mit den Kindern der Dienerschaft im Wald zu spielen, Schlösser aus Sand und Steinen zu bauen oder kleine Boote aus Zweigen zu basteln, die im Bach bestimmt bis China schwimmen konnten. Maddie hatte niemals Familie gespielt oder sich verkleidet, noch hatte sie Briefe in Flaschen gesteckt und sie in den Fluß geworfen, damit jemand in Frankreich ihre verschlüsselte Botschaft aus dem Wasser fischen konnte.

Andere Kinder hatte lange, glückliche Stunden mit wilden Spielen und ausgedachten Abenteuern verbracht. Immer wenn Maddie davon hörte, tat sie so, als fände sie es albern, aber in Wirklichkeit war sie stets begierig auf solche Dinge gewesen. Doch schon als Kind hatte sie gewußt, daß ihre Mutter ihr niemals derartige Abenteuer erlaubt hätte. Colleen war der Meinung, daß junge Mädchen ihre Zeit mit Handarbeiten, Musik, Benimmlektionen und Schulaufgaben verbringen sollten, ohne sich die Finger oder gar noch mehr schmutzig zu machen.

Nun wußte Maddie, was sie verpaßt hatte. Jedesmal wenn sie etwas tat, das sie vor ein paar Wochen noch maßlos schockiert hatte, jubelte sie innerlich und eine kleine Stimme applaudierte in ihrem Hinterkopf. Sie fühlte sich mutig, etwas verrückt und ausgesprochen erregt, dieses Abenteuer mit Fox zu teilen. Allein sein Anblick ließ sie vor überdrehter Freude schwindeln. Sie liebte jede Minute.

Als sie das Lager am Abend aufschlugen, wirkte Fox müde und ausgelaugt. Er verhielt sich zu ihr, als wäre sie eine Fremde, die um eine Mitfahrgelegenheit gebeten hatte. Maddie ließ sich dennoch ihre heitere Stimmung nicht verderben und lächelte von Zeit zu Zeit, als sie ihm half, eine kalte Mahlzeit zuzubereiten und vor dem Schlafengehen abzuwaschen. Bevor es richtig dunkel wurde, unternahm Fox mit Watson einen kleinen Ausritt. Maddie spürte, daß er nicht nur sein Pferd bewegen wollte, sondern auch von ihr Abstand suchte, und so reinigte sie ihre Zähne, holte tief Atem, um schließlich hinter einem Baum ihre dringenden Bedürfnisse zu erledigen, und kletterte endlich in den Wagen hinein.

Als Fox zurückkehrte und Watson an den Wagen festband, blickte er hinein und sah, daß sie auf den Decken so weit an den Rand gerutscht war, wie es möglich war. Der Mond schien hell und badete sie in einen silbrigen Schimmer. Himmel, ihre Wirkung auf ihn war gewaltig – wie eine Droge, der er nicht widerstehen konnte! Kopfschüttelnd kletterte er zu ihr. Er konnte sich nicht vorstellen, jemals erschöpfter gewesen zu sein, und dennoch rollte er eine weitere Decke zusammen und schob sie zwischen sich und ihr, als könnte die Barriere sie voreinander schützen.

Erschöpft oder nicht, es gab keine Garantie, wenn Fox neben Maddie einschlafen mußte …

Bis zum nächsten Nachmittag stellte Maddie fest, daß sich der rosarote Schleier von ihrem Abenteuer langsam hob. Fox' eisiges Verhalten machte sie allmählich gereizt, und sie hatte niemals soviel Hitze und Staub ertragen müssen, nicht einmal während ihrer anstrengenden Reise von Philadelphia nach Deadwood. Da waren sie allerdings auch die meiste Zeit in Zügen oder Flußdampfern unterwegs gewesen, und die Überlandstrecke durch Dakota hatte im relativ frischen Juni stattgefunden. August im Dakota-Territorium war eine ganz andere Geschichte.

Die Aussicht darauf, den Rest des Tages und die Nacht schweiß- und staubverklebt herumzuhängen, brachte steile Falten auf Maddies Stirn. Als der Wagen über einen dicken Stein holperte und sie herumwarf, murmelte sie Watson eine Verwünschung zu.

»Was?« brüllte Fox vom Kutschbock aus.

Sie konnte nicht glauben, daß er sie gehört hatte. »Ich hab' nichts gesagt«, antwortete sie laut. »Deine Ohren haben dich zum Narren gehalten!«

»Das glaube ich nicht«, sagte er mit einem trockenen Grinsen, hakte aber nicht weiter nach.

Sie fuhren bergab aus den Bergen hinaus, als Fox die Mulis von dem steinigen Pfad auf ein grasbewachsenes Plateau lenkte. Erleichtert krabbelte Maddie aus dem Wagen, um sich umzusehen.

Der flache Canyon, der vor ihnen lag, trat aus dem pinienbewachsenen Hang in einem rauschenden Wasserfall hervor, verengte sich und öffnete sich dann immer weiter, bis er in der fernen Prärie breit und träge dahinzog, wobei er von Pappeln gesäumt wurde.

»Wie wunderschön!« rief sie aus und schirmte ihre Augen mit einer Hand vor der Spätnachmittagsonne ab. Das fröhliche Plätschern des Wasserfalls war zu verführerisch.

Fox zog das blaue Tuch, das er um den Hals gebunden hatte, hoch und wischte sich den Schweiß von der Stirn. »Ich dachte, wir schlagen hier unser Lager auf. Wenn wir erst mal in der Ebene sind, wird die Hitze noch schlimmer.«

»Ich bremse deine Geschwindigkeit, stimmt's?«

»Du meinst, ich verlangsame das Tempo aus Sorge um weibliche Empfindlichkeiten?« Er lächelte fast. »Teufel, nein. Willst du damit etwa andeuten, daß ich diese Reise für dich bisher irgendwie angenehm gestaltet habe? Wenn ja, dann war das bestimmt nicht meine Absicht. Mir geht es höchstens um meine eigene Bequemlichkeit. Da du ohne Einladung mitgekommen bist, ziehe ich es vor, deine Bedürfnisse grundsätzlich zu ignorieren.« Fox machte die Zugtiere von den Geschirren los, dann knöpfte er gedankenverloren sein Hemd auf. »Ich kümmere mich erst um die Tiere, dann wasche ich mich. In einer Stunde oder so kannst du uns etwas zu essen kochen. Wir werden früh schlafen gehen, damit wir morgen noch vor der Dämmerung losziehen können, solange es noch kühl ist.«

Ein dünnes Rinnsal Schweiß rann Maddie den Rücken hinunter. Sie wollte schreien. Statt dessen wiederholte sie durch zusammengebissene Zähne: *»Kochen?«*

»Oh, Sie müssen sich wirklich keine Mühe machen, Ma'am«, fuhr Fox sie an.

Ihre Blicke trafen sich für einen langen, zornigen Augenblick, und Maddies Wangen färbten sich fleckig rot. Er wußte ganz genau, daß sie kaum in einer gut ausgestatteten Küche kochen konnte, geschweige denn hier draußen in der Wildnis, aber natürlich war das seine Art, sie zu piesacken. Oder sie zu der Erkenntnis zu bringen, daß sie eine nutzlose Last war und besser nicht mitgefahren wäre.

»Ich könnte es vielleicht schaffen, dir ein Feuer zu machen«, sagte er langsam.

»Wie freundlich du bist! Das wäre einfach zu reizend. Alles was uns jetzt noch fehlt, ist das passende Chinaporzellan!« Maddie zupfte die winzigen Knöpfe an ihrem Mieder auf. »Weißt du, ich denke, ich werde selbst erst einmal baden, das heißt, wenn ich *darf*, Sir!«

Bei ihrer Ankündigung flogen Fox' Brauen nach oben. Er ging Watson holen, der nach Aufmerksamkeit verlangte, und als er das Tier an Maddie vorbeiführte, fragte er: »Meinst du ein *Bad* – oder züchtiges Tupfen von Hals und Gesicht mit einem hübschen rosigen Handtuch?«

»Um ehrlich zu sein, habe ich den Eindruck, daß das zivilisierte Verhalten, das ich so tapfer versucht habe aufrecht zu halten, mich ganz und gar verlassen hat!« Sie griff in den Wagen, um sich Handtuch und Seife zu holen und tat so, als würde sie Fox' erstaunte Miene nicht bemerken.

»In diesem Fall nehmen Sie auf mich keine Rücksicht, Miss Avery. Ich werde gerne warten, bis ich an der Reihe bin ... es sei denn, Ihr Sinn für Schicklichkeit ist im gleichen Maße verschwunden, so daß –«

»Nein«, antwortete Maddie zuckersüß, »gemeinsames Baden würde die Grenze überschreiten.«

Und damit ging sie fort und ließ Fox stehen, der mit einem anerkennenden Lächeln hinter ihr herstarrte, welches er aber vor ihr verborgen halten wollte. Das widersprüchliche Gefühl in seiner Brust jedoch war immer schwieriger zu unterdrücken – ein Schwanken zwischen Starrsinn und dem beängstigenden Wunsch nach segensreicher Auf- und Hingabe. Fox war ein ehrlicher Mann, der in unzählige Geheimnisse verstrickt war, die einander zu bedingen schienen. Doch der Gedanke, Maddie die Wahrheit zu enthüllen, kam ihm absolut inakzeptabel vor.

Während er sanft Watsons Seite streichelte, murmelte er zu sich selbst: »Ich weiß ja nicht einmal genau, was wahr ist … geschweige denn, was richtig ist …«

Maddie rupfte sich fast die Knöpfe ab, als sie das Kleid von ihrem Körper riß, dann ihren Unterrock auszog und Schuhe und Strümpfe davonschleuderte, bis sie endlich in ihrem ältesten Musselinhemdchen am Ufer stand.

Das Gefühl der warmen Sonne auf ihren nackten Armen und Beinen war neu, umwerfend und befreiend. *Mutter wäre entsetzt*, dachte sie unwillkürlich, und stellte fest, daß sie erleichtert war, sich darum im Moment nicht kümmern zu müssen. Colleens Benimmcode war wie ein Stück Gepäck, vielleicht so etwas wie eine Hutschachtel, die vor vielen Meilen vom Wagen gefallen war. Sie war weder wichtig noch relevant für ihr neues Leben – sie behinderte sie nur.

Maddie lachte laut, als sie in glücklichem Staunen an ihren Beinen hinuntersah und an Fox' spöttische Bemerkungen dachte, als sie sich heute morgen mit Wasser und Seife abgemüht hatte. Es war schlichtweg albern von ihr, hier draußen in der Wildnis Philadelphia-Standard beizubehalten! Im übrigen war ihr heiß und sie war schmutzig. Es war Zeit für ein Bad!

Vorsichtig trat Maddie über die Kieselsteine ans Wasser, blickte nach unten und entdeckte ihre Brüste durch den hauchdünnen Stoff des Hemdchens. Purer Schrecken durchfuhr sie, denn die rosigen Brustspitzen waren hier im hellen Tageslicht deutlich sichtbar! Dann hielt sie an und schlang die Arme um sich selbst. Sie lächelte, als sie erkannte, daß sie auf einer Art Schwelle stand: der Schwelle zwischen Vergangenheit und Zukunft. Hier war gerade noch die wohlerzogene Lady, zu der ihre Mutter sie machen wollte, und ein Stückchen weiter bereits die temperamentvolle, leidenschaftliche Frau, die immer weiter hervorkam, je mehr Zeit verstrich. Maddie konnte die Furcht und die Unsicherheit nicht unterdrücken, die sie zurückzuhalten drohten. Aber sie bekämpfte diese Gefühle, um sich im unvermeidlichen Strom des Schicksals treiben zu lassen.

Mit der Unschuld eines Kindes stieg sie ins Wasser und watete bis zur Taille hinein. Der Fluß war kalt, strömte kraftvoll an ihrem Körper vorbei und drückte gegen ihre nackten Beine. Maddie spürte das Glühen in ihrem Herzen, spürte die Freude und das Erstaunen, als sie ihr Gesicht mit geschlossenen Augen der liebkosenden Sonne zuwandte.

Der Wasserfall reizte sie. Maddie öffnete die Augen und platschte zu den von einem Felsvorsprung herabstürzenden Wassermassen. Sie hielt inne, um sich das nasse Hemd abzustreifen, und zog die Nadeln aus ihrem Haar, um die staubigen Locken über ihre Schultern purzeln zu lassen.

Frisch und stärkend sprudelte der Wasserfall über ihren Arm, dann über die Schulter und schließlich über ihren ganzen Körper. Es war herrlich. Sie rubbelte die Seife über ihre Haut und sah, wie der Schaum sogleich fortgespült wurde. Als sie die Arme hob, um die Haare zu waschen, empfand sie das strömende Wasser auf ihren Brüsten, Bauch und Schenkel als reine Ekstase. Durch den Vorhang aus Wasser sah Maddie verschwommen den leuchtendblauen Himmel, das sanfte Ansteigen des Ufers, einen Falken hoch in der Luft … und Fox, der oberhalb am Rand der Schlucht stand und sie anstarrte.

Als Fox ebenfalls gebadet hatte und zu ihrem Lager zurückkehrte, hatte Maddie auf den Decken verschiedene Dinge zum Essen ausgebreitet. Die Sonne ging hinter den Bergen unter.

Als sie ihn kommen hörte, fühlte sie plötzlich Schüchternheit und beschäftigte sich daher eifrig mit Tellern und Gabeln. Sie bereute ihre Dusche nicht, denn sie fühlte sich nun in jeder Hinsicht reingewaschen, aber die innere Stimme hatte die Angewohnheit, sich ungebeten zu melden. Ihre Wangen glühten bei der Erinnerung, wie Fox sie unter dem Wasserfall beobachtet hatte. Das Feuer in seinen Augen, später, als sie in ihrem feuchten Hemd den Hang hinauf zum Plateau geklettert war, war vielsagend.

Aber was hätte es für einen Sinn gehabt, sich in ihr Kleid zu kämpfen, solange sie noch naß war, die Sonne warm vom Himmel schien und Fox sie ohnehin schon vollkommen nackt gesehen hatte? Dennoch – im hellen Tageslicht direkt auf ihn zuzugehen, und das nur in einem dünnen Hemdchen, das nichts der Phantasie überließ …

»Wie ich sehe, hast du beschlossen, etwas anzuziehen«, bemerkte er nun, als er sich neben sie auf die Decke niederließ.

»Etwas, ja.« Sie war wütend auf sich selbst, daß sie schon wieder wie ein kleines Schulmädchen errötete, daß seine Nähe sie verlegen machte, wo sie doch eigentlich ihre neugewonnene Unabhängigkeit genießen sollte.

Fox wußte nicht, was er denken sollte. Er streifte sich ein sauberes weißes Hemd über und fuhr sich mit den Händen durchs nasse Haar, während er Maddie musterte, die sich lockere Hosen, wahrscheinlich von ihrem Vater, und ein kleineres Hemd, das ganz sicher Benjamins gewesen war, angezogen hatte. Letzteres war vorne aufgeknöpft, so daß ihr hübsches Unterhemd hervorlugte. Niemals zuvor hatte Fox unschuldigere Wäsche gesehen – oder welche, die ihn schärfer erregte. Die ganze Situation war ausgesprochen ungesund.

Je mehr er sich einredete, daß er sie weder haben durfte noch konnte und es ihm daher nicht erlaubt war, etwas für sie zu empfinden, desto mehr schien er seinen Verstand zu verlieren.

Eben noch hatte sie sich nackt unter dem Wasserfall geräkelt, und nun saß sie hier wie ein Junge gekleidet, ihr wundervolles Haar mit einem Band zusammengehalten. Ihr Mund wirkte köstlicher auf ihn als jede Zubereitung von Eßbarem, das sie auf der Decke ausgebreitet hatte.

»Ich hoffe, das reicht«, sagte Maddie. »Ich dachte, wir können uns das Feuer sparen. Es ist immer noch so warm, und wir müssen ja nicht nach Holzfeuer riechen.«

»Ist mir recht«, sein Blick wanderte über die Mahlzeit: ein Laib von Susan O'Haras Roggenbrot mit einem großen Stück Butter, eine Schüssel getrocknete Aprikosen und Rosinen, dünnen Scheiben geräucherten Schinkens mit Käsewürfeln und einen Teller Haferkekse. Nicht nur, daß alles sehr verlockend und appetitlich aussah, auch die Farben, die Kombination und das Arrangement der Köstlichkeiten entsprachen Fox' Sinn für Ästhetik. Er überlegte, ob er Maddie seine Anerkennung aussprechen sollte, entschied aber dann, lieber schweigend zu essen. In seinem Inneren mochte er sich warm, friedlich und sehr lebendig fühlen, aber vielleicht war es doch besser, diese Empfindungen für sich zu behalten.

Maddie versuchte zu essen, stellte aber fest, daß sie die meiste Zeit nur Fox ansah. Das Zwielicht der herannahenden Nacht hob die Züge seines Gesichtes hervor, und korallenrote Schatten bewegten sich langsam über seinen kräftigen Körper. Eine ganze Weile aß Fox halb sitzend, halb hockend. Seine Begleiterin sprach kein Wort, und ihre sanften Bewegungen, mit denen sie das Brot schnitt, beruhigten ihn. Die Geräusche der Nacht drangen durch die Stille: Frösche, Vögel, Wildenten und das ferne Heulen eines Kojoten.

Endlich streckte er seine langen Beine aus und machte es sich gemütlicher. Er legte sich auf die Seite, stützte sich mit dem Ellenbogen ab und wandte seine Augen dann langsam zu Maddie. Ihr Herz zog sich zusammen.

»Gott, dieses Land ist so wunderschön«, flüsterte er. »Ich habe nirgendwo sonst in meinem Leben solche Sonnenuntergänge gesehen. Sie sind … atemberaubend.«

Sie schluckte hart. Fox sprach von ihr und von der Art, wie sie aussah, als sie in der wilden Glut der untergehenden Sonne gestanden hatte. Sie wußte es. Dann beugte er sich vor und griff an ihr vorbei, um etwas aus seinem Beutel zu ziehen.

Sie erkannte die *Grashalme* von Walt Whitman, über dessen umstrittenes Werk Colleen Avery und ihre Freundinnen in der Gesellschaft Philadelphias sich so entsetzt hatten. Maddie musterte den Band neugierig. »Würdest du mir ein Gedicht laut vorlesen?« wagte sie zu fragen.

Amüsiert zog er eine Augenbraue hoch und öffnete das Buch. »Hoffst du auf eine realitätsnahe Beschreibung von fleischlichen Freuden? Von Männern und Frauen, die in fieberhafter Lust ineinander verschlungen sind? Wenn ja –«

»Du bist einfach widerlich!« platzte sie mit flammenden Wangen heraus. »Warum tust du das mit mir?«

»Ich weiß nicht, was du meinst«, antwortete Fox, während er durch die Seiten blätterte. »Reg dich ab, du mußt nicht alles, was ich sage, persönlich nehmen. Ich habe das nur bemerkt, weil jedermann offenbar der Meinung ist, Whitman wäre absolut skandalös – vielleicht ein übriggebliebener Hedonist aus dem antiken Rom. In Wahrheit schreibt er über das *Leben.* Und alles, was es betrifft.«

Maddie begann, das Geschirr zusammenzuräumen. »Hört sich vernünftig an.«

»Hör zu, das hier heißt ›Gesang bei Sonnenuntergang‹.« Fox atmete tief die frische Luft ein, dann begann er:

Leuchten verendeten Tags flutet und füllt mich,
Prophetische Stunde, Vergangenheit schauende Stunde,
meine Kehle weitend, singe ich dich, erhabener Alltag,
Dich, Erde und Leben, solange der letzte Strahl noch glüht.
Offener Mund meiner Seele, Freude verkündend!
Augen ihr meiner Seele, Vollendung schauend!
Leben in mir, naturhaft, das treulich die Dinge preist,
Triumph aller Dinge für ewig bejaht!

Seine Stimme verebbte, um die Wirkung eines jeden Wortes zu erhöhen. »Wundervoll, nicht wahr?«

Maddie war von Ehrfurcht ergriffen. »Schönere Worte habe ich nie gehört.«

»Wenn wir oberhalb der Berge sind und im Westen nur noch Prärie zu sehen ist, werden die Sonnenuntergänge noch aufregender sein.«

Fox hatte das Gefühl, in einer Phantasiewelt zu schweben. Maddie selbst war wie eine Phantasie: dunstiges Gold, frisch, süß, ihre Augen unschuldig und doch intelligent, während sie ihre erste Begegnung mit Walt Whitman verarbeitete. Er sehnte sich danach, sie in die Arme zu ziehen, sie zu riechen, schmecken, zu berühren. Er sehnte sich danach, das Vergnügen noch einmal zu empfinden.

Sich auf den Rücken drehend, starrte er auf die Sterne, die über ihnen zu funkeln begannen, und grübelte darüber nach, wieso sein Leben zu einem unentwirrbaren Knoten aus Schuld geworden war. Vor jenem Tag im Juni am Little Bighorn war Dan Matthews ein selbstkritischer, aber abenteuerlustiger Mensch gewesen, unbekümmert, aber bedächtig und mutig, wenn es darauf ankam. Nun mußte er feststellen, daß er durch sein gequältes Gewissen regiert wurde, und diese Tatsache fror alle anderen Aspekte seines Charakters ein. Er war besessen von seiner Schuld, daß er Custer nicht von der Schlacht hatte abhalten können, und der Schuld, überlebt zu haben, während seine Kameraden alle tot waren, und der Schuld für die Augenblicke, in denen er sich ertappte, das Leben wieder zu genießen. Der Zorn und der Haß waren die Kinder seiner Schuld, und sie waren um so frustrierender, weil er nicht wußte, gegen wen er sie richten sollte.

»Fox«, fragte Maddie nun leise, »darf ich dich etwas fragen?«

Er spürte eine seltsamen Erregung, als er seinen Kopf zu ihr drehte und sie sich vorbeugen sah. Ihr Gesicht lag im Schatten, und er fing den blumigen Duft ihrer Seife auf. »Was?«

»Warum haßt du mich so?«

Er brauchte Zeit, bis er seine Stimme fand. »Ich hasse dich nicht, Manie, aber ich kann dir nicht geben, was du von mir willst, und manchmal wenn du in meiner Nähe bist und ich deine Erwartung spüre, werde ich wütend.« Sie starrte ihn so angestrengt an, während sie versuchte, seine Worte zu begreifen, daß der dumpfe Schmerz in seiner Brust wieder einsetzte. »Ich bin dann nicht wirklich wütend auf dich – eher auf das Leben.«

»Das verstehe ich nicht.«

»Ich eigentlich auch nicht.«

»Hast du vielleicht irgendwo eine Frau? Im Osten?«

Fast hätte er sie angelogen. »Nein, ich … ich kann im Augenblick einfach niemanden lieben, und ich kann es dir auch nicht erklären«, seine Stimme wurde rauh. »Wenn du eine andere Art Frau wärst, hätten wir vermutlich eine Affäre miteinander.«

Maddie spürte Tränen in den Augen brennen. »Du hast mich Manie genannt. Warum?«

Fox' Miene wurde weicher, und er streckte die Hand aus, um ihr über die Wange zu streicheln. »Ich hätte es nicht laut sagen sollen. Ich nenne dich so in Gedanken, denn das ist es, was du für mich bedeutest, eine verrückte Manie!«

»Aber *das* ist verrückt!« rief sie und kam näher zu ihm, bis ihre Brüste ihn berührten und sie das vielsagende Hämmern seines Herzens spüren konnte. »Hier sind wir eine Million Meilen von Orten entfernt, wo man sich über dumme Kleinigkeiten Gedanken macht, wie welche ›Art von Frau‹ man ist, und trotzdem verweigerst du uns beiden aus eben diesem albernen Grund eine Erfüllung! Du hast mir wieder und wieder gesagt, ich sollte aufhören, mich an meinem damenhaften Benehmen festzuklammern, mich freizugeben und mein Leben zu genießen, und jetzt –«

»So einfach ist das nicht«, protestierte er und ergriff ihre Hände, »das weißt du selbst, Maddie.«

»Ich kann dich nicht dazu zwingen, mir zu erklären, was zwischen dir und dem Leben steht, aber was auch immer es sein mag, heute nacht ist es nicht hier. Fox, ich habe so etwas nie zuvor empfunden. Niemals zuvor! Es ist mir egal, ob wir eine Zukunft haben oder nicht! Alles, was mich interessiert, ist das Jetzt, dieser Augenblick!« Madeleines

Gesicht war nur Zentimeter von seinem entfernt, und ihre Augen schimmerten vor Verlangen. »Hör auf, dich für das zu bestrafen, was auch immer dir auf dem Herzen lastet. Und hör auf, *mich* zu bestrafen. Gesteh uns beiden doch eine Atempause zu. Nur für diese Nacht.«

Immer noch ihre Hände haltend, zog Fox sie näher und hob seinen Kopf gerade weit genug, um sich einem tiefen, langen Kuß hingeben zu können. »Ja«, sagte er endlich.

»Nur für diese Nacht«, wiederholte sie, als fürchtete sie, er könnte seine Meinung ändern, oder sie hätte ihn vielleicht falsch verstanden. Endlose Freude strömte durch ihre Adern wie flüssiges Feuer.

Natürlich wußte Fox es besser, aber er nickte dennoch. Er streckte die Hand aus, zog das Band aus ihrem Haar und sah zu, wie es wie ein kleiner Sonnenuntergang über ihre Schultern purzelte. Jeder Zentimeter seines Körpers sehnte sich nach ihr – so sehr. Als sie sich zu ihm legte, blickte Fox in ihre Augen und brachte ein atemloses Flüstern hervor: »Meine wahnsinnige Manie ...«

Kapitel 15

4.-6. August 1876

Die sanfte Brise der Abendluft streichelte über Maddies Haut und erregte sie genauso, wie es Sonne und Wasser zuvor getan hatten. Fox zog sie fast ehrfurchtsvoll aus, während sie ihn durch die gesenkten Wimpern beobachtete.

Im weichen Zwielicht wirkte sie fast unerträglich verführerisch. Fox biß sich auf die Lippen, um die Lust zurückzudrängen, die sich in seinen Lenden aufbaute. »Lieber Himmel«, murmelte er ungläubig. Ihre Brüste, der Schwung ihrer Arme, die sie über den Kopf gelegt hatte und unter jenes unfaßbare Haar schob ... sie war einzigartig.

»Was?« flüsterte Maddie. Seine Anerkennung fühlend, erlaubte sie sich ein Mona Lisa-Lächeln, als sie das Spiel der Emotionen auf seinem Gesicht beobachtete.

»Du bist so schön«, Fox konnte sein heiseres Flüstern kaum noch als seine Stimme erkennen, »zu schön. Gefährlich ...«

Madeleine konnte in dieser Traumwelt nicht einmal erröten. »Du kennst mich, Fox. Manchmal denke ich, du verstehst mich besser als ich mich selbst. Ich bin nicht gefährlich.« Sie studierte sein dunkles, angespanntes Gesicht. »Wenn jemand gefährlich ist, dann du.«

Ihre schmale Hand kam auf ihn zu und berührte den Teil seiner Brust, die aus dem aufgeknöpften Hemd hervorlugte. Fox sog tief die Luft ein, durch die Wildheit seiner Reaktion erschrocken, aber er erlaubte sich nicht, über deren Bedeutung nachzudenken. Statt dessen kümmerte er sich zärtlich, genüßlich, langsam um sie. Er streifte ihr Hose und Hemd ab, dann zog er sich selbst aus und legte sich neben sie auf die Decke. Die Sonne war nun fast ganz verschwunden und hinterließ lavendelfarbene Schatten um sie herum.

»Ich will gefährlich auf dich wirken.« Seine Finger zeichneten ihre Lippen nach.

»Ich weiß.« Und es stimmte in gewisser Hinsicht. Ihre Augen waren nur Zentimeter voneinander entfernt, und einen Moment lang konnte Maddie in ihn hineinsehen. Sie fand keine Antwort auf die Fragen, die Fox umgaben, aber sie wußte, daß unter dem Schmerz, den er fühlte und den er auch auf sie übertrug, ehrliche Güte, Lachen und Mut verborgen waren. Er würde sie wieder verletzen, wenn sie bei ihm blieb – aber nicht heute nacht.

»Ein Grund, warum ich so wütend auf dich bin, war das, was zwischen uns im Wagen geschehen ist. Es hätte nicht sein dürfen«, sagte Fox leise. Er verschränkte seine Finger mit ihren, küßte ihre Hand und fuhr fort: »Ich kann dir immer noch nicht geben, was du wirklich brauchst – mein Herz und eine Zukunft –, und deswegen hätte es niemals passieren dürfen. Nein, versuch mich nicht vom Gegenteil zu überzeugen, denn ich weiß eine ganze Menge mehr von der Welt als Sie, Miss Avery. Sie sind ein Kleinkind, wenn es um die Dinge des Herzens geht.«

Maddie schwelgte glücklich, daß er mit ihr auf diese Art sprach. »Hm-hm.«

»Ich meine es ernst! Du hättest deine Distanz besser beibehalten. Es macht mich wütend, daß du jede Warnung von mir mißachtet hast. Aber da wir nichts ungeschehen machen können, kann ich wenigstens versuchen, die Erfahrung für dich etwas angenehmer zu gestalten. Wenn ich nur geahnt hätte, daß du es gewesen bist …«

Sie mußte grinsen. »Dann hättest du mich nicht einmal berührt!«

»Besser das, als dich das erste Mal zu nehmen, als seist du eine Hure!«

Sie starrte ihn an, das Lächeln schwand. Was wollte er damit sagen? »Aber du warst weder grob noch unfreundlich«, protestierte sie.

»Meine Liebe«, sagte er grimmig, »du hast keine Ahnung, was du verpaßt hast. Wie auch immer, heute nacht zeige ich dir, was du verdient hast«, Fox schob eine Hand unter sie und zog ihre Hüften an sich, »zum ersten und letzten Mal. Wenigstens mit mir.«

Maddie war verwirrt, aber so erregt, daß sie das Hämmern ihres Pulses in den Ohren hörte und ein langer, langsamer Schauder über ihre Haut glitt. »Ich weiß nicht –«

»Du wirst es wissen«, unterbrach sie Fox. »wenn wir zu

reden aufhören.« Sein Atem kitzelte an ihren Ohren, Schläfen, Wangen und endlich an ihren erwartungsvollen Lippen.

Maddie schmolz unter Fox' geschickten Händen und Lippen dahin, bebte und keuchte, während er sie liebkoste und reizte. Wie konnte eine einfache Berührung nur eine solche Begierde erwecken?

Fox sah ihre Brüste anschwellen und sich ihm entgegenwölben, dann drehte er ihren Körper auf die Seite. Das war sein Geschenk an sie, diese Augenblicke der Lust, die er ihr so gründlich verschaffen wollte, wie es ihm nur gelingen konnte. Und plötzlich gestand er sich ein, daß er sich dieses Geschenk auch selbst machte. Er wußte, er würde die Erinnerung an diesen Traum, der kurz wahr geworden war, ewig mit sich tragen.

Mit einer Hand hob er ihr Haar an und küßte ihren zarten Nacken, zupfte dann mit seinen Lippen an ihren Schultern, wanderte den Rücken hinunter. Schließlich bedeckten seine Hände ihre Pobacken. Einen erregenden Augenblick fühlte Maddie dort seine heiße Erektion, dann jedoch massierten seine Hände ihren Hintern, zuerst sanft, dann fester und elektrisierten ihre Nerven, bis ihre Haut glühte und kribbelte. Danach erforschte Fox jeden Millimeter ihrer schön geformten Beine. Er kniete sich neben sie, hob einen Fuß und küßte ihn, während seine Augen jede Einzelheit ihrer großartigen Figur verschlangen.

Als er den Kopf senkte und ihr einen Kuß auf den inneren Oberschenkel drückte, stöhnte Maddie, und ihre Hüften zuckten unwillkürlich vor. Fox liebkoste sie weiter und drückte dann ihre Schenkel auseinander. Sie wurde feuerrot und hob den Kopf, um von Panik ergriffen zu sehen, was er tat. Aber Fox begegnete ihrem Blick. »Sch«, ermutigte er sie, »du hast vor dir selber Angst, nicht vor mir. Ich tue dir nicht weh, ganz im Gegenteil.«

Der Anblick seines verschmitzten Grinsens trieb ihr die Tränen in die Augen, und die Liebe zu ihm durchdrang in mächtigen Wogen ihren ganzen Körper. Sie streckte die Hand aus, um in seinem Haar zu wühlen. Er kam über sie und bedeckte sie mit seinem muskulösen Körper und küßte ihre Lippen mit dem ganzen Gefühl seines Herzens. Dies wurde nun wirklich gefährlich – Fox wußte es, aber es kümmerte ihn nicht mehr. Nicht heute nacht.

Als sich ihre Arme um seinen Hals schlangen und ihre Zungen sich in wildem, leidenschaftlichem Spiel umeinanderwanden, glaubte Maddie sich über den Wolken. Sie schwelgte in dem Gefühl, ihn endlich berühren zu können, und ihre Hände gierten nach seiner Haut. Er war überall warm und hart, merkwürdig vertraut, als ob sie dies alles schon einmal getan hätten. Sein Duft und sein Geschmack machten sie forscher.

Fox war sich nicht sicher, wie lange er es noch aushalten konnte. Er löste sich von Maddies Lippen, obwohl sie wimmernd protestierte, und arbeitete sich abwärts. Als er langsam ihre Brüste liebkoste, seine Zunge um die Spitzen kreisten, stieß Maddie einen tiefen Laut aus, der selbst für ihre Ohren nicht mehr ganz menschlich klang. Sie warf den Kopf zurück und begann sich zu winden, so daß er ihre Brüste umfassen mußte, um weiter saugen zu können. Dumpf drang die Erkenntnis zu ihr durch, daß sie die Beine geöffnet hatte und sich naß dazwischen anfühlte. Das Verlangen stieg, und ihre Hüften schienen ein Eigenleben zu führen, als sie sich gegen Fox drückten.

»Laß es zu«, flüsterte er rauh.

Obwohl Maddie nicht wußte, was er meinte, schien ihr Körper um so besser zu verstehen. Sie biß die Zähne zusammen, und selbst durch die geschlossenen Augen spürte sie die Hitze seines Blickes auf sich.

»Ich brauche ...«, schluchzte eine Stimme, die sie als ihre eigene identifizierte.

Plötzlich berührte etwas Warmes, Nasses die Quelle von Maddies Lust. Ein Schrei entrang sich ihrer Kehle. Fox' Zunge flatterte gekonnt über die empfindliche Stelle, und Maddie keuchte und keuchte, bis eine Welle euphorischer Empfindungen von dieser Stelle ausging und durch ihren ganzen Körper spülte. Entsetzt stellte Maddie fest, daß sie nicht nur weinte, sondern sich auch noch fester an seine Lippen preßte, als die Kontraktionen sie überwältigten.

Als das Beben langsam abebbte, erkannte Maddie mit Entsetzen, daß sie nicht Scham empfand, sondern pure Wonne und Erfüllung. Und sie fühlte sich Fox näher, als sie es je für möglich gehalten hatte. Er hatte ihr dieses wunderbare Erlebnis verschafft, hatte sie herangeführt.

Gefangen in seiner eigenen Lust, vernahm Fox erstaunt Maddies Kichern. Sie zog ihn an seinen Haaren, und er näherte sich ihr, küßte sie heiß und innig, und als sich ihre Schenkel um seine Hüften schlangen, war Fox für sie bereit – fast schmerzhaft bereit.

»Wenn ich dir wehtue«, flüsterte er, »halt mich auf.«

»Das kannst du nicht«, gab Maddie übermütig zurück. »Wir sind dazu geschaffen, zusammen zu sein.«

Nur für diese Nacht, sagte er sich. Er stieß in ihre feuchte, enge Öffnung und glaubte einen Moment, vor Wonne zu sterben. Und es machte ihm nichts aus, sie hatte recht: Sie paßten zusammen, als hätten sie sich schon tausendmal geliebt. Ihr Duft war magisch, ihr Rhythmus absolut im Einklang, und Fox erkannte, daß er nicht mehr in der Lage war, ihr Liebesspiel zu leiten. Sein Körper drohte, ihn zurückzulassen, das Blut pochte in seinen Schläfen, und Gedanken wurden durch eine Leidenschaft ertränkt, die gewaltiger war als alles, was er bisher erfahren hatte.

Auch wenn er die letzte Szene dieses Liebesspiels für Maddie in Gedanken bereits durchdacht hatte, überkam ihn sein Orgasmus mit unvermittelter Plötzlichkeit. Maddies Finger gruben sich in seine Schultern, als er aufschrie und stöhnte, und sich schließlich in Maddies fester Umarmung auf sie fallen ließ.

Eine Welle heiterer Zuversicht überkam Maddie. Sie blickte in Fox' leicht verzerrtes Gesicht und erkannte, daß er erstaunt war und jeglichen Schutz hatte fahren lassen. Sie strich ihm die feuchten Haare zurück, küßte ihn aufs Kinn und lächelte.

»Himmel«, keuchte er schließlich überwältigt und mehr als nur ein wenig verlegen.

Maddies Haut prickelte, als Fox sich von ihr rollte. Die Luft wurde kühler, und in der Ferne heulte ein Käuzchen. »Fox?« hörte er sie kaum hörbar flüstern. »Stimmt etwas nicht? Ich meine, habe ich etwas ... war ich nicht ...?«

Er starrte sie an und sagte schwach: »Guter Gott, es liegt nicht an dir, sondern an *mir*!« Er setzte sich auf. »Das kommt davon, wenn man einen Pakt mit dem Teufel schließt! Wie bin ich bloß auf den Gedanken gekommen, ich könnte dir etwas ... etwas Vollkommenes schenken? Das ist –« Er brach ab und blickte in die Ferne. »Hölle, ich mache ja einen noch größeren Volltrottel aus mir, wenn ich das erklären will.«

Sie traute ihren Ohren nicht. Hastig krabbelte sie auf ihre Knie und schlang die Arme um ihn. Dann schrie sie: »Du hast in einer Hinsicht recht: Du redest Unsinn! Jede Sekunde war vollkommen, schöner als ein Traum! Ich hab' keine Ahnung, wieso du meinst, versagt zu haben, aber ich weiß sehr gut, daß du das nicht hättest sagen dürfen. Ich war so glücklich!«

Schließlich begriff Fox, daß sie recht hatte. Wieso konnte er sich nicht an ihrer erfahrenen Lust freuen, anstatt über seine eigene Unzulänglichkeit nachzugrübeln? Vielleicht war es ein Fehler gewesen zu glauben, er könne die Schatten von Little Bighorn abstreifen. Solange er diese Last tragen mußte, würde er wahrscheinlich niemals mehr in der Lage sein, zu genießen und sich über den Genuß anderer zu freuen, geschweige denn echte Liebe zu akzeptieren.

»Fox?« murmelte Maddie, sowohl verletzt als auch verwirrt, als sie spürte, daß seine Gedanken ihn von ihr wegtrugen. »Hast du überhaupt gehört, was ich gesagt habe?«

Er wandte sich zu ihr um und sah die offenliegenden Emotionen in ihren Augen. »Natürlich habe ich es gehört, und ich gebe dir recht. Es war gedankenlos von mir, unverzeihlich. Aber schließlich habe ich dich gewarnt, nicht wahr? Ich habe dir gesagt, daß ich dir nicht geben kann, was du brauchst.«

»Hör auf damit!« schrie Maddie. Ihre grünen Augen funkelten wütend, und sie warf das Haar zurück, das wie goldenes Feuer über ihre Schulter flatterte.

Fox biß sich auf die Lippe, dann zog er sie in seine Arme. So knieten sie in der Abendbrise, hielten einander fest, während Maddie versuchte, die Tränen zurückzuhalten.

»Es tut mir leid ...«, seine Worte waren kaum zu hören. Langsam drückte er ihren Kopf hoch, küßte ihre salzigen Augenwinkel und Wangen und dann ihren Mund. Er war rosig, fast geschwollen, und der Kuß wurde zärtlicher und liebevoller, je länger er dauerte.

»Mir nicht«, antwortete Maddie schließlich. Ein schelmisches Lächeln huschte über ihr Gesicht.

Die Lust zu lachen brodelte in ihm, und er hätte es so gerne hinausgelassen, doch der Schmerz bereitete ihm wahnsinnig Mühe. Endlich lachte er dann doch. Er sah die

Überraschung und die Freude in Maddies Augen, bevor sie ihn wieder auf die Decke zog, wo sie kicherten und begannen, sich erneut zu lieben. Irgendwann deckte sie die Schwärze des Himmel wie eine mit Diamanten besetzte Samtdecke zu.

Nach dieser Nacht schien Maddies Leben nur noch aus Wundern zu bestehen. Das Land allein war ein Wunder, als sie die Ebene erreicht hatten. Warum hatte sie es nicht schon bemerkt, als sie mit Gramma Susan und Benjamin das Dakota-Territorium durchquert hatte? Das endlose Meer aus Präriegras schickte seine Wurzeln über einen halben Meter in die Erde, erklärte Fox ihr, so daß die Büffel immer Nahrung hatten, ob es regnete oder nicht. Über der Prärie spannte sich der Himmel wie ein Baldachin aus Wedgewood-Blau, geschmückt mit verschieden geformten weißen Wolken. Manche waren zu gewaltigen Haufen aufgeschichtet wie Schlagsahne, andere waren zerfasert, als hätte man Baumwollbällchen auseinandergezupft.

Noch schöner waren die Sonnenuntergänge. Maddie und Fox sahen immer der Darbietung zu, die sich vor ihren Augen am Horizont entfaltete. Jeder Sonnenaufgang und jeder Untergang schien noch atemberaubender als der letzte. Und jeder war ein Wunder.

Fox war für Maddie nicht weniger wundersam. Ständig überraschte und begeisterte er sie, und sie verglich seine Seele mit einem Puzzle, dessen Schlüsselstücke er verborgen hielt. So vieles blieb ungeklärt zwischen ihnen. Es gab so vieles, von dem er sagte, er könne es ihr nicht geben, doch Madeleine nahm und genoß, was greifbar für sie war.

In der darauffolgenden Nacht war Fox zwar freundlich, aber körperlich sehr erschöpft gewesen. Erst als der Mond hoch am schwarzen Himmel stand und das Feuer zu einer roten Glut heruntergebrannt war, wachte Maddie auf und verspürte Erregung. Sie war an seine nackte Brust gekuschelt, und er hatte ein Bein über sie gelegt, als wäre es das normalste der Welt, und seine Hand strich träge über ihre Hüften, ihren Po und glitt dann unter das Männerhemd, das sie statt eines Nachthemdes trug. Es war die unwirkliche Stunde der Nacht, wo man normalerweise tief schläft und alles wie in einem dumpfen Nebel erscheint. Und die wortlose Leidenschaft, die zwischen ihnen wuchs, war nicht aufzuhalten. Fox ergab sich ihr, als würde diese Szene nicht zählen, und nach vielen, heißen, köstlichen Liebkosungen drang er in sie ein.

In der Dämmerung, als Maddie erwachte, baute Fox bereits ihr Lager ab. Ihre Wangen färbten sich bei seinem Anblick, aber er begegnete ihrem Blick, ohne mit der Wimper zu zucken. Immer noch sprach keiner von beiden. Beide wußten, was geschehen war, aber es war leichter so zu tun, als ob sie beide nur etwas leicht Verwerfliches geträumt hätten.

Nun war es Nachmittag. Maddie saß vorne neben Fox, teilte die Stille und betrachtete die einfache Schönheit der Prärie und das Wunder des Körpers ihres Geliebten. Er war der erste Mann, den sie je nackt gesehen hatte, und das machte ihn nur noch verführerischer, noch geheimnisvoller. Sie sehnte sich danach, ihn zu berühren. Schließlich wollte sie ihre eigenen Gedanken nicht länger wälzen, und sie sprach, um das Schweigen zu brechen.

»Fox, ich hoffe, ich spreche nicht etwas an, das dich zu sehr schmerzt, aber ich wollte dir unbedingt noch sagen, wie sehr mir das mit Mr. Hickok leid tat. Er war ein Freund von dir, nicht wahr?«

Fox' Kinn hob sich leicht, seine Faust ballte sich kurz über den Zügeln, dann sah er Maddie mit seinen blauen Augen an. »Es ist sehr nett, daß du Bill erwähnst. Er war ein außergewöhnlicher Mann. Wir waren tatsächlich in den letzten Wochen Freunde geworden, und um ehrlich zu sein, ich glaube, ich habe seinen Tod noch nicht wirklich akzeptiert. Es kommt mit irgendwie wie ein Traum vor, findest du nicht? Die Nacht, in der wir Deadwood inmitten des Chaos' nach Bills Ermordung verlassen haben – und alles, was seitdem geschehen ist, was das angeht!« Er zog eine Braue hoch. »Ich denke, ich wäre trauriger über seinen Tod, wenn ich nicht das Gefühl hätte, er sei darauf vorbereitet gewesen. Zumindest hat er das gesagt.« Fox schwieg und wandte seine Aufmerksamkeit wieder den Mulis zu. Während der letzten Meilen hatte es nicht viel für ihn zu tun gegeben, aber nun fuhren sie auf einen Felsausläufer zu, der ihnen die Sicht darauf versperrte, was dahinter lag. Aber er wußte es: Wenn sie dieses letzte Hindernis bewältigt hatten, müßten sie den ersten Blick auf Bear Butte werfen können.

Maddies Gedanken waren ganz woanders, denn sie klammerte sich an eine ungeschickt gewählte Formulierung in Fox' Worten. *Ach so*, brütete sie dumpf, *es ist also alles wie ein Traum für ihn.* War das seine Art, mit der Lage fertig zu werden, die zwischen ihnen herrschte? Sie schenkte ihm ein gewinnendes Lächeln. »Solange du einen angenehmen Traum und keinen Alpdruck meinst, stimme ich dir zu. Natürlich beziehe ich mit nicht auf Mr. Hickoks Tod. Ich verstehe sehr gut, daß du gerne so tun würdest, als wäre dieser Abend nicht wirklich geschehen.«

Fox starrte geradeaus und konzentrierte sich auf den steinigen, abschüssigen Pfad, den die Mulis entlangtrotteten. Hinter ihnen schepperte und ächzte der Wagen, bis sich der Boden endlich ebnete und sie aus der letzten Piniengruppe hervorbrachen. Fox zog an den Zügeln, und Maddie folgte seinem Blick. In der Ferne schien eine kleine spitze Insel aus dem blaßgrünen Ozean aus Gras zu ragen.

»Was ist denn *das*?« hauchte Maddie.

»Bear Butte.« Erinnerungen krochen in ihm hoch und packten ihn wie eine unsichtbare Hand. Fox spürte, wie seine Hände feucht wurden und ihm der Schweiß auf der Stirn ausbrach. Himmel, wieviel Zeit hatte er mit den Sioux in Little Bighorn begraben? Der Konflikt in ihm war offenbar doch stärker gewesen, als er es sich vorgestellt hatte. Während er auf den Granitklotz blickte, der sich mehr als dreihundert Meter vor ihnen aus der Prärie erhob, dachte er daran, daß nicht nur Maddie persönliche Gründe für diese Reise hatte. Er warf ihr einen Blick zu und sagte: »Er ist beeindruckend, nicht wahr? Die Sioux – oder Lakota – haben Bear Butte lange als heiligen Ort angesehen und als einen geeigneten Ort, sich zu sammeln. Gewöhnlich kommen sie gegen Ende des Sommers hierher, um ihre Ponys zu mästen, ein bißchen Tauschhandel zu betreiben und um Rauchzeichen zu anderen Gruppen zu schicken, wenn es nötig sein sollte …«, er sprach wie in Trance, und als ihm die Worte ausgingen, verebbte seine Stimme.

»Und dahin gehen wir, nicht wahr?« Maddie hatte Mühe, die Wirklichkeit in sich aufzunehmen. Nun war ihre Reise nicht länger ein Traum, bald würde sie sich inmitten von jenen Indianern befinden, die kürzlich über zweihundert Mann massakriert hatten.

»Ja.« Fox zog die Brauen hoch. »Du hast doch keine Angst, oder?«

Sie schluckte hart, brachte aber ein Lächeln zustande. »Vielleicht, ein bißchen.« Doch als die Worte heraus waren, begann ihr Herz so heftig zu hämmern wie eines der indianischen Tom-Toms, von denen sie als Kind gelesen hatte. »Fox, du hast meinem Vater erzählt, du hättest einige Zeit bei den Sioux gelebt. Vielleicht warst du ja sogar schon in Bear Butte. Kannst du mir nicht sagen, was ich zu erwarten habe? Ich glaube, es wäre hilfreich, wenn ich etwas mehr über die Indianer wüßte als die Mythen, die man immer so hört.«

Er blinzelte nachdenklich in der hellen Sonne.

»Es sind doch *Mythen*, oder?« drängte Maddie mit ansteigender Stimme.

»Die meisten ja.« Er blickte in ihr bleiches Gesicht und lachte. »Wo ist die begeisterungsfähige, starrsinnige Frau geblieben, die uneingeladen mitgekommen ist, um ihre Schwester zu suchen und selbst herauszufinden, wie die Sioux sind?«

»Ich ... ich denke immer noch so!« protestierte sie. »Es ist nur, daß ... Ich meine, ich kann einfach nicht verhindern, ein bißchen beunruhigt zu sein ... wegen der Ungewißheit, meine ich.«

Fox hatte Mitleid mit ihr. »Ja, ich weiß, was du meinst. Ich verrate dir ein Geheimnis: Ich war auch nicht darauf vorbereitet, wie mich der erste Blick auf Bear Butte umwerfen würde – und ich war schon einmal hier.« Er hielt kurz inne und fuhr dann fort: »Ich wünschte, ich könnte dir genau sagen, was dich erwartet, aber ich bin mir ja selbst nicht sicher. Es hat sich eine Menge geändert, seit ich einige Zeit – eine lange Zeit in der Tat – bei den Sioux verbracht habe. Damals glaubten die meisten noch an die Versprechungen des weißen Mannes. Damals hatten sie noch genug Freiheit, ihr Leben auf ihre Art zu führen. Das ist jetzt vorbei, auch wenn sie bei Little Bighorn gesiegt haben. Ich bezweifle nicht, daß die Völker, die Crazy Horse folgen, wütender sind als die anderen Lakota, und deswegen hätte ich es vorgezogen, daß du in Deadwood bleibst. Es ist wirklich schade, daß du lieber auf deine Großmutter hörst als auf deinen Vater oder mich. Sie ist eine patente Frau, aber in diesem Fall, befürchte ich, hat eine Blinde eine Blinde geführt.«

»Du glaubst doch nicht im Ernst, daß sie uns etwas *an-*

tun ...? Du hast doch Vater gesagt, daß dir wohl nichts passieren wird, weil du Freunde bei den Sioux und sogar in Crazy Horses Abtrünnigenbande hast.«

Fox zuckte die Achseln. »Glaubst *du* denn im Ernst, daß ich deinem Vater gegenüber Ängste geäußert hätte, wenn da welche gewesen wären? Ich kann dir keine Garantien geben, wie es ein paar Jahre zuvor noch möglich gewesen wäre. Die Mehrheit der Lakota, die ich kennengelernt habe, waren die wertvollsten Menschen, die mir jemals begegnet sind. Dein Vater und ich haben dir beide erzählt, was wir für die Indianer empfinden.«

»Aber du bist nicht sicher, daß sie immer noch so sind?« Maddie wußte, sie sollte das Thema fallen lassen, aber sie konnte ihre Sorgen einfach nicht unterdrücken. Würde sie bei lebendigem Leibe gekocht oder vielleicht durch vier Pferde auseinandergerissen werden?

»Ich kann dir sonst nichts dazu sagen. Diese Menschen fühlen sich betrogen und haben kaum mehr Hoffnung; und vielleicht denken sie nun über alle Weißen schlecht. Befreundete Stämme haben sich gegen sie gewandt, daher trauen sie vielleicht auch mir nicht mehr.« Er nahm eine getrocknete Aprikose aus seiner Tasche und kaute nachdenklich darauf herum. »Die Lakota sind jedoch weise. Sie werden sich erinnern, daß ich niemals etwas von ihnen erbeten, noch ein Versprechen ihnen gegenüber gebrochen habe. Ich habe mit ihnen nur Arbeit, Freundschaft und Lachen geteilt, während ich in der Ebene bei ihnen war. Es gibt keinen Grund für sie, mich für die Verbrechen anderer Weißen zu bestrafen. Ich denke, uns wird nichts geschehen.«

Maddie seufzte hörbar, und ein Lächeln breitete sich auf ihrem schönen Gesicht aus. »Nun denn, das reicht mir erst einmal. Jetzt kann ich mich einfach auf das nächste Kapitel unseres Abenteuers freuen. Uns wird *nichts* passieren!« Sie betonte die letzten Worte überdeutlich, als würde sie sie dann selbst eher glauben.

Fox seufzte ebenfalls, aber er spürte die Last auf seinem Herzen. Er und Maddie würden wahrscheinlich sicher sein … solange Crazy Horse nicht herausfand, daß er unter den Blauröcken gewesen war, die die Indianer an diesem berüchtigten Tag am Little Bighorn angegriffen hatten.

Kapitel 16

6. August 1876

Die Dämmerung ließ sich langsam über die Landschaft nieder und tauchte sie in bernsteinfarbene und rosige Schatten, als die beiden Mulis den Wagen und die zwei Menschen auf den Kamm einer leichten Erhöhung zogen. Bear Butte ragte nun dicht vor ihnen auf, das Flachland, das unter ihnen lag und sich bis zu dem Felsen erstreckte, war mit Pappeln bewachsen.

Fox zügelte die Mulis und verengte die Augen, um die Bäume in der Ferne besser sehen zu können. »Diese Pappeln bedeuten Wasser. Sie wachsen an Bachläufen, und da werden die Indianer lagern.« Er schirmte die Augen mit einer Hand ab und wünschte, er hätte ein Fernglas mitgenommen. Plötzlich kam es ihm in den Sinn, wie unvorsichtig er gewesen war, wahrscheinlich weil seine Gedanken durch unsinnige Visionen, Maddie betreffend, abgelenkt worden waren. Wieso hatte er nicht daran gedacht, daß die Indianer sie beide angreifen konnten, bevor er mit ihnen Kontakt aufnehmen konnte, bevor er und Maddie sie überhaupt erst entdeckt hatten? Wie sollte er sich überhaupt mit ihnen verständigen, wenn er nicht früh genug jemanden entdeckte, den er kannte? Und die Worte …!

Panik überkam ihn, als er sich verzweifelt an Bruchstücke der Lakotasprache zu erinnern versuchte, die er vor ein paar Jahren noch beherrscht hatte.

Maddie spürte die Spannung und fragte: »Stimmt etwas nicht?«

»Alles in Ordnung«, murmelte er und lächelte sie beruhigend an. »Ich habe nur nachgedacht, wie wir die Situation am besten angehen.«

»Sollten wir nicht zuerst das Dorf suchen?«

»Oh, ich bezweifle nicht, daß es da unten im Schutz der Bäume ist. Ich glaube sogar, sie wissen schon, daß wir da sind.«

Maddie versuchte zu schlucken, aber irgendwie schien etwas in ihrer Kehle zu stecken. Nun endlich drang die Wirklichkeit voll in sie ein: Fox konnte tatsächlich keine Garantie geben, was geschehen würde, wenn sie den Indianern gegenüberstanden.

»Vielleicht ist es am besten, wenn wir uns hier niederlassen und eine Weile warten, ihnen damit die Chance geben, zu uns zu kommen«, entschied er schließlich. »Ich glaube, wir sollten etwas essen, solange wir noch können.«

Sie starrte ihm ungläubig nach, als er nach hinten in den Wagen krabbelte und mit Brot, Trockenfleisch und ein paar Pflaumen wiederkam, die er Maddie anbot. »Nein, danke«, fauchte sie mit erstickter Stimme. »Ich habe jetzt wirklich keinen Appetit.«

»Das ist aber schade«, gab Fox lakonisch zurück. Er aß mit Genuß, spülte alles mit kaltem Kaffee hinunter, wischte sich den Mund ab und stieg dann aus, um Watson und den Mulis Wasser aus einem Eimer zu geben. Als er wieder auf seinen Platz zurückkam, rang Maddie verzweifelt die Hände.

»Wie kannst du in einem solchen Moment nur so gelassen sein? Also, ich –«

»Sprich nicht so laut«, unterbrach Fox. »Der Wind trägt deine Stimme weiter. Wärst du denn glücklicher, wenn ich zähneknirschend zu Gott beten würde, er möge uns vor Folter und Tod bewahren? Soll ich schwitzen, meine Augen rollen, zittern und mich verstecken?«

Bevor Maddie etwas sagen konnte, hob Fox den Kopf und legte ihr einen Finger auf die Lippen und lauschte angestrengt. »Sie kommen«, flüsterte er.

Wilde Panik durchströmte Maddie. Einen Augenblick fürchtete sie, ohnmächtig zu werden, doch dann riß die innere Kraft sie wieder an die Oberfläche. »Soll ich ein Gewehr holen?«

Fox lächelte sie zärtlich an und streichelte ihre Wange. »Meine süße Manie, es wäre im Angesicht einer Gruppe Indianerkrieger nicht besonders weise, aber ich bewundere deinen Mut. Ich traue dir zu, uns beide zu verteidigen, wenn es sein muß.«

Tränen behinderten ihre Sicht, und sie wischte sie wütend fort. »Aber es muß doch etwas geben, das wir tun können!« Nun hörte auch sie das laute Hufgetrappel, das aus dem Flachland unter ihnen herannahte.

»Nur das.« Er zog sie in seine Arme und lächelte sie an, wobei Fältchen sich in den Winkeln seiner herrlich blauen Augen bildeten. »Es hilft nichts, sich unsinnig zu sorgen. Hoffen wir lieber auf das Beste.« Dann küßte er sie, bog ihren Kopf zurück und liebkoste ihre angespannten Lippen, bis er spürte, wie sie weicher wurden und reagierten. Dann wanderte sein Mund ihre Wangen und ihren Hals entlang, während er beruhigende Laute murmelte, bis sie endlich ruhig und entspannt in seinen Armen lag.

Fox war erleichtert, daß Maddie selbst in ihrer Angst zur Hingabe bereit war. Er wußte, daß der Anblick der Tapferen mit ihrer Kriegsbemalung Fremde einschüchtern und beängstigen sollte und der armen Maddie einen

Schock bereiten würde. Vielleicht konnte er etwas dagegen tun. Endlich hob er den Kopf und erblickte fünf schlanke junge Männer in hirschledernen Leggings und leuchtender Bemalung im Gesicht. Sie führten ihre wendigen Ponys nebeneinander. Zwei weitere Reiter kamen hinter ihnen die kleine Anhöhe hinaufgaloppiert. Einer der beiden hatte sein Gesicht so bemalt, daß er wie ein Bär aussah; er trug sein Haar ungeflochten, und auch sein nackter Oberkörper war bemalt. Sein Begleiter, dessen Gesicht hauptsächlich weiß mit grünen Kreisen um die Augen bemalt war, trug einen kurzen blauen Rock, der einst einem weißen Soldaten gehört hatte. Fox fragte sich, ob der Rock Beute vom Little Bighorn war.

»O mein Gott ...«, hauchte Maddie kaum hörbar.

Die zwei Tapferen galoppierten wirkungsvoll auf den Wagen zu und zügelten ihre Pferde nur knapp vor ihnen, wobei sie die geschmückten Speere in der Luft schwenkten und etwas auf Lakota schrien.

Erstaunt stellte Fox fest, wie ruhig er war. Eine Art *Déjà-vu* hüllte ihn wie ein Zauber ein. Er begegnete dem wüsten Blick des ersten Kriegers und begrüßte ihn: *»Kola!«*, was auf Lakota ›Freund‹ bedeutete. Er zeigte auf sich, dann auf Maddie. Forscher werdend, fügte er den Ausruf der Freude hinzu: *»Hun-hun-he, Kola!«*

Die fünf Männer vor ihnen begannen miteinander zu tuscheln, während der Indianer mit dem blauen Rock etwas für Fox Unverständliches zu seinem Gefährten grunzte. Aber es war der erste Mann, zu dem er unbewußt eine Verbindung empfand, und so ließ er seine Augen nicht von dessen nachdenklichem Blick los. Nach einem langen Augenblick begann dieser Indianer langsam auf Lakota zu sprechen, und Fox übersetzte im Geiste: »Ich glaube, wir kennen uns schon, kühner Freund, wie du dich selbst nennst. Mein Name ist Kills Hungry Bear. Bist du ...?«

Benommen vor Erleichterung und Wiedersehensfreude erhob sich Fox ein wenig und rief aus: »Mein alter Freund! Ich bin der, den dein Volk Fox-With-Blue-Eyes nennt.«

Maddie starrte verblüfft auf die beiden, die sich nun begrüßten, als wären sie Brüder. Kills Hungry Bear wurde ihr vorgestellt, und sie brachte sogar ein Lächeln zustande. Dann stieß der andere Indianer seinen Gefährten an. Seine vorher so einschüchternde Miene machte nun eher einen beleidigten Eindruck, wie die eines kleinen Jungen, der von einem wichtigen Ereignis ausgeschlossen wird.

Lachend gestikulierte Kills Hungry Bear zur Seite und stellte Striped Owl vor, der, wie er erklärte, einer der Cheyenne war, die sich den Lakota in ihrem Kampf gegen das Reservatsleben angeschlossen hatten. Als die Begrüßung beendet war, fragte Kills Hungry Bear, warum Fox und Maddie hier waren.

»Ich bin gekommen, um dein Volk zu treffen. Ich wußte nicht, daß du unter ihnen sein würdest«, antwortete Fox, der überrascht war, wie leicht ihm die Sprache immer noch von den Lippen kam. »Miss Avery und ich suchen jemanden, von dem wir vermuten, er sei Crazy Horse gefolgt.«

»Ich muß dir vertrauen«, gab Kills Hungry Bear feierlich zurück. »Du hast mich niemals belogen, also glaube ich dir. Es gibt viele aus deinem Volk, die lügen würden, um Crazy Horse nahe zu kommen, damit sie ihn töten können, aber ich werde meinem Stamm erklären, daß du und deine Frau anders seid.«

»Die Lakota sind immer sehr gut zu mir gewesen. Ich schulde ihnen sehr viel«, sagte Fox. »Du kannst mir trauen!«

»Dann laß uns ins Dorf reiten. Ihr seht beide hungrig und müde aus, also werden wir euch Essen und einen Platz zum Ruhen anbieten. Danach können wir reden.«

Als Kills Hungry Bear sein hellbraunes Pony wendete, erkannte Fox das aufgemalte Zeichen einer Hand auf der Flanke des Tieres. Ihm fiel wieder ein, was es bedeutete: Der Reiter war in Trauer. Die Erinnerungen an die Familie seines Freundes, die ihn wie einen Verwandten behandelt hatten, kamen mit schmerzhafter Klarheit zu ihm zurück. »Kills Hungry Bear, ich sehe, daß du in Trauer bist.« Er wählte seine Worte vorsichtig und vermied eine direkte Frage, die beleidigend hätte sein können.

Der junge Mann blickte über die Schulter zurück, und sein schimmerndes, schwarzes Haar wehte sanft in der Abendbrise. Das Zwielicht betonte das ziegelrot bemalte Gesicht und den Schatten des Kummers, der nun über seine stolzen Züge huschte. »Erinnerst du dich an meinen Bruder, Aiming Fast? Im Mond des Mästens wurde er beim Greasy Grass River von Longhairs Blaurock-Soldaten getötet.«

Fox brachte ein Nicken zustande, dann schlug er den Mulis die Zügel auf den Rücken, um sie hinter den sieben stolzen jungen Indianern herzutreiben, die nun die Anhöhe hinunterritten.

Maddie klammerte sich an Fox' Arm und flüsterte aufgeregt: »Wir sind sicher, nicht wahr? Ich weiß nicht, was ihr euch erzählt habt, aber ich kann es mir denken. Alles wird gut, richtig?« Sie hielt kurz inne, wartete auf sein Nicken und fuhr fort: »Worüber habt ihr denn zum Schluß gesprochen?«

»Wieso fragst du?« Fox' Stimme war barsch.

»Hab' ich etwas Falsches gefragt? Ich wollte doch nur … na ja, es ist ziemlich seltsam, von Leuten zu Tode erschreckt zu werden, die sich genau zu diesem Zweck so aufgemacht haben, und dann von ihrer Unterhaltung kein einziges Wort zu verstehen! Ich bin bloß neugierig, das ist alles. Ich wünschte, du würdest mir alles übersetzen, damit ich mir nicht so verloren vorkommen muß.« Sie schob ein paar widerspenstige Strähnchen zurück, die sich aus dem Band gelöst hatten. »Er ist dein Freund, soviel habe ich begriffen. Und sein Gesichtsausdruck am Ende eurer Unterhaltung wirkte so verletzlich. Willst du mir nicht sagen, warum?«

»*Sein* Name ist Kills Hungry Bear«, klärte Fox sie auf. »Er ist ein genauso wertvoller Mensch wie jeder, den du kennst, und du kannst ihn ohne weiteres mit seinem Namen anreden.« Ein sehnsuchtsvolles Seufzen entrang sich seiner Kehle, bevor er fortfuhr: »Ich habe ihn nach dem Zeichen der Trauer gefragt, das er auf die Flanke seines Pferdes gemalt hat.«

»Und?« bohrte Maddie sanft und dachte kurz, daß sie wohl niemals alle Merkwürdigkeiten dieser fremden Kultur begreifen würde.

»Sein Bruder, den ich auch kannte, ist von Custers Soldaten am Little Bighorn getötet worden.« Fox' Augen brannten, als er die Worte aussprach. Warum mußte das Leben so ein verdammtes Chaos sein? Wie sollte er jemals einen Weg aus diesem Labyrinth der Schuld und der Verwirrung finden? Annie Sunday hatte ihm beigebracht, daß Gut und Böse leicht zu unterscheiden war, wenn man nach der Wahrheit sucht, aber in der Welt des Westens, die sich so rapide entwickelte, schien alles in Grauschattierungen getaucht zu sein. Richtig und falsch richteten sich einfach nach dem Standpunkt eines Menschen. Oder nicht?

»Wie schrecklich«, sagte Maddie mitfühlend. »Aber trotzdem scheint es mir nicht gerecht, die Weißen dafür verantwortlich zu machen, da die Indianer im Gegenzug schließlich jeden von Custers Männern umgebracht haben.«

»Ich fürchte, so einfach ist das nicht.«

Der Wagen, der den Indianern folgte, rumpelte nun in

die Ebene hinunter, die von Bäumen geschützt wurde. Maddie keuchte auf, wobei sie aufgeregt auf das Bild zeigte, das sich ihnen nun darbot.

Dort unten lag, eingebettet zwischen den schimmernden Bäumen und einem gewundenen Band azurblauen Wassers, das Indianerdorf. Traumhaft malerisch wie die Gemälde des philadelphischen Künstlers George Caitlin, die Maddie als Kind fasziniert hatten, und wie in einem Zauber hielt sie die Szene gefangen. Dutzende von Tipis aus Büffelhaut, die von den Spitzen der oben herausragenden Weidenpfähle gekrönt wurden, drängten sich dort im rosigen Licht des Abends zusammen. Dazwischen braun gekleidete Gestalten mit schwarzen Haaren und eine Ponyherde mit Hunderten von Tieren, die weiche Staubwolken aufwirbelten, während sie im Schatten des Bear Butte grasten.

»Das ist wundervoll«, murmelte Maddie und spürte Fox' Lächeln. »Ich fühle mich, als wäre ich in eine der Geschichten hineingeraten, die ich immer im *Harper's Weekly* gelesen habe. Ich hätte mir nie erträumt …«

Fox fielen einige Antworten darauf ein, aber keine schien auszureichen. Einen langen Moment später fragte er: »Hast du jetzt keine Angst mehr?«

Ein paar Kinder planschten im Fluß, und ihr helles Kichern mischte sich mit dem musikalischen Lachen der Erwachsenen. Maddie sah ein paar Männern ein Spiel mit Steinen spielen, Frauen Wildblumen pflücken, die sie einander in die Zöpfe flochten. »Angst?« wiederholte sie. »Wovor?«

Kills Hungry Bear, Striped Owl und ihre Fünfereskorte ritten voran ins Dorf. Sodann hörte das Lachen auf. Die Leute drehten sich um und zeigten auf den plumpen Wagen, der den Hang heruntergerumpelt kam. Kills Hungry Bear sprach angeregt auf eine Gruppe ein, die sich rasch ansammelte. Die Männer, die ihn umgaben, wirkten wichtig, und Maddie fragte sich, ob Crazy Horse unter ihnen war. Was war, wenn er verkündete, daß sie und Fox für die Taten ihres Volkes büßen sollten?

Duftende Schwaden von Holzfeuer drangen aus den Spitzen der Tipis, die verschieden groß waren und, wie Maddie feststellte, um einiges geräumiger, als sie es sich vorgestellt hatte. Vieles an dem Dorf war vollkommen anders. Die Menschen musterten nun schweigend die weißen Eindringlinge. Noch einen Moment zuvor waren sie wie ganz normale menschliche Wesen mit Geist, Freude und verschiedenen Talenten gewesen. Diese Indianer schienen unglaublich zivilisiert. Wer konnte schon beurteilen, daß ihr einfacher Lebensstil weniger vernünftig war als die ruppigen Ausschweifungen in weißen Siedlungen wie Deadwood? Maddie seufzte und dachte über die scheinbar endlose Reihe von Widersprüchlichkeiten nach.

»Mach dir keine Sorgen«, beruhigte sie Fox. »Sie haben mehr Angst vor dir als du vor ihnen.«

Sie waren nur ein paar Meter von der Gruppe Männer zum Stehen gekommen. Fox drückte abwesend Maddies Hand, und für einen Augenblick konzentrierte sich ihr Leben auf seine Kraft und ihre Liebe zu ihm.

Dann lenkte das Geräusch von Flüstern sie ab. Die jungen Frauen, die Blumen gepflückt hatten, standen sehr nah am Wagen und waren vor Neugier und Furcht wie erstarrt. Als Maddie sie ansah, blickte sie in Augen voller Stolz und Intelligenz. In Maddie erwachten starke Gefühle. Diese jungen Frauen waren verwandte Seelen, was für eine Hautfarbe, Kleidung oder Bräuche sie auch immer hatten.

Kills Hungry Bear näherte sich in Begleitung eines älteren Mannes mit durchdringenden Augen und einer Hakennase dem Wagen. Fox übersetzte Maddie, als er sich als

He Dog vorstellte, ein Freund Crazy Horses von Kindheit an. Crazy Horse selbst schien nicht im Dorf zu sein, aber He Dog und die übrigen Leute, die das Herz des letzten Widerstandes gegen den Druck des weißen Mannes im Dakota-Territorium bildeten, erlaubten Fox und Maddie, in ihr Dorf zu kommen.

»Ich danke dir für deine Bemühungen«, sagte Fox mit einem erleichterten Lächeln.

Kills Hungry Bear antwortete: »Wir brauchen die Gewehre und die Munition, die du uns mitgebracht hast, und einige der Männer erinnern sich noch an dich aus der Zeit, als du bei uns gelebt hast. Wir haben nicht mehr soviel Vertrauen, wie wir damals hatten, aber alle sind sich einig, daß du dir das Ansehen der Lakota in vielen Monden verdient hast. Dies bedeutet mehr als das Versprechen auf einem Stück Papier.«

He Dog nickte kurz. »Auch ich erinnere mich an dich, Fox-with-Blue-Eyes. Ich kannte deinen Vater. Er war dabei, als ich als kleiner Junge auf meine erste richtige Büffeljagd ging. Das Land war schwarz mit Büffeln, und der Boden bebte unter den Hufen meines Pferdes. Dein Vater drängte mich voran, als er meine Angst spürte. Seine Freundschaft ist in meinem Kopf geblieben.« Ein bittersüßer Unterton war in He Dogs Stimme geschlichen, als er nun in die Ferne, zurück in die Vergangenheit schweifte. »Diese Zeiten sind mit den Büffeln entschwunden. Die Weißen haben uns vieles angetan, aber ich habe nicht vergessen, daß es auch in eurem Volk echte Menschen gibt.«

Fox konnte einen Augenblick lang nicht sprechen, als er an seinen Vater dachte, den er so sehr geliebt und vermißt hatte, und sich vorstellte, wie er mit den Lakota Büffel gejagt hatte. Schon als Fox zum ersten Mal hierher gekommen war, noch bevor Custers Expedition Gold in den

Black Hills gefunden hatte, waren die glücklichen Zeiten von den millionenstarken Büffelherden und der grenzenlosen Freiheit für die Indianer vorbei gewesen. Zachary Matthews hatte das Glück gehabt, vor diesen Entwicklungen mit den Indianern ziehen zu können.

Mit stiller Würde hieß das Dorf Fox und Maddie in seiner Mitte willkommen. Kills Hungry Bear fragte nicht, warum Maddie mit Fox gekommen war oder ob sie verheiratet waren, und sie protestierte nicht, als er ihnen sein Tipi überließ. Insgeheim war sie sehr glücklich, daß sie nun mehr Zeit mit Fox allein verbringen konnte.

Sie bückte sich, um einzutreten, Fox folgte ihr, und der Vorhang fiel hinter ihnen zu. Mit ihren aufgerissenen grünen Augen starrte Maddie ihn überrascht an. »Läßt er uns nun für die ganze Nacht allein? Was ist mit Sun Smile? Wann werden wir uns nach meiner Schwester erkundigen?« Sie hatte sich schon gefragt, ob Sun Smile eine der jungen Frauen gewesen war, die sie eben bei der Ankunft so interessiert gemustert hatten.

»Es gibt eine gewisse Etikette – ein besseres Wort fällt mir dafür nicht ein –, die man beachten sollte«, antwortete Fox. »Wenn wir uns ein bißchen ausgeruht und eingelebt haben, werde ich eine Weile mit Kills Hungy Bear plaudern. Mit etwas Glück wird sich dann die Gelegenheit ergeben, Sun Smile zu erwähnen.«

Maddie runzelte leicht die Stirn. »Warum kannst du nicht einfach eine Gelegenheit *herbeiführen*?«

»Die Lakota lieben nicht gerade die Neigung unserer Leute, mit allem sofort herauszuplatzen, was uns im Kopf herumgeht. Sie ziehen es vor, sich in Geduld zu üben, und dem Leben zu erlauben, sich zu offenbaren, wenn die Zeit gekommen ist.« Als er ihre frustrierte Miene sah, setzte er murmelnd hinzu: »Ich werde tun, was ich kann, Maddie.«

Sie nickte und akzeptierte, daß er ihr augenblicklich nicht mehr bieten konnte, dann wandte sie ihre Aufmerksamkeit ihrer Unterkunft zu. Das Tipi war durch und durch befremdlich, jedoch überraschend gut ausgestattet. Der stabile Rahmen bestand aus einem Dutzend Weidenstangen, über die sauber zusammengenähte, weiche Büffelhäute gespannt waren. Oben in der Spitze befand sich ein Rauchabzug, direkt darunter waren noch die Überreste eines Feuers zu sehen. Der restliche Boden war mit Gras und Wildblumen bedeckt, über denen Büffelfelle ausgebreitet lagen. Maddies Gesicht glühte vor Staunen.

Fox wies nun auf andere Dinge ihrer Behausung. Obwohl sich in einem Tipi normalerweise zwei Schlafstellen befanden, damit eine ganze Familie darin Platz hatte, war in Kills Hungry Bears nur eine. Das geräumige Bett bestand aus einer Masse gemütlich aussehender Büffelfelle und Kissen. An einer Wand war eine aufwendig bemalte Lederhaut aufgespannt, die die Geschichte von Kills Hungry Bears Familie erzählte.

»Das kann von der Wand genommen und bei wichtigen Zeremonien als Umhang getragen werden«, erklärte Fox. »Die Beutel enthalten allen weltlichen Besitz von ihm und seiner Familie. Siehst du, wie sie bemalt sind? Kills Hungry Bears Frau hat viele Stunden damit verbracht, aus Beeren und Erde Farben zu mischen, um sie damit zu kleinen Kunstwerken zu machen.« Er hob einen der Wildlederbeutel auf und zeigte Maddie die Dekorationen aus bemalten Stachelschweinborsten.

Sie betastete sie staunend und lugte dann in die Beutelöffnung. »Was für Sachen haben die Indianer denn?«

Ihre Neugier war so ungekünstelt, daß er nachgab. »Ich werde Kills Hungry Bear die Beutel bringen, wenn ich zu ihm gehe, aber wir können ja zuerst in ein oder zwei hineinsehen. Aber sag's ihm bloß nicht!«

»Wie sollte ich das wohl anstellen?« fragte sie mit einem breiten Grinsen.

Fox zog die Brauen hoch. »Ich bin dankbar für die Sprachbarriere. Es ist meine einzige Möglichkeit, daß ich dich vor unseren Gastgebern zurechtweisen kann.« Er öffnete einen Beutel und zog ein weiches Lederkästchen heraus. »Dies ist eine Hülle für einen Kamm.« Er entnahm ihm einen langen, bemalten Gegenstand, der nur entfernte Ähnlichkeit mit dem silberbeschlagenen Kamm von Maddie besaß.

»Oh!« rief sie aus und streckte die Hand danach aus, während sie eine Grimasse zog.

»Es ist ein Stachelschweinschwanz«, erklärte Fox mit unbewegtem Gesicht. »Diese Leute scheinen sich sehr an ihre alten Bräuche zu halten, denn es wäre ein leichtes, einen Kamm durch Tauschhandel zu erstehen.« Nun nahm er einen kleineren bemalten Beutel in die Hand und öffnete ihn. »Dies ist sozusagen das Künstlerwerkzeug: Pinsel, und die Schildkrötenpanzer werden als Farbtöpfe benutzt.« Als er ihr einen hinhielt, berührte sie den Panzer und lächelte. »In den anderen Beuteln müßten sich Kleider und Mokassins befinden. Dort drüben sind Kills Hungry Bears persönliche Vorräte und sein Geschirr. Sieht nicht aus, als hätte er viele davon. Ich habe erwartet, daß er mehr Schlafstätten, ein größeres Tipi und mehr bemalten Schmuck und Zierat besitzt. Es sieht fast aus, als hätte er keine Familie.«

»Aber er hat eine Frau?«

»Ich bin sicher, daß er gerade geheiratet hatte, als ich den Stamm vor drei Jahren verließ. Little Dove hieß sie, glaube ich.« Nachdenklich blickte sich Fox im Zelt um, an dessen hinterer Wand über dem Bett die übliche Ansammlung von langen, gebogenen Pfeifen, Bogen und Pfeile in einem Köcher und Kills Hungry Bears Kriegshaube über einem Dreibein hingen. Alles war an seinem Platz, ließ jedoch nicht auf eine weibliche Hand schließen »Nun, ich denke, ich sollte ihm diese Dinge bringen und abwarten, was er mir erzählen will.«

Maddie sah zu, wie er die bemalten Lederbeutel aufsammelte und spürte einen Anflug von Furcht. Außerdem war sie auch hungrig, und ihr war heiß.

Fox warf die Türklappe zurück und trat in die schattige Abendluft hinaus. Er blickte zurück und schien ihre Gedanken lesen zu können. »Wenn es dir zu warm ist, kann ich die anderen Klappen am Zelt öffnen. Das ist im Sommer üblich. Wenn dich ein paar neugierige Blicke der Nachbarn nicht stören, wirst du es auf jeden Fall angenehmer haben.«

»Noch nicht, ich glaube, jetzt noch nicht«, sagte sie unsicher. »Aber vielleicht läßt du die da offen.«

»Das ist ein Zeichen, daß Gäste willkommen sind«, warnte er.

»O Fox, ich kann mit all diesen neuen Regeln nicht mithalten!« Maddie stieß einen übertriebenen Seufzer aus. »Ich werde das Risiko von Besuch also eingehen. Solange sie freundlich sind – und du bringst mir sofort etwas zu essen!«

Nachdem er ihr ihren eigenen Beutel mit den Vorräten aus dem Wagen gebracht hatte, kaute Maddie ausgehungert auf einem Stück Trockenfleisch herum, während sie beobachtete, wie er durch das Dorf lief, um seinen alten Freund zu finden. Aus Neugier und wegen einem nagenden Gefühl der Angst in ihrem Magen blickte sie weiterhin hinaus, wobei sie sich allerdings gut verborgen im Schatten des Tipis hielt. Kinder und Hunde streunten durch das Dorf, ein Mann kam mit seinem Kind auf dem Rücken laut lachend vorbei, Eltern schafften Gegenstände in ihre Tipis und ließen die verschiedenen Klappen herunter, da die Nacht mit erfrischender Kühle herannahte.

Maddies Herzschlag beruhigte sich etwas, als sie das Gefühl des Friedens und der Harmonie, die diese Menschen ausstrahlten, in sich aufsog. Niemand würde sie anspringen oder skalpieren, wenn sie nur eine Sekunde nicht aufpaßte. Stück für Stück rückte sie näher an die Türöffnung heran, dann beugte sie sich vor, um besser sehen zu können. Der Bach gurgelte in der Ferne, und die glänzenden Blätter der Bäume schimmerten silbern. Eine junge Frau führte ihr Pony vom Fluß zurück ins Dorf. Als sie sich Kills Hungry Bears Tipi näherte, unterdrückte Maddie ein Aufkeuchen. Was stimmte mit diesem Mädchen nicht? Sie war dreckig und beschmiert mit einem graubraunen Zeug, ihr Kleid war zerrissen und verschmutzt, ihr Haar ungekämmt und scheinbar lange nicht gewaschen worden. Sie sang vor sich hin, als wäre sie nicht ganz klar im Kopf.

Maddie zog sich zurück, als die Frau vorbeiging, denn sie war sich nicht sicher, ob sie nicht vielleicht gefährlich war. Dann sah Maddie, daß das Mädchen unter dem festgebackenen Dreck und dem zerfetzten Lederkleid ziemlich hübsch war. Ihre Figur war geschmeidig, schlank und grazil geformt. Ihre Gesichtszüge waren fast klassisch zart, ganz anders als die breiteren Gesichter der meisten Lakota-Frauen. Wie schrecklich, dachte Maddie, wenn jemand, der so anmutig und jung war, dem Wahnsinn verfallen wäre.

Plötzlich drehte sich das Mädchen um, als hätte sie Maddies Blick gespürt, und starrte in die Tipiöffnung. Maddie blickte in die wilden Augen; sie waren taubengrau und wurden von dichten Wimpern umrahmt. Sie waren ihr unheimlich vertraut.

Kapitel 17

6. und 7. August 1876

Nachdem Fox Kills Hungry Bear sein Habe gebracht und der junge Mann sie in dem Zelt verstaut hatte, in dem er schlafen würde, solange die Gäste seines beanspruchten, machten sich die beiden Freunde daran, die Gewehre und Vorräte von dem Wagen zu laden. Erfreute und überraschte Ausrufe waren zu hören, als sich He Dog und ein paar andere Männer zu ihnen gesellten. Sie hatten neben dem Wagen ein Feuer gemacht, um den Inhalt der Kisten begutachten zu können, und nun schienen alle fassungslos von der Menge und der Qualität der Güter, die Fox aus Deadwood mitgebracht hatte.

»Das war sehr großzügig von dir«, sagte He Dog, als er die Säcke mit Zucker und Kaffee erblickte. »Unsere Vorräte sind knapp. Die Büffel sind selten geworden, und natürlich besorgen wir uns keine Nahrung von den Agenturen. Dafür besitzen wir ein kostbares Gut, das in keiner Agentur der Welt erhältlich ist: Freiheit!« Seine Nasenflügel blähten sich, als er das letzte Wort aussprach. »Euer Volk glaubt, das Land gehöre entweder euch oder uns, doch in Wahrheit steht es keinem Mensch zu, es zu kaufen oder zu verkaufen. Das Land und der Himmel und alles, was dazwischen liegt, gehört *Wakan Tanka,* dem Großen Geist, unser aller Urahne! Euer Volk will nicht auf die einfache Wahrheit hören. Die Weißen nehmen sich, wenn man ihnen nicht freiwillig gibt, was sie haben wollen! Euer Volk –«

»Bitte!« Fox hielt eine Hand hoch. »Ich weiß, daß du wütend auf die weißen Menschen bist, aber wie du eben gesagt hast, sind nicht alle gleich.«

»Nein.« He Dog seufzte und beruhigte sich. »Das ist wahr. Ich war ungerecht. Wie du sagst, sind wir sehr wütend.«

»Warum hast du uns so viele Waffen und Essen mitgebracht?« fragte Kills Hungry Bear nun. »Du tust uns viel Gutes damit!«

»Ich habe euch die Sachen zwar gebracht, aber sie sind ein Geschenk eines Mannes namens Steve Avery. Kennt ihr ihn? Er hat einen Winter lang bei einer Lakota-Bande verbracht, es ist schon lange her. Übrigens ist die Frau, die mit mir gekommen ist, Stephen Averys Tochter.« Er wartete ab, ob ihn jemand ermutigte weiterzureden.

»Huh.« Kills Hungry Bear sah gelangweilt aus, und die anderen Männer begannen, die Kisten mit den Gewehren wegzutragen. »Sind das Repetiergewehre? Die meisten von uns sind für Pfeil und Bogen verdorben, seit wir diese da bekommen haben.«

Der abrupte Themenwechsel besagte Fox, daß Kills Hungry Bear und die anderen Stephen Avery kannten. Vielleicht ahnte sein Freund bereits, warum Maddie hier war, aber niemand wollte offensichtlich über Sun Smile reden – zumindest noch nicht. Die Lakota nahmen das Leben Stück für Stück, zunächst immer nur ein Ereignis, eine einzige Sache auf einmal, ohne die Dinge voranzutreiben. Fox war mit dieser Art vertraut genug, um zu wissen, daß Kills Hungry Bear ihm etwas mitteilen würde, wenn die Zeit reif dazu war. Sein einziges Problem war nun allerdings, Maddie diese Einstellung zum Leben klarzumachen.

Als die Arbeit getan, Watson und die Mulis getränkt und gefüttert waren, schlug Kills Hungry Bear vor, daß er und Fox auf den Bear Butte klettern und rauchen sollten.

Sie gingen nicht weit. Das Feuer war noch in Sicht, als sie sich auf einen Felsvorsprung niederhockten und Kills Hungry Bears Pfeife tauschten. Der Kopf der Pfeife aus glattem rotem Stein war in Form eines Bären geschnitten, und der lange Schaft bestand aus grauem Eschenholz. Die

Einfachheit ließ darauf schließen, daß es Kills Hungry Bears Alltagspfeife war, doch das Ritual, das damit vollzogen wurde, würde immer bedeutungsvoll sein. Als beide Männer geraucht und einen Moment friedlich geschwiegen hatten, sprach Fox schließlich mit ruhiger Stimme.

»Dein Tabak ist gut. Nicht zu stark.«

Kills Hungry Bear nickte mit geschlossenen Augen. »Ich habe ihn mit Weidenrinde und Bärentrauben gemischt, vielleicht auch mit ein wenig Sumachblättern.« Er zog gemächlich an der Pfeife. »Die Blauröcke kommen. Sie sind hinter uns her, nehme ich an. Deswegen hast du uns so viele Gewehre gebracht. Ich dachte mir, daß es geschehen würde, nachdem wir Longhair und seine Soldaten am Greasy Grass River getötet haben. Manche glauben, daß sie uns nun in Ruhe lassen, aber das wird nicht geschehen. Für jeden weißen Mann, den wir töten, rücken unzählige andere an seinen Platz. Sie wollen uns den Sieg nicht lassen. Wir werden dafür bestraft werden, daß wir für unser Leben und unsere Freiheit kämpfen.«

Fox erwiderte nichts darauf. Er blickte auf Kills Hungry Bear mit seinen traurigen, schwarzen Augen, seinen stolzen Gesichtszügen und seiner braunen Haut. Fellstreifen waren um sein nun geflochtenes Haar gewunden. Als Fox die Pfeife wieder nahm, mußte er daran denken, wie bemerkenswert diese einfache Zeremonie doch war. Wenn Männer sich die Pfeife teilten und sich einander öffneten, schlugen sie gemeinsam eine Brücke von der irdischen Welt zur spirituellen. Wie wenig wußte doch die weiße Rasse vom Universum.

»Du antwortest nicht«, bemerkte Kills Hungry Bear.

»Ich habe daran gedacht, wie sehr ich das Leben eures Volkes vermißt habe«, sagte Fox ernst. »Aber ich will dir antworten. Ich denke, daß du recht hast, obwohl ich keine Tatsachen darüber weiß. *Was* ich weiß, ist, daß die Menschen in den Black Hills sehr wütend sind, daß mit Longhair so viele Soldaten getötet wurden.«

Kills Hungry Bears Augen wurden härter. »Wußtest du, daß *er* derjenige war, der die Thieves' Road in unser heiliges Land *Paha Sapa*, das ihr Black Hills nennt, gezogen hat? Ich werde niemals verstehen, daß dein Volk immer alles haben muß, was es sieht, unwichtig, wer dadurch zu Schaden kommt. Die Weißen mögen denken, daß wir dumm sind. Wahrscheinlich liegt es daran, daß wir ihrem Rat zuerst so bereitwillig gefolgt sind. Vor vielen Jahren glaubten wir den Versprechungen, die man uns gab, aber das einzige Versprechen, was euer Volk gehalten hat, ist das, uns unser Land wegzunehmen.« Er schloß wieder die Augen. »Ich mag das Gefühl in meinem Herzen nicht, aber es ist durch den Verrat des weißen Mannes eingepflanzt worden. Viele Lakota sind des Widerstandes müde. Nur noch wenige wollen für das kämpfen, was unser ist, seit der Große Geist die Welt erschaffen hat.«

Während er Kills Hungry Bears einfach dargelegter, aber nichtsdestoweniger stimmiger Wahrheit lauschte, brach in Fox erneut die Schuld und die Verwirrung auf. »Ich stimme dir zu, mein Freund. Es tut mir leid, was meine Rasse euch angetan hat. Ich wünschte, ich könnte rückgängig machen, was geschehen ist.«

Der Indianer legte die Pfeife nieder und blickte in den weiten, sternenübersäten Himmel. »Kennst du Crazy Horse?«

»Ich habe ihn nur einmal gesehen, aber ich habe viel über ihn gehört.«

»Er ist ein großer Führer. Ich möchte lieber im Kampf an seiner Seite sterben, als nach den Gesetzen des weißen Mannes leben.«

»Wo ist er jetzt?«

Kills Hungry Bear grinste, und seine Zähne leuchteten

kräftig und weiß in der Dunkelheit auf. »Er macht den Weißen das Leben schwer, die versuchen, uns *Paha Sapa* zu stehlen. Ich habe durch ihn so vieles gelernt! Er hat sein ganzes Leben damit verbracht, durch Visionen von *Wakan Tanka*, dem Großen Geist, den wahren Pfad zu finden. Viele Menschen verstehen solche Dinge erst, wenn sie sehr alt sind, aber Crazy Horse weiß, daß *diese* Welt nur ein Schatten der *wahren* Welt ist. Seit er ein kleiner Junge war, konnte er in die echte Welt reisen, wenn *Wakan Tanka* ihm seine Träume schickte.«

Fox wußte, daß die jungen Lakota ihre Männernamen durch Träume fanden. »Ich habe gehört, daß Crazy Horse als Kind Curly genannt wurde. Dann sah er in einer Vision sein Pferd tanzen, und so nahm er den Namen Crazy Horse an.«

»Ja!« Kills Hungry Bear freute sich über das Wissen seines Freundes. »Crazy Horse weiß sehr viel. Er hat die Art, wie die Blauröcke kämpfen, beobachtet, und denkt viel darüber nach, wie man so ein Wissen in der Schlacht gegen sie einsetzen kann. Auch hat er erfahren, daß er jede Prüfung besteht, wenn er vor einem Kampf in seinen Träumen in die *wahre* Welt geht. *Wakan Tanka* hat Crazy Horse viele Kräfte verliehen, die ihm am Tag, als wir Longhair und seine Männer töteten, halfen.«

»Crazy Horse ist ein großer Krieger«, sagte Fox. Er wollte nicht an die Hintergründe der Geschichte vom Little Bighorn denken, denn jedesmal, wenn er daran erinnert wurde, spürte er eine dumpfe Erschöpfung tief in seinem Inneren. Es gab eine Antwort, doch sie hielt sich verborgen, und er hatte noch nicht die Nerven, nach ihr zu suchen.

»Crazy Horse ist ein großer Mensch«, sagte Kills Hungry Bear fest. Dann nahm er ohne weitere Zeremonien oder Umstände seine Pfeife und kam auf die Füße. »Ich bin froh, daß du gekommen bist, Fox-With-Blue-

Eyes. Das, was du uns mitgebracht hast, wird dringend benötigt. Wir sind sehr dankbar.«

Als sie langsam zum Dorf zurückkehrten, fragte Fox beiläufig: »Hast du eine Frau, mein Freund?«

»Ja. Sie hatte Angst, also schickte ich sie in die Agentur. Ich weiß noch nicht, was ich tun soll.« Er seufzte leise und zuckte die Schultern. »Manchmal denke ich, ich sollte eine andere Frau nehmen, aber mir fehlt Little Dove. Wir haben Kinder. Ich kann mir nicht vorstellen, mich um eine andere Frau zu bemühen. Manche Männer haben mehr als eine, aber ich bin nicht sicher, ob ich damit zurechtkomme, wenn Little Dove und ich wieder zusammen sind.«

Kills Hungry Bear war vor seinem Tipi stehengeblieben. Es war spät geworden, und im Dorf war es still, bis auf die gedämpften Laute aus der Ponyherde, ein gelegentlicher Käuzchenruf und das Geheul eines Kojoten in der Ferne. Fox wußte, daß Maddie schrecklich gespannt auf Neuigkeiten sein würde, und so beschloß er, die erneuerte Nähe zu seinem Freund ein wenig auszunutzen. »Kills Hungry Bear, ich frage mich, ob in diesem Dorf vielleicht eine Frau lebt, die Sun Smile genannt wird.«

Der Krieger warf ihm einen langen Seitenblick zu, dann hob er die schwere Lederklappe von seinem Tipi. Im Inneren war eine schlafende Gestalt auszumachen, und ein kleiner Hund erhob sich, um den Neuankömmling zu begrüßen. »Ich bin müde. Wir reden später weiter. Ich hoffe, daß du und die Frau mit dem Feuerhaar gut schlafen und erfrischt aufwachen werdet.«

Einen Augenblick später stand Fox allein in der Dunkelheit.

Zuerst wurde sich Maddie eines seltsamen Geruchs bewußt. Langsam schlug sie die Augen auf und dachte, sie müßte träumen. Ein sanftes, rotes Licht beleuchtete merkwürdige Gegenstände und Malereien. Ein Feuer, umgeben von einem Steinring, war niedergebrannt und glühte nur noch bernsteinfarben. Ihr Gesicht war auf weiches, braunes Fell gedrückt, und sie begriff schließlich, daß der komische Geruch daher rührte. Nicht unangenehm, aber fremd. *Ich liege auf einem Bett aus Büffelfell*, dachte sie, *in einem indianischen Tipi!* Dann fiel ihr wieder ein, daß sie so lange auf Fox gewartet hatte, bis sie müde und gelangweilt war. Sie hatte sich hingelegt und hoffte dabei inständig, daß keine Insekten oder kleine Nagetiere über sie krabbeln würden, wenn sie ihre Augen schloß. Inzwischen mußte es mitten in der Nacht sein, und eine Ewigkeit schien vergangen. Wo war Fox? War ihm etwas zugestoßen? Der Gedanke daran ließ ihr Herz heftiger schlagen.

»Uhm-grmpf«, stöhnte eine tiefe, männliche Stimme. Eine Sekunde später legte sich ein harter, muskulöser Arm um Maddies Taille und zog sie an sich.

Die Freude quoll in ihr auf. In seinem tiefen Schlaf berührte Fox ihre Brüste und knabberte an ihrem Hals, dann stieß er einen weiteren zufriedenen Laut aus, der wieder in die tiefe Atmung des ruhigen Schlafs überging. Tränen brannten in ihren Augen, als sie auf die große, gebräunte Hand hinabsah, die sie festhielt. Sie konnte sich nur mühsam beherrschen, sich in seiner Umarmung umzudrehen und ihn wach zu küssen. Doch sie berührte nur seine warmen Finger, drückte ihr Hinterteil an ihn und starrte glücklich in die Glut des Feuers. Dies war kein Traum. So vieles war ungewiß, doch für heute nacht war es genug. – Es war *alles*.

»Ich bin Strong«, sagte die Lakota-Frau in zögerndem Englisch. »Weil ich mit dir sprechen kann, du kommst mit mir.« Ein stolzes Lächeln huschte über ihr breites Gesicht, als sie hinzufügte: »Heute.«

Fox, der mit den Männern auf Antilopenjagd gegangen war, hatte Madeleine gewarnt, daß jemand zu ihr kommen könnte. Wenn die Frauen ihr das Gefühl geben wollten, willkommen zu sein und nicht im Tipi allein bleiben zu müssen, dann sollte sie das als gutes Zeichen werten und sie nicht abweisen. Auf keinen Fall, hatte er mit warnendem Blick hinzugefügt, sollte sie die Frauen nach Sun Smile fragen. Sie mußte die Sache ihm überlassen.

»Woher kannst du denn Englisch?« fragte sie Strong, als sie mit ihr in das Sonnenlicht hinaustrat.

»Ich bin lange in die Agentur gelebt. Ich will lernen, was weiße Menschen sagen über mich. Ich frage Frau von Agent mir beibringen, wie man Sprache spricht.« Strong lächelte wieder und streckte die Hand nach Maddies aus, zog sie dann aber scheu wieder zurück. »Komm! Ich zeige dir, wie wir leben.«

Zuerst gab ihr Strong etwas zu trinken, um ihren Mund zu erfrischen. Das reine, kalte Quellwasser, durch frische Minzblätter gefiltert, schmeckte so gut, daß Maddie genußvoll trank und dann ihre neue Freundin anlächelte. Sie sah zu, wie ein paar Frauen die Haare von den Häuten schabten, die auf dem Boden festgespannt waren, während andere zum Waschen mit einer Seife hantierten, die Strong *haipajaja* nannte.

Maddie ging mit Strong und den anderen Frauen und Kindern los, um *tinpsila* auszugraben, eine Wurzelpflanze, die im Schatten des Bear Butte reichlich gedieh. Die Frauen banden sie in Bündeln zusammen, die nach ihrer Rückkehr zum Trocknen auf Gerüste gehängt werden sollten. Strong erklärte ihr, daß man die weißen Wurzeln roh, in Suppe gekocht oder getrocknet als Wintervorrat essen konnte.

Für viele Früchte war die Jahreszeit schon vorüber. Erdbeeren, Kirschen und wilde Johannisbeeren gab es nicht mehr, dafür begannen die Früchte des Feigenkaktus gerade zu reifen, und Strong pflückte eine für Maddie. Die hellrote Frucht wuchs wie ein Juwel an dem Kaktus und war süß und saftig.

Als die Sonne hoch am Himmel stand, nahmen die Frauen die Bündel *tinpsila* und begaben sich wieder ins Dorf zurück. Obwohl sie sich staubig und verschwitzt fühlte, stellte Maddie fest, daß sie das Gefühl der Kameradschaft unter den Frauen genoß. Sie dachte daran, wie schön es wäre, ihre Sprache zu können, einen Namen zu besitzen, der bezeichnend war, und ein lockersitzendes Lederkleid zu tragen, das sie nach eigenem Geschmack verziert hätte. Weiße Frauen arbeiteten nur selten auf diese Art zusammen, um Unterhaltung, Gelächter, Freundschaft wie die verschiedenen Aufgaben miteinander zu teilen.

»Vieles, was ich über dein Volk lerne, gefällt mir«, sagte Maddie mit einem leichten Erröten zu Strong.

»Es ist gut, wenn du kannst lernen«, gab ihre neue Freundin zurück, als sie am Rand des Dorfes angekommen waren. »Viele von deinem Volk sehen uns mit Verachtung. Sie glauben, *wir* müssen lernen, nicht sie.«

»Es tut mir schrecklich leid, daß mein Volk euch nicht in Frieden leben läßt«, sagte Maddie ehrlich.

»Alles ist anders. Sie haben getötet alle Büffel, und sie waren unsere – Lebensquelle.« Strong lächelte sie traurig an, als ihr das Wort endlich einfiel. Im Laufe des Tages wurde ihr Englisch immer besser.

Maddie hörte aufmerksam zu, als Strong erklärte, wie die Frauen versuchten, sich auf ein Leben ohne Büffel einzustellen, oder zumindest mit weitaus weniger als früher. Nun, da weiße Jäger die Millionen Büffel, die einst die Prärie zum Beben brachten, dezimiert hatten, versuchten die Lakota sich auf Wild, Bären und sogar Präriehunde umzustellen. Früher, sagte Strong, konzentrierte sich die

Arbeit einer Frau darauf, jeden Teil eines Büffels sorgfältig zu verwerten. Nichts wurde verschwendet. Sie benötigten nicht nur die Felle und das Fleisch, auch aus den Rippen wurden Spielzeug und Schlitten gemacht, aus den Hörnern Löffel, Gedärme zu Wasserbehältern gefertigt, und die Hufe wurden zu Leim ausgekocht.

»Wir behandeln die Büffel mit Respekt«, schloß Strong. »Wir töten nur so viele, wie wir wirklich brauchen, wie der Große Geist es will.«

Maddie senkte die Augen in ihrer Scham über die Verschwendung, die die weißen Männer anrichteten. Niemand sprach darüber, aber der Kummer über für immer verlorene Lebensart hing in der Luft. Das Leben war nicht mehr dasselbe wie vor ewigen Zeiten, als die Welt erschaffen worden war, und ein jeder schien zu begreifen, daß es kein Zurück gab.

»Sie haben das Essen gemacht, auf das sie so stolz sind!« flüsterte Maddie aufgeregt, während sie und Fox sich um die Mulis und Watson kümmerten. Der Wagen stand ein ganzes Stück vom Dorf entfernt, aber sie sprach dennoch so leise, wie sie konnte, damit niemand sie hörte und sich vielleicht beleidigt fühlen würde. Alles, was sie an diesem Tag gesehen und erfahren hatte, war in ihrem Inneren gespeichert und wartete nur darauf, Fox mitgeteilt zu werden. Nun, während er Watson striegelte und ihr aufmerksam zuhörte, sprudelten die Worte nur so aus ihr heraus. »Strong hat es *Haschee* oder so genannt, aber so ein Haschee habe ich noch nie gesehen. Sie kochen gehäckselte Knochen, bis das Fett nach oben kommt, das sie dann abschöpfen und beiseite stellen. Als nächstes braten sie getrocknetes Fleisch, klopfen es mit einem besonderen Steinhammer und fügen dann getrocknete Kirschen hinzu. Was für ein Rezept! Dann schmelzen sie das Fett und mischen es mit dem geklopften Fleisch und den Kirschen. Strong sagt, wenn man es richtig aufbewahrt, wird es hart und ist lange Zeit eßbar.« Sie streckte die Zunge heraus und zog eine komische Grimasse, um Fox zu zeigen, was sie davon hielt.

Er lachte und streichelte Watsons seidige Flanke. »Du redest von *wasna*, und es wird als echte Delikatesse angesehen.« Er tadelte sie scherzhaft mit erhobenem Finger. »Deine neuen Freundinnen wollten dir bestimmt einen riesigen Gefallen tun, indem sie dir das Rezept verraten haben. Also behalte deine Meinung besser für dich!«

»Oh, ich möchte Strong um keinen Preis verletzen. Ich hatte einen wundervollen Tag. Als die eigentliche Arbeit getan war, haben alle Frauen zusammen im Fluß gebadet, und es hat unheimlichen Spaß gemacht! Sie haben gelacht und sich bespritzt und sind herumgetollt, und dann habe ich einfach mitgemacht! Als wäre es das Natürlichste auf der Welt!«

»Das ist es«, bemerkte er trocken.

Maddie errötete. »Ich weiß, aber es ist schwer, die Angewohnheiten eines ganzen Lebens abzulegen.« Sie schwieg einen Moment, als sie an die stillen Aktivitäten dachte, die den Nachmittag der Frauen ausgefüllt hatten. In diesen heißen Stunden des Tages entspannte sich das gesamte Dorf. Entweder ruhte man sich aus, machte ein Nickerchen, oder man verbrachte die Zeit mit kleineren Aufgaben wie Mokassins nähen oder Perlen aufziehen. Die meisten Männer kamen ebenfalls zurück ins Dorf, um sich zu ihren Familien zu legen oder Pfeile zu schnitzen. Die Spannung des kommenden Krieges hing ständig in der Luft. »Was hast du denn an diesem Nachmittag gemacht?« fragte Maddie. »Ich dachte, du würdest vielleicht in unser Tipi kommen.«

»Kills Hungry Bear und ich haben mit ein paar anderen

die Waffen ausgepackt, und ich habe ihnen erklärt, wie man sie lädt. Es sind mindestens sechshundert Krieger hier, das heißt, wir haben nicht genug Gewehre für alle, aber sie werden trotzdem eine große Hilfe sein.« Fox streckte sich und starrte in die Prärie hinaus. Dann seufzte er. »Natürlich ist das wahrscheinliche Ende nicht zu vermeiden. Vielleicht tue ich ihnen einen schlechten Gefallen, es hinauszuzögern.«

Maddies Herz schmerzte bei dem Gedanken daran, daß dieses Volk vom Untergang bedroht war. Verstört versuchte sie, das Thema zu wechseln. »Fox …?«

»Hm?« Plötzlich wirkte er unendlich müde, kam zu ihr und lehnte sich neben sie an den Wagen.

»Ich habe heute eine höchst seltsame Frau gesehen. Zumindest glaube ich, daß es eine Frau war, denn sie wurde Woman's Dress genannt. Sie trug auch ein Frauenkleid und half den anderen bei dem Essen, aber sie hatte eine sehr tiefe Stimme und breite Schultern –«

Fox' Gelächter unterbrach sie. »Du bist wirklich süß. Hat Woman's Dress mit euch im Fluß gebadet? – Ich glaube kaum. Sie, oder besser gesagt *er*, ist das, was die Lakota *wintke* nennen. Es gibt mindestens genauso viele Männer wie er unter den Weißen, aber sie werden gewöhnlich dazu gezwungen, sich anders zu geben, als sie eigentlich veranlagt sind. Die Indianer vertreten eine wundervolle Philosophie, was die *wintkes* angeht. Sie glauben, daß jedem Mann sein Schicksal in einem Traum offenbart wird, den ihm der Große Geist schickt – etwa dann, wenn ein Junge zum Mann wird. Wenn manche Männer sich lieber wie Frauen benehmen, wird das akzeptiert, und sie bekommen einen wichtigen Platz in der Gemeinschaft.« In der Ferne ballten sich Wolken zusammen, und Fox schirmte die Augen ab, um den dunklen Horizont zu betrachten. »*Wintkes* sorgen für die Frauen im Dorf, wenn die anderen Männer fort sind. Oft kümmern sie sich nach einer Schlacht um die Verwundeten. Wenn ich zurückdenke, glaube ich, Woman's Dress schon vor ein paar Jahren kennengelernt zu haben. Jemand erwähnte seinen Namen, und ich dachte auch zuerst an eine Frau. Soviel ich weiß, war Woman's Dress ein Kindheitsfreund von Crazy Horse und hieß damals Pretty One. Sieht aus, als wären sie Freunde geblieben.« Er lächelte. »Die Lakota haben einen tiefen Respekt vor ihrem Gott. Sie lachen nicht so schnell über seine Kreaturen.«

Maddie lauschte mit weitaufgerissenen Augen. »Indianer haben ein erstaunliches Talent zum Leben!« rief sie schließlich aus. »Wie weise sie sind!«

»Wir können sehr viel von ihnen lernen«, stimmte er zu, »aber du darfst sie auch nicht in den Heiligenstand erheben. Diese Leute sind genauso Menschen wie du und ich.« Er hielt inne, als er bemerkte, daß sie seine letzten Worte kaum aufgenommen hatte. Alles hier war so neu für Maddie; kein Wunder, daß sie wie verzaubert herumlief. »Du bist glücklich, nicht wahr?«

»Sehr.« Maddie schenkte ihm ein strahlendes Lächeln.

»Es ist kaum zu glauben, daß du dieselbe, manierliche, pingelige *Lady* bist, die ich vor ein paar Wochen kennengelernt habe.« Langsam ließ Fox einen Finger ihren Arm hinuntergleiten, dann hob er ihre Hand und küßte die Innenfläche.

»Ich war aber niemals pingelig«, protestierte Maddie schwach.

»Meine *liebe* Miss Avery, das warst du aber ganz sicher!« Er blickte wieder auf die Wolken, dann schien er in der Brise zu schnuppern. »Ich glaube, es braut sich ein Sturm zusammen. Sollen wir zum Dorf zurückgehen?«

»Kann ich dich zuerst noch über jemand anders ausfragen?«

Als Fox Watson und die Mulis in den Schutz der Bäume führte, warf er einen Blick über die Schulter zurück. »Ich hör dir zu, Süße.«

Dieser beiläufig ausgesprochene Kosename ließ ihr Herz beben. Sie trottete hinter ihm her, während sie die Frau beschrieb, die sie am Abend zuvor gesehen hatte. »Glaubst du, sie ist verrückt? Ich habe sie heute noch einmal gesehen, und sie sah genauso scheußlich aus wie gestern. Warum hilft ihr bloß keiner? Unter dem ganzen Dreck ist sie nämlich hübsch. Aber ich könnte schwören, ihre Arme und Beine sind ganz vernarbt. Ich glaube, sie hat Lehm oder so etwas in die Wunden gerieben. Wahrscheinlich hat sie Ungeziefer im Haar, aber als wir heute alle zusammen gebadet haben, saß sie nur am Ufer und sah zu.« Maddie holte nur kurz Atem, dann redete sie weiter. »Sie brauchte dringender ein Bad als alle Frauen zusammen, aber sie hat sich nicht einmal das Gesicht gewaschen, und alle Frauen taten so, als wäre das kein bißchen ungewöhnlich. Und jetzt sag mir bloß nicht, daß sie ein Windei ist oder wie immer du die genannt hast, denn es ist ganz deutlich, daß sie weiblich ist.«

»Tja, Miss Avery, was könnten Sie damit nur meinen wollen?« neckte Fox sie. Er legte ihr einen Arm um die Taille, grinste und drückte sie kurz an sich. Dann ließ er seine Hand liebkosend über ihre Hüften und – wagemutiger – über ihren Po gleiten. »Meinst du das? Diese Formen?«

»Hör auf und antworte mir«, schimpfte sie mit mühsam aufgesetztem Ernst.

Der Duft von kochendem Fleisch wehte aus dem Dorf zu ihnen herüber, und Fox bemerkte plötzlich, wie ausgehungert er war. »Die Frau, die du beschrieben hast, ist fast sicher in Trauer«, erklärte er Maddie, während er sie zurück ins Dorf führte. »So benehmen sich Lakota-

Frauen, wenn sie ihren Mann verloren haben. Es ist normal, deswegen haben die anderen Frauen keinen Anstoß an ihrem Äußeren genommen. Frauen, die gerade Witwe geworden sind, fügen sich in ihrem Gram Verletzungen zu und wälzen sich gewöhnlich ein Jahr lang in ihrem eigenen Dreck –«

»Was?« rief Maddie entsetzt aus. »Aber das ist ja … so unzivilisiert!«

Bevor Fox weiter darauf eingehen konnte, wurde er durch den Anblick eine Staubwolke abgelenkt, die sich schnell durch die Prärie bewegte. Dann konnte er ein Pferd und einen Reiter ausmachen, die aus südlicher Richtung schnell wie der Wind auf das Dorf zugaloppierten. Der herankommende Indianer ritt ohne Sattel und hielt eine Lanze in der erhobenen Hand, und sein schwarzes Haar wehte wie ein Banner hinter ihm her. Im Dorf hatte man ihn ebenfalls bemerkt. Willkommensrufe ertönten und wurden lauter, als die Leute aus ihren Zelten kamen und auf den Mann zueilten.

»Was ist denn nun los?« fragte Maddie voller frischer Neugier. »Wer ist das? Weißt du das? Ist er gefährlich … oder wichtig?«

»Das kann man so sagen«, antwortete Fox geheimnisvoll. »Das ist Crazy Horse!«

Kapitel 18

7. August 1876

Alle Dorfbewohner waren neugierig darauf, was für Beute Crazy Horse aus *Paha Sapa*, den heiligen Bergen, die nun von Weißen bevölkert wurden, mitgebracht hatte. Doch nachdem Crazy Horse vom Rücken seines gelben Pintos geglitten war, schickte er den Dorfausrufer, die Kinder zu ihm zu bringen.

Fox und Maddie waren in der Menge eingekeilt, die zum Fluß strömte, um den großen Oglala-Krieger zu begrüßen. Er machte die Dinge los, die er über den Rücken seines Ponys gebunden hatte, und führte nun das Tier zum Fluß, damit es trinken konnte, während er ruhig daneben stand. Maddie sah nun, daß Crazy Horse nicht die körperliche Größe besaß, die sie von einem so berühmten Helden und Krieger unbewußt erwartet hatte. Er war nur durchschnittlich groß, aber geschmeidig, hatte dunkles, eher braunes als schwarzes Haar, eine hochangesetzte, scharf geschnittene Nase und schwarze Augen, die trotz des langen Rittes noch wach und aufmerksam umhersahen.

Sein Gesicht war bemalt, und eine einzelne Adlerfeder am Hinterkopf ersetzte die unzähligen Federn, die er für jeden Feind, den er im Kampf geschlagen hatte, hätte tragen dürfen. Um seinen Hals hing eine Kriegspfeife, die aus dem Flügelknochen eines Adlers gemacht war.

Maddie, die sich mit den anderen Frauen etwas abseits hielt, war von seinem Benehmen würdiger Intelligenz beeindruckt. Eine Art gelassener Tapferkeit schien von seinem gebräunten Körper auszustrahlen. Die Bürde auf seinen Schultern war gewaltig, doch Crazy Horses Mut und Kraft waren offenbar nicht geschmälert worden.

Fox, der in kurzem Abstand zu Maddie stand, sprach wie zu sich selbst: »Ein außergewöhnlicher Mann.«

Die Kinder kamen jetzt drängelnd näher, und Crazy Horse lächelte, während er zwei Lederbeutel aus den verschiedenen Dingen holte, unter denen sich auch seine Winchester, eine Keule, ein kunstvoll gestalteter Bogen und ein Köcher mit Pfeilen befanden. Als er den einen Beutel weit öffnete, konnte jeder sehen, daß er vollgestopft mit Trauben war, die er den Kindern einladend hinhielt. Ihre kleinen Hände tauchten sofort hinein, waren aber bedacht, nicht allzu gierig zu erscheinen vor diesem Mann, dessen unbeirrbarer Mut das ganze Dorf zusammenhielt.

Strong, Maddies neue Freundin, war neben sie getreten. »Er liebt Kinder, auch weil seine eigene Tochter starb«, sagte sie.

Maddie blickte überrascht auf. »Wie traurig. Wie ist das passiert?«

»Es war eine Krankheit aus eurem Volk ...«, ihre Stirn zog sich in Falten, als sie versuchte, sich an das Wort zu erinnern. »Cholera? Ja. Sehr traurig, aber sein Kummer macht Crazy Horse noch stärker in seinem Willen, die Weißen niederzukämpfen. Und Kummer bringt ihn näher zu seiner Frau, Black Shawl.« Strong nickte in Richtung einer Frau, die vor Crazy Horses Tipi wartete. Maddie erkannte sie als eine der Frauen, die am Nachmittag das *wasna* gemacht hatten. Irgendwie fand sie es seltsam, sich Crazy Horse als Familienvater vorzustellen. Als hätte sie ihre Gedanken gelesen, setzte Strong mit einem kleinen Lächeln hinzu: »Auch Black Shawls Mutter lebt im Tipi. Sie sorgen gut für ihren Mann.«

Maddie wollte mehr über diese Seite von Crazy Horse wissen. »War seine Tochter noch jung, als sie starb? Wie war ihr Name?«

»Sie hieß They-Are-Afraid-Of-Her. Ich glaube, Crazy Horse hat ihr diesen Namen gegeben«, antwortete Strong. »Sie starb in dem Alter, wo ein Kind so leicht zu lieben ist. Crazy Horse war ein sehr guter Vater. Er hörte ihre ersten Worte und freute sich an ihren ersten Schritten, dann lehrte er sie tanzen.«

Strong setzte sich neben einen Baum, als wollte sie warten, bis die Aufregung nachließ. Maddie setzte sich zu ihr. Dann erzählte Strong ihr die Geschichte von Crazy Horse, als er ein anderes Mal von einem Überfall auf die Weißen zurückkehrte. In seiner Abwesenheit war das Dorf von einer Stelle in der Nähe des Little Bighorn River zu einem Platz am Tongue River gezogen. Er und die anderen Männer der Truppe suchten den Stamm, um dort zu erfahren, daß They-Are-Afraid-Of-Her krank geworden und gestorben war, noch bevor man die Zelte abgebrochen hatte.

»Wie lange ist das her?« wollte Maddie wissen.

Strong zuckte die Schultern. »Ich hörte nur davon, als ich in der Agentur lebte. Es war in der Zeit, die ihr Sommer nennt, als Longhair und die Blauröcke die Thieves' Road durch *Paha Sapa* schlugen. Ich glaube, es war Crazy Horses Kummer, daß er nicht noch mehr kämpfte, um Longhair von dem heiligen Boden zu vertreiben.«

»Custers Expedition in die Black Hills war 1874«, überlegte Maddie laut. »Also vor zwei Jahren.«

»Eine finstere Zeit für uns«, gab Strong zurück. »Und Crazy Horse ... als er von They-Are-Afraid-Of-Her hörte, mußte sein Vater ihm verraten, wo das Mädchen aufgebahrt lag. Es war sehr weit fort, ein gefährlicher Ort im Land der Crows, aber er ging dennoch hin. Als er die Stelle nach zwei Tagen gefunden hatte, kletterte Crazy Horse zu They-Are-Afraid-Of-Her hinauf und blieb dort drei Tage und drei Nächte. Sie war ganz klein, in Büffelfelle eingewickelt ...«

Maddies Augen brannten von den zurückgehaltenen Tränen. »Das ist eine schrecklich traurige Geschichte.«

Wieder zuckte Strong nur die Schultern. »Ja, aber es machte Crazy Horse größer. Er wollte nie Macht, nur um dann für sein Volk zu kämpfen. Jeder Schlag, den er selbst als Mann erlitt, hat ihn stärker, ruhiger und bescheidener gemacht, aber auch wilder und härter im Kampf gegen die Weißen.« Strong stand wieder auf, strich über ihr weiches Lederkleid und schloß: »Du siehst, Crazy Horse ist kein einfacher Mensch. Aber ich weiß nicht, was ohne ihn aus uns allen werden soll. Nicht nur die Oglala, sondern auch die Cheyenne und die Lakota und die anderen. Jeder, der lieber kämpft als aufgibt, kann zu Crazy Horse kommen. Er macht Wunder ...«

Maddie liebte das gemütliche Innere ihres Tipis, und nun, da die Nacht hereingebrochen war, um so mehr. Sie genoß die kleinen Aufgaben, die ihr das Gefühl gaben, sich um Fox zu kümmern: seine Kleidung zusammenfalten, ihr Essen und ihre Vorräte zu arrangieren, alles sauberzuhalten. Sie hatten gerade ihr bescheidenes Mahl aus getrocknetem Fleisch und Kaktusfeige beendet, als Maddie Fox alles erzählte, was sie von Strong gehört hatte, während er sich auf den Büffelfellen räkelte und vom Schein des Feuers in goldenes Licht getaucht wurde. Fox hörte ihr schweigend zu, und sein Lächeln wurde eine Spur ironisch, als Maddie Strongs letzte Bemerkung wiederholte: »Er macht Wunder ...«

»Wunder, ja, die kann er bewirken«, stimmte Fox zu. »Aber ich fürchte, daß selbst Wunder und Crazy Horse der Armee nicht für immer Widerstand leisten können. Wir haben einfach zu viele Soldaten.«

»Aber was ist mit diesen Überfällen in den Black Hills? Und wenn die Armee Crazy Horse und seine Leute nicht finden kann?«

Fox strich mit einer Hand über das Büffelfell, das unter ihm lag. »Diese Überfälle sind für die Weißen eher ärgerlich als alles andere. Glaubst du, Crazy Horse könnte wirklich etwas ändern, indem er gelegentlich einen Packesel oder ein paar Kleider stiehlt? Das ist alles nur Spielerei. Selbst die anderen Krieger sind es leid, mit ihm zu ziehen. Sie wollen sich vom Kampf ausruhen, aber Crazy Horse kann nicht ausruhen.«

»Fox-With-Blue-Eyes«, rief eine Stimme vor ihrem Tipi, deren Öffnung halb zurückgeschlagen war.

Maddie beugte sich vor und endeckte Kills Hungry Bear, der sich für die Unterbrechung entschuldigte, bevor er ihnen mitteilte, daß sich die wichtigsten Krieger im Ratszelt bei Crazy Horse versammelten. Auch Fox wäre eingeladen.

»Aber wenn er die Weißen so haßt, bist du dann sicher, wenn du hingehst?« fragte Maddie besorgt, nachdem Fox die Lakota-Worte übersetzt hatte.

Fox war bereits aufgestanden, fuhr sich mit einer Hand durch sein Haar und glättete seine Kleidung. »Crazy Horse ist zu klug, um mich für die Sünden meines Volkes strafen zu wollen. Einer seiner besten Freunde seit Jahren ist ein weißer Scout namens Frank Grouard. Ich glaube nicht, daß ich etwas zu befürchten habe.«

»Ich habe bereits mit Crazy Horse gesprochen. Nachdem ich ihm erzählt habe, daß du aus einer Stadt kommst, die ihr Deadwood nennt, hat er vorgeschlagen, dich einzuladen«, sagte Kills Hungry Bear, als sie auf das riesige Ratszelt zugingen. »Er hofft, daß du uns bei der Entscheidung helfen kannst, wie wir die Weißen dazu bekommen, *Paha Sapa* zu verlassen.«

Fox erwiderte nichts, wobei er sich im stillen wünschte, diese Lösung wäre einfacher. Crazy Horse wußte es ohnehin besser. Über ihnen warf der Mond seinen hellen silbrigen Schein auf die zahllosen Tipis im Schatten des Bear Butte. Plötzlich erinnerte sich Fox an eine andere Nacht vor nicht allzu langer Zeit, als er ebenfalls aus seinem Zelt gerufen wurde, um an einem Ratstreffen teilzunehmen. Ein Schauder lief ihm den Rücken hinunter, als er an die Offiziere dachte, die sich in Custers Biwak versammelt hatten, an Custer selbst, seine mit

Zimtöl gebändigten Haare, seine gebräunte Haut, seinen gestutzten Bart …

Ich gehörte nicht zu ihnen, ich hätte gar nicht dort sein dürfen, dachte Fox nun, als er an seiner weichen Lederhose hinunter auf die Mokassins blickte, die Kills Hungry Bear ihm heute morgen gegeben hatte. Sie näherten sich dem Ratstipi, und laute Stimmen waren in der Nacht zu hören. Aber wenn ich nicht zu den Weißen gehöre, kann ich dann behaupten, einer aus diesem Volk zu sein? Kann ich die Identität der Lakota annehmen und mein Leben zu ihrem Wohle aufs Spiel setzen?

Ihm wurde erspart, eine Antwort zu finden, als He Dog neben den zwei Männern auftauchte und in das große Zelt voranging. Drinnen war es warm, und die Luft war geschwängert mit den Düften von Holzfeuer, Tabak, Gräsern und Kräutern, die man als eine Art Weihrauch in die Glut geworfen hatte. Als die Pfeifenzeremonie zu Ende war und die Männer in Schweigen verfielen, um in ihren Herzen nach der Wahrheit zu suchen, fühlte Fox sich fast körperlos. Träumerisch nahm er die wunderbare, lebhafte Szene in sich auf – eine Szene, die sich nicht mehr oft wiederholen würde. Denn wenn die Agenturindianer diese Zeremonie noch durchführten, dann hatte sie eher rituelle Bedeutung als einen echten Nutzen. Die Agenturindianer hatten in ihrem Schicksal nicht mehr viel zu sagen, aber diese Männer hier nutzten stolz ihrer Fähigkeit, Entscheidungen für die Zukunft zu treffen – dies war ein Schlüsselaspekt im Leben der Lakota. Das Stammesbewußtsein, das die Entwicklungen und Orientierung ihrer Gesellschaft und ihres Verhaltens festlegte, war die Grundvoraussetzung für ihr harmonisches Zusammenleben: Es war der Rat, der Entscheidungen für das gesamte Dorf traf und jene des Individuums überlagerte.

Fox dachte mit Verachtung an das Chaos, das unter den

gesetzlosen, gierigen Weißen in Städten wie Deadwood herrschte. Wie unglaublich arrogant und dumm war es von ihnen, sich für zivilisierter zu halten als die Menschen hier, die sich um Crazy Horse gesammelt hatten.

»Ich sah sie«, sagte Crazy Horse endlich. Sein Gesicht, müde, doch wachsam, zeigte einen Ausdruck erzwungener Konzentration. »Ich versuche, mich nicht vom Zorn überwältigen zu lassen, wenn ich an sie denke, die wie geifernde, unermüdliche Präriehunde in den Hängen von *Paha Sapa* graben. Ich stand hoch über dem Canyon und sah, wie sie die Bäume gefällt und den Wald in einen Sumpf ihres eigenen Schmutzes verwandelt haben. Das ist eine Entweihung. Ich wollte sie alle auslöschen. Ich wünschte, ich wäre ein Präriefeuer und sie nur kleine Feldmäuse ...«, seine schwarzen Augen begegneten Fox', bevor er hinzufügte: »Doch die Wahrheit ist dies: Sie sind das Feuer und wir die Mäuse. Ist es nicht so, Fox-With-Blue-Eyes?«

Fox fühlte sich wie in Trance, als die vielen Köpfe sich zu ihm umwandten. Rauch brannte in seinen Augen, widerstreitende Gefühle brannten in seinem Herzen. »Ich ... ich bin nur ein einzelner Mann. Ich weiß nicht genug, um dir meine Meinung zu dieser wichtigen Sache zu geben.«

»Bist du nicht als Freund zu uns gekommen?« drängte Crazy Horse.

»Doch.«

»Er hat uns viele Waffen mitgebracht«, sagte He Dog seinem Freund aus der Kindheit, »für den Fall, daß Blauröcke unser Dorf angreifen.«

»Ich will hier nicht hocken, als wären wir Hasen, die von einer langen Hatz erschöpft und ängstlich auf ihr Ende warten.« Seine Stimme gewann an Kraft. »Haben wir nicht gerade einen wunderbaren Sieg errungen? Sie dachten, wir wären geschlagen, und sie müßten nur in unser Land reiten, uns einkreisen und töten, so wie sie es mit ihren sanftmütigen langhörnigen, gefleckten Büffeln machen, aber sie haben uns unterschätzt. Sie haben uns unterschätzt!«

Die ›gefleckten Büffel‹, wie Crazy Horse sie so verächtlich nannte und über die die Indianer sich generell gerne lustig machten, waren, wie Fox wußte, die Kühe, die die Weißen den Lakota als alternative Fleischquelle angewiesen hatten. Die Lakota sagten aber, daß das Vieh unangenehme Gerüche verbreitete und daher nur unreines Fleisch bieten konnte.

Wieder einmal empfand Fox großes Unbehagen, als er sich seiner Tendenz gewahr wurde, beide Welten, Weiß und Lakota, in sich zu vereinen. Und als die Atmosphäre in dem Tipi vollkommen auf ihn eindrang, wuchs seine Unsicherheit. Wie sehr die Menschen hier sich auch bemühten, ihm das Gefühl des Willkommenseins zu geben, er konnte einfach nicht vergessen, daß er noch vor ein paar Wochen eben diese Krieger mit der Siebten Kavallerie gehetzt hatte. Auch er war ein Bürger von Deadwood, einer der Weißen, die Crazy Horse auszulöschen wünschte wie lästige, aasfressende Präriehunde. Nun blickte er auf seinen nackten Arm und verglich ihn mit dem seines Freundes Kills Hungry Bear. Der eine war gebräunt, der andere von dunklem Rotbraun. Die beiden Männer waren so unterschiedlich wie Büffel und Kuh. Warum sollte er etwas anderes vorgeben?

Nun sprach He Dog. In der respektvollen Umgebung des Dorfrates sprachen die Krieger nacheinander, jeder hörte die Meinung des anderen aufmerksam an, bis man sich endlich auf die Richtung einigte, die das Stammesbewußtsein für die beste hielt.

»Mein Freund«, sagte He Dog und blickte Crazy Horse an, »du mußt wissen, daß es sinnlos ist, die Weißen in *Paha*

Sapa zu überfallen. Die Blauröcke sind durch unseren Sieg beschämt worden. Sie suchen Gründe, sich an uns zu rächen. Wenn du sie ohne wahren Sinn verärgerst, dann haben sie nur einen Grund mehr, das Abkommen vollkommen zu brechen und uns offen *Paha Sapa* abzunehmen. Sie werden behaupten, wir verdienten ein solch wertvolles Land nicht. Sie werden sagen, daß wir Wilde sind –«

Crazy Horse versteifte sich und seine schwarzen Augen funkelten. Ungewöhnlich unhöflich begann er in dem Moment zu reden, als He Dog zum Luftholen innehielt. »Ich kann mein Leben nicht darauf ausrichten, was der weiße Mann denken oder uns antun wird! Wenn ich mein Wort gebe, so wird es gehalten, doch die Weißen tun nichts dergleichen! Ihr Wort ist Lüge und List! Willst du, daß ich versuche zu denken wie sie, wenn dies bedeutet, alles zu verraten, an das ich je geglaubt habe?« Wut und Hilflosigkeit überschwemmten fast Crazy Horses sonst so würdige Haltung. »Ich *weiß* mehr von der Art der Weißen, als mir lieb ist. Ich habe sie genau beobachtet, um das Wissen zu nutzen und sie zu besiegen.« Seine Stimme sank zu einem Tonfall ruhiger Bestimmtheit. »Ich werde unseren Weg nicht durch ihre Gedanken beflecken lassen. Ich kann nur tun, was richtig ist, was ich in der wahren Welt gesehen habe.«

»Aber was ist mit der Sicherheit des Dorfes?« fragte He Dog beharrlich. Als Crazy Horse darauf nur Schweigen bot, wurde das breite Gesicht seines Freundes zorniger. »Du hast die närrischen Jahre des jungen, wilden Kriegers überschritten! Du gehörst nun zu diesen Menschen und mußt an sie denken und sie nicht nur Gefahren aussetzen!«

Dann meldeten sich andere zu Wort, doch ihre Stimmen verschwammen in Fox' Schädel. Er wußte, daß die anderen begriffen hatten, daß Crazy Horse den Kurs, den er einmal eingeschlagen hatte, nicht mehr änderte. Er würde bis zu seinem Tod dafür kämpfen, was er für die Lakota für richtig hielt.

Maddie wurde von einem ohrenbetäubenden Donnerschlag aus dem Schlaf gerissen. Regen klopfte auf das Tipi, und der montone, gleichbleibende Klang beruhigte sie augenblicklich wieder.

Das Gewitter, das den ganzen Abend schon in der Ferne gedroht hatte, war also endlich losgebrochen. Sie hatte den Eindruck, als wäre es mitten in der Nacht, aber sie wußte noch, daß sie sich früh hingelegt hatte, um sich ein bißchen auszuruhen, bis Fox wiederkam. Wo mochte er sein?

Wieder donnerte es, und es klang so bedrohlich, als würde das Gewitter durch die Prärie rollen und irgendwann in einer Explosion aus silbernen Blitzen auf Bear Butte prallen. Der Regen schlug heftiger auf die Zelthaut. Kleine Tropfen suchten sich ihren Weg durch den Rauchabzug und fielen zischend in die rote Glut des ersterbenden Feuers.

Maddie schauderte und zog sich das Fell fester um ihren Körper. Sie fühlte sich verloren und einsam. Als Kind hatte sie vor Gewittern immer schreckliche Angst gehabt, und im Augenblick schien ihr die Kindheit nicht besonders weit entfernt.

Meine Mutter würde mich nicht wiedererkennen, dachte sie weinerlich. Aber dann lachte sie. Mach dir nichts draus, Mama, ich erkenne mich auch nicht wieder. Sie lauschte dem Rauschen des Regens und dem stöhnenden Wind und dem heftigen Schlag ihres eigenen Herzens, bis sie endlich, nach langer Zeit, wieder in den Schlaf zurückglitt.

Als Fox mit tropfendem Haar und Bart ins Tipi trat, war er völlig hingerissen vom Anblick Maddies schlafender Gestalt unter der Büffelfelldecke. Selbst Crazy Horse hatte die weiße Frau mit den leuchtenden Haaren, die mit Fox-With-Blue-Eyes gekommen war, bemerkt. Er hatte sie Fox gegenüber am Ende der Ratsversammlung erwähnt. Der Name, den der große Krieger nannte, war neu für Fox, und er wußte nicht, ob Crazy Horse ihn selbst ausgedacht oder nur von jemandem aus dem Dorf aufgeschnappt hatte. Woher auch immer der ›indianische‹ Name kam, er paßte perfekt zu Maddie. »Feuerblüte«, flüsterte er zärtlich.

In dieser Nacht schien ›Madeleine Avery‹ genauso weit entfernt wie ›Daniel Matthews‹. Allein der Gedanke an seinen Taufnamen ließ Fox innerlich brennen. Er begann, sich die nassen Kleider abzustreifen und gab damit gleichsam den Kampf gegen die Widersprüche in seinem Inneren auf, die nun immer stärker, immer heftiger nach einer Lösung verlangten.

Fox ging zu Maddie, wie ein ertrinkender Mann das Ufer sucht. Sein Körper war feucht, verspannt und zitterte. Nackt zog er sie an sich und sog den Duft nach Wildblumen ein, den ihr herrliches Haar ausströmte. Sie trug eines seiner Hemden, und Fox riß es ihr förmlich vom Körper, um sie dann in seine Arme zu schließen.

Maddies erster panischer Impuls wurde durch die Woge seines Verlangens und ihrer eigenen Sehnsucht davongespült. Ihre Arme schlangen sich um seinen Rücken, als seine Hände ihre Pobacken packten und sie fest an den heißen Stahl seiner Erektion preßten. Maddie bog sich gegen ihn, um so viel von ihm zu spüren, wie möglich war.

Rastlose Hände fuhren die Rundungen ihres weichen, glatten Körpers entlang, der im dämmrigen Schein der letzten Glut sanft leuchtete. Sie war so schön. Fox dachte, daß sie die außergewöhnlichste, anmutigste Schönheit war, die er jemals zu Gesicht bekommen hatte.

»Feuerblüte ...«, Leidenschaft drückte seine Stimme, und bevor Maddie das Kosewort hinterfragen konnte, begann er sie zu küssen, und das sinnliche Vergnügen machte jeden Gedanken unwichtig. Seine Küsse, seine Hände wurden immer wilder, und sie begegnete jeder Berührung von Lippen, Haut und Händen mit gleicher Lust und gleichem Hunger.

Maddie bemerkte nicht, wann Fox' Liebesspiel die unsichtbare Gefahrenlinie überschritt. Zuerst erregte sie seine Grobheit nur noch mehr, da sie sich dem Feuer in ihren Adern ganz hingeben konnte. Ihr rasselnder Atem mischte sich mit den Windböen, die am Tipi rüttelten. Maddie glühte, ihre Finger gruben sich in seine Schultern, als ihr Verlangen wuchs. Dann griff Fox in ihr Haar, wickelte sich eine dicke Locke um seine Hand und hielt es fest wie ein Tau. Maddie konnte den Kopf nicht mehr bewegen, und sie begann sich unter ihm zu winden. In diesem Moment verspürte sie die erste Panik. Fox' Küsse fühlten sich irgendwie unbeherrscht an, seine Lust schien mit ihrer nicht mehr übereinzustimmen. Ihr erster Protest wurde von seinen harten Lippen erstickt. Sie war verwirrt, ihre Erregung hatte nicht nachgelassen, sie wollte und liebte ihn immer noch, aber sie spürte, daß etwas nicht stimmte.

Er lag nun über ihr und hielt sie unnachgiebig fest. Wut kochte in ihr auf, Wut und Empörung, aber in ihrem Herzen begriff sie auch, daß in Fox etwas zerbrach. Sie verstand, daß es nun darauf ankam, wie sie mit ihm umging. Sie hatte begonnen, ihre Hände an seine Brust zu stemmen, um ihn wegzudrücken, doch nun hielt sie inne. Fox hob den Kopf, und einen Augenblick trafen sich ihre Blicke.

In den Tiefen ihrer Smaragdaugen, die in bittersüßer Liebe, Entschlossenheit und Zärtlichkeit leuchteten, sah

Fox sehr deutlich sein eigenes Spiegelbild. Seit Wochen fühlte er sich wie betäubt und zerrissen durch Ungewißheit und Schuld. Er war sich selbst ein Fremder gewesen, doch nun erkannte er in den Augen dieser Frau eine vertraute Person. Es gab kein Zurück, denn an jenem Tag am Little Bighorn hatte Fox sich unwiederbringlich verändert. Aber er war immer noch ein Ganzes, immer noch eine wertvolle Person. Maddie liebte ihn, und das bedeutete sehr, sehr viel.

Fox hob ein wenig seinen schweren Körper an, und Maddie konnte wieder atmen. Die Hand, die ihr Haar gepackt hatte, liebkoste es nun. Zärtliche Küsse erregten die verborgenen Stellen an ihrem Hals, an der Innenseite ihrer Arme, ihre Brüste, ihre Schläfen. Als sie wieder seinem Blick begegnete, entdeckte sie Tränen in seinen Augen glitzern.

»O Fox«, hauchte sie und legte ihm die Hand an die Wange.

Später, als sie sich von ihrem langsamen, süßen Liebesspiel erholten, streichelte Maddie sanft seine behaarte Brust und blinzelte die eigenen Tränen zurück, die in ihren Augen brannten. Wie konnte sie ihn nur dazu bringen, seine Probleme mit ihr zu teilen? Daß alles, was immer ihn auch quälte, gebannt und gelöscht werden konnte, wenn er es erst einmal aussprach? Sie fühlte sich ihm näher, näher als je zuvor, doch immer noch standen riesige Barrieren zwischen ihnen – Barrieren, die nur Fox niederreißen konnte. Maddie konnte ihm helfen, aber nur, wenn er sie in sein Inneres blicken ließ.

»Maddie?« Fox' Stimme drang heiser durch das Trommeln des Regens draußen. Wenigstens Blitz und Donner waren abgeebbt, und auch der Wind hatte sich gelegt.

Sie stützte sich auf einen Ellenbogen und betrachtete ihn, wie er auf dem Rücken auf den Fellen ausgestreckt lag. Er wirkte ruhig, doch Maddie konnte die Spannung in seinem Körper spüren. Würde er sich ihr doch endlich anvertrauen?

Lächelnd zeichnete sie den Ansatz seines sonnengebleichten Bartes nach. »Sie haben gerufen?«

Er schenkte ihr ein gezwungenes Lächeln, das den Schmerz seiner Augen nicht löschen konnte. »Ich muß dir etwas sagen ...«

»Ja?« Maddie beugte sich ein wenig vor und konzentrierte all ihre Liebe auf ihn.

»Ich weiß nicht genau, was eben in mich gefahren ist, als ich plötzlich so heftig wurde. Wenn ich dich jemals wieder so behandeln sollte, dann geh einfach fort und komm niemals wieder.« Fox nahm ihr Kinn und dachte daran, daß er ihre Geduld und ihre Hingabe einfach nicht verdiente. »Ich habe auch noch nie eine Frau mißhandelt. Deswegen denke ich eigentlich nicht, daß es noch einmal geschieht.«

Maddie konnte ihre Enttäuschung nicht zurückhalten. Statt ihr seine Gefühle, seine Probleme – *sich selbst* – mitzuteilen, entschuldigte Fox sich für sein Verhalten und hielt sie damit auf Armeslänge von sich – immer noch. »Oh, mach dir keine Sorgen wegen mir, Fox«, sagte sie schließlich mit einem schiefen Lächeln. »Ich bin nicht hilflos. Ich bin vielleicht ein bißchen kleiner als du, dafür aber sehr einfallsreich. Ich würde schon einen Weg finden, dich außer Gefecht zu setzen.«

Er gluckste und rieb sich die Augen. »Darauf wette ich. Tja, also, da ich nun die Last von mir genommen habe, könnte ich die Augen zumachen und in einen todesähnlichen Schlaf versinken. Ich hatte ganz vergessen, daß solche Ratstreffen stundenlang dauern können. Man raucht und spricht und spricht und raucht.« Er gähnte herzhaft. »Laß uns schlafen, ja, Feuerblüte?«

»Und was soll das überhaupt mit der ›Feuerblüte‹?« wollte Maddie wissen und rüttelte ihn scherzhaft an der Schulter.

Er öffnete ein Auge. »Das scheint dein Lakota-Name zu sein. Hier hat man nicht jeden Tag eine rothaarige Frau im Dorf! Jetzt komm und leg dich zu mir. Es dämmert schon fast!«

Sie kuschelte sich halb widerwillig in seine Armbeuge, hatte ihre Augen aber immer noch weit offen. »Fox?«

»Was?«

»Werden wir bald über die wichtigen Dinge reden?«

Sein Körper spannte sich leicht an. »Du meinst Sun Smile?«

»Nein, das meine ich nicht«, sagte sie mit einem Anflug von schlechtem Gewissen, als sie feststellte, wie wenig sie bisher an Sun Smile gedacht hatte. »Ich weiß, daß du mir sofort mitteilen wirst, wenn du etwas über sie erfährst, und ich habe begriffen, daß solche Dinge Zeit brauchen.« Sie holte tief Luft. »Ich rede über dein Geheimnis. Der Schatten, der dich verfolgt und verflucht. Das ist es doch, was dich so aggressiv macht, so wie eben zum Beispiel. Du kannst, was immer es sein mag, nicht ständig davor weglaufen, Fox. Du mußt dich dem stellen, und –«

Er schlug die Augen auf und fixierte Maddie mit dem klaren, ozeanblauen Blick, der sie mitten im Satz abbrechen ließ. »Ich weiß«, sagte er schlicht.

Sie keuchte auf. »Du weißt es?«

»Ich bin nicht ganz so dumpf, wie ich tue, Süße. Ich weiß das alles, was du mir gerade gesagt hast, und noch mehr. Und wenn du dich nur noch eine kleine Weile gedulden kannst, dann, glaube ich, bin ich bereit, die Schlacht mit meinen ganz persönlichen Dämonen zu schlagen.« Beim Anblick der Freude in ihrem Gesicht mußte er lächeln. Fox schloß die Augen wieder und setzte hinzu:

»Aber zuerst brauche ich meine Ruhe. Leg dich hin, Weib!«

Breit grinsend gehorchte sie.

Kapitel 19

8. und 9. August 1876

Der Morgen war pure Magie. Trotz seiner Behauptung, er brauche seinen Schlaf, erhob sich Fox früh. Er flüsterte Maddie zu, er wolle mit Kills Hungry Bear schwimmen und danach vielleicht ein wenig jagen gehen. Mit geschlossenen Augen gab ihm Maddie einen verschlafenen Kuß und versank wieder in ihre Träume.

Bei den Lakota war es üblich, daß ein Stammesälterer in der Dämmerung von Zelt zu Zelt ging und laut *»Co-o-o!«* rief, um die Leute zu wecken. Wenn das Dorf unterwegs war, beeilte sich jeder, dem Ruf Folge zu leisten und den Tag zu beginnen, aber in Zeiten wie diesen ließen die Indianer sich nicht antreiben.

Maddie hörte den Ruf zweimal vor ihrem Tipi, döste aber dennoch weiter, während sie über den Namen nachdachte, mit dem Fox sie genannt hatte: Feuerblüte. Er hörte sich so wunderschön an, daß sie kaum zu hoffen wagte, die Lakota hätten ihr wirklich ein so herrliches Geschenk gemacht.

Schließlich kam Strong an ihr Tipi und rief: »Feuerblüte? Bist du krank?«

Maddie stolperte auf die Füße und stieß schwungvoll die Klappe auf. »Dann ist es wahr! Ich habe einen neuen Namen!«

Strong lächelte. »Magst du ihn?«

»Es ist der schönste Name, den ich je gehabt habe!«

»Dein Haar wird sehr bewundert. Die Leute konnten nicht widerstehen, dir einen Namen zu geben, der dein Haar, dein helles Gesicht und deine Gestalt ehrt. Sie sagen, du bist sehr hübsch, wie eine Blume, und dein Haar ist wie eine frische Blüte. Besser kann ich es nicht erklären.« Plötzlich sah sie besorgt aus. »Ich hatte Furcht, du wolltest einen Namen, der deinen Geist ehrt. Bist du nun beleidigt?«

»Aber nein! Ich hätte mir niemals träumen lassen, daß dein Volk mich überhaupt so weit akzeptiert, um mir einen Namen zu geben. Ich werde ihn hüten wie einen Schatz. Und ich fühle mich sehr geehrt.«

Strong nickte höflich, schwieg dann aber. Maddie begriff, daß Strong nicht verstehen konnte, warum sie noch nach Aufgang der Sonne im Tipi war, aber ihre gute Manieren verhinderten eine direkte Frage. »Am Ufer des Flusses sind Erdbeeren gereift«, sagte sie also. »Es ist sehr ungewöhnlich, zu dieser Zeit noch welche zu finden. Die Frauen haben sie gerade erst bemerkt, nachdem sie durch den Regen rot geworden sind. Wir wollen sie pflücken.«

»Wenn ich mich beeile und anziehe, darf ich dann mit?«

»Warum glaubst du, bin ich hier?« neckte Strong sie. »Aber du brauchst dich nicht zu beeilen, wir haben Zeit. Die Beeren sind für alle da.«

Während sie sich ein rotes Kleid über den Kopf streifte, fragte Maddie: »Was ist euer Wort für Erdbeeren?«

»Wazusteca«, antwortete Strong. Fasziniert beobachtete sie ihre Freundin, die damit kämpfte, sich ohne Hilfe anzuziehen.

»Waz-us-te-ca«, wiederholte Maddie nachdenklich. »Das hört sich hübsch an.«

»Äh …«, Strong zögerte, »meinst du nicht, dein Kleid ist …«

»Albern?« half ihr Maddie fröhlich aus. »Als ich in einer Stadt lebte und jeder so gekleidet war wie ich, habe ich nicht darüber nachgedacht; aber es fällt mir immer schwerer, in meine Kleider zu kommen, seit wir nach Westen gezogen sind. Ich weiß auch nicht, warum sie so gemacht sind, daß Frauen sich kaum alleine anziehen können. Magst du mir helfen?« Sie drehte Strong den Rücken zu und warf einen auffordernden Blick über die Schulter. Strong gehorchte und starrte verwirrt auf die Verschlüsse. Wirklich, nur Weiße konnten so etwas Unpraktisches erfinden! Maddie goß Öl aufs Feuer, indem sie der Indianerfrau eine ergiebige Beschreibung eines Korsetts gab und von der selbstgewählten Tortur erzählte, die weiße Frauen über sich ergehen ließen, die Bänder immer noch ein bißchen fester zu zurren. Maddie beendete ihren Bericht mit einer kurzen Zusammenfassung der neuesten Frivolität: Seidenstrümpfe. Als sie fertig war, hatte auch Strong endlich Maddies Kleid zugemacht, und beide Frauen bekamen vor Lachen kaum noch Luft.

»Wenigstens habe ich die jetzt«, sagte Maddie, als sie nach den Mokassins griff, die ihr Kills Hungry Bear geschenkt hatte. »Ich werde es nie mehr schaffen, meine Füße in hochhackige, spitz zulaufende Schuhe zu quetschen!«

»Du bist heute sehr glücklich!« bemerkte Strong, als sie nacheinander durch die Tipiöffnung schlüpften.

»Es ist so ein herrlicher Tag!« Sie hob ihr Gesicht zur Morgensonne und entdeckte augenblicklich einen aufregend schönen Regenbogen. Seine reinen Farben schienen durch einen goldenen Schleier zu leuchten, und er spannte sich vom westlichen Horizont über den Himmel, um hinter Bear Butte zu verschwinden. »Sieh doch! Der Regenbogen!« rief Maddie aus und hob den Arm, um mit kindlicher Begeisterung auf das Naturereignis zu zeigen.

»Nein!« schrie Strong. Schnell zog sie den Arm ihrer

Freundin herab, bevor diese noch Zeit hatte, den Finger auszustrecken. »Das darfst du nicht!«

»Was meinst du? Ich habe doch nichts Böses gewollt!« Verletzt und verwirrt hätte sie am liebsten ihren Arm losgerissen.

»Das ist ein *wikmunke*«, schalt Strong. »Es bedeutet ›Falle‹. Der *wikmunke* umspannt die Erde und hält sie fest. Der Große Geist hat ihn in den Himmel gemalt, um den Regen zu fangen und ihn uns zurückzugeben.«

»Das ist aber zauberhaft«, antwortete Maddie leicht beleidigt. Zum ersten Mal überlegte sie, wie derart intelligente Menschen solch einen Unsinn glauben konnten. Viele ihrer Geschichten, die die Existenz von Tieren oder verschiedenen Facetten der Welt erklärten, klangen wie Fabeln, die zwar unterhaltend und hübsch waren, aber doch zu einfach, als daß jemand mit Bildung sie glauben konnte. Sie warf Strong einen etwas überheblichen Blick zu. »Und warum, bitte, darf ich nicht auf eure kostbare Regenfalle zeigen?«

»Weil es gefährlich sein kann. Der *wikmunke* hat soviel Kraft, daß dein Finger anschwellen und wund werden können, wenn du darauf zeigst.«

Als Maddie erkannte, daß Strong es absolut ernst meinte, schämte sie sich wegen ihrer herablassenden Art. Auch wenn die Erklärungen der Lakota zuweilen ziemlich kindisch waren, so hatten sie doch einen höheren Unterhaltungswert als die Lektionen, die ihr als Kind beigebracht worden waren. Diese Menschen wußten genug, um ihre idyllische Lebensart erhalten zu können, aber wie würden sie sich zurechtfinden, wenn man sie in die Welt der Weißen hineinzwang?

Allein der Gedanke daran sandte Maddie einen Schauder der dumpfen Vorahnung über den Rücken.

Fox blickte zum Himmel hinauf, bestaunte die Rückseite von Bear Butte und den Regenbogen, der sich darüber spannte, und dankte Gott für sein Leben. Kühles, süßes Wasser umhüllte seinen Körper und streichelte seine nackte Haut. Er hatte eine Pflaume in der Hand, in die er nun biß, und Saft lief in seinen Bart, tropfte dann ins Wasser. Er glaubte, einen Fisch an seinen Hinterbacken zu spüren, war aber zu entspannt, um zusammenzuzucken. So grinste er nur, blinzelte in die Sonne und fragte sich, wie weit Kills Hungry Bear sich wohl hatte abtreiben lassen.

»Mir würde es gar nichts ausmachen«, murmelte eine Stimme hinter ihm ein Stückchen weiter flußabwärts, »wenn die Zeit anhielte und mein Leben genauso bliebe wie jetzt.«

»Das meinst du nicht wirklich«, antwortete Fox amüsiert und durch und durch zufrieden. »Du würdest zu viele Vergnügungen verpassen, wenn du den Rest deines Lebens damit verbringst, auf dem Rücken den Fluß entlangzutreiben.«

Eine ganze Weile herrschte Schweigen. Eine leichte Brise wehte über ihre nassen Körper, und langsam veränderte sich die Atmosphäre. »Vielleicht. Ich weiß auch, daß ich den Herausforderungen entgegentreten muß, die vor mir liegen. Aber es ist schwer, sich vor einer Schlacht Mut zu machen, wenn man so klar sehen kann, was in der – wie ist euer Wort dafür?«

»Zukunft?«

»Ja.« Kills Hungry Bear paddelte auf Fox zu, dann streckte er den Arm aus, um seine Wange zu berühren. »Ich weiß, daß auch du in die Zukunft sehen kannst. Deswegen willst du Crazy Horses Fragen nicht beantworten.«

»Wenn ich irgend etwas wüßte, was den Lakota helfen könnte, dann würde ich es ihm sagen«, sagte Fox, »aber ich kenne die Pläne der Blauröcke nicht. Und das, was ich vermute, würde Crazy Horse und dein Volk nur noch betrübter machen. Es ist schlimm genug, festzustellen, wieviel sich geändert hat, seitdem ich das letzte Mal bei euch gewesen bin. So vieles ist verloren –«

Kills Hungry Bear richtete sich abrupt auf. Das Wasser reichte ihm bis zur Brust, und er pflügte mit kräftigen Bewegungen auf das Ufer zu. »Vielleicht findest du diese Veränderungen traurig, aber das Agenturleben ist viel trauriger. Es ist –«, er warf Fox einen Blick über die Schulter zu, und seine Augen funkelten, »mitleiderregend!«

Schließlich saßen die beiden Männer nebeneinander am Ufer und ließen sich von den Sonnenlichtflecken liebkosen, die durch das Blätterdach drangen. Sie blieben nackt; Fox' Haar kräuselte sich im Nacken etwas, als es zu trocknen begann, Kills Hungry Bears nasses Haar klebte glänzend wie schwarze Tinte auf seinem Rücken.

»Ich weiß noch, wie deine Haut von der Sonne ganz rot geworden ist, als du das erste Mal bei uns warst«, sagte Kills Hungry Bear mit einem Grinsen. »Es ist so lange her. Damals waren wir noch jung.«

»Du noch mehr als ich.« Er bemerkte, daß sein Freund nicht nur seine hellere Haut musterte, sondern auch die Härchen auf seiner Brust, den Armen und den Beinen. Kills Hungry Bear hätte es nie gesagt, aber Fox wußte, daß der Neugier eine gehörige Portion Abscheu beigemischt war. Wie die »gefleckten Büffel« wurde ein Mann mit Körperbehaarung als unsauber und unschön betrachtet, im Gegensatz zu den Lakota, deren Haut glatt war. Sie rümpften die Nase und witzelten über die haarigen Weißen mit ihren ungepflegten Bärten und der dichten Brustbehaarung, die tagelang nicht gewaschen wurden. Die Lakota badeten täglich, um den Tag zu beginnen, selbst wenn sie erst Eis aufbrechen mußten, um eintauchen zu können. Zachary Matthews hatte Fox von dieser

Angewohnheit erzählt, und Fox war daher das erste Mal glattrasiert in den Westen geritten. Wenn er nun nicht so wild entschlossen gewesen wäre, sich von dem bartlosen Matthews, dem Berater von Custers verfluchter Siebter Kavallerie, zu unterscheiden, dann würde er sich sofort wieder rasieren, und wenn nur, um sich besser unter seine Gastgeber zu mischen.

»Crazy Horse ist wieder zum *Paha Sapa* zurückgeritten«, sagte Kills Hungry Bear schließlich. Am gegenüberliegenden Ufer hockte ein Kaninchen, um einen saftigen Grasbüschel auszurupfen. »Touch-The-Clouds kam ins Dorf, während wir schliefen, und ritt mit Crazy Horse, um die Stadt zu sehen, wo die weißen Männer Löcher in die Hänge graben. Short Bull und Black Fox sind auch mitgegangen, aber He Dog wollte nicht.«

»Ich würde Touch-The-Clouds gerne wiedersehen«, sagte Fox mit einem nostalgischen Lächeln, als er sich an den riesigen Kriegshäuptling der Miniconjou-Bande erinnerte. Seine beeindruckende Größe und die würdige Haltung flößten Furcht ein, aber Fox hatte erfahren, daß sich dahinter ein wunderbarer Mensch verbarg. »Gut zu wissen, daß Crazy Horse noch so gute alte Freunde hat.«

Kills Hungry Bear zuckte die Schultern. »Viele Häuptlinge sind es nicht mehr. Einige wurden von den Versprechungen des weißen Mannes geblendet, einige sind neidisch auf Crazy Horse. Ich fürchte, er könnte ebenso von seinem eigenen Volk wie von deinem getötet werden.« Er hielt gerade lange genug inne, um Fox mit einem prüfenden Blick zu messen. »Ich bin es müde, über andere Menschen zu reden und über Probleme, die uns quälen, weil wir keine Lösung für sie haben. Laß uns statt dessen lieber über dich reden, Fox-With-Blue-Eyes.«

Fox hatte das Gefühl, als schnürte ihm etwas auf einmal alle Lebensfunktionen ab. Er versuchte, lässig zu grinsen, schaffte es aber kaum, dem durchdringenden Blick seines Freundes auszuweichen. »Was willst du wissen?«

»Ah, wie ich sehe, war meine Vermutung richtig. Seit du und Feuerblüte in unser Dorf gekommen seid, fühle ich den Schatten über dir liegen, selbst wenn du lachst und dich bewegst wie der Freund, den ich einst kannte. Irgend etwas stimmt nicht.«

Obwohl ihn das Entsetzen überkam, empfand Fox Erleichterung in seinem Herzen. Dennoch wollten die Worte nicht kommen. Sein Geheimnis machte ihn zu einem Verräter für alle. Weder Lakota noch Weiße würden ihm vergeben können.

Da Fox keine Antwort gab, sagte Kills Hungry Bear sanft: »Vielleicht kann ich besser verstehen, wenn du mir erzählst, wie du in die Stadt kamst, die ihr Deadwood nennt.«

Fox seufzte tief, dann schüttelte er den Kopf. »Ich würde dich nie belügen, mein Freund, und die Wahrheit kann ich dir nicht sagen.«

»Ich bin froh zu hören, daß du mich genug respektierst, um mich nicht täuschen zu wollen. Du respektierst auch dich dadurch.« Er schwieg einen Moment, um nachzudenken, dann fügte er hinzu: »Mein Vater sagte mir jeden Abend, bevor ich schlafen ging: Ein Lakota lügt einmal, und danach glaubt ihm niemand mehr. Ich dachte früher, daß mein Vater allein so weise war, aber später entdeckte ich, daß alle guten Väter der Lakota ihren Söhnen dies oft wiederholten.« Kills Hungry Bear gluckste bei dieser Erinnerung.

Eingehüllt ihn die Atmosphäre mitfühlender Freundschaft, gab Fox zurück: »Erstaunlich! Mein Vater verkündete mir das in meiner Kindheit gut tausendmal, aber statt ›Lakota‹ sagte er nur einfach ›Mann‹.« Er lachte auf.

Kills Hungry Bear klapste Fox leicht auf den sonnenwarmen Rücken. »Ich denke, sie waren weise Männer, unsere Väter.« Dann fixierte er mit seinem Blick Fox' Augen und fuhr fort: »Kennst du das Lakota-Sprichwort: *Wowicake he iyotan wowa sake*?«

Zögernd und mit dem Rauschen des Blutes in seinen Ohren übersetzte Fox: »Wahrheit ist Macht.« Er legte sich ins saftige Gras zurück, das das Ufer säumte. »Ich weiß, wie sehr das zutrifft, aber irgendwie muß mein Fall anders liegen. Du hast eben gesagt, daß mein Selbstrespekt verhindert, daß ich dich nicht belüge, aber ich habe ein Geheimnis, das mich so sehr martert, daß ich mir nicht sicher bin, ob ich mich wirklich noch respektiere.«

»Das Geheimnis hält dich fest wie einen Gefangenen«, sagte Kills Hungry Bear entschieden. »Die Wahrheit wird es zerstören, und dann bist du frei.«

Fox öffnete seine Augen und zog die Brauen hoch. »Ich wünschte, es wäre so einfach.«

»Das kann es sein, mein Freund.« Er schenkte ihm ein heiteres Lächeln. »Warte, ich hole meine Pfeife, und wir werden rauchen. Dann wirst du Antworten finden.«

Fox schloß die Augen wieder. »Mein Kopf steckt voll von Fragen, aber es ist keine Antwort darunter.« Er lauschte schweigend den Geräuschen, als Kills Hungry Bear die Pfeife vorbereitete und Funken schlug, um den trockenen Tabak zu entzünden. Als der duftende Rauch zu ihm herüberzog, stützte sich Fox widerwillig auf die Ellenbogen und wiederholte stur: »Es wird nicht so einfach werden. Euer Volk denkt, daß die Pfeife alles lösen kann, aber wenn ich nur Tabak nötig hätte, dann wäre ich mit dieser verfluchten Sache schon lange durch.«

Kills Hungry Bear hielt ihm die Pfeife hin. »Du weißt, daß du Unsinn redest. Der Tabak wird dir keine Lösungen bringen. Alles, was du wissen mußt, ist bereits in deinem Herzen vorhanden, Fox-With-Blue-Eyes. Du mußt nur an dich glauben, dir selbst vertrauen und dem Großen Geist die Führung überlassen.«

Fox' Brust schmerzte, er fühlte sich aufgewühlt und schutzlos, doch als er die Pfeife nahm, brannten Tränen der Hoffnung in seinen Augen.

Kills Hungry Bear beobachtete zufrieden, wie sein Freund zu rauchen begann. Er konnte sich nicht verkneifen zu murmeln: »Höre auf die Stimme in dir. Wenn ein Mann etwas ›Übermenschliches‹ tut, dann muß er auch übermenschliche Kraft besitzen ...«

Es war nicht einfach, aber Fox kämpfte sich mühsam voran. Kills Hungry Bear riet seinem Freund, um einen Traum zu beten, der ihn befreien konnte. Vielleicht wäre es nötig, ein paar Tage lang zu beten und zu fasten. Auch wenn Fox auf diesen Vorschlag mit einem skeptischen Blick reagierte, gefiel ihm die Idee irgendwie. Und daran war Annie Sunday schuld, die ihm beigebracht hatte, daß man so für seine Sünden büßen konnte. Der erwachsene Mann in ihm aber zog es vor, die kommenden Stunden als eine Chance anzusehen, mit seinen Erinnerungen zu ringen, die ihm so viel Schuld eingeflößt hatten – als eine Chance, einen Weg zu entdecken, wie er Frieden mit sich selbst schließen konnte. War eine vernünftige Lösung denn möglich? Bei aller Bewunderung für die Kultur der Lakota gab es ein paar Dinge, die er nicht schlucken konnte. Die Idee zum Beispiel, daß Träume einen in die »wahre Welt« bringen konnten, schien ihm genauso weit hergeholt wie der Gedanke, daß der Dreiviertelmond am Himmel so aussah, »weil jemand ein Stück herausgebissen hatte«, wie manche Lakota-Männer fröhlich verkündeten.

In dieser Nacht, als Fox allein unter dem Dreiviertelmond auf der anderen Seite des Bear Butte saß, spürte er, wie seine Gedanken durch eine vertraute Sackgasse strömten: *Ich gehöre in keine von beiden Welten. Ich bin zu sehr nach den Weißen erzogen worden, um mich den Lakota anzupassen, und ich bin zu beeinflußt durch die Lakota, um meine eigene Rasse zu respektieren.* Dies war der Boden, den er schon zahllose Male betreten hatte, und jeder Versuch, den Irrgarten zu meistern, steigerte seine Depression nur noch. Vielleicht war es wirklich an der Zeit, Kills Hungry Bears Methode auszuprobieren.

Was habe ich denn zu verlieren?

Am Ufer streifte Fox seine Kleider ab, faltete sie zusammen und watete in das fast reglose Wasser, das im Sternenlicht schwarz und silbrig glitzerte.

Ich habe Angst, dachte er, und die Erkenntnis erleichterte ihn in gewisser Hinsicht. *Angst wovor? Vor mir? Vielleicht. Vor der Wahrheit? Es wird Zeit, einmal wirklich mutig zu sein. Mut des Geistes, nicht die Rastlosigkeit und den Leichtsinn, den ein paar Dumme Mut nennen.*

Fox atmete tief ein und ließ sich ins Wasser sinken. Das Wasser, kalt und rein, umspielte seinen Körper. Er ließ sich auf den Rücken gleiten und entspannte sich schrittweise, um sich vom Wasser treiben zu lassen. Endlich schwamm sein Körper auf der Oberfläche, dann schwebten Zehen, Knie, Hüftknochen, Penis, Bauch und Brust, Kinn, Nase und Stirn wie schwerelos auf dem schwarzen Fluß. Als Fox seinen Kopf ein wenig zurückbog, berührte sein Haar Nacken und Schultern.

Je mehr er sich entspannte, desto verzauberter kam er sich vor. So lag er da, ließ sich vom Fluß treiben und ließ sich innerlich treiben, lange Zeit, eine nicht meßbare Zeit lang. Er befahl sich selbst, den Kampf einzustellen. Und endlich verließ ihn das Bedürfnis, ja selbst der Gedanke, sich zu wehren.

Schließlich öffnete er die Augen und erblickte durch einen Rahmen schwarzer Blätter den Himmel. Das Sternenmeer, das am Himmel funkelte, war magisch. Es war, als dürfte er ein Wunder miterleben, das extra in dieser Nacht für ihn veranstaltet wurde. Eine Träne kullerte über seine Wange und tropfte ins kühle Wasser.

Dann kam es zu ihm. Er konnte fast die Hand sehen, die von oben nach ihm griff. Alles, was er tun mußte, war, es zu akzeptieren. Er dachte an Annie Sunday, die immer genau über Gott und das Leben Bescheid wußte. Als Heranwachsender hatte ihn manchmal ihre niemals wankende Sicherheit über richtig und falsch geärgert, aber er mußte zugeben, daß sie meistens recht hatte. Ihr eigenes Leben schien ihre Weisheit zu bestätigen.

Gott wird dich niemals verlassen. Er wartet geduldig, selbst wenn du glaubst, keine Hilfe zu brauchen. Doch wenn der Tag kommt, an dem du mit dem Rücken zur Wand stehst, dann wird Er eingreifen. Du mußt nur deine Demut zeigen, würde Annie Sunday ihm erklären. *Wenn du an dem Punkt angelangt bist, dann wirst du es wissen. Und dann wirst du wirklich ein Mann sein.*

Komisch, Kills Hungry Bear hatte fast dasselbe gesagt. Vielleicht erreichten Annie Sunday und Crazy Horse denselben Zielpunkt, wenn sie beteten …

Eine Woge reinen, freudigen Friedens spülte beruhigend über ihn hinweg. Er schloß die Augen, hob langsam eine Hand zum Himmel und betete mit klaren Worten: ›*Gott, bitte hilf mir. Führe mich zu den Antworten, die mir den Frieden bringen können. Hilf mir mit Deiner Gnade, die Weisheit in meinem eigenen Herzen zu entdecken. Bitte erhebe mich mit Deiner Kraft.*‹

Als würde er von einer unsichtbaren Hand hochgezogen werden, kam Fox aus dem Wasser. Mit der inneren Ruhe der Erkenntnis zog er sich an und machte sich auf den Weg zum Dorf zurück.

»Du bist verändert«, sagte Kills Hungry Bear anerkennend. »Das ist gut.« Er hielt die Klappe der Tipiöffnung zurück, vor der er stand, und sprach das traditionelle Lakota-Willkommen aus: »*Hohane*, Fox-With-Blue-Eyes.«

Fox trat ein und sah eine Frau und den Hund nebeneinander an einer Seite des Tipis schlafen. Das Feuer sah frisch geschürt aus. Es schien, als hätte Kills Hungry Bear nicht geschlafen, sondern lieber ausgeharrt für den Fall, daß sein Freund ihn noch brauchen sollte, wenn er zum Dorf zurückkommen würde.

»Ich bin froh, daß du noch wach bist«, sagte Fox.

»Ich konnte in so einer Zeit meine Augen nicht schließen. Komm, setz dich. Laß uns rauchen. Dann möchte ich dir etwas geben, was ich heute abend gemacht habe.« Er ging an die hintere Wand des Zeltes, setzte sich und bedeutete Fox, sich an seiner Rechten niederzulassen. »Ich hoffe, du wirst mir dann sagen, was geschehen ist. Ich sehe in deinen Augen, daß die Geschichte deines Abenteuers wichtig sein wird.«

Fox' Grinsen blitzte im bernsteinfarbenen Licht des Tipis auf. Er war begierig darauf, alles mit Kills Hungry Bear zu teilen, aber die neugewonnene Ruhe verlieh ihm Geduld. Eine lange Weile rauchten sie einfach nur; keiner fühlte sich müde. Dann legte Kills Hungry Bear die Pfeife zur Seite und griff hinter sein Bett, um einen weichen Lederbeutel hervorzuholen, und zog eine dünne Halskette heraus.

Er hielt sie Fox entgegen und sagte stolz: »Ich wollte dir ein Geschenk machen. Ich habe sie zu Ehren unserer Brüderschaft und der Reise gemacht, die du heute nacht unter dem Mond unternommen hast.« Die Kette war gerade lang genug, damit sie um Fox' Hals paßte, und bestand aus kleinen blauen Perlen und einem weißen, scharfen Zahn in der Mitte. »Ich habe im Dorf gesucht und verhandelt, bis ich genug Perlen von dieser Farbe zusammen hatte. Sie kommt der deiner Augen nahe. Und *dies*«, Kills Hungry Bear deutete auf den Zahn, »ist der Zahn eines Fuchses! Ich habe ihn schon lange hier bei mir, und ich habe stets an dich gedacht, wenn ich ihn aus dem kleinen Beutel nahm, in dem ich meine besonderen Dinge untergebracht habe.«

Fox war gerührt. Er blickte in die Augen seines Freundes und sagte mit gefühlsgeladener Stimme: »Ich werde dein Geschenk immer bei mir tragen. Ich danke dir sehr.« Er hielt die Perlen eine Weile in seiner Hand und bewunderte die Sorgfalt und die Tiefe der Gedanken, die Kills Hungry Bear mit hatte einfließen lassen. Die Perlen und der polierte Zahn waren auf eine dünne Büffelsehne aufgezogen, an deren beiden Enden wenige Zentimeter Sehne frei waren, die er nun in seinem Nacken zusammenknotete. »Paßt perfekt!«

»Ja!« Kills Hungry Bear suchte weiter in seinem Beutel und brachte einen Spiegel hervor, der vor langer Zeit im Handel mit den Weißen erstanden worden war.

Fox starrte sein Spiegelbild an. Der Zahn lag auf den kleinen Locken, die in der Kuhle seiner Kehle wuchsen, und die Farbe betonte tatsächlich die seiner Augen. Es war mehr als ein schönes Geschenk – es war ein Symbol, das es ihm erlauben würde, einen Bestandteil seiner Erfahrung bei den Lakota in die Welt hinauszutragen. »Ich darf mich sehr glücklich schätzen, dich als einen Freund zu haben, Kills Hungry Bear.«

»Ich hoffe, daß du mir deine Geschichte erzählen wirst, aber nur einen Teil davon. Manche Dinge können nicht erklärt werden. Manche Gefühle gehören dir ganz allein.« Er zündete die Pfeife wieder an und sog daran, als sie sich beide gegen die Kissen in ihrem Rücken lehnten.

»Der Große Geist, den ich Gott nenne, hat den Schatten von meinem Herzen genommen«, begann Fox. »Ich habe in der Dämmerung das begriffen, was du mir gesagt hast. Dieselbe Weisheit hat mir auch meine Mutter mitgeteilt. Was in dieser Nacht zu mir gekommen ist, um mir die Last vom Herzen zu nehmen, war das Begreifen, daß ich mir von anderen nicht sagen lassen darf, was richtig und was falsch ist. Ich muß der Stimme in meiner eigenen Seele lauschen, ihr folgen, ohne zu wanken.« Er nahm die Pfeife, rauchte und fügte dann hinzu: »Das war schwer für mich, weil ich an die Kultur meines Volkes gebunden bin, mich andererseits aber auch dem Volk der Lakota verbunden fühle.«

»Ah«, Kills Hungry Bear nickte, als er langsam begriff, »du warst dazwischen gefangen?«

»Mehr als du dir vorstellen kannst.« Fox' Augen begannen zu brennen. »Gefangen bis zu dem Punkt, an dem ich unerträglichen Schmerz und Schuld fühlte, egal in welche Richtung ich mich drehte. Aber heute nacht, als ich mich öffnete und Gott um Hilfe bat, erkannte ich, daß ich nicht wählen muß. Ich kann tun, was meiner Meinung nach richtig ist, wenn ich Situationen gegenüberstehe, die diese Frage stellen.«

»Das glaube ich auch«, antwortete Kills Hungry Bear ernsthaft. »Es ist nicht deine Person, die unrecht hat, wenn du dich in deiner Treue nicht entscheiden kannst. Es ist das Schicksal! Du liebst dein Volk, aber manches, was die Weißen tun, macht dich wütend. Wie schwer muß das für dich sein, mein Freund.«

»Ich habe mich selbst lange genug gequält, um einer Welt einen Sinn zu geben, die ich nicht erschaffen habe. Ich kann mich keiner der beiden Seiten wirklich verschreiben, also muß ich mir meine eigene Straße ebnen.« Er machte eine kurze Pause. »Ich habe auch erkannt, daß es sinnlos ist, über der Vergangenheit zu brüten. Ich bin meinem Gewissen gefolgt, ohne erkennen zu können, was in der Zukunft lag; und durch die Taten von anderen habe ich unsägliche Stunden verbracht, in denen ich meine Rolle in dieser Sache beklagte. Hätte ich in die Zukunft sehen können, hätte ich vielleicht anders gehandelt, aber diese Macht besitzt nur Gott allein.«

»Ich weiß nicht, welche Erfahrung du zu beklagen hast, aber ich weiß sehr wohl, daß du in dieser Nacht Weisheit gefunden hast. Hast du etwas gesehen, als der Traum zu dir kam?«

Fox wußte, wieviel Bedeutung die Indianer in die Visionen legten, die ihre Traumreisen begleiteten. »Ich – nun ja … ich sah Sterne. Kraftvoll leuchtende Sterne.«

Erfreut rief Kills Hungry Bear aus: »Das ist ein bedeutender Tag, mein Freund! Und ich finde, du solltest einen neuen Namen bekommen, um den Traum, der dich verändert hat, zu ehren. Als du das erste Mal zu uns kamst, gaben wir dir einen Namen, wie wir es bei den Kinder tun – nach dem Aussehen. Aber wenn Lakota-Jungen die Träume haben, die sie zum Mann machen, dann bekommen sie neue Namen.«

»Crazy Horse hieß Curly, als er ein Kind war, nicht wahr?«

Er nickte begeistert. »Du sollst einen neuen Namen bekommen. Ab jeztz sollst dur ›Star Dreamer‹ heißen, der Sternenträumer.«

Fox durchfuhr eine begeisterte Freude. »Das ist … wundervoll!« Doch dann empfand er den nur allzu vertrauten Stich, als er sich an einen gewissen Tag im Juni erinnerte. Er erkannte, daß es nun wirklich an der Zeit war, sein übles Geheimnis aufzudecken, sich selbst zu entlasten.

»Star Dreamer«, murmelte Kills Hungry Bear in zufriedenem Tonfall. Er sog an der Pfeife, lächelte und wiederholte dann: »Star Dreamer! Ein guter Name. Morgen speisen und tanzen wir, um den Beginn deines neuen Lebens und das Ende deiner Sorgen zu feiern.«

»Warte.« Fox hielt die Hand hoch, als Kills Hungry Bear ihm die Pfeife reichen wollte. »Da ist noch mehr. Ich muß dir ein Geheimnis erzählen. Und ich kann nur hoffen, daß du mich nicht töten wirst, wenn du es hörst.«

»Niemals!« erwiderte sein Freund entrüstet.

»Ich –«, Fox holte tief Atem und suchte einen Anfang. »An dem Tag, als die Lakota und Cheyenne gegen Longhair und seine Blauröcke am Ufer des Greasy Grass River kämpften ...«

Kills Hungry Bear runzelte die Stirn. »Ja? Was ist damit?«

»Ich war auch da. Ich war bei Custer!«

Kapitel 20

9. August 1876

»Du machst dir einen Scherz mit mir!« rief Kills Hungry Bear laut aus, senkte dann aber schnell die Stimme, als die Frau sich bewegte und die Augen öffnete. »Aber dann sollst du wissen, Star Dreamer, daß ich darüber nicht lachen kann.«

»Das ist kein Witz, es ist die Wahrheit!« Fox fühlte sich plötzlich unglaublich müde.

»Hast du vergessen, daß auch ich dort war?« zischte der Lakota zornig. »Wenn du bei Longhair gewesen wärst, dann müßtest du dich nicht sorgen, ob ich dich jetzt umbringe – denn du wärst damals schon gestorben. Die Blauröcke haben sich selbst gedemütigt, indem sie um Gnade winselten, aber wir haben jeden einzelnen getötet. Wir stellten *sicher*, daß sie tot waren!«

Der Tonfall Kills Hungry Bears sandte Fox einen Schauder über den Rücken. Die häßlichen Gerüchte über die entsetzlichen Verstümmelungen, die die Indianer ihren Opfern zufügten, drangen ungebeten in sein Bewußtsein. Sein Mund war trocken, als er fortfuhr. »Dieser Tag war der Hauptgrund für den Schatten in meinem Herzen. Ich sollte dir vielleicht erklären, daß ich nur bei der Siebten Kavallerie war, weil Präsident Grant – der große Weiße Vater – mich bat, auf Custer aufzupassen, denn er traute ihm nicht. Und ich willigte ein, weil ich glaubte, es könnte mir gelingen, ihn zur Vernunft zu bringen, falls er kurz davor stehen sollte, den Lakota etwas Übles anzutun«, seine Augenbraue zuckte kurz, als er fortfuhr. »Nun, ich war idealistisch und dumm. Custer hat nie gelernt, auf Vernunftsgründe oder Vorsichtsmaßnahmen zu hören, und meine Diskussionen mit ihm führten jedesmal zu Streit. Du kannst dir nicht vorstellen, was ich fühlte, als mir klar wurde, daß Custer nicht davon abzubringen war, seine Kavallerie gegen euch in die Schlacht zu führen.«

Kills Hungry Bears Miene blieb finster. »Ich höre zu. Rede weiter!«

»Als Custer und ich vor der Schlacht ein letztes Mal stritten, wurde er so wütend auf mich, daß er mir befahl zu verschwinden – nicht nur ins Lager zurückzukehren, sondern ganz und gar zu verschwinden. Und ich muß gestehen, daß mich das Verlassen der Kavallerie, trotz meiner Ansicht über diesen Irrsinn, mit einem mehr als schlechten Gefühl erfüllte.« Fox hatte mit einer rauhen, fast zornigen Stimme gesprochen, doch nun drohten Emotionen sie zu ersticken. »Ich war in dem Krieg Amerikas, der die Schwarzen befreien sollte, ein Held, ein Krieger für *mein* Volk, und daher war es schwerwiegend, am Tag der Schlacht einfach davonzureiten. Ich empfand nichts als

Unbehagen. Ich ritt bis nach Deadwood, und Wochen verstrichen, bis ich erfuhr, daß jeder einzelne Mann, der Custer folgte, *tot* war. Die Schuld begann, mich bei lebendigem Leibe aufzufressen. Ich warf mir vor, nicht die richtigen Worte gefunden zu haben, um Custer von einer Attacke abzuhalten.« Fox hielt inne. »Ich war niemals mit irgendeiner Entscheidung einverstanden, die mein Volk über die Indianer fällte, und mit dieser besonderen Schlacht war es nicht anders. Ich kannte Crazy Horse. Ich wußte, daß Freunde von mir an seiner Seite kämpfen konnten, und ich war überzeugt, daß eure Motive richtig waren ...« Er rieb sich wieder die Augen. »Ich bin so erschöpft. Ich rede im Kreis.«

Langsam entspannte sich das Stirnrunzeln von Kills Hungry Bear. Er seufzte. »Es brauchte sehr viel Mut, mir diese Geschichte zu erzählen, Star Dreamer.«

»Ich mußte es tun«, antwortete Fox schlicht.

»Ja, und ich verstehe jetzt sehr viel besser. Du warst im Geiste wahrlich zerrissen, doch nun hat deine Heilung eingesetzt. Ich danke dir, daß du an diesem Tag die Blauröcke verlassen hast.« Ein grimmiges Lächeln huschte über seine Lippen. »Es hätte mir leid getan, dich töten zu müssen.«

»Es hätte mir leid getan, sterben zu müssen, aber das Schuldgefühl war fast noch schlimmer. Wenn ich nur die Zeit zurückdrehen und die Worte ändern könnte, die ich zu Custer gesagt habe. Ich hätte niemals so wütend werden dürfen –«

»Aber du kannst die Zeit nicht zurückdrehen, niemand kann das! Jeder von uns hat manchmal etwas zu bereuen ... aber wer kann sagen, was mit den Soldaten dann geschehen wäre? Mein Freund, du hast alles getan, was in deiner Macht stand, um das Geschehene zu verhindern«, argumentierte Kills Hungry Bear. »Und ist es nicht genau das, was der Traum dir verraten hat? Daß ein wahres menschliches Wesen seinen eigenen Weg suchen muß, statt einer irregeleiteten Flagge zu folgen? Ihr Weißen habt keinen Kriegsrat, wo alle Krieger über die kommende Schlacht sprechen können. Longhair mußte auf niemanden hören, und seine Männer hatten keine Wahl, außer zu gehorchen. Für die Blauröcke gibt es kein *wouncage*, kein Stammesbewußtsein. Sie tun mir leid!« Er machte eine wegwerfende Geste, um anzudeuten, daß sie keine Zeit mehr mit diesem Thema verschwenden sollten. »Ich glaube nicht, daß irgend etwas, das du hättest sagen können, Longhairs Absicht geändert hätte. Und wenn du nicht vom Greasy Grass River fortgeritten, sondern mit den Blauröcken in die Schlacht gezogen wärest, dann wäre die Geschichte nun nicht anders ... es hätte nur einen Toten mehr gegeben. Dich!«

»Das ist ein überzeugender Punkt«, bemerkte Fox trocken. »Und natürlich hätte es auch meine Entscheidung an diesem Tag nicht beeinflußt. Das ist der Grund, warum ich heute geheilt worden bin. Ich habe begriffen, daß ich in keinem Fall hätte ändern können, was die Armee getan hat. Ich handelte nach meinem eigenen Gewissen, das offenbar einem Pfad folgt, der sich irgendwo zwischen weißer und Lakota-Welt zu winden scheint.« Er beugte sich ein Stück vor. »Und jetzt will ich das Geheimnis freigeben. Hat es deinen Respekt vor mir geschmälert?«

Kills Hungry Bear rollte die Augen und zuckte die Schultern. »Nachdem ich die gesamte Geschichte kenne, kann ich verstehen, aber du solltest das Geheimnis nicht zu offenherzig freigeben. Wir haben einige Krieger hier, denen die Idee nicht gefallen würde, einen Überlebenden aus der Schlacht mit Longhair in Crazy Horses Lager zu beherbergen!«

Sie lächelten beide über die Ironie der Lage. »Du sprichst weise wie immer, Kills Hungry Bear«, sagte Fox.

»Ich danke dir für deine Sorge um mich, für deine Worte, die Perlen und meinen wundervollen neuen Namen. Aber jetzt merke ich, daß ich so schrecklich müde bin ...«

Kills Hungry Bear betrachtete Star Dreamer voller Zuneigung, als dieser herzhaft gähnte und seinen Kopf zurücklehnte. Er murmelte etwas von ›das Tipi wechseln‹, dann überkam ihn der Schlaf, und er begann zu schnarchen.

Fox war noch immer leicht geblendet von der Mittagssonne, als er auf die Stelle des Flußes zuging, wo sich das Bett dicht an das Dorf heranwand. Dort im Schatten der Bäume auf dem dicken, weichen Graspolster verrichteten die Frauen ihre Arbeit, die die meisten Stunden ihres Tages ausfüllte. Später, wenn die Sonne heißer vom Himmel brannte, würde das ganze Dorf ruhen. Doch noch war es nicht soweit.

Fox blieb in kurzer Entfernung stehen und versuchte, in dieser geschäftigen Szene Maddies auffälliges Kleid auszumachen. Die meisten der Frauen waren damit beschäftigt, Häute weiterzubearbeiten, die bereits mit Sandstein abgeschabt worden waren, um sie immer noch weicher zu machen. Eine andere Gruppe Frauen stand im Fluß und füllte Häute mit frischem Wasser. Schließlich fiel Fox' Blick auf einen kleinen Kreis Frauen mit vielen Kindern, die um eine große Schüssel voller Erdbeeren standen. Ein kleiner Junge kippte etwas, das wie Zucker aussah, aus einem Beutel über die Früchte. Vergnügtes Quietschen mischte sich in die Stimmen der Frauen, die während ihrer Arbeit zufrieden miteinander plauderten.

»Star Dreamer!«

Fox zwinkerte überrascht, als er das Mädchen sah, das in Abwesenheit von Kills Hungry Bears Frau seine Gefährtin war. Wie hieß sie noch? Nein, er kannte ihren Namen nicht. Und woher wußte sie nur schon von *seinem* Namen, der doch erst wenige Stunden alt war? Fox empfand eine vage Unsicherheit, und so lächelte er nur und grüßte sie unverbindlich.

»Du kennst mich nicht«, sagte sie, während sich ihre Nasenflügel leicht blähten. »Ich bin Runs Away. Suchst du deine Frau, die mit dem Feuerhaar?«

»Ich freue mich, dich kennenzulernen, Runs Away«, gab Fox zurück. Er hatte den Eindruck, als würde sie ihn nicht mögen, und er fragte sich warum.

»Ich bringe dich zu Feuerblüte, aber zuerst muß du mir sagen, warum du Kills Hungry Bear geraten hast, mich nicht zu heiraten!«

Entsetzt blinzelte Fox wieder. »Das habe ich ihm nicht geraten, Runs Away.« Ihr Mund, der sich leicht verzog, verriet ihm, daß sie ihm nicht glaubte, und so setzte er weich hinzu: »Ich gebe dir mein Wort. Aber du weißt doch, daß Kills Hungry Bear schon eine Frau hat, nicht wahr? Du weißt, daß seine Familie in der Agentur auf ihn wartet?«

Ihre Augen blitzten wie ein mitternächtliches Gewitter. »In seinem Tipi ist Platz für mehr als eine Frau. Ich habe keine Angst zu kämpfen!«

Fox musterte sie kurz und überlegte mit einer unbefangenen, aber leicht arroganten männlichen Art, daß Runs Away wahrscheinlich im Bett eine Wildkatze war. Sie war nicht freundlich oder sanft, aber sie bot Kills Hungry Bear offenbar etwas, das seine geliebte Little Dove nicht tat. Das einzige Problem war nur, daß Runs Away kaum glücklich wäre, wenn sie auf einmal verschmäht würde. »Ich kann dir versichern, daß Kills Hungry Bear meinen Rat in dieser Sache nicht anhören würde.«

»Er *würde* auf dich hören«, sagte sie spitz.

Fox antwortete mit einem Hauch Ungeduld: »Ich will

mich nicht einmischen. Es tut mir leid. Wenn du mich jetzt zu Feuerblüte bringen würdest ...«

»Sie ist dort drüben«, fauchte Runs Away, wirbelte herum und ging in die andere Richtung aufs Dorf zu.

Obwohl Fox die Szene ganz und gar nicht behagte und ihn ein dumpfes Gefühl beschlich, war sein Kopf voller Gedanken an sein eigenes Leben – und Maddie. Runs Away hatte ihm die Gruppe Frauen um die Erdbeerschüssel gezeigt, aber er konnte dennoch nur Frauen in weichen Lederkleidern und Mokassins ausmachen. Doch als er näher herankam, machte ein Kind gerade genug Platz, um eine Mähne feurigen Haares zu enthüllen. Dennoch wirkte diese Frau eher wie eine Lakota. Sie trug ein hübsches Lederkleid mit Perlen und Bändern und schien in ihre Arbeit vertieft. Sogar als Fox an dem aufgeregten kleinen Jungen vorbeigriff, um die Schulter der knienden Frau zu berühren, hörte er sie einen melodischen Satz auf Lakota sagen. Ein kleines Mädchen kam auf sie zu, ihre Pausbäckchen beschmiert mit Erdbeersaft, und streckte die Hand nach einer weiteren Portion aus.

»*Hun-hun-he!*« sagte die Frau lachend, als das Kind in ihren Schoß plumpste.

Fox stellte fest, daß sie seine Berührung inmitten der ganzen Aktivität nicht bemerkt hatte. Er sah nun, daß Maddies Freundin Strong, die gegenüberstand, ihn anblickte. Sie wirkte amüsiert. Leicht verärgert bückte Fox sich erneut und tippte der Frau auf die Schulter.

Die Zeit schien sich zu verlangsamen, als sie sich umdrehte und gleichzeitig aufschaute. Das seidige, gelockte Haar rahmte Maddies leuchtendes Gesicht ein wie das Feuer der Dämmerung.

Fox wußte, daß sein Mund offenstand, aber er konnte nicht viel dagegen tun. Bevor er reagieren konnte, sprang Maddie auf, umarmte ihn und drehte sich fröhlich mit ausgestreckten Armen um ihre eigene Achse. »Was sagst du dazu?« rief sie begeistert. »Ist es nicht einfach traumhaft?« Ich fühle mich so viel *besser*, jetzt, wo ich vernünftig angezogen bin. Ich meine, ich weiß, daß ich mit diesem Haar immer noch fehl am Platz wirke, aber seit Strong mir dieses wunderbare Kleid gegeben hat, behandeln mich die Frauen ganz anders.« Sie strich bewundernd über das Leder, dann blickte sie Fox mit einem unwiderstehlichen Grinsen in die Augen. »Findest du nicht, daß es mir schmeichelt? Ich fühle mich so *frei* ... so ungehemmt! Nun? Was denkst du? Also, Fox, ehrlich. Wenn es dir nicht gefällt ...«

Fox schaffte es endlich, den Mund zuzumachen. Er schüttelte den Kopf und lachte. »Madeleine Avery, du bist die schönste, kleine Feuerblüte diesseits von Sioux City! Ist das besser?«

Maddie zog ihn an der Hand fort, bis sie fast hinter einem riesigen Baum verschwanden, dann schlang sie ihre Arme um seinen Hals. »Bist du sicher?« hakte sie nach.

»Absolut!« Überwältigt hob Fox sie von den Füßen, strich seine Finger durch ihre langen Locken und küßte sie. Maddies Mund schmeckte wie Nektar, und sie wand sich glücklich in seiner Umarmung, als sie seinen Kuß erwiderte. Endlich hob er den Kopf und bemerkte: »Du fühlst dich in diesem Kleid verdammt gut an. Mir fehlt deine ganze Unterwäsche ganz und gar nicht.«

Sie kicherte. »Mir auch nicht!« Dann wurden ihre Züge weicher, und sie liebkoste seinen sauber gestutzten Bart. »*Du* hast mir gefehlt!«

Seine Augenbrauen flogen ungläubig hoch. »Für mich sieht es aus, als seist du in letzter Zeit beschäftigter als ein Präriehund. Du hast weitaus härter an dir gearbeitet, dich hier einzufügen, als du es je in Deadwood getan hast; und niemand würde glauben, daß du es hinbekommen hast. In

Deadwood konntest du wenigstens noch Englisch sprechen, in einem Haus wohnen, dir die Kleider anziehen, die du aus Philadelphia mitgebracht hast, dieselben Nahrungsmittel essen –«

»Wie langweilig«, erwiderte Maddie fröhlich. Sie wollte etwas hinzufügen, als sie eine Bewegung hinter dem Baumstamm auffing. In ihren Mokassins auf Zehenspitzen stehend, zog sie Fox' Kopf ein bißchen zu sich herunter und flüsterte: »Erinnerst du dich, daß ich dir von der jungen Frau erzählt habe, die nie badet und selten spricht? Da hinten sitzt sie unter dem Baum im Gras und sieht zu, wie die anderen die Erdbeeren essen. Ihre Augen sind so traurig! Ich würde so gerne mit ihr reden, aber ehrlich gesagt habe ich ein wenig Angst.«

Fox lugte um den Baum herum und entdeckte die Frau, die ein paar Meter entfernt allein dasaß. Sie war nicht alt, aber ihre Erscheinung bestätigte seine Vermutung, daß sie in Trauer war. Maddie hatte recht, unter den zerschlissenen Kleidern, dem verfilzten Haar, der dreckverschmierten Haut war das Mädchen sehr hübsch. Als ob sie seine Gedanken spürte, hob sie plötzlich den Kopf und sah ihm direkt in die Augen. Selbst aus der Entfernung schnitt ihr Blick ins Herz.

Fox trat seltsam berührt hinter den Baum zurück. »Ich ... ich bin sicher, daß sie trauert. Es gibt andere Witwen im Dorf, aber diese hier scheint ganz besonders bedrückend, weil sie so jung ist, nehme ich an.« Er hielt inne und dachte eine Weile nach. »Sie erinnert mich an einen schönen Vogel, dem man die Flügel gebrochen hat. Sie hat jemanden verloren, den sie zutiefst liebte, und mit ihm sind ihre Träume gestorben.«

Maddie fand die Beschreibung treffend. »Du hast recht. Sie sieht aus, als hätte sie keinen Lebenszweck mehr.«

Er schlang einen Arm um sie und küßte sie auf den Scheitel. »Du entwickelst ein sehr weiches Herz, Süße.«

»Kannst du nicht Kills Hungry Bear über sie ausfragen?« bettelte sie. »Vielleicht können wir ihr ja irgendwie helfen.«

»Gut, ich werde ihn fragen. In der Zwischenzeit könnten wir beide, nur wir zwei, einen Spaziergang machen. Ich muß dir etwas Wichtiges erzählen.«

Maddie ging neben ihm her, als sie langsam von der Gruppe Frauen und dem Dorf fortschlenderten. Ein tiefes, allumfassendes Glücksgefühl strömte in ihr hoch. Seit fast zwei Tagen hatte sie sich so beschäftigt wie möglich gehalten, damit sie nicht an Fox denken und sich nicht zu fragen brauchte, wo er so lange blieb oder was er tat und was ihn so plötzlich verändert hatte. Als er ihr, kurz bevor er verschwand, gesagt hatte, er sei auf dem Weg, die Dämonen in seinem Herzen zu bannen, hatte Maddie gespürt, daß sich die Kluft zwischen ihnen endlich zu schließen begann. Er kam dem Ort, an dem sie auf ihn wartete, immer näher, und plötzlich fühlte sie sich scheu und nervös.

»Hast du Neuigkeiten über meine Schwester?«

Fox sah zu ihr und sah, daß ihre Wangen rosig leuchteten, während ihre Augen ihn durch die dichten Wimpern anblickten. Bezaubert brachte er gerade hervor: »Ich habe vor, noch heute etwas über sie in Erfahrung zu bringen. Ich war bisher ein wenig abgelenkt. Es tut mir leid.« Er drückte ihre Hand. »Macht es dir etwas aus, wenn wir zuerst über mich sprechen?«

Maddie stellte fest, daß sie nun ganz allein waren. Das Dorf war nur noch klein in der Ferne zu sehen, und sie hatte gar nicht bemerkt, wie weit sie schon gegangen waren. Sie setzten sich gegenüber in das saftige Gras am Ufer des Flusses, und es kam ihr vor, als umgäbe Fox eine Aura, die in ihren Augen schmerzte. »Wird es uns verändern?« murmelte sie.

Er blickte sie ernst an. »Maddie, ich bin bereit, dir mein Geheimnis zu verraten. Willst du es immer noch hören?«

Seltsam leuchtendes, pastellfarbenes Licht malte einen besonders strahlenden Sonnenuntergang in den Himmel. Maddie lag neben Fox im weichen Gras. Ihr Herz schmerzte, ihre Eingeweide brannten, und ihre Augen waren geschwollen vom Weinen.

»Wie in Gottes Namen konntest du das nur so lange für dich behalten?« wollte sie wissen.

»Ich sah keinen anderen Weg.«

»Aber jetzt mußt du mir *alles* sagen.«

Er war wie ausgelaugt. »Das habe ich!« Die Geschichte hatte eine Ewigkeit gedauert. Er hatte für sie alle Lücken seiner Vergangenheit geschlossen, einschließlich der letzten Stunden, die er mit Kills Hungry Bear verbracht hatte, und den Neubeginn in dem kühlen, sternenbeschienenen Fluß.

»Männer! Ihr glaubt, ihr habt uns eine erschöpfende Erklärung gegeben, obwohl ihr uns bloß Knochen ohne Fleisch vorsetzt!« Maddie setzte sich erregt auf. »Ich kann dir nicht sagen, wie wütend es mich macht, wenn ich nur an Custer denke, der all diese Männer dazu gezwungen hat, ihm bei seiner Gier nach Ruhm zu folgen. Du warst der einzige darunter, der Verstand bewiesen hat, Fox! Du hast absolut das Richtige getan, statt blind zu gehorchen wie eine Art, eine Art Schaf!«

»Tja, es liegt Wahrheit in dieser ›weiblichen Wahrheit‹!« Er lächelte schief. »Tatsache ist aber, daß Soldaten gehorchen müssen. So werden sie ausgebildet. Kriege könnten nicht gewonnen werden, wenn jeder einzelne die Entscheidung seines Vorgesetzten in Frage stellt. Zweifellos waren einige bei der Siebten Kavallerie, die unseren Auftrag mit gemischten Gefühlen betrachtet haben, aber mit Custer zu streiten hätte nichts erbracht.«

»Aber du hast wenigstens Bedenken angemeldet! Du hast dich in dieser Nacht in Custers Biwak gegen ihn gewandt.«

»Ja, aber er hatte nicht die Befehlsgewalt über meine Person. Ich habe dir doch erklärt, daß ich nur eine Beraterrolle innehatte, und daß mein Titel bloß eine Formalität war, nicht wahr? Ich stand auch dort in Grants Diensten, nicht in Custers. Zudem habe ich die Treue der anderen Männer zur Siebten Kavallerie nicht geteilt. Ich stieß erst ein paar Wochen vor jener Schlacht zu ihnen.« Fox stützte sich auf einen Ellenbogen und sah Maddie in die Augen. »Die anderen Soldaten hatten eine lange, lange Zeit unter schwersten Bedingungen und mit viel Entbehrungen im Westen verbracht. Sie hatten sich daran gewöhnt, die Welt durch Custers Augen zu betrachten. Das Abnorme war für sie normal, aber ich kam zu frisch aus Washington, war zu lange schon nicht mehr bei der Armee und zu oft Zeuge der *echten* Geschichte der Indianer gewesen, als daß ich mich brav in diese vorgefertigte Ordnung einfügen konnte.« Er fuhr sich mit einer Hand durch sein sonnengebleichtes Haar und setzte hinzu: »Custer wußte es auch. Er hat erkannt, daß ich eine vollkommen gegensätzliche Meinung hatte, schon als wir gemeinsam im Zug von Washington saßen. Deswegen reagierte er so defensiv, als ich ihn herausforderte. Weißt du, ich ahnte schon, daß ich direkt auf den Treibsand zumarschierte, als ich den Wünschen des Präsidenten nachgab. Ich wußte, daß ich auf eine Menge moralischer Konflikte stoßen würde, aber meine Mutter argumentierte, daß sie existierten, ob ich nun anwesend war oder nicht. Ich würde bloß den Kopf in den Sand stecken, wenn ich mich um jeden Preis aus der Katastrophe heraushielt, die wir mit den Indianern veranstalteten. Sie meinte, ich könnte vielleicht irgendwie helfen, wenn ich die Chance ergriff und mit der Siebten Kavallerie ziehen würde.« Fox' Blick wurde weicher, als er an die Worte seiner Mutter denken mußte. »Annie Sunday ist eine unverbesserliche Idealistin, sehr tapfer und sehr zuversichtlich. Wie die meisten ihrer Theorien hörte diese sich diese unanfechtbar an, wurde aber immer weniger durchsetzbar, je weiter ich nach Westen kam. Es ist wirklich schade, daß die Indianer meine Mutter nicht als ihre Vertreterin in Washington benennen konnten. Niemand würde es wagen, Annie Sunday gegenüber ein Wort zu brechen.«

»Ist ihr Nachname denn nicht auch Matthews?«

»Genaugenommen ja, aber sie war niemals ein Meister, im Schatten eines Mannes zu leben.« Sein Tonfall war warm und herzlich.

Maddie begann langsam, die Enthüllungen dieses Nachmittags zu verdauen, und nun erkannte sie, wie wenig sie wirklich über Fox gewußt hatte. »Ich habe immer geahnt, daß du etwas verbirgst – ich meine, du lieber Himmel, ich hab' ja nicht mal eine vernünftige Antwort bekommen, wenn ich dich nach deinem richtigen Namen gefragt habe. Und jetzt, wenn ich dir zuhöre, was du über deine Mutter erzählst und mir dabei die wenigen Informationen, die du mir bisher über dich mitgeteilt hast, zusammenstückle – nun, da kommt es mir vor, als würde ich dich ganz neu kennenlernen! Du *sprichst* jetzt sogar anders! Vorher hast du ab und zu wie ein gebildeter Mensch geredet, aber –«

»Ich kann prima wie'n Grenzmann reden, Ma'am«, stimmte er ihr zu, »kann nicht rumlaufen und Sachen sagen wie ›unanfechtbar‹ oder ›kontrastierend‹, die Leutchens hätten jede Menge Spaß. Will ja schließlich nich', daß die Kumpels meinen, ich wär' einer von den schicken Bübchen wie dein Freund da, von Boston Scofields!«

Sie boxte ihn in gespielter Empörung, und Fox fing ihre Hand ein, um ihre empfindliche Innenfläche zu küssen. »Graham ist *nicht* mein Freund! Wenn er geglaubt hat, es zu sein, dann lag es nur daran, daß Sie Ihre Finger im Spiel hatten, Mr. Daniel Matthews!«

»Für dich Star Dreamer, Feuerblüte!« Grinsend zog Fox sie zu sich herunter, bis sie ganz auf ihm lag. »O Maddie, ich habe mich so lange Zeit gefürchtet!« Er küßte sie, dann küßte er sie wieder. »Das Geheimnis erschuf noch mehr Geheimnisse, bis ich mir selbst wie ein Fremder vorkam! Wie ein Scharlatan!«

»Und jetzt?«

Er grinste wieder. »Jetzt fühle ich mich, als ob ich aus dem Gefängnis entlassen worden bin. Ich habe es bisher nicht gewußt, aber ich mußte herkommen, um eine Weile bei den Lakota zu bleiben, bei denselben, die Custers Soldaten umgebracht haben. Nur so konnte ich meine wirren Gedanken und Gefühle endlich klären.« Maddies seidige Locken fielen herab und bildeten einen Vorhang vor ihren Gesichtern. Zärtlich liebkoste Fox ihre Wange und strich mit federleichten Fingern über ihren zarten Hals. »Ich fühle mich tausend Pfund leichter. Statt Dunkelheit sehe ich jetzt Licht vor mir. Ich kann jetzt mit und in mir leben.«

Tränen schossen in ihre Augen. »O Fox, wenn wir jetzt noch Sun Smile finden können, ist alles einfach *perfekt*!«

»Du hörst dich an wie meine Mutter, die immer alle losen Enden zu einem hübschen Kranz zusammenwinden möchte. Aber bis zu einem gewissen Grad stimme ich dir zu. Du und ich haben in den wenigen Tagen, die wir am Bear Butte sind, sehr viel über uns gelernt.« Er seufzte. »Ich weiß jetzt, daß die Linie, die die Menschen voneinander trennt, nicht scharf und deutlich gezeichnet ist. Ich kann keine weiße Hautfarbe haben und mir mit dem Rest meines Volkes den Weg nach Westen freiballern, ich kann aber ebensowenig meinem Erbe den Rücken zukehren, um als Indianer zu leben.«

»Das klären wir alles, wenn wir zurück in Deadwood sind«, erwiderte sie fest. »Das erste, was du tun kannst, ist, deine wahre Identität wieder anzunehmen.«

Maddie hatte sich an ihn gepreßt und sein Ohr geküßt, so daß Fox einen Moment brauchte, um zu begreifen, was sie gesagt hatte. Dann aber rollte er sie herum ins Gras, so daß er auf sie herabschauen konnte. Der Anblick ihres Gesichts, das so anziehend war durch die Sommersprossen und die großen, wundervollen grünen Augen, machte ihm erneut heftig ihre Anziehungskraft auf ihn klar, machte ihm bewußt, wie sehr er sie wollte – alles, was sie ausmachte. Er verstand es nicht, aber es war da, wie ein Zauber, der ihn hartnäckig in Bann hielt. Mit einiger Mühe zwang er sich zu sprechen.

»Ich will dir nur noch eins sagen, Manie, und zwar jetzt, bevor ich mich in deinen Augen verliere – ich kann nicht wieder Daniel Matthews sein, wenn wir wieder in Deadwood sind. Ich mag mich jetzt wieder mutig fühlen, aber dumm bin ich nicht. Weil ich mich dir und Kills Hungry Bear anvertraut habe, bedeutet das noch nicht, daß mein Geheimnis etwas für den öffentlichen Geschmack ist, Süße. Wir dürfen es niemandem sagen.«

Sie war bestürzt und verwirrt. »Was, aber warum denn nicht?«

Fox lachte zynisch auf. »Hast du vergessen, was die meisten Leute von dem Massaker am Little Bighorn, wie sie es nennen, denken? Wenn *ich* mich schon verrückt gemacht habe, weil ich die Siebte vor ihrem Untergang verlassen habe, was meinst du wohl, wie alle anderen darüber denken würden? Ich wäre in Deadwood oder wo auch immer ich hingehen könnte, für den Rest meines Lebens ein Ausgestoßener!« Fox runzelte die Stirn. »Ich wäre berüchtigt als einziger Überlebender eines entsetzlichen, blutigen Gemetzels!«

»Aber Fox!« Entsetzt versuchte Maddie nachzudenken. »Wenn jeder, der bei Custer war, tot ist, woher soll dann jemand wissen, daß du auch am Little Bighorn warst? Viele Menschen in Deadwood haben Dreck am Stecken. Es würde doch niemand Verdacht schöpfen, wenn du deinen richtigen Namen wieder annimmst und damit offener und respektabler wirst, falls«, sie errötete anmutig, »falls es offensichtlich wird, daß du verliebt bist!«

»Ah«, er nickte zustimmend, »so meinst du das. Bitte verschone mich mit weiteren hübschen, weiblichen Plänen für meine Zukunft! Wie begierig du darauf bist, mich zu zivilisieren. Glaubst du wirklich, daß wahre Liebe und Ehe all die Ereignisse meiner Vergangenheit einfach auslöschen?«

»Ich habe nichts von Ehe gesagt!« protestierte sie hitzig. »Laß mich hoch!«

Fox gehorchte und bedachte sie mit einem unversöhnlichen Blick. »Das war nicht nötig. Aber das ist auch gar nicht das Thema. Du hast nämlich offenbar vergessen, Madeleine, daß die Siebte Kavallerie an diesem Tag in drei unterschiedliche Bataillone geteilt wurde, und das nur Minuten vor meinem Weggang. *Custers* Männer sind alle tot, aber die anderen haben überlebt. Weil Renos und Benteens Leute auf der anderen Seite des Hangs gekämpft haben, läßt sich leicht vergessen, daß sie dort waren.« Müde strich er sich mit der Hand über die Augen. »Ich kann nicht.«

Maddies Herz wurde immer schwerer. »Du meinst, daß irgendwelche von den anderen Soldaten gesehen haben könnten, wie du kurz vor der Schlacht fortgeritten bist? Und daß manche mit dem Finger auf dich zeigen, wenn sie erfahren, daß Daniel Matthews in Deadwood lebt?«

»Nur Custer und ich wissen, was wirklich geschehen ist – nämlich, daß ich gegangen bin, weil er es mir befohlen hat. Und Custer kann es niemandem mehr erzählen. Niemand hat gehört, wie unser Streit verlief, und es ist nicht schwer zu erraten, was sie dachten, als ich von ihnen wegritt. Wenn einer von ihnen mich in Deadwood trifft, hätte ich keine Chance. Ich wäre ein wunderbarer Sündenbock.«

Ihr Ärger wich ihrer schmerzhaften Liebe und Verzweiflung. Maddie raffte ihren Lederrock und krabbelte auf seinen Schoß. »O Fox, warum muß das Leben nur so schwierig sein?«

»Verdammt will ich sein, wenn ich das wüßte!« Er beugte den Kopf und küßte sie auf den Hals. »Zu unserem Glück gibt es ja auch Ablenkung ...«

Kapitel 21

10. August 1876

»Du mußt das *wasna* probieren, das Runs Away gemacht hat«, sagte Kills Hungry Bear. Er schlug eine Haut aus Tierdarm auseinander, um das Haschee zu enthüllen, welches die Lakota als Delikatesse ansahen. »Sie hat schwer dafür gearbeitet, um uns eine anständige Verpflegung für unsere Feier zu Ehren deines Traumes und neuen Namens gestern abend zu verschaffen; aber dann schämte sie sich und hielt sich versteckt. Sie fürchtete, daß ihr *wasna* nicht so verführerisch oder köstlich sein könnte wie das der anderen Frauen.« Kills Hungry Bear zuckte leicht die Schultern und flüsterte: »Sag es ihr nicht weiter, Star Dreamer, aber ich glaube, sie hat recht! Sie kann nicht so gut kochen wie meine Frau, Little Dove. Mir gefällt der Gedanke nicht, in der Agentur zu leben, aber ich vermisse meine Familie. Ich hoffe, die Gefahr geht vorbei, damit sie bei mir keine Angst mehr zu haben braucht.« Er sah zu, wie Fox gähnend das Essen probierte. »Ich rede zuviel. Viel Aufregung und wenig Schlaf die letzten Tage.«

Fox nickte voller Zustimmung. Er konnte Runs Aways *wasna* kaum herunterbekommen und hoffte inständig, daß Kills Hungry Bear ihn nicht drängen würde, noch mehr davon zu essen. »Ich bin auch müde, aber der Tanz und das Festmahl gestern waren wunderschön. Ich bin deinem Volk sehr dankbar, daß es für mich dieses Fest veranstaltet hat.«

»Feuerblüte sieht sehr anziehend in ihren neuen Kleidern aus«, bemerkte Kills Hungry Bear. »Gefiel es ihr?«

»Sehr.« Fox versank in Schweigen, als sein Freund das *wasna* ebenfalls probierte. Er war gespannt auf seine Reaktion.

»Hm ...«, Kills Hungry Bear kaute bedächtig, nickte, kaute, nickte wieder, schürzte die Lippen, runzelte die Stirn und schrie endlich aus: »Bah! Urgh!« Er spuckte den Bissen in seine Hand, starrte ihn anklagend an und blickte dann entsetzt zu Fox. »Wie hast *du* das schlucken können? Diesen, diesen Unrat? Ich dachte immer, du hättest einen guten Geschmack, aber –«

»He, nun hör aber auf!« protestierte Fox empört und amüsiert zugleich. »Ich bin derselben Meinung wie du, alter Freund, aber ich wollte dich nicht beleidigen, indem ich damit andeutete, daß Runs Away nicht kochen kann.«

»Und warum nicht?« fragte Kills Hungry Bear trotzig. »Sie ist ja nicht meine Frau.«

Lachend ließ sich Fox auf die Felle fallen und blickte durch die Rauchklappe auf das Fleckchen blauen Himmels hoch über ihm. »Ach, ich denke manchmal, ich könnte für immer hierbleiben. Es ist wie ein schöner Traum.«

»Ihr Weißen wollt immer Indianer sein, wenn ihr einmal unser Leben erfahren habt. Du bist einer, den unser Volk akzeptieren kann, und mir würde es wirklich gefallen, wenn du bleibst, aber ich weiß, daß du es nicht wirklich willst. Du bist bereit, die Bruchstücke deines Lebens zusammenzufügen. Hab' ich recht?« Kills Hungry Bear griff nach seiner Pfeife und bereitete sie vor. »Würdest du fragen, was ich denke, dann würde ich dir sagen, wie sehr ich deine Bereitschaft dazu spüre. Du machst schon Pläne, unser Dorf zu verlassen, um zu der Stadt zurückzukehren, die ihr Deadwood nennt.«

»Ja.« Fox sah zu, wie der duftende Rauch nach oben waberte und Kills Hungry Bears Gesicht einhüllte.

Sie schwiegen beide einen Augenblick, dann gab der Krieger die Pfeife an seinen Freund weiter. »Hast du das junge Mädchen bemerkt, das in Trauer ist? Ein schlimmer Anblick! Ihre Kleider sind zerrissen, ihre Arme und Beine zerkratzt, sie hat Asche in die Wunden gerieben, und ihr Haar ist verfilzt.« Er schüttelte den Kopf. »Sie war einmal das schönste Mädchen unter all den Teton-Lakota. Sie hatte funkelnde Augen von der Farbe eines Habichts und langes, schimmerndes duftendes Haar. Ihr Lächeln machte starke Männer schwach.«

»Weißt du, ich habe Maddie – Feuerblüte – versprochen, dich nach ihr zu fragen. Sie hat Mitleid mit ihr. Sie fragt sich, ob sie nicht etwas tun könnte, um das Mädchen aufzuheitern.«

Kills Hungry Bear zuckte die Schultern. »Es ist nicht ihre Bestimmung, heiter zu sein. Sie ist in Trauer. Sie liebte ihren Mann innig, und es ist richtig, daß sie ihren Kummer zeigt.«

Während er den Rauch ausatmete, fragte Fox sich, warum sein Freund die Witwe erwähnt hatte. Es mußte einen Grund geben. »Ihr Gefährte muß ein guter Mann gewesen sein«, sagte er versuchsweise.

Kills Hungry Bear ordnete seine Adlerfedern am Hinterkopf, wobei er die Augen abwendete. »Ja, ja. Er war mein Bruder, Aiming Fast.«

»Aiming Fast konnte sich glücklich schätzen, solch eine Frau und so einen Bruder zu haben.«

»Ich muß jetzt für sie sorgen. Sie hat keine Eltern hier.«

Fox verengte seine blauen Augen und versuchte, durch die Rauchschwaden in der Miene seines Freundes zu lesen. »Gibt es da ein Problem?« Warum erzählte Kills Hungry Bear ihm all das? Worauf wollte er bloß hinaus?

»Ein Problem«, wiederholte der andere, »vielleicht. Ich bin mir nicht sicher, ob ich weiß, was das Beste für das Mädchen ist. Sie hat viele Talente und im Leben viel zu bieten, aber seit Aiming Fast tot ist, ist sie in einem Sumpf aus Kummer versunken. Sie redet fast nie, und ich bin nicht besonders geeignet, ihr in ihrem Leben weiterzuhelfen. Vielleicht klingt es bösartig, aber irgendwie gefällt es mir, sie klagen und weinen zu sehen, weil sie ihren Mann verloren hat. Es ehrt ihn.«

»Suchst du Rat von mir?« fragte Fox schließlich direkt. Er war es leid, das Spiel der Andeutungen und des Wartens zu spielen, das den Lakota so eigen war.

Kills Hungry Bear sah ihn überrascht an. »Nein, ich habe über diese Sache nachgedacht, seit du und Feuerblüte ins Dorf gekommen seid.« Er machte eine kurze Pause. »Seit du mir gesagt hast, daß Feuerblüte die Tochter von Stephen Avery ist.«

Fox hielt den Atem an.

»Ich habe seit dieser Nacht nicht mehr mit dir über Stephen Avery gesprochen«, fuhr Kills Hungry Bear hastig fort, »weil ich mir denken konnte, warum du zu uns gekommen bist. Ich brauchte Zeit zum Nachdenken. Und ich bin zu einer Entscheidung gekommen.«

»Und?«

»Ich hoffe, du wirst die Witwe meines Bruders mitnehmen, wenn ihr wieder nach Deadwood reitet. Sie wird hier verwelken, wenn sie in unserem Volk bleibt. Ich träumte letzte Nacht, daß Aiming Fast hier bei mir im Tipi saß und mich bat, seiner Frau zu einem neuen Leben zu verhelfen. Er sagt, daß er sie immer noch liebt, auch wenn sie nun in verschiedenen Welten sind. Er sagt, sie ist zu jung und zu hübsch, um vor Gram zu sterben.«

»Aiming Fast ist im Tod gesprächiger, als ich ihn lebendig in Erinnerung hatte«, murmelte Fox kaum hörbar.

»Was hast du gesagt?«

»Nichts Wichtiges. Ich versuche nur, all das zu verstehen.« Er sah seinen Freund mit einem harten Blick an. »Da steckt noch mehr dahinter, nicht wahr?«

Kills Hungry Bear starrte auf seine Pfeife hinunter und nickte langsam. »Ja, Star Dreamer, das tut es. Meines Bruders Witwe heißt Sun Smile. Der Mann, den du Stephen Avery nennst, ist ihr Vater.« Er seufzte. »Ich glaube, daß *Wakan Tanka*, der Große Geist, dich geschickt hat, um Sun Smile zu ihrer Familie zurückzubringen.«

Fox brachte ein schwaches Lächeln zustande. »Nun – also das ist Sun Smile! Maddie wird sehr überrascht sein!« Plötzlich kam ihm das verräucherte Tipi erdrückend vor, und er stand auf. »Ich sage es ihr besser sofort. Sie wird es nicht erwarten können, ihre Schwester kennenzulernen.« Fox bückte sich, stieg durch die Türöffnung und stieß fast mit Runs Away zusammen, als er forteilte.

»Ihr habt das *wasna* gegessen«, rief sie hinter ihm her.

Er hielt inne und wandte sich mit einem anerkennenden Lächeln zu ihr um. »Ja! Danke, es war unvergeßlich. Aber wenn du mich jetzt bitte entschuldigen willst ...«

»Warte, Star Dreamer! Bitte, sag mir, hast du mit Kills Hungry Bear gesprochen?«

»Ja, habe ich.«

»Hast du ihm gesagt, daß er mich zu seiner Frau machen soll?«

Fox schüttelte den Kopf. »Nein, Runs Away, und das werde ich auch nicht. Und jetzt vergessen wir die Sache, ich will es nicht mehr hören!« Und mit diesen Worten wandte er sich dem Tipi zu, das er mit Madeleine teilte.

Runs Away sah ihm mit finsteren Gefühlen nach. »Du darfst mich nicht so behandeln, Star Dreamer«, murmelte sie. »Du und Feuerblüte, ihr glaubt, daß ihr beide besser seid, weil ihr weiße Haut habt. Aber ihr blutet und leidet genau wie meine Leute ...«

Bevor Fox ihr die Neuigkeiten mitteilte, führte er Maddie zu dem Fleckchen tiefen Grases außer Sicht- und Hörweite des Dorfes. Es war wichtig, daß sie ihre Gefühle ausleben konnte, wie sie es hatte tun müssen, als er ihr seine Geheimnisse erzählt hatte.

»Aber wie kann das sein?« schrie sie, als Fox ihr wiederholte, was er von Kills Hungry Bear erfahren hatte. »Ich hatte nicht erwartet –«

»Ich weiß, Süße.« Er sah zu, wie sie wütend im Gras herumlief, und er litt mit ihr.

»Ich möchte wirklich nicht selbstsüchtig oder hartherzig erscheinen, aber ich hatte gehofft, eine Schwester zu finden, die ich mit der Zeit lieben könnte.« Tränen begannen ihre Stimme zu ersticken. »Es gäbe schon genug Probleme zu bewältigen, selbst wenn Sun Smile irgendwie – na ja, *normal* wäre. Selbst wenn sie ein Typ wie Strong wäre, hätte sie genug Schwierigkeiten, nach Deadwood zu kommen und sich dort einzufügen. Aber das ... das scheint mir ...« Maddie hatte zu schluchzen begonnen. »Das ist doch verrückt! Diese Frau ist wie ein Tier. Sie redet nicht, sie ist in sich zurückgezogen, sie ist verdreckt und weigert sich, zu baden. Ich meine, wie sollen wir das nur – machen, Fox?« Tränen der Verzweiflung rannen ihre Wangen hinunter.

»Haben wir eine Wahl, Maddie? Sun Smile *ist* deine Schwester!«

Sie preßte, wütend auf sich selbst, beide Hände auf ihr Gesicht. »Ich weiß! Das weiß ich! O Fox, ich glaube, ich ahnte es schon tief im Inneren, als ich sie das erste Mal sah.« Sie biß sich fest auf die Lippen und fuhr fort: »Obwohl sie aussah wie eine verrückte Wilde, hatte ich dieses unheimliche Gefühl des Wiedererkennens, als wir uns in die Augen sahen.« Ihr Kinn bebte. »Sie hat Vaters Augen! Ich nicht, aber sie schon!«

»Maddie, bitte beruhige dich etwas. Dies ist kein Weltuntergang!« Er streckte die Hand nach ihr aus, und sie ließ es einen Augenblick zu, bevor sie sich losriß. »Nur weil Sun Smile im Moment unerreichbar wirkt, heißt das nicht, daß sie es auch bleibt. Sie ist in Trauer. Kills Hungry Bear sagt, daß sie ein hübsches, fröhliches Mädchen gewesen ist.«

»Glaubst du denn wirklich, daß sie wieder wie früher wird, wenn wir sie nach Deadwood mitnehmen, in eine vollkommen fremde Welt?« Maddies Zweifel wuchsen, noch während sie sprach. »Ich kann es mir nicht vorstellen. Sie wird sich wahrscheinlich in einer Ecke zusammenrollen und – und Dinge nach meiner Familie werfen und –«

»Maddie, hör jetzt auf!« sagte Fox fest. »Denk an deinen Vater. Es war sein Wunsch. Kills Hungry Bear meint, daß es wahrscheinlich das Beste für Sun Smile ist, gerade bei der Situation, in der sich die Lakota momentan befinden. Sie werden als feindlich betrachtet. Die Armee kann angreifen und deine Schwester umbringen, wenn wir sie hier zurücklassen!« Er nahm Maddies Hände und drückte sie. »Wenn es nicht funktioniert, dann bringen wir sie in die Agentur. Ist das ein Angebot?«

»Ich habe wohl keine große Wahl, nicht wahr?« antwortete sie. Ihre Wangen waren vor Enttäuschung gerötet. »Ich komme mir vor, als würden wir eher mit einem Wolf als mit meiner Schwester zurückkehren.«

Fox stieß sie einfach ins Gras und legte sich grinsend auf sie. »Warum habe ich immer den Wunsch zu lachen, wenn ich in deiner Nähe bin? Selbst wenn du schlechtgelaunt bist?« Sein Bart kitzelte sie, als er ihr Ohr und ihre Schläfe küßte. »Du wirst dich bald besser fühlen. Du brauchst nur ein bißchen Zeit, den Stand der Dinge zu verdauen.«

»Ich – oh! Wahrscheinlich ...« Wenn Fox sie so festhielt, sie liebte und ihr das Gefühl gab, etwas Besonderes zu sein, schienen sich ihre Ängste und Sorgen stets in Luft aufzulösen. Wie immer war auf einmal kein Platz mehr in ihrem Herzen, weil alles durch reine, pralle Liebe ausgefüllt war. In Augenblicken wie diesen war Maddie so glücklich, daß sie sicher war, jedes noch so gewaltige Hindernis bewältigen zu können.

Man kam überein, daß Maddie ihre Schwester über Strong kennenlernen sollte. Die Lakota-Tradition regelte die Beziehungen zwischen männlichen und weiblichen Verwandten recht genau, und dieser Brauch ließ es nicht zu, daß Kills Hungry Bear direkt mit seiner Schwägerin sprach, es sei denn, es war unumgänglich. Fox erklärte Maddie dies alles, während Strong draußen vor dem Tipi wartete. Maddie warf, ungeduldig über so eine sinnlose Sitte, die Arme in die Luft. Aber unter all ihrem Geschimpfe war sie insgeheim froh, daß Strong diejenige war, die sie mit Sun Smile zusammenbringen würde. Es gab genug, das sie nervös machte. Auch ohne die einschüchternde Gegenwart von Kills Hungry Bear.

In ihrer Stofftasche wühlend brachte sie ein Stück Samt hervor, in das etwas eingewickelt war. Neugierig sah Fox, wie sie es umklammerte wie ein Kind, aber er fragte sie nicht danach. Die Aufregung und die Angst waren in ihrem geröteten Gesicht deutlich zu sehen. Auch daß Maddie trotz ihrer Abneigung gegen Sun Smiles Äußeres und Verhalten sich mehr Gedanken machte, als sie zugab.

»Nun«, sie blieb vor ihm stehen und sah ihn an, »wünsch mir Glück.«

»Es ist nur eine weitere Tür, Süße. Geh einfach hindurch.«

Berührt von der Zärtlichkeit in seinen Augen, küßte sie ihn und strich mit den Fingerspitzen leicht über die blauen Perlen und den Fuchszahn an seinem Hals. »Manchmal habe ich das Gefühl, als wäre alles nur ein Traum. Wie kann ich hier mit dir sein? Wie können uns all diese Dinge passieren?«

»Frag dich nicht wie, Feuerblüte. Akzeptiere einfach, daß es so ist! Und jetzt ab mit dir!« Grinsend klopfte ihr Fox auf den Hintern und wandte seine Aufmerksamkeit dann einer der Fensterklappen im Tipi zu, um Luft hereinzulassen. Es war ein warmer Tag, der herannahende Nachmittag versprach, heiß zu werden. Die sanfte Brise tat gut, und Fox legte sich hin und schloß die Augen. Schon bald würden sie die Reise nach Hause antreten, und die traumhaften Augenblicke waren dann zu Ende.

Die Frauen hatten grünes Holz ins Feuer getan, damit der vermehrte Rauch die Moskitos fernhalten würde. Der Duft des Rauches mischte sich mit den anderen Gerüchen des Lebens, an das sich Maddie schrittweise gewöhnt hatte, seit sie bei den Lakota angekommen waren. Heute, da die Frauen Proviant zubereiteten, der Tage reichen würde, wenn das Dorf in Bewegung war, duftete es nach kochendem Fleisch und Fett, das auf die Holzkohle tropfte. Der leichte Wind trug ebenfalls den Geruch menschlicher Exkremente von einer Reihe Weidenbäume herüber und die Ausdünstungen der riesigen Ponyherde, die in der Nähe des Dorfes graste. Jemand hatte von dem Kaffee gebraut, den Stephen Avery als Geschenk mitgeschickt hatte, und Maddies inzwischen gut trainierte Nase nahm ein klares Minzaroma auf, als sie und Strong sich dem Fluß näherten. Es war wunderschön, wie dieses Leben mit seinen Gerüchen harmonierte: Der Duft des Landes, der Tiere und dieser Leute, die bestrebt waren, die Gaben der Natur zu ehren.

Am Rand der Bäume, wo das Licht am besten war, trafen Strong und Maddie auf Woman's Dress. Der *wintke* saß auf einem Baumstamm und malte auf einer Büffelhaut, die auf einen Weidenrahmen gespannt war. Woman's Dress lächelte zum Gruß und wandte sich dann wieder seinem Bild zu. In der Nähe stand Black Shawl, Crazy Horses Frau, im Schatten eines Baumes und fütterte den alten One Moccasin mit saftigen Stücken einer Kaktusfeige. Strong erklärte Maddie, daß One Moccasins Gesundheit nicht mehr die beste war, seit er von einem Grizzlybär angegriffen worden war und manchmal in der Hitze ohnmächtig wurde.

Kinder planschten im Strom und ließen sich einfach treiben, denn es war zu heiß zum Spielen. Selbst die Dorfhunde lagen still in den Schattenfleckchen herum. In dieser Atmosphäre fanden Strong und Maddie endlich Sun Smile, die, umgeben von einigen dösenden Hunden, desinteressiert an einen Baum gelehnt saß.

Maddie ging langsamer, denn Zweifel überkamen sie

plötzlich, doch Strong nahm sie am Handgelenk und zog sie vorwärts. Die Hunde standen widerwillig auf und bewegten sich gerade genug zur Seite, um den Raum um Sun Smile freizumachen.

»Sie ist so verdreckt«, flüsterte Maddie Strong zu, als sie nah genug war, um festzustellen, daß es nicht die Hunde, sondern ihre Halbschwester war, die den Geruch ausströmte.

Die ältere Frau warf ihr einen scharfen Blick zu. »Sun Smile kennt viele Worte in deiner Sprache«, warnte sie.

Maddie fiel es schwer, sich das vorzustellen. Tatsächlich schienen die Tiere mehr Reaktion zu zeigen als diese verfilzte, glasig blickende, schmuddelige Kreatur. Deprimiert mußte Maddie erkennen, daß das Mitleid, das sie zuvor für Sun Smile empfunden hatte, zu Entsetzen geworden war, als sie erfahren hatte, daß sie Schwestern waren. Als Strong sich lächelnd mit sanften Worten neben die junge Frau kniete, konnte Maddie nur denken: *So sollte dieses Abenteuer nicht ausgehen. Wie kann ich diese verrückte Wilde nur zu Vater bringen?*

Endlich blickte Sun Smile Strong an, und ihre Miene zeigte quälenden Schmerz. Dann drehte sie das Gesicht wieder weg und begann, leise zu stöhnen.

»Was hast du ihr gesagt?« fragte Maddie. »Benimmt sie sich so, weil sie nichts mit mir zu tun haben will?«

»Ich habe ihr gesagt, daß sie zuviel leidet. Aiming Fast will sicher nicht, daß sie sich so quält. Ich habe gesagt, es ist Zeit, daß sie wieder ins Leben kommt.« Strong musterte Maddie kurz und setzte dann hinzu: »Ich werde ihr jetzt von dir erzählen, nur ein wenig, dann kannst du mit ihr sprechen, und ich will deine Worte in Lakota übersetzen, damit sie auch bestimmt versteht.«

Maddies Herz raste, als ihre Freundin Sun Smiles Hand nahm und ein paar freundliche, sanfte Sätze sagte. Sun

Smile starrte eine lange Zeit unbewegt ins Leere. Strong wartete, Maddie hielt den Atem an. Langsam bewegte die Witwe den Kopf und sah Strong an, die nickte, um ihre Worte zu bestätigen.

Madeleine war nicht auf die Woge der Gefühle vorbereitet, die sie überkam, als Sun Smile ihr Gesicht zu ihr hob. Erneut war sie schockiert, die Augen ihres Vaters in dem fremden Gesicht der Lakota-Frau zu sehen.

Einen Augenblick lang verrieten Sun Smiles wunderschöne, grauen Augen ihre Intelligenz, Sensitivität und ihr Erstaunen – dann wurden sie wieder stumpf. Maddie wußte nicht, was sie tun sollte. Nichts aus ihrer Vergangenheit konnte ihr ein Beispiel geben. Sie wünschte, sie hätte etwas Höfliches murmeln und dann davonlaufen können. Doch da griff Strong plötzlich nach ihrer Hand und legte sie in die von Sun Smile.

»Schwestern«, sagte Strong mit einem Nicken absoluter Bestimmtheit, dann sprach sie wieder in ihrer eigenen Sprache auf Sun Smile ein.

»Was sagst du ihr denn jetzt?« fragte Maddie alarmiert. »Ich wünschte, du würdest mich wissen lassen, was du ihr sagen willst, damit ich entscheiden kann, ob du es wirklich sagen solltest. Ich meine, du weißt ...«, heiße Röte schoß ihr in die Wangen.

»Du kannst nicht ändern, was feststeht, Feuerblüte. Ich habe deiner Schwester nur die Wahrheit gesagt. Ich glaube, sie weiß von deinem Vater. Yellow Bird war eine Frau, die die Wahrheit sagte, und wir wußten immer, daß Sun Smile ein wenig anders war. Weißer.« Strong hielt inne, um ihren Worten Bedeutung zu verleihen, dann setzte sie hinzu: »So, und nun sage ich ihr den Namen des Vaters, den ihr beide habt!«

Maddie hörte aus dem Singsang der Lakota-Sprache den Namen heraus und hörte auch sich plötzlich wiederholen: »Stephen Avery. Unser Vater.« Wieder warf ihr Sun Smile diesen scharfen, kurzen Blick zu, der sich wie ein Sonnenstrahl durch Sturmwolken bahnte, und Maddies Erregung wuchs. Zum Teil wollte sie nicht so empfinden, wollte sie überhaupt nichts für diese Frau empfinden. Dieses stinkende, heruntergekommene Mädchen hatte ganz und gar nichts mit ihrer Phantasieschwester gemein. Aber die vergangenen Wochen hatten sie verändert. Sie konnte ihre wahre Natur nicht mehr verleugnen, konnte ihre Impulse und Emotionen nicht mehr unterdrücken, nur weil es vielleicht anständiger war.

Sie faltete das Stück Samt auseinander und holte ein goldenes Medaillon hervor. »Dies gehörte meiner Mutter«, erklärte sie mit bebender Stimme. Sun Smile blickte wieder weg und versuchte damit ohne Zweifel, wieder in ihre eigene Welt zurückzukehren, aber Maddie war nun entschlossen. Sie öffnete mit zitternden Fingern das Schmuckstück. »Sun Smile, bitte sieh her! Das ist Stephen Avery. Das ist unser Vater!«

Sun Smile rückte ab und starrte auf die Rinde des Baumes, statt auf die Daguerreotypie. Die Aufnahme war vor Jahren gemacht worden, wahrscheinlich um die Zeit, als Sun Smile geboren wurde, und zeigte einen blassen, ernsthaften, gutaussehenden jungen Mann mit lockigem, dunklem Haar, einem steifen Kragen und leuchtenden, grauen Augen.

»Sag ihr, sie soll hinsehen!« schrie Maddie Strong an. »Sag ihr, daß es unser Vater ist!«

Strong gehorchte und murmelte der Witwe etwas zu, aber diese wich mit dem Oberkörper nur weiter zurück, als wollte sie sich schützen. Maddie war empört. »Du solltest stolz darauf sein, daß du Papa als Vater hast!« fauchte sie, beugte sich vor und hielt Sun Smile das geöffnete Medaillon vor die Nase.

Nur einen winzigen Augenblick spiegelten sich die gequälten Augen in dem Gold des Schmuckstücks, dann schlug sie es mit dem Rücken ihrer dreckigen Hand beiseite. »Nein!« Es war unmöglich zu entscheiden, ob sie das englische Wort hatte sagen wollen, oder nur einen Protestlaut ausgestoßen hatte.

Maddie sprang auf die Füße, ihre Augen brannten vor Tränen. »Ich wünschte, ich hätte es Vater nicht versprochen«, sagte sie, an Strong gewandt, »aber ich hab's getan, und nun muß ich mein Wort halten. Sag Sun Smile, daß sie mit mir nach Deadwood kommt und meinen Vater kennenlernt, ob sie nun mag oder nicht. Sie hat überhaupt keine Wahl, denn Kills Hungry Bear *will*, daß sie geht!« Sie umklammerte das Medaillon, machte auf dem Absatz kehrt und marschierte in die andere Richtung, wobei sie noch einmal zurückfauchte: »Ich glaube, Kills Hungry Bear ist froh über die Ausrede, die Frau seines Bruders los zu werden, und ich kann's ihm nicht verdenken!«

Strong seufzte und sah Maddie hinterher. Sun Smile starrte mit glasigen Augen ins Leere, stöhnte und jammerte leise, als ob sie nichts von alldem mitbekommen hätte. Schließlich ließ Strong sie allein und machte sich ebenfalls auf den Weg zum Dorf zurück.

Als Sun Smile allein war, tastete sie auf dem Boden und zog etwas aus dem Staub unter der Rute eines der Hunde hervor. Es war der Samt, in dem das Medaillon eingewickelt gewesen war.

Sun Smile blickte lange auf das kostbare Tuch. Endlich lehnte sie sich an den Stamm zurück und rieb sich den Samt an ihrer Wange, während langsam Tränen in ihre wundervollen grauen Augen stiegen.

»Abschied nehmen ist bei den Lakota einfacher«, erklärte Fox Maddie, als sie die letzten Sachen in den Planwagen schoben. »Du mußt nämlich nichts sagen. Jeder hier weiß, daß es Zeit für uns ist, abzureisen, und man würde es als sehr unhöflich betrachten, uns noch zum Bleiben zu bitten.«

Maddie linste nervös hinten aus dem Wagen. Ohne die Vorrats- und Waffenkisten war viel mehr Platz unter der Plane. Sie hatte einen gemütlichen Platz für Sun Smile geschaffen und beschlossen, die ganze Fahrt zurück nach Deadwood vorne bei Fox zu sitzen. »Ich bin irgendwie vollkommen durcheinander. Ich war sehr glücklich hier, aber ich weiß natürlich auch, daß wir einmal zurückkehren müssen. Ich wünschte mir wirklich, es wäre nicht so unmöglich, die zwei Welten miteinander zu vereinbaren. Ich wünschte, ich müßte nicht wieder Korsetts und Unterröcke tragen, nicht wieder Dinge tun und sagen, die ich nicht so meine, die aber von mir erwartet werden.«

Fox hob sie vom Wagen und ließ eine Hand tröstend über ihren Rücken gleiten. »Ich weiß, es ist hart, wenn du einmal die einfachere Art des Lebens gekostet hast. Aber wir müssen zurück, Miss Feuerblüte. Wir sind *weiß*!«

Sie lachte ein wenig unsicher, dann drückte sie die Stirn an seine Brust. »O Fox, und was ist mit Sun Smile?«

»Was soll mit ihr sein?« Er bemühte sich, seine Stimme locker und vernünftig klingen zu lassen. »Wir bringen sie zu deinem Vater, genau wie er es gewollt hat. Wir haben mit unserer Mission Erfolg gehabt. Wir haben sie nämlich nicht nur gefunden, sondern wir können sie auch mit nach Deadwood nehmen. Zudem wage ich zu behaupten, daß wir auch ihr damit helfen. Sun Smile gehört im Augenblick nicht wirklich zu Crazy Horses Bande. Sie braucht Schutz und Trost, damit sie sich von ihrem Kummer erholen kann.«

»Glaubst du denn, daß es wirklich klappt?« Maddie schämte sich für den verächtlichen Unterton in ihrer Stimme. »Ich habe da meine Zweifel.«

»Gib ihr Zeit«, riet Fox. »Hab einfach Geduld, Manie!«

Nun war keine Zeit mehr für längere Diskussionen. Watson tänzelte unruhig umher und freute sich offensichtlich, daß sie sich wieder auf den Weg machten. Maddie schlug vor, daß Fox den Hengst reiten sollte, so daß er sich etwas austoben konnte, während sie den Wagen lenkte.

Schließlich war alles bereit. Nur Sun Smile fehlte noch. Dann sahen sie sie aus dem Tipi kommen, das sie mit anderen Mitgliedern der Familie ihres toten Mannes teilte. Strong führte das Mädchen am Arm, das einen Lederbeutel in der Hand hielt und verloren und verängstigt wirkte. Strong redete auf sie ein, daß man gut für sie sorgen und sie beschützen würde. Und Fox und Kills Hungry Bear zeigten ihr das kleine kuschelige Nest im Wagen, wo sie die Reise nach Deadwood verbringen sollte. Sun Smile setzte sich dreckig und stinkend wie sie war auf die Decke, doch ihre Bewegungen verrieten Anmut. Sie starrte auf ihren Schoß und blieb so reglos sitzen, während Verwandte und Freunde am Wagen erschienen, um ihr alles Gute zu wünschen.

Runs Away weigerte sich, mit dem abreisenden Trio zu reden, aber sie beobachtete die Szene mit zusammengezogenen Augen. Strong ließ sich von Maddie umarmen und dankte ihr für ihre Freundschaft, aber sie sagte nicht Lebwohl.

»Du darfst den Willen des Großen Geistes nicht bekämpfen«, sagte Strong, während sie in Maddies grüne Augen sah. »Du hast viel bekommen. Sei dankbar dafür und paß auf dich auf. Andere werden dich um dein Glück beneiden!«

Maddie war nicht sicher, was diese rätselhaften Worte bedeuten sollten, aber sie speicherte sie gut in ihrem Gedächtnis. So viele Gefühle quollen in ihrem Inneren herauf, als sie auf das malerische Dorf zurückblickte und daran dachte, was sie gelernt hatte, was dieser Ort und dieses Volk nun für sie bedeutete. Ein Gedanke kehrte, scharf wie ein Dolch, immer wieder in ihren Geist zurück: *Dieses Leben ist für die Indianer fast Vergangenheit. Und doch halten sie unbeirrt am Ende des Traumes fest …*

Es tat zu weh, zu erkennen, daß es keinen Sieg für Crazy Horse und seine Anhänger geben konnte. Bald würden sie sich dem Leben in der Agentur beugen müssen.

Kills Hungry Bear, der neben Watson stand, sprach dieselbe Erkenntnis aus. »Ich weiß nicht, ob ich es kann, wenn die Zeit kommt«, sagte er leise zu Fox. »Kann ich hinter einem Zaun leben und so tun, als sei ich Vieh statt Büffel? Es wird sehr schwer!«

Fox blickte zum Wagen hinüber und sah, daß alles bereit war und Maddie auf dem Kutschbock mit den Zügeln in den Händen saß. Er konnte seinem Freund keine tröstenden Worte bieten – alle Lakota wußten, was kommen würde. Also schwang er sich auf Watsons Rücken, berührte kurz den Fuchszahn an seiner Kette und lächelte.

»*H'g un, kola.* Kopf hoch, mein Freund. Ich werde dich niemals vergessen, und wenn du mich brauchst, ruf mich, und ich werde kommen.«

Dann machten sie sich auf den Weg, und sie entfernten sich langsam in südlicher Richtung von Bear Butte, Crazy Horses Geburtsstätte, auf die Thieves' Road zu, die Custer in die Black Hills geschlagen hatte.

Watson war überglücklich, wieder laufen zu dürfen, und er galoppierte ausgelassen vor dem Wagen her, als Fox ihm die Zügel freigab. Der Himmel strahlte intensiv blau, und Wolken hingen wie Schlagrahm über der unendlichen Weite der goldgrünen Prärie, durch die die winzigen Menschen zogen. Maddie sah Fox und Watson durch die Sonne stieben, aber sie konnte ihre Freude nicht teilen. Ihre Mulis schienen auf die fernen Berge zuzukriechen, und die Stille war bedrückend.

Ab und zu warf sie einen Blick in den Wagen hinter sich, wo ihre Halbschwester saß und in die andere Richtung starrte. Maddie war froh darüber, denn sie hätte nicht gewußt, wie sie auf das Mädchen reagieren und was sie ihr hätte sagen sollen.

Es war ein bittersüßer Wunsch, daß das Leben Träume nachahmen konnte: Maddie sehnte sich danach, mehr von Fox zu bekommen, und Sun Smile hatte sie sich ganz und gar anders vorgestellt.

Doch vielleicht mußte sie ihre Träume doch nicht verwerfen. Wer wußte schon, was die Zukunft bereithielt?

VIERTER TEIL

»Blühn ist Ergebnis. Sähst du nur
die Blume flüchtig an,
nie kämst du auf die rechte Spur,
wie sie es schaffen kann …«

*Emily Dickinson**

(*nach der Übertragung von Maria Mathi)

Kapitel 22

6. August 1876

Der Wind fing die Tür ein und schlug sie gegen die Hauswand, einmal, dann noch einmal. Stephen Avery, immer noch so bleich wie sein Kissen, zuckte leicht zusammen.

»Ich habe Ihren Sohn wiederholt gebeten, beim Hinein- und Hinausgehen einen winzigen Augenblick länger zu verweilen, um die Tür zu *schließen*«, sagte Annie Sunday Matthews auf ihrem Stuhl neben Stephens Bett. Mit einer Hand nahm sie nun ihre Brille ab, die andere legte Nathaniel Hawthornes *Haus der Sieben Giebel* zur Seite, aus welchem sie laut vorgelesen hatte.

»Meine liebe Mrs. Matth –«

»Annie.«

Stephen seufzte. »Annie, Sie wissen, wie glücklich wir alle sind, daß Sie nach Deadwood gekommen sind, und ich kann Ihnen niemals genug dafür danken, was Sie alles während meiner Genesung zu meiner Aufmunterung getan haben, aber ich hoffe doch, Sie vergessen nicht, daß wir hier im Westen sind!« Als er sah, wie sie sich leicht versteifte, fuhr es ihm durch den Kopf, daß die Chancen, sie zu bremsen, ähnlich groß waren, wie die, eine Lokomotive unter vollem Dampf aufzuhalten. »Ich will damit doch nur sagen, daß Benjamin noch ein Junge ist. Er will nichts Böses tun. Seine Gedanken kreisen um tausend Sachen, die in seiner Kindheit wichtiger sind.«

»Glauben Sie mir, Stephen, ich bin *bestens* mit dem Benehmen männlicher Kinder vertraut. Wie auch immer – nur weil ich Benjamins Betragen verstehe, bedeutet das ja nicht, daß wir es billigen müssen. Ein paar einfache Regeln tun ihm gut.«

Während er zusah, wie Annie sich zu ihrer vollen, stattlichen Größe erhob, staunte er einmal mehr über ihr schmuckloses gutes Aussehen und die kraftvolle Reinheit ihres Charakters. Diese Frau war gleichzeitig hypnotisierend und frustrierend. Physisch war sie eine attraktive Vertreterin ihres Geschlechts mit schimmerndem kastanienbraunem und silbrigem Haar, das sie in einem schlichten Knoten zusammengefaßt hatte, mit klaren braunen Augen und einem geschmeidigen Körper, der durch ihr hochgeschlossenes Kleid besonders zur Geltung kam. Dennoch, sie war ganz entschieden eine Macht, mit der man rechnen mußte. Sie war vor knapp zwei Wochen aufgetaucht, weil sie ihren Sohn suchte, hatte sich willkommen heißen lassen und dann darangemacht, den Avery-Haushalt zu verbessern. Nun fürchtete Stephen, sie würde ins Wohnzimmer gehen und seinem Sohn eine Standpauke halten, der aus Rache danach bestimmt die Tür zweimal so oft auflassen würde.

»Benjamin?« rief Annie mit ihrer ruhigen Lehrerinnenstimme.

Die Schlafzimmertür flog krachend auf, und Benjamin stürmte herein, wobei er fast in Annie Sunday rannte. »Hey! Da seid ihr ja! Wo ist Gramma Susan, zur Hölle? Und Titus?« Sein helles Haar stand ihm zu Berge, und seine Sommersprossen glühten in seiner Aufregung. Als Fox' Mutter ihn an den Schultern packte, um ihn zur Ruhe zu zwingen, wand Benjamin sich frei und gellte: »Lassen Sie mich los, Lady!«

»Benjamin! Wo sind deine Manieren?« schimpfte sein Vater.

»Hört mir doch zu! Das hier ist *wichtig*!« Er hielt heftig atmend an, bis er sicher war, daß die Erwachsenen ihm zuhörten. »Maddie und Fox kommen! Ich hab' sie gesehen, und Watson und den Wagen, und sie waren schon auf der Sherman Street. Bestimmt kommen sie schon den Hang rauf!«

Stephen war wie vom Donner gerührt. »Lieber Gott, ob sie ...? O Himmel!« Er begann, sich aus den Laken zu kämpfen. »Wo ist mein Hausmantel?«

»Daniel? Daniel kommt? Jetzt?« Annie Sunday versuchte, Benjamins Ankündigung zu verdauen. Sie wartete auf ihn seit dem Tag, an dem sie erfahren hatte, daß er in Deadwood lebte. Sie hatte sich so an das Warten gewöhnt, daß der Gedanke, er würde nun endlich vor ihr stehen, fast nicht zu ertragen war. »Das kommt so plötzlich«, murmelte sie unbestimmt.

»Papa, ich weiß ja nich', ob du aus dem Bett darfst«, sagte Benjamin zweifelnd, als er den Hausmantel seines Vaters heranschleppte.

»Mir geht es gut. Ich gehe auch nur bis vor die Tür. Aber ich muß sehen, ob ... nur für den Fall ...«, Stephen fühlte sich gekräftigt, als wäre er plötzlich durch einen Zauber geheilt. Er knotete den Gürtel seines Brokatmantels zusammen, glitt in die Halbschuhe, warf einen zweifelnden Blick auf seine bleichen Waden unter dem Saum des Hausmantels, dann trat er mit größtmöglicher Würde aus dem Zimmer. »Benjamin, ich glaube, deine Großmutter wollte sich oben hinlegen und ein Nickerchen machen. Geh rauf und sieh nach, ja? Und dann such Titus drüben bei Fox' Haus! Wir sollten alle anwesend sein.« Er streckte seinen Arm nach Annie Sunday aus und setzte hinzu: »Ich werde Mrs. Matthews zur Veranda geleiten!«

Benjamin nickte und stürmte aus der Tür, nur um von seinem Vater wieder gebremst zu werden.

»Sohn ... hast du sie gesehen? Ich meine –«, er mußte sich räuspern, »– ich weiß schon, daß du von hier oben den Wagen gesehen hast, aber vielleicht konntest du entdecken, ob jemand bei ihnen war. Vielleicht noch eine junge Frau ...?« Seine Stimme kippte.

»Häh?« Benjamin warf ihm einen ungeduldigen Blick zu. »Ich hab Fox auf Watson gesehen, und Maddie hat den Wagen gelenkt. Ich hab' sie an ihrem Haar erkannt. Sonst hab' ich niemanden gesehen.«

»Ich verstehe, aha.« Stephen nickte nervös. »Nun, also gut. Gehen wir unsere Heimkehrer begrüßen, sollen wir, Mrs. Matthews?«

Annie Sunday hatte sich ein wenig erholt und strahlte nun ihren Gastgeber an. »Auf jeden Fall, Sir, müssen Sie *meinen* Arm nehmen!«

Sie stellten eine seltsame kleine Gruppe dar, die dort auf der Veranda zusammengedrängt stand, aber Fox' Herz schwoll in Zuneigung für diese Leute, die er erst wenige Wochen kannte. Er hatte Watson neben die Mulis gelenkt, um Maddie zu helfen, sie die steile, holprige Straße den Hang hinaufzuführen.

»Oh, sieh nur, Fox! Vater steht dort! Es geht ihm besser!« Die Zügel noch immer in der Hand, beschattete Maddie ihre Augen gegen die helle Sonne, um besser erkennen zu können. »Wie schön, ihn wohlauf zu sehen! Da ist Gramma Susan und Titus und Benjamin ... und noch eine Frau. Oje, ich hoffe, es ist nicht Garnet Loomis – sie wird in der ganzen Stadt über Sun Smile klatschen.«

Fox zuckte die Schultern. »Es wird ohnehin ziemlich schnell umgehen, fürchte ich. Du kannst dich also ruhig schon darauf vorbereiten.«

»Armer Vater.« Sie warf einen kurzen heimlichen Blick hinter sich in den Wagen, wo ihre Halbschwester seit Tagen schweigend zusammengekauert saß. Wäre nicht ihr Geruch gewesen, hätte man glatt vergessen können, daß sie da war. »Ob er wohl wirklich glücklich darüber sein wird, daß wir sie mitgebracht haben?«

»Natürlich wird er das sein«, erwiderte Fox eine Spur ungeduldig. »Um Himmels willen, Maddie! Meinst du nicht, es ist ihm durchaus in den Sinn gekommen, daß sie nicht die edle indianische Maid ist, die *du* dir in deiner Vorstellung zurechtgemacht hast? Er will seine *Tochter* sehen, so wie sie ist, auch wenn sie nicht wie ein Rosenbeet duftet!«

Peinlich berührt nickte Maddie. Er hatte ja recht, und die Erkenntnis trieb ihr die Schamröte ins Gesicht. Sun Smile hatte alles, was sie kannte, hinter sich gelassen. Sie würde liebevolle Zuwendung und Mitgefühl, Unterstützung und Ermutigung gebrauchen. Und es war an Maddie als ihre Schwester, sich um sie zu kümmern, nicht, ständig etwas zu meckern zu haben!

Sie kamen jetzt um den Kamm der Straße herum, und Maddie konnte Benjamin aufgeregt auf und ab springen sehen. Titus hielt ihn am Hemdrücken fest, damit er nicht auf sie zustürzte. Ihr Vater lächelte, aber … »Fox, wer *ist* denn diese große Frau da? Kennst du sie?«

Nun, da er nicht mehr darauf aufpassen mußte, daß die Mulis den Anhang hinunterstolperten, warf Fox endlich einen Blick zur Veranda herüber. Susan O'Hara winkte, und er winkte zurück. Dann sah er sie.

»Fox?« Maddie sah seinen offenstehenden Mund und die aufgerissenen Augen. Ein ängstliches Gefühl beschlich sie. Watson rammte fast die Mulis. »Fox! Wer *ist* diese Frau?« Bitte, lieber Gott, keine Überraschungen mehr. *»Fox!«*

Sein Mund war plötzlich staubtrocken. »Ich …«, er schluckte und löste mühsam seinen Blick von der Gestalt auf der Veranda, um Maddie anzusehen. »Ich kann es einfach nicht glauben. Kneif mich mal! Ich glaube, das ist meine *Mutter* da oben!«

Die nächsten Minuten wurden von einem höllischen Tumult beherrscht, als Fox und Maddie in ihre unterschiedlichen Familiendramen einbezogen wurden. Nachdem dicke Umarmungen, Küsse, Grußworte und Vorstellungen auf der Veranda ausgetauscht waren, wandte Fox seine ganze Aufmerksamkeit seiner Mutter zu. Annie Sunday war zweitausend Meilen gereist, um ihren Sohn zu sehen, und sie beide hatten einiges aufzuholen. Maddie war es inzwischen überlassen, ihrem Vater entgegenzutreten, der sie mit dem fragenden Blick fixierte, den sie erwartet hatte.

»Ich könnte dir eine Eisenkette um das Fußgelenk legen, weil du einfach so davongelaufen bist, Madeleine«, sagte er finster, doch dann lächelte er. »Na ja, jedenfalls bist du wieder heil zurückgekehrt, und ich bin gespannt, was du zu erzählen hast. Ich bin Fox sehr dankbar, daß er die Sache übernommen und auf dich aufgepaßt hat, aber eigentlich ging es ja um eine Familienangelegenheit, und so bin ich ziemlich froh, daß du bei ihm warst.« Stephen stützte sich auf Benjamin, und sein Lächeln wurde traurig. »Ich nehme an, ihr habt Sun Smile nicht finden können.«

»Also ...«, Maddie zog nervös an ihrem abgewetzten Rockansatz und versuchte, Fox' Blick hinter Annie Sunday aufzufangen. »Wir *haben* sie gefunden!«

Fox drängte sich an den anderen vorbei zu ihr. »Wir haben Ihren Wunsch erfüllt, Sir. Sun Smile ist bei uns, hinten im Wagen, aber wir sollten Ihnen ein paar Dinge erklären, bevor Sie sie begrüßen.«

»Fox, warum macht ihr drei das nicht unter euch aus, während Benjamin, Titus, Mrs. Matthews und ich hineingehen und eine kleine Mahlzeit zubereiten«, schlug Susan vor.

Annie Sunday widerstrebte es sichtlich, ihren Sohn alleinzulassen, aber im Interesse von Stephens Gesundheit gab sie ohne Protest nach. Fox holte einen Stuhl für Stephen auf die Veranda, auf den er sich setzte. Dann erzählten Maddie und er die Geschichte so behutsam wie möglich.

»Sie ist wirklich hier?« murmelte Stephen und starrte ungläubig auf den Wagen. »Was muß sie von uns denken, daß wir sie draußen in der Hitze sitzen lassen?«

»Sie wird wahrscheinlich schlafen«, beruhigte Fox ihn.

»Vater, vielleicht kannst du dir Sun Smiles Zustand nicht vorstellen«, begann Maddie unsicher. »Sie –«

»Ich verstehe sehr gut, was es für eine Lakota-Frau bedeutet, in Trauer zu sein«, unterbrach Stephen sie. »Und ich weiß, daß sie gerade jetzt ziemlich verängstigt sein muß. Fox, bitte bring sie zu uns!«

Maddie stellte sich neben den Stuhl ihres Vaters und sah zu, wie Fox zum Wagen ging, Sun Smile weckte und ihr aus dem Wagen half. In dieser zivilisierteren Umgebung wirkte sie mehr denn je wie ein wildes Tier. Das Sonnenlicht hob jede Einzelheit ihrer heruntergekommenen Erscheinung hervor, und sie blinzelte, als sie sich müde umblickte und Fox sie zum Haus führte.

Maddie kniete sich neben ihren Vater und bereitete sich darauf vor, ihn zu trösten, wenn er vor Sun Smile zurückschreckte. Statt dessen entdeckte sie, daß ihm stumme Tränen die Wangen hinunterliefen.

»Wie ähnlich sie Yellow Bird sieht«, murmelte Stephen. Als Sun Smile an die Veranda trat, trafen sich ihre Augen mit dem Ausdruck des Wiedererkennens. »Weiß sie, wer ich bin?« fragte Stephen.

»Ja«, sagte Maddie zweifelnd. »Aber sie redet nicht und kommuniziert praktisch nie mit jemandem.«

»Das ist zum Teil der Grund, warum Kills Hungry Bear, ihr Schwager, glaubte, es wäre das Beste für sie, hierherzukommen«, erklärte Fox. »Bei der unsicheren Zukunft der Lakota schien es besser, daß Sun Smile jemanden hat, der sich um sie kümmert.«

Stephen bemerkte dem Anschein nach nichts von Absonderlichkeiten, was ihr Aussehen oder Benehmen betraf und die Maddie so Sorgen machten. Er streckte den Arm aus, um Sun Smile zu berühren, und sie kauerte sich sofort schützend auf die Verandatreppe. »Sie wird sich erholen«, sagte er bestimmt. »Dafür werden wir schon sorgen!«

»Kills Hungry Bear sagt, daß sie in Ordnung war, bevor ihr Mann beim Little Bighorn getötet wurde«, sagte Fox.

»Na, kein Wunder! Little Bighorn ist erst ein paar Wochen her, und Crazy Horses Gruppe war seitdem ständig in Bewegung. Unsere arme Sun Smile hatte ja noch keine Gelegenheit, zur Ruhe zu kommen, und soviel ich weiß, trauern die Lakota-Frauen ein Jahr lang. Also ist das nichts Ungewöhnliches ...«, seine Stimme verebbte unsicher, und einen Moment herrschte Schweigen, während alle drei über den Gegensatz der Trauer unter Weißen und Sun Smiles totalem Rückzug vom Leben nachdachten. Schließlich seufzte Maddie.

»Also, was machen wir jetzt mit ihr?« fragte sie.

»Deine Schwester wird oben bei dir und Gramma Susan schlafen«, verkündete Stephen.

Maddie sah ihn entsetzt an. »Aber, Vater –«

»Ich weiß, daß du dich genauso freust wie ich, daß Sun Smile wieder eine Familie hat«, schnitt er ihr das Wort ab. »Wir alle werden gewisse Abstriche machen müssen, damit sie sich auch zu Hause fühlt und ihren Kummer so schnell wie möglich besiegen kann. Wir müssen ihr sehr viel Liebe entgegenbringen und ihr zeigen, was es bedeutet, ein Mitglied der Averys zu sein.«

Nach kurzem Zögern nickte Maddie. Erneut hatte sie das unbehagliche Gefühl, daß die Menschen um sie herum reineren Herzens und größeren Geistes waren als sie. Sie beschloß, sich mehr Mühe zu geben. Wie auch immer ihre Gefühle waren, sie würde sie zu wandeln versuchen – nicht nur, um es ihrem Vater recht zu machen, sondern auch um ihrer selbst willen.

»Tja also, ich würde sagen, du hast dich ein wenig verändert«, murmelte Gramma Susan, während sie und ihre Enkelin das Geschirr abwuschen. »Ich habe schon oft gehört, daß das Leben bei Indianern Frauen verändert, und ich denke, ich kann es bestätigen.«

»Oh, ehrlich, Gramma!« schrie Maddie, dann sah sie das Zwinkern in den Augenwinkeln der alten Frau. »Du willst mich necken, nicht wahr? Tut mir leid, ich glaube, ich bin ziemlich müde.« Sie hielt inne, dann fuhr sie fort: »Gramma, hältst du mich für niederträchtig, wenn ich dir gestehe, daß ich mit meiner neuen Schwester gar nicht glücklich bin?«

»Ich hab's bemerkt«, sagte Susan. Sie trocknete einen Steingutteller ab und stellte ihn dann ins Regal.

»Wie soll ich denn jemanden lieben – wirklich lieben –, der sich wie ein tollwütiger Hund benimmt?« rief sie trotzig aus.

»Sch! Du benimmst dich gerade auch nicht anders, Liebes«, warnte ihre Großmutter.

»Aber im gleichen Raum mit diesem … diesem *Geruch* zu schlafen! Wenn sie wenigstens baden würde!«

»Für den Fall, daß du es nicht bemerkt hast«, warf Susan ein, »Sun Smile hat noch keinen Fuß in dieses Haus gesetzt, und ich bezweifle, daß es in nächster Zeit passieren wird. Wenn mich nicht alles täuscht, wird das arme Kind lieber im Wagen unter der Plane bleiben, wo sie wenigstens nach draußen sehen kann, frische Luft und niemanden um sich herum hat. Du bist nicht die einzige, die sich anpassen muß, weißt du?«

Maddie stand nachdenklich mit den Händen im Spülwasser da. »Glaubst du, Vater läßt sie draußen bleiben?«

»Wenn *sie* es so will, natürlich. Er wird ihr alles erlauben, was nötig ist, damit sie sich ein wenig wohler fühlt. Du könntest wirklich gelegentlich versuchen, auch mal die anderen Seiten zu betrachten.« Sanft strich Susan ihrer Enkelin eine widerspenstige Locke aus der Stirn. »Ich war niemals ein großer Bewunderer deines Vaters, aber jetzt bin ich stolz auf ihn. Er muß die ganzen Jahre ein ziemlich schlechtes Gewissen gehabt haben, wenn er an Yellow Bird und Sun Smile gedacht hat. Nun hat er einiges auf sich genommen, sie in seine Familie aufzunehmen, und ich bin ziemlich sicher, daß er mehr Angst hat, als er zeigt. Du könntest ihm durchaus ein bißchen Mitgefühl zeigen, Liebes.«

Gramma Susans Tonfall ließ Maddie wünschen, sie könnte wieder ein kleines Mädchen sein und auf ihren Schoß klettern. »Ach, Gramma, es tut gut, wieder bei dir zu sein! Du bist so klug!«

»Bin ich das?« Susan rieb sich die verspannte Stelle am unteren Rücken und wackelte mühsam zu einem Stuhl, um sich niederzulassen. »Ich muß dir ein Geständnis machen, meine Liebe. Ich hatte vor kurzem ebenfalls ein paar schrecklich selbstsüchtige Gedanken.«

»O Gramma, wie herrlich!« Maddie klatschte in die nassen Hände, trocknete sie an der Schürze ab und zog hastig einen Stuhl neben ihre Großmutter. »Erzähl es mir! Nein, warte, laß mich erst raten! Es geht um … um Fox' Mutter, nicht wahr?« Sie kicherte, als Susan widerstrebend nickte. »Ich gebe zu, daß ich entsetzt war, sie hier anzutreffen, aber ich war bisher zu beschäftigt, um mir über Mrs.

Matthews Wesen Gedanken machen zu können. Ist sie sehr herrisch?«

»Bitte!« Susan verdrehte die Augen. »Maddie, sie kam hier als absolut Fremde an und hat bereits begonnen, den Haushalt zu übernehmen! Also, ich bin ja vielleicht alt, aber noch lange nicht schwach! Und ich mag ja auch für deinen Vater nicht die geduldigste Krankenschwester gespielt haben, aber ich bin kein Dienstmädchen, das man ohne Diskussion einfach beiseite schubsen kann.«

»Auf gar keinen Fall!«

»Spar dir deine Bestätigung, Maddie, denn ich will mich nicht wichtiger nehmen, als ich bin. Ich muß zugeben, daß Annie eine sehr nette Frau ist. Ihre Güte impft mir ein noch schlechteres Gewissen ein, als ich wegen meiner Gefühle ihr gegenüber ohnehin schon habe.« Sie griff nach dem Sherry und schenkte sich ein wenig ein. »Sagen wir einfach, daß ich froh bin, dich wieder bei mir zu haben ... und Fox auch. Jetzt kann Annie sich ganz ihm widmen.«

Maddie kaute eine lange Zeit auf ihrer Unterlippe, während sie dies innerlich zu verarbeiten versuchte. Susan trank den Sherry aus und schenkte für ihre Enkelin einen ein. »Hmmm ...«, seufzte sie dann schließlich und trank ihn doch selbst. »Willst du mir nicht sagen, wie die Dinge zwischen Fox und dir jetzt stehen?« fragte sie, als ihre Geduld am Ende war. »Immerhin hatte ich doch auch meine Hand im Spiel!«

Maddie grinste. »Ja, und es war gut, daß du nicht in der Nähe warst, als er entdeckte, daß ich mich eingeschlichen hatte. Ich dachte, er würde sich vielleicht etwas beruhigen, wenn ich erwähnte, daß du dem Plan deinen Segen gegeben hast, aber –«

»Oh, wirklich, Maddie, manchmal denke ich, du hast noch nicht einmal den Verstand eines Grashüpfers! Fox ist wirklich nicht ein Mensch, den ich unbedingt wütend machen möchte. Ich wunder' mich nur, daß er mir heute abend bei Kaffee und Kuchen keine Standpauke gehalten hat!«

»Oh, mach dir keine Sorgen, er ist darüber hinweggekommen.« Maddie schenkte ihrer Großmutter ein schelmisch-verlegenes Lächeln. »Wir haben sozusagen Frieden geschlossen. Wir stehen uns jetzt sehr nah, aber noch eine gewaltige Strecke von einer Ehe entfernt, wenn es das ist, was du dich fragst. Fox warnte mich von Anfang an, daß er für keinerlei Art von Bindung schon bereit ist; also wußte ich, welches Risiko ich einging – und ich bereue gar nichts!«

»Seid ihr beide verliebt?«

Sie errötete anmutig. »Ja, ich glaube schon. Manchmal mehr als sonst, aber wenigstens weiß ich jetzt, daß Fox' Leben durch andere Dinge ziemlich verkompliziert wurde. Wenn er noch nicht bereit ist, sich eine Frau zu nehmen und niederzulassen, dann liegt es nicht daran, daß er mich nicht genug liebt.« Sie starrte einen Moment ins Leere und seufzte tief. »Aber ich gebe auch zu, daß ich hoffe, meine Träume mit ihm irgendwann realisieren zu können. Vielleicht hat er nun, da er zurück in Deadwood ist, Zeit, verschiedene Dinge für sich zu klären. Wenn er zwar in meiner Nähe, aber doch nicht mit mir zusammen ist, dann merkt er vielleicht, wie sehr er die Gemeinsamkeit vermißt, die wir bei den Lakota hatten. O Gramma ...«, sie blickte mit leuchtenden Augen auf. »Es war die schönste Erfahrung meines Lebens! Ich habe in dieser kurzen Zeit soviel gelernt, über mich, über Fox und über das Leben!«

Gramma Susan starrte nachdenklich aus dem Fenster. »Seit du geboren wurdest, hast du Geschichten über die Karriere meines Vaters im Senat der Vereinigten Staaten gehört.« Sie wartete auf Maddies Nicken, dann fuhr sie fort: »Du erinnerst dich sicher auch noch, daß Benjamin Franklin sein Mentor war, oder? Mein Bruder und deiner auch sind nach Dr. Franklin benannt worden. Ich weiß noch, wie ich einmal in meiner Jugend mit meinem Vater über das Indianerproblem diskutierte, und er wiederholte etwas, das Dr. Franklin ihm erzählt hatte. Daß nämlich die meisten Weißen, die als Kind gefangen und von den Indianern aufgezogen wurden, sich weigerten, wieder zu ihrer eigenen Rasse zurückzukehren. Er erzählte über Fälle von Weißen, oft Frauen, die von ihren englischen Zeitgenossen mit größtmöglicher Zärtlichkeit und Fürsorge behandelt worden waren, und doch bei der ersten Chance wieder in die Wälder liefen, um nie wieder von einem ihres Volkes gesehen zu werden.« Die Dämmerung begann, die Küche in Zwielicht zu tauchen, was die Wirkung der Geschichte auf Maddie erhöhte. »Faszinierend, nicht wahr? Als ich noch jung war, träumte ich oft davon, diese Erfahrung irgendwie selbst einmal zu machen. Ich freue mich, daß du die Gelegenheit gehabt hast, Liebes, bevor diese Kultur ganz untergeht.«

»Ja, Gramma, das bin ich auch.« Maddie hatte plötzlich einen Kloß im Hals.

»Aber du hast von deinen Träumen, was Fox und dich angeht, gesprochen«, wechselte Susan schnell das Thema. »Was sollen wir uns denn von diesem jungen Mann erhoffen?«

»Ich wünschte, ich wüßte es.« Maddie erhob sich, um die Lampen anzuzünden. »Aber ich habe eben gedacht, daß sich alles schon wieder geändert hat, stimmt es nicht? Nun ist Fox' Mutter hier, und wer weiß, was das bedeutet? Jedenfalls kann ich mir nicht denken, daß er begierig darauf ist, eine Frau in sein Haus zu nehmen, solange sie hier ist!«

»Ich kann nicht fassen, was du in den letzten Wochen aus dir gemacht hast, Daniel!«

Annie Sunday Matthews stand mitten in dem geräumigen Haus ihres Sohnes, hatte die Hände in die Hüften gestemmt und blickte sich mit unverhülltem Kummer um. Ihr Blick streifte die zerwühlte Schlafstatt in der Ecke, glitt über die offene Treppe zur Galerie oben, verharrte kurz auf dem steinernen Kamin, dem Tisch und den Stühlen, die aus unbehandelten Brettern und Fässern bestanden und blieb dann an den Kisten mit Vorräten und Küchengerät hängen. »Ich muß sagen, ich bin schockiert! Wie kannst du so leben?«

Titus Pym hatte in der offenen Tür gesessen, einen Becher Ale getrunken und den Sonnenuntergang beobachtet. Nun stand er peinlich berührt auf. »Ich verschwinde besser, Kumpel. Freut mich, daß du endlich wieder zurück bist!«

»Titus, wo willst du denn hin?« fragte Fox konsterniert.

»Na ja, runter zum Custer Hotel. Jetzt, wo Mrs. ...«, seine Stimme verstummte verwirrt.

»Matthews«, half Fox aus.

»Ah, ja. Jetzt, wo Mrs. Matthews im Haus wohnt und für dich sorgt, braucht sie sicher Ruhe. Is' doch besser so, jedenfalls, bis wir ein paar vernünftige Zimmer gebaut haben.« Pym grinste breit und verbeugte sich vor Annie Sunday.

Sie ging zur Tür und winkte dem kornischen Goldgräber hinterher, musterte dann die Blumen, die in fröhlichen Farben vor dem Blockhaus blühten. »Wie ich sehe, hast du wenigstens Blumen. Wie überraschend zivilisiert, mein Junge!«

Fox unterdrückte seine bissige Antwort und setzte statt dessen sein entwaffnendstes, jungenhaftes Grinsen auf. »Sei nicht so hart mit mir, Ma! Sieh dir doch das Haus an.

Verglichen mit den meisten in Deadwood ist es ein Palast. Ich hatte einfach noch keine Zeit, es anständig auszustatten.«

»Unsinn! Du hast beschlossen, wie ein Heide auf dem Boden zu schlafen, Bohnen aus der Dose zu essen und dich in Blechschüsseln zu waschen.«

»Also, das stimmt aber nicht!« protestierte er. »Ich gehe praktisch jeden Tag hinunter zum Badehaus, besonders wenn es so heiß ist. Ich bezahle sogar noch extra für frisches Wasser!«

»Ts, ts, du mußt ja das Stadtgespräch sein, bei solch einem kultivierten Gehabe!« Annie wandte ihren Blick von seinem anziehenden Gesicht ab.

»Ma, du weißt, daß ich dich mehr als irgendeinen anderen Menschen bewundere, aber um ehrlich zu sein, paßt dein jetziges Verhalten nicht gerade zu dir. Freust du dich denn gar nicht, mich zu sehen?«

Ihr Kinn bebte leicht. »Natürlich freue ich mich. Vielleicht hast du mir nur zu stark gefehlt, und ich habe versucht, etwas Ähnliches wie Fassung inmitten dieser befremdlichen Stadt voller befremdlicher Menschen aufrecht zu halten. Ich gebe zu, daß ich mir langsam Sorgen gemacht habe, ob dir etwas zugestoßen ist. Kannst du dir meine Angst vorstellen, als ich herkam und erfahren mußte, daß du unterwegs zu *Crazy Horse* bist?« Die Worte sprudelten nun ungehemmt heraus. »O Daniel, als ich von dem entsetzlichen Massaker am Little Bighorn hörte, heulte ich tagelang, weil ich sicher war, daß du tot bist!«

»Du und heulen? Unmöglich!« neckte Fox zärtlich und küßte seine Mutter auf den Scheitel.

»Nein, nein, es ist wahr«, sagte sie beharrlich. »Gott sei Dank, daß du genug Geistesgegenwart besessen hast, mir eine Nachricht zu schicken, wo du dich aufhältst! Ich war so überwältigt vor Erleichterung, daß ich mich sofort auf den Weg zu dir machte. Wenn ich ganz ehrlich bin, habe ich mich wohl in der Zeit versetzt gefühlt – zurück in die Jahre, als dein Vater mich in Washington zurückließ, um ins Grenzland zu reisen. Immer lebte ich in der Angst, daß er nicht wiederkommen, daß er getötet und von den Indianern verstümmelt werden würde, deren Kultur er so liebte. Aber ich sagte niemals ein Wort, und irgendwann ließ er das Reisen endlich sein.« Annie Sunday riß sich zusammen, zwang ihre Stimme zur Ruhe und glättete ihre Röcke. »Du hast wahrscheinlich recht. Ich bin nur müde, natürlich freue ich mich sehr, dich zu sehen, mein Lieber. Du bist nicht böse, daß ich gekommen bin?«

»Böse?« wiederholte Fox. »Ma, ich liebe dich. Es ist wunderbar, dich endlich wiederzusehen!«

»Gut, dann ist das ja geklärt. Und ich finde, es steht außer Frage, daß du meine Hilfe in diesem Haus brauchst, Daniel! Es sind schon ein paar Dinge mehr nötig als ein Blumenbeet!«

»Eigentlich mußt du Maddie für die Blumen danken. Sie sind ihr Werk!« Seine Augen wandten sich zu der Pinienreihe, die die beiden Häuser trennte.

»Wem? Ach ja, Miss Avery. Sie scheint eine nette junge Lady zu sein. Ich habe ihren Vater recht liebgewonnen.« Annie Sunday musterte nachdenklich das Gesicht ihres Sohnes, dann wischte sie die Gedanken fort, die ihre aufgemunterte Stimmung bedrohen wollten. »Laß uns nachsehen, was wir für mein Bett gebrauchen können, ja? Morgen gehen wir dann zu Star and Bullock's Haushaltswarengeschäft und kaufen dir ein paar vernünftige Gebrauchsgegenstände. Himmel, wir sollten uns besser schlafen legen, Daniel! Morgen wird ein anstrengender Tag!«

Seine Mutter begann, im Haus herumzuwuseln, und er ging nach draußen, um auf seinem Grundstück die beste

Stelle für eine neue Blockhütte zu suchen. Sie würde nicht groß ausfallen müssen. Nur groß genug für Annie Sunday.

Kapitel 23

16. August 1876

Fox entdeckte J. B. Hickoks Grab auf Deadwoods Friedhof, der »Boot Hill« genannt worden war. Er befand sich auf einer natürlichen Lichtung etwas oberhalb der Schlucht im Osten der Stadt. Fox besuchte den Platz, noch während die Sonne sich über den weißen Felsen erhob, die den Canyon säumten. Es fiel ihm nicht schwer, Bills Grab zu finden, denn es war noch mit Blumen bedeckt. Auf der Schnittstelle eines Baumstumpfes waren laienhaft die Fakten eingeritzt worden: Name, Alter, die Umstände des Todes.

Fox hatte in der Dämmerung gebadet und danach Wang Chees Frau geweckt, um seine saubere, gestärkte Kleidung aus der Wäscherei zu holen. Es tat gut, geschrubbt, rasiert und in ein dünngestreiftes Hemd und blaßblaue Hosen gekleidet zu sein und nach Sonne, Seife und Bügelwäsche zu duften. Obwohl er immer einen sehnsüchtigen Stich empfand, wenn er an die Lakota dachte, so war doch dies der Ort, an den er hingehörte. Sogar mit seinen gravierenden Schwächen und der Unbeständigkeit war Deadwood sein Zuhause, und er war mit einem neuen Selbstwertgefühl zurückgekehrt. Wenn er auch mit Schandmalen versehen war, hatte er immer noch eine Ehre, und es war gut, das zu wissen. Es kam ihm vor, als wäre die Flamme in seinem Inneren wieder entzündet.

Im Badehaus erfuhr Fox von Old Frenchy die Einzelheiten über Bill Hickoks Tod, die sicherlich unter dem Einfluß der Legenden schon ausgeschmückt waren. Er hatte zwei Asse und zwei Achten in der Hand gehabt, die man nun die »Hand des toten Mannes« nannte. Sein Rücken war der Tür zugekehrt, als Jack McCall eintrat und ihm von hinten eine Kugel durch den Kopf schoß. Einige sagten, der Mörder wäre betrunken gewesen, andere meinten, er sei Wild Bill bis nach Deadwood gefolgt, um den Tod seines Bruders zu rächen, den Hickok in Abilene erschossen hatte. Auf jeden Fall hatte das Gericht der Goldgräber, das im Gem Theatre stattgefunden hatte, ihn gehen lassen. Vieles an der Geschichte war so unklar, daß Fox sich entschloß, nicht zu sehr darüber nachzubrüten. Seine Zeit war wohl einfach gekommen, dachte Fox, während er auf die Blumen starrte, die das Grab seines Freundes bedeckten.

»Hey, Kumpel«, tönte eine Stimme zu ihm, »schon gehört, daß Sie zurück sind.«

Fox sah Colorado Charley Utter den Hang hinaufkommen und streckte seine Hand aus. »Schön, Sie wiederzusehen.«

»Ich war in jener Nacht nicht da«, sagte Charley. »Bin erst aus Cheyenne zurückgekehrt, als sie ihn schon begraben hatten. Hab' versucht, mir alles zusammenzureimen, aber jeder scheint 'ne andere Version der Geschichte zu kennen. Na ja, ich kann jedenfalls nichts tun, um ihn zurückzubringen.« Er zuckte die Schultern und brach ab, als seine Augen zu schwimmen begannen.

»Ich habe eben dasselbe gedacht.« Fox' Herz flog dem anderen Mann zu, der immerhin seinen besten Freund verloren hatte. »Ich werde ihn schwer vermissen, und ich bin stolz, ihn kennengelernt zu haben. Aber ich hasse es einfach, wie diese Stadt ihn zu einer Art Mythos macht … es geht doch nur darum, auf irgendeine Art Geld daraus zu schlagen.«

»Nun, so eine Stadt ist Deadwood aber nun einmal –

Sagen Sie, hätten Sie Lust auf ein Frühstück? Ich hatte überlegt, Tante Lou Marchbanks im Grand Central einen Besuch abzustatten. Wie wär's? Ihre Biskuits sind einmalig. Bill liebte sie, wir könnten dort ihm zu Ehren essen.«

Ein Grinsen breitete sich über Fox' Gesicht aus. »Mit größtem Vergnügen, Charley. Es ist verdammt gut, wieder zu Hause zu sein!«

Als sie den Hang hinunterschlenderten und die klapprige Holzbrücke über dem Whitewood Creek überquerten, sagte Charley: »Ich will ein Kopfbrett für Bills Grab machen. Ich habe überlegt, was ich draufschreiben soll. Ich werde schreiben: ›Kumpel, wir treffen uns in den glücklichen Jagdgründen wieder, um uns nie mehr zu trennen‹.« Er warf dem jüngeren Mann einen Seitenblick zu und wartete auf die Reaktion.

»Das hört sich gut an, Charley. Genau, was Bill gefallen würde«, sagte Fox. »Sagen Sie mir, wann Sie es anfertigen wollen, ich helfe Ihnen, wenn Sie mich brauchen.«

»Gut zu wissen.«

Fox wünschte, er hätte sich Colorado Charley Utter voll anvertrauen können, aber das Risiko schien ihm doch zu groß. Er war sicher, daß er ihm vertrauen konnte, das Geheimnis für sich zu behalten, aber was, wenn er im Schlaf redete oder so etwas? Also aßen sie statt dessen nur ihre Biskuits mit Marmelade und Eier mit Würstchen, spülten alles mit viel Kaffee herunter und plauderten belanglos über Fox' Reise nach Bear Butte.

»Die Leute hier hassen die Sioux wirklich«, bemerkte Charley, als sein Bauch voll war. »'türlich hauptsächlich aus Angst und auch schlechtem Gewissen, wenn Sie's auch nicht wissen. Jedermann schwafelt vom Siegeszug der Zivilisation und von unserer Pflicht, sie voranzutreiben, weil die Indianer zu wild und zu dumm sind.« Er ließ einen

Klumpen braunen Zucker in seinen Kaffee fallen und rührte um. »Ich habe keine Antwort auf so was. Ich glaube nicht, daß der Herr uns Weiße geschickt hat, um alle anderen zu zivilisieren. Schätze eher, daß wir am Ende 'ne Menge von diesem schönen Land vernichtet haben. Aber auf der anderen Seite mag ich es auch nicht zurückgeben, und ich will nicht zurück*gehen*. Sie?«

Fox rieb sich ein paar Sekunden den Nasenrücken. »Nein. Nein, ich auch nicht. Aber ich sehe nicht ein, warum es heißen muß: entweder wir oder sie.«

»Weil wir zu anmaßend sind, um etwas zu teilen.«

»Verdammt! Ich weiß.«

»Vielleicht denken Sie anders, aber damit sind Sie allein.«

»Es ist traurig, es von der anderen Seite zu betrachten, Charley.« Fox lehnte sich in seinem Stuhl zurück, der protestierend ächzte. »Dieses Volk möchte bloß in Ruhe gelassen werden und ihr Leben weiterleben, wie sie es immer getan haben: in Harmonie mit der Natur. Sie brauchen die offene Prärie und die Büffel, und wenn wir ihnen diese Freiheit zugestehen würden, müßten wir uns nicht darum bemühen, ihnen den Ackerbau beizubringen oder unter ihnen Notrationen zu verteilen.«

»Yeah, aber das würde bedeuten, wir müßten zugeben, daß es neben der unseren auch andere Arten zu leben gibt, und auch dafür sind wir viel zu arrogant! Wir müssen sie um jeden Preis zu Weißen bekehren oder sie umbringen.«

Fox dachte an Custers Benehmen kurz vor der Schlacht am Little Bighorn und wie Hunderte von Männern seine Befehle hinnahmen. »Man muß einen Mann wie Crazy Horse einfach bewundern. Sehen Sie, am Tag, nachdem wir das Dorf verlassen hatten und auf dem Weg nach Deadwood waren, trafen wir ihn und eine Handvoll Männer, die nach dem letzten Raubzug aus den Black Hills zurückkamen. Ich glaube nicht, daß sie viel erreicht haben – auf jeden Fall nicht genug –, aber Crazy Horse hielt einen roten Sonnenschirm in der Hand, den er erbeutet hatte. Er wollte ihn einem alten Indianer namens Old Moccasin schenken, der zuletzt immer in der Hitze ohnmächtig wurde. Er war sehr stolz, daß er das Ding bekommen hatte. Selbst ein kleiner Sieg wie dieser, der wohl eher symbolischer Art als alles andere war, hält die Stimmung hoch. Es ist etwas ausgesprochen Nobles und Bewundernswertes an einem Mann wie Crazy Horse, der sich einfach weigert, aufzugeben, obwohl seine Chancen praktisch gleich Null sind.«

»Yeah, wahrscheinlich«, murmelte Colorado Charley zweifelnd. »Aber auch ziemlich dumm, finden Sie nicht?«

»Für unsere Begriffe vielleicht, aber nicht, wenn Sie in seiner Nähe sind. Er hat eine Aura um sich, die so unglaublich stark ist, daß man meint, er könnte tatsächlich alles bewirken.«

»Ich weiß, was Sie meinen, Bill hatte auch so eine Aura. Aber Sie haben gesehen, was mit ihm passiert ist, und Crazy Horse wird es nicht besser ergehen. Crook ist hier draußen, wie ich gehört habe«, sagte Charley.

Fox nickte. »Crazy Horse sagte mir, daß der General sie seit dem Ereignis am Little Bighorn zu schnappen versucht. Seine Scouts hatten das Lager des alten ›Three Stars‹ und seiner Soldaten in einiger Entfernung Richtung Norden in der Prärie gesichtet. Crazy Horse war klug genug, das Gras hinter seinem Stamm zu verbrennen, als sie sich südlich aus Montana wegbewegten, aber Crook hat die Sioux erneut unterschätzt, und nun erzählt man sich, daß seine Pferde verhungern und den Männern ebenfalls die Vorräte ausgehen.«

»Es gibt nichts Dümmeres als einen Weißen im Indianerland«, fand Charley. »Wissen Sie, ich würde nicht unbedingt einen Bericht über meine Abenteuer bei Crazy Horse im *Publisher* veröffentlichen, wenn ich Sie wäre, Fox. Es gibt 'ne Menge Leutchen in Deadwood, die es komisch finden würden, wie freundlich sie den Sioux gesinnt sind. Vielleicht haben Sie nicht mitbekommen, daß der *Pioneer* aufgerufen hat, alle Weißen zu hängen, die den Indianern Waffen und Munition besorgen ...« Er wischte sich den Mund mit einer Serviette ab, dann schob er den Stuhl zurück. »'türlich weiß ich, daß Sie so was nicht tun. Eine Indianersquaw in die Stadt zu bringen, ist so 'ne Sache, aber zu dem anderen ist es noch ein gewaltiger Unterschied.«

»Sie haben schon von Sun Smile gehört?« fragte Fox mit leichter Überraschung, als sie durch die sonnenüberflutete Türschwelle hinaustraten.

»Ihre Ma plaudert gerne. Sie war drüben bei Star and Bullock's, als ich vorhin vorbeiging. Wahrscheinlich immer noch, denn sie schien eine Menge Dinge kaufen zu wollen.«

Fox verabschiedete sich hastig von Colorado Charley, dankte ihm für Frühstück und Unterhaltung und stimmte ihm zu, daß man sich bald wiedersehen sollte. Charley bewegte sich in Richtung Badlands, während Fox sich zu Deadwoods neuem Geschäft an der Ecke von Main Street und Wallstreet begab.

Annie Sunday bot ein umwerfendes Bild. Sie stand mitten in dem geräumigen, rustikalen Laden und trug ein geschmackvolles Ausgehkleid aus cremefarbener Wolle mit blauen Knöpfen und Nähten. Obwohl das Kleid schlicht geschnitten war und sie keinerlei Schmuck außer ihrem Ehering trug, strahlte Annie Sunday Klasse und Herkunft aus. Ihr Haar war zu dem üblichen Knoten zusammengefaßt, der ihr schönes Gesicht und ihre edlen braunen Augen betonte.

Ein dunkelhaariger Mann, an dem die buschigen Brauen und der gewaltige Schnurrbart bemerkenswert waren, war in angeregter Unterhaltung mit Fox' Mutter verstrickt, ein anderer mit einem eckigen Gesicht und dünnem braunen Haar saß hinter der Ladentheke. Eine überraschende Menge an Waren füllte das Innere des Geschäftes.

»O Daniel, wie schön, dich zu sehen«, begrüßte Annie Sunday ihn und streckte ihre behandschuhte Hand aus. »Ich habe mich schon gefragt, wo du hingegangen bist, als ich heute morgen aufwachte. Hast du die einfachen Höflichkeitsregeln vergessen, wie zum Beispiel, eine kurze Nachricht zu hinterlassen, wo du dich aufhältst?«

Fox wurde eine Antwort auf diese unglaubliche Frage erspart, da Seth Bullock nun vortrat, um sich und seinen Partner, Sol Star, vorzustellen. Beide Männer trugen Anzüge und Kragen. »Sie müssen stolz darauf sein, eine solch bemerkenswerte Mutter zu haben«, verkündetet Bullock. »Es muß sie viel Mut und Einfallsreichtum gekostet haben, den ganzen Weg hierher alleine zu bewältigen. Sie ist genau die Art von Frau, die Deadwood *wirklich* benötigt.«

»Von mir werden Sie da keine Widerworte hören«, antwortete Fox pflichtbewußt.

»Mrs. Matthews hat uns erzählt, daß sie jahrelang Lehrerin war«, warf Sol Star ein. »Das ist es, was Deadwood braucht – eine erstklassige Erzieherin für unsere Kinder.«

»Über so etwas kann ich jetzt noch nicht nachdenken«, sagte Annie bescheiden. »Mein Sohn braucht mich zuerst.«

»Ma! Was redest du da? Wie könnte ich so selbstsüchtig sein, dich für mich zu beanspruchen, wenn die Kinder Deadwoods in bitterer *Not* nach einem Lehrer sind? Du bist doch für so eine Arbeit prädestiniert! Da denkt man ja fast, daß Gottes Hand dich hier hinaus –«, Fox machte eine umfassende Geste, »in die Wildnis geführt hat!«

»Ich denke natürlich darüber nach«, murmelte sie, während sie ihm einen scharfen Blick zuwarf. »Ich muß sagen, mir kommt der Bürgersinn in dieser Stadt sehr ... inbrünstig vor. Sag mal, Daniel, hast du gewußt, daß Mr. Bullock die Stelle des Sheriffs übernommen hat? Er hat mir eben erzählt, daß jeder eine Belohnung von fünfzig Dollar in sauberem, handelsfähigem Goldstaub bekommt, der einen *Indianerkopf* herbringt!« Sie erbleichte leicht. »Ganz gewiß gibt es verschiedene Dinge hier, an die ich mich nur schwer gewöhnen werde. Ich kann nur darum beten, daß niemand auf die Idee kommt, unserer lieben Sun Smile etwas anzutun.«

»Ich glaube kaum, daß sie die Art Indianer ist, auf die die Belohnung ausgesetzt ist, Ma«, versicherte Fox ihr, während er überlegte, wie er sie aus dem Geschäft entfernen konnte, bevor sie noch seinen echten Namen und irgend etwas anderes ausplauderte, was er zu bereuen hätte. Es war dumm von ihm gewesen, sie aus den Augen zu lassen, ohne ihr vorher erklärt zu haben, daß die Leute ihn hier nicht als Daniel Matthews kannten. Allerdings war sie ohnehin schon seit Tagen in Deadwood. Hatte sie seinen richtigen Namen bereits in der Stadt verbreitet? »Würde es dir etwas ausmachen, draußen auf mich zu warten?«

»Aber meine Einkäufe –«

»Ich kümmere mich um alles, Ma«, sagte Fox und grinste sie gequält durch zusammengebissene Zähne an.

»Nun, wenn es so ist, Gentlemen, muß ich mich verabschieden!« Würdevoll wie eine Königin nickte sie den beiden zu und rauschte zur Tür.

Fox bat, die Liste der Waren sehen zu dürfen, die seine Mutter abgeliefert hatte. Das meiste der Möbel mußte angefordert werden, daher wies er Star und Bullock an, ihre Suche nach den Dingen, die sie bestellt hatte, erst einmal auszusetzen. Alles, was nicht eine Frage des persönlichen

Geschmacks war, erklärte er, könnte geliefert werden. »Ich komme in ein paar Tagen wieder, um mir meine Möbel selbst auszusuchen«, sagte er, bevor er bezahlte und dann den Laden verließ.

Annie Sunday hockte auf dem Sitz des offenen Avery-Wagens. Der kleine Ben saß neben ihr und hielt die Zügel. Ein Sumpf aus Matsch und Unrat lag zwischen der hölzernen Veranda des Geschäfts und dem Wagen, weswegen Fox gezwungen war, ein paar Schritte entfernt stehenzubleiben und laut mit seiner Mutter zu sprechen. »Ich weiß zu schätzen, was du für mich tun willst, Ma, aber ich bin ein erwachsener Mann. Ich mache meine Einkäufe gerne selbst.« Sein Tonfall war zärtlich. »Aber wir können zu Hause besser darüber reden. Warum willst –«

»Du hast dich vorher keinen Deut darum gekümmert, irgend etwas für dich zu erstehen«, unterbrach sie ihn. »Wenn ich es nicht besser wüßte, würde ich meinen, du stehst kurz davor, dir eine Frau zu nehmen.«

»Wir reden später darüber. Gegen Mittag komme ich nach Hause.«

Mit diesen Worten drehte Fox sich um und machte sich auf die Suche nach Prediger Smith.

Maddie war langsam am Ende ihrer Weisheit. Auf Bitten ihres Vaters hin hatte sie praktisch den ganzen Morgen damit verbracht, Sun Smile aus dem Planwagen zu locken und ins Haus zu bekommen. Doch jedesmal, wenn sie mit ihrer Halbschwester zu sprechen versuchte, schien sich der Abgrund zwischen ihnen nur noch zu verbreitern. Sun Smile wies jede Bemühung hartnäckig zurück, und Maddie konnte die Woge ihrer verletzten Gefühle und ihre wachsende Abneigung kaum noch unterdrücken.

Mit gewaltigem Widerwillen näherte sie sich gegen Mittag mit einer Platte mit Hähnchen, gebackenen Kartoffeln, gebutterten Scheiben Roggenbrot und Pflaumen wieder dem Wagen. Als sie ihren Kopf unter die Plane steckte, die sich über den Wagen spannte, schlug ihr der Geruch mit überwältigender Macht entgegen. Sun Smile kauerte im Schatten über einer Tasche, die mit ihrer wenigen Habe gepackt war. Sobald sie Maddies Schritte vernahm, versteckte sie ihr Gesicht, so daß nur noch ein Vorhang aus verfilztem, schwarzem Haar zu sehen war.

»Sun Smile, hast du denn gar keinen Hunger? – Ich weiß, daß du mich verstehst«, sagte Maddie mit langsamen, akzentuierten Worten. »Ich habe dir etwas zu essen mitgebracht. Vater hofft, daß du ins Haus kommst. Er möchte sich gerne um dich kümmern.«

Sun Smile machte mit einer Hand Abwehrgesten in der Luft und begann, leise vor sich hin zu stöhnen und zu klagen. Schließlich schüttelte Maddie den Kopf, stellte das Tablett in den Wagen und wandte sich zum Haus um. Da wurde ihre Aufmerksamkeit von einem Pferd mit Reiter gefesselt, das sich auf der Straße zum Avery-Haus näherte. Der Mann winkte, und Sekunden später erkannte sie, um wen es sich handelte.

Es war Graham Horatio Scofield III.

Maddie seufzte. Die gepflegte Gastgeberin zu spielen, war nun das letzte, worauf sie Lust hatte. Aber immerhin sah sie repräsentabel, ja sogar hübsch in ihrem anmutigen, bernsteinfarbenen Kleid aus, das die Farbe ihrer Haare hervorhob und die Rundungen ihrer Figur betonte. Sie ging ein paar Schritte voran, um ihren Gast zu begrüßen, dessen Pferd nun fast vor ihr stand.

»Ah, meine liebe Miss Avery!« Scofield stieg leicht ungeschickt ab und nahm seinen Hut ab. »Meine Augen sind geblendet von Ihrer Schönheit!«

»Ach ja?« fragte Maddie bissig nach. Dann lächelte sie. »Fein, Sie zu sehen, Mr. Scofield.«

»Ah, Sie haben mich nicht vergessen! Wie kann ich bloß meine Erleichterung darüber ausdrücken? Und ich kann nicht anders, als die erstaunliche Übereinstimmung in unserer Kleidung festzustellen. Ist das nicht einzigartig?« Er senkte seinen blondgelockten Kopf und deutete mit einer Geste an sich herunter, damit sie seinem Blick folgte. Tatsächlich trug Scofield einen leichten hellbraunen Anzug, eine zimtfarbene Seidenweste und eine braune Seidenkrawatte über seiner steifen Hemdbrust.

»Recht einzigartig, Sir.« Und unvermeidlich wie es war, ergab sich Maddie der Schicklichkeit und lud ihn auf ein Glas Limonade ein.

Als sie sich auf das Sofa gesetzt hatten, flüsterte Scofield: »Ich muß Ihnen ein Geständnis machen.«

Maddie konnte ihren Vater durch die halboffene Tür zu seinem Schlafzimmer sehen und wußte, daß er lauschte. »Ein Geständnis?« wiederholte sie schwach.

»Ja, ja, so ist es. Ich habe heute morgen gehört, daß Sie bei den Indianern waren. Ich wollte Ihnen nur versichern, daß dieses Wissen meine Meinung über Ihren Charakter keinesfalls beeinträchtigt. Wirklich, Sie scheinen überhaupt nicht befleckt durch diese Erfahrung.«

»Befleckt? Ich glaube, ich verstehe Sie nicht, Sir!«

Er stellte sein Glas ab und versuchte, ihre Hand zu nehmen, aber sie entzog sie ihm rechtzeitig. »Ich will damit sagen, meine Liebe, daß Sie viel zu edel sind, um sich Ihren Charakter durch irgend etwas verderben zu lassen, das Sie möglicherweise zu erleben gezwungen waren. Vielleicht sind Sie dadurch sogar – wie soll ich sagen? – noch fraulicher geworden.« Er wurde rot, und Schweiß glänzte auf seiner Stirn. »Miss Avery, ich weiß, daß Sie und ich nicht die Art von Freundschaft geschlossen haben, auf die ich bei meinem letzten Besuch so gehofft habe. Nun denn, seitdem hat sich vieles geändert. Meine Suche nach einer adäquaten Ehefrau in dieser gottverlassenen Stadt hat sich als entmutigend erwiesen, und meine Gedanken kehren immer wieder zu *Ihnen* zurück.« Nun fing Graham doch ihre Hand ein und hielt sie fest.

Verdattert versuchte Maddie, sich loszumachen. »Wirklich, Mr. Scofield, ich denke nicht –«

»Warten Sie! Lassen Sie mich ausreden! Ist es Ihnen noch nicht in den Sinn gekommen, meine Liebe, daß sich hier kaum genug geeignete Männer, aus denen *Sie* wählen könnten, in Deadwood aufhalten? Und nun, nach Ihrem kleinen Ausflug, tja, muß ich noch mehr sagen? Jedenfalls bin *ich* bereit, darüber hinwegzusehen!« verkündetete er triumphierend. »Ich würde es sogar als eine Art Aphrodisiakum betrachten ...«

»Mr. Scofiled!« keuchte Maddie. »Ich glaube, ich habe Sie nicht richtig verstanden!«

»O doch, glauben Sie es mir ruhig, Madeleine!« rief er im Ton der Leidenschaft aus. »Es ist wahr, ich bitte Sie, Mrs. Graham Horatio Scofield III zu werden!«

»Ach? Von Boston Scofields?« ließ sich Stephens Stimme unleugbar spöttisch aus dem Schlafzimmer vernehmen.

Graham sprang auf die Füße, ohne Maddies Hand loszulassen und rief: »Ja! Ja, Sir, genau der!«

Maddie unterdückte nur mühsam ein Kichern, als eine andere Stimme aus der Küche ertönte: »Jetzt langt es!« Die Tür schwang auf, und Fox schien den ganzen Raum auszufüllen, als er hereinkam und sich drohend vor dem anderen Mann aufbaute. »Lassen Sie ihre Hand los!«

»Ich glaube kaum, daß Sie das Recht haben, mir –«

»Fox!« Maddies Gesicht leuchtete in einem wundervollen Lächeln auf.

»Ich würde meine Zunge hüten, wenn ich Sie wäre, Mr. Scofield«, sagte Fox mit tiefer, langsamer Stimme. »Ich habe in diesem Moment jedes Recht. Sie halten um die Hand der Frau an, die ich am Samstag heiraten will!«

Aus allen Winkeln des Hauses schien man nach Luft zu ringen. Gramma Susan steckte den Kopf aus der Küche, und ihr Gesicht war vor Freude gerötet. Stephen versuchte, schnell genug aus dem Bett zu klettern, und Maddie war schneeweiß geworden, während ihre Lippen in der Form eines »O« erstarrt waren. Ohne ein weiteres Wort ließ Graham ihre Hand los, rammte sich seinen Hut auf den Kopf und marschierte schnurstracks zur Tür.

»Kommen Sie nicht so bald wieder«, rief Fox ihm hinterher. Die Versuchung war einfach zu groß.

Scofield drehte sich an der Tür noch einmal um. »Kein Mensch demütigt einen Boston Scofield ungestraft. Sie werden noch von mir hören, Mr. *Daniel Matthews!*«

Kapitel 24

19. August 1876

»Ich kann mir immer noch nicht vorstellen, was in Fox gefahren ist«, grübelte Maddie, als sie in der Blechwanne saß, die sich in einer mit Vorhang abgetrennten Ecke in der Küche befand. »Bist du sicher, daß er heute wirklich hier auftauchen will, Gramma Susan?«

»Aber natürlich will er!« Susan O'Hara hielt mitten in ihrer Aufgabe, den Mandelguß über die gewaltige Hochzeitstorte zu geben, inne. Für das Werk hatte sie volle zwei Tage gebraucht. Nun lugte sie um den Vorhang herum und setzte hinzu: »Ich habe mit Fox gesprochen, Kind. Er liebt dich. Glaubst du das denn nicht?«

»Eigentlich ... doch.« Maddie zog die Knie hoch, legte ihren Kopf zurück auf den Rand der Wanne und seifte verträumt einen Arm ein. »Tatsächlich glaube ich, daß ich mehr über seine Liebe zu mir weiß als er selbst, aber deswegen hätte ich nicht daran gedacht, daß er mich *heiraten* will – vor allem nicht so kurzfristig. Wir haben doch kaum miteinander geredet, seit wir nach Deadwood zurückgekommen sind! Ich meine, selbst nach dieser komischen Szene mit Scofield hat er sich nicht einmal die Zeit genommen, um richtig um meine Hand anzuhalten.«

»Nicht? Ich meine, mich zu erinnern, daß Fox sich nach Mr. Scofields melodramatischem Abgang an dich wandte und sagte: ›Du und ich werden am Samstag um ein Uhr vor eurem Garten heiraten.‹ Willst du damit sagen, das war alles gewesen?«

Maddie streckte einen Zeh in die Luft und lächelte Susan keß an. »Praktisch ja. Er hat mich noch einmal gefragt, kurz bevor er nach irgendwohin davoneilte, ob ich wirklich wollte, und es war ziemlich klar, daß er mein Jawort hören wollte, also habe ich es ihm gegeben. Ansonsten hat er drüben hinter den Pinien an irgendwas gebaut. Wir waren ebenfalls ziemlich beschäftigt hier, und da war noch die Situation mit Sun Smile – und jetzt ist der Samstag so schnell gekommen, daß ich kaum Zeit hatte, über irgend etwas nachzudenken.«

»Ich denke, diese überstürzte Hochzeit ist eine nette Abwechslung für uns alle«, gestand Susan ihrer Enkelin. »Selbst dein Vater scheint dadurch von dem Problem Sun Smile abgelenkt zu werden. Hast du bemerkt, daß Annie Sunday eine ganze Weile damit verbracht hat, sie aus dem Wagen zu locken?«

»Sie sucht wahrscheinlich selbst Ablenkung«, bemerkte Maddie mit einem Hauch Ironie. »Wenn du die Wahrheit hören willst, so glaube ich, daß Fox eine Frau im Haus haben will, um seine Mutter von seinen Angelegenheiten fernzuhalten.« Sie tauchte unter, um sich den Schaum aus den Haaren zu spülen, und kam mit einem Grinsen wieder hoch. »Er glaubt zweifellos, von uns beiden sei ich die umgänglichere.«

Susan empfand einen Stich. »Darling, ich hoffe, du gehst mit einem vollen, starken Herzen in diese Ehe. Ich verstehe ja, daß du heute nervös bist, aber bitte nicht voller Zweifel.«

»O Gramma –« Sie brach ab, weil die Emotionen sie zu überwältigen drohten, »ich war mir in meinem Leben nie einer Sache sicherer als jetzt. Ich liebe Fox. Ich habe ihn so vermißt, seit wir wieder in Deadwood sind, daß es die ganze Zeit wehgetan hat. Wir waren uns so nah in den Tagen, die wir unterwegs waren, und ich war so glücklich. Und ich weiß genau, daß es ihm nicht anders ging.« Sie stand tropfend auf und griff nach dem Handtuch. »Ich kann nicht leugnen, daß ich diese Hochzeit ein bißchen seltsam finde, aber es gibt nichts, was ich mir mehr wünschte, als Mrs. Daniel Matthews zu werden. Es ist einfach mein Schicksal, sein Heim und sein Leben zu teilen. Ich weiß es!« Sie hatte sich das Haar trockengerubbelt und hielt nun mitten in der Bewegung inne. »Ich habe nur einfach nicht erwartet, daß es so plötzlich oder so leicht geschieht. Fox sagte mir, er könne mich nicht heiraten, daß die Art von Leben, die ich brauchte, für ihn unmöglich sei.«

»Daniel Matthews ist sein richtiger Name«, wiederholte Susan nachdenklich, als versuchte sie, sich einen Reim darauf zu machen. »Ich nehme an, er hatte etwas zu verbergen, bis Annie Sunday auftauchte, in der Stadt lustig drauflos plauderte und ihn von seinem Geheimnis befreite.«

»Ich kann nicht darüber sprechen, Gramma, jedenfalls noch nicht.« Feucht und mit glühender Haut zog Maddie einen lockeren Hausmantel über, schob die provisorische

Abtrennung zurück und ging auf den beeindruckenden Kuchen zu. »Ich hoffe nur, daß Graham Scofield sein Wissen nicht irgendwie gegen Fox wenden kann. Für einen Menschen, der so auf seine edle Abstammung und beste Erziehung besteht, war das Funkeln in seinen Augen erstaunlich primitiv!«

»Ich denke, Fox kann auf sich selbst aufpassen«, sagte Susan bestimmt.

»Gramma, ich muß sagen, der Kuchen ist absolut umwerfend! Wie kann ich dir bloß danken? Wenn du nicht so hart geschuftet hättest, müßten wir nach der Zeremonie Bohnen und Dörrfleisch essen.«

Sie lachten beiden laut auf. Susan zog ihre Enkelin auf einen Stuhl und stellte sich dahinter, um ihr nasses Haar behutsam auszukämmen. »Ich möchte alles tun, was deinen Hochzeitstag so schön wie möglich macht, Liebes«, murmelte sie.

»Was kommt nach dem Zuckerguß? Kannst du eine kleine Schleife aus Guß machen? Oder eine Blume? Ich weiß noch, daß du mir als Kind einmal einen Geburtstagskuchen gemacht hast, der mit kleinen Zuckerveilchen dekoriert war.«

Susans Stimme klang, als wollte sie ihre Enkelin beruhigen. »Nun, wenn ich mit dem Guß fertig bin, stelle ich alle drei Schichten der Torte an einen kühlen Platz, damit der Überzug hart werden kann. Danach stelle ich sie übereinander, färbe den restlichen Zuckerguß mit Beerensaft und drücke ihn durch einen Konditorbeutel. Was hältst du von rosafarbenen Bändern, die über die Ränder jeder Schicht in Girlanden herabfallen?«

»Traumhaft.« Maddie nahm die Hand ihrer Großmutter und preßte sie gegen ihre Wange. Sie fühlte sich so zerbrechlich an, so kühl, und sie duftete nach Mandelpaste. »Gramma Susan, ich habe dich sehr, sehr lieb. Ist es nicht herrlich, daß wir durch meine Heirat nicht getrennt werden?«

»Da hast du allerdings recht.« Sie beugte sich vor, um Maddies Haar zu küssen, das in der Morgenluft sehr rasch trocknete. Ein leichter Wind bewegte die Küchenvorhänge, und draußen auf einer Pinie zirpte ein Vogel. »Ich kann mir durchaus vorstellen, daß Fox schon vorhatte, dich zur Frau zu nehmen, als er sein Haus neben unserem zu bauen anfing.«

»O nein! Wenn überhaupt, dann hatte er mich damals nur ärgern wollen!« Maddies strahlendes Gesicht wurde träumerisch, als sie an die ersten Begegnungen mit Fox dachte. Wenn sie zurückdachte, erkannte sie, daß sie erst begonnen hatte, richtig zu leben, als Fox auf ihrer Schwelle auftauchte, um Benjamin aus den Badlands zurückzubringen. Fox war die anregendste Person, die sie jemals kennengelernt hatte. Die Aussicht, ihr Leben mit ihm zu teilen, schürte kribbelnde Vorfreude in ihr.

Die Kaminuhr im Wohnzimmer schlug elf und riß Maddie wieder in die Wirklichkeit zurück. »Liebe Güte, ich fange besser an, mich in Bewegung zu setzen. Ich schau nur noch eben nach Vater. Soll ich Benjamin sagen, er soll jetzt sein Bad nehmen?«

»Ja, das ist eine gute Idee, Darling. Und wenn ich mit den Zuckergußgirlanden fertig bin, werde ich mich auch anziehen.« Es lag nur ein Hauch Erschöpfung in ihrer Stimme. Maddie war aufgestanden, und nun sahen sie sich an und dachten beide dasselbe. Es war Susan, die schließlich wieder sprach. »Vielleicht sollte ich deinen Vater fragen, was er heute mit Sun Smile zu tun gedenkt.«

»Gramma …«, Maddie brach ab und biß sich auf die Lippe. »Würdest du mich für sehr gemein und selbstsüchtig halten, wenn ich sage, daß ich meine Gedanken und meine Energie heute lieber nicht für Sun Smile aufwenden will?«

Mit einem ermutigenden Kopfschütteln schlang Susan einen Arm um Maddies Taille und führte sie zur Küchentür. »Ich kann dich sehr gut verstehen, Darling. Es ist deine Hochzeitstag! Was Sun Smile betrifft – vielleicht sollten wir einfach sagen, sei es wie es sei, und belassen es damit. Hm?«

Ein paar Minuten vor ein Uhr fand sich die kleine Gruppe im Garten ein, den Maddie mit solcher Sorgfalt und Liebe gestaltet hatte. Die Blumen standen inzwischen in voller Blüte und strömten einen wunderbaren Duft aus.

Prediger Smith war bereits früh in Fox' Haus angekommen, um sich mit ihm zu besprechen. Seit seiner Ankunft im Frühling hatte der Geistliche die meiste Zeit damit verbracht, die Seelen der Leute in den Badlands zu retten, und so schien ihn eine richtige Heirat fast einzuschüchtern. Fox hatte Colorado Charley eingeladen, da er das Gefühl hatte, Prediger Smith würde sich mit einem vertrauten Gesicht an seiner Seite etwas wohler fühlen.

Der erste, der sich zu ihnen gesellte, war Titus Pym. »Wir sehen alle aus, als würden wir uns in unsere Holzkisten legen wollen«, bemerkte der kornische Goldgräber, als er dem Geistlichen in seinem besten Sonntagsanzug zunickte und Charley in seinem Leihanzug musterte. »Ich würde mich für niemanden außer meinem Kumpel Fox so ausstaffieren lassen.«

Charley Utter grinste. »Eben derselbe Kumpel Fox schuldet mir einen riesigen Gefallen, wenn er am Nachmittag irgendwann zum Luftholen kommt. Es hat nämlich all meine Überzeugungskraft gebraucht, um Calamity Jane, Garnet Loomis und die süße Victoria zu bremsen, hier raufzukommen.«

Prediger Smiths Augen weiteten sich entsetzt, aber er drückte nur seine Bibel an die Brust und enthielt sich jeglichen Kommentares. Titus besaß weniger Zurückhaltung.

»Heiliger Strohsack, wenn Jane und die anderen gekommen wären, dann hätten wir die Hochzeit ebensogut auf der Bühne im Bella Union Theatre abhalten können!« Er schüttelte heftig Charleys Hand. »Fox wird sich freuen, daß Sie da sind, Sir!«

»Und ich freu' mich, daß er sein Glück gefunden hat. Vor nicht allzu langer Zeit hab' ich ihn besucht, als er sich oben im Gem ... zurückgezogen hatte. Er sah übel aus. Fox ist ein seltener Fall in Städten wie diesen – ein Ehrenmann, der Freunden hilft und gerne lacht. Es tut gut, ihn wieder froh zu sehen, und ich weiß, daß Bill sich auch darüber freut, wo immer er jetzt auch ist!« Bei diesen poetischen Worten glitzerten Tränen in Charleys Augen, aber die Ankunft Benjamin Averys lenkte sie alle schnell wieder ab.

»Oh, Sie haben sich ja auch bequatschen lassen, das Zeug anzuziehen, Mr. Pym!« rief der Junge ungläubig aus und zerrte an seinem Kragen, als würde ihn dieser erdrosseln. Sein Haar war in der Mitte gescheitelt, mit Öl geglättet und an den Schläfen sorgsam in Locken gedreht worden. Der Anzug, der noch aus Philadelphia stammte, zeugte von Benjamins schnellem Wachstum, denn er spannte an den Schultern, und die Hosenbeine endeten ein gutes Stück über seinen Halbschuhen. »Ich *hasse* das! Wenn ich groß bin, werd' ich Pony Express-Reiter oder ein Spieler, und dann muß ich so was Doofes nie wieder anziehen!«

»Benjamin, Lieber, denk bitte daran, daß man ›doof‹ nicht sagt.« Susans Stimme wies einen Hauch Resignation auf, als sie hinter ihrem Enkel erschien. »Deine Mutter würde in Ohnmacht fallen, wenn sie hören könnte, was in letzter Zeit alles aus deinem Mund kommt.«

Dann sorgte Titus Pym dafür, daß man einander vorgestellt wurde. Susan hatte sich für den Nachmittag sehr sorgfältig angekleidet. Sie hatte aus dem Osten ein besonders edles Kleid mitgebracht, nur für den Fall, daß sich eine solche Situation wie diese ergab, und nun trug sie voller Stolz die Kreation des berühmten Pariser Worth. Es war aus saphirblauer Seide geschneidert, reich verziert mit Samt und Goldkordeln, und der hochgeschlossene Kragen betonte ihre zeitlos schönen Gesichtszüge. Kämme schmückten ihr glattgekämmtes weißes Haar, und sie trug einen blauen Sonnenschirm, der mit weißer Seide gesäumt war, um sich vor der Mittagshitze zu schützen.

Es hagelte Komplimente von den Männern, und Susan errötete vor Freude. »Sie sind sehr lieb, meine Herren. Ich danke Ihnen. Und, Reverend Smith, es ist wunderbar, daß Sie heute hier erschienen sind, um der Hochzeit beizuwohnen.«

»Es ist mir ein Vergnügen, Ma'am. Und ich freue mich über die Abwechslung«, erwiderte Henry Weston Smith. »Kommen noch andere Gäste, auf die wir warten müssen?«

»Nur noch die Mutter des Bräutigams«, antwortete Susan mit einem vielsagenden Blick auf Titus Pym. »Sie sollte eigentlich schon hier sein. Ich weiß, daß Madeleine und ihr Vater bereits darauf warten, ihren Aufmarsch zu machen, sobald Mrs. Matthews – und Fox natürlich – auftauchen.«

»Als ich eben bei Fox war, band er seine Krawatte«, sagte Titus. »Ich soll durch die Pinien winken, wenn wir alle soweit sind.« Er bückte sich gerade noch rechtzeitig, um Benjamin davon abzuhalten, sich ins Gras zu setzen und eine Babyschlange einzufangen. Als er sich wieder aufrichtete, bemerkte er, daß alle in entsetztem Schweigen auf die Pinienreihe starrten, die die beiden Häuser voneinander trennte.

Dort war Annie Sunday aufgetaucht, die in ihrem Kleid aus rosafarbenem Taft die Würde einer Königin bewies. Ein Perlencollier lag um ihren Hals, und ihr kastanienbraunes Haar war sorgsam frisiert. Aber es war nicht ihr Äußeres, das die stumme Überraschung hervorrief, es war ihre Begleitung: Neben Annie Sunday näherte sich Sun Smile.

»Grundgütiger«, hauchte Gramma Susan und richtete ungläubig ihre Brille. »Verzeihen Sie, Reverend«, beeilte sie sich hinzuzufügen, ohne den Blick abzuwenden.

»Also, das haut einen ja aus den Schuhen«, brummte Titus. »Seht sie euch *an*!«

»Wer ist das?« fragte Charley Utter.

»Meine Indie-Schwester«, kam Benjamins finstere Antwort. »Bei der schaudert's mir immer!«

Sun Smile war praktisch nicht wiederzuerkennen. Sie hatte offenbar ein Bad über sich ergehen lassen, das ihr Haar mit einbezogen hatte. Sie trug nun wie eine Parodie einer weißen Frau ein schlichtes grünes Seidenkleid mit Korsett und Unterrock. Sie bewegte sich langsam und steif in den ungewohnten Schuhen mit Absätzen, und ihr sauberes Haar, das im Nacken zu einem Dutt zusammengefaßt worden und mit einem weißen Prinzeßhut geschmückt war, leuchtete im hellen Sonnenschein. Nur ihre dunklen, kummervollen Augen und die herabgezogenen Mundwinkel verrieten die Farce, die sie spielen mußte.

»Ich hoffe, Sie verzeihen uns unsere Verspätung«, sagte Annie Sunday, als sie Sun Smile in den Kreis der Gäste zog. Fox' Mutter zeigte ein stolzes Lächeln. »Ich glaube aber, daß sich die Verzögerung gelohnt hat. Sieht Sun Smile nicht reizend aus? Es hat mich einige Zeit gekostet, aber ich bin niemand, der schnell aufgibt. Ich wußte, daß Sun Smiles Gegenwart heute sehr viel bedeuten würde. Nicht nur für Daniel und Madeleine, die sie hergebracht haben, um sie zu zivilisieren, sondern vor allem dem lieben Stephen, der um ihr Wohlergehen so besorgt ist.« Annie Sunday drückte ihr Mündel fest. »Ich bin so stolz auf sie, daß ich mich kaum zurückhalten kann.«

Schweigen folgte Annie Sundays Rede, dann ein kollektives Nicken. Schließlich hatte Susan Erbarmen mit dem Mädchen und lächelte sie herzlich an. »Wir freuen uns, daß du bei uns bist, Sun Smile.«

Nun tauchte Fox auf, und die Aufmerksamkeit richtete sich von der jungen Witwe zu ihm. Jeder schien seine Energie spüren zu können, als er mit kräftigen Schritten auf sie zukam.

Sein formeller Anzug, ein makellos grauer Cut und eine passende Hose, gestärktes weißes Hemd und Kragen, grauweiß gestreifter Binder und eine taubengraue Weste, saß so perfekt, als käme er direkt aus Londons Savile Row. Sein Haar glänzte in der Sonne und war so sauber gestutzt wie der Bart. Alles in allem bot er ein Bild wachsamer, beherrschter Kraft.

»Endlich!« Er schenkte seinen Gästen ein zerstreutes Lächeln und nahm Prediger Smiths Hand. »Fangen wir an!«

Benjamin wurde aufgetragen, Braut und Brautvater Bescheid zu geben, die daraufhin langsam aus der Hintertür geschritten kamen und durch den Garten auf die kleine Gruppe zugingen, die geduldig zwischen Maddies Blumen wartete.

Maddie und Gramma Susan hatten mehr als drei Tage gebraucht, um ein vernünftiges Hochzeitskleid zustande zu bekommen, und sie hatten ihr Bestes gegeben. Das Kleid aus weißem Batist, gesäumt mit belgischer Spitze, bestand aus einem Mieder mit einem tiefen, eckigen Ausschnitt und einem volantbesetzten Rock mit an den Seiten gefältelten Rüschen. Als einzigen Schmuck trug sie das Medaillon ihrer Eltern, unter dem Hauch des Schleiers strahlte ihr Gesicht, und ihre Locken fielen offen herunter.

Ihr Herz hämmerte wie verrückt, als sie sich neben Fox stellte. Stephen küßte sie liebevoll, tätschelte ihre Hand und legte sie dann in die gebräunten Finger ihres Bräutigams. Es war seltsam, aber Madeleine fühlte sich Fox in diesem Moment unglaublich nah, obwohl er ihr weder seine Liebe versichert, noch die Gründe für die plötzliche Hochzeit erklärt hatte – und obwohl sie seit Tagen kaum miteinander gesprochen hatten. Sie liebte ihn so sehr, daß sie ihn zu jeder Bedingung geheiratet hätte. Und tief in ihrem Herzen war sie sicher, daß Gott sich über ihre Verbindung freute.

Prediger Smith las eine schlichte Hochzeitszeremonie, während der er nur ein einziges Mal eine persönliche Note einbrachte: »Mr. Matthews hat mich gebeten, ein paar Zeilen eines Dichters zu lesen, den er und Miss Avery besonders schätzen.« Er räusperte sich und intonierte: »Camerado, ich gebe dir meine Hand! Ich gebe dir meine Liebe, kostbarer als Geld. Ich gebe dir mich selbst, vor Predigten und Gesetz, willst du dich mir geben? Willst du kommen und wandern mit mir? Wollen wir zusammenhalten auf Lebenszeit?« Prediger Smith schien entsetzt von dem, was er gelesen hatte, riß sich aber zusammen. »Diese Zeilen stammen von dem Dichter Walt Whitman.«

Herrliche und verwirrende Emotionen erfüllten Maddies Herz. Ihre Augen brannten, ihre Sicht war verschwommen. Doch sie konnte Fox noch ausmachen, der so umwerfend aussah, daß es sie erregte, ihn anzusehen. Einen Augenblick drückte er ihre Hand, und sie wußte, daß alles so zwischen ihnen werden würde, wie sie es sich erträumt hatte.

Die Eide wurden gemurmelt, dann verkündete Prediger Smith feierlich: »Und so erkläre ich euch zu Mann und Frau. Was Gott zusammengefügt hat, soll der Mensch nicht scheiden.«

Fox hob Maddies Schleier und küßte sie zuerst zart. Dann nahm er ihr Kinn, hob es zu sich und küßte ihre süßen, blütenzarten Lippen, während er mit der freien Hand ihren Körper fest an sich zog. Als Susan zu klatschen begann, stimmten die anderen ein.

Nur Sun Smile stand abseits. Und in der Aufregung bemerkte niemand die Träne, die ihre gepuderte Wange herablief.

Kapitel 25

19. und 20. August 1876

Nachdem die Hochzeitstorte vertilgt, einige Flaschen Champagner geleert und die Geschenke ausgepackt waren und Susan O'Hara allen die Geschichte der Hochzeit ihrer Eltern erzählt hatte – die dadurch etwas Besonderes gewesen war, weil George Washington den Brautführer gemimt hatte –, verkündete Fox, daß er und die frischgebackene Mrs. Matthews sich jetzt auf den Weg machen würden. Dies löste einen Tumult aus, man umarmte sich und gratulierte einander, wobei sich die ganze Gruppe auf die Küchentür zubewegte. Nur Annie Sunday und Sun Smile waren abwesend. Sun Smile war in ihren Wagen zurückgekrochen, als die anderen sich auf den Kuchen stürzten, und als Annie Sunday ihr Fehlen bemerkte, war sie sofort aus dem Haus geeilt.

»Meine Mutter liebt Aufgaben«, bemerkte Fox seinem neuen Schwiegervater gegenüber. »Zögern Sie nicht, etwas zu sagen, wenn Sie das Gefühl haben, sie würde sich zu sehr in die Sache mit Sun Smile einmischen. Ich gebe zu, daß ich meine Zweifel habe, aber auf der anderen Seite gibt es in dieser Hinsicht eine Menge zu tun, und vielleicht brauchte Sun Smile einen Anstoß, um in die Welt zurückzukehren.« Er zuckte die Schultern und fügte hinzu. »Ma ist eine leidenschaftliche Reformerin. Könnte sein, daß sie bald hinunter in die Badlands geht.«

Dies löste Gelächter bei Charley Utter aus. »Ich möchte das Gesicht von Al Swearingen sehen, wenn Ihre Ma ins Gem Theatre marschiert!«

»Verflixt noch mal, kann ich jetzt endlich diesen blöden Kragen abnehmen?« schimpfte Benjamin wohl zum zehnten Mal.

Susan zischte ihn an, dann flüsterte sie Maddie zu: »Darling, du wirst mein Geschenk sehen, wenn du in dein neues Zuhause kommst. Und mach dir keine Sorgen über das Abendessen. Ich stelle um sieben ein Tablett vor die Tür.« Verschwörerisch zwinkerte sie ihrer Enkelin zu.

»Vielen Dank, Gramma.« Maddie drückte sie fest, dann fiel sie Stephen in die Arme.

»Ich weiß gar nicht, wieso ich so einen Klumpen im Hals habe«, brummelte ihr Vater. »Du gehst ja bloß nach nebenan, zum Teufel!« Er sah über den Kopf seiner Tochter Fox an. »Ich brauche Ihnen ja nicht zu sagen, daß ich mir für mein geliebtes Mädchen keinen besseren Gatten wünschen könnte. Sie sind jetzt schon wie ein Sohn für mich.«

»Ich weiß es zu schätzen, Sir.« Fox streckte Prediger Smith noch einmal die Hand entgegen. »Und ich danke auch Ihnen, daß Sie hinaufgekommen sind, um mich und meine Braut anständig zu verheiraten.«

»Es war mir ein Vergnügen, Mr. und Mrs. Matthews.« Henry Weston Smith lächelte hinter seinem dichten, dunklen Bart. »Ich weiß, daß Sie ein langes, glückliches Leben vor sich haben werden.«

»Amen«, sagte Fox, zog eine Augenbraue hoch und grinste Maddie schief an. »Und ich für meinen Teil bin bereit, diese Ehe ernsthaft zu beginnen.«

Sie errötete, klapste ihm auf den Arm, und sie rannten in einem Regen aus Reis gemeinsam aus dem kleinen Haus. Mit ihrer freien Hand hatte Maddie ihre Röcke gerafft und versuchte, nicht zu stolpern, während die Gäste hinter ihnen fröhlich jubelten, und Fox und Maddie lachten laut über die Albernheit, eine Hochzeitsreise auf die andere Seite der Pinienreihe anzutreten. Sobald sie außer Sicht waren, hob er sie schwungvoll auf die Arme.

»Endlich!« Bevor seine atemlose Braut etwas antworten konnte, küßte er sie so stürmisch, daß beide alles um sich herum vergaßen. Irgendwann hob Fox schließlich doch den Kopf, sah ihr in die Augen und flüsterte heiser: »Das wollte ich schon eben tun, als Prediger Smith uns zu Mann und Frau erklärt hat. Himmel, wie habe ich dich begehrt!«

Wieder überzog reizende Röte ihre Wangen. »Ich glaube nicht, daß deine Mutter das gutgeheißen hätte, von Prediger Smith ganz zu schweigen.«

Fox ging weiter auf sein Haus zu, wobei er Maddie nicht auf den Boden zurückließ. »Ich kann Ihnen aber versichern, Mrs. Matthews, daß mich die Zustimmung meiner Mutter nicht im geringsten interessiert.«

Sie drückte sich an seine Brust und schlang strahlend ihre Arme um seinen Hals. Doch dann meldete sich ein störender Gedanke. »Fox, wir haben noch gar nicht miteinander gesprochen, seit du auf eine etwas unorthodoxe Weise um meine Hand angehalten hast, und diese Hochzeit ist so schnell gekommen, daß es eine Menge Dinge gibt, die mir nicht so recht klar sind –«

»Was mich betrifft, gibt es nur eins, was klar sein muß«, warf er ein. »Wir sind *verheiratet*, was bedeutet, daß wir zusammen ins Bett gehen und nicht herauskommen werden, bis –«

»*Fox!* Du machst mir ja angst, wenn du so redest!« Sie gab sich Mühe, besorgt auszusehen, doch das aufgeregte Lachen brodelte in ihr und bahnte sich seinen Weg. »Sag mir wenigstens, was wir wegen deiner Mutter unternehmen. Wird sie bei uns leben? Ich meine, ich weiß, daß sie es ja tun *muß*, zumindest nach der kommenden Nacht, und ich begreife es ja auch ...«

Immer noch seine Braut auf den Armen, ging Fox an der Tür seines Blockhauses vorbei und um die nächste Ecke herum. Maddie riß die Augen auf, als sie die Miniaturversion seines Hauses nur ein paar Meter nördlich davon entdeckte. Er deutete mit seinem Kopf darauf und sagte: »Dort wird Ma wohnen. Du mußt verrückt sein, wenn du glaubst, wir drei würden zusammen in einem Haus leben!«

Maddie war baß erstaunt. »Ich ... um Himmels willen, Fox, wann hast du die Hütte denn errichtet?«

»In den vergangenen Tagen. Titus und ich haben Hilfe von Charley und Wang Chee bekommen. Deswegen habe ich mich so selten blicken lassen, Manie!« Während er sie lächelnd zum Haus zurücktrug, sagte er: »Also dann, Mrs. Matthews, wenn Sie nun beruhigt sind, daß Sie Ihr Heim nicht mit der Königinmutter teilen müssen, würde ich Sie gerne hineintragen und absetzen. Nicht, daß meine Arme müde werden, aber ich habe andere Pläne für diesen Nachmittag.« Mit schelmisch funkelnden Augen fügte er hinzu: »Ganz zu schweigen von dem Abend, der Nacht und dieser trägen Stunde vor der Dämmerung ...«

Maddie kuschelte ihre Wange an seinen gestärkten Kragen und sog den warmen Duft seiner Haut an seinem Hals ein.

»Ich werde mit Vergnügen mit Ihnen das Haus betreten, Mr. Matthews.« Der Name klang immer noch recht seltsam in ihren Ohren – noch seltsamer war es allerdings, daß dieser Name nun auch der ihre war.

Mit einer Hand auf dem Türknauf hielt Fox inne, küßte sie wieder und flüsterte: »Vielleicht ist dir aufgefallen, daß ich dir noch kein Geschenk gemacht habe. Es ist drinnen, genau wie das Geschenk deiner Großmutter!«

»Habt ihr beide etwas hinter meinem Rücken ausgeheckt?«

In seinen Augenwinkeln erschienen kleine Fältchen, als er die Tür aufdrückte, sie über die Schwelle trug und auf dem Pinienholzboden absetzte. Das Sonnenlicht draußen war strahlend hell gewesen, und sie brauchte einen Moment, um ihre Augen der Dunkelheit im Haus anzupassen.

Ein paar Sekunden lang war Maddie verwirrt. Hatte sie soviel vergessen, seit sie das letzte Mal hier gewesen war? Sie war sicher, daß in diesem Haus keine Möbel gestanden hatten. Doch nun befanden sich auf der einen Seite der offenen Treppe ein Tisch und Stühle mit vier hohen Rückenlehnen statt der vorherigen Ansammlung von Fässern und Bohlen. In der Nähe des steinernen Kamins standen ein wunderschöner Herd und Regale, die voll mit Kochutensilien, Tellern, Tassen und Paketen gestellt waren.

Fox folgte ein paar Schritte hinter ihr, während sie herumwanderte. »Ich wußte, daß du selbst Porzellan, Stoffe und andere Dinge für eine Wohnstube aussuchen wolltest, aber ich dachte mir, daß wir wenigstens genug hier haben sollten, um es uns gemütlich zu machen, bist du dazu kommst, deine Einkäufe zu machen. Ich habe sogar eine eigene Badewanne erstanden. Ich hatte so eine Ahnung, du würdest vielleicht nicht mit mir ins Badehaus gehen wollen.« Er grinste sie schief an.

Hart schluckend kämpfte Maddie um ihre Stimme, als

sie sich zu ihm umwandte. Der fragende, hoffnungsvolle Unterton in seiner Stimme hatte sie tief berührt. Wieviel Mühe hatte er sich in diesen kurzen drei Tagen gegeben! »O Fox, es ist einfach *herrlich*. Perfekt! Es ist gerade genug hier, damit ich mich zu Hause fühlen kann; aber es ist wunderbar, daß du mich den Rest aussuchen läßt.« Sie wischte sich eine Träne aus dem Augenwinkel und lachte zittrig. »Ich muß dich warnen. Ich bin in der letzten Zeit ziemlich weinerlich. Ich heule immer im falschen Moment los!«

Nachdem er sie in seine Arme gezogen hatte, löste Fox die Nadeln in ihrem leuchtenden Haar und murmelte: »Und wie kommt das, Manie?«

»Weil ich so unglaublich *glücklich* bin.« Sie flüsterte das Geständnis an seine Hemdbrust und bemerkte erst jetzt, daß ihr Mann seine Jacke, Weste und Binder ausgezogen hatte, während sie die Küche inspiziert hatte. »Es hat keinen Sinn, wenn ich so tue, als stehe ich über den Dingen. Ich liebe dich sehr! Wenn du wolltest, könntest du mir leicht mein Herz brechen.«

»Mein dummes Kind, warum sollte ich das tun? Bei mir bist du für den Rest deines Lebens sicher!«

Seine tiefe, aufregende Stimme erweckte ein anderes Gefühl in ihr. Und noch mehr Freudentränen. »Fox, warum hast du das getan? Mich zu heiraten, meine ich! Du hast mir gesagt –«

»Bitte erinnere mich nicht an jedes dämliche Wort, das ich dir in den vergangenen Wochen gesagt habe«, unterbrach er sie mit einem selbstkritischen Lachen. Er zog sie fest an sich. »In dem Augenblick, als wir in Deadwood ankamen und wieder in unsere getrennten und familienreichen Häuser zogen, hast du mir so gefehlt, daß es schon wehtat. Vielleicht wäre die Lösung nicht ganz so plötzlich und radikal ausgefallen, wenn meine Mutter nicht auf mich gewartet hätte.« Er strich seine Finger durch ihr seidiges Haar. »Himmel, sie hat mich ganz krank gemacht. Solange sie hier war, konnte ich mit dir keinen Augenblick allein sein, und dann beschloß sie, *mich* zu ihrer Hauptaufgabe zu machen. Sie war zu Star and Bullock's losmarschiert, um für mich Möbel zu bestellen. Ich wußte, daß ich schnell etwas unternehmen mußte, oder sie hätte die Herrschaft übernommen, und es wäre für dieses Haus und vielleicht auch für uns zu spät gewesen. Wenn Ma einmal in Gang kommt, ist sie wie ein Schneeball, der sich zur Lawine entwickelt.«

»Ich komme immer noch nicht über das Häuschen hinweg, das du so schnell gebaut hast.«

Er gluckste vergnügt. »Das habe ich schon in der Nacht geplant, nachdem wir nach Hause gekommen waren. Àpropos – in dieser Nacht habe ich noch etwas anderes geplant. Mach die Augen zu, und ich zeige dir dein Hochzeitsgeschenk.«

Unter Protest gehorchte sie. »Aber ich hatte doch gar keine Möglichkeit, dir etwas zu besorgen –«

»Manie, du bist das einzige Geschenk, das ich jemals von dir will«, antwortete Fox in einer Stimme, die voller Bedeutung war. Er nahm sie an der Hand und führte sie unter der Treppe hindurch. »So. Jetzt darfst du hinsehen.«

Als sie die Augen öffnete, erblickte sie vor sich ein traumhaftes Bett mit vier Pfosten. Ein heller Sonnenstrahl drang durch das Fenster und tauchte die schlichte Kreation in einen Goldschimmer. An den Pfosten war ein Betthimmel befestigt, über den Ellen von weißem Wollstoff drapiert waren. Auf den Matratzen lagen ein gewaltiges, einladendes Federbett und zwei aufgebauschte Daunenkissen, und die Krönung des Ganzen bildete eine wunderschön bestickte Überdecke mit einem farbenfrohen Ehering-Muster.

Nach ein paar Minuten zog Fox ein Taschentuch hervor und musterte Maddie intensiv, die sich gerade einen neuen Tränenstrom abtupfte. »Gefällt es dir?« fragte er schließlich, ohne irgendeine Spur von Lachen. Als sie ein stummes Nicken zustande brachte, schlang er von hinten die Arme um sie und küßte sie auf den Nacken. »Das dachte ich mir. Und natürlich hast du auch unser Geschenk von deiner Großmutter erkannt …«

»Die Überdecke ist Gramma Susan und Grandpa Patrick an ihrem Hochzeitstag geschenkt worden – vor sechzig Jahren. Grammas Mutter, Meagan, hat sie für sie auf einem Nähkränzchen mit einer Menge anderer Senatorenfrauen in Washington gemacht.« Maddie schüttelte den Kopf, vor Freude ganz benebelt. »Wie schrecklich lieb von ihr, sie *uns* zu schenken – und, Fox? Hast du das *Bett* etwa auch gemacht?«

»In meiner Freizeit«, gab er lakonisch zu.

»Und Gramma Susan wußte die ganze Zeit, was hier drüben vor sich ging, nicht wahr?«

»Hm … ja.« Als seine Lippen wieder über ihren Nacken strichen, murmelte er: »Du riechst so wunderbar. O Maddie …«

Erst jetzt bemerkte sie, daß seine Finger die kleinen Knöpfe geöffnet hatten, die am Rücken ihres Kleides befestigt waren. Er war so geschickt vorgegangen, daß sie nichts gespürt hatte, bis sich der Stoff teilte und seine Handinnenfläche ihren oberen Rücken berührte. »Das Bett ist das schönste Geschenk, das ich je bekommen habe«, sagte sie feierlich. »Ich will nur, daß du das weißt.«

»Also, ich muß dir ein Geständnis machen.« Er schob ihr das Kleid über die Schultern und küßte ihre weiche Haut.

»Ein Geständnis?« Kleine Schauder der Lust ließen ihre Nerven erzittern.

»Wegen des Bettes. Als Geschenk, meine ich.« Er packte ihre Hüften und zog sie fest zu sich zurück, so daß sie sein hartes Geschlecht sogar durch den Rock spüren konnte. »Meine Motive waren nicht gänzlich von der selbstlosen Art. Tatsächlich habe ich vielleicht sogar ein wenig an *mich* gedacht, als ich es baute.«

Sie schmiegte sich an ihn und spürte die kribbelnde Wärme, die sich auf ihrer Haut ausbreitete. »Und an *was* hast du gedacht?« fragte sie mit einer Stimme, die selbst in ihren Ohren berauscht klang.

»Soll ich es Ihnen nicht lieber zeigen, Mrs. Matthews?«

»Bitte …«

Das Brennen in ihrem Innern erinnerte Maddie an den Tag, an dem sie im hellen Sonnenlicht unter dem Wasserfall gestanden hatte, und an die Leidenschaft, die Fox und sie unter freiem Himmel geteilt hatten. Es war, als hätte dieses wundersame Wesen immer in ihr gelebt, und Fox hatte den Schlüssel herumgedreht, um es zu befreien. Mit erregter Vorfreude lächelte Maddie Fox an, der sie langsam, ganz langsam auszog. Endlich waren ihre Brüste bloß, und die Spitzen wurden hart, aber Fox berührte sie nur mit Blicken.

Maddie hatte vergessen, wie schwach sie vor Sehnsucht nach Fox werden konnte, wie unglaublich lüstern er sie machte. Er kniete vor ihr, rollte ihre Strümpfe herunter und zog ihr die Schuhe aus, während sie in seinem Haar wühlte.

Als er sich wieder aufrichtete stand Maddie nackt vor ihm. Sie trug nur noch ihren Diamanten-Ehering. »Du bist viel zu schön für Worte«, flüsterte er. Er mußte lächeln und empfand tiefe Liebe, als er sah, wieviel Vertrauen sie zu ihm hatte, während sie stolz mit hocherhobenem Kopf vor ihrem Mann stand. Ihre kupfergoldene Mähne floß bis auf ihre Hüften, die milchigweiße Haut schimmerte im dunstigen Licht – seine Braut war soviel mehr als nur eine begehrenswerte, wunderschöne Frau. Ihr Körper war perfekter als jeder andere, weil er sie so sehr liebte.

»Das gefällt mir«, sagte sie mit einem unwiderstehlichen Lächeln.

»Aha?« Wie glücklich konnte er sich schätzen, diese so bezaubernde, selbstbewußte Frau gefunden zu haben.

Maddie stellte sich auf Zehenspitzen und streckte die Arme aus. »Dies – das Gefühl, gerade erkannt zu haben, daß ich ein Schmetterling bin, wo ich doch die ganze Zeit dachte, ich wäre ein ganz anderes Lebewesen!« Nackt wie sie war streckte sie sich anmutig vor ihm, und ihre Augen funkelten. »Ich wünschte, ich könnte es dir erklären –«

»Das ist nicht nötig. Ich verstehe schon!«

»Ja, ich glaube, das tust du.« Ihre Miene wurde weicher und sie begann, sein Hemd aufzuknöpfen. »Du hast diese … Metamorphose bewirkt.«

Langsam streifte Fox seine eigenen Kleider ab, bis auch er nackt vor Maddie stand. Er hob sie vom Boden und drückte seinen Mund auf ihren, und ihre Zartheit, ihre vollen Brüste an seiner harten Brust und die exquisiten Formen unter seinen liebkosenden Händen drangen durch den wilden, feurigen Kuß mit aller Klarheit zu ihm durch. Sie duftete köstlich – es war ein Duft, den er einfach nicht bestimmen konnte: Wildblumen, Vanille, Lavendel … nein! Es war ganz einfach: Maddie!

Seine Hände umfaßten ihre runden Popacken, und sie vertraute ihm, brachte ihr Beine um seine Hüften und klammerte sich fest. Eine süße Verwirrung überkam beide, als ihre gespreizten Beine ihre Lust offenbarten. Sie war rosig und saftig – wie eine Blume, die sich in der Dämmerung öffnete – und zufällig traf sie genau mit Fox' pulsierendem, steinharten Glied zusammen. Ihre Lippen teilten sich, ihre Blicke hingen aneinander, ihre Augen weiteten sich ... und dann mußten beide fröhlich lachen. Fox murmelte mit aufgesetzter Gelassenheit: »Zeit fürs Bett, Mrs. Matthews. Nur keine Angst ...«

»Die Pflichten der Ehefrau«, flüsterte sie schüchtern und nickte. »Ich weiß ja, daß ich muß ...«

»O ja, du mußt!«

Ihre Neckerei war vergessen, als er sie die wenigen Schritte zum Bett trug und sie auf das dicke Federbett niederlegte.

»Wie eine Wolke«, sagte sie mit verwundertem Unterton.

»Ein einladendes Bett ist ein wichtiger Faktor in einer glücklichen Ehe«, belehrte Fox sie.

»Wer hat dir denn das erzählt?«

»Deine Großmutter! Und jetzt still!« Er starrte halbverhungert auf sie herunter, aber er wollte jeden Moment so denkwürdig und schön wie möglich gestalten. Dann war er wie in einem Traum über ihr, und ihre Münder verschmolzen, und sie konnte ihn anfassen, die wunderbare Beschaffenheit seiner warmen Haut ertasten. Hungrig rangelnd rollten sie sich übereinander, gebend und nehmend. Dann lag Maddie auf Fox' Brust und rieb sich an ihm, während sie ihn immer wieder küßte. Er streichelte ihren Po, dann wagte er sich zwischen ihre Beine. Sie zuckte zusammen, dann führte sie seine Finger, dann sein Glied und richtete sich auf, um sich auf die Hände zu stützen, so daß er an ihre Brüste kam. Er liebte ihren Anblick über sich, liebte es, wenn sie den Kopf zurückwarf und sich schneller bewegte, als sie dem Höhepunkt zustrebte.

»Oh!« Sie riß die Augen auf, fing seinen Blick ein. »Oh!« Die Kontraktionen schienen ihren ganzen Körper zu erschüttern, und sie bewegte sich immer heftiger, bis Fox sich kaum noch zurückhalten konnte, in sie eindrang und sie voll und ganz ausfüllte.

»Das ist ja … schamlos«, keuchte sie schließlich, ließ sich auf ihn fallen und drückte ihm einen Kuß auf. Fox war neugierig, was sie in dieser Position tun würde, und sie begann, sich berauschend langsam auf ihm zu bewegen. Seine Lust stieg ins Unermeßliche, und das Bewußtsein durchzuckte ihn, daß sie noch unendlich viele Freuden vor sich hatten, wenn sie gemeinsam die Möglichkeiten körperlicher Liebe erforschten.

»Süße Manie, ich liebe dich«, murmelte er, dann rollte er sie herum in die schneeweißen Kissen, ohne sich aus ihr herauszuziehen.

»Ich liebe dich!« schrie sie und stellte fest, daß sie schon wieder weinte, als sie den rhythmischen Stößen ihres Mannes begegnete.

Die Zärtlichkeit, die er für sie empfand, ließ sie verschmelzen, als wären sie wirklich zwei Teile eines Ganzen, und er senkte den Kopf, um ihr das Salz der Tränen wegzuküssen. Als er kam, schien es aus seinem tiefsten Inneren hervorzuquellen, was ein neues eisernes Band zwischen ihnen schmiedete.

Maddie barg seinen Kopf in ihrer Halsbeuge und strich ihm das feuchte Haar aus der Stirn, während sie das vielsagende Leuchten in seinen Augen betrachtete. »O Fox, wir sind so, so glücklich, nicht wahr?«

Er konnte nur noch nicken.

Maddie wachte mitten in der Nacht auf. Sie brauchte einen Moment, bis sie wußte, wo sie war und warum sie hier war. Es gefiel ihr, aufzuwachen, sich zu erinnern und dann die warme Woge der Freude zu empfinden, die über ihren Körper hinwegspülte. Hier lag sie in *ihrem* Bett, es war *ihr* Haus, und diese Nacht war erst der Anfang zu jahrzehntelangem, unendlich kostbarem Glück.

Es war eine milde Nacht. Die Decke von ihrer Großmutter lag ordentlich gefaltet über einem Stuhl. Im weichen Mondlicht, das durch das Fenster hereindrang, blickte Maddie sich um und sah die Teller mit den Resten des Essens, das ihre Großmutter zubereitet hatte, auf den Stühlen, aus denen Fox einen provisorischen Tisch neben dem Bett zusammengestellt hatte. Sie hatten den ganzen Abend im Bett vertrödelt.

Und das hatten sie getan. Sie hatten geredet, sich Geschichten aus ihrer Kindheit erzählt, ihre gemeinsamen Erinnerungen aus den ersten Tagen ihrer Beziehung wieder aufleben lassen und Pläne für ihr Haus gemacht. Sie hatten gegessen, nackt an das hohe Kopfende des Bettes gelehnt und sich gegenseitig mit Großmutters Köstlichkeiten gefüttert. Und immer wieder hatten sie sich ebenso hungrig und aufgeregt einander zugewandt und ein neues Liebesspiel begonnen. Als die Sonne unterging hatte Fox Maddies Haar gebürstet und gestreichelt, bis sie fast eingedöst wäre. Dann hatte sie ihn genötigt, sich auf den Laken auszustrecken, und ihm im flackernden Licht der Öllampe eine Kopf-bis-Fuß-Massage angedeihen lassen, und sie hatte mit großer Begeisterung jeden Zentimeter seines Körpers erforscht, den sie so bewunderte. Und zu ihrer noch größeren Freude hatte sie festgestellt, daß ihr starker, muskulöser Mann kitzlig war!

Nach Mitternacht war sie langsam aufgewacht, nur um festzustellen, daß er sie sehr intim mit seiner Zunge liebkoste. Wieder war sie entzückt und unendlich erregt. Jedesmal, wenn sie sich liebten, schien es ganz neu und besonders zu sein, und Maddie freute sich auf alles, was noch kommen mochte.

Als sie nun ihre Augen öffnete spürte sie, daß die Dämmerung im Anzug war; es würde in ein oder zwei Stunden hell werden. Fox war ebenfalls wach, aber seine Gedanken hatten das Ehebett verlassen. Er lag auf dem Rücken und starrte auf den Betthimmel, den er gebaut hatte. Er hatte die Hände hinter dem Kopf verschränkt, und gelegentlich zuckte ein Muskel auf seiner breiten Brust.

»Fox?« fragte Maddie leise. Die ganze Nacht hatten sie sich aneinandergekuschelt oder wenigstens an den Händen gehalten, doch nun merkte sie, daß er sie vergessen hatte. »Stimmt etwas nicht?«

Er sah sie nicht an. »Ich mache mir Sorgen über eine Menge Dinge, die ich nicht unter Kontrolle habe«, antwortete er mit kühler Ironie. »Das muß eine schlechte Angewohnheit der Männer sein – zu befürchten, daß das Schlimmste eintrifft und man es nicht verhindern kann.«

»Ich verstehe dich nicht. Wovon sprichst du?« Maddie stützte sich auf einen Ellenbogen und versuchte, im Zwielicht seine Miene zu deuten. Doch seine feinen Züge vergrößerten ihr Unbehagen nur.

Fox seufzte. »Nun, wenn du mal über unsere jetzige Situation nachdenkst, wirst du feststellen, daß sich nichts geändert hat, seit ich dir am Bear Butte erzählt habe, daß ich am Ende wäre, wenn ich in Deadwood meine wahre Identität und meine Vergangenheit ausplaudere. Tja, und dann ist Ma gekommen und hat meinen echten Namen überall herumgetragen, und ich dachte, zum Teufel damit, und habe dich geheiratet – der positive Aspekt der Sache.« Er starrte weiter an den Betthimmel. »Leider ist es so, daß ich dich wahrscheinlich damit in diesen ganzen Mist mit hineingezogen habe. Wenn man vom Schlimmsten ausgeht, kann es unsere kleine Traumwelt, die wir uns gerade aufbauen wollen, im Handumdrehen zerschmettern.«

Eine schleichende Furcht breitete sich in Maddie aus. »Fox, wir können nicht immer darüber nachdenken. Ich meine, wir haben Probleme, echte Probleme, aber es hat doch keinen Sinn, nachts wachzuliegen und darüber zu jammern –«

»Männer jammern eigentlich nicht«, unterbrach er sie mit einem neckenden Unterton.

»Überleg zum Beispiel einmal, was ich wegen Sun Smile unternehmen soll. Denkst du nicht, daß ich mich verantwortlich für sie fühle? Schließlich haben wir sie hergeschleppt, und sie ist meine Halbschwester. Denkst du nicht, daß ich ein schlechtes Gewissen habe, weil ich mich ihr gegenüber so dumm verhalten habe? Ich weiß, es muß eine Möglichkeit geben, sie aus ihrem Elend zu holen und ihr zu zeigen, daß sie geliebt wird. Denkst du nicht –«

»Schon gut! Schon gut!« rief Fox lachend aus. »Frag mich bloß nicht noch einmal, ob ich denke, denn das hast du offenbar schon zur Genüge für uns beide getan. Es ist mir schon klar, daß ich meine vormorgendlichen Grübelstunden aufgeben sollte, nun, da wir verheiratet sind. Wie kann ich wachliegen und nachdenken, wenn meine Frau mich nicht in Ruhe läßt?«

Die düstere Wolke hatte sich verzogen. Nun lachten sie beide, kuschelten sich unter den Laken aneinander und küßten sich heftig. Überwältigt von Freude und Erleichterung, versuchte Maddie, die geheimen Stellen zu kitzeln, die sie ein paar Stunden zuvor entdeckt hatte, aber Fox fing ihre Handgelenke ein und drückte sie aufs Bett.

»Niemals in meinem ganzen Leben hat eine Frau die Dreistigkeit besessen, mich zu kitzeln!« verkündete er in einer tiefen, drohenden Stimme.

»Soll mich das abschrecken?« erwiderte Maddie und knabberte an seiner Brust.

»Ich dachte, der Versuch ist es wert!«

»Falsch gedacht.«

Lachend ließ Fox sie los, und sie begannen sich mit neuem Verlangen zu streicheln und zu küssen.

Was auch immer die Zukunft ihnen bringen würde, sie konnten es bewältigen, solange sie zusammen waren. Maddie hätte diese Gewißheit gerne laut geäußert, aber ihr Mund war anderweitig beschäftigt. Im übrigen war sie sicher, daß Fox es genauso wußte wie sie …

Kapitel 26

21. August 1876

Am Montagmorgen gingen Maddie und Gramma Susan, begleitet von Fox, hinunter zur Main Street. Fox hatte eine geschäftliche Verabredung. Er wollte die Damen bei Bullock and Star's absetzen, nur um herauszufinden, daß der Laden gerade schloß.

»Tut mir leid, Leute«, sagte Sol Star. »Wir gehen zum Begräbnis.«

Fox nahm den Arm seiner Frau. Sie blickten sich an und spürten beide zur gleichen Zeit, daß die Wolken sich wieder zusammenzogen. »Begräbnis?«

»Ah, stimmt ja, Ihre Familien waren ja mit der Hochzeit beschäftigt! Meinen Glückwunsch übrigens, äh …« Immer noch herrschte Verwirrung über Fox' Nachnamen, und Star schien keine Eile zu haben, sich daran zu gewöhnen. »Tja, ich hasse es, schlechte Nachrichten zu überbringen, aber Prediger Smith ist getötet worden.«

Susan O'Hara keuchte auf, und Fox legte seinen Arm schützend um sie. Maddie war leichenblaß geworden.

»Reverend Smith hat uns verheiratet«, sagte sie schwach. »Wie kann – ich meine, es ist doch erst zwei Tage her, daß er im Haus meines Vaters Hochzeitskuchen gegessen hat!«

Einstimmig verkündeten Star und Bullock: »Indianer!«

»Das müssen Sie näher erklären«, sagte Fox.

Seth Bullock schlug vor, daß sein Partner schon zur

Trauerfeier gehen sollte, die in Prediger Smiths Haus abgehalten wurde. Als sich die Tür hinter Sol Star geschlossen hatte, sagte Bullock: »Ich habe gerade einen Brief zu Reverend Chadwick in Louisville, Kentucky, aufgesetzt, um ihn vom Tod seines Freundes in Kenntnis zu setzen. Ich habe den Namen und die Adresse in den Unterlagen des Verstorbenen entdeckt. Eine traurige Angelegenheit.«

»Was *ist* denn passiert?« fragte Fox ungeduldig.

»Prediger Smith wurde von einer Bande feindseliger Indianer angegriffen, als er gestern nachmittag von Crook City kam. Er wurde mitten ins Herz getroffen, und wir denken, daß er sofort tot war. Jedenfalls gibt es keinen Zweifel, daß er nun bei seinem Schöpfer ist. In einer schöneren Welt als dieser.« Bullock zog seinen Bowler und blickte einen Moment stumm zu Boden. »Ich soll die Messe an Reverend Smiths Grab lesen, und ich habe vor, ein Gedicht vorzulesen, das er verfaßt hat. Kennen Sie es?«

»Ich wußte nicht, daß er ein Dichter war«, sagte Maddie. »Ich würde es gerne hören.«

Seth Bullock zog ein Stück Papier aus seiner Jackentasche, faltete es auf und las:

's ist der erste Juniabend
der Schnee, der fällt geschwind.
Die hohen Pinien stöhnen klagend,
und biegen sich im Wind.
Um mich herum die schwarze Nacht;
Im Feuer glüht Kohle und Scheit.
Ich starre in die sterbende Glut
und denk' an alte Zeit.

Schweigen senkte sich über die Gruppe, bis Susan O'Hara es brach. »Das war sehr schön.«

Bullock nickte und schob den Zettel in seine Tasche zurück. »Prediger Smith muß einer der ersten gewesen sein, der nach Deadwood kam, wenn er über einen Sommerblizzard wie diesen hat schreiben können. Er war wahrlich ein Mann Gottes, daß er hier in der Wildnis ohne jegliche Bequemlichkeit und stets sein Leben riskierend die Seelen anderer retten wollte. Ich würde ihn fast als Märtyrer bezeichnen.«

Fox mußte unwillkürlich an Wild Bill denken. Es schien langsam gefährlich zu werden, in Deadwood zu leben. »Ich frage mich, warum Indianer den Priester hätten töten sollen«, dachte er laut nach. »Hat jemand sie gesehen? Gibt es einen Beweis?«

»Nun, Sir, diejenigen, die die Leiche gefunden haben, sagten mir, es seien Indianer gewesen, also nehme ich an, es hat Anzeichen dafür gegeben.« Er setzte seinen Hut wieder auf und wandte sich zur Tür. »Sie dürfen gerne hierbleiben, Ladies, und durch die Musterbücher sehen, bis ich zurückkomme. Wird nicht lange dauern.« Mit einer Hand auf dem Türgriff warf er Fox einen Blick zu. »Ich verstehe wirklich nicht, wie Sie diese Squaw in eine Stadt wie Deadwood bringen konnten. Die Leute hier werden stets nach einem Sündenbock suchen, wenn sie glauben, sie hätten eine Rechnung zu begleichen. Ich würde mich in diesen Zeiten hier nicht sicher fühlen, wenn ich ein Indianer wäre.« Bullocks buschige Augenbrauen hoben sich, als er hinzufügte: »Ich meine es natürlich nicht persönlich. Soll nur ein Rat sein. Ich mag Sie nämlich.«

Als sie allein waren, zogen Gramma Susan und Maddie sich Stühle an den Tisch mit den Stoffen und begannen, das Musterbuch durchzublättern, während sie Worte der Trauer und des Entsetzens vor sich hinmurmelten. Fox hörte ihnen abwesend zu, und sein eigenes Herz war schwer um den Tod eines weiteren tapferen Mannes.

Bullocks »Rat« hatte ihn jedoch auf noch andere Gedanken gebracht.

»Macht es euch etwas aus, wenn ich eine Weile verschwinde?« fragte er. Als Maddie ihn ermutigte, seinen eigenen Geschäften nachzugehen, damit sie rasch nach Hause zurückkehren konnten, küßte er sie und Susan auf die Wange und ging zur Tür.

»Haben wir nicht großes Glück?« murmelte Susan abwesend.

»Glück, in dieser Stadt am Leben zu sein, wie mir scheint«, sagte Fox und verschwand hinaus auf die Main Street.

In gewisser Hinsicht sah Deadwood noch genauso aus wie an dem Tag, an dem er mit Watson zum ersten Mal in die Stadt geritten war, in anderer Hinsicht hatte sich unglaublich viel verändert. Die Ränder der Schlucht waren immer noch schlammig und gespickt mit abgebrannten Baumstämmen, die von weitem wie Zahnstocher aussahen. Immer noch sah man überall Goldgräber, auch zwischen und unter den Häusern, die die Main Street und die Sherman Street säumten. Immer noch schlenderten käufliche Mädchen auf den Balkonen in den Badlands herum, Spieler und Maulhelden strömten in die Saloons und wieder hinaus, Händler warfen ihren Abfall auf die Straßen, und Chinesen wuselten im nördlichen Teil der Stadt um ihre Läden herum.

Auf der anderen Seite war die schmale Schlucht überfüllter, als man sich noch vor wenigen Wochen hätte vorstellen können. Fox dachte zurück an den letzten Spaziergang, den er mit Wild Bill Hickok unternommen hatte, als sie die vielen neuen Geschäfte bemerkten, die wie junges Gemüse aus dem Boden schossen. Während Maddie und er fort gewesen waren, war Jacob Goldberg aus Montana in Deadwood angekommen und führte nun anstelle von

P. A. Gunhurst, der sein Geschäft nach Lead verlegt hatte, den Big Horn Store. Es gab neue Restaurants und Hotels, die Fox zuvor nicht gesehen hatte, ganz zu schweigen davon, daß mehr Saloons und Vergnügungsstätten als je zuvor eröffnet hatten. Jack Langrishe und seine Frau hatten sich mit ihrem Theater etabliert, das immer noch hauptsächlich aus Planen bestand, und führten nun mit zwei weiteren Schauspielerinnen ihre Stücke auf. Neulich hatte Jack Langrishe Annie Sunday erzählt, daß die Kinder Deadwoods bald in einer Schule von einem Lehrer namens William Commode unterrichtet werden würden.

Fox dachte über all die Veränderungen nach und kam zu dem Schluß, daß auf alle, die gerissen oder verrückt genug waren, durchzuhalten, eine reiche Zukunft in diesem Ort wartete. Er und Maddie hatten beschlossen, zu bleiben. Er würde eine Sägemühle mit Titus als Leiter aufbauen, und sie hatten begonnen, dort, wo sie Bäume gefällt hatten, neue anzupflanzen. Der Fortschritt würde mit oder ohne sie vorangehen, und wenigstens hatten Fox und Maddie noch ein Gewissen.

Nun jedoch versuchte er, die Stadt mit anderen Augen zu sehen. Der Tod des Predigers hatte ihn bestürzt. Er wollte nicht glauben, daß irgendeiner von den Lakota bei Bear Butte so etwas getan hatte, aber wenn er an die Worte dachte, die He Dog im Ratszelt geäußert hatte, mußte er sich eingestehen, daß es durchaus möglich war. Die Lakota hatten ihre eigenen Ansichten über Weiße, die frech genug waren, in ihr geheiligtes Gebiet *Paha Sapa* einzudringen. Die Bürger von Deadwood würden niemals begreifen, was die Indianer empfanden – tatsächlich interessierte es sie auch überhaupt nicht. So etwas zu tun, würde bedeuten, die Indianer als menschliche Wesen zu akzeptieren, die Rechte und Gefühle hatten, und das würde natürlich alles schrecklich kompliziert machen. Der Abgrund zwischen Weißen und Indianern war zu groß, als daß man ihn je überbrücken konnte.

War Sun Smile in Gefahr?

Fox wanderte mit wachen Augen und Ohren durch die Badlands, wobei er versuchte, sich in Deadwoods Stimmung zu versetzen, was ihm mühelos gelang. Innerhalb von wenigen Minuten rauschte Garnet Loomis wie eine Fregatte in voller Takelage aus dem Gem Theatre auf ihn zu. Sie trug ein billiges Kleid aus knallrosa Seide, die mit zerpflückten Federn gesäumt war, und ihr Gesicht war so geschminkt, daß es jede Falte, jedes Fettröllchen extra betonte. Sie wirkte wie eine wandelne Reklame für Deadwoods lasterhafte Straßen.

»Wart' 'ne Sekunde, Liebchen!« Sie packte ihn am Hemdsärmel und hielt ihn fest. »Wozu die Eile! Komm rein, und ich spendier dir 'nen Drink!«

Ihr Atem stank bereits nach Whisky, aber Fox gab sich Mühe, seine Abneigung nicht zu deutlich zu zeigen. »Nett von dir, Garnet, aber falls du es noch nicht gehört hast, ich bin verheiratet. Frisch verheiratet sogar. Ich muß wenigstens *versuchen*, mich zu benehmen.«

Sie streckte die Hand aus, um an den Locken zu zupfen, die sich über seinem Kragen kräuselten. »Gott hat wirklich schwer geschuftet, als er dich erschaffen hat! Scheint mir nich' richtig, daß eine Frau dich allein kriegt. Na, wenigstens muß unsere kleine Victoria nicht mehr hinter dir herjammern. Vor'n paar Tagen kam 'n Millionär aus Denver, der sie haben wollte. Sie is' heut' morgen mit ihm verschwunden. Wird jetzt in 'ner Villa leben und Stiefmutter von drei kleinen Blagen sein.«

»Wirklich?« Fox' Herz wurde leichter. »Ich hoffe, sie wird glücklich werden. Victoria ist eine der nettesten Frauen, die ich je kennengelernt habe. Wenn sie nicht gewesen wäre, gäbe es mich vielleicht nicht mehr.«

»Und was ist mit *Lorna*?« zischte Garnet mit einer Kopfbewegung zu dem rothaarigen Mädchen, das einsam und verloren drinnen an der Bar saß. »Glaub nich', daß wir nich' wissen, wie du ihr das Herz gebrochen hast, und daß du sie bloß haben wolltest, weil sie so aussieht wie die kleine arrogante Tucke, die sich für zu vornehm hält, um mich in ihrer Hütte zu empfangen!«

»Du sprichst von meiner Frau«, antwortete Fox kühl, »und ich glaube kaum, daß Lorna befähigt ist, sich über ein gebrochenes Herz zu grämen. Mir scheint, das Risiko müssen die Mädchen aus dem ersten Stock eingehen. Also, wenn du mich jetzt entschuldigen würdest, ich habe etwas zu erledigen!«

Plötzlich senkte Garnet die Stimme zu einem bösartigen Wispern: »Ich hab' schon gewußt, daß du auf die Rothäute stehst, als ich dich getroffen hab'! Du glaubst, du bist besser als wir alle anderen hier, hast dir deine Hütte oben auf dem Berg gebaut, aber du kannst trotzdem nich' deine eigenen Gesetze machen und damit durchkommen!«

»Wovon zum Teufel redest du?« fragte er.

»Diese Squaw! Du glaubst doch nicht wirklich, die Leute hier würden sich so was gefallen lassen?«

»Wie recht du hast, Garnet«, tönte eine bekannte Stimme. »Unser Freund hier hat sich in seinem Haus weit oberhalb unserer Bürger zu einer Art König ernannt.«

Fox wirbelte herum und entdeckte Graham Horatio Scofield III, der offenbar getrunken hatte und nun in gespielter Belehrung den Zeigefinger erhob.

»*Was* haben Sie da gesagt?« fragte Fox mit tödlich ruhiger Stimme.

»Sie leben doch wie ein Pascha da oben mit Ihrem kleinen Königreich, Ihrer Frau und Ihrer Indianerfrau. Man bekommt ja eine Gänsehaut, wenn man darüber nachdenkt, was bei Ihnen so vor sich geht –«

»Scofield, ich rate Ihnen, die Klappe zu halten, bevor Ihnen etwas Schmerzhaftes zustößt«, schnitt Fox ihm das Wort ab. »Sun Smile ist die Halbschwester meiner Frau. Auf Bitte ihres Vaters, Stephen Avery, ist sie nach Deadwood gekommen. Sun Smile ist vor kurzem zur Witwe geworden und trauert noch immer um ihren Mann, aber wir hoffen, daß sie in dieser Familie neues Glück finden wird, da die Zukunft für die Lakota ja ziemlich öde und leer aussieht.« Er sah Scofield an, danach Garnet, die gähnte, als wäre sie furchtbar gelangweilt. »Ich bin höflich genug, Ihnen eine Erklärung von Sun Smiles Anwesenheit bei Stephen Avery zu geben. Jetzt hoffe ich nur noch, Sie besitzen denselben Anstand, um jeden gemeinen Klatsch zu korrigieren, der Ihnen möglichweise zu Ohren kommt.« Fox durchbohrte Garnet mit einem Blick, der so scharf wie ein blauer Eissplitter war. Sie ließ seinen Ärmel los und trat entgeistert einen Schritt zurück. »Ich wünsche Ihnen einen guten Morgen.«

Graham vertrat ihm den Weg. »Irgend etwas stimmt mit Ihnen doch nicht, Mr. *Matthews*. Ich wette mein Familienvermögen, daß Sie ein Geheimnis haben, und ich werde alles daransetzen, es aufzudecken. Vielleicht ist es ja für die meisten Männer hier ganz normal, nur mit einem Spitznamen bekannt zu sein und keine Vergangenheit zu haben, aber warum sollte ein Gentleman aus dem Osten mit Erziehung, Bildung und einer ebenso gebildeten Mutter sich hierher zurückziehen, wenn er nicht einen schwarzen Fleck auf seiner weißen Weste hätte? Sie haben sich ja sogar wie ein Goldgräber gekleidet und benommen wie ein Mann des Westens, bis Ihre Mutter hier aufgetaucht ist und Sie bloßgestellt hat. Sehr, sehr merkwürdig! *Ich* bin stolz auf jeden Buchstaben in meinem Namen und –«

»Scofield, ich möchte nicht unhöflich sein, aber Sie sind

ein langatmiger Vollidiot«, unterbrach Fox ihn. Dann wandte er sich um und ging davon. Er war noch keine zehn Schritte entfernt, als Scofield wieder den Mund aufmachte.

»Lorna! Lorrrrna! Da bist du ja! Genau die Schönheit, nach der ich gesucht habe!« Der Rest seiner Worte ging unter, als der junge Mann aus Boston mit dem ausgesprochen wichtigen Namen ins Gem stolperte und damit seinem Blick entschwand.

»Sun Smile würde sich gerne zum Tee zu uns gesellen, nicht wahr, Liebes?« Annie Sunday zog Maddies Halbschwester an der Hand in die Küche der Averys. »Madeleine, Susan, würde es euch etwas ausmachen, wenn wir heute den Tee im Wohnzimmer zu uns nehmen? Ich dachte, daß es für Sun Smile am besten wäre, wenn sie die Zeremonie das erste Mal gleich korrekt erlebt.« Annie Sundays freundliche Stimme duldete keinen Widerspruch.

Maddie und ihre Großmutter tauschten Blicke aus. »Eigentlich wollte ich euch in unser Haus zum Tee einladen. Deswegen bin ich hier. Ich habe eben Großmutter gefragt, ob –«

»Aber das meinst du doch nicht ernst!« lachte Annie Sunday ohne jegliche Spur von Humor darin. »Ich muß mich wirklich für meinen Sohn entschuldigen. Er ist nicht so erzogen worden, und ich muß zugeben, daß ich schockiert war, als ich diese – diese Hütte zum ersten Mal sah. Ich bin sicher, daß er sie vor eurer Hochzeit zu einem gewissen Grad verbessert hat, aber die Behausung ist genauso wenig für einen vernünftigen Tee geeignet wie das winzige Ding, in dem ich wohne.« Sie hielt inne. »Übrigens wäre es gut, wenn Stephen dabei ist. Und auch wenn es ihm schon sehr viel besser geht, ist er immer noch von der Hochzeitsfeier erschöpft und sollte das Haus nicht verlassen.«

Ihre Argumentation war zu geschickt, als daß sie ablehnen konnten. Während Maddie ihrer Großmutter half, den Tee zuzubereiten und Kuchen zu schneiden, bemerkte sie, daß Annie Sunday Sun Smile auf das Sofa gesetzt und Stephen aus seinem Zimmer geholt hatte, damit er sich neben seine Tochter setzen konnte. Sie gaben ein seltsam rührendes Paar ab: der ernsthafte weiße Mann mit seinen maßgeschneiderten Hosen und gestärktem Hemd, daneben eine sauber gekleidete, aber leblos wirkende junge Frau.

Maddie fand, daß Sun Smile in ihren damenhaften Sachen nur noch befremdlicher wirkte, weil ihre indianischen Züge dadurch hervorgehoben wurden. Darüber hinaus glommen in ihren Augen weiterhin Kummer und Schmerz und noch etwas anderes, das, wie Maddie befürchtete, durchaus Wut sein konnte.

Sie nahmen im Wohnzimmer Platz, und Annie Sunday begann sogleich, ihre Pläne für Sun Smile darzulegen: Lesen, Schreiben, Nähen und Kochen lernen, um nur ein paar zu nennen. Stephen äußerte seine Billigung und griff nach der Hand seiner Tochter. Obwohl Sun Smile sie ihm nicht entzog, blickte sie unentwegt starr geradeaus, während er sie anstrahlte.

Während sie an ihrem Tee nippte, versuchte Maddie herauszufinden, was sie von ihrer neuen Schwiegermutter halten sollte. Annie Sunday hatte die ärgerliche Angewohnheit, sich um alles und jeden zu kümmern, der oder was ihr in die Quere kam. Doch sie hatte unbestritten die besten Ideen, und wie konnte Maddie sich also mit ihr streiten? Nun, da sie und Fox richtig verheiratet waren, hoffte sie, daß sie mit Annie Sunday etwas wärmer werden, ja vielleicht sogar Freundschaft schließen konnte. Das allerdings nur, wenn die Frau von ihrer Gewohnheit abrücken würde, jeden herumzukommandieren, den Maddie liebte.

Sie beschloß, daß es ein guter Anfang wäre, mit ihrer Schwiegermutter ein Gespräch unter vier Augen zu führen. Vielleicht konnte sie ihr sogar erzählen, was sie von den Lakota gelernt hatte, um Annie Sunday davon abzubringen, mit aller Gewalt eine Weiße aus Sun Smile zu machen. Sie wollte gerade die ältere Mrs. Matthews einladen, als ein lautes Geräusch an ihre Ohren drang.

»Was ist denn das?« fragte Stephen.

Annie Sunday ging zum Fenster und linste durch den Vorhang. »Aber, das sieht ja aus, als ob – als ob ein *Mob* sich auf unser Haus zubewegt! Das erinnert mich an die Menschenmengen, die in Washington kurz vor Ausbruch des Bürgerkriegs die Krawalle verursachten.« Sie setzte ihre Brille auf und nickte dann. »Ich denke, sie regen sich über unsere liebe Sun Smile auf.«

Ein Sturm der Gefühle überspülte Maddie – und die Kraft war überraschend. Sie sprang auf die Füße und sah hastig von Sun Smile, deren Augen groß wie Unterteller waren, zu ihrem Vater. Benjamin kam die Treppe hinuntergepoltert und schrie: »Was sollen wir tun? Wo ist Fox? Soll ich das Gewehr holen?«

Maddie legte ihm die Hand auf die Schulter, bevor er losrasen konnte, um die Waffe aus dem Zimmer ihres Vaters zu holen. »Nein, ich mache das!«

Als sie an Stephen vorbeikam, sah sie, daß er Sun Smiles Hand so fest drückte, bis die Finger weiß hervortraten. Seine andere Hand war auf die Brust gepreßt. Er hatte deutlich Schmerzen. »Madeleine, du kannst da nicht rausgehen. Ich bin der Mann der Familie –«

»Unsinn, Vater!« antwortete sie brüsk. »Du bist krank. Glaubst du denn, ich lasse zu, daß du wegen so einer albernen Sache dein Leben riskierst? Ich werde mit diesen dummen Barbaren schon fertig.« Als sie mit der Waffe zurückkam war sie erstaunt, welche Zuneigung sie plötzlich für Sun Smile empfand. Sie bewirkte, daß sie die Hand ausstreckte und über die Wange der Lakota-Frau streichelte. »Mach dir keine Sorgen.«

Selbst Annie Sunday machte keine Schwierigkeiten. Obwohl normalerweise stets dominierend, war sie nicht die Art Frau, die bei drohender Gewalt die Führung übernahm. Nun stand sie abseits und beobachtete mit einem Schimmer des Respekts in ihren Augen, wie ihre Schwiegertochter die Vordertür aufstieß und auf die Veranda trat.

Die Fläche vor dem Haus war voller Menschen mit wütenden Gesichtern. Jemand brüllte: »Indie-Freunde! Bringt den Indie raus! Das Weib hat bestimmt Prediger Smith umgebracht!«

Ein Brummeln der Zustimmung folgte; einige Worte wurden immer und immer wieder aufgenommen. Mitten in der Menge, den Hut tief ins Gesicht gezogen, stand Graham Scofield. »Das sind alles Tiere!« schrie er, bestrebt, den Mob aufzustacheln.

»Denen kann man nicht trauen! Wir sind erst sicher, wenn jeder Indie im Dakota-Territorium tot ist!« Jedesmal, wenn er sprach, wiederholten andere seine Schmähreden augenblicklich.

Schließlich richtete Maddie den Lauf des Gewehres in den Himmel und zog den Hahn. Einmal, dann noch einmal. Als das Gebrüll endlich abebbte, richtete sie die Mündung direkt auf die Menge und schrie: »Ihr alle habt nicht mal den Verstand eines Esels. Meine Schwester wird sicher niemandem, weder euch noch sonst jemandem, etwas antun! Sie gehört zu meiner Familie und ist eine friedliche Person – mit genauso viel Recht in Deadwood zu sein, wie jeder andere von euch auch. Oder mehr noch, denn die Indianer lebten in den Black Hills lange bevor ihr dämlichen Weißen hier eingedrungen seid! Und jetzt schlage ich vor, daß ihr alle so schnell wie möglich von unserem Grundstück verschwindet, oder ich schieße direkt in die Menge!«

Mit diesen Worten entsicherte sie das Gewehr und sah zu, wie die Leute zurückwichen. Langsam verstummte das Murmeln, und ein paar entschuldigten sich sogar, bevor sie sich umdrehten. Maddie ging wieder ins Haus, stellte die Waffe ab und ging zum Sofa herüber. Ihr Vater lächelte sie mit Tränen in den Augen an. Sie drückte ihn fest, dann wandte sie sich an ihre Schwester und umarmte auch sie.

»Willkommen in unserer Familie, Sun Smile«, flüsterte sie an ihrer Wange. »Du wirst bei uns sicher sein, solange du bleiben möchtest.«

Maddie war sicher, daß sie es sich nicht nur eingebildet hatte: Sun Smile drückte auch sie ein wenig.

Kapitel 27

15. September 1876

Das Paradies könnte nicht schöner sein als unser Leben, dachte Maddie. Ihr Herz nahm zärtlich jedes Wort auf, als sie es in ihrem Kopf formulierte. In den ersten Tagen ihrer Ehe mit Fox hatte sie darauf gewartet, daß die Freude sich ein wenig legte; doch je mehr sie liebte, desto mehr schien sich ihre Liebe zu steigern. Sowohl Maddie als auch Fox wußten, daß sie beide etwas teilten, das kostbarer als alles auf der Welt war, und sie waren beide klug genug, um zutiefst dankbar für dieses Geschenk zu sein.

Maddie kuschelte sich an Fox' muskulösen, gebräunten Rücken, schlang die Arme um ihn und küßte ihn auf den Nacken, dann auf die Schultern und wanderte mit den Lippen das Rückgrat hinunter. Er lag auf der Seite, und sie konnte die harten Muskelsehnen unter seiner Bauchdecke fühlen. Sie ließ die Hände tiefer gleiten und entdeckte, daß Fox steif, hart und bereit war. Immer wieder überraschte und verführte sein Körper sie.

»Manie«, murmelte er, offenbar noch im Tiefschlaf, »da beißt einer. Ein dicker!«

»Ist es wahr?« Maddie stützte sich auf einen Ellenbogen, um das Profil ihres Mannes zu betrachten. Sein Haar war zerzaust und fiel ihm in die Stirn, und er sah mit seiner gerunzelten Stirn wunderbar jungenhaft aus. Maddie hatte schon begriffen, daß Fox öfter im Schlaf sehr deutliche Aussagen machte, manchmal alarmierende – sie rührten von seinen Alpträumen –, meistens aber Sätze, die sie zum Lachen brachten. »Wer beißt dich denn?«

Fox' Stirnrunzeln vertiefte sich. »Ich – was –?« Deutlich unwillig, seine Traumwelt zu verlassen, vergrub er das Gesicht in seinem Kissen.

Maddie konnte sich nicht beherrschen, knabberte an seiner Schulter und strich über die harten Konturen seines Rückens und seines Hinterteils. Die Morgensonne tauchte das Bett in wachsende Wärme, also schob sie die Decken weg. Nach einem kurzen Moment hob Fox den Kopf und öffnete ein Auge.

»Ich war beim Angeln«, murmelte er anklagend.

»Oh!« Ihre Augen funkelten, aber sie bemühte sich, nicht zu grinsen. »Verstehe!«

Fox tat so, als wollte er ihr seine Umarmung verweigern, als sie sich an seine Brust schob. Mit schläfrig-heiserer Stimme klagte er: » Das war die fetteste Regenbogenforelle, die ich je gesehen habe, und die Szene war so herrlich: ein abgeschiedenes Plätzchen an einem rauschenden Bach hoch oben in den Bergen, ein frischer Morgen, meine Frau, die am Ufer sitzt und bewundernd zusieht, wie ich das zappelnde Ungeheuer an Land ziehe.« Er seufzte. »Sie muß mindesten zwanzig Pfund gewogen haben.«

»Gibt es so was?« fragte Maddie. »Eine zwanzig Pfund schwere Regenbogenforelle, meine ich.«

»Darum geht es doch gar nicht! Es war ein *Traum*, und ich habe jede Sekunde genossen.« Am Stand der Sonne erkannte er, daß er länger als sonst geschlafen hatte, und doch räkelte er sich immer noch im Bett. Maddie knabberte weiterhin an ihm, und ihr Haar strich wie weiches, flüssiges Feuer über seine Haut. Sie schienen aus der gleichen Quelle des Glücks zu trinken, und wenn seine angeborene, grüblerische Natur durchkam, umgab Maddies fröhliches, gutgelauntes Wesen ihn wie ein bezauberndes Licht. Langsam kam Fox zu der Einsicht, daß seine dumpfen Vorahnungen unsinnig waren – alles, was wirklich wichtig war, lag in der Gegenwart. Die Ehe mit Maddie machte jeden Tag so magisch, daß er sich schließlich weniger und weniger um das Morgen sorgte. »Es ist schon spät«, sagte er nun ohne Überzeugung.

In ihrem hauchdünnen spitzenbesetzten Hemdchen setzte sich Maddie rittlings über seine Hüften und lächelte in selbstbewußter Sinnlichkeit. Sie warf ihren Kopf zurück, so daß ihr Haar seine Schenkel streifte, dann zog sie sich das Hemd über den Kopf, um Fox ihre schmale Taille und die cremefarbenen, üppigen Brüste zu offenbaren.

»Du bist unersättlich«, erklärte Fox zwischen Vergnügen und Erregung, als er die Hand ausstreckte, um nach ihr zu greifen.

»Daran bin ich nicht schuld«, erwiderte Maddie, die unter seinen geschickten Fingern fast zu schnurren begann. »Ich bin nur unersättlich, weil *du* unwiderstehlich bist. Oder vielleicht liegt es am Bett. Hast du es mit einem Zauberspruch belegt, als du es gebaut hast?«

»Ich glaube, das haben wir in unserer Hochzeitsnacht

zusammen getan, Liebling.« Dann zog er sie in seine Arme, und sie liebten sich mit fiebernder, süßer Intensität.

Er war fast schon zehn, als sie endlich angezogen waren, gefrühstückt hatten und bereit waren, sich dem Tag zu stellen. Während er seine zweite Tasse Kaffee trank, blickte Fox sich in dem Haus um, in das seine Frau in den letzten Wochen soviel Liebe und Arbeit hineingesteckt hatte, um es zu einem gemütlichen Heim zu machen. Ihre Hand war überall zu sehen – von den Blumen, die den Tisch so fröhlich machten, bis zu den Bildern an der Wand und dem kuschligen, einladenden Sofa und den anderen Möbeln, die nun das geräumige Innere füllten. Viele Dinge waren ursprünglich Colleen Averys Besitz gewesen. Stephen hatte einige der größeren Möbel aus Philadelphia angefordert, um seiner Tochter eine Freude zu machen. Davon war manches – zum Beispiel ein wunderbarer Schaukelstuhl mit geflochtener Binsensitzfläche, eine verzierte Wärmpfanne, die für den Winter im Bett gedacht war, ein Set silberner Kerzenleuchter und ein schöner handgemalter Aussteuerstuhl – bis jetzt nicht ausgepackt worden. Das Haus war eine fröhliche Mischung aus Familienerbe und neuen Erwerbungen, die Maddie und Fox gemeinsam ausgesucht hatten. Wann immer Fox die Tür öffnete und in sein Zuhause trat, war das Gefühl der Zufriedenheit und der Geborgenheit übermächtig.

Und trotz den Herausforderungen seiner neuen Arbeit fiel es ihm jedesmal schwer, aus dem Haus zu gehen. So auch jetzt, als er seine Tasse abstellte und aufstand. Maddie gab sich jede Mühe, eine richtige Köchin zu werden, und jetzt sah sie von dem Pieteig auf, den sie gerade zubereitete. »Willst du wirklich kein Ei mehr?« fragte sie. »Oder noch Schinken?«

Bestimmt schüttelte er den Kopf. »Ich bin ziemlich sicher, daß Titus sich schon nach mir verzehrt. Wahrscheinlich ist er schon seit Stunden in der Sägemühle, um die Bauarbeiten zu überwachen, während ich im Bett lag.«

»Er versteht das schon«, sagte sie lächelnd.

»Im Augenblick noch. Komm, jetzt gib mir einen Kuß, aber wag es ja nicht, das wieder schändlich auszunutzen!«

Maddie knuffte ihn in den Arm, trocknete sich die Hände an der Schürze ab und kam dann in seine Arme. Sie brachte ihn zur Tür, küßte ihn noch einmal und sah ihm dann nach, wie er in der Morgensonne davonging. Es war ein herrlicher Tag: ein Indianersommer mit dem Versprechen von Nachtfrost. Als Fox sich auf den Weg machte, Watson zu holen, öffnete sich die Tür von Annie Sundays Hütte, und sie blickte hinaus.

»Daniel, du bist fauler, als du sein dürfest, Sohn!«

Mit einem schuldbewußten Grinsen hielt er an, um die Wange seiner Mutter zu küssen. »Zum Glück bist du ja da, um mich an meine Fehler zu erinnern.«

»Sei nicht unverschämt!« Annie Sunday drohte ihm mit dem Zeigefinger. »Wie findest du die Vorhänge?«

Fox dachte einen Moment nach, bevor er begriff, daß sie die Vorhänge meinte, die sie und Susan O'Hara gemeinsam mit Maddie genäht hatten. Der raschelnde, leichte Musselinstoff war vor zwei Tagen aufgehängt worden. Seine Freude bei ihrem Anblick lag weniger an den Vorhängen selbst, als an der Tatsache, daß Maddie in den letzten Wochen sorgsam bemüht gewesen war, eine freundschaftliche Beziehung zu seiner Mutter aufzubauen. So schwer es zu glauben war – die drei Haushalte kamen nun besser miteinander aus, als er es je für möglich gehalten hätte.

»Sie gefallen mir, die Vorhänge«, versicherte er ihr. Dann fügte er hinzu: »Und ich danke dir für alles, Ma. Du bist eine wunderbare Frau!«

»Ich weiß.« Sie straffte die Schultern und lächelte ihn keß an. »Und nun mach dich auf den Weg. So wie es aussieht, hast du bald Kinder durchzufüttern, und das schaffst du nicht, indem du mit deiner Frau den ganzen Tag im Bett verbringst, Daniel Matthews.«

Annie Sunday ließ die Tür zu ihrer Hütte offenstehen, als Fox bereits davongeritten war, und schon bald tauchte Maddie auf. Sie stand einen Moment auf der Schwelle und musterte ihre Halbschwester, die neben Annie Sunday auf der Fensterbank saß. Ihre Schwiegermutter hatte ein aufgeschlagenes Buch auf dem Schoß. Sie zeigte auf Bilder, sprach deutlich die Bezeichnung dafür aus, und Sun Smile wiederholte die Wörter mit weicher Stimme.

»Guten Morgen, ihr zwei«, grüßte Maddie.

Sun Smile sah auf und nickte, während ihre Mundwinkel ein klein wenig nach oben zuckten. Maddie hatte immer noch heftige Zweifel, was die Methoden ihrer Schwiegermutter bei Sun Smile betraf, doch sie war mit ihrem neuen Leben so beschäftigt, daß sie sie in Ruhe gelassen hatte. Immerhin schien Sun Smile langsam aus ihrem Schneckenhaus hervorzukommen, und Maddie fiel nichts ein, was sie Annie Sundays Versuchen entgegenhalten konnte. Was ihr am meisten Freude machte, war das zaghafte Gefühl, daß sich irgendein Band zwischen ihr und ihrer Halbschwester bildete – und zwischen Sun Smile und Stephen wurde es immer deutlicher. Obwohl sie sich nicht mit Worten verständlich machen konnten, hatten sie nun eine Beziehung zueinander, um die Maddie die beiden manchmal beneidete. Stephen schien auch einiges für Annie Sunday übrig zu haben. Fox hatte mit Maddie über all diese Dinge lange gesprochen und ihr erklärt, daß Annie Sunday und Sun Smile für Stephen Bedürfnisse erfüllten, um die sie selbst sich nun nicht länger kümmern konnte. Ein paar Figuren um sie herum hatte das Leben ein wenig umgestellt, so daß im Endeffekt jeder die Liebe erhielt, die er brauchte.

»Daniel sagt, daß ihm die Vorhänge gefallen«, bemerkte Annie Sunday zu ihrer Schwiegertochter. »Warum machst du dir nicht einen Tee und setzt dich eine Weile zu uns? Das Wasser im Kessel ist noch heiß.«

Maddie gehorchte und lauschte der Englischstunde, während sie auf einem Stuhl beim Fenster saß. »Eigentlich bin ich gekommen, um mir dein Rezept für Pflaumenpie abzuschreiben.«

»Und woher hast du Pflaumen bekommen?«

»Oh, eine von Gramma Susans Freundinnen hat gestern einen Korb voll aus den unteren Bergen gebracht. Sie meinte, sie sind ziemlich sauer, aber wir könnten schon etwas damit anfangen.«

Annie Sunday nahm ihre Brille ab und tippte ihren Finger gegen ihr Kinn, eine Geste, die Maddie an Fox erinnerte. »Wilde Pflaumen sind recht schwierig zu entkernen. Vielleicht sollte ich Susan helfen.«

»Da wird sie sich bestimmt freuen«, antwortete Maddie. Sie hätte schwören können, daß Sun Smile ihr einen wissende Blick zugeworfen hatte, aber schon waren die Augen ihrer Halbschwester wieder auf das Bilderbuch gerichtet.

Und wie auf einen Wink tauchte in diesem Moment Susan O'Hara mit einem Korb voll orangeroter Wildpflaumen auf der Schwelle auf. »Das war vielleicht ein Morgen! Heute ist Benjamins erster Schultag. Ich danke Gott für Wang Chee, sonst wäre er niemals pünktlich hingekommen.« Sie richtete einen leicht anklagenden Blick auf ihre Enkelin, die aus schlechtem Gewissen rot wurde. »Ich verstehe ja, wie das mit Frischverheirateten ist, Madeleine, aber ich hoffe doch, daß du nicht vorhast, mich mit dem kranken Vater und deinem Teufelsbraten von Bruder ganz allein zu lassen.«

Annie Sunday hatte der älteren Frau den Korb abgenommen und führte sie zu einem abgewetzten Lehnstuhl. »Ja, du lieber Himmel, warum hat mir denn keiner etwas davon erzählt? Sun Smile und ich hätten Benjamin schon rechtzeitig zur Schule gebracht.« Sie streckte die Hand aus, um eine entwischte Locke aus Susans Stirn zu streichen. »Also, ich will, daß du mir versprichst, sofort Bescheid zu geben, wenn du Hilfe brauchst. Wozu bin ich denn sonst da?«

»Oh, ich –«

»Ich bestehe darauf, Susan!«

Die alte Frau sank mit einem resignierten Lächeln in ihrem Stuhl zurück. Annie Sunday hatte sie irgendwie in ihr Herz geschlossen. »Na ja, wenn du darauf bestehst …«

»Dazu ist die Familie da. Wir können uns alle glücklich schätzen, hier oben zusammen zu sein. Und es braucht gelegentlich Beweise guter Kameradschaft, wie wir es hatten, als wir gemeinsam die Vorhänge für die Kinder genäht haben.« Sie setzte sich die Brille wieder auf und musterte mit kritischem Blick die Pflaumen im Korb. »Sie sehen sehr gut aus. Ich habe eben noch meiner Schwiegertochter erzählt, daß ich eine Methode kenne, sie schnell und sauber zu entkernen. Sollen wir am Nachmittag nicht alle zusammen Pie und Marmelade machen?«

Susan lächelte und stimmte zu. Maddie blickte zu Sun Smile hinüber und entdeckte, daß auch sie mit vor Freude geweiteten Augen nickte.

Während die vier Frauen oberhalb der Sherman Street wilde Pflaumen verarbeiteten, spielte sich weiter nördlich auf Deadwoods Main Street eine ganz andere Szene ab.

Graham Horatio Scofield III stand zufällig vor Nuttall & Mann's Number 10-Saloon, als eine Gruppe von offenbar halbtoten Soldaten den Hang hinunter nach Chinatown getaumelt kam. Wenige, darunter ein Mann mit einem buschigen, gegabelten Bart und einer beeindruckenden Uniform, waren beritten, der Rest war zu Fuß. Die Leute auf der Straße hielten an, starrten auf die Soldaten und begannen sofort, miteinander zu tratschen.

Scofield schlenderte zu einem Spieler herüber, von dem er wußte, daß er schon einige Monate in dieser Gegend lebte. Der schwarzhaarige Geselle mit dem gewachsten und parfümierten Schnurrbart nannte sich selbst Cheyenne Luke.

»Luke! Was geht da vor sich? Hast du eine Ahnung?«

»Wo bist du in letzter Zeit gewesen, Pilgerer? Hast du nicht gehört, daß General Crook und seine Männer sich in diese Richtung bewegen? Sie sind halb am Verhungern, seit sie vom Bighorn runtergekommen sind. Wenigstens hab' ich das gehört. Diese hinterhältigen Indianer wußten, daß Crook hinter ihnen her war, also haben sie das ganze Gras abgefackelt, damit die Armeepferde nichts mehr zu fressen haben.« Luke zwirbelte nachdenklich seinen Schnurrbart. »Hab' auch gehört, daß Crook seine Rache gekriegt hat. Hat 'n Haufen Sioux bei Slim Buttes angegriffen und ihr Dorf abgebrannt. Hat sie bestimmt alle abgemurkst! Das waren die feindseligen Indies von Crazy Horse – hoffe nur, Crook kann uns sagen, daß er auch ein Loch durch diesen verdammten Crazy Horse gepustet hat!« Cheyenne Luke brach ab, um sich einen Zigarrenstumpen anzuzünden, dann fuhr er fort: »Na, jedenfalls haben die Soldaten von Crook vor 'ner Woche schließlich ihre Pferde aufgefressen, so heißt es wenigstens. Und so wie's aussieht, scheint das ja zu stimmen! Na ja, und dann ist eine Truppe von Camp Crook nur ein bißchen nördlich von hier zu ihnen gestoßen und hat ihnen was zum Mampfen gebracht, und so haben sie's bis hierher geschafft.«

»Ich hoffe, daß bald Verstärkung kommt, die im Umkreis von hundert Meilen die Berge von den Indianern befreit! Die Überfälle von diesem falschen Crazy Horse müssen aufhören! Und wie können wir diesem Daniel Matthews, oder wie auch immer er wirklich heißt, zugestehen, dieses Indianerweib im Haus zu halten? Er hat sie doch bei Crazy Horse gefunden – woher wollen wir wissen, daß sie nicht eine Spionin von diesem Wilden ist? Von einem der *unseren* eingeschleust?« Scofields Stimme wurde lauter, während er sprach, und er freute sich, gemurmelte Zustimmung von den Städtern in der Nähe zu hören.

Kurz darauf brach ein allgemeiner Tumult aus, als Goldgräber und die Mädchen aus dem ersten Stock auf die Straße strömten, um die dreckverklebten, ausgemergelten Männer von Gen. George Crooks Dritter Kavallerie zu begrüßen. Graham Scofield hatte das unbestimmte Gefühl, daß diese neue Entwicklung etwas Gutes hervorbringen würde. Selbst Calamity Jane, Capt. Jack Crawford und Charley Utter waren anwesend.

Sich durch die Menge schiebend, schloß er zu einem klapperdürren, zerlumpten Soldaten auf, der sich gerade vor dem Gem Theatre befand. Wie seine Kameraden hatte der Bursche wegtreten dürfen und wollte nun in den Saloon, um langvermißte Freuden nachzuholen. Scofield schnappte sich seinen Arm und spürte die Knochen an seinem Ellenbogen.

»Guter Mann, darf ich Ihnen eine Flasche ausgeben? Sie sehen aus, als könnten Sie einen guten Schluck und ein warmes Essen gebrauchen!« rief er jovial.

Der Soldat zwinkerte, dann grinste er und zeigte seine verfärbte, abgebrochene Zahnreihe. Bevor er sprach, saugte er daran. »Tja, Sir, da würd' ich mich aber freuen! Weiß nich', was ich mehr brauche – zu saufen oder zu futtern, aber ich kann Ihnen sagen, ich hatte, solang ich mich erinnern kann, nix mehr zu fressen außer mein eigenes Pferd!«

Obwohl er von dieser abstoßenden Erzählung entsetzt war, klopfte Scofield dem Mann auf den Rücken und führte ihn ins dämmrige Innere des Gem, dessen Luft mit Qualm, scharfem Alkoholgeruch und billigem Parfüm geschwängert war. Scofield sah zu, wie sein neuer Freund genießerisch einatmete. »Erlauben Sie mir, mich vorzustellen. Ich bin Graham Horatio Scofield der Dritte, und es ist mir eine Ehre, einem Helden wie Ihnen zu Diensten zu sein!«

Der Mann strich seinen verfilzten, struppigen Bart und saugte an den Vorderzähnen. »Ich bin Jeb Campbell. Bin fast bei Little Bighorn abgemurkst worden, dann wurd' ich mit General Crook und der Dritten losgeschickt, und ich hab' echt gedacht, ich wär' entweder verhungert oder von Crazy Horses wildem Haufen umgenietet worden. Das war der schlimmste Sommer meines Lebens, Sir, und alles, was ich will, is', raus aus der Armee und reich werden.«

Scofield brachte eine Flasche an den Tisch, schenkte Campbell großzügig ein und lächelte ihn entwaffnend an. »Das haben Sie sich auch verdient. Und mehr noch, Jeb. Sie sind in die richtige Stadt gekommen, denn in Deadwood kann ein Kerl machen, was er will ...«

Als General George Crook schließlich auf den Balkon des Grand Central Hotels trat, um zu den Leuten zu sprechen, war Jeb Campbell schon mächtig abgefüllt und liebäugelte mit Al Swearingens gefallenen Mädchen. Scofields hatte ihm versprochen, ihm später eine zu besorgen, während er nun den Mann mit immer mehr Alkohol abfüllte, damit ihm dieser dafür detailliert seine Lebensgeschichte erzählte.

»Crook will 'ne Rede halten!« verkündete Garnet Loomis lautstark und winkte der lärmenden Menge im Gem, um mit ihr hinauszukommen.

»Kommen Sie, das hören wir uns an«, schlug Scofield Jeb vor. Nickend taumelte der betrunkene Soldat auf die Füße und torkelte mit Scofield auf den Fersen zur Tür.

Die Main Street wirkte so festlich, als wäre es der vierte Juli. Eine Blaskapelle spielte ein paar patriotische Klänge, bevor General Crook erschien. Über dem ganzen Tumult und Gejubel war schwer zu verstehen, was er sagte, aber Scofield fing die Versprechungen des Generals auf, daß mit seiner Ankunft die Überfälle der Indianer ein Ende haben würden. Der Applaus, der dieser Ankündigung folgte, war ohrenbetäubend.

Jeb Campbell zuckte nur die Schultern. »Er kann das leicht sagen – er verschwindet morgen ja wieder. Ein paar von uns bleiben hier, aber ich hab' die Nase voll vom Kämpfen.« Er starrte Scofield mit glasigen Augen an. »Ich wär' vor der Schlacht am Slim Buttes fast abgehauen«, gab er zu. »Viele von uns haben's getan.«

In der Menge entdeckte Scofield plötzlich ein Gesicht, das er inzwischen haßte. Fox versuchte, sich unter die Menge zu mischen und möglichst nicht aufzufallen, aber seine Größe, seine Statur und sein feingeschnittenes Profil zogen Aufmerksamkeit auf sich. Er trug den gleichen braunen Schlapphut, den er auf dem Kopf gehabt hatte, als er zum ersten Mal nach Deadwood eingeritten war, und ein blaues Tuch um den Hals, das den sauber gestutzten Bart hervorhob. Alles trug dazu bei, sein Gesicht zu verbergen, aber Fox ließ sich nicht so leicht übersehen.

»Sehen Sie den Mann dort drüben?« sagte Scofield mit einer Stimme, die vor Gift triefte, und zwickte Campbell in die Seite. »Der Kerl mit dem blauen Halstuch? Da sehen Sie einen Mann, der mehr Glück gehabt hat, als er verdient – Glück, um es genau zu sagen, das mir durch ihn entgangen ist! Mit nichts ist er vor knapp zwei Monaten hierher gekommen, und jetzt ist er reich, hat ein Zuhause, ein Geschäft, eine wunderschöne Frau, die das begehrenswerteste ist, was –«

»Den Typ kenn' ich!« schnitt ihm Jeb zischend das Wort ab. »Glaub' ich wenigstens! Er hatte zwar keinen Bart, aber – wie heißt er?«

»Nun, als er ankam, nannte er sich Fox, aber ich habe kürzlich erfahren, daß sein wirklicher Name Daniel Matthews ist. Ich nehme stark an, daß er ein düsteres Geheimnis hat, und wenn ich es herausfinden könnte, dann würde ich ihm sein Glück schon vermiesen!«

Jeb taumelte betrunken zurück, hielt sich an Scofields Arm fest und pustete ihm seinen Alkoholatem ins Gesicht. »Ich kenn das Geheimnis, aber ich kann's Ihnen nicht umsonst erzählen.«

Scofield stieß den knochigen Soldaten hastig in die Gasse neben dem Gem und blickte sich um, ob auch niemand sie sah. »Hören Sie mir zu, Sie dummer Idiot! Ich bezahle Sie, wenn es das ist, was Sie wollen. Aber wenn Ihre Information wirklich wertvoll ist, können wir sie *beide* nutzen, um so reich wie Krösus zu werden! Wir können den Mann ruinieren, und uns alles holen, was ihm gehört!«

»Vielleich'. Hauptsache, ich seh' *jetzt* Geld«, lallte Jeb. Während er zusah, wie Scofield in seinen Taschen wühlte, sinnierte er: »'s Leben is' doch komisch, nich'? Wer hätte gedacht, daß ich Cap'n Matthews noch mal wiederseh'? Selbs' als die Squaw bei Slim Buttes mir sachte, daß er hier is', daß er Schiß hat, es kommt raus, daß er bei Little Bighorn bei war, hätt ich ja nich' gedacht, daß sie wußte, was sie da sachte.«

»Was für eine Squaw? Er hat eine hier!«

»Yeah, das sachte die andere auch. Sie hieß ...«, er kratzte sich am Kopf, und ein Floh sprang entsetzt aus den

Haaren. »Äh … irgendwas wie Runs Away oder so. Ich hab' nicht groß auf sie gehört, aber ich hätt' ihn bestimmt nich' wiedererkannt, wenn das Weib mich nich' erinnert hätte.« Rülpsend setzte Jeb hinzu: »Kein schlechtes Stück Fleisch für 'ne Squaw übrigens. Mußte aber ihr Zelt doch abbrenn', obwohl ich sachte, ich tä's nich', wenn sie –«

Ungeduldig stopfte Scofield dem Betrunkenen Scheine und Münzen in die schmierige Hand und drängte: »Also los, sagen Sie es mir schon! Sie haben ihn Captain Matthews genannt. Was hat es damit auf sich? War er in der Armee?«

»Was is' mit der Taschenuhr da inner Weste? Sieht ech' nett aus.«

Scofields Augen waren voll Zorn und Verzweiflung, als er die Kette löste, die von einem Knopfloch in seine Westentasche reichte. Er schleuderte das gravierte Erbstück, seit Generationen im Besitz der Boston Scofields, dem abstoßenden Jeb Campbell praktisch entgegen und brüllte: »Jetzt reden sie schon!«

Mit einem langsamen Grinsen winkte der Soldat ihn näher heran und flüsterte dann: »Also, Sir, kurz und knapp gesacht, Cap'n Daniel Matthews is' von der Siebten Kavallerie kurz vorm Massaker am Little Bighorn desertiert. Scheneräll Custer hatte gerade die Trubben geteilt, un' Matthews sollte mit Custer geh'n. Ich war bei Reno, aber ich hab' gesehen, wie er gegangen is'!« Er nickte und saugte wieder seine Oberlippe ein. »Einfach so! Hab' gesehen, wie der hübsche tapfere Cap'n Matthews sein' Gaul über den Kamm trieb und dahinter verschwunden is'. Er müßte jetzt ei'ntlich tot sein, aber er is' abgehau'n – und jetzt is' er reich un' glücklich in Deadwood, richtich?«

Scofields Herz hämmerte so laut, daß er befürchtete, es könnte platzen. Er wußte nicht, ob er lachen oder schreien sollte, aber am ehesten war er noch der Ohnmacht nah.

Langsam, ganz langsam drehte er seinen goldgelockten Kopf und suchte nach Fox' gebräuntem, gutaussehendem Gesicht in der Menge. »Zu glücklich«, murmelte er schließlich und lächelte, »aber nicht mehr lange!«

Kapitel 28

15.-17. September 1876

Als Maddie ihren Mann auf Watson oben an der Straße auftauchen sah, raffte sie ihre Röcke und lief ihm entgegen. Der Anblick des Schlapphuts mit der heruntergezogenen breiten Krempe ließ sie innehalten. Doch sobald er sich von Watsons Rücken geschwungen und sie in die Arme gezogen hatte, zog sie ihm den Hut vom Kopf.

»Den mag ich überhaupt nicht!« verkündete sie. »Wolltest du dich tarnen, Liebling?«

»›Tarnung‹ wäre vielleicht etwas zu stark, aber nicht ganz falsch«, gab Fox mit einem trockenen Lächeln zu, während er sein Pferd zu dem einfachen Stall führte, den er für sich und die Averys gebaut hatte. Nachdem er Watson mit Wasser und Futter versorgt hatte, schob er Maddies Hand unter seinen Arm, und sie gingen gemeinsam zum Haus.

»Ich sitze wie auf heißen Kohlen, seit wir erfahren haben, daß General Crook und seine Männer in Deadwood angekommen sind«, sagte sie. »Wie ärgerlich es manchmal ist, eine respektable Frau zu sein. Die *femmes de joie* haben einen Platz in der ersten Reihe bei allem, was vor sich geht, während ich mich im Hinterland langweile und geradezu vor Neugier umkomme. Und alles nur, weil ich einen Ruf wahren muß. So ein Quatsch!«

»Du hattest im Juli die Chance, dich mit Garnet Loomis anzufreunden, aber du wolltest ja nichts mit ihr zu tun haben, wenn ich mich recht entsinne.« Es tat gut, nach der Anspannung des Nachmittags mit seiner Frau zu spaßen, und Fox wünschte sich, er müßte überhaupt nicht zur Sache kommen. »Wo ist denn überhaupt der Rest? Bist du die einzige in der Familie, die die Neuigkeiten von General Crook hören will?«

Sie machte eine wegwerfende Geste. »Deine Mutter und Gramma Susan stecken bis zu den Ellenbogen in wilden Pflaumen. Ich habe uns eine Pie gebacken und laufe seitdem unruhig herum.« Maddie zeigte durch die Pinien, die die beiden Grundstücke trennten. »Sie sind alle im Haupthaus und bevölkern die Küche. Selbst Vater und Benjamin sind von Annie in die Arbeit eingespannt worden. Sie hat Papa eine Schürze umgebunden!«

Er kicherte bei dem Gedanken und fragte: »Und Sun Smile?«

»Nun, ich glaube, daß sie mit ihrem Lesebuch irgendwohin verschwunden ist, um ein bißchen allein zu sein; aber ich bin sicher, daß sie nicht in Hörweite ist. Selbst wenn, würde sie nicht verstehen, worüber du sprichst.« Maddie wurde immer aufgeregter. »Jetzt hör doch endlich auf, mir Fragen zu stellen, und klär mich auf!«

»Also gut.« Fox lehnte sich an einen Baum und berichtete ihr von dem Feldzug, der inzwischen General Crooks »Hungermarsch« genannt wurde. Er beschrieb den abgemagerten, kränkelnden Zustand der Soldaten, die es bis Deadwood geschafft hatten, und wiederholte die Essenz aus Crooks Rede, mit den Indianerüberfällen in den Black Hills Sschluß zu machen.

»Und weiter?« drängte Maddie ihn, und fragte sich, warum er versuchte, ihren Blick zu meiden.

»Du bist fast zu klug. Das ist ziemlich ermüdend«, beschwerte er sich mit gespielter Erschöpfung.

»Ja, ja. Rede weiter!«

»Titus ist ins Grand Central gegangen, um ein bißchen mit Crooks Leuten zu plaudern. Ich hatte gehört, daß Crook bei Slim Buttes einen Kampf gehabt hat, aber ich wollte mich lieber nicht auf die Sprüche von Betrunkenen verlassen, die ihre Gerüchte verbreiteten.« Fox band das Halstuch auf und rieb sich den Nacken. Dann seufzte er. »Irgendeiner hat sogar behauptet, daß Crazy Horse selbst umgebracht wurde, aber das stimmt nicht, obwohl einige andere bei den Kämpfen vor ein paar Tagen umgekommen sind.«

In Maddies Augen brannten heiße Tränen. »O Fox, es waren doch nur noch so wenige freie Lakota. Warum konnte man sie nicht einfach in Frieden lassen?«

»Wir wußten doch, daß es dazu kommen würde – daß alle entweder in die Agentur übersiedeln mußten oder getötet werden würden. Und natürlich hat Crazy Horse mit seinen Überfällen die Armee herausgefordert. Vielleicht verstehen du und ich, warum er es getan hat, aber dies bleibt dennoch eine Auflehnung, die Männer wie Crook auf den Plan ruft.«

»Erzähl mir, was geschehen ist!«

Sie gingen langsam weiter auf ihr Haus zu. »Von dem, was Titus hat herausfinden können«, begann er, »ist das Traurigste, daß das Dorf, das Crook angegriffen hat, aus Indianern bestand, die Crazy Horses Truppe am Tag zuvor verlassen hatten und auf dem Weg nach Süden in die Agentur waren.«

»Guter Gott!« Maddie hielt abrupt an. Ihre Miene zeigte Kummer und Entsetzen. »Wie viele –«

»Ich weiß nicht. Titus hörte, daß siebenunddreißig Tipis niedergebrannt worden sind. Offenbar waren die Soldaten, die den Angriff starteten, eine Expedition, die Crook wegen Proviant auf die Berge geschickt hatte – angeführt von einem Colonel Mills. Die Truppe war halbtot vor Hunger, und nachdem sie die Lakota aus dem Dorf und in die Felshöhlen getrieben hatten, beschlossen sie, sich erst einmal über das Fleisch herzumachen, das sie dort fanden. Inzwischen schickten die Indianer Boten zu Crazy Horse. Er kam mit ein paar hundert Kriegern und griff an, aber die Soldaten waren in der Überzahl – und dann kam Crook auch noch mit nahezu zweitausend Soldaten, und Crazy Horse war zum Rückzug gezwungen.« Fox' Stimme bebte. Er drückte Maddies Hand, bevor er fortfuhr: »Ich kann nur ahnen, was Crazy Horse gefühlt haben mag, als Crook sein Dorf niederbrannte. Der einzige Lichtblick in der Geschichte ist die Meldung, daß Crazy Horse am nächsten Tag ständig Crooks Flanke angriff, bis die Armee ein gutes Stück in die Berge gelangt war. Die Männer begreifen nicht, wieso Crazy Horse so viele Waffen besitzen konnte ...«, Fox' Brauen zogen sich in bittersüßer Befriedigung nach oben. »Was für ein Pech, daß es dennoch nicht genug waren.«

»Weiß man, wie viele Lakota umgebracht worden sind?« fragte Maddie leise.

Er schüttelte den Kopf. »Tote und Verwundete werden immer vom Schlachtfeld getragen, selbst wenn sich andere Krieger damit in Lebensgefahr bringen.« Fox streichelte zärtlich ihre Wange. »Man sagt, Crook hätte zwanzig Männer verloren, und natürlich behaupten seine Soldaten, Crazy Horse hätte ein Vielfaches an Verlusten einstecken müssen, aber wir sollten beten, daß dem nicht so ist.«

Als sie die Tür zu ihrem Haus öffneten und eintraten, sahen weder Maddie noch Fox Sun Smile, die sich hinter einen Baum zwischen Blockhaus und Hang gedrückt hatte. Sie hatte ihre Röcke fest um sich gezogen, damit sie nicht gesehen wurde, und sie weinte stumme Tränen um die zersprengten Reste ihres Volkes und ihrer Kultur. Sie verstand weit mehr, als irgendeiner glaubte, und ihr Kummer und ihre Entschlossenheit waren unverändert, trotz der Zugeständnisse, die sie an die weiße Welt gemacht hatte.

Diese Menschen, besonders ihr Vater, empfanden viel für sie, das wußte Sun Smile, aber sie würden sie niemals ganz verstehen können. Ihre Trauer über den Tod ihres Mannes saß tiefer, als sich einer von ihnen vorstellte. Ihr Herz konnte nicht eher heilen, bis ihr ein Schlag für den Stolz der Lakota und die Ehre ihres Mannes gelungen war, der von einem gierigen weißen Soldaten niedergemäht worden war. Nun hatten dieselben weißen Soldaten noch mehr von den wenigen Indianern getötet, die von ihrem Volk noch geblieben waren – und sie waren hierher gekommen. Und endlich fand Sun Smile, daß dies ein annehmbarer Grund war, warum der Große Geist sie wohl hergeschickt haben mochte.

Der Vollmond schien am schwarzen Himmel über der Schlucht von Deadwood und tauchte die Ansiedlung der Glücksritter in ein unwirkliches, silberweißes Licht. Es war die Art von Nacht, die die Tiere unruhig machte und Menschen Alpträume bescherte.

Fox hatte im Schlaf die meisten Decken und Laken von sich gestrampelt, hielt aber immer noch Maddies Hand. Manchmal träumte er, daß er aufwachte und sich fragte, ob das Mondlicht und die ungewöhnlich warme Nacht auch nur ein Traum waren.

Plötzlich hörte er ein Krachen, dann das Splittern von Glas und einen dumpfen Laut, der aus dem Teil des Hauses kam, das als Wohnzimmer genutzt wurde. Einen Augenblick weigerte Fox sich, die Augen zu öffnen, denn er war ganz sicher, daß dies nur ein Teil eines seltsamen, schlechten Traumes war. Dann schüttelte Maddie ihn jedoch an der nackten Schulter, und er setzte sich abrupt und hellwach im Bett auf.

»Ich – ich glaube, jemand hat einen Stein durch das Fenster geworfen!« flüsterte Maddie mit Panik in der Stimme.

»Du bleibst hier!« Er drückte sie in die Kissen zurück und fixierte sie mit einem harten Blick. »Beweg dich ja nicht!« Er griff nach seiner Hose und zog sie schnell an. Dann entzündete er eine Öllampe und ging damit durch den Raum, bis er das zerbrochene Fenster und einen Stein fand, der inmitten von Glassplittern auf dem Läufer bei der Tür lag.

Neben seinem Lieblingssessel stand ein Paar Mokassins, die Sun Smile ihm noch in derselben Woche geschenkt hatte. Er streifte sie über, hob den Stein auf und entdeckte, daß ein Zettel darum gewickelt worden war. Im flackernden Licht der Lampe glättete Fox das Papier und las:

Lieber Captain Matthews,
haben Sie wirklich geglaubt, Sie könnten so einfach kurz vor der Schlacht am Little Bighorn von der Siebten Kavallerie desertieren? Schämen Sie sich nicht, daß Sie davongeritten sind, während sich die anderen Männer darauf vorbereiteten, ihr Leben zu riskieren? Ich fürchte, die Vergangenheit hat Sie eingeholt, Captain, und Sie werden Ihren Preis dafür zahlen müssen. Wenn Sie nicht möchten, daß ganz Deadwood von Ihrem schändlichen Geheimnis erfährt, dann bringen Sie fünftausend Dollar in Gold zu Wild Bill Hickoks Grab auf dem Boot Hill. Ich treffe Sie dort am 16. September um fünf Uhr nachmittags. Bis dann verbleibe ich –

Ein früherer Waffenkamerad

Fox blickte hinaus, um sicherzustellen, daß dort niemand herumlungerte, dann ging er mit dem Brief und der Lampe zurück zum Bett.

»Sieht aus, als werde ich erpreßt«, sagte er seiner Frau, mit Bitterkeit in seiner Stimme. »Aber ehrlich gesagt, bin ich nicht besonders überrascht.«

»Laß mich das sehen.« Maddie krabbelte zur Bettkante und überflog den Brief, während Fox die Lampe hielt. Als sie fertig war, mußte sie sich zwingen, ruhig zu bleiben. »Fox, hast du eine Ahnung, wer das sein kann?«

Er zuckte die Achseln. »Es könnte praktisch jeder sein. Es wundert mich nicht, wenn einer von der Siebten, der es überlebt hat, bei General Crooks Truppen eingesetzt wurde. Crook kämpfte Mitte Juni oben am Rosebud gegen die Cheyenne und die Lakota, kurz bevor ich ankam, und er war derjenige, der Sitting Bull nach Little Bighorn erledigen sollte. Ich denke mir, daß einige, die das Massaker bei Little Bighorn gesehen haben, ihre Rachegelüste befriedigen wollten, indem sie sich Crooks Leuten anschlossen.« Ein Ausdruck grimmiger Freude erschien auf seinem Gesicht. »Allerdings ist Sitting Bull dann nach Kanada geflohen – und wie es klingt, war auch Slim Buttes nicht das, was das Militär einen entscheidenden Sieg nennen würde. Zum Glück. Crazy Horse ist noch quicklebendig, und Crook muß erst einmal einen einzigen Sioux fangen.«

»Fox, ich weiß ja, daß Männer solche Gefahren gerne in größerem Zusammenhang sehen«, unterbrach Maddie ihn mit einer Spur Ungeduld, »aber abgesehen von Crazy Horse und Crook – was werden *wir* denn nun tun?«

Er streifte sich die Hose ab und kam wieder ins Bett, wo er sie in seine Arme zog. »Nichts, meine Geliebte, gar nichts.«

»Aber –«

»Was für eine Wahl haben wir denn? Ganz sicher kann ich den Forderungen einer solchen Person nicht nachkommen, nicht nur, weil es gegen meine Ehre verstößt, sondern auch, weil es niemals aufhören würde. Mehr Drohungen würden folgen, noch mehr Geldforderungen. Nur Custer könnte bezeugen, daß ich nicht desertiert bin, und ich kann den Erpresser ja schlecht umbringen. Selbst wenn ich das für eine annehmbare Lösung halten würde, wäre das noch nicht das Ende der Situation. Es wird immer jemanden geben, der unter einem Stein hervorkriecht und damit droht, mein Geheimnis aufzudecken.« Zärtlich streichelte Fox ihr Haar und ihr Gesicht. »Geheimnisse sind wie Gift. Ich habe es satt, meine Vergangenheit zu verbergen. Es täte mir nur furchtbar leid, wenn du durch irgend etwas, was von nun an geschehen könnte, verletzt werden würdest.«

Maddie klammerte sich an ihn, und der Kuß, den sie ihm auf die Lippen preßte, war tränenfeucht. »O Fox, ich bin so stolz, deine Frau zu sein! Ich liebe dich mit ganzem Herzen, und ich werde zu dir stehen, was immer das Leben für uns parat hält.« Sie legten sich beide wieder hin und kuschelten sich so fest aneinander, als wären ihre Körper füreinander gemacht. Maddie ließ sich im Glanz ihrer Liebe wärmen. »Vielleicht klingt es ja naiv«, sagte sie, »aber ich glaube ernsthaft, daß Gott diese Ehe zum Glück und zum Wachsen bestimmt hat, solange wir so weiterleben wie jetzt. Er weiß doch, welche Gründe du für deine Taten hast, den Tag am Little Bighorn eingeschlossen. Ich kann mir nicht vorstellen, daß er uns leiden lassen will, während ein Schurke mit einer Belohnung davonkommt.«

Fox schlang seine Arme fest um ihren feingliedrigen Körper und küßte ihren Nacken. »Tief in meinem Herzen denke ich genauso«, sagte er weich. Dann fügte er eine Spur ironisch hinzu: »Ich muß es einfach.«

Graham Scofield machte einen Satz, als das Klopfen an seiner Zimmertür im Grand Central ertönte. Er hatte Ringe unter den Augen, und seine Kleidung sah ungewöhnlich zerknautscht aus, als er die Tür aufriß und Jeb Campbell in den Raum zerrte.

»Wo bist du gewesen?« fauchte er. »Es ist acht Uhr!«

»Was'n los? Haben Sie Angst gehabt, daß ich mit dem Geld abhaue?« Campbell stank immer noch, obwohl er schon sauberer war als bei seiner Ankunft in Deadwood. Die neuen Kleider, die er von Scofield bekommen hatte, waren bereits mit Tabaksaft befleckt, und er kratzte sich ausgiebig, was die Vermutung nahelegte, daß der Ausflug ins Badehaus nicht alles Ungeziefer in seinem Haar und Bart beseitigt hatte. »Sind Sie sicher, daß Sie Boot Hill in dem Brief geschrieben haben?« fragte er Scofield, während er sich nach einem Drink umsah.

»Natürlich bin ich sicher! Wenn du lesen könntest, hättest du es ja selbst gesehen, du Dummkopf!« Der jüngere Mann schien einer Hysterie nahe zu sein. »Los, erzähl schon! Wo ist das Geld?«

»Er war nicht da.« Campbell trank ein halbes Glas Whisky in einem Zug aus, dann saugte er wieder an seiner abgebrochenen Zahnleiste. »Es gibt kein Geld.«

Scofield ließ sich auf einen Stuhl sinken und fuhr sich mit beiden Händen durchs Haar, während sein Kopf von einer Seite zur anderen pendelte. »Aber du hast doch gesagt, du hättest gesehen, wie Fox den Stein letzte Nacht genommen hat!« jammerte er. »Er muß den Brief gelesen haben! Selbst wenn er dumm genug ist, die Drohung zu ignorieren, würde seine Frau doch nicht wollen, daß ihr kostbarer Ruf ruiniert wird! Wie kann er bloß – *nichts* tun?«

»Tja, ich weiß. Ich dachte auch, er würd' kommen und mich umlegen oder so was.« Jeb schob den Tabakklumpen in die andere Backentasche und schenkte sein Glas wieder voll. Es fiel ihm schwer, Scofield ohne zu lachen anzusehen, denn das Haar des Gentleman stand in alle Richtungen ab. »Vielleicht sollten wir seine Frau entführen, ihm beweisen, daß er uns nicht einfach so übersehen darf. Ich hab' sie in ihrem Bett liegen sehen.« Er leckte sich bei der Erinnerung über die Lippen. »Würd' mir nichts ausmachen, die mir 'n bißchen vorzunehmen, wirklich nich'!«

»Ach, halt die Klappe! Mir ist es egal, was du mit Fox anstellst, um das Geld zu bekommen, aber faß ja seine Frau nicht an, ist das klar?« Scofield hatte bereits entschieden, daß er sich Fox *und* Campbell entledigen mußte, bevor diese Episode beendet war. Jeb Campbell war zum richtigen Zeitpunkt in die Stadt gestolpert, um sich an seiner Stelle um Fox zu kümmern; aber jetzt mußte er, Scofield persönlich, Campbell loswerden. Er durfte keinen anderen in diese Sache verwickeln. Und wenn alles vorbei war, würde er sich um *Maddie* kümmern – und um das Erbe, das sie als Fox' Witwe bekommen würde. Der Plan war wundervoll und so voller verlockender Aussichten, daß sein Herz jedesmal heftig schlug, wenn er daran dachte. Er mußte nur diesen widerlichen, dämlichen Stinker dazu bekommen, bis zum blutigen Ende mitzuziehen.

»Ich hab' Hunger«, beschwerte Jeb sich.

»Ich schicke dich gleich mit genug Goldstaub zu Tante Lou Marchbanks, damit du von ihrem köstlichen Essen probieren kannst, aber zuerst müssen wir überlegen, wie wir weiter vorgehen.« Graham begann vor dem Tisch auf und ab zu gehen und warf hin und wieder einen Blick auf die ersten Entwürfe des Erpresserbriefs, die dort immer noch herumlagen.

»Was haben Sie denn nu' vor?«

»Nun, Jeb, ich denke, wir halten uns einfach weiterhin an unseren ursprünglichen Plan. Ich habe dir ja gesagt, daß ich später aus Mrs. Matthews noch mehr Geld herausholen kann, aber sie darf auf keinen Fall wissen, daß ich in die Sache verwickelt bin.« Er wartete, daß Jeb nickte, der es auf eine Art tat, die verriet, daß er absolut verwirrt war, es aber nicht eingestehen wollte. »Ich denke, unsere beste Chance ist, wenn du Matthews in seinem Haus stellst. Macht es dich nicht unglaublich zornig, wenn du darüber nachdenkst, wie er vor der Schlacht die Beine in die Hand genommen hat und dennoch inzwischen zu einem führenden Bürger dieser Stadt geworden ist? Ist das gerecht, wenn man einen *wahren* Helden wie dich gegenüberstellt, einer, der sein eigenes Pferd hat essen müssen und tagelang durch Regen und Dreck gewatetet ist, nur um hierherzukommen?«

»Nein, das is' ungerecht!« stimmte Campbell zu.

»*Natürlich* ist es das! Und diese Indianersquaw, die er hierhergeschleppt hat! Er ist selbst in ihr Dorf gegangen, hat sich bei Crazy Horse Liebkind gemacht und dann schließlich dieses Weib hergebracht, um Deadwood ihre Anwesenheit aufzuzwingen!« Scofield wetterte weiter und weiter, bis Jeb Campbells Gesicht endlich vor Empörung, Wut und Neid feuerrot glühte. Dann baute sich der blonde Gentleman aus Boston effektvoll vor dem Soldaten auf und senkte seine Stimme drohend: »Und diesem Mann sollen wir erlauben, uns zu *ignorieren*? Er meint also, er wäre niemanden zu Antworten verpflichtet! Nun, morgen früh wirst du Dan Matthews eine Lektion erteilen, die er nicht vergessen wird. Und nachdem er dir jeden Cent gegeben hat, den er besitzt und dich um Gnade bittet, so wie Custers Männer die Indianer um Gnade angefleht haben, dann machst du ihn fertig. Ich treffe dich dann, wir teilen das Geld, und ich gebe dir ein Pferd, damit du als reicher Mann davonreiten kannst. Niemand wird auch nur die geringste Ahnung haben, wer Daniel Matthews umgebracht hat. Wie auch? Nicht einmal seine Familie kennt dich oder auch nur deinen Namen.«

Campbell nickte, dann spuckte er den Tabaksaft in eine Schüssel voll Wasser auf der Kommode. »Yeah. Hört sich nach 'ner Menge Spaß an. Vielleicht mach' ich die Indie-Squaw dabei auch noch alle.« Er hielt kurz inne, um nachzudenken. »Ich mochte den Kerl noch nie. Schon in Montana hab' ich mir gedacht, daß er 'n Indie-Freund is', und er hat immer so getan, als wär' er was Besseres als wir anderen.«

Im Versuch, seine Vorfreude zu verbergen, murmelte Scofield: »Dann sind wir uns also einig.«

»Klar, ich kümmer' mich schon um ihn – besorgen Sie mir nur 'n schönen fetten Ballermann.«

Als Jeb Campbell hinuntergegangen war, um sein Abendessen zu sich zu nehmen, konnte Graham Scofield endlich einen kleinen Freudentanz in seinem Hotelzimmer vollführen.

Fox konnte Maddie einfach nicht überreden, mit dem Rest der Familie Deadwood zu verlassen, bis man sicher sein konnte, daß die Gefahr vorüber war. Also beschloß er, zu Hause zu bleiben und selbst aufzupassen. Die Lage wurde allerdings dadurch verzwickter, weil weder er noch Maddie den anderen verraten wollten, daß sie nun einen Feind in Deadwood hatten. Deshalb gaben sie der Familie vor, daß er und Titus auf eine Ladung Werkzeuge warteten, bevor der Bau der Sägemühle weitergehen konnte, wodurch er ein paar freie Tage ausnutzen sollte.

Gramma Susan hatte an diesem Tag zufällig eine gewaltige Schüssel Kartoffelsuppe mit Speckstückchen gekocht, und so versammelten sie sich alle am Mittag um den großen Tisch in der Küche der Averys. Stephen fühlte sich jeden Tag besser, und heute nahm er das Mittagessen endlich mit den anderen ein, wobei er zwischen Sun Smile und Annie Sunday saß. Annie drängte ihn zu essen und den Tee mit Honig zu trinken, welchen sie extra für ihn aufgebrüht hatte. Maddie staunte nur, als er widerspruchslos gehorchte und auch noch vor Freude über Annies Aufmerksamkeiten errötete. Von der anderen Tischseite herüber bewegte Gramma Susan ihre Augenbrauen heftig auf und ab, um ihrer Enkelin ihre Andeutungen zu übermitteln, die sich das Grinsen nicht verkneifen konnte.

Fox für seinen Teil lachte über Benjamins Gebaren und plauderte mit den anderen, als ob ihm nichts auf der Welt Sorgen bereitete. Sie sprachen über die neuesten Entwicklungen, nachdem die Regierung bald offenbar schriftlich bestimmen würde, die Black Hills offiziell den Weißen zu übergeben. Und Fox wiederholte die Neuigkeit, daß Captain Jack Crawford sich als Scout für Crook gemeldet hatte. Um die Situation am Tisch etwas freundlicher zu gestalten, berichtete Fox, daß Watson offenbar mit Titus' neuem Muli Freundschaft geschlossen hatte. Susan reichte gerade Stücke von Wildpflaumenpie herum, als ein Gewehrschuß alle am Tisch zum Erstarren brachte. Stumme Blicke trafen sich, als sie atemlos abwarteten, was als nächstes geschehen würde.

Mit einer Geste zärtlicher Zuversicht drückte Fox Maddies bebende Finger an seine Lippen und warf ihr unter gesenkten Lidern einen Blick zu. »Liebes, hab Vertrauen«, flüsterte er, dann wandte er sich an die Familie. »Ich schaue nach, was da vor sich geht. Am besten bleibt ihr alle hier sitzen, bis ich zurückkomme.« Er erhob sich, lächelte der ängstlichen Maddie zu, küßte den Scheitel seiner Mutter und ging hinaus.

Er trat durch die Hintertür, wanderte ums Haus herum und blickte vorsichtig durch die Pinienreihe. Dann entdeckte er einen heruntergekommen wirkenden Mann, der vor seinem Haus stand und einen nagelneu glänzenden Sechsschüsser umklammerte.

»Kann ich etwas für Sie tun?«

Beim Klang von Fox' Stimme wirbelte Jeb herum, und sein Gesicht verriet gleichzeitig Wut, Freude und Entsetzen. »Ts, Ts, wenn das nicht der alte Cap'n Matthews persönlich is'! 's geht Ihnen verdammt gut für einen jämmerlichen Feigling, finden Se nich'?«

»Ich denke eigentlich nicht, daß man es so sehen kann«, bemerkte Fox. Während er den Mann anstarrte, kam seine Erinnerung zurück, und ein grimmiges Lächeln breitete sich auf seinem Gesicht aus. »Ach, Campbell, nicht wahr? Wie kommt es, daß Sie in Deadwood sind?«

Jeb zuckte die Schultern. »'s 'ne lange Geschichte, und ich hab' keine Lust, viel Zeit mit Typen wie Ihnen zu verplempern. 'ne Squaw bei Slim Buttes erzählte mir, daß Sie hier sind. Sie müssen Miss Runs Away ganz schön geärgert haben, daß sie Ihr Versteck ausgeplaudert hat. Als sie mir Ihren Namen nannte, wußte ich Bescheid – ich hab' Sie nämlich damals am Tag bei Little Bighorn wegreiten sehen, aber ich hatte keine Ahnung, wo Se hinwollten, bis dieses Weib es mir gesagt hat.« Er entsicherte die Waffe und richtete sie auf Fox. »So, und jetzt geben Sie mir das Geld, das ich haben will. Ich fand's nicht toll, gestern auf Sie zu warten. Die letzten Wochen waren verdammt mistig, als wir überall Indies in Montana und Dakota umgenietet haben, als ich mein Pferd fressen mußte, um am Leben zu bleiben und dann in diesem verfluchten Regen durch die ganzen Black Hills wandern mußte. Ich hab' was Besseres zu tun, als rumzusitzen und auf Sie zu warten!« Jeb brach ab, um an seiner Zahnreihe zu saugen, dann spuckte er einen Strahl Tabaksaft durch die Lücke.

»Wer hat Sie dazu überredet?«

»Keine Ahnung, wovon Sie reden.«

»Nun, Sie werden Ihrem Freund, wer auch immer es ist, sagen müssen, daß es kein Geld gibt. Ich lasse mich nicht erpressen, Private Campbell.« Fox überlegte, ob er erklären sollte, daß er *nicht* desertiert war, aber er erkannte schließlich, daß es umsonst sein würde.

Jebs Gesicht wurde immer röter, als er begriff, daß Fox nicht vor Angst schlotternd gehorchen würde. Mit beiden Händen den Revolver umklammernd, knurrte er: »Oh, Sie lassen sich nicht erpressen, hm? Dann bring' ich Sie eben um. So wie Sie eigentlich an Custers Seite umgebracht werden sollten, und dann nehm' ich Ihr Geld – und die Squaw, die sie hier verstecken, die nehm ich auch!«

»Sie wollen wirklich einen unbewaffneten Mann erschießen?« fragte Fox ruhig. Er kannte die Antwort, war aber dennoch seltsam unberührt.

»Verdammt richtig, das will ich! Feiglinge wie Sie verdienen den Tod! Ich tu' der Stadt bloß 'nen Gefallen!« Er blinzelte mit blutunterlaufenen Augen Fox an, ohne die Waffe wegzunehmen, und entsicherte den Hahn.

Bang! Der Gewehrschuß hallte ohrenbetäubend durch den Canyon. Jeb Campbell ließ seinen Revolver fallen und starrte ungläubig auf das Blut, das aus seiner Körpermitte hervorschoß.

Fox wandte sich um und erwartete, entweder Stephen oder Maddie zu sehen. Statt dessen entdeckte er Sun Smile mit Averys Gewehr, und ihre Miene war entschlossen und zufrieden zugleich, als sie den toten Körper musterte, der nun auf dem Boden ausgestreckt lag. Die anderen kamen aus dem Haus gestürmt. Maddie sah, was geschehen war, und erlaubte sich endlich, vor Erleichterung aufzuschluchzen.

»Zuerst hatten wir gar nicht gemerkt, daß sie nicht mehr da war«, erklärte sie Fox, als er sie in seine Arme schloß. »Wir hatten uns am Küchenfenster versammelt und versuchten, durch die Pinien etwas zu erkennen. Sun Smile muß irgendwann leise entwischt sein, um sich das Gewehr aus Vaters Zimmer zu holen und durch die Vordertür hinauszugelangen. Wir waren so entsetzt, als wir sie am Rande der Bäume mit der Waffe entdeckten …«

»Sun Smile hat mir das Leben gerettet«, sagte Fox und blickte die Lakota-Frau an. »Ich danke dir.«

»Es war … Gerechtigkeit. Für meinen Mann und mein Volk«, antwortete sie in behutsam ausgesprochenem Englisch. Zum ersten Mal hatte sie einen ganzen Satz gesprochen. »Nun kann ich nach Hause.« Sie schenkte ihrem Vater und Annie Sunday, dann den anderen ein bittersüßes Lächeln. »Ihr seid sehr gut zu mir, aber dies ist nicht mein Zuhause. Ich muß zu meinem Volk.«

Fox hockte sich inzwischen neben den leblosen Körper, der einst Jeb Campbell war. Aus seiner Tasche zog er eine goldene Taschenuhr, die er sorgfältig untersuchte. Nun fügte sich das Puzzle zusammen.

An diesem Abend blieben alle wach, um auf Fox zu warten, obwohl Maddie es vorgezogen hätte, mit ihm allein in ihrem eigenen Haus zu reden.

Als er endlich die Wohnstube der Averys betrat, sah er, daß ein Feuer entzündet worden war. Sun Smile trug ihr gereinigtes Lederkleid und hatte ihr Haar in zwei saubere Zöpfe geflochten. Sie wirkte zufrieden und ausgeglichen und sah aus, als wollte sie so bald wie möglich aufbrechen.

Benjamin sprang in seinem Bademantel im Haus herum wie ein Äffchen. Das aufregende Drama des Tages ließ ihn nicht zur Ruhe kommen, vor allem, weil er sich ärgerte, den entscheidenden Teil, als Sun Smile Campbell erschossen hatte, nicht gesehen zu haben. Als Fox nun endlich nach Hause kam, packte Susan ihren Enkel am

Kragen und zerrte ihn zum Sofa, damit er endlich aufhörte, herumzuhopsen.

Stephen begrüßte seinen Schwiegersohn, während Annie Sunday sich nur mit Mühe zurückhielt, ihm in die Arme zu fallen. Maddie war froh, als er sich einen Sessel heranzog und sie auf seinen Schoß zog. Die Miene auf seinem schönen Gesicht verriet ihr, daß die Gefahr vorbei war. Und mehr als alles andere wünschte sie sich, mit ihm ins Bett zu kriechen.

»Was ist passiert?« Alle schienen gleichzeitig die Frage zu stellen, und Fox grinste breit.

»Ich habe zuerst Seth Bullock, unseren neuen Sheriff, aus dem Bett geworfen. Er wollte nicht glauben, daß Graham Horatio Scofield III diese ganze Sache eingefädelt hatte, aber immerhin willigte er ein, mich zu Scofields Hotelzimmer zu begleiten.« Er lächelte, als Maddie ihm die Arme um den Hals schlang und die Locken über seinem Hemdkragen kraulte. »Ich wünschte, ihr alle hättet Mr. Scofields Gesicht sehen können, als er die Tür aufriß und *mich* dort stehen sah.«

»Wie konntest du denn beweisen, daß er in die Sache verwickelt war?« fragte Stephen. »Die Taschenuhr reichte uns vielleicht, aber –«

»Nun, ich hatte Seth den Erpresserbrief gezeigt und ihn darauf hingewiesen, daß ein Analphabet wie Campbell wohl kaum eine solche Nachricht aufsetzen konnte. Wie sich dann herausstellte, machte Scofield es uns ganz einfach. Der Tisch in seinem Zimmer war übersät mit verschiedenen Versionen des Briefes.« Fox zuckte die Achseln. »Ich muß euch leider berichten, daß die Boston Scofields nun einen dunklen Fleck auf ihrem makellosen Familienstammbaum haben. Graham ist inzwischen im Gefängnis und wartet auf seine Überführung nach Yankton, wo er wegen verschiedener Verbrechen angeklagt wird.«

»Wann darf ich gehen?« fragte Sun Smile mit weicher Stimme.

Alle Anwesenden wandten sich ihr zu. Stephens Augen waren dunkel vor Kummer. »Jemand wird dich hinbringen müssen«, sagte er. »Möchtest du in die Agentur gehen? Ich bin nicht sicher, was dort jetzt für Bedingungen herrschen. Wir haben erfahren, daß die Rationen zurückgehalten werden, bis dein Volk einwilligt, die Black Hills abzutreten. Es ist furchtbar, daß die Regierung so etwas tut, und ich möchte nicht, daß du zu leiden hast, mein Liebes ...«

»Das Papier wird unterzeichnet werden«, sagte sie. »Der Winter kommt. Mein Volk wird den geheiligten Grund für Nahrung tauschen müssen. Welche Wahl haben die Weißen uns denn gelassen?« Sun Smile sprach fest. »Es ist am besten, wenn ich in die Agentur gehe. Ich werde meinem Volk von den Weißen berichten. Unser Leben hat sich geändert – für immer. Es wird nie wieder sein, wie es einmal war.«

Schweigen senkte sich über die Gruppe, dann sprach Annie Sunday: »Stephen, ich denke, wir sollten nun unsere Entscheidung den anderen mitteilen.« Sie klang fast ein wenig schüchtern. »Vielleicht können wir ja Sun Smile selbst begleiten –«

»Ja!« schrie er begeistert. »Ein hervorragender Vorschlag, meine Liebe!« Stephen erhob sich, blickte sich um und sagte: »Ich möchte hiermit verkünden, daß Annie mir die bemerkenswerte Ehre erteilt hat, meine Frau zu werden. Wir möchten sobald wie möglich heiraten und dann nach Osten auf Hochzeitsreise gehen, um den Winter in Philadelphia und Washington zu verbringen!«

Nachdem der Chor der überraschten Ausrufe und Gratulationen abgeebbt war, einigte man sich, daß Stephen und Annie Sun Smile durch die Black Hills begleiten würden und sie zur Agentur im nordwestlichen Nebraska bringen würden. Von dort aus würden sie ihren Weg mit Flußschiffen und Eisenbahn fortsetzen. Die weitere Unterhaltung führte zu einer Einladung für Susan und Benjamin, die Frischverheirateten auf der Reise zu begleiten, aber die dankende Ablehnung kam augenblicklich. Benjamin hatte neue Freunde gefunden und sollte – wie Maddie sofort mit fester Stimme hervorhob – die Schule nicht verpassen, da Deadwood nun endlich einen Lehrer hatte. Susan behauptete schwach, daß sie zu alt für solche anstrengenden Reisen quer durch Amerika war, wo sie es gerade nach Deadwood geschafft hatte.

Die Ereignisse überstürzten sich so rasch, daß Maddie sich wie betäubt fühlte. Zuerst der Schock über Deadwood selbst und über das Geheimnis ihres Vaters, dann mußte sie sich an ihre neue Identität als Fox' Frau und an ihr neues Zuhause gewöhnen, ganz zu schweigen von der Anwesenheit Annie Sundays und Sun Smiles. Und nun schien es, als würde alles erneut umgekrempelt! Als sie und Fox sich zum Gehen erhoben und sie sich bückte, um ihrer Großmutter einen Gutenachtkuß zu geben, tätschelte Susan ihr die Wange.

»Wir werden es uns diesen Winter schon nett machen, du und Fox, Benjamin und ich.« Die alte Frau zwinkerte unmerklich. »Um die Wahrheit zu sagen, freue ich mich schon darauf, ein bißchen Ruhe und Frieden zu haben – und wenn die beiden nächsten Frühling von ihrer Hochzeitsreise zurückkommen, dann werde *ich* in diese niedliche kleine Hütte ziehen!«

Maddie blickte zu ihrem Vater herüber und erkannte den wahren Grund für ihr ängstliches Gefühl: Sie befürchtete, er könne vielleicht *nicht* zurückkommen. Stephens Blick traf ihren, und er bat sie stumm, zu ihm zu kommen. Sie tat es und setzte sich auf seinen Schoß. Was für aufregende, verwirrende Wochen hatte sie seit ihrer Ankunft im

Juli hier verbracht! So vieles war geschehen, seit sie den ersten Blick auf Deadwood erhascht hatte …

»Madeleine, deine Mutter wäre sehr stolz auf dich, wenn sie dich sehen könnte«, sagte Stephen zärtlich.

»Ich weiß nicht –«, sie errötete. »In letzter Zeit benehme ich mich nicht mehr gerade wie die Dame, zu der sie mich erzogen hat, aber ich bin glücklicher, als ich mir je hätte träumen lassen, und das liegt nicht nur an Fox' Liebe. Ich bin glücklich, weil ich endlich erkannt habe, daß es nicht viel mit tiefer Zufriedenheit zu tun hat, wenn man alles richtig und anständig macht oder sich den Anschein gibt, nur weil es andere vielleicht wollen. Und ich mußte erst nach Deadwood kommen, um das herauszufinden.«

»Mein Kind, erinnerst du dich, wie du mich genannt hast, als du noch klein warst?« Etwas melancholisch lächelnd fügte er hinzu: »Du hast schon in frühester Kindheit gelernt, dich würdevoll zu benehmen, deswegen hast du es vielleicht vergessen –«

»Papa«, flüsterte sie mit einem Kloß in der Kehle. »Ich habe dich Papa genannt.«

Einen Augenblick lang konnte Stephen Avery nicht sprechen. Dann räusperte er sich: »Ja, genau das hast du gesagt. Ich habe mich stets so gefreut, das Wort zu hören und dabei das Leuchten in deinen Augen zu sehen, Maddie, Liebes. Würdest du mich vielleicht auch wieder so nennen, wenn Annie und ich wieder zurück sind und wir uns alle hier für den Rest des Lebens niederlassen?«

Mit brennenden Augen nickte Maddie. Sie erkannte plötzlich, daß sie damit das unschuldige Vertrauen wiedererlangen konnte, das sie in ihrer Kindheit ihm gegenüber empfunden hatte. »Ja, Papa.«

Eine kurze Zeit später wanderten Maddie und Fox durch die Bäume zu ihrem eigenen Haus hinüber. Als sie die Nachtluft tief einatmete, überkam sie das Gefühl der

Freude und des Glücks so mächtig, daß sie einen Moment stehenbleiben und ihre Augen schließen mußte. Der Mond über Deadwood war immer noch voll und rund, und der schwarze Himmel funkelte mit seinen Sternen auf sie herab.

Fox schlang von hinten die Arme um sie und drückte seine Wange in ihr seidiges Haar. »Eines Tages, Feuerblüte, werde ich dir an dieser Stelle ein wunderschönes Haus bauen«, sagte er mit tiefer, gefühlsgeladener Stimme. »Es wird ein Ort sein, wo all deine Träume wahr werden. Wir werden ein steinernes Türmchen haben, ein Musikzimmer und polierte, getäfelte Wände aus exotischem Holz, eine goldverzierte Badewanne, die groß genug für uns beide ist, und soviel heißes, fließendes Wasser, wie wir uns wünschen. Du wirst eine eigene Bibliothek haben – und eine große Veranda mit einer Schaukel ...«

Bezaubert von seinen träumerischen Worten, lehnte sich Maddie zurück an seine Brust. »Und vergiß die Gärten nicht«, neckte sie ihn.

»Wir lassen uns aus Kew Gardens in London Bäume und Blumen anliefern«, versprach Fox feierlich.

»Und weißt du, was das Schönste von allem ist?« Sie drehte sich in seinen Armen um und legte die Wange an die gestärkte Brust seines Lieblingshemdes.

»Ich warte darauf, daß du es mir sagst, Geliebte.«

»Das Schönste ist, daß wir genauso glücklich sein werden, ob wir das Haus und den Garten und die Badewanne haben oder nicht. Alles, was wir brauchen, ist unser Himmelbett und das, was wir in solchen Augenblicken wie diesen zusammen tun und fühlen.«

»Und das können wir auf ewig tun und fühlen«, endete Fox. Unter den Sternen hob er Maddie von den Füßen und hielt sie eine lange Weile einfach fest. Dann fanden seinen Lippen die ihren, und ihr Kuß war noch süßer und schöner als je zuvor.

Nachwort

Ich versichere Ihnen, liebe Leser, daß ich mich um historische Authentizität bemüht und oft zweifelhafte Quellen der Geschichte Deadwoods oder der Black Hills mehrfach überprüft habe. Es hat mir viel Spaß gemacht, persönliche Aufzeichnungen (die oft mit mündlichen Überlieferungen gemischt sind) über das Leben in Deadwood im Jahre 1876, über Custers letzte Schlacht oder Geschichten von Leuten zu lesen, die Crazy Horse oder Wild Bill Hickok gekannt hatten. Aber dennoch muß man solche Sachen etwas würzen.

Mir ist es wichtig, meine Charaktere zum Leben zu bringen. Die Tatsachen der Geschichte geben mir allerdings einen spannenden Hintergrund für meine Erzählungen, und ich finde es immer recht lustig, sie in das einzuflechten, was tatsächlich geschehen ist. Im übrigen, wieso an einem Sommer herumstricken, der Custers Niederlage bei Little Bighorn, die Ankunft Wild Bill Hickoks und Calamity Janes in Deadwood, Hickoks Tod, Crazy Horses Besuch am Bear Butte, den Tod von Prediger Smith und den »Hungermarsch« der Truppen von General Crook zu bieten hat? Letzterer schloß die Schlacht am Slim Buttes ein und endete (wo sonst?) in Deadwood.

Ich habe mich so eng an die wirklichen Daten gehalten, wie es im Rahmen der Quellen und für meine Personen möglich gewesen ist. Aber Deadwood erfuhr schon am

20. Juli von Custers Schlacht, Sol Star und Seth Bullock waren erst am 1. August in der Stadt, General Crook hielt seine Rede vom Hotelbalkon am 15. September und so weiter und so fort.

Die meisten wissen, daß es dem Volk der Lakota in den Monaten, die dem Ende des Buches folgten, nicht besonders gut erging. Die Black Hills wurden im Oktober den Weißen überschrieben, und im Februar 1877 wurde der Vertrag bestätigt. Im Frühling führte Crazy Horse die letzten tausend Indianer, die sich bis dahin geweigert hatten, in einer Agentur zu leben, nach Camp Robinson, Nebraska. Er hatte keine Wahl mehr, denn sein Volk hungerte und wurde wie die Büffel gejagt, die einst genug Nahrung und alles andere geboten hatten, was die Indianer zu ihrem Leben gebraucht hatten.

Bald nach seiner Ankunft im Fort der Weißen wurde Crazy Horse in einem Gerangel mit Soldaten, die ihn festnehmen wollten, von einem Bajonett getötet. Das goldene Zeitalter der Lakota-Nation in den Great Plains war damit zu Ende.

Ich danke Ihnen allen sehr für die ständige Unterstützung und die Briefe aus der ganzen Welt! Sie bedeuten mir viel, und es ist sehr wichtig für mich, zu erfahren, wie Ihnen meine Bücher gefallen haben. Jim, Jenna und ich wünschen Ihnen allen nur das Beste!

Cynthia Wright Hunt
P. O. Box 862
Elk Point, South Dakota 57025 / USA

Übersetzung der indianischen Namen

Fox-With-Blue-Eyes	Fuchs mit blauen Augen
Goes Ahead	Geht voran
Curly	Lockiges Haar
White-Man-Runs-Him	Weißer Mann jagt ihn
Bloody Knife	Blutiges Messer
Kills Hungry Bear	Tötet hungrigen Bär
Striped Owl	Gestreifte Eule
Sun Smile	Sonnenlächeln
Yellow Bird	Gelber Vogel
Aiming Fast	Zielt schnell
Longhair	Langhaar
He Dog	Hund
Little Dove	Kleine Taube
Crazy Horse	Verrücktes Pferd
Woman's Dress	Frauenkleid
Pretty One	Der Hübsche
They-Are-Afraid-Of-Her	Sie haben Angst vor ihr
Touch-The-Clouds	Berühre die Wolken
Short Bull	Kleiner Stier
Black Fox	Schwarzer Fuchs
Runs Away	Läuft weg
Black Shawl	Schwarzes Tuch
One Moccasin	Ein Mokassin
Three Stars	Drei Sterne

Band 12259

Barbara Cartland

Das erzwungene Jawort

Als letzter Ausweg bleibt einer jungen Frau nur noch die Flucht.

Von ihrem Mann der ehelichen Untreue bezichtigt, flüchtet sich die Marquise von Langbourne in eine Lüge, um sich und ihren Liebhaber, den Earl von Kensall, vor einem Skandal zu bewahren. Sie behauptet, ihr Mann habe nicht sie, sondern seine Tochter Sadira mit dem Earl zuammen gesehen, und der gedenke um Sadiras Hand anzuhalten. Der Earl ist entsetzt, hat aber keine andere Wahl, als in den Plan einzuwilligen. Mit den fürchterlichsten Drohungen zwingt die Marquise daraufhin auch ihre Stieftochter, das böse Spiel mitzuspielen. Doch vor lauter Panik und Verzweiflung nimmt Sadira das erzwungene Jawort kurze Zeit später zurück und flieht im Dunkel der Nacht aus dem väterlichen Haus...

BASTEI LÜBBE

Band 12242

Jude Deveraux

Zur Liebe verurteilt

Cole Hunter sieht sich gerne in der Rolle des Friedensstifters, in den Augen seiner Mitmenschen ist er jedoch ein gefährlicher Revolverheld. Denn wenn Worte nichts ausrichten, greift er schnell zum Colt. Einen besonders delikaten Dienst verlangt eines Tages die nicht sehr attraktive, aber steinreiche Doris Laham von ihm: er soll eine Scheinehe mit ihr eingehen. Cole willigt ein und gerät in ein turbulentes Abenteuer...

Was mit Haß begann

Kane Taggert, millionenschwerer Wallstreet-Banker, ist Witwer, und seine Mutter will ihn mit allen Mitteln wieder unter die Haube bringen. Sie schickt ihn auf eine viertägige Reittour, wo er gleich vier heiratswütigen Frauen ausgeliefert ist...

BASTEI LÜBBE